U0728657

在地铁上和高中同学撞衫后

上册

岁岁无恙 著

青岛出版集团 | 青岛出版社

图书在版编目（CIP）数据

在地铁上和高中同学撞衫后 / 岁岁无恙著. —— 青岛：
青岛出版社, 2025. —— ISBN 978-7-5736-3245-6

Ⅰ. I247.5

中国国家版本馆CIP数据核字第2025EJ2293号

ZAI DITIE SHANG HE GAOZHONG TONGXUE ZHUANGSHAN HOU

在地铁上和高中同学撞衫后

岁岁无恙 著

策　　划	杨婉莹
责任编辑	郭红霞
特约编辑	杨婉莹
责任校对	张旭斌
插　　图	渣叉叉叉　果果卿　Nibdy
装帧设计	千　千
出版发行	青岛出版社（青岛市崂山区海尔路 182 号）
本社网址	http://www.qdpub.com
邮购电话	18613853563
照　　排	梁　霞
印　　刷	三河市良远印务有限公司
出版日期	2025 年 6 月第 1 版　2025 年 6 月第 1 次印刷
开　　本	16 开 (640mm×920mm)
印　　张	33
字　　数	579 千
书　　号	ISBN 978-7-5736-3245-6
定　　价	69.80 元（全 2 册）

编校印装质量服务电话　4006532017　0532-68068050

编校印装质量服务

目 录 上 册

目 录 下 册

第一章
怎么就情侣装了？

"你怎么还没回来？不是说我们一起看恐怖片吗？"

收到赵恬恬的消息时，舒杏正在努力地克制自己，不把桌上这碗红烧肉扣到对面那个男人的头上。

餐厅里觥筹交错、人声鼎沸，唯独靠窗的这一角寂静得令人窒息。

她想：如果自己犯了罪，应该由法律来惩罚她，而不是让她被骗来和一个油腻的男人相亲。

舒杏面无表情地低头回复消息："恐怖片我正在拍呢，回去给你首映。"

赵恬恬："嗯？"

手机屏幕上跳出问号时，一阵带着调侃意味的笑声从餐桌的对面传来了："舒小姐怎么一直在看手机？看来，我的吸引力没有手机的大？"

舒杏把手机屏幕按灭，抬眸看向了对面的男人。

男人看起来大概有两百斤，身上的衣服和鞋都带着显眼的奢侈品品牌的商标，打量她的目光明晃晃的，丝毫不加掩饰。

舒杏是一个比较相信第一印象的人，眼前的这个男人从最开始目光看似不经意却数次聚焦到她的胸口时，就被她列入了"不必联系第二次"的名单里。所以，她无意多浪费时间了。

她维持着体面，好声好气地说："李先生，我如果知道今天这顿饭是为了相亲，一开始就会回绝我舅妈。不知道我舅妈是怎么向您介绍我的，我对相亲没有兴趣，所以就不浪费您的时间了。"

男人看起来倒没有生气，拨弄着手上的金戒指，问："你有喜欢的人了？"

"没有。"

"那你何必这么排斥相亲呢？我妈说，你以前没有谈过恋爱，那就更应该多认识异性啊。"他一副过来人的姿态，轻挑眉头，语气意味深长，"女人长期没有男人，你知道会怎么样吗？"

舒杏不动声色地皱了皱眉，李成伟的话里那呼之欲出的带有颜色的暗示令她对这个陌生的男人的印象跌到谷底。

她一脸真诚地回答："会更快乐吧。"

舒杏五官小巧，肌肤胜雪，就像一株淡雅的玉兰，看上去谁都能将其折下。她微微扬起红唇，乌黑的长发柔顺地垂在胸前，即便素面朝天，穿着一身土里土气的灰色运动装，依旧漂亮得让人挪不开视线。

李成伟姑且"原谅"了她的冷淡态度，拿起旁边的水壶帮她倒水，之后露出一副"你别逞强"的表情，轻轻地拍了拍她的手背："那是你没有尝过有男人的快乐。"

舒杏没来得及躲闪，忍着不悦之感，在餐桌下用湿巾擦拭被他拍过的地方。

"李先生怎么知道我没尝过呢？"

李成伟脸上的笑容瞬间凝固了，但他很快就恢复如常："舒小姐谈过几个男朋友？谈得太多可有点儿拉低印象分哟。"

舒杏本来觉得，自己即便被骗来相亲，但如果对方并没有什么错，理应给予适当的尊重，毕竟对方可能并不知道真相，可李成伟这话以及之前的种种表现都让她觉得这份尊重不给也罢。

"李先生不觉得第一次和我见面就问这种问题太冒犯了吗？"

"抱歉，我这个人比较直白。"李成伟喝了一口咖啡，眉头一皱，嫌弃地放下了咖啡杯，"你要是对我有什么好奇的地方，也可以直接问我。不过，男人和女人毕竟不太一样，男人要是活到三十三岁还一个前女友都没有，也不正常不是？"

"我对李先生的情史不感兴趣。"舒杏温和地说，"李先生会做饭吗？"

"不会。"李成伟理所当然地说，"做饭这种事不都是女的来做的吗？"

"那真是可惜了。"舒杏把手里的湿巾叠好，放在桌角，"我就想找一个长得帅、有钱还爱做饭的男朋友，每天我回家就有一桌香喷喷的饭菜等着我，多幸福啊。"

李成伟沉默了片刻，然后说："没事，咱家也不差这点儿钱，到时候雇几个厨师不就行了？别说你，就算我们以后有五六个孩子，我也顾得过来。哦，对了，舒小姐喜欢小孩吗？"

"不喜欢。"

"没关系，你生了之后就会喜欢了，我妈说女人都这样。"

舒杏闭了闭眼，忍无可忍，决定抛弃素质："那李先生喜欢被戴'绿帽子'吗？"

"你什么意思？"

"不喜欢也没关系，戴了之后说不定就喜欢了，您可以找别人试试。"

李成伟脸上的笑顿时无影无踪，再漂亮的脸蛋也没有办法扭转他此刻对舒杏的负面印象。

他抓着手机，"噌"地站了起来，刚才被餐桌遮挡的啤酒肚此刻一览无余："我妈说你温柔可人，我才愿意抽时间出来和你见一面，没想到你自私又没素质，那我们没必要再聊了。你是单亲家庭，条件又一般，不就靠着一张脸吗？装什么？"

"李先生谦虚了，我可装不下……"舒杏用视线从上到下地扫过他硕大的啤酒肚，最后微微一笑，意味深长地说出了一个字，"您。"

李成伟骂骂咧咧地转身走了。

先不说之后会有什么风波，起码在这时候，舒杏心里还挺爽的。

她日常在工作中没遇到过什么"奇葩"，今天也算大开眼界，见识了生物的多样性。

一桌子的菜都没怎么动，舒杏秉持着"来都来了"的原则，悠闲地吃饱才慢悠悠地散步到了地铁站。

夜深了，奔波了一天的行人都满身疲惫。地铁里人不少，却很安静，有人玩手机，有人闭着眼休憩。

舒杏找了个空座，刚坐下，就看到手机上有两条舅妈在五分钟前发来的消息。

"杏杏啊，真是对不起，我不该撇下你一个人先走的，但也是想给你们创造空间。你妈跟我说，你快二十六岁了，让我帮忙看看有没有合适的男孩子，催了我好几次。我正好有个小姐妹，听说她姐姐的朋友的儿子不错，虽然年纪大了点儿，但身材高大，家庭条件很好，人也孝顺。

"我知道，你们年轻人都不喜欢这种相亲的形式，但是你也要理解你妈。二十六岁在辅川没什么，但你妈是在镇上，镇上二十六岁还没结婚的姑娘已经要被人议论了。你别有太大的心理压力，就当和他交个朋友，行不行？"

舒杏突然懂了媒婆们的话术背后的逻辑：身材高大的人不一定高，但大概率胖；孝顺的人不一定人品好，但大概率是"妈宝"。

舒杏不知道怎么回复舅妈。面对李成伟，她可以毫无顾忌，但有些东西一旦被扣上"我都是为你好"这个帽子，就很难处理了。

她索性放弃了。

之前迫于母亲的压力，她加过几个男生的微信，但和他们聊过几次后都礼貌地拒绝了，没有见面。今天她起了这个相亲的头，只怕之后的生活就不会平静了。

她脑子里一团乱，心口更是像被一团棉花堵着，让她有些喘不过气。

舒杏长长地呼出一口气，余光瞥到在地铁门关闭的前几秒有人急匆匆地走了进来。

她正沉浸在烦躁的思绪中，一开始根本没在意这个人，直到一截熟悉的灰色裤管出现在视野里。

灰色运动裤的裤管旁边有两道细细的白边，这条裤子跟自己今天选的裤子一模一样。

舒杏摆弄手机的动作停下了，视线顺着对方的裤管缓缓地往上移。

首先映入眼帘的是两条被崭新的运动裤包裹着的大长腿，继而是一只拿着手机的骨节分明、五指修长的右手，这个人肩膀平直，穿着一身平平无奇的运动装都像街拍的模特。

她本来应该有闲情逸致欣赏一下他的，如果两个人没有撞衫的话。

舒杏故作镇定地抬起眸，在看清对方的脸的瞬间愣住了。

沉……沉野？

不知道是不是察觉到有人在看自己，男生也看向了舒杏。

一个人低头，另一个人仰头，两个人隔着不远不近的距离四目相对。

和七年前比起来，沉野的五官变得更有棱角了，薄唇、高鼻梁，眉眼的轮廓像被精雕细琢过。他左手插在运动裤的裤兜里，眼神冷冷的，却透着几分慵懒之意。

舒杏想：真好啊，不知道他做什么工作，看着还这么有少年气。不像我，二十几岁的年纪，四十几岁的精神状态。

但这不是重点，重点是，现在这场景是不是有点儿尴尬？她要不要主动打个招呼？

舒杏正纠结的时候，沉野却先一步收回了目光，看起来并不记得她。

谁能不说一句这是"i人"（网络用语，指性格内敛、内向的人）的劫后余生呢？舒杳瞬间少了一半的心理负担。

车厢里只有她旁边有一个空座，他很快就过来坐下了。

一旦把他当陌生人，舒杳就没那么在意了，眼神回到了手里的手机上。

两个人沉默而平和地过了四站，地铁途经人流量最高的市中心，缓缓地停下了。

"让一下，让一下——"

和舒杳相隔四个座位的位子上有人起身了，拨开过道上的人群往门口走。那个人留着寸头，戴黑框眼镜，身高一米九左右，舒杳觉得有点儿眼熟。

如果她没记错的话，他好像是当年沉野他们班上的体育委员刘阳。

怎么回事？今晚地铁里是在办辅川三中同学会吗？舒杳无语地想。

不过她当初和刘阳还没有和沉野熟，所以刘阳应该更不记得她了吧？

就在她理所当然地这样想的时候，刘阳经过了舒杳的面前，又像突然意识到什么似的后退两步，惊喜地叫出声："我的天哪！沉野？！舒杳？！"

地铁里不算吵闹，因此他的声音立刻引得不少人把目光投了过来。

但刘阳并没有意识到众人的目光，在他们俩之间来回打量之后热情地感慨道："我的天哪，你们俩还在一起啊？情侣装够浪漫的！我又相信爱情了！"

舒杳心生疑惑：哪里浪漫了？你相信什么？不是……怎么就"还在一起"了？

解释的话就在嘴边，可舒杳觉得他的话中最奇怪的点在另一个地方。

"你为什么说'还'？"舒杳问。

她和沉野什么时候在一起过？

"高三的时候你们……"刘阳疑惑地挠了挠后脑勺，听到地铁里响起关门提示音，于是顾不得回答她，急匆匆地摆了摆手，"我先下了，咱们下次再聊。"

刘阳可是三年蝉联高中运动会男子五十米短跑冠军的人，一下子就没影了。

地铁的玻璃窗外，广告牌飞速地掠过，玻璃上映出了两个人面无表情的脸庞。

沉野似乎完全没有受到影响，双腿悠闲地微微敞开，自顾自地摆弄着手机。

怎么说呢？这完全在舒杳的意料之中。毕竟以前大家就说，沉野不爽的时候会随机在精神上攻击某个人，但绝大多数心情还行的时候会选择平等地无视所有人。

此刻刘阳和她估计就属于被无视的那批人。

只是，刘阳到底为什么会误会？明明高中的时候她与沉野见面的次数屈指可数，两个人甚至称不上朋友，只是两个在徐昭礼和赵恬恬身边的工具人。

在舒杳为数不多的记忆里，沉野大多数时候是冷淡的。要说令她印象最深的事情，还是她和他的最后一次见面，在那个昏沉的骤雨袭来的夏日傍晚。

那天是填报志愿的最后一天，雨水没有消除丝毫闷热。不远处的小吃店里，确定了去向的学子们觥筹交错，好不热闹。而一路之隔的地方，细细的雨丝冲刷着破旧的砖墙，空气里充斥着血腥味。

少年身上的黑色T恤湿了肩头，额前的碎发搭在睫毛上，滴着水珠，右手手臂上的些微殷红之处被雨水冲刷着，露出了浅浅的擦伤的伤口。他甩了甩手，不以为意。

舒杳撑着伞站在巷口，微眯着眼睛，起初只看到一个轮廓，没认清人。

那时候学校里有些男生要耍帅，喜欢在大冬天穿短袖，下雨天不打伞，所以舒杳的第一反应是：这个人多少有点儿毛病。直到男生越走越近，两个人的视线对上，舒杳才看到对方漆黑的眸子里藏着肉眼可见的不爽之意。

在此之前，舒杳对沉野没什么负面印象，可此刻觉得沉野的眼神给人一种莫名其妙的压迫感，沉闷、野性，他像处在应激状态的狼，说不准什么时候把对方吃干抹净。

舒杳有些慌乱地移开视线，向他身后看去，这才发现不远处倒着一个男生，男生的脸上布满雨水，表情狰狞。

这个人她倒是立刻就认出来了，是她的青梅竹马以及"男朋友"——周北川。

前一天她刚听周北川提起，之前在篮球队训练的时候，沉野对他的态度一直不太好，他觉得沉野迟早会找他麻烦，没想到今天就……

舒杳右手紧紧地握着手机，一时间不知道该作何反应。

也就是在那一刻，沉野从地上捡起早已湿透的黑色书包，拉开拉链，直接把手里的一个脏兮兮的黑色礼盒扔了进去，冷漠地经过了她身边。他一脚踩下，几滴污水被溅了起来，沾上了她的裤管，一些令人不寒而栗的画面在她的脑海中死灰复燃了。

她紧攥着伞柄，本能地后退了两步。

沉野的余光捕捉到了她的动作，他往下一扫，视线落在了她的手机上。他低沉的嗓音似乎被雨水浇透了，让人察觉不到一丝感情。

他说："想报警就报吧。"

虽然事情已经过去了七年，但舒杏想到当时的画面，第一反应还是"危险"二字。

她努力地往一旁挪了点儿距离，又不想被人看出很刻意的样子，没有丝毫波澜的表情和肢体动作形成了鲜明的对比。

可能因为刚才刘阳跟个现眼包似的吸引了全部人的注意力，所以在他离开后，舒杏也能感觉到个别人好像在打量她和沉野。她放弃了挣扎，心想：反正只剩下三站就要下车了，下车之后又会迎来一个美好的明天，自己还是省点儿力气吧。

地铁运行的声音充斥着车厢，她低头看着手机，直到身旁突然传来了一声低沉的询问声。

"你和赵恬恬还有联系吗？"

舒杏愣了一下才反应过来是沉野在说话，抬头看向了他："有，我们是舍友，怎么了？"

"徐昭礼要结婚了，准备给她寄邀请函，但没有她的地址。"

"他……给恬恬寄邀请函？"舒杏不能理解，"嗯……新娘不介意吗？"

沉野嗤笑一声："八百年前的事情，谁还记得？"

也是，赵恬恬连男朋友都谈过几个了，估计也不会在意这夭折的初恋。

"他什么时候办婚礼啊？"

"下个月。"

地铁即将到达舒杏的目的地，她握着杆站了起来，浅浅地笑了一下，客套又疏离地说："那我回去问问恬恬吧。"

舒杏回到家，发现赵恬恬正坐在地毯上赶论文。

齐肩的短发被洗脸用的发箍全部拢起，赵恬恬脸色凝重，手指在键盘上飞舞，嘴里念念有词："没事！我精神状态好得很啊！下辈子做一只猴子吧，别做人，什么恋爱、减肥，我不关心！我只关心我的论文！"

舒杏在心里默默地安慰自己：没事，这都是正常现象。毕业季的研究生嘛，哪有不疯的？

赵恬恬抽空瞥了她一眼，终于停止放飞自我："你到底咋了？什么恐怖片啊？你也没和我说清楚。"

舒杳身心俱疲，把包一扔，趴在了沙发上："我舅妈不是请我吃饭嘛，说大女儿要高考，想跟我聊一聊考试经验，结果我到了才发现那是相亲。"

赵恬恬瞬间停下了打字的动作，回过头："你舅妈真的是诡计多端啊，之前明着给你介绍对象，被拒绝了，现在暗地里整上这一出了？"

"她也没办法，我妈催得紧。"说到这儿，舒杳掏出了手机。

手机屏幕上有一条母亲舒美如发来的消息，问她到家没有，倒是没问相亲怎么样，估计是觉得要给他们一点儿时间。

舒杳照常回复："到了。"

赵恬恬探过头来，看到她和母亲的聊天界面，惊讶地说道："你和你妈每天的聊天内容都只有'到家了？''到了'吗？看起来像复制粘贴的信息。"

舒杳无奈地苦笑："我一个人在大城市，她不放心。"

"为什么啊？你又不是小孩子了。"

"我在结婚前，在她的心里永远都是小孩子。"

看出舒杳并不太想谈论母亲，赵恬恬便把话题转回了相亲的事上："那你晚上见的那个男人怎么样啊？"

舒杳简单地把相亲经过复述了一遍。

赵恬恬被气得论文也写不下去了，骂道："这是什么男人啊？我所有前男友的缺点加起来都没他的毛病多。"

一晚上了，舒杳第一次被逗笑，费力地捞过茶几上的巧克力，拆开了一块，掰一半吃了下去。苦涩的味道伴着些微甜意在口中弥漫，多巴胺让她的大脑清醒了不少。

赵恬恬接过了她手里的另一半巧克力，一边吃一边吐槽："说实话，就我交的这几个男朋友来看，我觉得还是以前的男朋友靠谱。女生年纪越大，遇到'奇葩男'的概率越大。"

舒杳笑了起来："你说徐昭礼啊？"

"其实想一想，他虽然有点儿傻，但性格确实还行啦。"说着，赵恬恬转过身，继续奋斗，写自己的论文。

舒杳想起了沉野的话，用一根手指点了点赵恬恬的后背："哎，你知道徐昭礼快结婚了吗？"

"嗯？"赵恬恬"噼里啪啦"地打着字，"不知道啊，你听谁说的？"

"我刚才遇到沉野了，他管我要你的地址，说徐昭礼想给你寄邀请函。"

"那你给了没？"

"没有。"

"为啥？"

"我这不是怕你不想去嘛。"舒杏趴在抱枕上，声音有点儿发闷，"而且你们好几年没联系了，我突然把你的地址给出去，总觉得对你来说不太安全。"

"你的防备心还真是一如既往的强！"赵恬恬打趣道，"那可是沉野哎！远扬地产的二公子！什么都不缺，他能骗咱们什么啊？"

"可我是在地铁里遇到他的，而且他穿的衣服很便宜啊。"

"哦……"赵恬恬若有所思，"听你这么说，我倒是想起来了，以前就听说他和他哥哥关系不太好，父母又偏心，所以他家里的钱有可能不给他。"

"偏心？"

"你没听说过吗？高中的时候，他哥上那么贵的国际学校，还有专车接送，但沉野和我们挤在一个教室里，还总是自己骑车上学，大家都看不惯过去。哦，对了，好像还有人说，他们家出去旅游都是三个人去，从来不带沉野。"

舒杏倒是没听说过这些事，一时心中五味杂陈。

安静的客厅里，唯有赵恬恬"噼里啪啦"的打字声响彻耳畔，舒杏闭目养神，很快就有了睡意。

不知过了多久，她在迷迷糊糊之际被手机振动的声音吵醒了。她微蹙着眉头看了一眼手机，发现是一个名为"Later"的微信好友发来了消息，内容只有一个句号。

她的微信里经常有人靠群发消息清理单向的好友，也有图省力群发句号的人，所以她并没觉得这件事多奇怪。

要是知道对方是谁，她会无视。但这位"Later"实在太过陌生，朋友圈也空空如也，她找不到一点儿有用的信息。

舒杏垂着眼皮思索了片刻，想着如果这个人是合作方，自己得修改一下备注，防止误删。于是她礼貌地问了一句："请问您是……？"

舒杏第二天上班的时候，才想起昨晚莫名其妙地发句号的那个人没有回复她。

这个人真没礼貌。

但朋友圈里她不熟悉的人太多了，所以她并没有把这件事放在心上，急匆匆地抱着笔记本进了会议室。

博文艺术网的记者部在首都、辅川等几个城市都有分部，所以一周一次的例会都是视频会议，由位于首都总部的总编主持。

助理周悦刚来几个月，每次临开会都是一副战战兢兢的表情，垂头丧气的。她双手捧着一个保温杯，下巴抵在盖子上嘟囔："杳杳姐，你是怎么做到每次开会都情绪这么稳定的？"

舒杳将笔记本翻过一页，不甚在意地说："左耳进右耳出就好。"舒杳扫了周悦一眼，见她只带了笔记本，没拿笔，就顺手从包里取了一支笔给她，安慰道，"你只是助理，又不会被骂，担心什么？"

"谢谢。"周悦微笑着接过笔，解释道，"没……没担心，就是你们被骂，我看着也挺揪心的。"

"没事，总编只是性子直，其实骂过之后不会放在心上的。"

"那就好。"

"杳杳啊。"对面的林瑞阳突然打断了她们的对话，虽然一副关心的样子，但掩饰不住眼里的嘚瑟之意，"我看了你上周的稿子，你写得真的很好。有时候我确实不太理解大众的取向，这么好的稿子，阅读量居然就这么点儿！是不是你的选题太冷门了？"

林瑞阳虽是舒杳的前辈，但看不惯她已久，时常阴阳怪气。舒杳都清楚，只是碍于同事之间低头不见抬头见，懒得搭理他。

她点了点头，看起来非常虚心："确实冷门。"

"你资历比较浅，等再工作几年，有了人脉，选题的方向就多了。总编应该能理解。"

她继续点头："确实资历浅。"

林瑞阳抬手蹭了蹭鼻子，觉得没意思，不说了，会议室内只剩下"唰唰"的写字声。

大屏幕上的画面切换到了辅川分部的现场，画面一角的总编低头翻阅着资料，连头都没抬，问："林瑞阳，你觉得你上周的文章怎么样？"

林瑞阳瞬间端正了坐姿："上周我主要联系了业内著名的壁画修复师钟老进行专访，文章在网页及公众号上推送之后，效果都还不错，公众号的阅读量突破三万，网站的点击量也突破了两万。"

"不错？"总编嗤笑了一声，突然拍桌子。

周悦被吓得浑身一震，手里的笔掉落在地上，滚到林瑞阳那边，被他捡了起来。周悦伸手接过笔，默不作声地把头埋低了。

舒杏瞟了一眼这两个人，又把视线转回大屏幕上。

"上周我出差，想着你是老记者，经验足，就没仔细看你的稿子，结果呢？哎，我就不明白了，都这年头了，你怎么还能问出'你怎么平衡工作与家庭？''会不会想念丈夫？'这样弱智的问题？这很重要吗？你觉得她背井离乡十几年，是为了换个地方想男人？"

"她为了修复壁画，受地理条件的限制，曾和丈夫异地生活十多年。我觉得读者应该会好奇这些事。"林瑞阳解释道，"采访的数据也证明，大众的确对此事感兴趣。"

"这些问题，我找个初中生都能问出来，你干了这么多年，面对一个人生经历丰富到可以出书的大佬，还是只能问出这样的问题。林瑞阳，你这几年到底学了什么？"

总编气势十足，一句句质问让会议室里所有的人都屏住了呼吸。

"你去给我看看舒杏前几周的采访，人家进公司比你晚，写出的专访的含金量却是你的不知道多少倍。你给我好好学着点儿，要是在下次的专访中还能问出这种问题，我看分部主编的这个位置也不用斟酌了。"

林瑞阳本以为自己只有被表扬的份，没想到被骂得狗血喷头，难堪地低下了头："好。"

"那你最近有什么想法？"

"除了上周定的选题，这周日红美术馆的'匠心展'即将开幕。展品目录里有江岸的作品，我准备盯一下，看能不能约到他的首个个人专访。这位艺术家虽然初出茅庐，却是李家寰教授的关门弟子，潜力还是比较大的。"

"江岸？我倒是听说过他。"主编显然对此挺有兴趣，将右手里的笔转了两圈，往后一靠，似乎在沉思，"但是我记得这个人从来没公开露过面，甚至江岸都不是他的本名。他应该也不会在展览上露面，你能联系上他？"

"我和这个展览的策展人关系不错，应该可以拜托他帮忙联系一下，但可能需要一点儿时间。"

"那行，循序渐进吧，这个选题过了。"总编翻了翻手里的资料，说："舒杏，你的稿子我没什么好说的，就是有时候啊，选题可以再接地气一点儿，你要知道，我们的很多读者不是专业人士。"

"好。"舒杏点头。

"之前林瑞阳提了但没约到专访的那个选题，我倒是觉得不错……是什么游戏来着？"

见林瑞阳没反应，总编催促着又喊了他一声。

林瑞阳张了张嘴，声音低沉，听着有些不情愿："《宝物记》。"

舒杏觉得这名字有点儿耳熟，但一时之间没想起来在哪里听过。

一旁的周悦倒是对这个游戏很了解："我知道。我最近就在玩这个游戏！这是骤雨科技前不久推出的一款手机卡牌游戏，据说公测第一个月的流水就超过了5亿元。游戏以江南为背景，角色是拟人的文物，比如调兵遣将的虎符一般是由两半组成的，所以卡牌上的形象是一对穿着铠甲的双胞胎。"说完，周悦才后知后觉地意识到自己太激动了，缩了缩脖子，"不好意思，我说多了。"

"没事，说得不错。"总编难得和蔼，"这个游戏最近确实热度很高，我刚刚看到它好像又上热搜了。舒杏，我建议你也去了解一下，林瑞阳没约到专访，你也可以努力努力。"

林瑞阳欲言又止，脸色不太好看。

舒杏知道他在意什么，直白地说道："总编，这既然是小林哥先看中的选题，还是让他来做吧。"

"这……"

"但这个游戏我会回去玩的，看一看能不能从其他的角度找到选题。"舒杏说。

"行吧，我还是那句话，辅川的分部主编迟迟没定，你们俩好好表现，近期应该可以出结果。"

舒杏和林瑞阳都没接话，却心知肚明，这一两周的稿子质量或许直接决定这个位置归属谁。

散会后，林瑞阳就急匆匆地拿着手机走出了办公室。

舒杏顺手把总编推荐的《宝物记》下载了。她玩过一些卡牌游戏，是被赵恬恬带着玩的，但后来觉得实在吸引不了她，就卸载了。这个游戏在玩法上与她之前玩过的游戏有共通之处，所以这个游戏对于她来说，摸索起来并不困难。

精致的画面和动听的音乐很快把她带入了那个古色古香的世界，直到周悦扯了扯她的袖子。

舒杏转过脑袋，听到周悦庆幸地感慨："杏杏姐，你真有先见之明，没接瑞阳哥的那个选题。"

"怎么了？"

"听说上次瑞阳哥特意去他们公司约专访，但是连老板的面都没见到，到秘书那一步就被拒绝了。"周悦摇了摇头，"这公司……不好搞。"

舒杳把注意力拉了回来："无所谓，我倒是觉得这个游戏本身也有不少内容可写。"

"比如呢？"

舒杳笑了笑："我还没想好，之后再说吧。"

"嗯。"周悦回头看了一眼大门，"瑞阳哥这次的选题看上去很不错，你可不能输呀。"

舒杳用右手快速地点击手机屏幕，语气轻缓，温柔却笃定："等他交稿再说吧。"

周悦不解，但见她沉迷于游戏，便不好多说，在旁边整理起展览资料了。

舒杳很快就玩到了剧情的第二卷，即将攒满二十次抽卡机会，正准备抽个痛快的时候，手机上突然跳出了一条赵恬恬的消息。

赵恬恬："什么情况啊？你不是说你们只是遇到吗？你们怎么还穿上情侣装了？"

舒杳一头雾水地打开了赵恬恬分享的链接，发现这是一个叫"找衣服bot"的账号发出的微博，微博的内容是："网友投稿，昨晚在地铁里遇到一对颜值非常高的情侣，求问他们穿的是哪个牌子的运动套装，好好看！"

这本来是一条找衣服品牌的微博，但慢慢地，大家关注的重点就偏移了。

"这不会是品牌方找模特摆拍的吧？他们的颜值也太高了。"

"这么久都没人知道两个人的身份吗？这届网友不合格！"

"这又是两个网络红人吧？诡计多端的品牌方。"

"他们也太甜了吧？在大庭广众之下吻下巴！"

…………

舒杳看完，无语了好一阵，那明明只是拍摄角度的问题啊！

这一刻，她把过去十几年上网的经历都回忆了一遍，确定自己没在网上发过自拍，也没和人吵过架，更没做过什么违法犯罪的事情。

舒杳用"撞衫"两个字简单地向赵恬恬解释了一下，赵恬恬便问她准备怎么办，因为这条微博的热度还挺高的。

舒杳的第一反应自然是找沉野商量对策，但是她点开微信翻了一圈，突然陷入了迷茫——沉野的微信是哪个来着？

由于工作需要，她的1086个好友里有太多她没有添加备注的点头之交。她虽然没有删好友的习惯，但过了七年，又换了手机，没有聊天记录，要找到他无异于大海捞针。

想了想，她只能求助赵恬恬："你有沉野的微信吗？"

赵恬恬："没有啊，我帮你问问。"

赵恬恬人缘不错，很快就给舒杳转了一张微信名片，微信的昵称叫"Later"。不管是昵称还是Q版的小狗头像，舒杳都觉得有点儿眼熟，点开名片之后才反应过来。

舒杳抓了抓头发，盯着那句"请问您是……？"发呆。

真没想到，风水轮流转，一晚上的工夫，就变成她主动联系对方了。

舒杳如临大敌，带着上战场一般的心态给他发了消息："嗨！"

她目不转睛地盯着手机屏幕，右手不自觉地转铅笔，缓解焦躁的情绪。

她其实很清楚，就这个绯闻而言，它就算被澄清了也不会有人信，毕竟"在地铁上和多年未见的高中同学撞衫了"这种话听起来就很像编的。但对于沉野来说，让一条微博消失应该不是难事吧？

舒杳乐观地畅想着，手机屏幕上终于跳出了沉野的回复——

Later："请问您是……？"

这条微博最后是舒杳靠自己私信博主才得以删除的。

赵恬恬看完她和沉野这段来有往的聊天记录，盘腿坐在地毯上，笑得有点儿癫狂。

舒杳抬手合上了赵恬恬的下巴："有这么好笑？"

赵恬恬喝了一口水，脸还是通红的："这真的符合我对沉野的刻板印象。"

"什么刻板印象？"

赵恬恬举起两根手指，一根一根地往下弯："一个字，酷；两个字，记仇。"

她把聊天记录往上滑了一下，发现只有四句话，于是用手肘碰了碰舒杳："哎，你们俩这七年都没聊过天啊？"

"聊过我还能问出这种问题？"

"也是。"

赵恬恬耸了耸肩，手里舒杳的手机突然亮起来了。

快乐生活："幺幺，刚才你舅妈和我说，对方说你在相亲的时候一直玩手机，而且说话非常没有礼貌。你都快二十六岁了，不是小孩子，要为自己的将来想一想呀！我们也是为你好，希望你能有个安稳的生活。"

赵恬恬被看似温柔实则强势的话气到，暴脾气一下子就上来了，"噼里啪啦"地打了一段怼人的话才想起来这不是自己的手机。

赵恬恬愣愣地看着舒杳："这是……你妈？"

舒杳接过手机看了一眼，沉默片刻后，手指在屏幕上按了几下，但没有将消息发出去，最终按灭了手机屏幕。

"你又没到二十六岁，她就催得这么急？"赵恬恬惊讶地问。

"我妈的说法是，确定恋爱关系总需要一段时间吧？恋爱谈个一两年，结婚的时候我就快三十岁了。"

"那你准备怎么办？总不能一直不回复你妈吧？"

舒杳想不到办法，只能逃避。

她走到柜子前，拿出了一瓶过新年的时候赵恬恬买的红酒，完全没有情调，直接往玻璃水杯里倒了满满一杯。

酒本来就不是舒杳喜欢的东西，单纯是因为她不喜欢苦味，但她现在想试试所谓"一醉解千愁"的感觉。

红酒从喉咙一路烧到胃，舒杳觉得身体里好像藏着一团火，酒劲慢慢地涌上头，一些平日里她从来不会细想的天马行空的想法涌入了脑海。

她靠在赵恬恬的肩膀上，低声嘟囔："我觉得，要不索性找个男人假结婚算了。"

赵恬恬："你为啥要假结婚？真结婚不好吗？"

"哪里好？"舒杳一直将对婚姻的悲观想法藏在心里，此刻才开玩笑似的表达出来，"一方死后，警方能快速锁定嫌疑人？"

赵恬恬转过身面对她："不是，你转换一下思路，万一之后遇到喜欢的人怎么办？"

舒杳脸色微红，摇了摇头："我遇不到的。"

"你别这么肯定嘛，以前不是还遇到过那个……周北川？虽然那时候我觉得你是现代版的王宝钏。"

舒杳扯了扯嘴角，没有回应这个话题，倒是想起了另一件事："恬恬，高中的时候有传我和沉野在一起的风言风语吗？"

"沉野？"赵恬恬好像听到了一个笑话，"怎么可能啊？除了我和徐昭礼，还有人知道你和沉野认识吗？而且那时候大家都知道你和周北川……"

照理来说，事实确实是这样的，那为什么刘阳会以为她和沉野在一起呢？

舒杏百思不得其解。

她还没想明白，赵恬恬就拍了拍她的手臂，问："哎，如果真找人结婚，你要找啥样的？"

"是假结婚。"

"哦，假结婚，你要找啥样的人假结婚？"

"聪明一点儿的，可以配合我演戏；话少一点儿的，因为我不喜欢聒噪的人；性格独立一点儿的，平时两个人不要互相干涉；条件也不能太差，不然我妈不会同意……"

赵恬恬满脸震惊的表情，脱口而出："你看上沉野了？"

舒杏："嗯？"

"沉野不是每条要求都符合吗？而且你看啊，你们俩现在在网友的心目中是一对，又都没有澄清，这不是正好吗？"

平心而论，不管是智商、性格还是家境，沉野都是一个极其合适的结婚人选，最重要的是，她对他的人品有所了解。

但是……

"我说我要结婚，他就能跟我结婚了？"舒杏无奈地笑起来，"正常的男人都想要老婆孩子热炕头，谁愿意假结婚啊？"

"也是。"赵恬恬撇了撇嘴，"而且他要是想和他哥争家产，婚姻可能只是他的跳板。"

舒杏无奈地叹了一口气。

幸福的家庭总是相似的，不幸的家庭总有各式各样的不幸。

见舒杏情绪这么低落，赵恬恬一转眼珠，拍了拍她的肩膀："不然这样，我们去遛狗吧？狗狗是人类的心情治愈师！"

舒杏笑着问："哪儿来的狗？"

"最近网上不是流行帮人遛狗吗？"赵恬恬打开了某短视频社交软件，"我们也可以帮别人遛。"

舒杏本身是个挺喜欢狗的人，因为觉得自己照顾不好，所以这几年一直没胆子养一个小生命。

但是……

"那不会是骗人的吧？"舒杏防备心乍起，"比如有人用狗狗骗女大学生到家里，或者对方是人贩子。这件事风险太大了。"

"可能会有这种浑水摸鱼的人，但大多数人还是很真诚的啦！我们可以约对方在小区外见面，小区四周有保安。"

舒杳想了想，终于点头了："怎么找？"

"你等着，我发一条评论，肯定会有好心人来！"

舒杳凑过头去，只见赵恬恬搜索一番之后，在同城的界面里选了一条数据很不错的视频，在评论区里回复："本人研究生在读，诚实可靠，坐标辅川，可以和舍友帮忙遛狗！"

舒杳觉得这件事有点儿荒谬，没想到居然真的开始有狗主人在她的评论下发自家狗狗的可爱照片，狗狗们品种各异，大小不同。

舒杳往下翻了翻，看到一只通体白色、耳朵和眼周是棕黄色的小土狗时，眼睛亮了。她指着手机屏幕说："就它吧。"

赵恬恬定睛一看，满脸疑惑："这么多可爱的狗狗，你不再挑一挑？"

舒杳说："虽然有那么多狗狗，但它们基本是大型犬。你觉得以咱们俩的体力，带一只大型犬，到时候是人遛狗还是狗遛人啊？"

赵恬恬："有道理！"

"而且，我觉得它比其他的狗狗可爱啊。"

赵恬恬纳闷：怎么有人看一眼就有这么重的"亲妈"滤镜啊？

"再遇"酒吧二楼，徐昭礼看着那个评论自己视频的熟悉头像，陷入了沉思。

家里的萨摩耶天天拆家，他最近忙着婚礼的事情才发了一条视频，开玩笑地说找人帮忙遛狗。但是，赵恬恬为什么会评论他？她还将自己的照片当作头像，生怕他认不出吗？

"大数据也太离谱了，居然把我的视频推给了赵恬恬！赵恬恬也是，看不出这是我的账号吗？她还给我评论！这要是被赵昧儿看到，我又进不了卧室了！"

徐昭礼乱骂一通，正想把评论删除，身旁突然传来了一道声音："等等。"

徐昭礼的手指陡然顿住了，他问："怎么了？"

沉野把徐昭礼的手机拿过去看了一会儿，随即掏出了自己的手机，下载了某音。

徐昭礼："你干吗？"

"我最近挺忙的，正好需要遛狗的人。"

"你找赵恬恬遛狗？"

"找老同学比较放心。"

话音刚落，徐昭礼就看见沉野往赵恬恬的评论下发了一张照片。

"不是我说啊，其实找人帮忙遛狗这事还是有一定风险的。赵恬恬从来没养过狗吧？没经验的人很容易出问题，所以我后来想了想，还是没敢找人。"

"她养过。"

徐昭礼以为沉野说的"她"是指赵恬恬，就没再说什么了。他和赵恬恬这么多年没联系了，赵恬恬这几年养过狗也是很有可能的，而且沉野发了图，找人帮忙遛狗的事情也不一定能成。

徐昭礼看着那只小土狗的照片："不是我打击你啊，你看看其他人的狗，都像小公主，一看就吸睛。你家的小土狗靠什么竞争？"

两个人正说着，沉野的手机屏幕上就跳出了一个小红点，那个叫"甜甜的恬"的用户回复："你好，请问这周末可以遛狗吗？"

沉野把手机还给他，起身回头，勾了勾嘴角："靠对方眼瞎。"

曾经被赵恬恬看上的徐昭礼疑惑地想：我怎么感觉自己被骂了？

徐昭礼是沉野多年的朋友，对他多了解啊。养小狗的这半年，他就算再忙也会把小狗带去公司，从没把小狗托付给别人过，怎么可能突然相信几年没联系的赵恬恬？

徐昭礼联想到沉野最近种种异常的表现，感觉自己的脑子里本来有一团乱麻，现在乱麻在他的费力梳理下终于渐渐被捋顺了。

"等等……"徐昭礼堵在沉野的面前，严肃地盯着他，眯起眼，似乎看透了一切，"你跟我说，你是不是藏着什么私心？"

沉野笑了一下："你觉得呢？"

"果然被我猜中了！"徐昭礼叉着腰，急得要爆发，"其实我那时候就看出来了！我说呢，我叫你打游戏你都不出来，每次赵恬恬约我，我喊你一遍你就出来了！原来如此啊……我把你当助攻，结果我才是那个助攻？"

沉野并没否认。

徐昭礼抚摩着心口，缓了缓："你那时候就看上她了？"

沉野："嗯。"

"你真是绝了！你怎么能看上赵恬恬？！我被夹在中间，以后不尴尬？"

沉野："嗯？"

"徐昭礼，"沉野认真地问，"你做过智商测试吗？"

"没有，我做那玩意儿干吗？"徐昭礼翻了一个白眼。

"你去做一做吧，最高纪录是没希望了，"沉野拍了拍他的肩膀，优哉游哉地说，"最低纪录，咱博一博。"

双方约定的遛狗时间是周六下午一点到三点。

为了舒适，舒杳还是穿了那套灰色的运动装。

出租车载着舒杳和赵恬恬，距离对方的小区门口越来越近，路过的车辆的价格也越来越高。

"要不说你的眼光好呢，这地方的房价得六位数一平方米吧？我算是看出来了，不光有钱人不露富，有钱的狗也不露富。"赵恬恬扒着车窗"啧啧"地感慨完，用手肘碰了碰舒杳，"记得微笑，要展现出我们学生……哦不，你虽然已经不是学生了，但也要展现出我们礼貌和友好的态度。"

舒杳看着她，双唇微微弯起，露出了一个满分的微笑。然而舒杳下了车，看到站在小区门口的人时，微笑彻底僵住了——沉野也穿着那套灰色的运动装，仿若从几天前的地铁上穿越而来，只不过身旁多了一只可爱的小狗。

"沉野？！"赵恬恬满脸惊讶的表情，仍自来熟地说，"好巧啊，我们好几年没见了吧？没想到我们居然遛到了你家的狗。"

沉野一如七年前那般冷淡："是挺巧。"

舒杳的目光在他那套灰色的运动装上停留了一会儿，她心中纳闷：不是……我这种打工人平日里不怎么运动，所以只备了一套运动装，他是怎么回事？

舒杳弯着唇，眼神里满是真挚和好奇之色："你们有钱人一辈子也只买一套运动装吗？"

"我们有钱人呢……"沉野晃悠着手里的牵引绳，拖长尾音，"一般喜欢一次买十套一样的衣服。"

舒杳觉得无语，不由得在心里吐槽：你牛！

"没事没事，大家都是老同学，这是缘分嘛。"赵恬恬立刻出口解围，把手里的研究生证和打印的学信网的截图递给他，"这是我的资料，押在你这儿。"

沉野接过东西，低头看了一眼，又抬头直视舒杳："你的呢？"

舒杏一怔，问："两个人的资料你都要吗？"

沉野面不改色，仿佛在说：你觉得呢？

舒杏无语了。

她从包里掏出工作证："我不是学生了，这个行不行？"

沉野接过工作证之后，把牵引绳交给了舒杏。小狗趴在地上，闭着眼睛，一副困倦的模样，直到被牵引绳牵动才悠悠地抬起眼皮，但还是一动不动。

不愧是沉野，连他养的狗都是一副平等地无视所有人的样子。

舒杏蹲下，试着摸了摸小狗的脑袋。它定睛看了她两眼，好像突然来了精神，"噌"的一下站了起来，抬腿上前挤到她和赵恬恬的中间，蹭了蹭舒杏的腿。

舒杏弯着腰挠了挠它的头顶，小家伙看上去还挺喜欢她的，半眯着眼睛，乖巧得不行。

赵恬恬好奇地问："它叫什么呀？"

沉野："土狗。"

赵恬恬："我不是问它的品种，是名字。"

沉野："就叫土狗。"

舒杏和赵恬恬双双愣住了。

赵恬恬对上小土狗无辜的眼神，嘴角一抽："形象，挺形象的。"

一直到沉野转身回家，赵恬恬还没从这名字带来的震撼里走出来。她接过舒杏手里的牵引绳，但小家伙一直黏在舒杏的脚边，全程围着她转，怎么也不肯离开。

赵恬恬打趣道："才第一次见面，它怎么这么黏你啊？"

"不知道，"舒杏蹲下身挠它的下巴，仰头看着赵恬恬笑，"但我觉得确实和它挺投缘的。"

"呵，"赵恬恬悠悠地说道，"我看你是和沉野投缘吧？"

两个人带着狗狗去了街心公园，舒杏抱着它坐在草坪上，从包里掏出了一早就准备好的狗粮。

赵恬恬对着这个和谐的画面拍了几张照片，准备向狗主人报平安，但发送的时候才想起来，刚才居然忘了向沉野要联系方式。不过正好前些天帮舒杏跟别人要过他的联系方式，她找到那个微信名片，点了好友申请。

十分钟过去了，沉野还没有通过好友申请。

赵恬恬拍了拍舒杏的肩膀，说："我把照片发给你，你帮我发给沉野吧。我加他好友好久了，他还没通过。"

"行。"舒杏没有细想，挑了几张只有狗狗出镜的照片发过去了。

又十分钟过去了，狗主人没有回复。

赵恬恬很无奈："沉野对我们也太放心了吧？他连手机都不看。"

"他看，只是不重要的消息就懒得回复。"

舒杏拍了拍狗狗的屁股，它就识相地从她的腿上蹦了下来。

赵恬恬不信："你怎么知道？"

舒杏脱口而出："他以前就是这样。"

"不是……"赵恬恬一副发现真相的样子，将虎口抵在下巴旁，眯着眼睛，"我以前没看出你们俩这么熟啊。"

初夏的阳光穿过树叶间的缝隙落在眼前，明晃晃的一片。

"我们称不上熟吧？"舒杏看着那个明暗相交处，模棱两可地回答，"以前我看到过好几次，他看消息，但是不回复。有一次我好奇，就问了，他说懒得回复。"

"他连这都懒得回复，那天为什么回你？你不就发了个'嗨'？"

舒杏想了想，说："你不是说了吗？他记仇呗。"

舒杏手里的绳子被扯动了，小狗好像看到了什么，突然一仰头，兴奋地冲了出去。舒杏一个没注意，被带着跑到了路边。

有个小姑娘牵着一只通体雪白的博美迎面走来，博美脖子上还系着蝴蝶结，简直是一个狗狗界的"小公主"。舒杏低头看着狗狗目不转睛的样子，终于明白了——敢情它是看上人家了。

舒杏扯了扯牵引绳，狗狗却一动不动。她没有处理这种事的经验，以防万一，就把眼下的情形拍了下来，将照片发给沉野求助："怎么办？它好像坠入爱河了。"

涉及狗儿子的终身大事，这一回，沉野很快回复了："没事，它等会儿就自己爬上岸了。"

他怎么习以为常？

舒杏盘腿坐在草坪上，眉眼弯弯地摸它的脑袋："你的主人看上去不近女色，怎么养了一只'花花狗子'啊？"

小狗听不懂，眼里只有"小公主"。但"小公主"看上去心高气傲，完全没有把旁边的小土狗放在眼里。

不多时，一位大叔牵着一只边牧加入了战局。

"小公主"显然被吸引了，两条颜值绝配的小狗摇晃着尾巴，彼此相贴。而小土狗只能落寞地站在一旁，尾巴耷拉了下来。

舒杳又拍了一张照片，给沉野发消息："完了，'小公主'找到了心仪的对象，它好像伤心了。"

沉野："它没伤心。"

舒杳："可是它尾巴都耷拉下来了，不知道在想什么。"

沉野："它在想怎么插足。"

舒杳不以为然。狗狗哪有这么多坏心眼？

舒杳也不走，就这么好奇地等着。突然，眼前的博美和边牧之间的氛围急转直下，两只小狗弓起身体，怒目相对，好像反目成仇的小情侣。舒杳手里的牵引绳就在此刻被牵动了，小狗顺势加入战局，蹭了蹭博美的脑袋，而后对着边牧狂吠，和刚才懒洋洋的样子"判若两狗"。

最终，大叔牵着边牧遗憾地退场了，恨铁不成钢地指着边牧，开玩笑说它不争气。

一旁的赵恬恬用双手捧着脸，"啧啧"感叹："好家伙，原来它是一只护朋友的小野狗啊。"

舒杳看着在草坪上贴在一起的小狗，忍俊不禁。

赵恬恬又感慨道："你别说，这狗吧，还真是谁养的像谁。沉野要是谈起恋爱来，估计也是这副狗样。"

"好端端的，你怎么骂人呢？"

"我这可不是骂人啊，是褒奖。"赵恬恬用手肘撞了撞她，"哎，我最后问一个八卦的问题啊。"

"什么？"

"你们俩在颜值上天造地设，他还完美地符合你选老公的标准……"

"是假老公！"舒杳立马纠正赵恬恬。

"行吧，行吧，反正，你对他心动不？你心动的话，我帮你助攻！"

"怎么算心动？"

"就是心跳加速，耳朵发烫，不敢直视对方。"

舒杳沉思片刻，然后说："我毕业答辩的时候有过这种感觉。"

舒杳乱七八糟的心情被狗狗治愈了大部分，深夜，她躺在床上翻看白天拍的照片。其中有一张是她在还狗的时候拍的，当时小家伙蹭着她的裤管，怎么也不肯走，最后被沉野强行抱进了小区里。

她喜欢狗，也觉得极难遇到这么合眼缘的小狗，心里不由得涌起一股懊恼的情绪——早知道这样，自己离开的时候就顺便和他预约下次遛狗的时间了。

舒杏点开和沉野的聊天界面，犹豫着打下几个字："你还……"

她还没打完字，一通电话就突然打过来了，看到备注时，那种无力感卷土重来。

舒杏删掉输入了一半的消息，做好心理建设才按下接听键，准备接受母亲作为过来人的"思想教育"，却不想这一次舒美如开口时不似平日里那样严肃，反而带着几分欣喜之意："睡了没有？"

"准备睡了。"

"那你先别睡。你有男朋友了，怎么不早说呀？要不是你舅妈看到照片，把照片发给我，你打算一辈子都不跟我说？"

舒杏怔了一会儿才反应过来，舒美如指的应该是那张在地铁上被偷拍的照片。

热度很高的原微博在被删除之前已经有两三个营销号传播了照片，舒杏没精力一个个地去私信，就只能抱着侥幸心理，想着这些微博的评论数和转发数都是个位数，看到的人应该很少。她没想到，舅妈就是其中一个看到的人。

"我们……"

"妈妈让你相亲也是为你好呀。你要是早点儿跟我说你有男朋友了，我干吗还浪费这个时间？"

舒杏本来想解释的，但舒美如的这句话让她硬生生地把刚到嘴边的话咽了下去。

最近正是她的升职考验期，她不想被催婚分散注意力。反正母亲不会来辅川，更不认识沉野，她不如先混过这阵子，之后对母亲说自己已经分手就行了。

深夜的时候，人就容易冲动。舒杏这么想着，便这么说了："我们刚在一起没多久，我想等感情稳定了再对你说。"

"你这小孩！行吧，行吧！"舒美如听起来确实很开心。

这让舒杏的情绪变得有点儿复杂，她如释重负的同时，又心虚得仿佛背了个更大的包袱。

"那个男孩子是干什么工作的啊？什么学历？"舒美如又问。

"他是从……国外留学回来的，工作……"

舒杳不知道，只能硬编。她的脑子里跳出的第一个答案是程序员，因为她隐约记得好像在哪个同学群里看到有人提到沉野在大学里学的是计算机，但是她妈可能都不知道程序员具体是做什么的，所以大概率不会对这个工作满意。

舒杳破罐破摔地说："在事业单位上班。"

母亲果然没有任何意见："那挺好，挺好。等你们的感情稳定点儿，你把他带回来让我们见一见。"

"好。"

又聊了几句，舒杳挂断了电话，深深地吐出了一口气，脑海中突然浮现出沉野那张堪称无可挑剔的脸。

她心虚地把被子往上一扯，盖住了脸。

自己只是短暂地借用一下他的名字，他应该……不会知道吧？

第二章
最想做的事？结婚算吗？

舒杳心虚，非常心虚。

"匠心展"开幕当天，舒杳在商场门口遥遥地看到沉野走进旋转门时，满脑子只有"心虚"这两个字。

他今天看起来是在工作时间里抽空来的，一身定制西装勾勒出修长的身体线条，那双腿被包裹在西装裤下，看起来比她的命还长。

她本来以为从下地铁的那一刻开始，两个人就又是分散在这偌大的城市里的两个陌生人了，没想到就像蝴蝶效应一样，那一次撞衫居然带来了无穷无尽的连锁反应。

昨晚自己对母亲胡编乱造的那段话在脑子里重复播放起来，舒杳安慰自己，红美术馆虽然位于商场的顶楼，但商场里有那么多店，他可能只是来吃饭的。

这么一想，舒杳淡定多了。

电梯上行，直至走进展厅，舒杳都没有看到沉野的身影。

原来是虚惊一场。

展厅里灯光柔和，右侧展柜里的红色展布上摆放着一件件花丝镶嵌作品，在灯光的照耀下泛起了金色的光。金色与红色互相映衬，看起来一派雍容华贵。

但展厅里的记者并不多，有些人甚至看起来对展品根本没有什么兴趣，靠在墙上摆弄手机，显然只是象征性地出席一下展会。

其中，林瑞阳倒是个异类。

他用心地拍摄每一件展品，抬头看到舒杏时明显一愣，但很快就恢复如常了。他微笑着和她打了一声招呼，眼神里却带着戒备："杏杏，你怎么也来了？"

总编上次要把《宝物记》的选题给她，估计林瑞阳已经不满了，所以才有点儿草木皆兵。

舒杏神色淡淡地解释："只是感兴趣，过来看看，我不写这个选题。"

"哦，"林瑞阳说，"没想到你还对这些手工艺品感兴趣啊。"

舒杏没接他的话茬，只轻轻地"嗯"了一声。

下午一点整，"匠心展"的开幕式正式开始了。

导览结束后，除了个别记者在展厅里席地而坐，开始写稿，更多的人直接离开了。小众的技艺和不出名的手艺人好像并没有让记者们花大力气报道的价值。

见策展人在一旁和馆长说话，林瑞阳没有去打扰她们，但目光一直追随着那两个人。

舒杏想了想，还是提醒了一句："花丝镶嵌是相对小众的技艺，关于这个展览，能出的内容不少，我觉得你没必要纠结在采访上。"

"你是觉得我约不到采访？"

"不是你约不到，是江岸从来不接受任何人的采访。"

林瑞阳不屑地轻哼："这种话不过是你们这些资历不够的记者用来掩饰能力不足的借口，在我这儿，没什么人是约不到的。"

其实在此之前，情况的确如此。

林瑞阳虽然文字功底一般，但胜在社交能力强，人脉也广。作为记者，这是他不可否认的优势。在他的努力下，不少难约的采访对象都被成功地约出来了，比如上周的壁画修复大师钟老。所以他如此信誓旦旦，舒杏可以理解。

林瑞阳见她不说话，以为她被自己说服了，谆谆教导道："艺术家嘛，都清高，何况是这种初出茅庐、没受过名利诱惑的艺术家？但人都是这样的，只要我们保证能让他吃到甜头，没人会不心动，以后说不定会求着让人采访他。"

尊重他人的命运，舒杏在心里这样告诉自己。

好不容易等到馆长离开，林瑞阳立刻朝策展人走了过去。舒杏听不到他们在说什么，只是眼见着林瑞阳脸上的笑容渐渐变淡，最后消失得无影无踪。

很显然，他碰壁了。

舒杳把手里的门票放进包里，转身离开了。殊不知就在她走出门的时候，策展人周枚的目光落在了她的背影上。

"那位是……？"

林瑞阳没理解周枚的注意力怎么突然转移了，点头哈腰地说道："枚姐，那是我同事。"

"你同事？"周枚好奇地问，"她叫什么呀？"

"舒杳。"林瑞阳开玩笑，"枚姐，你怎么对她这么感兴趣？你们俩认识？"

"我们倒是不认识，我就是觉得她有点儿眼熟而已。"

"哦。"林瑞阳把话题又拉了回来，"枚姐，我刚才说的事，您要不再去帮我沟通一下？"

"瑞阳啊，不是我不想帮你，江岸真的不接受采访。别说采访了，就连我和馆里跟他对接的工作人员都不知道他长什么样子。"

"枚姐，您不会骗我吧？"

"我骗你干吗？咱们俩认识这么久了，能帮你的忙我肯定帮，但这次确实有心无力。"

"那您把他的联系方式给我吧。"

"你这不是为难我吗？到时候要是被追究起来，我这工作还要不要做了？"听到自己的手机振动起来，周枚低头看了一眼，急匆匆地说道，"刚开展，我这边的事还挺多的，咱们下次再聊吧。"

周枚把话说到这儿，明白人都能听出其中的拒绝之意。林瑞阳只能强颜欢笑："行，下次我请姐吃饭。"

周枚摆了摆手，走了。林瑞阳却越想越觉得不是滋味，垂在身侧的右手握紧，手背上青筋毕露。

他受到打击之后，思路反而更清晰了些。

在一起工作两年多，舒杳的性格他多多少少是了解的。在无关自己的事情上，她很少发表看法，那么刚才为什么会如此信誓旦旦地说江岸不会接受他的采访？

林瑞阳咬了咬牙，追了出去。

幸好商场比较大，舒杳此时还站在电梯门口等电梯。林瑞阳微喘着气跑到她面前，一开口就质问："你是不是认识江岸？"

舒杏点头："算是。"

林瑞阳的态度渐渐软了下来："那你能不能帮我联系上他？杏杏，我已经和总编保证过了，这次一定要完成采访。"

"抱歉，小林哥，我做不到。"

两个人平时在工作上交集不多，也没什么需要拜托彼此的事情，所以林瑞阳没想到，舒杏看着温温柔柔的，拒绝起人来如此果断。

"你是做不到还是不想做？"林瑞阳的脸色沉了下来，语气里带着嘲讽之意。

舒杏不以为意地回答："我做不到，也不是很想做。"

这句话彻底点燃了林瑞阳的怒火。

"我说你在开会的时候怎么不直接说，"林瑞阳冷笑道，"原来是为了现在看我的笑话。"

"我没想看你的笑话。我刚才提醒过你了，你丝毫不信，不是吗？那我在开会那天提醒，你就信了？你只会觉得我在总编面前不给你面子，质疑你的能力。"

"舒杏，你别整天装出一副什么都不在意的样子，说到底不也想要分部主编这个位置吗？我完不成选题，你就可以踩着我上去了。"

"我是想要这个位置，但会靠自己的能力升职。"

"能力？你靠什么能力？"林瑞阳上下打量她几眼，讽刺道，"哦，对了，我听说骤雨科技的老板都是男的，你靠这脸和身材，或许还真能拿到他们的专访。那分部主编就非你莫属了，反正你又不是第一次干这种事，你和陈总的事大家都知道……"

舒杏没有动怒，面无表情地从包里掏出手机，拨通了陈总的电话。

"嘟——嘟——"

手机铃声响起的同时，她抬头看向了林瑞阳，目光沉静，语气淡然："有什么话别对着我一个人说，和陈总也说一说，我倒是好奇和陈总关系匪浅的人到底是谁。"

林瑞阳瞬间变了脸色，趁着陈总还没接电话，蛮横地试图夺过舒杏手里的手机。舒杏避开，手背却不小心撞到了他的脸上，"啪"的一声，跟扇了他一巴掌似的。

电话无人接听，手机屏幕再度变黑了。周遭好像被按下了暂停键，林瑞阳一脸蒙，舒杏也愣在了原地。

她这算打人吗？可是她不得不说，这感觉有点儿爽。

"喀喀"，一旁突然传来了咳嗽声。舒杳顺着声音看去，发现沉野站在三米开外的地方，右手插兜，没什么表情地看着他们。他旁边是刚刚咳嗽出声的助理，正捂着嘴，满脸尴尬。

她生平第一次"打人"就算了，居然还被沉野看到了。

不知道刚才林瑞阳说的那些话他有没有听到，他会信吗？

舒杳出神的时候，林瑞阳终于反应过来了，左脸泛红，怒火冲天地指着舒杳："你敢打我？！我告不死你！"

他转头看了一眼"目击证人"："兄弟，你可都看到了啊！你帮我做证！这疯女人打人！"

然而林瑞阳没有得到想象中的回应。

沉野神色淡淡地问身边的助理："黄山，你刚才看到了吗？"

黄山挺直了腰板："没有，我只看到一个男人辱骂一个女生。"

"巧了，"沉野嗤笑一声，"我也是呢。"

林瑞阳表情僵硬了几秒，恍然大悟："你们……你们认识是吧？行！"他指了指头顶上的监控，"反正商场这么大，不怕没有证据。"

"坏了。"沉野冷淡地提醒。

林瑞阳嘲讽道："你说它坏了它就坏了？商场是你家开的？"

沉野动了动脖子，右手拿过助理手里的一个蓝牙耳机盒，猝不及防地往左上方扔了过去。

"砰！"他的力道很大，蓝牙耳机盒和监控的壳子一起掉落在地上，里面的摄像头摔得七零八落。

沉野好像什么都没发生过一样，露出一抹无所谓的笑："现在它坏了。"

虽然早就知道沉野是这种不会被规矩束缚的人，但亲眼看见这个场面，舒杳还是忍不住惊呆了。她本能地环顾四周，生怕保安把这个嚣张的人拖出去，却发现保安就站在几米开外的地方，丝毫没有上前的意思。

她这才想起来：哦，对，这个商场好像就是沉家的产业。

林瑞阳的脸一阵红一阵白，他虽然不知道眼前这人的身份，但看其穿着打扮不一般，还带了个助理，就知道对方不好惹。而且面对这个身高一米八五以上的男人，他在身高和体形上都处于下风。

最终，林瑞阳咬了咬牙，什么都没说，用最快的手速猛戳电梯的下行键，身影消失在了电梯门后。

而对于舒杳来说，心虚的感觉掩盖了气愤。她佯装淡定地微笑，对沉野说："好巧。"

"嗯。"

沉野转头和助理说了一句话，助理很快就乘另一部电梯下去了。

舒杏把地上的碎片都捡起来，扔进垃圾桶里，拿起那个瘪了一角的蓝牙耳机盒说："监控和蓝牙耳机盒，我赔吧。"

"不用。"他伸手接过蓝牙耳机盒，把它揣进兜里，一副云淡风轻的模样，扫了一眼闭合的电梯门，"他是谁？"

"哦，"舒杏笑了笑，解释，"我的同事。"

"你们为什么吵架？"

"在工作上有点儿冲突。"舒杏模棱两可地一句话带过，"没事。"

电梯上来得格外缓慢，好不容易到了，舒杏赶紧走了进去，沉野紧随其后。

电梯里刚开始就他们两个人，但下了两层后，人就多了起来，两个人便默契地不再说话了。

舒杏被挤到了最里面，靠着墙壁，手臂和沉野只有大概一个拳头的距离，隐约可以闻到他身上的柠檬薄荷味。这个味道干净、清爽，不像香水的味道，不知道是衣物香氛还是什么东西的味道。

沉野和旁边那个满身烟味的男人形成了强烈的反差，舒杏不自觉地往他那边挪了挪。

电梯好不容易到了一楼，人群鱼贯而出。两个人并肩走出电梯，沉野这才再次开口："我刚才听到你想采访骤雨科技的老板。"

"啊？"舒杏摇头，态度坚决地说，"没有，我不想。"

沉野："哦。"

舒杏犹豫地问："你连这些都听到了，那后面的话是不是也……？"

沉野："没有。"

舒杏："你不用骗我。"

"我没有骗你。"沉野依旧是那副嚣张的样子，"我呢，很忙，要是连乱七八糟的废话也得听进去的话，那耳朵可能要进 ICU 了。"

门外，春日的风迎面吹来，天气却分外阴沉，远处的天像晕开的墨，灰蒙蒙的一片。

舒杏深深地呼出一口气。即便沉野的话让她发自内心地笑了出来，可她的心依旧沉甸甸的，好像也压着一团乌云。

林瑞阳刚才说的那些恶心话的确让她生气，但她更多的感受是无力。

前不久，她也听到过一些传言。有人说有的记者和总部的领导有关系，不知道用了什么手段才这么快地升职为资深记者。她觉得对方说的人是自己，但对方没有指名道姓，自己挑明的话，别人只会觉得她对号入座。

对于这种莫名其妙的谣言，她无法自证，也不想自证，只能尽量让自己不在意。可是她不在意就能让谣言消失吗？并不会，它们反而像雪球一样越滚越大，甚至成了某些人心中的"真相"。

呼吸不可控地变得急促起来，舒杏觉得自己急需一些渠道，把这种烦闷发泄出去。

一辆黑色的豪车在眼前缓缓地停下了，车窗开着，驾驶座上的人是沉野的助理。

见沉野打开了车后座的门，舒杏攥着手，脱口而出："那个……你还需要人帮你遛狗吗？"

话脱口而出的瞬间，舒杏是有些惊讶的。一直以来，她都觉得自己是个对任何东西都不会上瘾的人，奶茶、游戏、盲盒……这些被赵恬恬列为"八辈子都戒不掉"的东西，她曾经喝过、玩过，但都说断就断了，然而她的这种能力好像在沉野的狗狗身上"翻车"了。

舒杏安慰自己：其实这也没什么，那么合眼缘还喜欢贴在她身边的狗狗不多，她可以为了狗狗退让。而且现在母亲误会沉野是她的男朋友，自己和他搞好关系有利无弊，说不定自己坦白的那天，他还可以原谅自己这种不上道的行为，甚至帮忙圆个谎。

她沉默着，等待沉野的回答。

沉野回头，问："还是你和你舍友？"

舒杏以为他觉得两个人遛狗安全一些，忐忑不安地说："我舍友毕业季比较忙，今天应该没空，我一个人可以吗？"

沉野思索片刻，走到车的另一侧，帮她打开车门，语气勉强地说："也行吧。"

舒杏这次去沉野的小区已经称得上熟门熟路了。

他住的小区绿化覆盖率极高，从大门进去是一个园林式的开放庭院，小桥流水，姿态万千的太湖石彰显了独属于大自然的鬼斧神工。各个独栋别墅之间距离几十米，中间种着不知名的花草，散发着阵阵幽香。

这里一看就是寸土寸金的地方。

兴许是被豪华的景象吸引了，到了他家门口，舒杏才如梦初醒：不对啊，上次我们是在小区门口接的狗，这次我怎么直接到他家了？

不过这几次和沉野接触下来，舒杏好像逐渐找回了高中时和他相处的状态，防备心慢慢地减弱了，脑子里还在想刚才和林瑞阳的争执。

沉野回头，看到她绷着一张小脸，问："你还是很生气？"

舒杏沉默片刻，像在认真地反思，然后说："我觉得自己刚才还是发挥得不够好。"

沉野笑了："要不咱们开车回去再吵一遍？"

"浪费油钱。"舒杏还挺节俭的，"反正我在公司总能遇到他，还有的是机会吵。"

沉野一开门，狗狗就飞奔过来了，看到门外的舒杏后格外亢奋，在她的脚边绕来绕去，尾巴摇得好像螺旋桨，仿佛下一秒就会蹿出去。

舒杏接过沉野手里的牵引绳，正打算牵狗狗往外走，没想到它突然停下了脚步，任舒杏怎么拉都不动。舒杏有些疑惑："它好像不想出去。"

沉野低头看了它一眼，了然地说："没洗澡，它怕出去丢脸。"

它不愧是帅哥的狗，身上的偶像包袱这么重。

沉野又把牵引绳接了过去："等我二十分钟。"

他牵着狗狗进了屋，过了一会儿，不知道是担心她无聊还是意识到了她的防备心，把浴盆、狗狗沐浴乳之类的东西都拿到了庭院里。

狗狗站在专用的浴盆里，浑身湿漉漉的，沾满了泡沫，头顶不算长的毛发被人颇有兴致地搞了个造型，跟小山丘一样高高地立起来了，简直就是一个冲天小土狗。

舒杏无语，想都没想就接了他手里的水管："你几岁啊？"

沉野起身靠在旁边的围栏上，一条腿撑着地，另一条腿弯曲着，揶揄道："它喜欢。"

我才不信你！舒杏在心里吐槽。

小狗漆黑的双眼圆鼓鼓的，一脸无辜之色，安静地等待着。舒杏小心翼翼地帮它把身上的泡沫冲掉，冲到头顶的时候，小狗一个劲地躲，好像生怕自己那用毛毛堆起来的酷炫造型被破坏。

"你还真喜欢这个造型啊？"舒杏一边无情地摧毁它的"发型"，一边吐槽，"你和你爹一样，都是'直男'审美。"

沉野嗤笑道："我是'直男'审美，你那天还和我穿一样的衣服。"

舒杏沉默了。

天气阴沉，四周像蒙着一层灰幕。昏暗的光线中，舒杏拿过一旁的毛巾，以仰视的角度看到了沉野的侧脸。她突然想起了那条发他们两个人的

"情侣照"的微博底下大家吹的"彩虹屁"，什么刀刻一般精致的侧脸、比大家的人生规划还要流畅的线条……她没忍住，"扑哧"笑出了声。

沉野投来了一个不解的眼神。

舒杏一边用毛巾帮小狗擦身体，一边好奇地问："你有没有在网上看到咱们俩的照片？就是那天我们在地铁上被偷拍的照片。"

沉野把电吹风插上了。舒杏不知道这个电吹风是哪个牌子的，噪声极小，完全没有掩盖他低沉的嗓音。

"没有。"

舒杏本来想解释一下，但转念一想，原微博已经被删了，事情也没有闹大，自己就不必再提了。至于她拿他当挡箭牌的事情，还是等两个人的关系再近一些，自己再和他坦白吧。

"轰隆——"一声春雷响起，风雨欲来，庭院里变得越发昏暗了。

舒杏无语地想：我今天是遇到"水逆"了吗？我本来就心情不好，想遛个狗，还遇到了突如其来的大雨。

雨滴"噼里啪啦"地砸到地面上，这下舒杏谈不上什么防备心了，赶紧抱起狗狗冲进屋里避雨。

她坐在客厅的地毯上，整个人像被雨水淋湿的纸张，蔫蔫的，提不起精神。

沉野关了落地窗，转身回来时顺手按下了开关。"啪"，冷白色的灯光倾洒下来，舒杏抬头时看到的是沉野平静的面容，他身后的雨幕似一道分割线，隔绝了外面的电闪雷鸣。

他大概是刚才进门晚了，额前的碎发被雨水打湿，沾着少许水珠。这一瞬，舒杏有些恍惚。同样是下雨天，可此刻她的脑海中浮现的不是那条雨中的小巷，而是他们第一次见面的场景。

那时候是高三刚开学不久，放学的时候，一场秋雨来得猝不及防。

刚开始是绵绵细雨，舒杏抱着侥幸心理，想快点儿跑到公交车站，没想到半路上雨势突然变大，她即便无奈地在校门口的保安亭旁停下，身上的校服衬衫也已经湿透了，白色的衣料下，内衣隐约可见。

舒杏靠在墙上，双手环抱在胸口处，却依旧没能阻隔身旁一个男生若有若无的偷瞟的视线。

一次，两次，三次……

舒杏索性松开了手，转过身，目光冷淡而坦然地接受对方的注视。那个男生反倒怂了，移开了视线。

"看啊，你怎么不看了？"

男生嘴里低声念叨："怕被人看就多穿点儿啊。"

话音刚落，男生突然感觉屁股一凉。他慌忙转过头，这才发现舒杏居然趁自己注意力转移的时候，拿着美工刀把他的校服裤子划开了一道口子。他慌乱地捂住裤子，遮挡住了里面的红色布料。

舒杏收起美工刀，无辜地眨了眨眼睛："这么怕被看啊？那你怎么不多穿一条裤子呢？"

男生骂了一句脏话，右手握拳，摆明了要反击。但他还没触碰到她，不知从哪里蹦出来的篮球就朝着他的脑袋飞了过来，"砰"，篮球砸得精准，然后掉落在了满是雨水的地上。

男生发出一声痛呼，捂着脑袋，表情狰狞地瞪了过去。然而，在他看清来人的瞬间，浑身的气势荡然无存了。

"沉野？"男生喃喃自语。

他跟瘪了的气球似的，别说反抗，一句话都不再多说，灰溜溜地攥紧裤子跑了。

舒杏这才有空打量不远处的男生。

他撑着一把黑伞，身上的校服外套被雨水打湿了些许，额前的碎发也湿漉漉的。

那时候舒杏刚转学到辅川三中没几天，认识的人极少，自然不知道沉野是谁。虽然少年浑身的冷淡气质的确令人忌惮，但他帮了她，所以舒杏并没有觉得多害怕。

她捡起那个湿漉漉的篮球时，男生走到了她的面前。她从包里掏出一包纸巾，认认真真地把篮球擦干，整个过程中，对方始终一言不发。

"谢谢。"舒杏微笑着把篮球递到了他面前。

沉野没有接球，而是把伞合起来，靠放在她身旁的墙壁上，随即把身上的校服脱下，递给了她。

舒杏低头看了一眼，十分感动，然后毫不留情地拒绝了这件衣服。

此时，沉野同样给了她一件外套，只不过这次不是递给她，而是直接扔过来的，外套盖住了她的上半身。

舒杏本来还挺费解，拿开外套后一下子就明白了——她抱着小狗进屋时，小狗身上还是湿的，所以她胸口的衣料也湿了大半。

舒杏有些尴尬，拿着吹风机进浴室整理自己了。

舒杏出来时，看见沉野换上了家居服，嘴里叼着一根棒棒糖，正坐在地毯上陪小狗扔球玩。她扫了一眼茶几上的包装纸——棒棒糖是柠檬薄荷味的。

难怪在电梯里时他身上香香的，原来那是棒棒糖的味道。

舒杏这才想起来，高中时期，他们两个人在徐昭礼和赵恬恬的旁边尴尬地对坐时，他也会吃棒棒糖打发时间，估计是觉得无聊。

没想到他现在还有这个习惯。

沉野看着挺有闲情逸致的，但小狗明显兴致不高，眼神和肢体都透露出一种"算了，你想玩我就陪你玩一玩"的敷衍之意。

舒杏蹲在它身边，摸了摸它的脑袋："它好像不太开心，是身体不舒服吗？"

洗澡前它还好好的啊。

沉野："因为你把它的发型毁了。"

它这么记仇吗？还真是谁养的狗像谁。

她担心地问："那我怎么做才能让它开心起来啊？"

沉野："抱抱它。"

舒杏半信半疑地把小狗抱进怀里，抚摩它背上柔顺的毛发，脑海中浮现出来的"记仇"这两个字让她联想起了微信消息的事，不由得觉得有点儿抱歉。

"对了，之前你为什么突然给我发句号啊？"

沉野说："清理一下好友。"

果然如此。

"抱歉啊，你换了微信名字和头像，我确实没有认出来，所以才问你是谁。"

"嗯。"

"那后来我给你发消息，你是不是也没认出我来？"舒杏眨了眨眼睛，给足了暗示。

是吧？事情一定是这样的吧？大家都是老同学，你给点儿面子。

"不是。"沉野把嘴里的塑料棒随手扔进垃圾桶里，回答得理所当然，"我单纯是因为记仇。"

舒杏再次确定，他和狗狗不愧是"父子"。

舒杏低头看着小狗，挠了挠它的脑袋，它就"呜呜"地叫着蹭她的手臂。这一刻，她烦闷的心情好像又被治愈了一大半。

因为下雨，失去了遛狗的机会，舒杏已经打算离开了，却突然发现在客厅里陪小狗玩好像也是一个不错的选择。

过了一会儿，小狗好像累了，躺在舒杳的大腿上闭上了眼睛，呼吸变得和缓起来。她不敢挪地方，又想找点儿事情打发时间，突然想起《宝物记》里的日常任务还没做，于是把手机调到静音模式，打开了游戏。

她玩了几天，游戏里的日常任务对她来说已经得心应手了，但很快又出现了难题——她卡关了。

舒杳微微皱起秀气的眉，不服气地换卡又打了一遍，还是没成功。

就在她想给卡升级的时候，沉野不知何时打完电话从卧室里出来了，瞟了一眼她的手机屏幕，说："别用千里江山图，换诗文壶。"

"这有什么讲究吗？"

"卡的属性不一样，搭配起来的效果也不一样。"

舒杳知道有属性这种东西，但是从来不研究，搭配阵容时只看卡的等级以及卡上的形象是否顺眼。

她换了卡，果不其然，顺利地通关了。

"你也玩这个游戏啊？"

"玩过一阵。"

确实也有不少男生玩这个游戏，所以舒杳并没有特别惊讶。

沉野走到茶几旁，给自己倒了一杯水："你怎么会玩这个游戏？"

"还不是为了工作？这个游戏最近这么热门，我们也得蹭一蹭热度。"舒杳无奈地叹气。

"游戏不好玩？"

"也不是，游戏还不错，但是我带着工作的心态玩，趣味性就大打折扣了。"舒杳的双手在地图上不断地移动着，她一边打游戏一边回答，"而且，虽然卡上的形象非常美丽，但目前的人物都是大众较为熟知的文物，比如千里江山图、清明上河图，对于我这种职业与这方面挂钩的人来说太熟悉了，吸引力就变得没有那么大了。"

在她看不到的地方，沉野的动作顿了顿。

"还有呢？"沉野问。

"嗯……还有就是有些冷门人物的设定有点儿单调和片面，比如长沙窑的诗文壶，设定是穿着土黄色长衫的绅士，卡上的形象没什么特点，网上没什么人提，所以我刚才也忽略了这张卡。但其实就文物本身而言，长沙窑的诗文壶上出现过很多脍炙人口的情话，比如'君生我未生，我生君已老'。如果把情话大师的身份加到这个严肃、古板的人物身上，是不是感觉蛮有反差感的？"

　　没听到沉野的回答，舒杏抬起头，尴尬地笑了笑："不好意思，我好像犯职业病了。"

　　"没有，你很有想法，下次我让他们改进。"

　　舒杏惊讶起来："你？"

　　沉野握着杯子靠在沙发上，淡淡地笑着，慵懒又不羁："他们不是每个月都会给玩家推送调查问卷吗？"

　　舒杏上一次听到类似的话，是赵恬恬说自己参与了一个 3434 亿元的大项目的时候，后来才知道她只是在"双十一"的时候在某购物软件上买了两双筷子。

　　陪狗狗玩到阵雨渐渐停歇，舒杏打算回家了。沉野绅士地提出送她回去，但她拒绝了，他也就没坚持。

　　舒杏出门前，狗狗又叼着她的裤腿，不让她走。她扯着裤子，无奈地摸了摸它的脑袋："我下次再来。"

　　它这才不情不愿地松开。

　　舒杏刚转身，突然又想起一件事，回头道："对了，你上次说的徐昭礼结婚的事情，我问过恬恬了，她说没关系，可以去，我等会儿把收件的信息发给你。"

　　沉野点头："行。"

　　门开了又关，一个人和一只狗站在门口，盯着紧闭的门，谁也没有动。几秒后，沉野从口袋里掏出手机，点开了和徐昭礼的未婚妻赵昧儿的聊天界面，屏幕上空空如也——两个人自打加了好友就没聊过。

　　他简短地发了一条消息："婚礼能加两个位子吗？"

　　赵昧儿："谁啊？"

　　沉野："赵恬恬和她的朋友。"

　　赵昧儿："徐昭礼多年前的暧昧对象？大哥，你要是不想让我们结婚可以直接说的，不用辛苦地满世界找人。"

　　沉野："卡号。"

　　赵昧儿："得嘞！我马上安排，她们坐哪桌随您挑，坐徐昭礼的脑袋上都行！"

　　因为没有完成采访江岸的任务，林瑞阳果不其然在周会上遭了一通骂。

而舒杳那篇关于《宝物记》里的文物元素的文章被圈内圈外的各种大型账号疯狂地转载，吸引了一波热度。

办公室里的气氛就像外面的天气，阴沉沉的。林瑞阳是第一个走出会议室的人，门被甩在墙壁上，发出了"砰"的一声巨响。

跟在他身后的助理小王战战兢兢地道歉："瑞阳哥，对不起，是我没好好地检查。"

林瑞阳双手叉着腰，表情冷若冰霜："这么点儿小事你都做不好！九点都能写成十九点，你转什么正？！"

小王脸色一白，瑟瑟发抖："对不起，瑞阳哥，我下次不会了。"

"找人事去结算工资，你明天就可以走了。"

林瑞阳是办公室里资历最老的前辈，大家从未见过他发这么大的脾气，除了舒杳以外，其他人连大气都不敢出。

看到林瑞阳抓着一包烟走出了办公室，周悦心有余悸，抚了抚心口，同情地说："瑞阳哥也太惨了，其实我觉得他那篇文章写得还挺好的。"

周悦说得也有点儿道理。放在平时，林瑞阳的那篇文章完全在及格线以上，但问题就在于他一开始就夸下海口，把总编对文章的期待值拉到了满分，最后就形成了落差。总编最生气的地方估计就在于这一点。

舒杳不甚在意地收拾桌上的资料，周悦还在低声嘟囔："不过，小王更惨。他是跟我一起进来的，明明下个月就可以转正了。还好当时我选了你。"周悦挽着舒杳的手，嬉皮笑脸地说道，"我前前后后犯了那么多错，你都没有计较过，杳杳姐，谢谢你。"

"得了。"舒杳假装瞪她一眼，把手抽了回来。

手机上跳出一条赵恬恬发来的消息，那是两封打开的婚礼请柬，分别写着她们两个人的名字。

舒杳有些意外："还有我啊？我就不必去了吧？"

赵恬恬："为什么？"

舒杳回答得很现实："因为我极可能没有收回礼金的那一天。"

赵恬恬："徐昭礼没啥优点，但在这方面还算大方。请柬的后面写了，他不收礼金，我们就当一起去玩一玩嘛。"

舒杳沉思片刻，最终答应了，想着既然徐昭礼不收礼金，那自己就送个礼物吧。

婚礼定在一家五星级酒店里，傍晚时分，正在门口迎接宾客的徐昭礼看到赵恬恬，笑容顿时僵在了脸上。

"不是，你怎么……？"他着急忙慌地举手想打报告，手却被赵昧儿硬生生地按了下去。

赵昧儿看起来是个很有个性的女生。传统意义上的婚纱是白色的，但此刻的赵昧儿穿着一件黑色的镂空绣花婚纱，腰肢纤细，红唇耀眼，看起来有一种暗黑童话的风格。

舒杏用余光瞟了一眼赵恬恬，心里打起了鼓。她从刚才徐昭礼的反应来看，觉得邀请函似乎并不是他寄的。

新娘为什么给新郎的前女友发请帖？

然而，舒杏这些不安的想法很快就因为赵昧儿坦然的眼神烟消云散了。

她红唇轻扬，落落大方地和赵恬恬握手："你好，我叫赵昧儿。"

"我叫赵恬恬，真巧，咱们一个姓呀。"赵恬恬笑了笑，递出手里的礼物，"你们不收礼金，我就和杏杏一起准备了一份小礼物，希望你们喜欢。"

"谢谢。"

赵昧儿打开礼物看了一眼，里面是一只非常精致的金手镯，表面金丝镂空，上面的花栩栩如生。她惊喜地睁大了双眼："你们这个礼物比礼金贵多了吧？"

"还好。"舒杏微笑着解释道，"手镯上的花是百合花，祝你们百年好合。"

"太好看了！谢谢。"赵昧儿问，"你叫舒杏吗？"

舒杏："嗯。"

"我看过你们班的毕业照，你们俩那时候就好看。我还和徐昭礼说，得亏他那时候土了吧唧的，不然可能还真轮不到我。"

赵恬恬被夸得高兴，脱口而出："说真的，但凡当时他愿意放弃他那丑了吧唧的大红色运动鞋，我都不会和他说拜拜。"

徐昭礼瞪大了眼睛："赵恬恬！你那时候明明哭得梨花带雨，说迫不得已才跟我断联系的！"

"是吗？"赵恬恬嘴角一抽，说，"不好意思啊，我怕记不清，对每个男的都这样说的。"

只有徐昭礼受伤的世界达成了。

舒杏和赵恬恬被服务生带进宴会厅后，徐昭礼还是面露不忿之色。赵昧儿冷冷地瞥了他一眼："哟，你看起来挺难过啊。"

"难过，"徐昭礼摸了摸心口，"你知道了我这么丢脸的真相，会不会觉得我配不上你了？"

赵昧儿打了一下他的肩膀，笑骂："神经。"

徐昭礼顺势搂住了她的腰："不是，我说的是正经的。老婆，你怎么会有赵恬恬的联系方式，还请她来？你不介意啊？"

"拜托，那都是八百年前的事情了，谁会在意啊？"赵昧儿想到银行卡里的那串数字，眼中闪过一丝满足的笑意，"更何况，有钱不赚的人是傻瓜。"

"什么钱？"徐昭礼问。

赵昧儿翻出了自己和沉野的聊天记录。

徐昭礼陡然想起在酒吧里的那个晚上，沉野莫名其妙地去了一趟地铁站，回来之后，嘴里叼着一根棒棒糖，优哉游哉地靠在沙发的角落里发消息。

按徐昭礼对沉野的了解，沉野只有心情极差或者压力极大的时候才抽烟，心情好的时候更爱吃棒棒糖，尤其是柠檬薄荷味的。只是他的心情称得上好的时候不多，比如近一两年，徐昭礼就完全没见过。所以，那天徐昭礼瞬间闻到了八卦的味道。

他刚凑过去，就看到沉野在和一个用蜡笔小新的侧脸当头像的人聊天，最新的消息是沉野刚发出的一个句号。

句号的上方还有一段简短的文字，作为一个有素质的人，徐昭礼没有偷看，只注意到沉野将右手按在那个句号上，似乎想撤回，但已经来不及了。

"对方正在输入……"

"哟，对方秒回啊，我老婆只有跟我暧昧的时候才秒回。她是不是对你有意思啊？"

徐昭礼乐呵呵地调侃沉野，沉野却没理他，收回了手，目光沉沉，落在手机屏幕上，不知道在想些什么。

外头音乐声嘈杂，包间里却安静得如考场。

下一秒，对方的回复跳了出来："请问您是……？"

那一刻，徐昭礼觉得四周突然冷得像冰窖，沉野的嘴里叼的好像不是棒棒糖，而是四十九米的大砍刀。

从那天开始，沉野就有了种种反常的行为，比如突然找人帮忙遛狗，比如给赵昧儿打钱在婚礼上加座位，再比如又开始时不时地吃棒棒糖……

所以沉野喜欢的人不是赵恬恬，难不成是……？

"老婆，"徐昭礼急切地问，"你有舒杏的电话号码吗？"

"有啊，我不是给她寄了邀请函吗？你问她的电话号码干吗？"虽然不理解，但赵昧儿还是把舒杏的电话号码翻了出来。

徐昭礼点开微信，搜索舒杏的电话号码，那个蜡笔小新的头像跳出来的时候，所有的事情都连上了。

"我的天哪……"

他愣愣地盯着手机，直到赵昧儿拍了他一下，问："你在想什么呢？"

徐昭礼如梦初醒，看向不远处在宴会厅里和其他人说话的伴郎沉野。他微抬下巴，示意赵昧儿看过去："老婆，你知道那个男人叫什么吗？"

赵昧儿满脸不解："沉野啊，你当我傻？"

"不，"徐昭礼摇了摇头，"此刻，他叫沉稳痴情·纯情战士·一点儿都不野。"

赵昧儿歪着脑袋，眨巴着妩媚的双眸，好奇地问："老公，你做过智商测试吗？"

前不久被沉野攻击的心理阴影还在，徐昭礼"呵呵"地冷笑一声："我知道你是什么意思，我才不做！"

"那就好。"赵昧儿摸着心口，松了一口气，"结果你猜也能猜到，就不用浪费这个钱了。"

徐昭礼沉默了。

宴会厅里，舒杏和赵恬恬坐在角落里，同桌的人都是徐昭礼的高中同学。

舒杏坐下后，对面的一个男生很快就和她打了招呼："好久不见，没想到你们也来了。"

这个男生剃着板寸，身形高大，皮肤是小麦色的。

舒杏客套地点头，一副还算熟络的样子："好久不见。"

然而坐下后，她立刻在餐桌下偷偷地扯了一下赵恬恬的袖子，压低声音问："这是谁啊？"

赵恬恬凑到她的耳朵边说："钱浩森，我们班上的同学啊！你不记得了？"

舒杏摇头，是真不记得了。

宴会厅里人声鼎沸，没一会儿，赵恬恬被旁边的人拉着聊起了天。舒杏无聊地四处张望，看到电子屏幕上正在播放新郎和新娘从小到大的照片。

照片里的赵昧儿看起来不过五六岁，被妈妈抱在怀里，站在一座古桥的桥口处。舒杳对那个地方很熟悉，如果没记错，那应该是黎水镇上的千年古桥。

黎水镇是一座千年古镇，近年来凭借旅游业的兴起，经济得到了迅速发展。但与此同时，古镇的客流量超过了其承载量，自然而然地引发了一些关于文物古迹保护的问题。

舒杳这几年一直在追踪这个问题，手头还有一篇深度报道没写完，现在看到这张照片，又感受到了被稿子支配的恐惧心情。

她摇了摇头，决定在这大好的日子里放自己一马。

照片切换，儿时的徐昭礼穿着一身大红棉袄，笑得憨憨的。

两个人渐渐长大，在电子屏幕播放到徐昭礼高中时期的照片时，赵恬恬也结束了和旁人的聊天。

"哎，"舒杳用手肘碰了碰赵恬恬的手臂，"你和他结束真的是因为嫌他土啊？"

"也不完全是吧，"赵恬恬回忆了片刻，说，"主要是因为我是个颜控。"

"可是徐昭礼挺帅的啊。"

"他单拎出来确实还行。要怪就怪他太实诚了，每次都要带着沉野一起来，他们俩放在一起，我越看徐昭礼越觉得他不入眼。"

"你……"

"哎，我的意思可不是你想的那样啊！沉野那性子、那长了刺一样的嘴……他不是我的菜。但我是颜控嘛，你懂的，这些不妨碍我欣赏他的美貌。"赵恬恬撇了撇嘴，用目光示意，"你看，三个伴郎穿一模一样的西装，其中两个人像卖保险的，剩下的那个人像走T台的，我那时候看他们俩就是这个感觉。"

舒杳忍俊不禁，却不得不承认赵恬恬的话有点儿道理。

沉野这个人不管在哪里都是一下子就能吸引到别人的目光的存在。除了长相和身段，他身上那股气质也很出众——冷淡却不高高在上，懒散却不吊儿郎当，是一种恰到好处的自信和坦荡。

不知道是不是察觉到有人在看自己，沉野突然转过头来，两个人的目光隔着十几米的距离遥遥地撞上了。

舒杳赶紧低头，抓起杯子喝了一口水，用看起来很忙的样子掩饰偷看被抓包的尴尬感，身边两个女生的窃窃私语就这样飘进了她的耳朵里。

"沉野什么时候回国的啊？我听说他在国外的事业风生水起啊。"

"你不懂，这就是有钱人的故事。第一章：回归，从哥哥的手里夺回家产。"

"第二章呢？"

"联姻后，霸道沉少夜夜宠妻。"

舒杳差点儿被水呛住，感觉自己好像听到了什么不该听的东西。

突然，一束光直直地打向宴会厅的门口。这两个女生的口述小说被迫"停更"，宴会厅内瞬间安静了下来。在所有人的瞩目中，赵昧儿身边没有父母，一个人伴随着音乐缓缓地走向了舞台上的徐昭礼。

掌声响起，赵恬恬问舒杳，看到这种场面以后有没有增长一点儿对爱情的信心？舒杳笑而不语。

她一直都相信，这个世界上是有矢志不渝的爱情存在的，她见过，也祝福过，只是不相信这种事情会落到自己的头上。

婚礼进行得很顺利，就是时间长了些，结束的时候，舒杳的肚子已经被填了三大杯橙汁。她觉得肚子胀胀的，于是去了一趟洗手间。

走出洗手间后，舒杳站在洗手池前，感受温热的水流过指间，而后抽了一张纸巾，慢悠悠地擦了起来。突然，她听到身后有人喊她的名字，回头一看，来人是刚才坐在她对面的钱浩森。

"你怎么出来了？宴会厅里太吵了？"钱浩森热络地问。

"不是，我洗个手。"

"哦。"钱浩森笑呵呵的，又说，"毕业之后，这好像是我们第一次见吧？你那时候成绩那么好，现在的工作应该也不错吧？"

"没有，我就是普通的打工人。"

"你肯定比我们这些累死累活地挣提成的人好得多，哈哈哈……"

钱浩森的笑声慢慢地变得轻缓起来，她疑惑地顺着他的目光看去，看到了正往洗手池前走的沉野。沉野神色淡淡地瞥来一眼，没什么情绪，但不知为什么，钱浩森突然不说话了。

钱浩森掏出了什么东西，往舒杳的裙子口袋里一塞，低声说："有空加我的微信。"

说完，他一阵风似的溜了。

这明明是普通的老同学之间的寒暄，现在却显得有些奇怪和暧昧。

沉野默不作声，洗完手又从她的面前经过，好像想起了什么，转头问她："婚礼结束后，徐昭礼他们会回赵昧儿的老家开派对，让我问你和赵恬恬要不要一起去。"

"我们……就不去了吧，"舒杳尴尬地笑了笑，"毕竟大家都不太熟。"

大家都不太熟。

沉野点头："行。"

他头也不回地离开了。

舒杳暗暗地松了一口气，并没有察觉到自己有什么说得不对的地方。

今天她穿的裙子料子单薄，她感到口袋里的东西硌到了腰，就想起了钱浩森离开前的举动。她把东西掏出来一看，发现那是一张名片，顶部印着几个烫金大字——安心保险，为您服务。

舒杳回到宴会厅里，发现赵恬恬还坐在原位上，低头看着手机，脸色凝重。她担心地走过去，推了推赵恬恬的手臂，问："怎么了？"

赵恬恬抬起头，一脸心疼之色："我感觉你今晚要加班了。"

舒杳："你别咒我。"

赵恬恬把手机往她的面前一伸："你自己看。"

舒杳低头，发现手机里正在播放一位游客在自己的微博上发的视频，视频里火光冲天，烟雾缭绕，伴随着一些人的窃窃私语和叹息。

"我的天哪！黎水古桥着火了！"

这条微博已经被转发了好几千次，但还没有相关媒体对这个事件进行报道。

舒杳瞬间严肃起来，看了一眼时间——晚上九点半。

"恬恬，我去一趟，你先回家吧。"

"这么晚了，你怎么去啊？"赵恬恬担心地问。

"打车吧。"

从这里到古桥差不多有一个小时的车程，但她刚才喝了点儿酒，唯一的方法就是打车了。就是不知道现在这个点，她还能不能打到愿意开去那个偏僻小镇的车。

"等等！"赵恬恬突然拉住了她。

"怎么了？"

"我想起来，刚才他们说，婚礼结束后，新人和朋友要去新娘的老家，新娘的老家好像就在黎水镇。"赵恬恬眉头紧锁，给舒杳出主意，"大晚上的，你一个人打车去那里太危险了。他们现在应该还没走，你直接搭车呗。"

舒杳不得不承认，赵恬恬说得有道理，这个方法省时、省钱、还安全。

她听劝。

舒杳赶紧跑出酒店，万幸的是，一辆熟悉的婚车就停在门口。她气喘吁吁地敲了敲副驾驶座的车窗，车窗缓缓地降下，一张熟悉的侧脸被路灯昏黄的光照得棱角分明。

沉野看着她，一言不发。

舒杳有点儿尴尬，毕竟刚才自己回绝得毫不犹豫，现在回旋镖就扎在自己的脑袋上了。

"呃……你们是要去黎水镇吗？"

"嗯。"

"你能不能捎我一程？我有个紧急的工作，要赶过去。"

"我们好像……"沉野偏头，思索了片刻，"不太熟？"

舒杳算是看出来了，这个人若是当天能报仇，就绝对等不到第二天。

"我当时的意思是，我和其他几位伴郎和伴娘不太熟，怎么可能跟你不熟呢？对吧？我们是老同学。"舒杳一点儿也不慌，笑起来温柔又真诚，丝毫不像在自圆其说。

沉野倒也没有为难她，示意她上车。

舒杳往后看了一眼，发现后座是空着的。既然那么多人去，等会儿后座肯定会被新郎、新娘或者她不熟的那些宾客坐，所以她思前想后，选择坐在副驾驶座上。

没想到，她刚上车，沉野就把车启动了。

舒杳疑惑地问："不等他们了？"

"他们已经先走了。"

"那你刚才是在……？"

"醒酒。"

舒杳立刻抓住了安全带："你喝酒了还开车？！"

沉野神色淡淡地瞥了舒杳一眼，好像被她的样子逗笑了。她这才意识到，他就是在逗她。

车速很快，沉野一直在超速的边缘试探，精准地把控着速度。舒杳怕分散他的注意力，不敢多说话，只闷头看手机上的消息。

工作群里已经炸开了锅。

总编："黎水古桥的新闻，有人去跟了吗？"

舒杳正想回复，群里却先跳出了一条消息——

林瑞阳："我在去的路上了。"

舒杳的手指顿住了。

新闻没有所属权，谁都有报道的权利，但是同一个部门的人的工作重心有分别。在此之前的两年多，黎水镇一直都是她的关注重点，林瑞阳从来没有插手过，现在两个人都去，无疑有些浪费资源。

但她还是回复了："我也在路上了。"

林瑞阳："杳杳也去了？抱歉啊，我看这个消息出来的时候你没反应，还以为你已经睡了，又想着大晚上的，你一个女生跑那么远不安全，所以就去了。"

此刻在领导面前的林瑞阳和那天在商场里张牙舞爪的林瑞阳就好像两个人。

舒杳："没事，到了再说吧。"

她无声地叹了一口气。

一旁的沉野随口问："怎么了？"

舒杳撇了撇嘴："隔空喝了一杯巨浓的绿茶，难喝。"

沉野轻笑一声："那就泼回去。"

舒杳到的时候，古桥的大火已经被扑灭了。她透过车窗往外看，废墟黑漆漆的一片，就像一块块被随意堆放的煤炭。

很多人不懂这种感觉，觉得它只是一座桥而已，但舒杳认真地了解过它的历史，知晓它的经历，明白它背后的意义。它早就不仅仅是一座桥了，更是一段凝缩的历史。

舒杳曾走过它很多次，翻阅过无数和它相关的资料，电脑里的稿子甚至只写了一半，可是现在，它就这样在自己的眼前消失了。

她表情凝重，甚至忘了和沉野道别。她急匆匆地想推门下车的时候，沉野突然喊住了她。

舒杳回头，看到沉野从座椅前的储物盒里拿出纸和笔，快速地画了几下。

舒杳不解："这是什么？"

沉野把纸递给她："赵昧儿家的地址，你结束了就过来。"

"我找个民宿吧。"

"这里是热门的旅游景点，现在还发生了这种事，你觉得只有你一个记者来？"

舒杳抿了抿唇，接过了纸，然后说："谢谢。"

车外一片喧嚣，舒杳没有带电脑和录音笔，仅靠一部手机，全程一个人采访、记录、拍摄。

采访结束的时候已经临近十一点了，四周一片漆黑，连个路灯都没有，只有一些围观群众的手机的手电筒提供了一些光亮。

舒杳靠在一旁的大树上，检查了一番手机里现有的资料，确定没有遗漏才离开。

沉野画的地图虽然简单，却非常精确。她照着指示走到一个三岔路口前，往右拐进小巷，又经过一家已经歇业的小茶馆，赵昧儿家就映入眼帘了。

这虽然是古镇上的老房子，但显然经过翻新，白墙黑瓦，带着浓浓的江南特色。小小的院子里种着一些玫瑰花，此时正是盛开的时节，散发出淡淡的花香。

院子的门没有上锁，舒杳推门而进，依稀听到了客厅里徐昭礼说话的声音。

还好，她没有找错。

沉野应该向徐昭礼他们报备过她会来的事情吧？否则她过来也太奇怪了。

就在她犹豫的时候，大门突然被打开了。赵昧儿卸了妆，换上了一件宽松的薄外套，看到她之后松了一口气："你终于回来了，我正想去找你呢，这大晚上的。"

舒杳笑了笑："抱歉，事情发生得有点儿突然。"

"沉野和我们说了。你们公司也是的，不能多派一个人来吗？"

赵昧儿的话倒是提醒了舒杳，林瑞阳不是说他也来了吗？可是刚才她好像全程没有看到他。不过刚才现场混乱，天又黑，她没有关注到也有可能。

舒杳没有把这件事放在心上，跟着赵昧儿去了客厅。客厅里的宾客舒杳都不认识，客套地打了招呼后就准备上楼写稿了。赵昧儿也不拦着，径直带她去了房间。

"沉野和我们说的时候，他们几个人都分好房间了，现在只剩下这间比较小的房间了，不好意思啊。要不然等沉野回来，我和他说一声，你们换一下？他肯定不会介意的。"赵昧儿一顿，解释道，"我的意思是，他一个大男人，住得糙点儿没事。"

"不用，这间挺好的。"舒杳倒是有些不解，"沉野还没回来？"

"嗯，我还以为他和你在一起。你们怎么没有一起回来？"

"我们不在一起啊，他送我到古桥那边就走了。"

"啊？"赵昧儿愣住，过了一会儿又好像明白过来了，"那他可能是有什么事吧。嗐，谁知道呢？他这种工作狂，每天都忙得很。"赵昧儿笑眯眯地说道，"那你先写吧，我下去了。你放心，他们刚才已经唱过歌了，不会太吵。"

"没关系的。"

舒杳想：我这是借宿在别人的家里，哪里来那么多讲究？

赵昧儿扒着门框朝她摆了摆手，然后小心翼翼地把门关上了。

舒杳把包放在书桌的一角，发现已经十一点十分了，看起来今天要熬夜了。

她无奈地叹了一口气，刚拿起手机准备写稿，又想起了赵昧儿说沉野还没回来的事情。他就算平时再忙，在这小镇里能有什么事情？

毕竟是他送自己来黎水镇的，舒杳觉得即便出于感恩也应该关心他一下，于是给他发了一条消息："你还没回来吗？"

还没等她退出聊天界面，对方就回复了："刚进客厅。"

舒杳歪着身子，把耳朵靠近门口，果然听到楼下好像有人喊沉野的名字。

她放下手机，开始专心致志地写稿。

采访资料齐全，参考资料完备，再加上她对古桥的了解本来就够深刻，这篇稿子完成得很顺利。

在博文这家公司里，平常的稿件都要先由总编审核，但一些比较紧急的稿件可以半夜先发布，再等总编早上审核。

由于没有电脑，舒杳把文档发给了周悦，让她帮忙先把稿件发布到网站上，明早编辑部的同事上班后，再由他们把文章摘取到微博、微信公众号等其他平台上。

周悦说自己还没到家，到家之后就立刻发布，让舒杳先睡。舒杳如释重负，整个人往后一倒，疲惫地躺在了床上，眼眶酸涩。

肚子"咕噜"地响了一声，嘴巴里也干得不得了，舒杳这才想起自己好几个小时没吃没喝了。她打开房门往楼下看，发现客厅里一片漆黑，看上去大家已经散场了，但不知道从哪儿透出来一些光，让她隐约看到了茶几上的水壶。

舒杳不清楚开关的位置，也懒得找，索性借着些微的光亮轻手轻脚地下了楼。

原来是厨房的灯开着。

舒杏以为是他们忘了关灯，就按着久坐发酸的腰慢吞吞地靠近光源。就在她的手即将握上厨房的门把手时，厨房里面传来一道沧桑又强势的嗓音——

"你什么时候结婚，我就什么时候做手术！"

虽然偷听的行为有些不好，但这个话题让舒杏不禁停下了脚步。

"知道了，奶奶，您先休息吧。"

电话被挂断的同时，舒杏隐约听到了沉野低低的叹气声。

舒杏见识过多种多样的催婚手段，所以长辈用延迟手术逼迫晚辈结婚的行为对于她来说也不算什么大开眼界的事情了。她靠着墙等了一会儿，才假装什么都没发生，推开了滑动门。

厨房里的人闻声回头，两个人四目相对时，舒杏闻到了面的香味，肚子的反应更剧烈了。

舒杏问："你在煮面吗？"

沉野点头，打开锅盖，把面捞了出来，放进一旁热气腾腾的汤里。

虽然锅里的面是泡面，但这汤黄澄澄的，看上去好像是鸡汤，也不知道他从哪儿弄来的，还挺讲究。

舒杏瞟了一眼锅里的面，暗示他："你是不是煮多了？"

沉野："我胃口大。"

舒杏再次暗示他："大晚上的，吃太多不好。"

"你想吃就直说。"

"我没有。"

沉野放下碗，反手撑在料理台上，气定神闲地看着她。

他的目光带着些许压迫感，舒杏攥了攥手，诚实地说道："一点点。"

沉野这才将面端到她的面前。她愣了一下，接过碗，道了谢。

怕影响大家休息，两个人坐在餐桌边，吃得很安静。

一碗面快被吃完的时候，徐昭礼和赵昧儿还有一位伴郎热聊着走进了客厅。看到两个人对坐着吃面，赵昧儿热情地打招呼："哎，你们俩都还没睡啊？正好，我们买了牌和叠叠乐，玩吗？"

"其他人不玩吗？"舒杏问。

赵昧儿把袋子里的东西倒在茶几上："嘻，还有两个人完全不行，睡过去了，就我们五个人。"

舒杏本来对这种娱乐活动不太感兴趣，但是今天心情压抑，毫无睡意，觉得放松一下也不是什么坏事，于是笑着应下了。

由于人多，牌不太好分配，大家就选择玩叠叠乐了。见赵昧儿把一块块小木牌一层层地叠好，舒杳好奇地说："这个好像跟我小时候玩的不太一样。"

赵昧儿随手拿起一块写有问题的木牌："这是真心话大冒险叠叠乐，有的木牌上有问题，有的没有，抽到问题的人要回答哟，全靠运气。最后叠叠乐在谁那边倒下，谁就要接受终极惩罚。"

舒杳很显然是运气不好的那一个人。在她前面的赵昧儿和徐昭礼抽出来的都是普通的木牌，紧随其后的她却一把就抽中了真心话的木牌。

"你会选择'竹马'还是'天降'？"

舒杳揉捏着手里的木牌，觉得这个问题对她来说有点儿难。因为她从来没想过自己身边有一个男人，自然没有考虑过这个男人是'竹马'还是'天降'。但是单纯就这两个选择来说，比起一见钟情，她还是更愿意相信日久生情。

所以思索片刻后，舒杳不确定地回答："'竹马'吧。"

沉野扯了扯嘴角，没什么表情地从茶几上的烟盒里抽出一根烟，却没有点燃，夹在指间把玩起来。

舒杳并没有注意到沉野的这个不经意的举动，徐昭礼瞄了他一眼，招呼他赶紧选木牌，跳过了这个话题。

好巧不巧，沉野的木牌上也有问题——"你目前最想做的一件事是什么？"

他随手把木牌扔在一旁的盒子里，开玩笑似的说道："结婚算吗？"

随之而来的是一阵哄笑。

徐昭礼笑道："得了吧你，就你这性子，八十岁前能结婚，我都认你当爹。"

"成啊。"沉野喝了一口水，食指轻轻地敲了敲水杯的杯壁，笑得漫不经心。

谁都没有把沉野的话当真，舒杳倒是觉得他好像没在开玩笑，或许刚才的那个电话确实让他在心里下了什么决定。

大家玩过两轮，抽牌的机会又回到了舒杳的手里，这次她抽中的是随机牌——"回答在座任意一个人提出的问题。"

大家面面相觑，赵昧儿率先举起了手："喜欢的男生类型。"

舒杳思索片刻，无奈地笑道："我也不知道，可能……成熟、聪明、长得帅？"

徐昭礼又不自觉地将目光朝沉野投去，只见他靠在沙发的角落里，右手还把玩着那根香烟，眼皮微微垂着，让人看不出情绪。

徐昭礼欲言又止，还是没忍住一问究竟："不对啊，按你这标准，你当年是怎么看上周北川的？难不成是情人眼里出西施？"

"周北川"这个名字，除了赵昧儿没听过以外，其他四个辅川三中的人都有所耳闻。只是时间过去太久，大家已经将这个名字忘得差不多了，现在记忆的开关仿佛被按下了。

另一个伴郎附和道："我也记得，我也记得，大家都说你们俩是青梅竹马，而且你喜欢了他很多年呢。你不知道，当时我们宿舍的人夜聊的时候，少男心碎了一地，也不知道周北川那家伙上辈子积了什么德。"

徐昭礼隐约记得周北川的样貌，他最多就是普通长相，称不上帅气，脸上还有一道疤，不管是颜值还是成绩都不能和舒杏比，所以徐昭礼一开始没相信这个传言。直到有一次，舒杏、沉野、赵恬恬和徐昭礼四个人在餐厅里吃饭的时候，意外地碰到了周北川。

舒杏对其他人都很疏离，唯独面对周北川的时候温柔又听话，听到周北川说还没吃饭，就立马和他们道别，跟周北川一起离开了。也就是那一天，他们才从赵恬恬的口中确定，原来两个人是真情侣。

面对陈年往事，几个人你一言我一语，讨论得不亦乐乎。舒杏却只笑了笑，回避了这个问题："你们好像已经问三个问题了。"

徐昭礼正想继续说，突然感觉有一道冷飕飕的目光落在了自己身上，于是硬生生地把话咽了回去，笑着感慨道："也是，也是，等下一次轮到你的时候，我们再问。"

游戏继续进行。

大家又轮过一圈后，轮到沉野抽木牌了。

眼前的叠叠乐已经摇摇欲坠，绝大多数木牌被抽走，少数还算稳固的木牌集中在中间部分，有几处有三块木牌同时支撑着，就算中间的那块被抽掉也可以维持平衡。

舒杏掌握游戏技巧后，明显上手了，早早地选中了一块自己觉得最有把握的木牌，想等轮到自己的时候抽。好巧不巧，沉野也选中了那块。

他用食指一戳，木牌从中间的部位滑落了。但他可能没有把握好力道，木牌掉落的同时，整个叠叠乐也"哗啦"一声倒塌了。

"哇！"客厅里热闹起来。

舒杳暗暗地松了一口气，庆幸自己阴错阳差地逃过了大冒险。

沉野倒是看着毫不在意，说："提问吧。"

赵昧儿漆黑的眼珠转了转，嘴角扬起一抹笑："这样吧，你随便选一位微信好友，发一句话。"

沉野从口袋里掏出手机："发什么？"

赵昧儿朝他挥了挥手机，示意已经将文案发给他了。

沉野摆弄手机不过四五秒，发完消息就"啪"地按灭了手机屏幕。

大家又玩了两轮，时间已经接近凌晨三点。伴郎首先提出困了，大家想着明天还要开车回辅川，便收拾好东西上了楼。

舒杳的手机没有被带下楼，还在床尾。她掀开被子，拿过手机看了一眼屏幕，上面居然有一条来自沉野的微信消息。

沉野："你知道我的缺点是什么吗？"

她没注意时间，以为消息是沉野刚发的。虽然不理解他为什么大半夜突然开始反思自己，但她还是认真地思考了一下。

说他没有缺点太虚伪，说得狠了又怕伤他的心，舒杳斟酌过后，折中地回了一句："有时对人没什么礼貌，算吗？"

沉野回复了一个问号。

他不服吗？她说的是"有时"，不是"一直"，"没什么礼貌"也不是没礼貌，自己已经说得很委婉了啊。

舒杳看到上方消息的发送时间，突然醒悟过来。

等等……

沉野这条消息发于一个多小时之前，那时候他们正在玩游戏啊……他为什么突然给她发这句话？所以，这个消息是他在接受大冒险的惩罚时发的？

舒杳觉得奇怪，于是把沉野的这句话复制到搜索引擎里，才发现这好像是一句土味情话，而标准的回答是——"缺点儿你。"

第三章
沉野，你要不要跟我结婚？

中午舒杳起床的时候，客厅里只有沉野一个人，他靠着餐桌，悠闲地喝着水。

舒杳环顾一圈："他们人呢？"

"先走了。"

"啊？他们五个人挤一辆车？其实可以匀一下的。"

"谁知道呢？"沉野放下杯子，拿过一旁的车钥匙，食指勾着吊环转了一圈，脸上带着漫不经心的笑，"他们可能不太想和没礼貌的人坐一辆车。"

舒杳微笑着，发自真心地问："你一定没有拖延症吧？"

按他这个报仇的速度来看，他一定没有。

沉野果然秒懂她的意思，用车钥匙上的小狗玩偶点了点她的脑袋："骂得挺高级。"

没有办法，舒杳只能跟他上了车，为了显得自己没有不礼貌地把他当司机，还是坐在了副驾驶座上。

两个人都话不多，偶尔才聊一两句。中途，舒杳的手机屏幕上跳出了一条母亲发来的语音消息。

舒美如和她说话一般用方言，语音无法被转换成文字。舒杳没带耳机，就只能降低音量，按下了播放键。

"那个姓'chén'的小伙子……"

舒杳手忙脚乱地暂停播放，好像被点了穴，瞬间僵在了座位上，内心慌乱地想：希望他没听到……希望他没听到……而且他应该听不懂母亲说的方言。

然而，这种期盼随着沉野一声慢悠悠的询问破灭了。

"什么姓'chén'的小伙子？"

"'chén'……"舒杳淡定地回答，"哦，演四郎的那位演员，我妈最近在追剧。"

对于她母亲这个年纪的人来说，称呼演员陈老师为小伙子好像也不是不能被理解的事……吧？

见沉野并没有怀疑，舒杳暗暗地呼出了一口气，差点儿穿帮的紧张感却并没有消退，心"怦怦"地跳了起来。她甚至没敢往下听，打算回到家再回复母亲的消息。

舒杳点进微信订阅号，打算转移注意力，刚好收到了来自博文艺术网微信公众号的推送消息。

由于神奇的推送机制，舒杳收到的推送消息并不是即时的，而是已经发布了四个小时的。微信公众号的头条文章便是她凌晨写完的那篇，她点进去，正想往下滑，视线扫过左上角，却不由得愣住了。

那一瞬，舒杳的目光冷了下来，因为左上角作者署名那一栏里写着三个大字——林瑞阳。与之对应，次条林瑞阳的文章的作者署名却是她。

虽然评论区里有忠实读者提出了疑问，说黎水镇的相关文章以前都是舒杳写的，这次为什么换人了，但并没有人回复。

舒杳询问了编辑部的同事才得知，并不是他们在排版的时候搞混了，网站上的署名就是如此，于是她拨通了周悦的电话。但周悦并没有接听，好几分钟后才回复了一条道歉的消息："抱歉啊，杳杳姐，小王被开除之后，瑞阳哥还没招新助理，所以他那边凌晨的文章也是我发布的。我太困了，将两篇文章一起发，一不小心就弄混了。"

舒杳面无表情地问："总编怎么说？"

对话框的上方一直显示"对方正在输入中"，周悦却迟迟没有回复。

舒杳瞬间有了答案："这么大的错误，你根本没有上报？"

周悦："对不起，杳杳姐，真的对不起！我可以做任何事弥补这个错误，这一次你能不能原谅我？我好不容易就要转正了，要是这个错误被报上去，公司肯定不会留我的。"

舒杳知道，此刻自己和周悦对话已经没有任何意义了。她按灭手机，眉头微微皱了起来。

"怎么了？"沉野抽空看了她一眼。

舒杏抿了抿唇，然后说："我得回一趟公司，我们好像不太顺路。要不你把车停在路边吧，我打车过去。"

"博文大厦？"

舒杏刚疑惑他怎么知道她的工作地点，很快又想起来，之前帮他遛狗的时候抵押过工作证。

她点头，下一秒，沉野便将车子掉了头。

二十分钟不到，他们就到了博文大厦。舒杏推门下车，没想到沉野也跟着进了办公楼。

舒杏："你干吗？"

沉野回答得理直气壮："看热闹。"

舒杏被逗笑了，心说：也行，有沉野在身边，自己这边更有气势。万一等会儿大家打起来呢？更何况，除了她自己，没人比他更清楚昨晚的事情了。

两个人一进办公室，就看到了一脸愧疚的周悦。

周悦垂着眼，眼眶通红，好像刚哭过。她绞着手，哽咽道："杏杏姐，真的对不起，我真的不是故意把你和瑞阳哥的文章弄混的，真的是困迷糊了。求求你了，你能不能别往上报？我真的很需要这份工作。"

她的声音不大，却足以让整个办公室里的人听到。大家纷纷看过来，似乎还不知道发生了什么事。

舒杏平静地说："周悦，这个问题触碰到了我的底线，我不可能不往上报。"

周悦泪如雨下："杏杏姐，我爸现在还在医院里住着，我这个月转正，拿到工资之后就能给他交住院费了。要是上头知道了这次的事，肯定会开除我的，我爸就没钱治疗了。"

同事们听完两个人的对话，联想到今天推送的文章，大概明白了事情的经过，纷纷站了出来：

"这次的事情虽然确实是小周的失误，但没必要闹得让她待不下去吧？小姑娘也不容易。"

"杏杏，这就是一篇文章的事情，你每个月要写多少篇？少一篇没事啦。"

"是啊，她不只是弄错了你的文章署名，瑞阳的不是也被搞错了吗？他就没计较这事，刚才还让小周别担心，好好照顾父亲。"

…………

被提及的林瑞阳这才走到两个人的面前，一副调和的姿态："杳杳，谁都不想让这种事发生。小周确实不是故意的，要不然这件事就这么算了吧。"

众人你一言我一语，话语好像无形的网，把舒杳层层包裹起来，将她置于一个进退不得的境地。她好像只有选择原谅才配是个人，否则就是无情冷血的怪物。

可是凭什么呢？

就在她为难的时候，身旁突然传来了一个懒洋洋的声音："来不及了呢。"

舒杳顺着声音看过去，见沉野扬了扬手里的手机："不好意思啊，我看你们的文章末尾有总编的邮箱，就想及时纠正这种错误，刚才发了个邮件过去，不会好心办坏事了吧？"

虽然不合时宜，但舒杳确实差点儿笑出声，终于明白昨天他说的那句"那就泼回去"是什么意思了。

总编的习惯大家都清楚，其中有一条就是她每天午休时间都会抽空查看邮箱。所以林瑞阳和周悦闻言，很默契地脸色白了。

可已经于事无补了，没一会儿，总编就语气严厉地在群里发布了视频会议通知。

舒杳走进会议室后，抱着电脑的林瑞阳和战战兢兢的周悦也一前一后地推门进来了。会议室里的所有人都心情沉重，除了沉野。他姿态悠闲地靠着沙发，把"颇有兴致的吃瓜群众"这九个字演绎得淋漓尽致。

周悦扯了扯舒杳的袖子，尴尬地问："杳杳姐，这种会议……外人在场不太好吧？"

舒杳把手抽了回来，笃定地说："他不是外人，是我的证人。"

一句话堵了两张嘴。

林瑞阳坐在舒杳的对面，把电脑连上投影仪，打开了会议软件。奇怪的是，在大屏幕的画面里出现的人并不是总编，而是向来不太管编辑部事宜的总经理陈总。

陈总五十来岁，身上的西装笔挺，表情严肃地说："你们总编不舒服，就由我来代替她开这个会。"

总编刚才还好好的，突然就不舒服了？

舒杳心里陡然出现一种不祥的预感，觉得这话像极了高中的主课老师对大家说的"体育老师不舒服，这节课就由我来代上了"。

"舒杳，我知道这件事对你来说不公平，但是你也要为公司考虑考虑。公司会在经济上对你进行补偿，你觉得可以吗？微信公众号里，那篇文章的阅读量已经突破了一百万，网站和微博那边的反馈也很好，文章如果被删除重发的话，无疑会断流。而且你也知道，微信公众号一天只能推送一次，这种热点性新闻等明天再发就过时效了。"

"我无法接受。"舒杳看起来一如既往的平静，"我的最低要求是各渠道修改文章，纠正署名。"

"这不就相当于告诉大众我们犯了如此低级的错误吗？更何况瑞阳的文章不也错署了你的名字吗？你看人家就能体谅公司的难处，不计较。"

"陈总，杳杳毕竟进公司没几年，和公司没有那么深的感情，也可以理解。"林瑞阳接话。

林瑞阳平日里阴阳怪气的，舒杳全当听不到，此刻却没有这种心情了，冷哼道："如果我的文章写成那种质量，我也想署别人的名。"

果不其然，林瑞阳的脸色变了。

陈总拧起了眉，斥责道："舒杳，不管怎么说，林瑞阳是你的前辈！关于这件事，总部已经做出了决定，如果你不能接受，可以辞职。"

这是总部的决定还是陈总的决定？答案昭然若揭。

明明证明这篇文章归属于舒杳是一件那么简单的事情，林瑞阳为什么还能如此肆无忌惮？舒杳此刻终于明白了，原来他已经找好了庇护者。

舒杳不卑不亢地说："我可以辞职，但即便辞职也不允许我的稿子被别人霸占。"

"你！"陈总看来硬的不行，只能来软的，"舒杳，你还年轻。我这么跟你说吧，你要是和公司对着干，就算辞职了，这圈子里还有公司敢要你吗？你留在公司里，用一篇稿子换几万元的经济补偿，何乐而不为？至于周悦，她该被如何处罚，全都由你决定。"

周悦脸色苍白，垂着头："我接受一切处罚。"

"舒杳，你觉得呢？"陈总又问。

在此之前，舒杳对陈总就印象不佳，但因为两个人一个在总部，另一个在分部，接触不多，她就觉得无所谓。但当他以一种施舍的态度说"何乐而不为？"的时候，舒杳突然觉得，道不同，不相为谋。无论如何，这公司她都不可能再待下去了。

既然已经做了辞职的决定，舒杳也懒得再维护他人的遮羞布。她抬眸，直视着林瑞阳的眼睛："林……前辈，你敢说这次的事情只是周悦的失误，和你一点儿关系都没有吗？"

陈总难以置信地说："舒杳，你在说什么呢？今天文章刚推送的时候，瑞阳一看到就跟我报备了，还问是不是应该删除重发，这次的事情怎么可能和他有关系？"

林瑞阳也蒙了："杳杳，我体谅你心情不好，但是你这样随便栽赃，未免有些伤感情吧？"

"抱歉，我和你之间没感情。"舒杳冷淡地回应。

"自从周悦进公司，我们唯一一次聊天就是今天，我因为稿子的事情质问了她。"怕大家不信，林瑞阳特意掏出手机，点开和周悦的聊天界面，然后把手机屏幕转向电脑，让陈总能看清他早上给周悦发的消息。

"是啊，杳杳，你看……"

陈总本来还在替林瑞阳说话，不知为何突然停下了，并且脸色越来越难看。

林瑞阳察觉到了什么，赶紧往大屏幕上看——见鬼了！他在手机上删除了他和周悦的聊天记录，但电脑上同步的部分并没有被删除，现在，他的电脑屏幕不知为何突然被投到了会议软件上，微信聊天的信息还在一条条地往下滑动。

林瑞阳："你发文章的时候把我们俩的署名换一下。"

周悦："为什么？"

林瑞阳："你说为什么？分部主编的位置花落谁家，最终决定权在董事长的手上。我虽然有人脉和资历，但缺少能让董事长眼前一亮的稿件。这次古桥的事情总部都在盯着，是我最后的表现机会了，到时候你就坚持说是自己不小心弄混了署名，其他的什么别说。"

周悦："可是这样的话，杳杳姐肯定会很生气……她对我还挺好的……"

林瑞阳："你不是说她最心软吗？你求求情，让她不要往上报就行了。你要是拦不住，还有陈总帮我拦。"

林瑞阳："她对你好，老公对你不好？"

周悦："我不是这个意思。我犯这么大的错误，公司应该不会留我了吧？我本来可以转正的。"

林瑞阳："这不过是一份工作，等我当了分部的主编，把你招回来是分分钟的事情。你听我的，好吗？"

周悦："好吧。"

…………

周悦陷入了呆滞的状态，林瑞阳也脸色铁青。他手忙脚乱地想把电脑关闭，可是那电脑跟突然中邪一样，完全失控了。

这太诡异了。

舒杳看向了不远处的沉野，发现他正惬意地低头看手机，一副事不关己的样子。

舒杳没有多想，收回了眼神，趁大屏幕上的画面还没消失，迅速地拍了一张照片留作证据。

林瑞阳结结巴巴地对陈总解释："陈总，不是这样的，我……"

"林瑞阳，我没瞎。"陈总打断了他，缓了缓后摆手说，"这件事我会和总部再讨论一下，大家先散了吧。"

看陈总的样子，他好像确实事前不知道林瑞阳是主谋。舒杳猜测，林瑞阳在陈总面前大概把所有罪责甩给了周悦，而自己不过是"顺水推舟"地得点儿便宜罢了。

陈总的脸在大屏幕上消失了，但林瑞阳的电脑投屏画面并没有消失，反而被放大了数倍，霸占了整个大屏幕。舒杳和周悦因此看清了他最近联系过的人的备注以及他和她们的最后一条聊天内容。

娇娇："老公晚安！"

兰兰："那就到时候见咯，还是老地方。"

心心："到底要不要结婚？"

…………

整个会议室陷入了死寂。

这几条消息令人震撼，非常震撼。

忽然，不知从哪儿传来一声嗤笑。舒杳看过去，发现沉野架着腿，左手的手肘搭在沙发的扶手上，右手抵着太阳穴，姿态懒散，目光轻蔑。

他好像向来如此，自我、随性，不会忌惮任何人，也向来不会给谁面子。

也许这声嗤笑彻底激怒了林瑞阳，完全无法控制局面的他突然拿起电脑，朝对面的墙壁砸了过去。"砰"的一声，墙壁上被砸出了斑斑痕迹，电脑七零八落，地上一片狼藉，大屏幕上终于变成了一片黑暗。

舒杳仿佛什么事都没有发生，拿着手机站起身："走吧。"

周悦本以为舒杳是在和自己说话，抬头却看到了一道颀长的黑色身影。

他右手抚着脖颈，懒洋洋地跟在舒杳身后出去了，全程默不作声，像一头忠诚地护卫着她的狼。

总部最后商量出来的处理结果是：全渠道修改文章，纠正署名的问题；舒杳正式升职为分部的主编；林瑞阳由于这几年对公司贡献颇多，暂且留任，但取消今年所有的提成及年终奖。

被开除的周悦成了最大的牺牲品。

在绝大多数人的眼里，这或许已经是最好的结果了，但舒杳的心情并没有好转。尤其在得知古桥失火居然是因为游客乱扔的一个烟头后，她更觉得烦闷，就像外面的天气，黑沉沉的，让人透不过气。

办公室里，冷白色的灯光刺眼，舒杳盯着电脑发呆的时候，有人敲响了门。

来人是 HR 张艳秋。

张艳秋把几份简历放到她的面前，用食指点了点："喏，这几个面试者看着比较不错，你看看，行的话，我安排第二轮面试。"

舒杳想起来，周悦走了，记者助理一职就又空缺了。

舒杳把简历放到一旁，左手撑着下巴，有点儿丧气："我等一下看。"

"怎么？你还不开心啊？"

张艳秋算是公司里的"老人"，人脉通天，各种八卦尽在她的掌握。舒杳一听她这语气，就知道那天的事已经在公司里传开了。

"其实要我说，你这也算因祸得福，不然你和林瑞阳谁当分部的主编，还真难说。"张艳秋回头看了一眼紧闭的门，这才压低声音，神秘兮兮地告诉舒杳，"这件事我对谁都没说过，你是第一个。我听说啊，林瑞阳是陈总的侄子，各方面陈总都打点着呢。你毫无背景，资历还没他老，怎么斗得过林瑞阳？"

虽然知道陈总对林瑞阳照顾有加，但舒杳并不清楚两个人的具体关系。想起上次在商场里，林瑞阳居然能造谣到自己的叔叔身上，舒杳不禁觉得有点儿讽刺。

林瑞阳还真是陈总的好侄子。

舒杳顺嘴问："所以，林瑞阳没被开除，是陈总留下来的？"

"一方面是陈总求情，另一方面好像还有个原因。我那天听隔壁部门的小张说，不知道林瑞阳从哪里得来的渠道，说是和骤雨科技的人搭上了关系——就是那个《宝物记》的制作公司。你也知道他们的老板有多神秘，从来没公开露过面……"

"没有露过面吗？那个人不是叫周景淮吗？"

之前开会时提过，舒杏后来就去查了一些资料。周景淮虽然颇为神秘，但名字还是如雷贯耳的。

"他是明面上的老板，听说他后面还有一个技术大佬，一直在国外呢。"张艳秋还在感慨，"总部那边眼巴巴地想和骤雨科技合作，林瑞阳要是能帮上这个忙，以前犯多大的错估计都能一笔勾销。"

外头传来了细微的声响，舒杏往外看了一眼，透过玻璃门依稀看到周悦正在收拾物品，而旁边的同事们在交头接耳。

张艳秋叹了一口气，有些遗憾地说："其实周悦这个小姑娘人挺好的，做事也认真，没想到居然是个'恋爱脑'。"

话音刚落，周悦突然敲响了门。

张艳秋抿起嘴，心虚地缩了缩脖子，用口型说："我先出去啦。"

张艳秋刚出去，周悦就进来了。她攥着手，迟迟不语。

舒杏起身收拾桌上的笔记本，抬眼看了一眼时间："我还有十分钟，你想说什么？"

周悦欲言又止，眼神闪躲，过了好一会儿才说："对不起。"

舒杏停下手里的动作，目光沉静地看着她："周悦，你不必和我说对不起，如果硬要说的话，或许该和曾经的自己说。"

"我……"

"我记得你刚进公司的时候说过，你的家庭条件不好，父母都希望你去考编、当老师，但你因为喜欢当记者，不想放弃这份工作。所以我无法理解，父母都没能让你放弃事业，为什么一个男人却轻易地做到了？"

周悦紧抿着双唇，眼眶里再度涌出泪水，手绞在身前，轻微颤抖着。

"我也不知道……但是，我现在清醒了。"她一遍遍地重复着，"我真的清醒了。"

"那我问你，你们什么时候在一起的？"

"大概是我进公司一个月的时候。有一次我在公司加班整理资料，他正好回来拿东西，就顺路送我回去了……然后我们就开始联系了。"

"还有吗？"

"还有就是我经常问你下周的选题，其实也是他让我问的，幸好你每次都说还没想好……"

周悦说到一半突然停下了，猛地抬头，带着如梦初醒的震惊之色不确定地问："杏杏姐，你是不是早就知道了？"

周悦从来没有想过自己能找到一个像林瑞阳这样契合她的喜好的男朋友。她喜欢看画展，他也喜欢；她不吃姜蒜，他也不吃；她习惯吃完饭后出去散散步，他正好也有这个习惯。可现在看来，这些像拼图一样完美契合的喜好或许根本不是"正好"。

只是，两个人在公司里几乎没说过话，舒杏是怎么看出来他们的关系的？

面对周悦的疑惑，舒杏并没有否认。周悦觉得难以置信，又问："你是什么时候知道的？"

"一开始我只是怀疑，因为你似乎一直对我下周的选题特别感兴趣，要说确定，其实不算很久，是总编把《宝物记》这个选题安排给我的那次周会上。"

"你怎……怎么看出来的？"

"在我的印象里，你一直是一个很胆小也很有分寸感的姑娘。你即便是我的助理，我们一起工作了几个月，我给你倒一杯水，你都会说谢谢。可是那次周会上，林瑞阳帮你捡了笔，你们这么不熟，你接过笔的时候却没有道谢。"

周悦没想到舒杏居然观察得这么细致，羞愧地低下了脑袋，片刻后又猛地抬头："你既然已经知道我不怀好意，那为什么那天晚上还会把那么重要的文章交给我代发？"

就算没有电脑，舒杏也可以拜托编辑部的其他同事代发文章。

她看着舒杏平静的神情，混沌的脑子慢慢地变得清醒起来，心里生出了一个大胆的猜测。

"杏杏姐，你……"周悦感觉脊背发凉，喉咙发紧，"你是故意的？"

舒杏又轻又缓地"啊"了一声："算是吧。"

"你早就知道我会调换你们俩的署名？"

"他具体会怎么做，我不确定，唯一能确定的是，他如果要做什么，只能是稿子在你的手里的时候，所以我给他这个机会。"舒杏扯了扯嘴角，语调温柔，却带着凉意，"我既然敢给他这个机会，当然会做好准备。他觉得这是他的机会，反过来，这也是我的机会。"

"他的电脑失控也在你的预料之中吗？"

"这个倒不是，所以整件事我预想的少了一些步骤。"

至于电脑失控的事情是巧合还是人为，舒杏多多少少心里有数。

十分钟正好过去，时针迈过了数字"1"。

"我还有工作，先走了。"舒杏朝周悦微微颔首，提着电脑包快步离去了。

办公室的门合上的瞬间，周悦手里的手机振动起来，屏幕上跳出了一条到账消息。

或许是怕她不收，舒杏直接把1万元转进了她的银行卡里，而不是微信里。舒杏还在后面写了一句附言："借款，祝早日康复。"

说舒杏冷漠吧，在周悦做了这种事之后，她居然还愿意借钱给周悦；说她温暖吧，她又直白地标注了这笔钱是借款，好像生怕周悦不还。

周悦整个人都愣住了，反应过来时，脸上湿漉漉的一片。

她以前觉得舒杏是一个很温柔、单纯的人，没有多少城府，现在才发现并不是如此。

舒杏比自己想象的要聪明太多。就像这次，如果她没有把稿子给自己，林瑞阳根本就没有使小动作的机会。她虽然可以凭借这篇稿子让领导们记住她，但她和林瑞阳两个人一个靠人脉和资历，另一个靠工作能力，谁输谁赢还说不准。于是她化被动为主动，抛出鱼饵，让林瑞阳没有丝毫防备，美滋滋地上了钩，还以为掌握了全局。

林瑞阳或许到现在都不知道，自己其实才是被舒杏逗弄的鱼，从一开始就是。

舒杏赶到展览的开幕式现场时，时间还没到两点。

作为省博物馆配合国际博物馆日推出的年度大展，这个展览从消息出来就备受期待。省博物馆的大厅里坐满了记者，安全线外还站着不少围观的观众，和上次红美术馆里"匠心展"的展厅门可罗雀的景象完全是两个极端。

舒杏刚坐下就看到了周悦发来的那句"谢谢"，但没有回复。

其实连她自己都说不清为什么还愿意借钱给周悦，或许是因为周悦刚才说的都是真话，让她觉得小姑娘的"恋爱脑"还有被救治的余地；抑或是在最初的周悦身上，她看到了曾经的自己，所以依旧不希望赤诚的热爱被贫瘠的生活所淹没。

手机又振动了一下。

沉野："你之前给土狗喂的是什么牌子的狗粮？"

压抑的情绪烟消云散，舒杏在心里第一万次吐槽这个毫无感情的小狗的名字。

舒杳："就是普通牌子的狗粮啊，怎么了？"

沉野："它绝食了。"

舒杳发了一个问号。

沉野给她发来一张照片，照片上，小狗有气无力地趴在地板上，眼前就是一碗可口的狗粮，但它无动于衷。

舒杳在沉野家见过他买的狗粮，那个牌子的狗粮比她准备的贵多了。怎么，小狗这是吃遍了海鲜大餐，突然想吃清粥小菜了？

舒杳打开腿上的手提包，发现里面正好有上次没喂完的小半袋狗粮。她沉思片刻，然后回复："我正在展览的开幕式现场，发完稿子再去你家，估计要晚上……"

沉野："那让它饿着吧。"

舒杳："别。要不然这样，我四点左右应该会在省博物馆对面的咖啡馆里写稿，你带它去那儿找我？"

沉野："行。"

舒杳去的那家咖啡厅是允许宠物入内的，但为了防止打扰别人，她还是订了一间包间。她习惯性地把手机静音，然后打开了电脑。

看着趴在地板上吃得正香的小狗，舒杳再次感慨，不仅有钱人的世界难懂，有钱人家的狗的品位也很难捉摸。

"土狗。"沉野低声喊它。

小狗闻言，乖巧地回头，等着他往面前的碗里加狗粮。

舒杳欲言又止，最后实在没忍住，问："你真的不考虑给它换个名字吗？"

"换什么？"

"嗯……"舒杳思索片刻，说，"土土？"

沉野嗤笑一声，仿佛在说：你起的这个名字又好听到哪里了？

"不然……圭圭，两个土。"舒杳笑了笑，又说，"垚垚，三个土。"

"不行，撞名了。"

"哪有……？"

舒杳这才意识到小狗和自己撞名了。虽然她不是很介意，但别人听起来确实会觉得有点儿怪。

"我觉得……"舒杳看着蜷成一团的小狗，笑道，"它看起来像一块曲奇小饼干。"

"哦，"沉野赞同，"那它就叫'小饼干'吧。"

舒杏本来想的是，它可以叫"曲奇"，但是"小饼干"也行，总比"土狗"好听。

狗狗突然"呜呜"地叫了两声，好像对他们的聊天内容表示赞同。

"你看，它好像挺喜欢这个名字。"舒杏很开心。

"小饼干？"他俯下身，摸了摸狗头。

本来很正常的三个字，不知为何，被他低沉轻缓的声音说出来竟听起来有点儿缱绻。

都说长得好看的人看狗都深情，果然，声音好听的人喊狗也深情，他要是有了女朋友……胡乱地想到这儿，舒杏突然回忆起自己在母亲面前编造的那个谎言，不由得开始心虚。

她强迫自己转移注意力，完成通稿的发布。

本周的工作差不多结束了，舒杏长舒一口气，再次打开了文档，却盯着大片的空白迟迟没有动。

沉野把小饼干喂饱了，坐在她的对面，问："怎么了？"

舒杏沉默了片刻，然后好奇地问："我之前听说你在国外的事业已经做得很不错了，你为什么会突然回国？"

沉野拿过桌上的玻璃水杯，拇指若有若无地摩挲着杯壁，声音低沉，却说得很笃定："因为我有更想得到的东西。"

"就这么放弃了之前打下的基础，你不觉得可惜吗？"

"如果最后我得偿所愿，那么前面的那些自然就不值一提了。"

"得偿所愿……"舒杏念叨着这四个字，"如果没有得偿所愿呢？"

"不试试怎么知道呢？"

这一刻，他是自信的、孤勇的，满身少年气，蓬勃而发。

舒杏突然想起一件事："我好像听你说过一模一样的话。"

"什么时候？"

"就是高三的时候，你在雨里给我递衣服之后的那一天……"

"纠正一下，"沉野勾起嘴角，脸上带着一抹笑容，"是我给你递衣服但被你拒绝的第二天。"

"我真的不习惯穿别人的衣服。"舒杏解释了一句，才发现话题跑偏了，"反正就是那天，我去办公室的时候经过你们班，不小心听到的。"

当时沉野他们班的教室门窗紧闭，她还以为里面没人，没想到就在她经过后门的时候，门后居然传来了他的声音——"不试试怎么知道呢？"

前一天才与他有过交流，舒杳对他自带魅力的声音印象深刻。直到现在，她还记得他当时的语气，那语气和现在一模一样。

"那次你得偿所愿了吗？"她问。

沉野自嘲似的扯了扯嘴角："没有。"

"那为什么……？"

"如果那真的是很想达成的愿望，即便失败一万次，我也还是想再试试。"

试试吧。

仿佛有一个声音在她的脑子里重复这三个字，这一刻，她的心里有了决定。

舒杳抿了抿唇，在空白的文档里毅然决然地打下了两个字——"辞呈"。

沉野看着她纠结的神色，问："你喜欢这份工作？"

舒杳打字的动作停了下来。她喜欢吗？其实她真的不知道。

她高考的时候差了几分，没有达到舒美如想让她读的金融系的分数线，被调剂到了考古系。虽然她很喜欢这个专业，但舒美如这些年说过无数次，早知道当年就不让她读辅大了，她要是去隔壁差一点儿的师范学校，起码毕业后好找工作。

为了让舒美如安心，毕业后，舒杳找了这份工作。这份工作有五险一金，待遇也不错，算是缓解了舒美如的担忧，让她觉得女儿在大城市里过得还可以。舒杳做着做着就习惯了。

"要说我多喜欢这份工作，好像算不上，所以离职也没有难过，只是多少有点儿遗憾吧。"舒杳垂着双眸低声嘟囔，"尤其是我刚升职呢。"

这好像是她第一次这么明显地在他的面前表现出低落的情绪。

沉野见状，抬手合上了她的手提电脑，用食指敲了敲桌面："我带你去个地方。"

沉野带她去的是一家电玩城。

舒杳自觉是个很无聊的人，那时候如果不是赵恬恬拉着她玩，她的生活里估计就只有读书这一件事。

她甚至没有来过电玩城，放眼望去，里面大多是十七八岁的学生。而她今天因为要参加展览的开幕式，特意穿得比较正式，白色休闲衬衫搭配黑色短裙，站在电玩城里面就像五颜六色的油画上突兀地添了一道黑色的墨迹。

她做心理建设的时候，沉野已经熟练地换了一百个游戏币，把小小的镂空篮子递到了她的面前。

舒杏克服了不习惯的感觉，掂了掂手里沉甸甸的篮子。她环顾一圈，发现大多数项目前人潮拥挤，唯独角落里那个打地鼠机备受冷落。

"想玩那个？"

舒杏不好意思地笑了笑："但我感觉那个是给小孩玩的。"

沉野问："你以前玩过？"

舒杏："没有啊。"

他直接拿过她手里的篮子，往打地鼠机的方向走："那你现在还是小孩。"

动画片的主题曲响起的这一刻，舒杏的确有一种自己还是孩子的错觉。不一样的是，孩子会觉得眼前的地鼠可爱，而舒杏打着打着，完全把它们当作发泄怒气的渠道了。

去他的林瑞阳！去他的工作！

"砰！砰！砰！"

手臂渐渐开始发酸，后背溢出一层薄汗，舒杏却觉得整个人轻松了很多。

第三轮游戏结束，舒杏的战绩成功地挤进了前五名。音乐声缓缓地停下，舒杏才想起旁边的人，尴尬地清了清嗓子，说："你就这么干坐着吗？"

"哦，还得我陪你打？"

沉野刚拿起锤子，舒杏就补了一句："不是，我的意思是你可以去玩别的。"

沉野被气笑了："我就玩这个。"

也行，反正这个机器上本来就写着可以双人参加游戏，于是舒杏的左手得到了短暂的休息。

和舒杏的沉浸式打地鼠不一样，沉野整个人都跟在看戏一样，左手撑着脑袋，姿态悠闲，但右手的速度丝毫不慢。

三轮游戏过后，两个人成功地登上了排行榜第一的位置。

舒杏的额头上带着汗，在灯光下似撒了银粉，而她的瞳仁似琥珀，眼尾微微上扬，带着罕见的热情。

见她环顾四周，沉野撑着脑袋问："还想玩什么？"

舒杳指了指旁边的摩托车："我想玩那个，但是……"

她低头看了看自己的穿着——包臀的职业短裙让她根本没法自如地跨坐在摩托车上。

沉野的眼神微微往下一扫，又落回她的脸上："起来。"

"嗯？"舒杳不解，但还是听话地站了起来。

沉野往前走了两步，他的胸膛对于舒杳来说触手可及，她甚至可以闻到他衣服上淡淡的薄荷香。

这种突破正常社交距离的举动让舒杳本能地想往后退，但她被什么东西挡住了。她低头一看，发现沉野用刚才脱下来放在一旁的薄外套围住了她的下半身，薄薄的衣料不能御寒，却足够遮挡她暴露出来的双腿。

这次，她没有和八年前一样拒绝："谢谢。"

舒杳跟着他走到了摩托车旁，眼见着他一次性投进去八个游戏币。

坐上摩托车后，她不好意思地说："我没玩过这个，玩得太烂的话，你别介意啊。"

"不会。"

游戏开始后，舒杳才意识到，沉野说"不会"可能并不是出于绅士的礼貌，而是因为也玩得挺烂的。

两个人选择的是山路地图，路中间会时不时地出现障碍物，比如羊群、从山上落下的石头等。舒杳一开始差点儿被石头砸到，转头一看，沉野眼前的屏幕上的小人儿已经躺在地上眼冒金星了。

舒杳沉默了。

她没时间同情别人，驾驶摩托车继续上路，磕磕绊绊才到达终点。过了一会儿，沉野也到了。

舒杳狐疑地看了他一眼："你真不会玩啊？"

沉野甩了甩手，似乎并不觉得尴尬："没玩过。"

"那你高中的时候都玩什么？"

沉野轻笑了一声，不太正经地说："打架。"

出乎意料的是，舒杳并没有露出任何厌恶的表情，只神色淡淡地"哦"了一声，点头："那时候他们好像是这么说的。"

"他们？"

"就是学校里的人。"

沉野将右手搭在摩托车的车把手上，不自觉地握紧，又松开了："所以你才这么讨厌我？"

"我没有讨厌你。"在沉野具有压迫感的目光下，舒杳缩了缩脖子，"好吧，那时候我确实有一点儿……那也不能叫讨厌吧？我就是有点儿忌惮你。"

"因为我打架？"

"嗯。"

沉野的嘴巴动了动，但他的话被音乐声掩盖了，舒杳完全没听到，问了一句："你说什么？"

"没什么。你还玩不玩？"

"玩。"舒杳坐直了身子，又怕他误会，于是补充，"对了，那是以前的事情了，我现在不忌惮你。"

沉野轻笑一声，右手打了个响指，指向她的屏幕，示意游戏开始了，于是舒杳就把注意力收了回来。

这一回，两个人明显都进步了。小人儿骑着摩托车在山路上飞驰，舒杳觉得积压在心里的那些不愉快的情绪好像也被风吹到了身后。

两秒之差，舒杳赢了。她下意识地轻呼一声，心情前所未有的愉快。

身后有一对小情侣在等着，舒杳不好意思霸占这个机器太久，也想着或许还有更好玩的，于是攥着外套下了摩托。

她解开系在身后的袖子，递给还慵懒地靠在摩托车上的沉野："我去一下洗手间，你等我一会儿。"

沉野点头，眼见着舒杳走出大门，正打算从摩托车上下来，就听到有人朝他吹了一声口哨。

"哥们儿，你也太菜了吧，不然我教你？"

沉野回头看了那个男生一眼，发现对方看起来好像是大学生，轻轻地嗤笑了一声："没空。"

"你说你丢不丢男人的脸？连个女的都打不过。"

沉野刚准备迈下阶梯，听到这话又硬生生地停下了脚步。他停顿两秒，再次跨上了摩托车，不甚在意地说："行，玩玩。"

舒杳在外面绕了一会儿才看到洗手间，回来时恰好又遇到了那对小情侣，但不知为何，女生看着有些不悦，冷着脸往前迈大步走。舒杳和他们擦身而过时，隐约听到女生轻声说"丢人"。

男生搂着她的腰，小心地哄："别生气了嘛。"

舒杳以为这是情侣间的小矛盾，便没放在心上，走进游戏厅时，发现沉野正靠在摩托车上低头看手机。

舒杳走到他的面前，视线扫过眼前的屏幕，突然发现排行榜被刷新了。

她记得刚才第一名的成绩是两分五十秒，因为"250"这个数字有点儿特别，所以她印象很深。现在纪录怎么变成两分零三秒了？

想到刚才排在他们身后的小情侣，舒杳惊讶地问："刚才那个男生破纪录了？"

沉野："嗯。"

舒杳恍然大悟：难怪女生喊"丢人"，看起来她的男朋友一点儿面子都没给她。这是什么"钢铁直男"？！

一百个游戏币不久就被用完了，离开电玩城之前，舒杳还收到了店家送的趴趴狗玩偶，店家说这是打地鼠破纪录的奖品。

商场里人来人往，舒杳揉捏着手里的黄色小狗玩偶，笑道："这个玩偶是不是和小饼干有点儿像？"

"玩偶比它好看。"

"哪有？"

舒杳对小饼干的滤镜有八百层，正准备就它的颜值问题据理力争的时候，身后突然传来了一个惊喜的声音："杳杳？"

两个人同时回头看了过去。

舒杳愣在原地，甚至忘了松开攥着趴趴狗的脑袋的右手。趴趴狗的五官皱成一团，看起来可怜巴巴的。

"舅妈？"

舅妈提着大袋小袋，急匆匆地走了过来，视线在两个人之间游移，脸上的笑容越来越明显："逛商场啊？"

舒杳感觉浑身的血液都涌上了天灵盖。

之前的"情侣"照片本就是舅妈发给她妈，她妈才知道的，那么在确认她有男朋友之后，她妈不可能不向舅妈"报喜"。

舒杳赶在舅妈再开口前赶紧回答："对。舅妈，你怎么在这儿？"

"这不是佳佳快高考了嘛，我看她每天都心事重重的，就想着给她买一双鞋，让她开心一下。"说着，她扬了扬手里的鞋袋。

"这样啊。"舒杳表面淡定地笑了笑，心里却翻江倒海。

"你们是……？"

"我们刚从电玩城里出来。"

"哦。"舅妈正想继续说，手里的手机就响了。她低头看了一眼，笑得意味深长："我打的车到了，那我就先走了，不打扰你们。"

"好，舅妈再见。"

舅妈走后，舒杏的心才放下。

她的头顶突然传来了不确定的询问："你舅妈刚才看我的眼神……有点儿奇怪。"

舒杏没想到他居然敏锐至此，抬头盯着他的脸，好一会儿才一本正经地说："你的脸有多招人，你心里没点儿数吗？"

沉野疑惑地想：这是夸赞吧？

回到家后，舒杏在公司的后台里提交了辞呈，同时打印了一份纸质版的，打算明天交给张艳秋。

做完一切，舒杏如释重负。

她躺在沙发上，习惯性地把手往包里一伸，却没有摸到手机，在客厅找了一圈也没找到。

舒杏挠了挠后脑勺，想起来在电玩城里还用过手机，所以大概率是在回来的路上，由于她心神不宁，下车的时候把手机落在沉野的车上了。

幸好电脑上的微信从下午开始就登录着，于是她给沉野发了一条消息询问。

沉野很快就回复她了："我去车里看看。"

果不其然，她的手机被忘在副驾驶座上了。

舒杏："我现在过去拿。"

沉野："地址发给我。"

舒杏："太麻烦你了，我自己过去拿就可以了。"

沉野："大半夜的，你要是出什么事，手机还在我家里，你觉得警察抓不抓我？"

舒杏婉拒失败，只能给他发了地址。

没有手机，舒杏只能看电视打发时间，还去浴室里洗了脸。突然门铃声响起，舒杏以为是沉野到了，于是一边擦脸上的水珠，一边急匆匆地过去开门。

"谢……"话说到一半她就愣住了。

舒杏的睫毛上挂着水珠，视线有些模糊，她用洗脸巾擦了擦眼睛，才终于确信这不是自己的幻觉。

"妈？！"

舒美如提着一个行李袋跨门而进，语气带着些温柔的责备之意："怎么我给你打电话你都不接？"

舒杏太过震惊，这才回神："我的手机落在别人的车里了，还没拿回来。"

"你还是这么丢三落四的。"舒美如扫了一眼客厅，放下行李袋就开始收拾，"你的舍友呢？"

"她快毕业了，系里的同学组织了旅行。"

"哦。"舒美如没有怀疑，把桌上的外卖塑料袋一个个地折好，通通放进旁边的收纳盒里。

"妈，我自己会收拾。"

"你会收拾？乱成这样还叫你会收拾？"舒美如轻轻地嗤笑一声，没把她说的话当真。

舒杏心中无奈，知道拒绝没用，便问："妈，你怎么突然过来了？"

"你舅妈说佳佳要高考了，没精力照顾刚出生的悠悠，问我能不能过来帮衬一段时间。她费心费力地帮你介绍对象，这点儿事我还能不答应？"

"舅舅呢？他不能照顾？"

"你舅舅工作忙，哪里来那么多时间？"

"那你住哪儿？"

"我住你舅妈家啊，你舅舅等会儿下班顺道来接我。"舒美如擦完了餐桌，又把收拾的目标转移到了茶几上，状似不经意地说，"你最近跟那个小伙子处得怎么样？正好这段时间我在这儿，你约他出来，咱们一起吃个饭，怎么样？"

舒杏如梦初醒，觉得自己好像在吹一个气球，气球被越吹越薄，现在已经到了爆炸的边缘。

"我们……"舒杏攥了攥手。

她之前就决定了，事情一旦有穿帮的趋势，自己就必须先发制人。所以她脱口而出："我们分手了。"

舒美如停下脚步，转过身问："你们分手了？你舅妈说你们下午还在好好地约会啊。"

她终于明白她妈为什么突然转道过来了，原来是她妈听了这事，来突击检查。

"我们……就是下午吃完饭后吵架才分的手。"

"为什么？"

"性格合不来。"

"有什么合得来合不来的？性格是需要磨合的，两个人慢慢地接触就好了，哪有你这样吵个架就分手的？"

舒杳实在忍不住了："那你当初和罗建辉磨合了这么多年，磨合成功了吗？"

"幺幺，我和你说过很多遍了，我和你爸是特殊情况，你不能因为这个就觉得所有的夫妻都是这样的。"

"妈，你到底是希望我幸福还是希望我结婚？"

"这两者有什么区别？我希望你结婚就是希望你幸福！你一个女生，身边没个男人，老了怎么办？"

"我不需要依靠男人，男人靠得住吗？万一我找了个像罗建辉一样的人呢？妈，你明明是最知道婚姻不代表幸福的人，为什么总要把我往里推？"

"我……"舒美如这回确实被问住了，但来来回回说的还是那一句话，"我和你爸是特殊情况，不是所有的男人都和你爸一样的。"

感觉到母亲的态度缓和了一些，舒杳努力地克制自己，尽量有理有据地分析："妈，我知道你都是为我好，但能不能也尊重尊重我的想法？"

舒美如没有说话，转身在茶几旁徘徊，好像在思考舒杳的话。突然，她停住了脚步，客厅里的温度好像瞬间下降了好几摄氏度。

电视里男、女主人公甜甜蜜蜜的声音听得人心烦，舒美如"啪"的一下就把电视关了。

"舒杳。"舒美如音调下降，喊的是舒杳的全名。

舒美如一般喊她的小名"幺幺"，一旦喊全名，就是生气的前兆。

舒杳还没明白她为什么态度突然又变了，顺着她的视线往下看，就看到了她手里拿着的那个白色信封——她的辞呈。

舒美如眉头紧锁，质问道："你要辞职？"

舒杳："是。"

"为什么？你不是刚升职吗？怎么突然要辞职？"

"我……"舒杳不知如何解释，"遇到了一些不顺心的事情。"

这句话好像点燃炸弹的导火索，让舒美如之前好不容易压下来的怒火瞬间爆发了。她把辞呈"啪"的一声扔在地上："你到底能不能让我省省心？！好不容易谈个恋爱，你动不动就分手！好不容易找个工作，你动不动就离职！你告诉我，你以后准备干什么？啊？这么大个人了，不结婚，没工作，你知不知道这事要是传出去，外面的人会怎么说你？！婚姻和工作，你起码得有一样让我省心吧？！"

舒美如其实性子软，连大声说话的时候都少，这还是有史以来她第一次如此生气。

舒杳也忍不住提高了音调："我为什么要管别人怎么看我？我认识他们吗？"

"你！"舒美如被气得脸通红，双眸泛起了泪光。她抬手一抹眼睛，失望地转过身，哽咽起来："我真是管不了你了！我一个人把你拉扯到这么大，还以为可以享福了，结果你就是这么气我的。"

舒杳感觉浑身的力气都被抽干了。她不擅长吵架，更不想和母亲吵架，每到这种时候就只能选择沉默，直到母亲消气，再当一切没有发生，恢复表面平静的样子。可那些矛盾从未消解，一直积压在她的心头，等待着下一次强度更大的爆炸。

一种无力感将她紧紧地包裹住了，她靠在墙壁上，垂着脑袋，眼前发黑，好像溺水的人，已经丧失了所有的求生欲。

"叮咚！"

门铃声仿佛一块浮木，将她托了起来，她的思绪清明了几分。

因为吵架，手机的事情已经被舒杳遗忘了，她以为是赵恬恬提前回来了，便转身去开门，然而门外的身影让她浑身一凉。

沉野穿着一件黑色卫衣，帽子把额前的碎发压了下去，几缕头发的发梢戳到了眼皮，肩膀和手臂上的水珠并未让她显得狼狈，反而让他看起来多了几分野性。

舒杳还没来得及做出任何反应，身后就传来了一道惊讶的询问："你怎么来了？你不是已经和幺幺分手了吗？"

对上他诧异的目光，舒杳绝望地闭上了眼。

完……蛋……了！

舒杳此刻已经没有任何心思去思考眼下的尴尬程度了，只想安全地把这件事应付过去，于是趁着背对舒美如的机会，用口型拜托沉野："帮帮我。"

她刚说完，舒美如就走到了她身边。

舒杳不知道沉野有没有看明白，心里正在打鼓，就见他礼貌地微微俯身，跟她母亲打了个招呼："阿姨好，我是沉野，杳杳的男朋友。"

好家伙，他的领悟力太强了吧！

舒美如打量他几秒，然后问："幺幺不是说你们俩分手了？"

"阿姨，我们没有分手，只是吵架了而已。"沉野从口袋里掏出舒杏的手机，有模有样地解释，"您看，这不是她太生气了，把手机都落在我家里了嘛，我给她送过来就是为了道歉的。"

舒杏在心里吐槽：他还能这样？

沉野的说辞逻辑自洽，演技更是炉火纯青，就连额前那微湿的发丝都成了完美的衬托，让他整个人看起来有些可怜。

舒美如肉眼可见地开心了起来："原来是这样！我就说嘛，你们下午还好好的，怎么晚上就分手了。"

舒美如让开道，示意沉野进来。他很自然地走到了舒杏身边，伸手握住了她的手腕，眼眸低垂，一副求饶的姿态。

摄像机都开了，她想不想都得演下去。

舒杏看向母亲，说："妈，我们回房间聊一下。"

舒美如看了一眼自己的手机，怒气消了七八分："你们也别回房间了，正好你舅舅到了，我先走了。你们好好聊，工作的事你自己也好好地想一想。"说着，她瞪了舒杏一眼，"你别动不动就提分手，好好聊。"

"知道了。"舒杏说。

把母亲送上舅舅的车，舒杏和沉野一前一后地又回到了客厅里。门被关上的一瞬，舒杏感觉双脚都好像飘起来了，似乎刚经历一场生死劫难。

心安全着陆之后，尴尬感和愧疚感卷土重来。舒杏抓了抓头发，勉强开口："那个，你听我解释……"

沉野眼神深沉地看着她，一副"请开始你的表演"的神情。

"我妈是这个世界上最爱我的人。自打我爸妈离婚后，我就成了她唯一的精神支柱，她把所有的注意力都放在了我身上，把我看得比她的命更重要。我生病，她可以不眠不休地照顾我好几天；我想读书，她就拼命地赚钱。而她现在最关心的事就是我的婚姻。

"我不怪她，她大半辈子没有走出过那个小镇，思想自然陈腐，但我真的觉得很窒息。也就是这个时候，地铁上的照片被人发到了微博上，我妈看到了，就以为咱们俩是情侣。我想着，她要是以为我有男朋友，我就可以暂时解脱了，所以就……顺水推舟……"

舒杏羞愧地低下了头，右手攥得紧紧的，脸色苍白。

沉野默不作声，眼神却严肃了不少。

谎言被捅破，一般人会尴尬、愧疚，这都是正常的。但不知为何，他总觉得舒杏此刻的愧疚程度好像超出了正常值。

"对不起，我很清楚，正常人知道这种事情都会很生气……"

"我没生气。"沉野打断了她的话。

舒杏愣愣地抬起了头："嗯？"

"我只是在想……"沉野靠在餐桌边，右手反撑在身后，嘴角勾起一抹笑，"你要是早点儿告诉我实情，我刚才或许可以表现得更好一点儿。即兴表演还是比较考验人的演技的。"

他的目光是炙热的，带着少年气的逗弄反而效果很好。

舒杏怔了两秒，卸下一身重担，终于笑了出来。那一瞬，她的脑中突然响起了很多乱七八糟的声音。

母亲说："婚姻和工作，你起码得有一样让我省心吧？！"

赵恬恬说："沉野不是每条要求都符合吗？"

还有最重要的那句话——沉野的奶奶在电话里说："你什么时候结婚，我就什么时候做手术！"

屋外一片漆黑，小雨淅淅沥沥，舒杏的心头却因为他刚才的话逐渐拨云见日，之前好不容易被她压下去的那股冲动再次破土而出。

"沉野，"她收敛了脸上的笑容，整个人紧张得绷直了，语气却真挚又坚决，"你要不要跟我结婚？"

客厅里更安静了。

时间仿佛停滞了，连雨声都没法传入耳朵。舒杏脑子里"嗡嗡"的，不敢相信自己居然真的有一天冲动到对别人提出这种请求。

她补充道："我是说，假的那种。"

出乎她意料的是，沉野没有觉得她疯了，脸上也没有过分惊讶的表情，只语气淡淡地问了一句："你为什么选我？"

冲动的劲头过去，舒杏冷静下来，坦然地接受了这个局面。她以一副谈生意的姿态，有理有据地分析利弊："我对婚姻本就没有期待，既然我妈说婚姻和事业总该有一样让她省心，那我就牺牲婚姻，换取事业上的自由。上次在赵味儿家里，其实我不小心听到你打电话了，你奶奶是不是也在逼你结婚？所以我觉得，我们或许可以合作……

"我妈本来就以为我们在交往，这时候我提出结婚，她应该不会觉得奇怪。至于你奶奶那边，虽然我不是很了解情况，但你可以跟我说，我都能配合，我的演技还可以。"

沉野用修长的食指有节奏地轻轻敲击桌面，漫不经心地问："你说的是外部因素，我本身就没有一点儿让你欣赏的地方？"

这种天上掉馅饼的感觉简直就像她在高考的时候发现最后一道大题居然是自己之前做过的原题。

"你聪明,可以配合我演戏;平时话不多,正好我也不喜欢聒噪的人;性格独立,应该不会和我互相干涉;条件也挺好,我妈肯定满意……"可能是说得太顺了,舒杳脱口而出,"以及,你偶尔变化莫测的精神状态也挺迷人的。"

等等,她在说什么?这是她面对求婚对象应该说的话吗?

舒杳想就地挖个洞把自己埋了。

不知道沉野介不介意这个提议,舒杳只看到他直起身,从口袋里掏出了烟盒:"我去阳台抽一根烟,等会儿回答你。"

这还是舒杳第一次知道他会抽烟,毕竟之前她从来没见过他抽烟,只见过他吃棒棒糖。

不过她非常能理解,正常人面对突如其来的求婚都会犹豫,所以她只坐在客厅里安安静静地等着。

落地窗关着,舒杳可以透过透明的玻璃看到他低头看手机的背影,阳台的灯光把手机屏幕映在玻璃上,上面隐隐约约有一个个绿色的条状图形,好像是微信消息。

难道沉野在征询别人的意见?但他好像不是这种性格的人啊。

她还没想明白,沉野已经转身回来了,说要抽的烟看起来也没抽,轻松的神色让舒杳多了几分底气。

果不其然,沉野说:"期限?"

"随你,既然是我提的结婚,那我们什么时候离婚由你提。"

舒杳想:反正她也不指望遇到喜欢的人,这个期限对于她来说反而越长越好。

"行,"沉野将手里的手机转了半圈,"但我有一个要求。"

"什么?"

"你每两个月陪我去看一次奶奶。"

"没问题啊。"舒杳觉得自己是提出这个提议的一方,应该主动一些,"你两个月才去一次?老人家在医院里,大概率很希望小辈探望的。"

沉野轻挑眉头:"那你觉得多久去一次比较合适?"

舒杳本来想说一周,但又想到他们刚谈合作,这样显得自己太殷勤了,于是改口:"半个月吧。"

"也行。"沉野伸出手,一副云淡风轻的姿态,"那……合作愉快?"

舒杳握住他的手，有一种中了彩票的不真实感："你就这么简单地答应了？"

"嗯，你说的理由我很满意。"

舒杳暗暗地松了一口气，看来他果然被前面的夸赞迷惑了，没仔细地听她最后说的那句话。没想到下一秒，沉野微微扬起嘴角，又补了一句："我就欣赏骂人高级的人。"

不真实感骤然消失，他果然还是他，那个牙尖嘴利的他。

"那我们明天去领个证？"舒杳问。

她想：人冲动的持续时间有限，说不准几天后沉野就反悔了，她必须快刀斩乱麻。

沉野犹豫了一会儿："行吧，我尽量抽时间。"

"你不用对父母说吗？"

"他们从来不管我的这些事。"

舒杳听完，心里有些不好受，想来赵恬恬说的沉野父母偏心的事情大概是真的吧。

沉野全程表现得很平静，答应得很平静，离开得也很平静，舒杳却难得有些亢奋。这个决定很冲动，也很大胆，一百个人里只怕有九十个会问她："你真的不会后悔吗？"

可是……

舒杳想：好像也不会有什么情况比现在更差了。

领证这种事对于舒杳来讲遥不可及，所以当真的坐到等候大厅里的那一刻，她有一种不知道自己身处何地的迷茫感。旁边的沉野倒是淡定，右手搭在扶手上，食指数似的敲着。

舒杳悄悄地探过头，小声问："你怎么还穿着昨天的衣服？"

沉野低头看了一眼自己身上的黑色卫衣，说："这样的卫衣我有十件。"

舒杳差点儿忘了，这就是有钱人。

"对了，"舒杳从包里掏出一份合同，"昨晚我根据我们商量的内容拟了一份婚前协议，我已经签名了，你要是觉得没问题，也签一下吧。"

她思前想后，觉得他们毕竟是假结婚，有些东西还是应该泾渭分明。

沉野接过合同，发现前面的条款都是老生常谈，比如婚后双方的财产各自独立等，有趣的是最后一条。

"乙方享有遛小饼干的优先权……"沉野轻笑一声，偏过头看向她，"这是什么意思？"

没想到她的一点儿私心就这么精准地被他揪出来了。

舒杳清了清嗓子，故作理所当然的样子回答："我就是觉得，虽然我们的婚姻是假的，但我们也可以互帮互助。你要是平时忙，需要找人照顾小饼干，可以随时找我，毕竟……你每次都要找人帮忙遛它也挺不方便的，是不是？"

两个人就这样目光相对。和以前不一样，这一次，他们的距离太近了，近到舒杳可以清楚地看到他漆黑的瞳孔里有她的身影。

沉野先把视线收了回去，说："有道理。"

"你还有要加的条款吗？"

沉野把文件翻了一页，幽幽地说道："为避免影响双方及家族的形象，婚姻存续期间，彼此都需要和其他异性保持适当的距离。"

舒杳想起赵恬恬之前说，沉家的人连出去旅游都会被狗仔拍，那这个要求很合理，而且对于根本没有异性朋友的舒杳来说完全不是问题。

舒杳答应下来："行，那我回去修改好再打印一份。"

"就这样吧。"沉野直接在合同的最后补了一句，而后在甲方签名处签上了自己的名字。

合同是一式两份的，但舒杳看他不方便携带，就把两份合同都收进了包里，低头继续做《宝物记》的日常任务。这时，她发现游戏界面的左上角跳出了几个好友申请。

这个游戏里，有一些任务需要好友互动来完成，所以很多人会根据系统的推荐批量加好友。舒杳虽然没有主动加过好友，但只要有人加她，她都不会拒绝，慢慢地，好友列表里已经有四十几个人了。

今天也不例外，舒杳按下一键添加的按钮，然后被其中一个 ID（账号）吸引了——"穷得只剩钱"。

这个账号的等级只有二级，大概玩家刚开始玩这个游戏。

舒杳暗暗地想：可能个把月后你得改名叫"富得只剩卡"。

游戏的日常任务不难，就是有点儿耗时。舒杳动了动微酸的手腕，见沉野在一旁无所事事，就真诚地眨着双眸，很贴心地问了一句："你无聊吗？要不要玩会儿游戏？"

沉野冷冷地扫了她一眼："有话直说。"

"我打累了。"

"我能得到什么好处？"

舒杳真诚地说："你可以享受到帮助别人的快乐。"

沉野："我不缺快乐。"

"我给你发红包，"舒杳还是有底线的，"但是最多八块八。"

沉野轻轻地"呵"了一声，嘴上嫌弃，却还是把她的手机接了过去。

舒杳歪着脑袋问："你们有钱人还缺这八块八啊？"

沉野低下头，双手的拇指熟练地操作着："财富需要积累，不然普通人怎么成为有钱人？"

舒杳觉得他好有觉悟。

她需要花半小时完成的日常任务，他十分钟就做了百分之八十。

远处传来了些许动静，舒杳顺着声音看过去，发现那边有一男一女，女生拿着麦克风，麦克风上面贴着"情侣观察"的标牌，男生则架着摄影机，不知道在拍摄什么。

女生在大厅里环顾了一圈，突然双眸一亮，面露惊喜之色，直接朝他们快步走来了。她笑盈盈地停在了舒杳的面前，俯身问："您好，我是'情侣观察'的记者，正在采集活动素材，请问能对你们进行一个简单的采访吗？"

舒杳本来想拒绝，因为他们俩又不是真情侣，万一穿帮就尴尬了。但同是记者，舒杳太清楚那种采访被人拒绝时的无奈感受了，同行何必为难同行？她心一软，看向沉野，用眼神询问他的想法。

沉野语气淡淡地说："随你。"

于是舒杳选择了一种折中的方式："能给我们打马赛克吗？"

这个要求放在别的情侣身上肯定是不行的，但是眼前的这对实在太养眼，于是女生妥协了："当然可以！"

舒杳也就同意了。

女生果然笑意更浓了："那你们怎么称呼？"

"我姓舒，"舒杳替沉野回答，"他姓沉。"

"好的，舒小姐。我记得在微博上刷到过你们的照片，你们是之前在地铁里被拍到的那对情侣吧？你们今天是来领证的吗？"

舒杳硬着头皮说："嗯。"

"首先祝贺两位喜结良缘！现在已经是五月中旬了，再过几天就有一个值得庆祝的日子，你知道是哪天吗？"

舒杳脱口而出："五月十八日？"

这是国际博物馆日，职业使然，这个日子简直是刻在她的 DNA 里的。

话被说出口的瞬间，场面果不其然地尴尬了起来。

"小姐姐真幽默，哈哈哈……"女生打圆场，"我们今天是为了拍摄'5·20'特辑来取材的！今年特辑的主题是'曾经的我们'。"

说着，女生给他们发了两张宣传单，上面除了有对"情侣观察"这个账号的介绍，还写了一段网上流传的所谓的男性的"三从四得"，比如老婆出门要跟从、老婆的命令要服从……

舒杳正低头看着，又听到女生问："请问两位是怎么认识的呢？"

舒杳抬起头，陷入了思索：自己若是说假话，很容易被拆穿，半真半假的话可信度则很高。

她回答道："我们是高中同学，但不是一个班的。"

"哇，原来你们的感情是从校园到婚纱啊！"女生起哄道，"那么是谁先喜欢的谁呢？"

舒杳觉得要是说沉野先追求自己，好像太自恋了，正想揽下"先喜欢"的名头，旁边的沉野抢先一步说："我先。"

"您可以分享一下对方让您心动的瞬间吗？"

舒杳放松下来，把昨晚那个"请开始你的表演"的眼神还给了他。

"高三运动会。"沉野嗓音低沉地娓娓道来，带着慵懒之意，"我跑步的时候，她在广播台上喊我的名字。"

记者完全没发觉有什么不对劲的地方，说："青春年少的鼓舞确实很令人心动！想必当时的画面您现在想起来也觉得很难忘吧？"

沉野轻笑一声，点头："确实难忘。"

舒杳嘴角一抽，想起高三那年的运动会上，自己的确被老师揪到广播台上念加油稿去了。

一般加油稿的内容很正能量，比如"青春无悔，奋勇向前，友谊第一，比赛第二"之类的话。唯独有一篇不知道是谁写给沉野的加油稿，作者仿佛被林黛玉附体，舒杳到现在还记得里面的个别句子——

"哥哥要是态度这般消极，索性就别来参加运动会了，如此说来，倒显得我们这些加油呐喊的人多此一举了。罢了，罢了，哥哥自己尽力就好，妹妹再说就显得多嘴惹人烦了。"

照理来说，这种加油稿应该配合阴阳怪气的声调，但舒杳不是那种人，语调全程毫无起伏，冰冷如霜。后来赵恬恬形容，她念这篇加油稿的样子不像林黛玉，倒像女版张飞在喊"哥哥"。

不过加油稿的效果还是不错的。沉野本来懒洋洋地跟在长跑队伍最后，好像根本没有参赛的意图，听到这个阴阳怪气的加油稿和四周的哄笑后，却跟上了发条一样，从倒数第一名逆袭成了第一名。

舒杏当时想：他大概觉得丢脸丢大发了，所以想尽快结束，尽快解脱。

"那舒小姐呢？您有心动的瞬间吗？"女生的话打断了舒杏的思绪。

她虽然没有心动的瞬间，但沉野刚才半真半假的回答给了她灵感。她搜肠刮肚地想了半天，终于从脑海中关于沉野的为数不多的记忆里挑出了一段他的高光时刻。

"高三开学之后没多久，学校组织了班级篮球赛，我们班和他们班打，他很厉害。"

"我懂了！你当时在旁边为他加油，是吗？"

"嗯……"

舒杏没法说，她其实对篮球没有丝毫兴趣，当时之所以去，是周北川让她帮忙送一瓶水。

那天篮球馆里满满当当的，都是人。舒杏拿着矿泉水站在门外给周北川发消息，让他出来拿水，他却说不方便离开，所以她只能拿着水进了篮球馆。

当时正处于中场休息的时间段，学生们的交谈声此起彼伏。舒杏所在的五班以十一分的优势暂时领先沉野所在的八班，周北川正和队友们商量战略，背对着门口，完全没有意识到她的到来。

舒杏朝他们走过去的时候经过八班的休息区，听到了几个男生在互相鼓励。

"没事，沉哥快到了，下半场我们追得回来。"

"求求他快点儿到，我们靠他一定可以赢！"

舒杏还是第一次遇到这种完全把希望寄托于他人的鼓励方式，所以对此印象深刻。

她走到周北川身后，用矿泉水瓶碰了碰他的手臂。周北川回过头来，很自然地接过她手里的水瓶，拧开瓶盖喝了好几口水。

旁边的男生打趣道："哟，旁边不就有水吗？她还特意送来，这么贴心啊？"

舒杏转过头一看，果不其然，角落里就放着一箱水。

周北川笑了笑，解释道："我喝不惯常温的。"

话音刚落，身后就传来了一阵欢呼声，舒杏回头，看到一个穿着篮球服的身影从门口跑了进来。

沉野皮肤很白，身材不强壮，却也不瘦削，手臂肌肉的线条恰到好处。舒杏感觉他往五班这边扫了一眼，但很快就收回了视线，被八班的队员团团围住了。

"我的天哪，"五班的一个男生说，"他怎么还是来了？我还以为他不出场了呢。他刚刚那一眼是什么意思？他是不是在挑衅我们？"

周北川拧上瓶盖，不甚在意地说："分差这么大，我们怕他干吗？"

"你刚转学过来，不清楚。之前省队的教练可是来挖沉野的，只不过他没去，之前两年，他在的班级打篮球赛就没输过。我们本来还庆幸他这次不参加，没想到他还是来了。"

一旁的男生拍了拍周北川的肩膀："算了，往好了想，今天就算输了，我们还能混个第二名。而且大家都知道，沉野是出了名的给面子，这种班级间的友谊赛最多赢我们三分。"

周北川皱着眉头，一言不发。舒杏知道，那是他不服和恼怒的表现。

她正准备离开，却被周北川拉住了手腕："来都来了，看会儿吧。"

"我……"舒杏犹豫起来，感受到手腕上的手指渐渐收紧，便点头，"好吧。"

三分钟后，下半场比赛正式开始了。

由于沉野出场了，观众们的热情程度猛然飙升。篮球在他的手里仿佛一个可以被随意操控的玩具，他目光沉着地注视着前方的周北川，一个流畅的转身后避开了周北川的防守，起跳，右手用力，篮球在空气中画出了一道完美的抛物线。

"砰！"篮球甚至没有触碰到篮板，直接穿过篮筐掉落到了地上。

场馆里，激动的欢呼声此起彼伏。沉野就这样用一个又一个三分球飞速地把十一分的差距追上了，并且还在不断地拉大分差。

舒杏没觉得怎么样，一旁同班的替补队员却忍不住说了一句脏话："沉野今天怎么回事？他吃炸药了吗？"

"我也觉得他今天不太正常，咱们得罪他了？"另一个男生想了想，说，"肯定是你。"

"我怎么了？"

"前段时间运动会的一千二百米长跑，不是你撺掇他们班的体育委员先斩后奏地把他的名字写上去的？"

"嘘！这事他应该不知道吧？我就是开玩笑嘛，谁知道刘阳那家伙真写上了！"

舒杳终于明白为什么沉野当时跑一千二百米时半死不活的了。

这场篮球赛，八班最终以二十八分的分差赢了五班。五班的同学们说不开心吧，五班是第二名；但说开心吧，那可是二十八分的分差。

赛后，沉野突然不给面子这件事成了学校里不少人热议的话题。据说还真有人当面问沉野这个问题，他只神色淡淡地表示自己太沉浸于比赛了，没注意到比分。与此同时，"沉野"这个名字也成了学校里大多数女生心中可望而不可即的代名词。

此刻，沉野居然就坐在舒杳的身边，等着和她领证，她有一种如堕五里雾中的感觉。

接下来的几个问题，两个人都用这种牛头不对马嘴的故事回答了。等记者满意地离开，舒杳才长长地呼出一口气。

她太累了，决定以后还是不能随便心软。

"他虽然话少，但不服输的时候特别帅。"身旁的沉野突然一字一顿地复述了她刚才的回答，轻飘飘地问，"这句话有几分是真的？"

舒杳回过神，想了想，说："60%吧。"

"哦。"

还行，60%到及格线了。

"十五个字里，九个字是真的。"舒杳说。

沉野疑惑起来："哪九个字？"

"你把'虽然''但不服输'这六个字去掉。"

他话少的时候特别帅。

沉野把手机还给了她，一言不发地靠在墙上闭目养神。

舒杳看着游戏里即将满格的任务进度条，不禁觉得好笑："你生气了啊？我逗你的。"

沉野还是不说话，修长的食指点了点刚才拿到的那张宣传单上的话——"老婆的话要听从。"

领证、走流程的时间还没有等待的时间长，拿着小红本走出民政局的大门的时候，舒杳并没有感觉到任何忐忑的心情，反而有一种尘埃落定的释然感。

她是请了两个小时的假来的，所以沉野又把她送回了公司的门口。

刷了卡上楼，她还没走进办公室，在路上就被经过的张艳秋拦住了。

"杏杏，你的账号是不是被盗了？你怎么突然提交了辞呈？"

"没有。"舒杏正好把包里的纸质辞呈递给她，"辞呈是我自己提交的，这份给你留底吧。"

"不是，这是怎么回事啊？"张艳秋把她拉到了一旁的小会议室里，关上了门，"你这个升职的机会多来之不易啊！你就这么放弃了，不觉得可惜吗？"

舒杏摇了摇头："不可惜。"

两个人共事快三年，张艳秋对舒杏的性格多少有些了解。她看上去温温柔柔的，但一旦做了决定，八匹马都拉不回来，于是张艳秋就不多说了。

"行吧，我还是要祝你未来顺顺利利的。"张艳秋遗憾地叹了一口气，"你可是我招进来的人里最牛的一个了。上次我去首都出差，总编还说我慧眼识珠，没想到这'珠'不久留。你真的不是被林瑞阳或那些莫名其妙的谣言气到了？"

"真不是。"舒杏拍了拍她的手臂，示意她安心，"我就是想再试试做自己真正喜欢的事情。"

"那就好。你也知道，公司里人一多，就什么乱七八糟的话都有，你别放在心上。"

舒杏笑而不语，又和张艳秋闲聊几句就走了。回到办公室，她见桌上的水杯空着，便放下包，去了茶水间。

茶水间的门关着，里面好像有人。舒杏正准备敲门，就听到里面传来了两个男生的声音：

"真的假的？隔壁部门的舒杏真的和陈总有那种关系啊？"

"反正我听说是这样的。她去首都出差的时候，陈总半夜进了她的房间，有人看到了。而且你想想啊，要不然她一个本科生，也就工作两年多的时间，怎么能和工作了六年的瑞阳哥争分部主编的位置还赢了？怎么看都是她背后有人吧？"

"也是。你别说，她看着温温柔柔的，身材还挺好，脸也长得美，难怪事业一帆风顺。"

…………

舒杏不知道这些传言是从林瑞阳那里传出去的，还是说林瑞阳也只是听到传言的其中一个人，但很奇怪，她本来以为自己会生气，但此刻只觉得可笑。

茶水间里渐渐没了声响，舒杏这才敲门进去。

可能是因为她隔了一段时间才进来，刚才说话的那两个人以为舒杏没听到他们的对话，反而看似礼貌地和她打了一声招呼。

舒杏微微颔首，走到餐桌前，慢条斯理地给自己倒了一杯牛奶。她喝了一口，好像突然想起了什么，转头对那两个男生说："哎，对了，你们有没有听说一件事啊？"

他们对视一眼，异口同声地问："什么事？"

"我刚刚过来的时候，有人让我等一会儿，说茶水间里有人在做坏事。你们见到了吗？"

戴黑框眼镜的男生露出了嫌恶的表情："没有吧？我们进来的时候茶水间里没人。"

另一个男生"啧啧"两声，把手里的一次性杯子扔掉了："算了，我还是去买一瓶水吧，都不知道这里的杯子有没有沾上什么脏东西。"

"怎么会？"舒杏一脸不解的表情，"那就是几分钟前的事，你们没见到吗？我听说那两个男生是隔壁营销部的新进职员，好多人都看到了。"

"营销部？"两个人不约而同地看向对方的脖子上挂着的营销部的工牌。

戴黑框眼镜的男生先一步反应过来："舒杏姐，你说的人不会是我们俩吧？我们只是进来倒个水。"

"啊，原来是你们啊。"舒杏贴心地说，"放心，我尊重你们，但是你们在工作时间就不要做那种事了。"

"舒杏姐！"男生赶紧解释，脸涨得通红，"我有女朋友的！你怎么能随随便便地听信那些谣言呢？"

"谣言不能随便信吗？"舒杏顿时目光冷了下来，眼中闪过寒光，"我看你们信得也挺随便的。"

两个男生耳朵通红，一个劲地道歉，最后灰溜溜地走出了茶水间。

舒杏神清气爽，突然觉得有一句话说得挺对——人发疯之后，精神状态好多了。

离职果然是更适合打工人体质的"医美"。

那头，沉野同样看起来神清气爽。

酒吧的服务生却满脸愁容，看到他进门，跟找着救星似的，一下子冲了过来："沉哥！楼上有人闹事！"

沉野面不改色，好像根本不在意："什么事？"

服务生一边带着他急匆匆地往楼上走，一边说："就是那个有两个大花臂的常客——龙哥。听说他的老婆跑了，他在楼上借酒闹事呢。"

"老婆跑了？"沉野仔细地咀嚼着这几个字，末了丢出一句话，"哦，那他是挺惨的，可以理解。"

服务生的表情像极了网上那张老爷爷在地铁上皱眉看手机的表情包，他纳闷地想：什么情况？今天沉哥怎么这么善解人意？

楼梯口传出了怒吼声和玻璃碎裂的声音，沉野扒拉开眼前的人，果不其然，看到了一张满脸横肉的熟悉脸庞。

龙哥是"再遇"酒吧的常客，每次来都带着一大批小弟。服务生们各个对他心存忌惮，但因为他没闹过事，所以他们不可能把他拒之门外。

没想到，他今天就来闹事了。

龙哥双眼通红，满脸都是醉意，挥舞着手里的啤酒瓶碎片："谁都别过来！谁过来我捅谁！"

徐昭礼性格好，但遇到这种人也没什么办法，站在沉野身边压低声音问："要不我们报警吧？"

"不用。"沉野说。

沉野俯身从地上捡起一个啤酒瓶，右手握着瓶口，把瓶子放在左手的掌心里颠了颠。他散漫地靠在走廊墙壁上，把瓶子朝龙哥扔了过去。

龙哥虽然醉了，反应力倒是不弱，一只手就接住了瓶子。他以为有人偷袭，正想发怒，就听到沉野悠然自得地说："没尽兴就继续砸。"

龙哥感觉大脑仿佛清醒了几分。

这还是沉野吗？

他清楚地记得之前在酒吧里骚扰女生的男人被沉野一脚踩到胸口上动弹不得的样子，而沉野面不改色，连腰都不曾弯一下，就好像在对待一只蝼蚁。

事出反常必有妖，难不成这是沉野折磨人的新招数？

他才没这么蠢。

龙哥攥着啤酒瓶，浑身的攻击性慢慢地消失了。一旁的小弟赶紧冲上来扶住他，把他带进了包间里。

包间的门被关上了，门外的服务生们看得一愣一愣的，包括徐昭礼。

这件事就这样不费吹灰之力地靠一句话解决了？

"不愧是你啊。"徐昭礼拍了拍沉野的肩膀，"你这是什么新招数啊？"

"什么？"

"他刚刚要是继续发疯，你准备怎么办？"

沉野轻笑了一声："我能怎么办？让他砸呗，他发泄完就好了。"

徐昭礼下巴都快掉下来了，惊讶地问："你就这么让他砸？大哥，修墙壁不花钱啊？"

沉野："算在我的账上。"

徐昭礼眯着眼睛打量他："你今天怎么回事？心情这么好？"

"嗯，"沉野点了点头，推门走进了另一间包间里，"是不错。"

"发生什么事了？"

沉野没有隐瞒，直白地说道："我去领了个证。"

"哦，"徐昭礼不以为意，脱口而出，"你又考什么证了？我跟你说，你别这么内卷，显得我们这些人多不上进似的。"

沉野慢吞吞地从牙缝里挤出了三个字："结婚证。"

徐昭礼用手背碰了一下他的额头："昨晚做梦就算了，大白天你还做梦啊？"

沉野右手揣在裤兜里，轻轻地捏了捏小红本的边沿，然后直接把小红本放在了桌上。他罕见地没有扔，而是小心翼翼地放在了桌上。

这个举动确实让徐昭礼惊讶起来，而这种惊讶的情绪在他看清照片里的女人时放大了百倍。

"我的天哪！我在做梦吧？"徐昭礼往自己的手臂上掐了一把，"嗞……"

沉野有样学样，也掐了徐昭礼一把。

"嗞……"徐昭礼再次倒吸一口冷气。

沉野把小红本收进口袋里，悠闲地往后一靠："看来我真的不是在做梦。"

徐昭礼翻了个白眼，心道：您不能掐自己？

"原来你昨晚说的那些不是梦话？你来真的啊？"

这显得他昨晚说的那个"滚"字是如此的天真烂漫且没素质。

徐昭礼又问："你怎么不直接发个朋友圈'官宣'？"

沉野说："太明显了。"

徐昭礼没明白这话是什么意思，但不太在意，反正沉野这个人平时就神神秘秘的，他在意的是……

"那你告诉我干吗？"

"爹结婚了，可不得告诉儿子一声？"沉野悠悠地看着他。

徐昭礼这才想起上次玩真心话大冒险时自己口出狂言说的话。

徐昭礼不是那种拉不下脸的人，不仅没觉得尴尬，反而凑了过去，手臂搭着沉野的肩膀："爹，你跟我说说，你和我杏杏妈怎么突然就结婚了啊？你真的以前就喜欢她啊？具体是从什么时候开始的啊？"

沉野拆了一根棒棒糖含住，左脸颊微鼓，靠在沙发上闭目养神，嗓音听着慵懒又嘟瑟："打开你的某音。"

"怎么了？"

"有个账号叫'情侣观察'，过几天你自己看吧。"

徐昭礼在搜索框里搜索了一下，表情渐渐从好奇转变成无语："你编瞎话也编个好的，这样让我看什么？"

沉野抬起眼皮，见徐昭礼把手机直直地伸到自己面前，手机屏幕上，"情侣观察"的主页上赫然显示一句提示语——"该账号因违反社区规则已被封号"，封号的日期就是今天。

第四章
老孔雀开屏

"我的天哪？！我的快乐源泉怎么被封了？"大清早，满脸睡意的赵恬恬刷着某音，一下子清醒了。

舒杏把加热过的三明治递给她，随口问了一句："什么？"

"'情侣观察'啊，我以前应该和你提过吧？这个账号是专门做情侣随机采访的，总能采访到各种各样的'奇葩'情侣，不知道怎么回事，突然被封了。"

舒杏一开始只觉得耳熟，咬了一口三明治才想起来，这不就是昨天在民政局里做采访的账号吗？

它被封了？马上就是"5·20"了，它居然被封了？

舒杏拿出自己的手机翻了翻，发现"情侣观察"这个账号只有十几万粉丝，在百万粉丝的大账号频出的短视频网站上，存在感并不算强，所以被封之后，其背后的公司似乎并没有再挣扎一下的欲望。不过一天，这个账号就被淹没在无数网络信息中，无人提及了，那段采访似乎也没有了下文。

这难道是老天知道她和沉野会有离婚的一天，所以暗示他们别"官宣"？

舒杏想：这样也好，他们越搞得尽人皆知，离婚后就越麻烦。

"真无语！"赵恬恬被气得不行，"早餐我都吃不下了。"

舒杏幽幽地说道："你还是吃吧，我等会要和你说一件事。"

"你现在不能说？"

"我怕说了你更吃不下了。"舒杳给自己冲了一杯咖啡，在赵恬恬身边坐下了。

"神神秘秘的。"赵恬恬加快速度吃饭，把咖啡杯递到了唇边。

"烫……"

舒杳刚提醒，赵恬恬的眉头就皱起来了，几滴咖啡从唇上滴下来，沿着下巴往下流。舒杳赶紧拿过旁边的包，从里面翻出纸巾给她擦嘴，包里的东西被带出来都没注意到。

赵恬恬擦完嘴，喝了一口凉水，舌尖依旧麻麻的，但缓过来一些。

她把纸巾丢进垃圾桶，吐着舌头，视线扫过一旁倒在桌上的包，突然愣住了。包口的那抹红色太过显眼，她抽出来一看，那是一本结婚证。

赵恬恬指尖颤抖着翻开结婚证，在看到那张红底照片时，眼前一白，瞬间好像看到了她太奶。

"杳杳，你胆子大了啊！"赵恬恬转过身，摆出了一副质问的架势，"我以为你当初说要找个人假结婚是随便说的，你还来真的啊？！你还……真的找了沉野？！"

舒杳把咖啡杯又给她递过去，拍了拍她的肩膀："你别激动。"

"我能不激动吗？你昨天领证的时候怎么不告诉我？"

"我想和你说来着，但你这几天不是和系里的同学去毕业旅行了嘛，我怕我在电话里跟你说，你都不能好好玩了，就想等你晚上回到家再说，结果你的航班延误了，你回来的时候我已经睡过去了。"

"行，这件事我既往不咎。你说说你们俩为什么领证。"

"说来话长。"

"你用二十个字概括一下。"

舒杳掰着手指："他被奶奶催婚，我被我妈催婚，一拍即合，合作顺利。"舒杳笑了笑，"正好二十个字。"

赵恬恬一口喝了三分之一的咖啡，还没回过神来："你就这样突然领证了，你妈不怀疑？"

"其实……"舒杳面露纠结之色，"我还没跟她说。"

赵恬恬："啊？"

"我不知道怎么说。"

"但是你早说晚说，总归要说吧？"

"也是。"

舒杳想：伸头一刀，缩头也是一刀，自己还不如早点儿说。

"那我现在说吧。"她掏出手机，拨通了舒美如的电话。

赵恬恬跟黑猫警长似的，双眼瞪得像铜铃，举着握拳的双手给舒杳加油打气。

电话那头马上就接听了："喂？幺幺啊。"

"妈，"舒杳斟酌着用词，"我想和你说一件事。"

"什么事啊？"舒美如的声调和昨晚迥然不同，恢复了平日里温柔的状态。

妈妈在她面前总是气消得很快，她知道，那并不是妈妈的个性使然，而是终究舍不得和自己的女儿生气。正因为如此，她其实很不想欺骗妈妈，实在没办法了……

右手握了握拳，她低声说："我和沉野领证了。"

说完，舒杳不自觉地闭上了眼，准备接受舒美如的语言轰炸。

然而出乎意料的是，舒美如只非常平淡地回答了一个字："哦。"

舒杳："就'哦'？"

"啊，不是。"舒美如好像此刻才反应过来，"你刚才说什么？领证？你和谁领证了？"

舒杳又说了一遍："和沉野。"

"你们这么仓促就领证了？"舒美如惊讶地问，"你们也不过交往一两个月吧？双方家长都没见过面，你们就领证了？"

"我们本来是想……"

舒杳正想找借口解释，舒美如却把自己说服了："算了，老刘家的女儿和她的那个男朋友好像也是这样的，见第三面就结婚了。这是你们年轻人的事，你们自己高兴就好。"

这件事居然就这么简单地过去了？

舒杳有些不敢相信："妈，你没生气吧？"

"我干吗要生气？"舒美如说，"幺幺，妈之前管得可能是比较多，但也是因为不放心你，希望你过得好。昨晚……我是不是凶了点儿？后来我回去想了想，确实觉得自己也不对……"

舒杳还是觉得奇怪："妈，发生了什么事情吗？"

舒美如叹了一口气："我昨晚回来之后听你舅妈说，她之前给你介绍的那个相亲对象犯罪了。你舅妈跟我道歉来着，说实在没想到他是这样一个人，幸好你们没成。"

"犯罪了？"

"是啊，听说是一两年前的事情，不知道怎么突然被挖出来了，证据确凿，他立马就被抓了。我现在想想都后怕，要是当时你真的和他在一起了，他指不定对你做什么事。"

难怪母亲突然改变这么大，舒杳想。

"没事，事情都过去了。"

"嗯，"舒美如声音里带着笑意，语调也轻松起来，"既然结婚了，你就和阿野好好地相处吧，妈觉得这个小伙子不错。"

阿野？

母亲和沉野只见了一面而已，熟得太快了吧？

舒杳笑着应了一声："嗯。"

预想中的风暴并没有发生，舒杳挂了电话，整个人都放松下来，瞬间胃口大开，又拿了一片吐司。

赵恬恬听完全程，也替她高兴："这么听起来，你妈妈没有我想象的可怕啊。"

"她和平时是有点儿不一样。"

可能是李成伟的事情让母亲反思了；也可能是母亲以为她和沉野已经交往了一段时间，有了心理准备；还可能是母亲真的太希望她结婚了，反正不管是哪种原因，结果对于舒杳来说都是一种惊喜。

赵恬恬"啧啧"地感慨："果然，人的运气是守恒的，你遇到了你同事那样的人，也遇到了沉野这样的'头彩'啊。"

"他确实是'头彩'。"

舒杳不仅多了一个演技满分的假老公，还多了一个便宜且效率高的游戏代玩。

说曹操曹操就到，她们刚提到沉野，舒杳的手机屏幕就亮了。舒杳看清消息内容的时候，双眸也亮了。

沉野："有时间帮忙照顾小饼干吗？我要出国一趟。"

"哟，你们刚结婚就分居两地啊。"赵恬恬托着下巴，一副"吃瓜"的表情。

舒杳这才想起来，她好像忘了在婚前协议里提婚后他们需不需要同居这件事，沉野也没有提。既然两个人都没提，那自己就先当作不知道吧，偶尔做个缩头乌龟维持现状也挺好。

她转头问赵恬恬能不能把小饼干接来，在得到赵恬恬的同意后，叼着一片吐司，难掩高兴的神情，答复沉野："当然可以。你什么时候有空？我去接它。"

小饼干是这天早上由沉野亲自送来的，他不仅带来了狗窝，还有一大箱小饼干的日常用品和玩具。

赵恬恬靠着墙，神秘兮兮地朝他挥了挥手，故意拿话刺他："巧哇，有缘的假妹夫。"

沉野把小饼干塞进舒杏的怀里，轻飘飘地回了赵恬恬一句："巧，无缘的前儿媳妇。"

赵恬恬还在疑惑，舒杏却一下子就明白了这话的意思，"扑哧"一声笑了出来，凑到赵恬恬的耳朵边解释缘由。

"好啊！"赵恬恬指着沉野，不怒反笑，"我真心疼以后跟你接吻的女人，她的嘴巴得报工伤。"

赵恬恬怼得挺大胆，说完就溜的姿态却透着几分怂。

舒杏不自觉地看了一眼沉野的双唇，很快又低下头摸狗了，借此掩饰差点儿憋不住的笑容。

嘴巴报工伤……她真是越想越觉得好笑。

冷冷的嗓音从她的头顶传到了耳畔："你还笑，心疼心疼自己吧。"

舒杏猛地抬头："什么？"

沉野指了指她的手臂。

舒杏低头一看，发现小饼干一直在啃她身上的镂空白色薄毛衣，袖口已经被咬得脱线了。

舒杏把袖子往上扯了扯，选择溺爱它："没事，这是旧毛衣，本来我也穿不了几次了。"

小饼干用爪子扒住了舒杏的手臂，小脑袋还在追逐袖口，拱着她的胸往上蹭。沉野一掌就把它的脑袋压了下去，上一秒很无情，下一秒却堪称温柔地揉了揉它的头顶："好好照顾自己。"

要不是他全神贯注地盯着狗，舒杏一度以为他在和自己说话。

"你放心，我会好好照顾它的。"舒杏笑着保证。

沉野抬眸，随后在她的头上也揉了一把："你也是。"

舒杏反应过来的时候，门外已经没有了沉野的踪影。她摸了摸刚才被触碰的地方，没觉得排斥，就是感觉很陌生，连这种不排斥的感觉也很陌生。

她低头一看，发现小饼干一动不动地站在门口，透过门缝往外瞅，时而发出几声呜咽，似乎在看主人会不会回头。

舒杳心疼地抱着它关上了门，挠了挠它的下巴："都说狗像主人，你怎么一点儿不像他，这么黏人呢？"

小饼干往她的怀里蹭了蹭，好像得到了些许安慰。

赵恬恬躺在沙发上，悠闲地拿了一把扇子扇风："你怎么知道沉野不黏人呢？以我对男人的了解，越是表面看起来冷淡的男人，谈起恋爱来可能就越……嗯……"

见沉野不在，赵恬恬更是嘴上没个把门的，说话越发大胆了。舒杳虽然没经历过，但瞬间懂了。

她把小饼干放在地上，跟在它的屁股后面，由着它四处溜达，熟悉环境，随口接赵恬恬的话："那他的女朋友也太惨了，嘴巴和身体一起报工伤。"

赵恬恬平躺在沙发上，左腿撑起，右腿悠闲地架在左腿上晃了晃，眼中带着笑意瞟了她一眼，意味深长地说："是呀，也不知道谁会这么惨。"

舒杳没有听出赵恬恬话里的深意，注意力全在眼前的小饼干身上。小饼干一会儿用爪子刨地毯，一会儿对着抽屉嗅来嗅去。过了一会儿，它停在了电视柜前，突然一跳，两只前爪攀住矮柜，扒拉起上面的一张合照来。

那是一张舒杳和赵恬恬的合照，准确来讲，本来是一张四个人的合照。

舒杳、赵恬恬、沉野和徐昭礼第一次出去玩时，在咖啡厅的包间里，赵恬恬硬拉着服务生帮忙拍照，女生站在中间，男生分立两侧。

舒杳还记得她当时其实不太想拍，但不好意思拒绝赵恬恬，就只能寄希望于看起来不喜欢拍照的沉野。没想到，沉野一点儿都不抗拒，反而配合地站了起来。徐昭礼被感动得一塌糊涂，在旁边高喊着"友情大过天"。

就这样，舒杳一不小心就被道德死死地"绑架"了。

后来舒杳和赵恬恬合租，赵恬恬偶然翻到他们四个人唯一的合照，就把左右两边都裁掉，只留下中间的部分，放进了相框里。

见小饼干锲而不舍地扒拉，舒杳怕相框倒下会砸到它，无奈地抱着它远离了危险区域。她把它放在大腿上当抱枕，悠闲地靠着沙发，一只手摸狗，另一只手做《宝物记》的日常任务。

赵恬恬将脑袋探了过来："哎，你不是为了写稿才玩的吗？都辞职了，你还玩啊？"

"这个游戏挺好玩的啊，没有工作压力，我觉得它更好玩了。"

"你别说，这个 HDP 是真牛，之前做了两个对战游戏，下载量在全球都是排前列的。这次它居然跳出舒适区，做了《宝物记》这种卡牌类手机游戏，钱和口碑双丰收。"赵恬恬被她诱惑，点开了手机里的连连看游戏，"啧啧"两声，"我听说周景淮不过二十几岁，怎么差不多的年纪，人家当老板，赚得盆满钵满，而我还在打连连看？"

舒杏忍俊不禁，却抓到了一个关键词："你刚才说 HDP？ HDP 就是骤雨科技？"

进入游戏的画面上有骤雨科技的标志，但是标志上的字只有中文，所以她从来没在意过骤雨科技这个公司的英文名是什么。

"对啊，"赵恬恬用右手一点，消掉一块红色的区域，"heavy downpour（骤雨）的缩写。"

发觉舒杏不说话，赵恬恬觑了她一眼："你咋了？"

"我突然想起一件事。"舒杏攥紧了手机，看向赵恬恬，"你还记不记得我和你说过，我在大学的时候做过一个兼职？"

"我记得啊，你不是在网上帮学生补课吗？"

"准确来说，我是帮一个留学生补习历史文物知识。"舒杏打开了一个已经两三年没用过的直播 App（应用程序）。

App 的界面和当年完全不一样了，它甚至取消了开私人直播间的功能，但那个暗了的头像还在，甚至是舒杏的好友列表里唯一的一位好友，账号名称就叫"HDP"。

两个人的交流仅限于在网络上，对方说自己是"社恐"，所以一般是舒杏说，他听，有疑问就用文字提问。舒杏没听过对方的声音，也从来不曾问过对方叫什么，一直以为"HDP"是他名字的缩写，比如胡大鹏之类的。

难不成……

"我的天哪！"赵恬恬醍醐灌顶，"你当初的学生不会就是周景淮吧？"

"他当时好像确实提过，他补课的初衷是为了公司的一个游戏项目。但是……不会这么巧吧？"

这也是一开始觉得奇怪的舒杏在两三节课后渐渐打消疑虑的一部分原因。

"哪有员工会为了公司的项目特意请人补课的？他显然是项目的主负责人或者老板嘛！"赵恬恬好奇地问，"那你们现在还有联系吗？"

"早没了，后来……发生了一些事，我就另外介绍了一个学弟给他补习。"

"太可惜了啊！杏杏，你完美地错过了抱大腿的机会！"

"什么呀……"

舒杏凑巧想起这件事就顺嘴一提，并没有放在心上，只觉得这个世界好像还挺小的，身边的人、事、物总有点儿神奇的联系。

舒杏自己不喜欢拍照，但是小饼干住过来的这几天里，她最喜欢干的一件事就是当它的摄影师。

见她又盘腿坐在地毯上开启了照相模式，赵恬恬伸出手指戳了戳她的肩膀："你也拍得太多了吧？沉野看不腻？"

"啊？"舒杏侧过头，"和他有什么关系？"

赵恬恬不解地从沙发上爬了起来："你拍照片不是发给沉野看的？"

"不是啊，我自己留着的。"舒杏说得理所当然，"不过，要是他跟我说想看，我就给他发。"

舒杏顺口说的话却让赵恬恬的思绪飘远了。

赵恬恬和舒杏虽然在高三时是同桌，但上大学的时候不在一个城市里，隔着两百千米的距离。小到捡到一张校园卡，大到挂科，赵恬恬每次遇到什么开心、不开心的事，都想第一时间和舒杏分享。舒杏却极少和她提起自己的生活，即便她主动问，舒杏也只是简单地说几句，把话题带过。

但说舒杏不把她当闺密吧，也不对，因为对于她的很多事情，舒杏比她自己还关心。全国大学英语四级考试是舒杏提醒她，她才卡着点报上名的；每年她过生日，舒杏总是第一个发来祝福消息；甚至有一次她发烧到四十摄氏度，一个人待在宿舍里，也是舒杏连夜坐车赶来陪她的。

于是赵恬恬渐渐地明白了，舒杏并不是没有心，只是非常不习惯主动和人分享自己的生活。

"杏杏，上大学的时候，你几乎不跟我分享你的生活，是觉得没必要吗？"

舒杏没懂她怎么突然问这个问题，但还是认真地思考了一会儿才回答："算是吧。而且你那时候不是有男朋友吗？我总是找你，万一打扰你们俩约会呢？"

舒杏从小到大和父母聊天很少，朋友也不多。对于自己的生活，她总觉得自己知道如何就可以了，没必要让别人也清楚，有问题也更习惯自我消化，久而久之，主动分享反而成了一种负担。

她向沉野求婚时说的那些关于她和母亲的关系的话就属于她心里的秘

密，她从来不曾对任何人提过。如果放在平时，她根本不会讲给沉野听。

"杏杏，你想得太多了。"赵恬恬坐到她身边，搂住她的肩膀，嬉皮笑脸地说道，"我无论在跟我男朋友做什么事，看到你给我发消息，都会停下来先回复你的！"

舒杏瞪了她一眼。

赵恬恬用食指点了点舒杏的手机："有人想着自己、愿意和自己分享生活里的快乐是很幸福的事情，我觉得你没必要想得太多。"

"没必要想得太多"……深夜临睡前，舒杏翻看相册的时候莫名其妙地想起了赵恬恬的这句话。

自己要发照片吗？

她点开图片，选了几张，手指却停在了发送键上方，不知道该不该按下。

还是算了吧，这样好像有点儿尴尬……

舒杏把手机扔在一旁，打算去一趟洗手间。小饼干见她要走，赶紧从床尾跟了过来，一个没注意，小爪子踩在了她的手机屏幕上。

舒杏眼睁睁地看着六张图片被发了出去。

舒杏还没来得及想要不要撤回，沉野就秒回了："怎么突然发照片？"

舒杏捏了捏小饼干肥嘟嘟的身体，心想：兵来将挡，水来土掩。

她回复："就是给你看一看，让你放心，我在好好地照顾它。"

沉野："我没担心，不过它是不是胖了？"

舒杏："有吗？那可能是拍摄角度的问题，我感觉它没胖。"

沉野："我觉得它胖了。"

三秒后，他又发来一条消息："要不你打视频电话给我，让我看看它？"

舒杏在工作之外的原则是：能发文字消息就不打电话，能发语音消息就不打视频电话。更何况现在是深夜，她还穿着睡衣，总觉得和一个异性打视频电话怪怪的。

可是沉野才是小饼干的主人，她总不能拒绝主人的要求吧？

她正在犹豫的时候，沉野又发来一条消息："我猜错了的话，给你免费做十天游戏的日常任务。"

舒杏心想：那自己岂不是可以立马省下 88 块钱？

她立马发去了视频电话的邀请。

99%的职位不是非某人不可的，记者也是。正值毕业季，乌泱乌泱的毕业生往岗位上扑。舒杏还没正式离职，公司就找好了接替的人。

　　从前几天开始，她就陆陆续续地把个人物品带回家了，也做了不少心理建设，所以正式离开这间工作了快三年的办公室时，她内心的遗憾已经所剩不多了。

　　她去楼下的咖啡厅里买了一杯平日里常喝的冰美式，坐在窗边享受片刻的悠闲时光。

　　初夏的太阳不算炙热，咖啡厅里人不多，从窗外飘来的淡淡的栀子花香让人心神宁静，不远处的人工湖波光粼粼。舒杏之前经过这里无数次，还是第一次发现这湖里有锦鲤。

　　锦鲤来来回回地游了好几轮，余光里，有人推门而进，舒杏朝那边看了一眼。

　　进门的是一个穿着和样貌都很出众的男人，穿着白色衬衫、黑色西装裤，皮肤白皙，颈部线条流畅。鼻梁上的金边眼镜给他添了几分斯文的气质，但领口解开的扣子又让他显得不羁，矛盾的两个词语在他身上好像被完美地融合了。

　　不知道服务生是不是因为他而紧张起来，拿杯子的时候手抖了一下，杯子掉在了地上。她赶忙捡起杯子，换了个新的，羞赧地笑着向男人道歉。男人绅士地一笑，并未在意，低头看了一眼手机。

　　这人和沉野是完全不同的风格……等等，自己怎么突然想起沉野了？

　　舒杏摇了摇头，"沉野"这个名字从脑海中消失的同时，又有人推门进来了——是林瑞阳。

　　不知道是不是为了弥补之前的过错，这些天林瑞阳表现得异常积极，还主动承担了好几次出差的任务，估计就是这一两天才回到辅川的。

　　林瑞阳其实算长得不错，但是跟在那个男人身后，就被降维打击了。

　　为了"护眼"，舒杏收回了视线。但林瑞阳从她旁边经过时，突然停住了脚步。

　　看到桌上落下了一道阴影，舒杏抬眸，冷淡地问："有事？"

　　"我听说你离职了。"林瑞阳悠闲地踱到她面前，和她隔着桌对坐。他背靠沙发，右手搭着扶手，食指一下一下地敲，脸上是掩饰不住的嘚瑟表情："我们好歹同事一场，你要离开，我总得来表达一下惋惜之情吧？"

　　舒杏把最后一口咖啡喝完，杯底和瓷碟轻轻地相触，发出了一声清脆的响声："如果你只是想说这些，那没必要，我得去给我家狗狗喂食了。"

"两年多的同事情还没有一条狗重要？"

舒杳被逗笑了："那不然呢？"

林瑞阳脸上虚伪的笑意渐渐消失，他索性不装了："我早就跟你说过，有些东西是谁的就是谁的，人生来就不平等。你费力地搞这么一通，到头来不还是你走，而我继续安安稳稳地待在这儿？"

"林瑞阳，"舒杳温柔却笑了一下，语气却是疑惑不解的，"我主动不要的东西，你费尽心力也没能得到，这是一件很值得炫耀的事情吗？"

"你！"林瑞阳脸色阴沉下来，低声警告，"舒杳，你别太猖狂了。以前看在我们是同事的分上，我放你一马，以后你还是祈祷别在圈子里遇到我吧。"

舒杳好像听到了一个笑话，好不容易才憋住笑。她拿着手提包站了起来，右手撑着桌子，上半身微微前倾，以俯视的姿态看着他，语调又轻又缓："放心，我们会再见的。"

地球另一边还是深夜，沉野刚洗完澡，拿毛巾擦头发的时候，手机屏幕亮起来了。

周景淮："又遇到你老婆了，我和她好像比和你有缘。她这次应该不是在相亲吧？"

沉野目光一沉，回复："你离她远点儿。"

周景淮："怎么，你怕她移情别恋？"

沉野："我怕她'厌屋及乌'。"

周景淮："你倒也不必如此自卑。"

沉野："你是'屋'。"

周景淮回了一个微笑的表情。

沉野突然想起了一件事："对了，你上次说的那个定制婚戒的工作室具体在哪儿？"

周景淮给他发了一个定位，顺便问他："你准备什么时候送？"

沉野："看情况，不超过八十岁。"

周景淮回复了一串省略号，结束了这段不算愉快的聊天。

沉野把头发吹干，靠着床头，打开了那天和舒杳打视频电话时录制的视频。

由于有时差，这几天他们聊天的次数并不多，话题都是小饼干，他唯一看到她的机会就是那天的视频电话。

沉野估计舒杏是被那88块钱的"巨资"诱惑才勉强打视频电话的，除了刚开始打的一声招呼和最后的道别，其余时间，镜头全程聚焦在小饼干的身上，她几乎没有入镜。她还理直气壮地说，他之前又没有规定她一定要露脸。沉野这才发现，她有时候还挺会耍赖皮，但她温柔的画外音在无形中舒缓了他的情绪。

"它好像确实吃得有点儿多了，我明天控制一下，不能太溺爱它。

"它能吃火腿肠吧？我今天买了几根。

"啊，不对，我才说不能太溺爱它，那还是明早夹在三明治里，我自己吃吧。"

…………

在视频电话的最后，舒杏问他小饼干是怎么到他家的，他说它是流浪狗，自己捡到的。那一刻，镜头晃动，舒杏的脸一闪而过，她当时的眼神让他觉得自己在她心里的形象高大了不少。

沉野失笑，将手机放在一旁，安然地闭上了眼睛。

断断续续的梦里，他好像回到了那个冬夜。冰冷的雨落在地上，他隐约听到门外有动静，开门一看，一只大概只有他巴掌大的小狗浑身湿透，沾满污泥，瑟瑟发抖地扒拉着门口的地毯，似乎以为地毯是吃的。

听到动静，它停下动作，抬起头来，就那样用亮晶晶的眼睛看着他，可怜又满是防备之意。

沉野往前一步，它就立刻后退儿步，最后他用一根火腿肠把它骗进了家门。

帮它洗完澡、吹干，沉野想把它送到流浪狗救助中心去。因为他工作忙，又不喜欢雇保姆，没有照顾小动物的经验，并且实在没有太多时间照顾它。但就在那时候，舒杏曾经说的一段话涌进了他的脑海里。

她说她小时候遇到过一只小土狗，养了它一阵，但后来因为一些事情，小土狗被打死了，那是她小时候最难过也最后悔的一件事。

沉野看着专心啃火腿肠的小狗，动作轻柔地摸了摸它的脑袋，这一次没被它拒绝。

他想：算了，小狗只有一条命，也应该只有一个主人。

五月进入尾声，天气越发炎热了。

舒杏正式离职后没两天，赵恬恬也顺利地完成了论文答辩，可谓双喜临门，所以赵恬恬一大早就约了她庆祝。但奇怪的是，预订的餐厅里，大家成双成对的，一半以上的顾客是情侣。

舒杏拿湿巾擦手，好奇地问："'5·20'不是过去了吗？"

"'5·20'过去了，但是这家餐厅的'5·20'系列活动还没结束啊，今天是活动的最后一天！进门的人只要说和同伴是情侣，就能玩套圈游戏套礼物。"赵恬恬点了点桌子上的小礼盒，"你看，这就是我刚才套到的礼物。"

舒杏忍俊不禁："怎么，你是我的女朋友吗？"

"谢谢，我没有破坏他人家庭的打算。"赵恬恬嬉皮笑脸地说道，"我排队的时候看到站在我前面的两个人也玩套圈游戏了，就想着这便宜不占白不占。得益于我精湛的套圈技术，我就套到啦。我感觉我这个礼物应该是最贵的，因为它被放得最远。"

舒杏拿过那个粉色的礼盒看了一眼："里面是什么啊？"

"不知道，我还没看呢。"

话音刚落，舒杏就把盒子打开了。冷白色的灯光下，一对素戒闪着光，虽然不能和珠宝店里的戒指相比，但作为餐厅送的免费礼物，已经非常能拿得出手了。

赵恬恬习惯性地点开了购物软件，以图搜图，搜到了戒指的价格。这对戒指虽然称不上贵，但已经超过了她们这顿饭的价格。

"吃一顿饭倒赚50块钱。"赵恬恬惊讶地说。

舒杏笑着把礼盒还给赵恬恬，却被拒绝了。赵恬恬哀怨地摇了摇头："你把戒指给我这个刚失恋的人干吗？我会触景生情，还是你留着吧。"

失恋这事舒杏倒是听赵恬恬说过。男方脚踩两条船被她抓了个现行，她倒也洒脱，和舒杏说过一次后就再也没提起那个男人，连一滴眼泪都没流，说哭多了眼睛肿，影响她第二天的颜值，继而会影响她寻觅新目标。

"但是我也用不到啊。"舒杏说。

"怎么用不到？你不是还有个'塑料老公'吗？"赵恬恬拉过她的左手，把稍小的那枚戒指套在她的无名指上，"你别说，这戒指大小正好，还挺好看，戴在你的手上，你出去说几十万块钱一对应该也有人信。"

多年的闺密之间没有那么多客套话，舒杏想着说不定之后真能用来装装样子，就没再拒绝了。她取下戒指，把礼盒往包里一塞，笑道："那我就收着啦，这顿饭我请。"

"那我可就不客气了！"赵恬恬拿起刀叉，一边切牛排一边问，"哎，你和沉野这段时间怎么样？"

舒杳拿叉子卷着碗里的面："沉野是谁？"

赵恬恬白了舒杳一眼。

舒杳不逗她了，笑道："说实话，要不是你提起，我都快忘记自己已经领证了。"

从领证到现在已经半个月了，他们完全没有在线下见过面，甚至线上聊天也没聊几句，还真是把"假结婚"的"假"字演绎到了极致。不过她本来想要的就是这个结果，所以现在的情况正合她意。

舒杳和赵恬恬有一搭没一搭地聊着天，一顿饭吃了快两个小时。酒足饭饱后，赵恬恬摸着肚子，开始寻找下一个消遣的地方。

最初赵恬恬打算去看一场电影，但翻了许久都没发现满意的电影："无聊，这都是什么啊？一看就是烂片……"

舒杳慢吞吞地喝着手里的橙汁："没事，你随便选吧，打发时间嘛。"

赵恬恬又看了一会儿，猛然抬头，眼里满是期待之色："要不然我们别去看电影了，去酒吧吧？"

"酒吧"对于舒杳来说是一个挺陌生的词语。这二十五年，她循规蹈矩，连娱乐场所都不怎么去。但是在冲动地和沉野结婚之后，她觉得自己好像变得大胆了些。

人生这么短，有些时候她尝试尝试新事物也未尝不可。

于是她点头，问赵恬恬去哪个酒吧。

赵恬恬理所当然地说："再遇啊，咱们走过去就十几分钟。昧儿上次送了我几张券，我正好还没用掉，而且说不定店里能给咱们打折。"

这种好事赵恬恬可等不到明天。

舒杳放下杯子，好奇地问："你什么时候和赵昧儿这么熟了？"

"这事说来话长。前不久，昧儿好像和徐昭礼吵架了，来问我他以前是不是也这么幼稚，我就把徐昭礼曾经的那些智障事迹说给她听了。我的本意是想说他已经成熟不少了，还能成长，结果她听完之后说我受苦了，反过来安慰了我半个小时。"

两个人在餐厅里休息了一会儿，而后步行到了酒吧。

大门的装修风格是工业风，酒吧却有"再遇"这么文艺的名字。此刻里面正是热闹的时候，昏暗的灯光、强烈的鼓点、躁动的音乐……一切都令人不由自主地肾上腺素飙升。

走到预订的卡座里，赵恬恬开始点单，舒杳则去了一趟洗手间。

二楼的走廊比楼下安静很多，但光线依旧昏暗，舒杳甚至没找到灯的开关在哪儿。

手机一振，她低头一看，发现"失踪"许久的沉野罕见地问她在哪儿。她觉得没什么不能说的，于是迅速地打了几个字发过去，告诉他自己在酒吧里。

她刚按灭手机屏幕，屏幕上就跳出了一个问号。

沉野有什么疑问？她不可以在酒吧里吗？

舒杳正想回复，一个高大的身影就迎面走来了。她眯了眯眼，看对方走路有点儿蹒跚，就很识相地往旁边避让了。然而走廊并不宽阔，她与对方擦肩而过的瞬间，男人突然停下了脚步，毫不掩饰地朝她吹了一声口哨。

舒杳没理会，下一秒却被那男人伸手拦住了。他脸上带着醉意，说话时酒气扑面而来："小姐，加……加个微信？"

"没有。"

眼前的男人还在喋喋不休，甚至试图抓她的手腕："我们就加个微信嘛，我不会打扰你的。你身材真好。"

舒杳手疾眼快地躲闪开，男人便扑了个空，踉跄着靠在了墙壁上。

空旷的走廊里响起了急促的脚步声，舒杳手腕被人抓住，还没反应过来，就被人护到了身后。对方衣物上淡淡的薄荷香掩盖了空气里的酒味，令她莫名其妙地觉得安心。

挺拔的身影挡在她的面前，他抬手拍了拍男人的肩膀，语气吊儿郎当的，脸上带着笑容却极具压迫感："我身材也不错，你要不加我的微信？"

男人的醉意顷刻之间消失得无影无踪，他这时候倒是识相，舰着脸一个劲地道歉。两个保安一左一右地将他架住，他尴尬又憋屈，却一句话也不敢多说，垂着脑袋被架了出去。

男人最终被扔出了酒吧，走廊里又恢复了安静。沉野转过身，与舒杳目光相撞，眼中寒意未消。

两个人许多天没见，好像又有点儿生分了。

她清了清嗓子，本来打算问他怎么在这儿，后来一想，这家店的老板是他的好兄弟，说不定他占了点儿股份，出现在这儿可太正常了。

于是她只客套地打了一声招呼："好久不见，刚才……谢谢啊。"

沉野略显冷淡地勾了勾唇："是挺久，久到你都认识新的'欧巴'了？"

"什么？"舒杳嘴角一抽，许久才反应过来，"你这一趟出国，去的也不是韩国啊。"

他怎么讲话带刺？

沉野幽幽地说道："这不是你自己给我发的？"

舒杳不解，点开和他的聊天记录一看，愣住了。

她刚才可能是把"zaijiuba"打成了"zaijouba"，该死的输入法非常"智能"地按照错误的拼音给她提供了选词，于是她发过去的不是"在酒吧"，而是"在见欧巴"。

难怪他会回复一个问号。

舒杳尴尬地笑了笑："我手误，手误，我想发的是'在酒吧'来着！这是输入法的错。"

沉野好像只是随口一提，并没有真的在意这件事。他往楼下看了一眼："你和赵恬恬一起来的？"

"嗯。"

"楼下吵，你要是想喝酒的话，去包间吧。"

进包间的钱舒杳平时是怎么也舍不得花的，她犹豫片刻，询问了赵恬恬。果不其然，赵恬恬立刻就答应了，不到三十秒就气喘吁吁地出现在了楼梯口。

两个人跟在沉野身后进了专属包间，令人惊讶的是，徐昭礼居然也在。

沉野也没想到他在，问："你怎么在这儿？"

徐昭礼挤出一抹微笑："有没有一种可能，我是老板？"

阴错阳差，四个人在几年后再次在一个包间里共处了，可是彼此的关系已经天差地别了——暧昧对象成了陌路人，助攻倒成了夫妻，这是什么堪称魔幻的笑话？

舒杳不由得想起了她第一次被赵恬恬拉出去和他们玩的那个周末。

赵恬恬说，四个人一起出去玩就是正常的同学聚会，舒杳不忍心丢下她一个人，就陪她去了。

当时辅川已经迈入深秋，气温骤降，狂风大作，再精致的美人在室外多待一分钟都会被吹成梅超风，于是赵恬恬在常去的咖啡厅里订了一间包间。

包间里的电视机播放着一档当时爆火的音乐综艺的决赛，赵恬恬和徐昭礼正为谁能夺得冠军而吵得火热。舒杳和沉野则坐在左侧的沙发上，隔着大概一米的距离，各自沉默。

学校里人多，舒杳和沉野不在一个班里，平时不太能遇到，最多遥遥地看见对方，所以这是她在拒绝他递来的衣服之后第一次和他近距离接触。

为了显得没那么尴尬，舒杳拿起了一罐可乐，开始和上面的拉环做斗争——她那时候为了方便，把指甲剪得干干净净，完全抠不开拉环。

在她的余光里，沉野架着腿，左手的手肘抵在沙发扶手上，拳头撑着太阳穴，右手摆弄着手机。他神色冷淡，姿势嚣张，嘴里却叼着一根棒棒糖。

舒杳犹豫片刻，还是没敢向沉野求助，毕竟上次拒绝了他的好意，不知道他有没有觉得她不识好歹。而远处的两个人……算了，自己还是别喝了吧。

于是，舒杳把可乐又放回桌上了。

桌上的手机正好亮起来了，屏幕上跳出了周北川的名字，舒杳扫了一眼，最后没接周北川打来的电话，只给他回了一个消息。

就在此刻，沉野往前探身，右手的四指握住可乐罐的罐身，食指钩住拉环，往后轻轻一拉，可乐罐就被轻易地打开了。

舒杳以为他想喝，心里想：这罐可乐是我拿的，他好歹跟我说一声吧？

然而，她发现他无事发生似的又靠了回去，还把那罐可乐放在了她的面前。

他这是帮自己开的？

舒杳试探着伸出手，把可乐拿了起来，一句"谢谢"被赵恬恬和徐昭礼的吵闹声掩盖了，不知道他有没有听见。

婚后的徐昭礼在男德这方面无法被挑出一点儿毛病，一见赵恬恬进来就准备走了，临走时却回头好奇地问了她一句："你那天跟我老婆说什么了？为什么这几天不管我做什么，她总是用一种心疼的眼神看我？"

"啊？"赵恬恬一本正经地说，"我就是跟她说，你也挺不容易的，你父母那时候很不支持你的梦想，你一个人努力了这么久才有现在的成就。"

徐昭礼好像没想到赵恬恬会说他的好话，大方地说："谢啦，今天你们随便喝，我请客。"

等徐昭礼离开了包间，舒杳才狐疑地觑了一眼赵恬恬："你真是这么说的？"

赵恬恬撇了撇嘴："我说他高中的时候被车撞过，所以要是现在偶尔脑子不太灵光，可能是有后遗症。"

不管怎么说，舒杳和赵恬恬白得了一次免单的机会。

赵恬恬一边品着平时因为价格望而却步的威士忌，一边和新认识的小男生打视频电话，根本无暇顾及舒杳和沉野。

听到沉野问自己喝什么，舒杳想了想："有冰可乐吗？"

沉野："有。"

她本以为沉野会让服务生把冰可乐送上来，没想到他直接走到了角落里的冰箱前，从冰箱里拿了一罐，走回来的时候还顺手帮她打开了。

舒杳接过冰可乐，道谢的时候又想起了几年前的事情。

很奇怪的是，以前的她觉得沉野不过是自己的生活中很虚幻的一笔，甚至不认为两个人称得上朋友，现在才发现原来他们曾经也有过不少交集。

她开玩笑似的提了一句："你还记得我们四个人第一次出去玩的事吗？你帮我打开了可乐罐，我也跟你道谢了，但你是不是没听到？"

沉野坐在离她三四十厘米的地方，拆了一根棒棒糖塞进嘴里："我听到了。"

舒杳惊讶地问："那你当时怎么没回答我？"

"我用口型说了'不客气'。"

"啊？我怎么没看到？"

"你那时候……"沉野幽幽地觑了她一眼，下了个结论，"眼神确实不好。"

舒杳正喝着冰可乐，明白过来他在指什么后，没控制住，心虚地咳了两声。过了一会儿，她略显生硬地转移话题："那天你输了，赌注还作数吗？"

沉野直接朝她伸出了手。

舒杳秒懂，从包里掏出自己的手机递了过去："密码是118888。"

沉野解锁了她的手机，问："'11'有什么含义吗？"

"幺幺是我的小名，不过只有我妈会这么叫我。"

沉野恍然大悟，原来那天晚上舒杳的母亲喊的是"幺幺"，而不是"杳杳"。

他敞开双腿，手臂搭在大腿上，脊背微微弓着，熟练地点开了游戏。

包间里本就昏暗，舒杳用的还是防窥屏，从她的角度看过去，她只看到他的手指在动，手机屏幕却一片漆黑。她想知道他为什么能操作得这么快，于是不由自主地把上半身往他那边倾斜了一些，甚至连自己都没有意识到他们之间早已突破了正常的社交距离。

沉野垂眸，看到她长长的睫毛似蝴蝶的翅膀一般扑闪了一下，在他的心里轻而易举地引起了一场风暴。他的手指一顿，屏幕里的小人儿就倒地不起了，画面暗了下来。

舒杏疑惑地抬头："你怎么了？"

"没死过，死死看。"沉野面不改色地将小人儿复活了。

这真是好特别的兴趣。

他说话之际，淡淡的柠檬薄荷香味飘入了舒杏的鼻中，舒杏好奇地问："你吃棒棒糖是为了打发时间吗？但是你为什么老吃一种口味的？不腻吗？"

"我这人比较专一。"

"哦。"舒杏目不转睛地盯着他手里的手机，自言自语，"我觉得这个味道有点儿熟悉。"

他的手指又顿了一下，小人儿又死了。

舒杏忍不住问："你今天是不是状态不太对？"

沉野抬手按了按太阳穴："时差没倒过来。"

舒杏才想起这事，立刻把手机拿了回去："那剩下的任务我自己做吧，你休息一会儿。"

"嗯。"沉野靠在沙发上，目光一沉，好像随口一提，"你刚才说什么味道熟悉？"

"就是这个柠檬薄荷味啊，"舒杏低下头，目光落在手机屏幕上，两侧的头发将小脸遮得严严实实，"我觉得有点儿熟悉。"

"怎么熟悉？"

"有点儿像……"舒杏思索片刻，抬头看向他，很肯定地说，"我以前用的衣物香氛的味道。"

算了，她没说这是厕所清新剂的味道，他就已经谢天谢地了。

得益于沉野完成了一大半任务，舒杏不到五分钟就结束战斗了。她收起手机，喝了一口冰可乐，想起了另一件事："对了，你奶奶的手术怎么样了？"

沉野说："挺顺利的，她准备出院了。"

"那就好。"舒杏也开心，"之前我们说去看你奶奶，正好我辞职了，最近都有空，你如果需要的话，随时联系我就好。"

沉野沉思片刻，然后问："你这周末有空？"

舒杏："有啊。"

沉野："行。"

舒杳将态度放得极为端正，拿出了应对考试的架势："那你奶奶在哪个医院里啊？到时候我直接坐地铁过去。我需不需要准备些什么？毕竟这是第一次见面。"

一般人去探病好像带花和果篮，舒杳正在思索哪种东西比较好的时候，耳畔传来了沉野的回答——

"准备一下护照。"

舒杳怎么也没有想到，沉野奶奶的养老地是国外的海岛。

海风扑面而来，空气里带着些微咸味。环路外，碧蓝色的大海仿佛和无云的天空相接，阳光让路边不知名的花草都充满了勃勃生机。

由于工作的不确定性，舒杳都不记得自己已经多久没有离开过辅川了，更不记得多久没有享受过这种不用担心突发新闻、面对领导催稿的日子了。

但因为带着见家长的压力，舒杳还是有点儿紧张，装作不经意的样子扫了一眼前排华人模样的司机，欲言又止。

沉野好像猜到了她犹豫的原因，语气淡淡地说道："你问吧，他听不懂中文。"

舒杳这才放心了："你怎么不早点儿和我说你奶奶在国外啊？"

"这有影响吗？"

舒杳抿了抿唇，然后很坦诚地说："这对我的银行卡余额有影响，有很大的影响。"

从辅川的最南端到最北端，最贵的地铁票也就十六块钱，现在她不知道路费要翻多少倍了。虽然机票是沉野订的，但出门在外，衣食住行都要钱，她总不可能处处都用他的钱。早知道她就不为了彰显诚意，主动提出把两个月一次的见面改成半个月了。

沉野正闭目养神，闻言笑了一声："我开玩笑的，我们要是真的半个月来一趟，奶奶估计也嫌烦。"

"哦。"舒杳松了一口气。

车内安静了一会儿，舒杳想起了什么，右手在包里悄悄地掏来掏去，最后拿出一枚戒指，套在了右手的无名指上。

沉野听到动静，抬起眼皮瞟了一眼："这是……？"

"我和恬恬去吃饭的时候餐厅送的对戒。我想着，既然我们都结婚了，我手上光秃秃的会有点儿奇怪，所以拿它来临时应付一下。"舒杳温和地解释，还特意强调，"这不是'欧巴'送的。"

"对戒？"沉野精准地抓住关键词，理所当然地问，"那另一枚呢？"

"在我的包里。"舒杳隐约品出了他话里的潜台词，"嗯……你也要戴吗？"

沉野微微带着笑意的眼眸仿佛在说：哦，你还有其他的老公？

"行吧。"舒杳说。

舒杳掏出盒子的工夫，沉野的左手已经伸到了她的跟前，五指微微张开，更显得修长。

得了，他清高，还得她帮他戴。

舒杳一边在心里吐槽，一边照做，嘴里还念叨着："尺寸不一定合适。"

素戒箍住了他的无名指，虽然说不上正好，但也算合适。

舒杳："这个很便宜，其实不太符合你的身份。"

沉野幽幽地抬眼，语气懒洋洋的："我什么身份？"

"追求者从辅川排到卢浮宫的身份？"

"但我一般倒贴。"

舒杳在心里吐槽：你还挺自豪的。

沉野收回手，左看看，右看看，之后下了一个结论："确实劣质了点儿。"

"没事，反正我们就戴这几天。"

他转过头来，看起来心情不错："嗯，那你继续努力。"

舒杳纳闷：我努力什么？

她被气笑了，过了一会儿才想起正经事："对了，你和你奶奶说过我们领证的事情吗？"

"说了。"

"她怎么说？她没有觉得奇怪吗？"

"没有，她很开心。"

舒杳忍不住暗自感慨：果然催婚的长辈心思都差不多，不问过程，只要最后晚辈结婚了就行。

"那等会儿我有什么需要注意的地方吗？你奶奶脾气怎么样？"

"注意……"沉野把戴着戒指的左手插进休闲裤的口袋里，海风从车窗的缝隙里吹进来，吹得他额前的碎发微微摆动，低沉的嗓音却没有被吹散在风里，反而显得十分笃定，"称呼。"

舒杳愣了一下才反应过来，以两个人现在的关系，自己确实不该再

"你奶奶""你奶奶"地叫了。

她迅速地改口："奶奶是个什么样的老人啊？"

"你觉得呢？"

"嗯……"舒杳想了想，"她能和你相处得这么好，我觉得应该是个很温柔、懂得包容的人。"

沉野冷笑："你这是在骂我还是在夸自己？"

"我没夸自己。"

哦，那她就是在骂他。

"你说说嘛。"舒杳催促。

沉野看着车顶沉思片刻，然后说："你说得挺对的。"

"那奶奶喜欢什么？按我以往的经验，绝大多数老人喜欢嘴甜、乖巧的孩子。"

所以她今天特意选了一条小雏菊碎花长裙，头发也做过柔顺处理，温柔地披在肩膀上。

不知道这句话怎么戳中了沉野的笑点，他用右手的食指骨节抵着鼻尖，突然溢出一声笑。

"你笑什么啊？"

"没什么，你到了就知道了。"

车缓缓地驶入铁门，一幢小巧的欧式别墅映入了舒杳的眼帘。

花园里种着各式各样的花草，散发着淡淡的清香，看起来，老人家平日里有养花弄草的习惯。但与之格格不入的是，远处好像有高亢的歌声传来，不是原唱，而是一个更沧桑的女声——

　　乌蒙山连着山外山，
　　月光洒下了响水滩，
　　有没有人能告诉我，
　　可是苍天对你……

这首歌舒杳熟悉得不行，因为赵恬恬在家里总听，她差一点儿就要脱口而出一句掷地有声的"在呼唤"。

"你……嗯……奶奶还挺接地气的。"舒杳感叹，不过这歌声让她放松了不少。

"你不要觉得吵就好。"

沉野推开门，歌声越发清晰了，沉奶奶沉浸在自己的世界里，边唱边跳。舒杏也不知道她做的是什么手术，恢复得这么快。

在旁边配合鼓掌的保姆先一步看到了两个人："少爷。"

沉奶奶回过头，面露惊喜之色："杏杏？！"

舒杏第一次遇到这么自来熟的长辈，一时间不知道作何反应，不过看这架势，沉野应该什么事都和沉奶奶说过了吧？

垂在身侧的手被人点了点，她回过神来，微笑道："奶奶好。"

这一声精准地喊在了老人的心坎上。

"哎！好好好。"沉奶奶关掉麦克风，完全无视了旁边的孙子，拉着她的手招呼她，"路上辛苦吧？"

"还好，不辛苦。"

"那就好。我听小野说，你们前些天领证了？"

"对。"舒杏以为沉奶奶会介意，赶紧解释，"本来想提前和您说的，但是我们……决定得也比较突然。"

"无所谓。"沉奶奶一挥手，笑容和蔼地说，"你们年轻人的事自己决定就好，我们老了，跟不上你们的节奏。"

旁边的沉野架着腿靠在沙发上，右手把玩着一个橙子："我看您的节奏感挺好的。下次在岛上的篝火舞会上，您要是不站中间，我都得去投诉舞会有黑幕。"

沉奶奶瞪了他一眼，把桌上的一个杧果砸了过去："你都结婚了，还坐没坐相。给杏杏切个杧果去。"

"不用……"

舒杏正想婉拒，沉野却已经听话地站了起来，保姆也赶紧去厨房帮忙了。

幸好舒杏这两年做记者，习惯了和陌生人交流。沉奶奶热情和善，即便客厅里只有两个人，舒杏也丝毫不觉得尴尬。

沉奶奶看了一眼厨房，神秘兮兮地说："我以前让他去切个水果，要催半天，今天喊一声他就动了。"

舒杏尴尬地抿了抿唇，心想：果真是人生如戏，全凭演技。

"他一直对我挺好的。"

"那就好，我们小野啊，其实最嘴硬心软了。"

放在一个月前，舒杏听到这话会满心疑惑，但现在觉得有几分道理。

两个人说了一会儿话，奶奶就去洗手间了，客厅里突然安静了下来。

舒杳探头朝厨房看，没看到沉野的人影，倒是听到门外传来了些许动静。她转头看向落地窗外，但因为角度问题，并没有看清来人，直到大门被推开。

进来的男人西装革履，看起来比沉野大个几岁，体形也胖一些。虽然他的五官和沉野的相似，但或许是舒杳对沉野太熟悉了，感觉不到两个人在整体上相像。

对方似乎并没有对她的存在感到意外，但态度很冷漠："奶奶呢？"

舒杳瞬间明白过来，这应该就是沉野的哥哥——沉炀。

她礼貌地起身，笑了笑："奶奶去洗手间了。"

不知道是听到了声音还是凑巧，沉野端着切好的杧果走出了厨房。

"哟，"沉炀将视线落到沉野身上，毫不客气地冷嘲热讽，"我这弟弟什么时候这么贤惠啦？"

沉野熟视无睹地把瓷碟放到她面前的茶几上，坐在她身边，低头用纸巾擦手指，没理他。

舒杳不免又想起之前赵恬恬说沉家父母偏心、沉野和他哥哥关系不好的事情，现在看来，他们好像确实关系不大好。尴尬的场面让舒杳的心里泛起了阵阵奇怪的不舒服的感觉。

眼前突然有人俯身，舒杳用余光看到沉炀伸出了手，似乎想拿她面前的杧果。她大脑还没想法，手就有了动作，先一步把瓷碟拿过来，躲开沉炀的手，递到了沉野的面前。

沉野疑惑地抬起头，就看到她双眸弯弯，像没有旁人在场似的，霸道地说："你吃。"

沉炀的突然到来让晚餐显得有些安静，两兄弟之间的氛围也很奇怪，没有纷飞的战火，但就跟结了冰似的，谁也不搭理谁。不知道是不是因为奶奶在场，彼此都给了对方一点儿面子。

饭后，沉炀独自回了房间。舒杳陪沉奶奶看了一会儿电视，然后在保姆的带领下和沉野一前一后地上了楼。

保姆把两个人带到了一间靠南的卧室里，把门关上才抱歉地说道："少爷、少夫人，本来老夫人把另一个大主卧安排给你们了，但是大少爷突然来了，所以就只能……"

舒杳平静的心湖仿佛突然被投下一颗炸弹，炸得水珠四溅，倒不是因为住不住主卧，而是因为保姆说的那句"安排给你们"。

她怎么忘了？她既然已经和沉野领证了，到他家里肯定要两个人住一个房间啊！可是以两个人现在的关系，别说睡一张床，就算他们睡在一东一西两张单人床上，她也觉得不适应。

她偷偷地看向沉野，寻求帮助。沉野倒是淡定，向保姆道谢后就关了门。

"我们……"舒杳说得吞吞吐吐的。

沉野打断了她的话："奶奶睡得早，我在这儿待到十点。"

"好。"舒杳松懈下来，没有丝毫怀疑。

她环顾一圈，发现房间看上去平时没什么人住，虽然设施齐全，但规整得像样板间，连一个椅子都没有。

舒杳第一次与沉野共处一室，还是有些拘束。她突然很想小饼干，起码它在的话，两个人就不会缺少共同话题。

为了显得热闹点儿，舒杳把电视打开了，电视里正在播放一部她没看过的欧美电影，好像是悬疑片。

舒杳刚想放下遥控器，就听到沉野说："不然换一部？"

舒杳以为他担心她害怕，不甚在意地说："没事。"

反正她也没想看，就是找点儿背景音罢了。

舒杳从口袋里掏出手机，拍了拍床铺："要不然我们玩一会儿游戏？"

沉野看了她两秒，走到她身边，坐在床沿，右手撑着身后的床，神色慵懒。

舒杳的手机里只有两个游戏，一个是《宝物记》，但这不是双人游戏，而且今天的日常任务她在来的路上已经打完了，另一个就是围棋小游戏。

围棋小游戏是舒杳刚入职那会儿为了打发采访的等待时间、缓解紧张情绪而下载的，但已经好久没有被她打开过了。

舒杳把手机放在两个人中间，刚准备点开 App，又顿住了："你会玩吗？"

围棋虽说不是什么高难度的游戏，但毕竟不像五子棋那样被普及得很广泛。

"会。"沉野主动点开了 App。

电视里的悬疑片播到了最紧张刺激的部分，反派与警方的对峙将整个故事推向了高潮，黑白子在棋盘上的战争也进入了白热化阶段。

棋逢对手，胜负难料。舒杳甚至完全没有意识到，由于手机屏幕比较小，为了看清棋局，面对面的两个人不可避免地越凑越近。她将心思全部放在棋盘上，低头的瞬间，别在耳后的一缕长发突然落下，发尾轻轻地扫过沉野撑在床上的左手手背。

舒杳显然没有注意到这件事，把碍事的头发重新别回耳后，指尖轻轻地点了一下屏幕，落下了白子。

沉野直起身子，左手的拇指转了转无名指上的素戒，换来了舒杳不明所以的一个眼神。

舒杳见他随意地落下一子，眼神变得更疑惑了，似乎在问：你确定下在这儿？

"嗯。"沉野说。

如此一来，沉野突然就落了下风。

"你……没有让着我吧？"舒杳迟疑地说，"双方下棋，要棋逢对手才有趣。"

沉野轻笑了一声，说："不到最后，你怎么知道不是棋逢对手？"

舒杳便又把全部注意力转移到了棋盘上。

但渐渐地，她发现不对劲了。落了下风的沉野运筹帷幄，又落下一颗黑子，绝处逢生，看似退让的一步让他逆转了局势。

她就这样以微弱的差距输了这局棋。

舒杳整个人都愣住了，倒没有觉得遗憾，反而热血沸腾。她不自觉地往前凑了凑，低头看着手机屏幕，在脑子里复盘他刚才的棋路。

突然，额头好像触碰到了什么，她猛地抬头，发现两个人之间的距离居然如此之近，刚才她的额头好像碰到了他的下巴。

四目相对，舒杳脸上没什么表情，心里却难免泛起波澜。她拉开了一些距离，左手借着身子的遮挡抠了抠床沿。

突然，房间里传来了一阵暧昧的声响。舒杳闻声看去，发现电视屏幕里一片昏暗，画面中，空荡荡的卧室中放着一张大双人床，月光下，床上纯白色的被子起起伏伏，随着人的动作缓缓地滑下，露出了男人有力的背肌。

看到肌肉的线条被月光勾勒得越发清晰，听到毫无克制的喘息声不断地回响，舒杳终于明白了，他刚才问她要不要换一部电影，或许并不是担心她害怕，而是担心她尴尬。

遥控器就在三步开外的书桌上，舒杳瞟了一眼，心里思索着：自己跑过去拿遥控器再关掉电视会不会显得太小题大做了？大家都是成年人了，有什么东西是不能带着欣赏的心去看的？

她挺直腰板，纹丝不动，表情管理得十分好，任谁看了都会觉得她只是在进行一场严肃的学术电影赏析。一旁的沉野依旧是那副无所谓的样子。

漫长的三十秒终于过去了，电影里的月光转为朝阳，卧室里的两个人相拥而眠，甜蜜又平静。

舒杏波澜起伏的内心也慢慢地变得平和了，她装作什么都没发生过的样子，表情淡定地给出评价："就这样呀？电影的尺度还挺小的。"

沉野在一旁幽幽地提醒："他们醒了之后还有一个类似的片段，你再看看。"

舒杏还是起身去拿遥控器，把电视关掉了："倒也不必。"

沉野双手反撑在身后，垂着头，她看不出他的神情，却可以听到他的笑声。笑声越来越明显，导致他的肩膀都开始微微抖动了。

他大多时候收着情绪，就像刚才在楼下看到他哥哥时，面对哥哥的冷嘲热讽，没表现出任何排斥或不悦的情绪，始终神色淡淡的，就像置身事外的陌生人。

这好像还是舒杏第一次看到他不加掩饰的笑。

她握着遥控器，轻轻地踢了一下他的鞋子："有这么好笑吗？"

沉野站起身来，单手插兜，俯身平视她。

舒杏不明所以："你看什么？"

沉野没有回答，歪着脑袋，好像在看她的耳垂。

即便刚发生尴尬的事情，舒杏依旧面不改色，只是有些不明白他的举动。她张了张嘴，正想再开口，就听到沉野轻轻地"啧"了一声。

"我还挺好奇……"他眼神里带着笑意，说话慢悠悠的，"什么情况下，你的耳朵才会红？"

胜负心起，舒杏拉着沉野又玩了一局。这一次，她赢了，不过只赢了半目。

棋局结束的时候早已过了十点，舒杏先把门打开一条缝，做贼似的确认外头已经一片漆黑才允许沉野出去。

他的脚步声轻缓，舒杏几乎听不见，靠在门板上，感觉到自己心跳加速。她不知道是棋逢对手的对抗令人紧张，还是又想起了他刚才的话。

她一贯如此，越尴尬、紧张就表现得越镇定，镇定到别人看不出她的真实情绪，只觉得她有点儿冷漠。最初她在地铁里和沉野撞衫时是这样的，刚才也是这样的。但是只有她自己清楚，听到沉野的那句调侃时，她的血液涌上了脑袋，不知道耳朵红没红，反正呼吸停滞了几秒。

冷静了一会儿，舒杏才意识到自己还没有洗澡。她深深地呼出一口气，拿着换洗衣物轻手轻脚地去了浴室。

浴室里雾气弥漫，舒杏站在镜子前，素面朝天却不显得狼狈，肌肤几乎没有毛孔，因为温度而渐渐染上了一层极淡的粉色。

她轻轻地往两颊上拍保湿水，浴室的门突然被敲响了。

舒杏以为来人是沉野，低头看了一眼自己身上的睡衣，觉得还算得体，就把门拉开了一条缝："怎么……？"

话说到一半，舒杏就停下了——眼前的人不是沉野，而是沉炀。她欲言又止，一时不知道该怎么称呼对方。

沉炀一如下午时那般严肃，甚至透着一股冷峻的感觉："我洗个手。"

最大的主卧里没有洗手间，舒杏是不太相信的，能感觉到沉炀这话不过是借口。但这里毕竟是别人家的地盘，她哪有不让人家进自家洗手间的道理？

"好。"她从架子上取下一件干净的浴袍，裹在睡衣外面后才把门拉开，退后一步，把洗手池让给他。

浴室很大，几乎比得上寻常人家的一间卧室，所以里面即便站了两个人也丝毫不显得拥挤。

水流"哗哗"作响，舒杏一言未发，绕到他身后打算离开，却听到了沉炀直截了当的提问："你喜欢沉野吗？"

舒杏转身站在浴室门外，怔了一下才回答："当然。"

沉炀关了水龙头，慢条斯理地用纸巾擦手，冷冷地勾了勾嘴角："但我希望你能尽早离开他。"

舒杏已经在脑子里演完了一整场"给你500万元，离开我弟弟"的戏码，正盘算着怎么接话，又听到沉炀说："我看得出来，你是个好姑娘，沉野这种人配不上你。"

舒杏一时没反应过来："您是……什么意思？"

"不管沉野外表呈现出来的样子如何，他偏执、善妒的本性是改不了的。你和他在一起，他只会把你当作他的所有物，掌控你的人生，时间越长，你越挣不脱、逃不掉。"

如果说沉奶奶让舒杏觉得沉家人非常接地气，那沉炀的话则让她觉得这家有点儿"接地府"，一个家里的人如此割裂，太奇怪了。

舒杏几乎毫不犹豫地反驳："对于您的判断，我目前无法苟同。"

"看来……"沉炀把手里的纸巾扔进垃圾桶，言语之间带着嫌弃之意，

"他装得还挺好。"

舒杏攥紧了拳头，虽然不想对沉野的家人出言不逊，但在她的心中，即便不论夫妻这层关系，沉野也是个不错的朋友。沉炀的这番话让她觉得非常不舒服。

"沉先生……"

沉炀盯着镜子里的自己，一眼也没看她，打断了她的话："我小时候很喜欢飞机模型，爸妈给我买了不少，他没有，就不希望哥哥有，所以趁我们不在家，把我所有的模型都砸了。一个六岁的孩子尚且如此，你指望他长大能成什么样？"

舒杏沉默不语，不知道在想些什么。

过了许久，沉炀以为自己把她说动了，态度缓和了些："所以你……"

舒杏抬眸，语调却不似刚才那般温柔，染上了几分冷意："那为什么他没有呢？"

沉炀被气笑了："你说什么？"

"我说，以沉家的家庭条件，沉炀应该完全负担得起双份模型吧？那为什么哥哥有，弟弟没有呢？"

不光是语气，她的目光也冷冰冰的，好像软剑出鞘，寒光泛起。

沉炀瞬间被问蒙了："那是……"

"很感谢你的提醒，如果沉野是那样的人，我一定会离开。但目前我无法相信一个看他时带着厚重的负面滤镜的人对他的评价。"

舒杏微微颔首，在沉炀惊讶的眼神里抱着换洗衣物离开了浴室，回到了对面的卧室里。

她脱下浴袍，把换洗衣物扔进一旁保姆准备的脏衣篓里，坐在刚才玩游戏的地方发了好一会儿呆。

沉野究竟是个什么样的人呢？不管是高中还是现在，外界都有一些声音告诉她，他是一个危险的人，她最好少跟他接触。可是，他会耐心地陪她下围棋，会嘴硬心软，会毫不犹豫地站在她这边。

他是装的吗？她该相信自己的耳朵还是眼睛？

脑子一片混乱，舒杏抬头看了一眼时间，已经快一点了。

落地窗被拉开了一条缝，不断有海风吹进来。她走过去关上了窗，拉窗帘的时候，隐约看到有一个黑色的人影坐在不远处的海滩上。她看不清那人的脸，可直觉告诉她，那个人就是沉野。

他为什么大半夜坐在海边？难不成，他还是被沉炀过来的事情影响心情了？

舒杏犹豫片刻，从行李箱里拿了一件薄外套穿上，快步走出了房间。

夏夜的海风有点儿闷，海浪声此起彼伏。夜空中繁星璀璨，像一张星幕，是在繁华的大都市里很少能看到的画面，但此刻舒杏没有心情欣赏这些。

她微喘着气跑到他身边，长发在晚风的吹拂下变得有些凌乱："你怎么大晚上一个人来海边啊？"

看到她来，沉野好像有点儿惊讶，语气倒是轻松，没有任何不悦的意思："睡不着。"

舒杏本想和他说刚才遇到他哥的事情，但想了想，作罢了。她不喜欢和别人分享自己的事情，同样也不喜欢探听别人的事情，万一戳到他的痛处或挑起什么争端就不好了。

她低声安慰他："你要是不开心，可以和我说说。"

"你为什么觉得我不开心？"

"就是感觉。"

沉野的手抓着一把沙子，松开后，沙子从五指的缝隙间缓缓地流下去了。他开口，语速好像也放慢了："你不是看过我不开心的样子吗？是现在这样吗？"

舒杏立刻就明白他在说什么了。

七年前他们最后一次见面时，在那个下着雨的小巷口，那个满身戾气和雨水的少年应该就是他不开心的样子吧？

舒杏看着他嘴角淡淡的笑容，放松了一些："那你为什么睡不着？"

"理由……"沉野双手反撑在身后，姿态悠闲，显得有些神秘，"暂时不能说给你听。"

"好吧。"

舒杏不是一个爱寻根究底的人，他不想说，那就算了。

她转身在他身边坐下，借着月色和路边昏黄的灯光，开始有样学样地玩起了沙子。

和沉野接触得多了，她发现自己好像做了很多以前根本不可能也不会有兴趣去做的事情，比如之前去电玩城打地鼠，比如现在大半夜在沙滩上堆沙子。但是不得不说，这些看起来幼稚的小事莫名其妙地让人压力尽消。

城堡慢慢地被堆起了一个底座，舒杏突然感觉外套的领口被人扯了扯。她抬起头，听到沉野语气淡淡地说了一句："有风，衣服穿好。"

不知道是不是周围的环境太过安谧，沉野似乎比平时温柔多了。

舒杏把外套的扣子扣上，继续堆城堡。但这是她第一次堆，城堡妥妥地成了"豆腐渣"工程，不是这边松了，就是那边摇摇欲坠。沉野没有嫌她幼稚，反而伸出手，帮她加固了脆弱的一角。

一左一右，两只手的无名指上的素戒在月光下互相映衬，格外夺目。

不知过了多久，沉野问舒杏要不要回去。她毫无睡意，抬头看了一眼月色，突发奇想："沉野，你看过海边的日出吗？"

"你想看？"

"嗯，"舒杏说，"因为我没有看过。高考结束的时候，我本来想去看，但是因为一些事情，最后没去。"

"距离日出还有三个小时。"沉野问，"你想看电影吗？"

"好啊。"

舒杏正想掏出手机，却看见沉野不知道给谁打了个电话，没一会儿，海滩上突然出现了几个提着大包小包的男人。他们动作很迅速，不到二十分钟便在海边搭建起了一块幕布，舒杏看得一愣一愣的。

她有时候真的很想和这些有钱人拼了。

由于有在房间里发生的那件事的心理阴影，这一次，舒杏没有选择爱情片，他们看的是《楚门的世界》。

舒杏其实看过这部电影，是在高中学校组织活动的时候看的。她当时觉得这部电影挺好玩的，除此之外，倒也没什么感受。随着年岁渐长，她现在第二次看，感受完全不一样了。

她突然觉得，很多和她一样的人何尝不是被掌控欲强烈的父母用所谓的"为你好"的理由封闭在桃源岛上？

母亲为她规划了人生道路，要求她找一份安稳的工作，嫁一个条件不错的老公——长相不重要，重要的是性格——这样，就完成了所谓的"母亲的任务"。

她能说母亲错了吗？母亲好像只是因为吃过亏、受过苦，想帮孩子绕开这些歪路，选择一段安稳又幸福的生活。

舒杏一直很清楚，这个世界上没有谁是平白无故地对谁好的。母亲已经在可理解、可做到的范围内给予了她所有最好的东西，所以再强势，她也不会怨恨母亲。

让她无力的是，她明明知道造成这一切的原因是母亲一个人生活，缺少安全感和陪伴，所以把她看得过分重要，但她依旧无法很好地和母亲沟通。

她和电影里的主人公不同的地方大概在于，楚门用一张帆戳破了虚假的天空，靠的是勇敢；而她挣脱了无形的牢笼，靠的是虚假的婚姻，是逃避。

好像心有灵犀般，沉野突然问："你最近还需要事事向阿姨报备吗？"

"不用了。"舒杏扭过头，无奈地笑了笑，"甚至前几天我问她要不要带她回去一起吃一顿饭，她居然说最近舅舅家的孩子高考，二宝又身体不太好，忙得一团乱，等以后有空再吃也可以。"

"这样不好？"

"好是挺好的，比起希望她不要管我，我更希望她能把自己作为生活的重心，去享受生活。"舒杏顿了顿，"我就是觉得她转变得有点儿迅速……不过很多事情的转变好像就在瞬间，就像读书的时候恋爱不被允许，但我刚毕业，她就开始催婚。人在单身的时候永远是孩子，一结婚就立马成了可以独立的大人。"

沉野目光落在幕布上，脸上的光影影绰绰的，让人看不清神色："恋爱不被允许，那你还敢偷偷地谈？"

舒杏欲言又止，最终没有多说。

电影落幕的时候，晨曦悄悄地出现在天际。海平面上，一轮红日将旁边的云层晕染，天际线成了橘色的。空气里弥漫着海水的味道，咸咸的。小岛上的人们渐渐苏醒，远处传来些许交谈声、车流声，但人心中平静的时候，连这种吵闹的声音都成了消遣。

舒杏一夜未眠却十分精神，颇有兴致地拍了一张日出照，发到了朋友圈里。

性格使然，再加上工作之后添加了太多仅有点头之交的人，舒杏渐渐丧失了发朋友圈的自由。对于她而言，朋友圈更像一个资讯发布平台，她从来不会在上面分享日常生活，所以当这张照片破天荒地出现在她的朋友圈里的那一刻，许多夜猫子和早起的人瞬间出现了。

赵恬恬："哟，你和沉野一起看的？"

妈："让阿野帮你拍几张照片发发呀。"

Lily："太羡慕了！我也想辞职去旅游！"

徐昭礼："行，某人不回消息，原来是在陪别人看日出。你替我转达，以后我跟他不是兄弟了！"

舒杏觉得好笑，把手机伸到了沉野面前。沉野扫了一眼，掏出自己的手机给徐昭礼发了一条回复。

舒杳定睛一看，发现沉野回复的是："别跟爹'兄弟''兄弟'的，乱了辈分。"

舒杳实在没忍住，轻声笑了出来。

四周的黑暗完全退去，舒杳揉了揉眼睛，看到手机屏幕上又跳出了一个小红点。她顺手点了进去，在看到那个名字的时候愣住了。

周北川给她点了赞。

她已经很多年没有想起过这个名字了，所以突然有一种不知今夕是何年的感觉。

"怎么了？"

沉野的询问打断了她的思绪，她抬起头，发现沉野站在面前，遮挡了夏日早晨并不温柔的阳光。

她摇了摇头。

这个赞倒是提醒了她一件事。她点开了那个人的头像，删除了好友。

舒杳收起手机，起身时却双腿一软，陷进沙子里，摔了个大屁股蹲儿。耳畔传来了沉野压抑的笑声，她瞪了他一眼，打算顽强地爬起来的时候，他朝她伸出了手。

和上次等她帮忙戴戒指的样子不一样，这一次，他戴着戒指的左手侧放着，好像在等她牵上去。她犹豫片刻，最终伸手握住了他的手腕。

这一刻，那个疑问好像有了答案。她不相信自己的眼睛，也不相信自己的耳朵，但相信自己的心。

不到六点，沉家的庭院里还静悄悄的，两个人怕吵醒家里的其他人，都放缓了脚步。舒杳走到门口的时候，视线扫过一旁浇草坪的水管，低头看了一眼自己的脚，发现拖鞋上全都是沙子。

她扯了扯沉野的 T 恤下摆："我冲一下，太脏了。"

沉野往下看了一眼："这里只有冷水。"

虽说现在是初夏，但清晨的水很凉，舒杳不自觉地缩了缩身子。

"等着。"

沉野随手拿起水管把自己的鞋冲干净，然后带着一个浇花的水壶进了厨房，没一会儿就回来了。舒杳本想伸手接过水壶，他却先一步蹲在了她面前。

温暖的水流将舒杳脚背上的沙子缓缓地冲去，她低头，视线里是他的发顶。她莫名其妙地想：他的发量真多啊，连发旋都不怎么能看到。

他的右手绕到她的小腿后，倒水的时候，壶嘴不小心碰到了她腿后的肌肤，她不自觉地把腿往前挪了一点儿。

沉野误会了她的意思，问："烫？"

"没有。"舒杳摇了摇头，不知道该怎么形容这种感觉。

她刚才以为是他的手碰到了她的腿，所以不太习惯，可是又好像没有那么不习惯。

就在她胡思乱想的时候，别墅的大门突然被推开了。穿着一身运动装的沉炀走了出来，耳朵里塞着蓝牙耳机，看上去要出去晨跑。

他看到门口的两个人，脸上浮现出一丝讶异的神色，继而开始冷嘲热讽："我说你这卑微的样子是演给谁看的？"

舒杳不由得攥紧了拳头，真的很想怼回去，却不知道自己这个外人掺和别人的家事合不合适。

就在这时，沉野放下水壶站了起来，单手叉腰，无奈地叹了一口气："哥，你能别吓她了吗？"

"所以，那些传言都是假的？"

窗帘拉着，室内和夜晚无异，舒杳抱着抱枕窝在卧室的沙发的角落里，昏黄的灯光照在她的脸上，显得她越发柔弱无助、可怜兮兮。

沉野坐到她旁边，帮她倒了一杯热牛奶："什么传言？"

"就是说你爸妈偏心、你和你哥关系不好的传言。"

沉野把牛奶递给她，依旧是那副悠然自得的样子："比如？"

舒杳喝了一口牛奶，暖意入喉的感觉让她思路清晰了一些："比如，你高中的时候都是自己去上学，但你哥上国际学校，还坐专车。"

"嗯，他打小就身体不好，不能做剧烈运动，而我不喜欢被家里人看着。"

"不能做剧烈运动？"舒杳疑惑地说道，"但他刚才不是出去晨跑了吗？"

不知道是不是昨晚的谈心拉近了两个人的距离，沉野这次很自然地伸手握住了她的手腕，把她带到了落地窗边。

舒杳低头看了一眼沉野的手，突然想起在高中那场篮球赛上，周北川为了让她留下来，也握过她的手腕，力道很大，她当时只有被禁锢的感觉。但此刻沉野的动作很轻柔，她只要稍微动一动就能把手抽出来。

舒杳还在犹豫，沉野就自己先松开了手。

她向外远眺，发现不远处的海滩上，沉炀正躺在躺椅上悠闲地晃着。

舒杏的嘴角抽了抽："他去海滩上晒太阳，有必要穿运动装吗？"

"他说他不能运动，但可以营造一些氛围。"

舒杏忙不迭地问："还有那个，传言说你们家被狗仔拍到照片，一家人旅行从来不带你。"

"我不喜欢和他们一起去，太吵了。"

舒杏有点儿明白了，原来不是沉野被家里的三个人孤立，而是他凭借一己之力孤立了其他三个人。

舒杏回到沙发上坐下，喝了一口牛奶压惊："那昨天呢？他干吗抢你的杧果？"

"我不吃杧果。"

舒杏愣了一下："抱歉，我不知道。"

"你道什么歉？其实我也不是不能吃，只是……"沉野顿了顿，用一句话带过了，"以前不太喜欢，下次我可以试试。"

"嗯。"舒杏应了一声。

沉野扫了她一眼，抽了一张纸巾递给她。她顺手接过纸巾，却并不知道沉野的意图，于是就这么攥在手里。

过了一会儿，她手里的纸巾被他抽了出去，他轻轻地拿纸巾擦她的嘴角，动作极为流畅，神色坦然到似乎这只是随手帮忙。

纸巾的一角被牛奶浸湿了，舒杏抿了抿唇，没说什么。

知道一切都是乌龙之后，她没有了心理压力，于是话也变多了："其实你哥来浴室里找我了，还跟我说了一些话。"

舒杏的重点在于沉炀说的那些话，沉野抓的重点却不一样。他皱了皱眉，反问："他去浴室里找你？"

"嗯，一开始我也觉得他挺没边界感的，但是后来想想，他跟我说话的时候，眼睛一直盯着镜子里的自己，根本没看我。"

"他跟你说了什么？"

"就是一些……让我离开你的话。"

沉野的脸色沉了下来，刚才的悠闲样子不复存在。

舒杏好奇地问："既然你和你哥没有关系不好，那他这么做，是为了考验我对你是不是真心的？"

"不是，他只是对你有点儿意见。"沉野无声地叹了一口气，"你是不是真心的不重要，他的最终目的是希望你离开。"

"意见？"

"没事。"沉野笑了笑，安抚道，"我会解决的，他不会再找你了。"

"好。"

沉野说会解决，她也就不问了，觉得有90%的概率是家世的差距产生的意见。

她安静地喝牛奶，过了一会儿，突然想起什么，又抬起了头，疑惑不解地说："但是他让我离开你的时候，骂的都是你啊。"

沉炀对她有意见，不应该骂她吗？

对于沉炀骂自己这件事，沉野其实并不在意，在意的只有沉炀居然私底下找过舒杏。她本来就对见他的家人这件事感到紧张，他不知道她在被要求离开的时候是什么心情。

"砰！"沉野一脚踢开了没有关严实的卧室门，沉炀正躺在沙发上打游戏，游戏中的枪声响彻整个房间。

对于沉野不文明的举动，沉炀习以为常，瞟了他一眼之后，眼神又落在了手机屏幕上："她和你告状了？"

沉野把门踢上，坐在侧边的沙发上，从茶几上的烟盒里抽出一根烟，本来想点，却不知想起了什么，又把烟扔了回去。

"'偏执、善妒'，还'挣不脱、逃不掉'……"沉野冷笑道，"这些乱七八糟的话你从哪儿听来的？"

游戏终于结束了，沉炀遇到一个拖后腿的菜鸟队友，本来就心情不爽，看沉野一副算账的样子，更不爽了。他又想起这段时间因为沉野领证的事情，两个人冷战了个把月，不爽的心情达到了顶峰。

他翻了个白眼："楼下有一本叫什么《傅少99日追妻》的小说，不知道是哪个傻子扔下的，我随手翻了几页。"

沉野的表情僵了一瞬。

沉炀秒懂："你就是那个傻子？你从哪儿弄来的书啊？"

沉野按了按眉心："妈塞到我的行李箱里的，说来话长。你说你的。"

沉炀倒是坦诚："我这不是想不到理由嘛，刚好看到书里的词，就照搬了一下。我觉得我的演技不错啊，本来以为可以吓退她，没想到这个小姑娘……还挺能说会道。"

"你要抹黑我，非挑人家刚洗完澡的时候？"

"我故意的啊，就是想让她从这种小事里察觉到咱们一家人都没什么素质，最好她被吓得明天就跑。"沉炀叹了一口气，"不管她人怎么样，我总不能骂一个小姑娘吧？所以我就只能勉强牺牲咱们俩，反向劝退她了。"

这事如果放别人身上，沉野还能调侃一句"这真是好清新脱俗反套路的脑回路"，但现在显然没有开玩笑的心思。他目光凛然，看向沉炀："哥，我认真地说一次，你不要再找她了，也不要跟她说任何曾经的事情。"

"我为什么不能说？"沉炀一下子提高了音量，说话也丝毫不客气，"当初你那个落水狗的样子，你都忘了？她到底好在哪里？"

沉野或许能忘，沉炀却永远忘不了七年前那个下着倾盆大雨的晚上。

那天晚上，乌云把天空遮得严严实实，偶尔落下一道闪电。沉野进门的时候，一身衣服都湿了，额前的碎发耷拉着，甚至往下滴水珠。他平日里意气风发的样子不见了，脸色苍白，黑色 T 恤胸口处的那个小狼印花完全就是落水狗的凄惨模样。

沉炀怕吵醒卧室里的父母，不敢声张，跟着他进了卧室才忍不住开口问这是怎么回事。

沉野丢下手机，脱了身上的黑色 T 恤，上半身劲瘦，手臂上隐约有瘀青。

沉炀大惊失色："你和人打架了？"

"嗯。"沉野并不否认。

虽说沉野爱打架的名声在外，但沉炀其实知道，那是被夸大的传言。沉野虽然性子野，但很懒，要不是底线被触及，往往懒得动手，极少带伤回家。

被丢在床上的手机还亮着，屏幕上是一条发出的微信消息。沉炀看了一眼，发现消息简要地解释了他今晚打人的原因，但一个多小时过去了，对方并没有回复。

沉炀瞬间就明白过来了："你又是为了那个女的？她的男朋友是垃圾，她清楚却不离开，那就是她自己选的。尊重他人命运，你懂不懂？"

沉野站在窗边，从口袋里掏出了烟盒，抽烟的姿势略显生疏。在沉炀的记忆里，这好像是他第一次抽烟，但沉炀并没有阻止他。

沉炀双手叉着腰，无奈地说："不行，你出国吧。你要是和那个女的上同一所大学，整天看着她和男朋友恩恩爱爱，我看你大学四年都好不了。"

罕见的是，这次沉野没有直接拒绝，好像把沉炀的话听进去了。

卧室里安静了很久，沉炀起身准备离开房间，走到门口时，终于听到了沉野的回答。

他说："行。"

于是沉炀在零点的报考截止时间前，帮他取消了辅川大学的志愿，把他送去了国外。

沉炀本以为七年过去，他已经彻底痊愈了，却没想到"恋爱脑"真的没法治，他一回辅川就立刻栽进去了。他不仅栽进去了，还搞闪婚！天知道沉炀看到结婚证上的名字时有多无语！

沉野没抽烟，沉炀却忍不住抽了一根。

时间仿佛回到了七年前的那个夜晚，一片寂静的氛围中，沉野严肃地开了口："哥，你的那些形容词有一个或许没错，我是偏执，这辈子非她不可了。我从来没有在你的面前低过头，如果你要我求你，那我现在可以求你。"

沉炀被"求"这个字震撼了，这是他第一次听到沉野放下身段说这个字。

脸藏在袅袅的烟雾后，沉炀沉默了许久，最后妥协地摆了摆手："算了，尊重他人命运，包括自己的弟弟。你爱怎样就怎样吧。"

"谢了。"

"谢什么？！"沉炀还是恨铁不成钢，"以前我不知道怎么骂你，哎，现在有个特别贴切的词语，你就是一个'舔狗'！"

"'舔狗'有什么不好？"沉野心情有所好转，往后一靠，优哉游哉地说道，"网上怎么说的来着？'舔狗'想舔就舔，不想舔了就歇几天，主动权掌握在自己的手里，多自由。"

"你……"沉炀按着太阳穴，感觉自己距离脑出血只有一步之遥，"你出去不要说自己姓沉，老子嫌丢人。"

"哥，"沉野不怒反笑，"沉家的男人，爸是这样，我也是这样，就你不是这样。你难道没想过一个问题吗？"

沉炀夹着烟的右手突然顿住了，他双眉紧锁，思索片刻后发出了来自灵魂的质疑："难道我不是爸妈亲生的？"

沉炀是不是他爸妈亲生的，舒杏不清楚，但是他和沉奶奶一定是有血缘关系的，连唱歌高兴起来的样子都一模一样。

午后，阳光透过落地窗洒在客厅的地毯上，窗外的海面上好像落了金子，泛起了金光。舒杏坐在角落里，从桌上拿了一颗樱桃安安静静地吃，等奶奶一曲唱完，又捧场地鼓起了掌。

沉炀用余光扫到她，突然想起昨天沉野离开他的卧室前最后说的那句话——"被暗恋者凭什么要为暗恋者的情绪负责？你说七年前的我很可怜，那明明什么都没做却因为我擅自喜欢而被你针对的她有什么错呢？"

他装作不经意的样子又看了她一眼。她白皙小巧的脸庞跟剥了壳的鸡蛋似的，没想到人看着温柔似水，讲话却带刺。她能把他弟迷得五迷三道，几年还清醒不过来，就靠这张脸？她也就一般般嘛，自己还是比较喜欢浓颜系的妖娆大美人。

小腿突然被踢了一脚，沉炀回过神，发现是沉野踢的。

啧，这是什么护主的恶犬？

他撇了撇嘴，侧过身子到另一边摆弄手机，心想：算了，自己又不是没事做，也有恋爱要谈，哪有那么多的时间管别人的闲事？

察觉到沉炀的视线转移了，舒杳暗自松了一口气。

她又拿了一颗樱桃，往嘴里送的时候发现奶奶好像在看她。她顿了一下，突然把手伸向沉野："樱桃，你吃吗？"

沉野正在帮奶奶修一个旧手镯："等会儿吧，我的手脏。"

"好。"

舒杳正想自己吃，听到沉炀回头揶揄："你们不是都结婚了吗？这么生疏啊？吃个樱桃还必须自己拿？"

舒杳被沉炀脸上看好戏的神情刺激到，拿着樱桃不敢喂，又不甘心放下，手就这么僵在了半空中。

就在这时，沉野突然低头，双唇轻轻地蹭过舒杳的指尖，将那颗樱桃含在了嘴里。她感觉指尖痒痒的，用拇指的指腹蹭了蹭。

他好像什么事都没发生过，理所当然地回答沉炀："我们不想当着你这个'单身狗'的面秀恩爱而已。"

"呵，"沉炀翻了个白眼，"老子稀罕看？谁跟你说我是'单身狗'了？"

沉奶奶又唱完一首歌，放下麦克风，笑眯眯地替沉炀解释："炀炀不是'单身狗'哟。他不是有女朋友嘛，唱昆曲的那个。"

沉野突然发出了一声笑。

舒杳没明白，听到沉炀无奈地说："奶奶，唱昆曲那位的孩子都能打酱油了。"

"啊？你跟她分手了啊？那你现在的女朋友是哪位？"沉奶奶喝了一口水，想了想，"难道是在某音上唱歌的那位？"

"那位也分了。"

"为什么啊？"

"她给我放了一首歌，问我好不好听，我说特别好听，是她有史以来出的最好听的一首，然后就分了。"

舒杳感觉听到了大新闻，好奇地问："你不是挺用心地夸了吗？为什么分？"

沉野补了一刀："因为那首歌不是她的，是她的竞争对手的。"

沉奶奶瞪了沉炀一眼："你还没个正经，看看你弟，我就稍微催了催，他就给我娶回这么好的一个孙媳妇。你啊，别最后孤独终老，死了都没人知道。"

沉炀抖了抖腿，无所谓地说道："我能不能活到老都不知道呢，急什么？"

"呸呸呸。"沉奶奶伸出手轻轻地拍了他几下。

茶几上的手机亮了起来，沉炀一看，立刻嘚瑟起来："奶奶，您刚说的事不会轮到我身上。您看，两天不见，她就想我想得要死。"

他架着腿，大大咧咧地按下接听键，还开了外放，电话里传出了娇媚的女声："老公，你什么时候回来呀？"

"下个月吧，怎么了？"

"这也太久了吧？远距离的爱情就像一盘散沙，太平洋的风一吹，就什么都没了。"

"说人话。"

"我们分手吧，拜拜。"

"嘟——"

电话被挂断了，客厅里陷入了死寂。

一个人毫不关心，两个人惊讶、迷茫，唯有刚被甩的人好像什么事都没发生过，收起手机看了一眼茶几："哎，你们俩是饕餮啊？樱桃这么快就没了？！"

深夜，舒杳偷偷地把门扒开一条缝往楼下看。客厅的大灯依旧亮着，些许声音传来，不知道沉炀在看什么电视节目。

奶奶十点就入睡了，所以这几天沉野在十点十分左右离开她的卧室，去楼上的客房里睡。但今天沉炀迟迟不睡，打乱了他们的计划。

舒杳极轻极缓地关上门，转过身，有些担心地问："你需不需要去安慰安慰你哥？"

沉野坐在沙发上帮她过《宝物记》被卡了好几天的那关，听到她的话，语气淡淡地说道："不用。"

手机屏幕上突然跳出了一个邀请——"穷得只剩钱邀请你参加团战PK"，沉野点开，发现这是一个满级的账号。

"这是你的朋友？"

舒杏探头看了一眼，大为惊讶："不是。这个账号居然这么快就升到满级了？我们领证的那天，这个账号明明还是个二级的新号。"

舒杏点开头像，发现这个账号不仅满级，甚至连卡的图鉴都是满的。她算了算时间，就算玩家不吃不喝也不可能升级得这么快，那就只有一种可能——"钞能力"。

"原来这个ID不是玩家瞎起的，这个玩家是真的有钱啊！"舒杏感叹。

沉野拒绝了对方的邀请。

舒杏："你干吗拒绝啊？跟这种大佬一起玩，我们不是可以躺赢吗？"

下一秒，她就见到自己的队伍在单人PK的擂台上大杀四方，把敌人杀得一个不留。

算了，反正她这样也算躺赢。

看他完成了日常任务，楼下的声音还没停，舒杏又想起了正事："你真的不用下去看看？他看着很难过。"

沉野停下动作，轻笑一声："你怎么看出他难过的？"

"人多少都好面子，当着这么多人的面被提分手，他怎么也不能表现得太明显吧？但是你看，他之前都早早地回房了，今天一直在客厅里看电视，也不知道在看什么。"

沉野从口袋里掏出自己的手机，点开微博，手机一转，舒杏就看到了热搜界面上那明晃晃的几个大字——"×××夏季赛直播"。

两个人正说着，楼下突然传来了一阵欢呼："我的天哪！牛！"

看起来，沉炀喜欢的队伍赢了。

舒杏觉得好笑又迷茫："你哥真的比你大吗？"

沉野放下手机，整理了一下思路，娓娓道来："我之前和你说他小时候身体不好，其实应该说这些年他身体也一般。他在国际学校里只读了一年，后来就因为身体不好请了私人教师，在家里一对一地上课，更别谈工作了。这些年，他待得最多的地方就是家和医院，甚至很长一段时间，他连家门都没出过。

"年龄增长是必然发生的事，但心理年龄是需要靠阅历增长的。他的生活没有波折，也没有惊喜，看似日复一日，可实际上，时间对于他来说几乎是停滞的。他就像十七八岁的少年，睡了一个长觉起来，发现自己二十七岁了。"

舒杳惊讶地张了张嘴，刚才对沉炀的那些疑惑突然都有了解释。

医院是个很磨人的地方，沉炀见惯了生离死别，受过疼痛的折磨，还能拥有如此乐观的心态，此刻她对于沉炀反而有些敬佩。

"难怪他那么容易被骗。"

"什么被骗？"沉野问。

"他的女朋友啊。"舒杳从旁边拿了一瓶牛奶，咬着吸管说，"今天那个女生提分手，明显就不是真的讨厌异地，只是找个借口而已。"

"他知道。"

"他知道？"

"在他们那个圈子里，谁都知道，只要和沉炀交往，不管几天还是几个月，分手后都能得到一大笔分手费。有多少人是冲着这个和他交往的，他心里有数。"

"那他为什么还答应和人家交往？"

"他谈恋爱不过是觉得生活太无聊，要说真心喜欢谁，估计还真没有。别人想要钱，他打发时间，各取所需。"

舒杳忍不住暗暗地感慨：沉炀怎么听着又可怜又"渣"？有钱人真会玩。

短短几天的时间里，舒杳对沉炀的印象改变了很多次。一开始，他凶神恶煞，没有边界感，舒杳觉得他是一个独占父母的爱、欺压弟弟的恶人；后来，他幼稚、话多，舒杳觉得这人看着愚蠢又好骗；但现在，舒杳觉得，他或许不仅不愚蠢，反而有一种知世故而不世故的天真。

她忍不住笑了一声。

沉野觑了她一眼，似乎在问：你笑什么？

舒杳说："感觉你妈妈怀你们的时候，基因分配得有点儿不平均。"

时间不知不觉已经过了十一点，舒杳有些犯困，但楼下的人似乎还没有离开的意思。见舒杳打了个哈欠，沉野抬头看向墙上的钟，说："你先去睡吧。"

"那你……"

舒杳本来还想坚持一下，但因为今早看了日出，没怎么睡，此刻确实有点儿熬不住了。

"我在这儿坐一会儿，等他回房了再走。"

"嗯。"舒杏掀开被子，躺了进去。

沉野把卧室里的大灯关了，只留下一盏沙发旁边的小灯。舒杏那边完全是黑暗的，她闭着眼睛，突然意识到沉野今晚有点儿反常，话比平时多了很多。

她低声问："沉野，你刚才和我说了这么多关于你哥的事情，是为了让我不要因为之前的事生他的气吗？"

"不是。"沉野说，"如果你生气的话，我希望你可以对着我撒气。"

"我本来是有点儿生气，因为他贬低你。后来发现他针对的人是我，我反而不生气了。"

"为什么？"

"我也说不清楚，可能因为我们领证太仓促，家境和工作各方面的差距又比较大，你哥对我不了解、有偏见本来就是很正常的事情。"舒杏想了想，双唇微微弯起，"有疼爱自己的家人是一件很幸福的事，所以我其实很开心听到那些传言都是假的。"

她想起了高中的时候沉野意气风发的模样：他虽然被人说总打架，可成绩丝毫不落于人后；他打篮球很厉害，在运动会上长跑能拿冠军；他从不收敛自己的锋芒，除了揍周北川的那一次，好像永远都是光芒万丈的……

她想：这和他幸福的原生家庭应该脱不了关系。

她替他高兴，也羡慕着他。

沉野目光灼灼，也不说话，就这样看着黑暗里那一团小小的身影。不知过了多久，他才低声开口："从那天开始，他们也是你的家人了。"

舒杏并没有回应，沉野不知道她有没有听见。

舒杏醒来的时候，天已经大亮了，卧室里只有她一个人，沙发空着，不知道沉野是什么时候离开的。

舒杏眼睛都睁不开，摸到了床头柜上的手机，本想看看时间，却被屏幕上的消息吓醒了。

最新的一条消息是——

沉氏动物园园长："这点儿事你都完不成，我生你不如生个哆啦 A 梦，起码猜拳还能一直赢。"

舒杏的第一反应是这条消息是母亲发来的，但很快反应过来不是。

姑且不说她现在都结婚了，母亲也有了很大转变，最基本的一点是，母亲不会这样说话。

舒杏疑惑地点开了微信，发现自己居然被拉进了一个算她在内有五个人的小群里，群名是"相亲相爱一家人"。

从名字上看，很显然，这是沉野家的家庭群。

难道真的全世界的家庭群名都叫"相亲相爱一家人"吗？

群里人的备注大多是表情，还挺有趣的，舒杏基本能猜出来，"沉氏动物园园长"是沉野的母亲，"［狼］"是沉野的父亲沉誉，"［猪］"是沉炀，"［熊猫］"是奶奶。

舒杏看了一眼列表，纳闷：不对啊，为什么群里面没有沉野呢？

群里有十几条聊天记录，舒杏疑惑地滑到最顶部，然后往下翻。

"沉野把 syy 拉进了群聊。"

沉氏动物园园长："我就说一起去吧，都怪你爸，害我错过了和儿媳妇见面的机会。"

沉炀："您还是先别见了。"

沉氏动物园园长："为什么？"

沉炀："您平时在路上看到一个小女孩都走不动道，要是见到了她，我和沉野估计要被您扫地出门了。"

沉氏动物园园长："你说什么呢？在装矜持这点上，你妈我是专业的，不然你爸当年怎么能被我钓得魂不守舍的？"

沉氏动物园园长："@沉野，对了，我送你的书你看没看啊？你别看名字雷人，它真的很实用的！"

沉野："妈，我刚才已经把您的儿媳妇拉进来了。"

沉氏动物园园长："我现在是不是不能撤回消息了？"

沉野："是。"

沉氏动物园园长："你不是搞这玩意儿的吗？你不能入侵一下系统什么的，帮我撤回一条？"

沉野："行，我今天入侵，明天入狱。"

沉氏动物园园长："这点儿事你都完不成，我生你不如生个哆啦A梦，起码猜拳还能一直赢。"

"沉氏动物园园长把［狗］移出了群聊。"

舒杏笑得都不困了。

她发现微信上有沉野母亲发来的好友申请，心提了起来，正思考着通过之后怎么打招呼，房门突然被敲响了。

舒杏下床披了一件薄外套，走过去开门。

看到她脸上的笑，沉野问："大清早的，你笑什么？"

"我看到群聊里的消息了。"说完，舒杏紧张了起来，"你妈妈还申请加我为好友，我怎么打招呼比较好啊？"

"你先通过。"

"哦，"舒杏照做，又抬头，"然后呢？"

"然后等着。"

"不用我先打个招呼吗？不太礼……"

舒杏话还没说完，手机屏幕上就跳出好几条消息——

沉氏动物园园长："杏杏！群里的消息你别在意啊，妈妈平日里是个很正经的人。"

舒杏为了配合这个群的氛围，把群昵称改成了一个兔子的表情，然后才回复："没关系的，阿姨。"

随后，她就看见"沉氏动物园园长"发起了转账：

"初次见面，意思一下，转账 52000.00 元。

"新婚快乐，永结同心，转账 52000.00 元。

"记忆消除术，转账 52000.00 元。"

…………

舒杏蒙了，抬头向沉野寻求帮助。

沉野"唰唰唰"地点了几下，帮她把转账都收了，还帮她发了一条语音，语气有点儿欠揍："谢谢妈，钱我收了，当作被踢出群的精神损失费。"

舒杏忍俊不禁。

这钱，她收了，怕沉野的母亲觉得她不得体；不收，又怕驳了阿姨的面子。她怎么做都不太好，而沉野的这个举动完全帮她解了围。

"那我把钱转给你吧。"

舒杏说着就要动手转账，手机却被一只手按住了。

"舒杏，我们之间虽然有协议，但我希望在一些小钱上你别和我分得太清，不然以后我们出去吃顿饭是不是也要 AA 制？"

舒杏犹豫片刻，最终妥协了，心想：那自己就先存着吧，等以后要是跟他离婚了，再一起还给他。

但她点进微信钱包一看，余额有 260018.23 元！

这是小……小钱？

相比于沉野平日里懒洋洋但工作起来能"卷"死所有人的样子，沉炀是真懒。舒杏觉得，他每天的微信步数应该都不超过两百步，但这或许跟他虚弱的身体脱不开关系。

午后，太阳微微从云层后冒出个脑袋，沙滩上的躺椅又准时地晃了起来。

沉炀虽然昨天被分手了，但心情一如既往的愉快，应该说，除了在她面前演凶恶的哥哥那会儿，她就没见过他不高兴的样子。

他嘴里哼着不知名的小调，右手轻轻地捏着脖子上的一个吊坠。职业使然，舒杏对这种精致的手工艺品格外有兴趣，定睛一看，发现那是一条木雕的小锦鲤，尾巴微微上翘，虽然迷你，却活灵活现，一看就是纯手工雕刻的。

她没想到沉炀居然喜欢这种小玩意儿。

沉炀很显然并没有注意到她的视线，正半眯着眼睛聚精会神地和电话那头的女生语音聊天。

不过一个晚上，他的对象已经不一样了。但这个人好像和以前的那些不一样，因为言辞之间没有任何调情的意味，两个人好像更像朋友。

"等你回国，我请你吃饭呗。"女生热情地说。

"行啊，但你不是刚交了男朋友吗？他不介意？"

"他出差了，说要跟他们系的教授出去考察，半个月以后才回来。而且就算他知道又怎么样，我还不能有朋友了？"

"不对啊，你男朋友不是演员吗？什么时候换成男大学生了？"

"弟弟身强力壮，还是搞艺术的，有文化、有品位多了。哦，对了，带他们出去的那个老教授好像叫李家寰？你认识吗？我听说她很有名。"

舒杏正在看远处的沉野冲浪，闻言将视线收了回来，朝沉炀看过去。

这一次，沉炀发现了，称不上和善地回视："你看我干吗？"

舒杏欲言又止。

对于舒杏来讲，掺和别人的感情是一种很没边界感的行为，更何况对方是一个陌生人。但同为女生，她还是不希望有人被谎言蒙蔽。

她语气淡淡地说道："李家寰教授已经很多年没有带学生去考察了，身体不太好，近几年一直在休养。"

"你的意思是……？"

"你朋友的男朋友在撒谎。"

沉炀没有心疼，反而有点儿激动："你听到没？你被'绿'了啊。"

她只是说男生在撒谎……

女生挂断了语音电话，大概十分钟后回拨过来，向舒杏表示了感谢，然后词语不带重复地骂了前男友十分钟。

好不容易把对方安抚好了，沉炀挂断了电话，掏了掏耳朵。他看向若无其事地躺在躺椅上喝饮料的舒杏，有些好奇地问："你真认识这个李……李什么的教授？"

"嗯。"

"哦，对了，我差点儿忘了，你也是辅川大学的，是吧？"沉炀揶揄，"你凭借智商都能考上辅大了，当初怎么会看上周北川那种人？"

舒杏的动作停顿了一下，吸管被她咬出了明显的印记："你怎么会知道周北川？"

"废话。"沉炀理所当然地说道，"我没看过总裁小说，偶像剧总看过吧？你突然嫁给我弟，我当然得调查你。"

他说得……也有一定的道理。

舒杏沉默了片刻，最终用一句话带过去了："那时候我的眼神不太好。"

她的声音很轻，就像湖面上泛起的涟漪，很快就消失于无形了。

沉炀也没多说，继续摆弄手机，舒杏则又把注意力移回了远处。

海水前后翻涌，形成了一个个巨浪，巨浪滚滚而来，沉野就在这高耸的浪花中踩着冲浪板，像利剑一样冲刺而下。雪白的浪花卷起，几乎将他的身影覆盖，然而没一会儿，他又从浪中腾跃而出，意气风发。

舒杏暗自在心里惊叹，见他提着冲浪板上了岸，赶紧拿起旁边的毛巾朝他跑了过去。

站在沉炀身边的管家帮他倒了一杯温水，看着远处的沉野，笑眯眯的，满脸欣慰的表情："二少爷这次来，倒是比以前活跃了不少。"

沉炀轻轻地"呵"了一声，闭上眼睛，一副不稀罕看的表情："老孔雀开屏呢。"

第五章
是不是太酸了？

在小岛上待的这几天可以说是舒杏近几年来过得最悠闲的一段时光，她唯一放心不下的只有家里的小饼干。

虽然赵恬恬会在有空的时候抱着小饼干和她打视频电话，但远水解不了近渴，所以回国的飞机一落地，司机就载着两个人直奔舒杏的家里。

推开车门，见沉野也跟着下了车，舒杏客套了一句："不用送了。"

沉野说："我接狗。"

他接狗。

他接狗。

舒杏的心里好像掉进了一块石头，"咚"的一下，心湖泛起了涟漪。

她忘了！

沉野回来，小饼干就要走了。

舒杏"哦"了一声，有点儿不舍。但小饼干毕竟是他的狗，她又不好说什么。

他们上楼后发现赵恬恬不在家，但把小饼干照顾得很好。小饼干生龙活虎的，一看到主人就飞奔而来。

舒杏默不作声地开始收拾小饼干的玩具。这里毕竟是她家，而且是两个女生在住，沉野不好过多帮忙，就只能在她的背后看着她走来走去。

小饼干微微仰着头，看舒杏来来回回地走，便冲到她的脚边绕，跟个现眼包似的，活跃得好像完全不知道自己就要离开了。

沉野提着被整理好的东西走到门口，舒杏抱着小饼干，小脸绷着，迟迟没有伸出手。

沉野靠在门框上，轻轻地笑出了声。

舒杏疑惑："你笑什么？"

"你知道我现在像什么吗？"

"什么？"

"像抛妻弃子多年，一回来就觍着脸争夺孩子抚养权的无良父亲。"

舒杏低下头，不好意思地说："那也不是，小饼干本来就是你的狗。"

沉野从她的手里接过了小饼干，小饼干似乎不知道自己为什么突然被交接，脑袋摇来摇去，一会儿看舒杏，一会儿看沉野，像极了担心父母离婚，不知道跟谁的小可怜。

沉野挠了挠它的脑袋，突然听到"咕噜"一声。

"饿了？"

"没有，"舒杏一脸淡定地说，"小饼干饿了吧？"

"咕噜。"

沉野笑了，想起她确实在飞机上没吃什么东西，便提议："我们一起去吃个饭？"

"去哪儿吃？"

"我家。"

这不是舒杏第一次来沉野家，却是她第一次有自己的专属拖鞋。

这是一双白色的夏季凉拖，脚背上还有一只黑色的小狗，是她在小岛上的时候奶奶特意帮她买的，和沉野的白色小狗凉拖是一套。

她没想到他居然把她的拖鞋带回来了。

小饼干一落地，视线就被舒杏拖鞋上的小狗吸引了。它微微弓起身体，用下巴顶着拖鞋上的小狗，姿态霸道，仿佛在说：只有我才是主人的小狗！你是哪儿来的野狗？！

舒杏俯身把它抱进怀里安抚，好奇地环顾四周："你好多天不在，你家的冰箱里还有能做菜的食材吗？"

"有。"

沉野打开冰箱，舒杏发现里面果然放着不少食材，牛肉、海鲜、蔬菜瓜果，样样都有。

哦，对了，舒杏想起来了，在小岛上的时候，冰箱里的食材是有人在固定时间来更换、补充的，想来他这儿也是如此。

"那你要做什么啊？"

"你想吃什么？"

"你都会做？"舒杏不信，根据看到的食材点菜，"青椒牛柳？糖醋排骨？"

"可以。"沉野拿过一旁的黑色围裙系上，看上去很熟练的样子。

舒杏看着他动作流畅地清洗食材、热锅、倒油，真的感到惊讶了。

她突然想起了她和李成伟相亲的时候随口胡诌的喜欢的男人类型——长得帅、有钱还爱做饭。她和沉野之间除了没有感情，她的这些要求居然都实现了。

"想什么呢？"沉野瞟了她一眼。

"没。"舒杏摇了摇头，指了指他背后，"你的围裙松了。"

沉野正在切青椒，手上沾着籽，于是低下头理所当然地说："帮我系一下。"

"好。"舒杏没在意，把小饼干放在地上，走上前帮他系围裙。

他身上清清爽爽的薄荷味很好闻，舒杏用双手拉着围裙的带子，系的时候，食指的关节不经意地滑过他的后腰。黑色的 T 恤很薄，舒杏清楚地感受到那略显坚硬的肌肉仿佛带着灼人的热度，悄悄地把手往后挪了挪。

"汪。"屋外突然传来了一声狗叫。小饼干听到了同伴的召唤，突然撒腿往外跑。

"哎！"舒杏连围裙都顾不得系了，扔下带子就追了出去。

围裙又松松垮垮地垂了下来，后腰仿佛还残存着一阵痒意，沉野挺了挺脊背，回头一看，身后早没了舒杏的身影。

她可真行。

屋外阳光正好，舒杏上次来的时候，庭院里的洋桔梗还没开，今天就已经绽放了，白花花的一小片，散发着淡淡的幽香。

就在那片白色花朵的后面，舒杏看到了一个熟悉的身影——那只令小饼干陷入爱河的博美。

看到"女神"，小饼干亢奋得猛摇尾巴。博美似乎也没忘记它，但稍显矜持，被小饼干蹭来蹭去，虽然不怎么回应，但也不拒绝。

小美的主人还是那个小姑娘，但不一样的是，比起上次素面朝天的样子，今天很显然精心地打扮了。小雏菊在白色的长裙上绽放，搭配淡淡的夏日妆容，她看着越发青春洋溢了。

舒杏笑了笑，主动打了一声招呼："好久不见，你也住这儿吗？"

"我……"小姑娘顿了顿，"我的阿姨住在这儿。"

"哦。"舒杏没有在意，见小饼干实在太热情，怕吓到对方，于是伸手挡了一下。

小姑娘蹲下身，好奇地问："姐姐，你今天又来帮哥哥遛狗啦？"

哥哥？她怎么知道小饼干的主人是男的？唯一的可能只有他们之前见过面。

小姑娘精心的装扮、正好经过他家门口的巧合……舒杏的脑子里产生了一个大胆的揣测，而这个揣测让她变得难以启齿，无法说出那句就在她嘴边的"我们结婚了"。

小姑娘看着挺可爱的，舒杏不想让她难过，但不说也不好，会让她心存幻想。

舒杏斟酌着语气，说："我们……现在不是帮忙遛狗的关系了。"

小姑娘明显地愣了一下，低头时看到了舒杏的无名指上的戒指，以及那双一看就是情侣款的拖鞋。她瞬间了然，开口时倒没有难过，更多的是惊讶："原来哥哥没开玩笑啊。"

舒杏转过头："什么开玩笑？"

小姑娘丝毫不掩饰自己的爱慕之意，连眼睛都是闪闪发亮的："其实，之前哥哥遛狗的时候，我们偶然见过。那时候我就想，妈呀，怎么会有这么帅的男的？"

"正好小饼干和小美玩得好，我就顺势提出加个微信，方便以后联系，但是哥哥拒绝了，说他结婚了，不能加别人的微信。我看他那么年轻，手上也没戒指，就想那应该是为了拒绝我而找的借口，没想到居然是真的……"小姑娘遗憾地叹了一口气，双手捧着脸蛋，羡慕地说，"姐姐，你们俩谁先求的婚啊？"

"我先求的。"

"果然主动才会有故事。"小姑娘又问，"那你是怎么求的啊？"

舒杏嘴角一抽，不知从何说起。她应该说他答应她的求婚是因为觉得她骂人高级吗？

"就……随便那么一求。"

小姑娘嘟着嘴，低声嘟囔："也可以理解。你长得这么好看，确实和哥哥很配。"她好像卸下了一个包袱，认真地说，"没事，我就是觉得哥哥挺帅的，既然有主，就算了，我可以去寻找下一个帅哥！姐姐，你别放在心上啊，我以后不会再假装路过了。"

舒杳被逗笑了。

随着年纪渐长，大家渐渐习惯于隐藏自己的真实情绪。舒杳反而觉得，这种敢于表达、拿得起又放得下的性格格外讨人喜欢。

她本来想说，没事，她不介意，何况说不定什么时候他们就离婚了。但这种话在不知真相的人听来，对方如果不信，会觉得她在炫耀；如果信了，又会生出不确定的希望。所以她只笑了笑，祝小姑娘尽快找到帅哥。

"其实我们学校里的帅哥也不少，"小姑娘感慨道，"但是好多都是花心男。像哥……呃，姐姐的老公这样守'男德'的男生，我还是第一次见。"

"守'男德'？"

"是啊，我虽然不算天仙，但也算年轻貌美吧？"小姑娘撩了撩头发，"面对我这样的美女主动搭讪，他居然一开口就说他结婚了，不加微信。他一定很爱你。"

他爱……她？

沉野怎么可能爱她呢？

舒杳觉得这是不可能的事，但因为小姑娘的话，她吃饭的时候总忍不住偷偷地往沉野那边看。

"怎么？"沉野夹了一根牛柳，不咸不淡地问，"我这么下饭？"

舒杳吞吞吐吐地说："我刚才……遇到小美的主人了。"

"小饼干的那个'女神'狗？"

这是什么乱七八糟的称呼？

"嗯。"舒杳说，"那个小姑娘之前是不是对你有意思？她说她向你要过联系方式，但是被你拒绝了。"

"好像是吧。"

舒杳喝了一口汤，装作不经意的样子问："你为什么不加啊？那个小姑娘挺好看的。"

沉野放下碗，把筷子往碗上一搁，双手的手肘搭在桌上，认真地看着她："你觉得我为什么不加？"

两个人的目光直直地撞上，舒杳不自觉地攥紧了筷子："我……"

她不想往那方面去想，但人在不确定的时候，多多少少会被外界的声音影响心态。可是她更不敢想，如果沉野喜欢她，他们之后要怎么继续相处？

她知道自己不排斥将沉野当成朋友，甚至可以让他以比朋友更好一点儿的关系存在于自己的生活里，但目前并没有和一个男人成为真夫妻的打算。

沉野突然轻声笑了，右手的食指轻轻地弹了一下她的额头，漫不经心地说道："你知道那个小姑娘几岁吗？"

"几岁？"

"十六岁。我这个人吧，道德底线不高，但还不至于完全没有。"

"哦。"

舒杏尴尬地埋头喝汤，心想：果然是自己想多了。

蹭饭这种事情，有第一次就有第二次。三次过后，舒杏已经能熟门熟路地从厨房的柜子里找到筷子和勺，并在冰箱里准确地翻出他需要的番茄酱了。

她把番茄酱淋在被油炸过的鱼肉上，一道松鼠鳜鱼就正式完成了，酸甜可口，香气四溢。

舒杏把它端上桌，又帮沉野盛饭："之前你说阿姨和叔叔回国之后我们就去拜访，他们旅行还没有回来吗？"

"嗯。"沉野解下围裙，接过舒杏手里的饭碗，"等下个月吧，他们估计下个月中旬回来。"

"好。"

"最近我妈找你聊天了？"

"嗯。"舒杏坐下，第一眼就瞅准了那道松鼠鳜鱼，"阿姨很热情，在国外看到好玩的景点和东西都会拍照发给我，还老说要给我带礼物。"

沉野倒了一杯水，推给她："我等会儿和她说，让她注意点儿。"

舒杏不解："什么注意点儿？"

"不要总是打扰你。"

"没有打扰啊。"舒杏笑了笑，说，"生活中会经常找我聊天的人很少，我觉得和阿姨聊天挺有意思的。说实话，我一点儿都感觉不到她是长辈，总觉得像同龄人。"

"那就好。"

两个人安静地吃了几口，客厅里突然响起了门铃声。

舒杏怔了怔，来这么几次从来没在沉野家里看到过别人，难道叔叔阿姨提前回来了？她还一点儿准备都没有啊！

好像知道她在想什么，沉野起身说道："我爸妈不会突然过来。"

舒杳暗暗地松了一口气，看着他走过去开门，一张她熟悉又不记得在哪里见过的脸映入了眼帘。

男人穿着干净的休闲白衬衫和黑色西装裤，鼻梁高挺，眉目温和，气质像在山间静静地流淌的清泉。舒杳敢肯定，这人在大学里一定是无数女生心目中可望而不可即的白月光。

对方似乎并没有注意到她，一边换拖鞋，一边自顾自地埋怨着："你这么多天的悠闲时光是我用命换来的。我不管啊，接下来轮到我休假了，公司你管。"

话音刚落，他抬眸，看到舒杳的时候愣了一下，随即微笑着向她挥了挥手。

舒杳这才想起来，他就是她正式离职那天，在咖啡厅里见过的那个走在林瑞阳前面的帅哥。他居然是沉野的朋友？

沉野不知道和他说了一句什么，过了一会儿才让开道。这工夫，舒杳已经去厨房里帮他拿了干净的碗筷。

男人自然地坐在舒杳斜对面的位子上，接过她手里的碗筷："初次见面，我叫周景淮。"

周景淮？这个名字她怎么这么耳熟？

舒杳惊讶地微微睁大了眼睛："骤雨科技的那个周景淮？"

"是。"周景淮笑了笑，"你叫舒杳吧？之前博文艺术网的那个舒杳？"

"嗯。"

"你给《宝物记》写过好几篇文章，我都看到了，文章写得特别好。我之前去贵公司的时候想去感谢你，没想到听说你离职了。"

"客气了。"舒杳想起刚才周景淮的埋怨，有些不敢置信地看向沉野："所以你也是骤雨科技的人？"

沉野本就没有想过隐瞒，只是她从来没问过他的工作，他就没有特意提起，怕她察觉到蛛丝马迹。

见他点头，舒杳更惊讶了。

刚才周景淮说的是管理公司，这么说来，沉野肯定不是普通员工。她不由得想起李艳秋之前提过，骤雨科技的大老板有两个，周景淮只是其中之一。

难怪沉野平时不玩《宝物记》，但帮她做任务的时候那么顺手……

沉野见她一脸严肃，握着筷子的手紧了紧："生气了？"

"啊？"舒杳回神，"没有啊，我只是有点儿惊讶。我听人说，骤雨科技被创立的时候，老板还是大学生，所以你们是大学同学吗？"

周景淮："没想到你连这些都听说过啊。差不多吧。"

"我有点儿好奇，"舒杳斟酌了片刻，问，"前两年文博还不是一个热门的领域，你们怎么想到做《宝物记》这种游戏的？"

"其实这个想法我们早在大学的时候就有了，只是做这种游戏需要很深的文化底蕴，所以我们当初只有个框架，迟迟不敢动手去做。"

"你们没有找一些专业人士帮忙吗？"

"你别说，当时……"周景淮顿了顿，拿过一旁的杯子，慢条斯理地给自己倒了一杯水才接着说，"当时我确实在网上找了一个老师，那个老师教得特别好，只可惜后来说临近毕业太忙了，辞职了。"

那个学生果然是周景淮……

"原来如此。"舒杳莞尔一笑，没有说出自己就是那个老师的事实。

事情都已经过去了，两个人也几年没联系了，对她来说，这件事好像没什么可提的，不然她真给人一种抱大腿的感觉了。

舒杳今天是开赵恬恬的车来的，吃完饭后和之前几次一样，依依不舍地和小饼干道别。

沉野送她出了小区，一回来就被周景淮拉进了书房里。

周景淮丝毫不给他面子，一进书房就跟主人似的坐在了书桌后的办公椅上，神色悠然。他俯身摸了摸小腿："所以你们现在是什么情况？刚刚我的腿都快被你踢肿了。"

"什么什么情况？"

"她那个相亲对象在局子里都踩了个把月的缝纫机了，结果你呢？你把人送进去之后，自己没动静了？"

"没有。"

周景淮轻轻地"啧"了一声："我说，你还记不记得咱们在创业初期，谁都不敢保证钱不会打水漂，但几千万块钱你说投就投的事情？怎么到了这些情情爱爱的事上，你这么胆小了？"

沉野将手臂搭在椅背上，笑得吊儿郎当："那不是我爸妈的钱吗？"

周景淮无语，说："你就没想过大胆点儿，捅破这层窗户纸？她不同意的话，你再慢慢地追呗。"

沉野脸上的笑容慢慢地消失了："你怎么知道我没想过？"

除了沉野自己，谁都不知道，他其实想过告白这件事，甚至不止一次。

他第一次想这件事的时候是有人传舒杳和周北川在一起了，但那时候的他并不认为这个传言是真的，以为只是这些人在添油加醋。

有一天，沉野拿着两张周末的展览的门票去找舒杳，却看到了她和周北川并肩而坐。他们背对着他，没有发现他的存在。

周北川侧头看她，嗓音幽幽："我听说最近你和八班的两个男生走得挺近的。"

"我是被拉去的。"

"他们喜欢的人不是你吗？"

"当然不是。"舒杳低头写着作业，声音让人听不出情绪，"如果他们之中有人喜欢我，我当然就不会再去了。"

沉野往后退了一步，垂眸看着手里的两张门票，过了一会儿，转身下楼，顺手把门票扔进了转角的垃圾桶里。

那时候他想：比起彻底和她断了联系，自己和她做朋友就做朋友吧。

现在也是如此。

"我不确定当初她有多喜欢周北川，但我能确定的是，她现在还称不上喜欢我。"

最起码那天她提起博美的主人时，他试探着问她觉得他为什么拒绝加那个女生的联系方式，她当时的眼神里没有期待，更多的是惶恐。

沉野扯了扯嘴角，苦笑道："你相不相信？如果我今天告白，明天她就会拉着我去离婚。"

"那你准备等她主动追你？"

"那我倒也舍不得。"沉野说，"她只要给我一点儿信号，我就会上。"

"我懂了。"周景淮将手搭在下巴上，点了点头，"就跟狗哨似的，她吹一声，哎，你就立马颠屁颠屁地跑过去了。"

沉野沉默了。

"等等。"周景淮的重点突然偏移了，"你刚才说她的前男友叫什么？"

"周北川。"

"他也姓周啊？"周景淮微微蹙了一下眉头，简短地扔下两个字，"晦气。"

"确实……"沉野往后一靠，又切换回刚才那副漫不经心的样子，"那时候因为你这个姓，我一度不想跟你做朋友。"

周景淮笑容未变，轻飘飘地怼了回去："我那时候以为你忌妒我的颜值。"

"你要点儿脸。"

两个人插科打诨了好一会儿，周景淮才想起来这里的真正目的："对了，我差点儿忘了正事，这个晚宴你代我去吧。"

他从口袋里掏出一份邀请函，推到了沉野的面前。

沉野微微往下扫了一眼，看到了桌上的那份博文艺术家晚宴的邀请函。

"这是博文艺术网的那个林瑞阳送来的，我想你应该感兴趣。"

沉野拿着一支钢笔，转了转："你怎么知道我们俩打过交道？"

"他在我的办公室里看到你的照片时很惶恐，我就猜他应该得罪过你。"

"你在办公室里放我的照片？我怎么没见过？"沉野轻轻地"啧"了一声，"周景淮，我可是有老婆的人。"

"你少自恋，行吧？你休假这么多天，我忙得焦头烂额，你还不允许我拿你的照片当飞镖盘泄泄愤？"

另一边，舒杳靠着床头，颇有兴致地和"穷得只剩钱"一起打PK赛，并靠着大佬赢了不少升级卡的材料。

游戏结束，"穷得只剩钱"给她发了一条私信："木木宝贝！晚安！感谢你陪我一起打PK呀。"

有钱的姐姐居然这么平易近人。

舒杳心情不错，回了一句"好呀"，想了想，又配了一个"晚安"的表情。

退出游戏，舒杳百无聊赖地点开了朋友圈。

她的微信好友里有不少人是博文艺术网的前同事，所以此刻，她的朋友圈已经被博文艺术家晚宴的消息刷屏了。

第一个发关于晚宴的朋友圈的人是公司的行政柳思思，她的文案是"一年一度，共襄盛举！"，配图是一封还没有写上名字的晚宴邀请函。

舒杳没有删除微信好友的习惯，也基本不发朋友圈，谁在她的朋友圈里都无所谓，所以她在柳思思的这条朋友圈下看到了林瑞阳的回复。他与其说是在回复柳思思，不如说是给公司的领导们看的，毕竟所有领导都可以看到柳思思的朋友圈。

林瑞阳："费尽心力邀请到了业内大佬和神秘嘉宾到场！敬请期待！"

舒杳扯了扯嘴角，退出微信的同时，手机屏幕的顶部跳出了一个邮件提醒。

她顺手点了进去，才发现邮箱里有两封未读邮件，一封来自骤雨科技，发于昨天；另一封来自博文艺术网，发于三十秒前。

在博文艺术网工作了快三年，对于这个一年一度的艺术家晚宴，舒杏非常熟悉。乘坐电梯上到酒店的五楼，她很快就找到了宴会厅的入口。

她刚拿起笔，还没来得及在登记册上写上自己的名字，就隐约听到有人喊了她一声。她闻声望去，看到柳思思笑着朝她挥了挥手。

她和柳思思之前在公司的活动中有过几次交集，但只能算点头之交，没有深入接触过。她朝柳思思笑了笑，算是打了招呼。

柳思思挪到她身边，压低声音问："你不是辞职了吗？"

"我……"

"啊，你现在还在这一行吗？"柳思思打断了她的话，拍了拍她的手臂，"你放心，不被人认出来就没事。不过陈总和林瑞阳也在，你别被他们看到。"

柳思思指了指不远处的电梯口。

陈总左手边的人是他的助理，而右手边的人正是林瑞阳。林瑞阳今天穿得特别正式，一袭西装斯文笔挺，正热络地和眼前的艺术家攀谈。

眼见着他们随时会走过来，柳思思尴尬地提醒："你要不先躲一躲？或者你想采访哪位艺术家，我帮你联系看看。"

"不用。"舒杏不以为意地说。

果不其然，没一会儿，不远处的人群就往这儿来了。大家从她身边经过时，不知谁的身上有浓重的古龙水香味，舒杏本能地后退了一步，然而就是这一步，引起了走在最后的林瑞阳的注意。

他回头一看，表情瞬间严肃起来："你怎么在这儿？"

林瑞阳不屑地从鼻子里发出一声哼笑。面对一个已经离职的前同事，他显然连装都懒得装了，趾高气扬地问道："你的媒体邀请函呢？"

舒杏完全没有生气，反而得体地笑了笑："我没有。"

"那你在这儿干吗？你离职了，还想蹭前公司的资源？怎么，你现在的工作单位这么拿不出手？"

旁边的人纷纷投来好奇的目光。

柳思思担心地看向舒杏，扯了扯她的裙摆："舒杏，要不你还是先出去吧，趁现在人还少。"

"但我有这个。"舒杏平静地从包里掏出另一份邀请函。

林瑞阳打开看了一眼，脸上表情的变化速度堪比辅川初夏的天气，因为邀请函上明明白白地写着邀请对象的名字——江岸。

"江岸？！"一旁的柳思思激动地拉住了舒杏的手臂，"你怎么会有江岸的邀请函？"

舒杏没有解释，目光坦然地落在林瑞阳的脸上。

林瑞阳攥紧手里的邀请函，过了一会儿，冷笑一声："哦，对了，我差点儿忘了，你和江岸认识。但是就算你们认识，你拿别人的邀请函来参加晚宴也是不被允许的。"

林瑞阳朝不远处的保安招了招手，示意他们过来赶人。

"为什么我一定是冒用他人的名字呢？有没有一种可能……"舒杏被逗笑了，嗓音温柔如水，转瞬凝结成冰刀，直直地刺进林瑞阳的心口，"我就是江岸。"

"你？江岸？"林瑞阳好像听到了一个笑话，笑得前仰后合，"拜托，舒杏，你要编瞎话也编个靠谱的，圈子里谁不知道江岸是男的啊？你说你是江岸，也行，怎么证明？"

"为什么你要我来证明我就是我这件事？"舒杏理所当然地说，"你如果觉得我不是江岸，那请拿出我不是江岸的证据，如果拿不出来，那就请把邀请函还给我，然后……让开。"

"你！"林瑞阳一时失语。

江岸在圈子里一向神秘，从来没有公开露过面，馆方的介绍也只有寥寥数语。即便大家都说江岸是男的，即便林瑞阳觉得舒杏作为他的前同事不可能在高强度的工作之余有时间以江岸的身份从事艺术创作，但是要说铁证，他还真没有。

林瑞阳垂在身侧的右手握成了拳。

刚才陪艺术家走进宴会厅的陈总听到了外面的动静，又走了出来。看到对峙的两个人，陈总挺惊讶，比起直接表露恶意的林瑞阳显得友善很多，却也更虚伪。

"舒杏，好久不见。"陈总微笑着问，"这是发生什么事了？"

林瑞阳凑到他的耳朵边说了几句话。

陈总笑容不改，看似斥责，实则在维护林瑞阳："舒杏，这件事确实是瑞阳做得不周到。就算你离职了，我向来对你的能力是非常欣赏的，再见彼此也是朋友。不过今天这个晚宴确实涉及一些公司合作的事宜，还不便向外界透露，你看这……"

话还没说完，周遭突然议论纷纷，话题围绕在电梯口那位两鬓斑白却精神矍铄的老人身上。

"妈呀！李家寰怎么也来了？博文还是有点儿东西啊，给多少出场费啊？这种大佬居然愿意给面子出席！"

"拜托，前段时间她的一件花丝镶嵌作品在拍卖会上拍出了 1.6 亿人民币啊，她还缺这点儿出场费？"

"李教授精神矍铄，一点儿都看不出来七十多岁了。"

"她不是有江岸这个徒弟了吗？估计她觉得后继有人，就早早地退隐了。"

…………

大佬一出场，自然没有人再留意舒杳这边的纠纷了，连陈总都赶紧上前，准备搀扶李家寰拄着拐杖的右手。

李家寰巧妙地避开了，开玩笑："怎么，我看起来老得走不动路了？"

"没有，没有，李教授看起来年轻着呢。"陈总笑了笑，招呼李家寰往宴会厅的方向走，还不忘介绍，"李教授，这是我侄子，博文艺术网目前的资深记者，林瑞阳。"

林瑞阳毕恭毕敬地说道："李教授您好，久仰大名，今天我终于见到您了。"

李家寰大概听多了这种恭维，并没有什么反应，疑惑地环顾一圈，问："怎么了？怎么大家都挤在门口不进去？"

众所周知，江岸是李家寰的徒弟。可是现在，李家寰看到舒杳没有任何反应，这不就是舒杳冒用江岸身份的最好证明？

林瑞阳心中大喜，赶紧解释："李教授，没什么事，就是有人拿着江岸的邀请函来参加晚宴，我们希望她能证明自己就是江岸，她却拿不出证据。"

"哦？"

"也是凑巧，既然您来了，那就劳烦您看看，眼前的这位是不是您的徒弟？"

林瑞阳几乎掩饰不住眼中的得意之色，完全能想象得到谎言被戳穿之后舒杳狼狈地离开的画面，这让他感觉之前在公司里处处被舒杳压一头的气都消了。

然而就在此刻，李家寰云淡风轻的一句话让他脸上的笑容彻底僵住了。

"我让你等我一起来，你不肯，这下被误会了吧？"

李家寰话里的无奈和宠溺之意让现场除了舒杳的所有人倒吸一口凉气。

舒杳提着裙摆走到李家寰身边，挽住她的手臂，乖巧地配合道："知道了，我下次一定陪您一起来。"

林瑞阳面如土色，迟迟没有反应过来："江岸……不是男的？"

"林瑞阳，你知道为什么会有这种传言吗？"舒杳脸上没什么表情，语调有些冷淡，"就是因为有你这样死守着刻板印象的人。你们觉得女艺术家就只能创作出一些华丽精美的饰品，而看到类似金鼎、金印的作品，第一反应就是男性艺术家才会感兴趣。"

林瑞阳此刻才明白，为什么前几天发邮件邀请江岸入驻网站的专栏，还没到五分钟就直接被拒绝了。

原来江岸就是舒杳。

如果不是晚宴不允许拍照和摄影，现在门口估计已经成了闪光灯闪个不停的红毯现场。

陈总一看大事不妙，立刻给旁边的工作人员使眼色，工作人员赶紧招呼着围观人群进了宴会厅。

"这么巧？李教授的徒弟居然也是我们博文出来的人，那可真是我们博文的荣幸。"待走廊里的人少了，陈总立刻出面打圆场。他转头看向舒杳，低眉折腰地道歉："舒杳啊，真是太不好意思了，但瑞阳也是为了晚宴的安全考虑。人和邀请函对不上，万一出什么事……"

"哦？"陈总身后不远处突然有人揶揄道，"这么看来，我进不去了？"

众人回头，看到了西装革履的沉野。

他平日里不穿西装，舒杳还是第一次见他穿得如此正式。别说，他还挺人模人样的。

陈总立刻认出了他，满脸笑容地迎了过去，看到他手里的邀请函上写着周景淮的名字，毫不在意："沉总，您开什么玩笑？周总公务繁忙，您能代为出席已经是我们的荣幸了，我们怎么还能不让您进去呢？"

舒杳愣了一下才想起来，上次大家在公司里开视频会议的时候，沉野一直坐在角落里的沙发上，并没有入镜，也全程没有出声。难怪陈总此刻并没有任何奇怪的反应，估计还不知道她和沉野认识。

林瑞阳的关注点和舒杳的并不一样。他和眼前的男人见过三面，第一次见面是在商场里，对方为舒杳砸了监控；第二次是在公司里，对方全程旁听了那个让他窘态百出的会议；至于第三次，是前些天在周景淮的办公室里，他看到了一张毕业照，上面不只有周景淮，还有这张他永远忘不掉的脸。

他回公司后跟陈总一提才知道，原来眼前的这个人不仅是骤雨科技的创始人之一，更是远扬地产的二公子。同时，他也从陈总的口中得知，沉野前不久结婚了。

看到沉野的手上确实戴着婚戒，林瑞阳立刻看了一眼舒杏的手——她的两只手上什么都没有。

林瑞阳顿时安了心。听说沉野结婚结得很仓促，他那种身份的人，这个婚姻大概率是商业联姻。那舒杏……她如果不是他的过去式，就是他养在外头玩玩的吧？

林瑞阳的脸上浮现出了掩饰不住的鄙夷之色，但这个神色转瞬即逝。

宴会厅里，舒杏作为新人，座位比较偏，而沉野坐在主桌。两个人相隔甚远，没有任何交流。

不过那个位置倒是挺合她的心意，她默默地吃着，连头都不抬一下。沉野扫了她一眼，脸上浮现出了淡淡的笑容。

手机振动，是周景淮打电话过来了。沉野去隔壁无人的包间里接了电话，准备回去时，看到林瑞阳端着两杯红酒走了进来。

林瑞阳用脚把门踢上，脸上是客套的笑："沉总，隔壁人多，我还没好好地敬您一杯。"

沉野低头摆弄手机，连头都没抬，不咸不淡地回应："有事？"

林瑞阳赔笑道："之前我不知道您的身份，多有冒犯，还希望您大人有大量，不要放在心上。"

沉野把手机收起来，接过他手里的红酒杯，轻轻地晃了晃，却没有喝："当然不会。"

"那就好。"林瑞阳先喝了一口红酒，以表诚意，"听说沉总新婚宴尔，我还没来得及祝您和夫人永结同心。"

"林先生不必客气。"

林瑞阳压低了声音："那沉总和舒杏……"

沉野笑了笑，不甚在意："已经不是以前的关系了。"

林瑞阳一下子松懈下来，讲话也没有刚才那么拘束了："那还要恭喜沉总脱离苦海。实不相瞒，我上次真不是冤枉她，她和我叔叔的事情公司里很多人知道，我再怎么样也不可能拿我叔叔来造谣不是？"

"哦？"沉野似乎颇有兴致，问，"她和你叔叔有什么事？"

"就是……有人亲眼见到她去北京出差的时候，我叔叔去了她的房间，过了很久才出来。"

"你跟你叔叔确认过了？"

"那是当然，作为男的，我实在看不下去了。幸好您和她断了，舒杳那个女的就是一个靠身……"

"哗——"

话还没说完，林瑞阳就被劈头盖脸地一浇了杯红酒。

他的头发湿了，贴着额头，脸上一道道红酒的痕迹让他看起来狼狈不堪。他抹了一把脸，睫毛上依旧挂着红色的酒水，白色的衬衫领口也好像染了血一般。

一滴红酒溅在沉野的无名指上，染红了戒指。沉野从桌上拿了一块湿巾，低下头小心翼翼地擦起来。

"你应该庆幸我老婆不喜欢我打架，所以这几年我的脾气好了不少，否则……"他抬起眼皮笑了笑，漫不经心地说，"你头上的红色液体可就不是酒了。"

"砰！"门被甩上了。

包间里只剩林瑞阳一个人，他彻底暴露出本性，抓起旁边的一个玻璃烟灰缸愤怒地砸了出去。玻璃烟灰缸撞上墙壁，碎了一地。包间里重归安静，正因如此，门外的交谈声变得格外清晰。

"你怎么从这儿出来了？"

这是舒杳的声音。

沉野依旧嗓音低沉，语调却不似刚才那般冰冷："我接了个电话。"他问，"你今天怎么没戴戒指？"

舒杳说："我洗澡的时候摘了，傍晚出门太急，就忘了。"

两个人渐行渐远，交谈声渐渐变小，直至消失。

林瑞阳紧握了拳头，知道沉野是故意问给他听的。听这意思，舒杳显然就是沉野的妻子。

沉野这种出身的人居然娶了一个家境那么普通的女人？林瑞阳依旧不敢相信。

凭什么？凭什么舒杳在事业上压自己一头，现在都辞职了，自己还得对她处处忌惮？

衬衫湿漉漉地贴在身上，林瑞阳狼狈又难受，进了包间里的洗手间，脱下衬衫洗了一把脸。

冷水没法浇灭他心头的怒火，他拿了一块毛巾，随意地擦了擦脸和头发，赤着上半身给陈总发消息，让陈总帮忙送一件衬衫过来，一向疼爱他的叔叔却罕见地没有回复。

林瑞阳正想打电话，洗手间的门突然被踢开了，一件衬衫迎面飞来，甩在了他的脸上。他把衬衫扯下，看到了陈总铁青的脸色："叔叔？"

"你别叫我叔叔！"陈总怒不可遏地指着他说道，"我没你这种忘恩负义的侄子！"

林瑞阳脸部的肌肉微微抽动，他勉强维持着笑容："叔叔，你说什么呢？"

"我说什么？你自己听听你说了什么？！"

陈总冷笑一声，按下手机上的播放键，一段对话传了出来——

"那还要恭喜沉总脱离苦海。实不相瞒，我上次真不是冤枉她，她和我叔叔的事情公司里很多人知道，我再怎么样也不可能拿我叔叔来造谣不是？"

"哦？她和你叔叔有什么事？"

"就是……有人亲眼见到她去北京出差的时候，我叔叔去了她的房间，过了很久才出来。"

"你跟你叔叔确认过了？"

"那是当然，作为男的，我实在看不下去了。幸好您和她断了，舒杏那个女的就是一个靠身——"

…………

林瑞阳没想到，沉野不仅录了音，居然还把录音直接发给了他叔叔。

他心虚地移开视线，放低了姿态："叔叔，我刚才喝得有点儿多，口不择言，但不是故意的。"

"你还不是故意的？林瑞阳，是谁保你进公司？是谁处处护着你？你现在倒好，在外头传我的谣言是吧？也不知道我上辈子掘了谁家的祖坟，要不是看在你爸妈的面子上，你这种败家子谁爱管谁管！"

林瑞阳从小是被宠大的，刚才在沉野那边受的气还没有发出来，又被叔叔指着鼻子臭骂一顿，最后的那点儿理智也没了，脱口而出："这谣言是我传的吗？当初你进舒杏的房间，又不是没有公司里的人看见！"

"你！"陈总被气得脑袋发蒙，抚了抚心口缓和情绪，"我是进过舒杏的房间，因为那是一间套房，我去找住在套房的另一间里的你们的总编！要不是我当时找了她一趟，给她施了压，舒杏早就是分部的主编了！你以为你还有竞争的资格？"

林瑞阳的脸上顿时没了血色："叔叔……"

"还有，上次你怎么跟我说的？你说反正周悦搞错了文章的署名，不然我们就顺水推舟，便宜不占白不占。你跟没跟我说，其实一切本来就是你策划的？林瑞阳，我把你当侄子，你把我当傻子是吧？"

"我没有……"

"算了，"陈总按了按太阳穴，满脸失望，"你爸妈的面子我给得够多了，明天你主动去公司办离职手续吧，以后不管遇到什么事都别找我。"

陈总转身握住了门把手，按下的同时再次开口："看在最后的情分上，我提醒你一句，你离沉野远一点儿，就凭你这点儿智商，玩不过他的。你自己要死就算了，别带上你爸妈。"

李家寰的身体不允许她熬夜，所以十点不到，舒杏就陪她先行离场了。

宴会厅到地下停车场有一段距离，李家寰只问了舒杏一些创作上的问题，其他的事一概不提。直到走到车跟前，她才问："你真的辞职，准备坐这个冷板凳了？"

舒杏郑重地点头："嗯。"

"你怎么突然改变了主意？"

试错是需要成本的，家境富庶、被父母疼爱、不必担忧生计的人或许可以无数次地试错，但舒杏并不是这样的人。她需要稳定的收入为将来做打算，需要安稳的工作让母亲安心，所以曾经确实没有把花丝镶嵌这门手艺当作未来的事业，直到原以为稳定的工作让她无法从中获取任何正面的情绪价值，直到……

"有人对我说，如果最终的结果能让人得偿所愿，那么之前的一切都不值一提。我想试试。"

"居然还有人说得动你？真是稀奇。"李家寰揶揄道。

舒杏笑了笑，再提起这个决定时，已经没有丝毫纠结了："过去的二十多年我都活得很规矩，这一次，就当为自己任性一次吧。我想试试，看能不能如愿以偿。"

"杏杏，"李家寰拍了拍她的手背，掷地有声地说，"你是我见过的从事这门手艺的人中最有天赋的，我想，这或许是天意。"

"师父……"

李家寰和蔼地扬起嘴角："为了庆祝，我送你两份礼物吧。"

"什么？"

"第一份礼物是，最近有个古装剧的剧组联系我，想要一些花丝镶嵌的头饰道具，但没有找到合适的制作者，希望我帮忙推荐。如果你感兴趣的话，我就把对方的联系方式推给你，报酬虽然不算丰厚，但能保证你半年的收入了。"

"好啊。"舒杏说，"我刚正式入这行，不挑活。"

"至于第二份礼物……"李家寰从口袋里掏出一样东西，甚至不是递给她，而是强硬地放进了她的手提包里，"师父已经心有余而力不足了，但很幸运，它遇到了新的主人。"

地下停车场里黑漆漆的，李家寰的黑色座驾转瞬消失在舒杏的视野里。

舒杏回到电梯里，往包里摸了摸，当那个东西的棱角硌到她的手心时，整个人愣在了原地。

李家寰刚才送她的是一串钥匙，舒杏曾经见过很多次，那是师父的工作室的钥匙。

夏天的夜晚，风吹到人身上却丝毫解不了燥热，偶尔的几声蝉鸣完全没传进舒杏的耳朵里。她坐在副驾驶座上，娇小的脸上没有任何情绪，左手紧紧地握着钥匙，右手在手机屏幕上滑动着。

隐园工作室不仅仅是李家寰一个人的心血，更代表了老一辈手艺人对花丝镶嵌的执着。但目前大众对花丝镶嵌技艺的了解程度不高，且大多数老手艺人专注技艺，面临这个快速发展的时代时，创新能力有限，这从工作室的商城里凄惨的作品销量上可见一斑。

这些作品无一例外都是仿文物作品，制作工艺极其复杂，制作周期很长，采用的是 18K 或 24K 金，售价都在五位数以上，最贵的达到了 30 万人民币。

这个价格本来就超出了大多数人的预算，再加上作品本身清洗困难、容易变形，适合收藏但不适合佩戴，就更让顾客望而却步了。

这串钥匙不仅是一串钥匙，更是师父乃至一群老手艺人的嘱托，舒杏感到肩上的担子突然重了许多。

她思考未来方向的时候，驾驶座的车门被打开了，夏夜的暖风卷了进来。沉野收起手机，将车启动了。

舒杏看着他的侧脸，想起他在宴会看到她却丝毫不惊讶的样子，笃定地问道："你很早就知道我是江岸了？"

"嗯。"沉野温和地提醒，"安全带。"

嗯？

由于师父的赠礼以及沉野知道她的身份带来的双重震撼，舒杳的脑子是蒙的。她见他确实没系安全带，想也不想就凑上前，扯出了他座位上的安全带，两个人之间的距离骤然缩短了。

"你……"沉野喉结滚了滚，闻到了她身上淡淡的香气。她的脸蛋近在咫尺，口红有些脱色，却更显出双唇本来的水润感。

沉野来不及心猿意马，"咔嗒"一声，安全带就将他牢牢地扣住了。

他被逗笑了："舒杳。"

"嗯？"

"我说的是你的安全带。"

舒杳整个人跟被点了穴一样，两秒后非常淡定地退了回去。她一边抽出自己的安全带，一边无事发生一般把话题带了回去："你什么时候知道的啊？"

"'匠心展'开幕。"

就是他在商场里遇到她和林瑞阳吵架的那天。

"当时你也去了美术馆？"舒杳问。

"嗯。"

"但是，我就不能是普通观众吗？"

"因为你的眼神。"

"什么眼神？"

沉野转过头，眼里含着点儿逗弄的意思："三分欣慰，三分遗憾，还有四分向往的眼神。"

舒杳没忍住，笑了出来："你可以和你哥交流一下总裁文的阅读心得。"

沉野只笑不语。

车上了路，舒杳点开手机，一眼就看到了屏幕上《宝物记》的图标，这才又想起一件事："对了，那我和骤雨科技的合作……"

沉野显然知道她要问什么，一只手转动方向盘，将车拐进中央大道："我只负责技术，其他的事不归我管。"

也就是说，骤雨科技选择和她合作的事他并不知情。

舒杳点头，听到他问："如果是我选择你，你就不打算合作了？"

"没有啊。"舒杳理所当然地说，"为了避嫌而放弃合作，这是总裁文里的女主人公才会做的选择。对我来说，赚钱比较重要。"

这果然是她能说出来的话。

前面是红灯，沉野缓缓地把车停了下来，点头表示赞同："你说得不错。"

舒杳笑了笑："而且有嫌才需要避，咱们俩除了那层婚姻关系，什么都没有，有什么可避的？"

沉野沉默了，心想：你说得不错，但下次别说了。

半个月前，骤雨科技给舒杳发了一封邮件。

七夕活动将至，他们本来邀请的花丝镶嵌方向的顾问意外因病离世了，所以他们找到了舒杳，希望她能顶替这个顾问的位置。不管从哪个角度来看，她都没有拒绝的理由，所以很快和骤雨科技签了合约。

《宝物记》的七夕活动选定的文物是一对累丝金带钩，出土于一座汉代王妃墓。比起他们以往选择的文物，这件算是比较冷门的，但本身自带爱情故事，其传奇度丝毫不输给那些大名鼎鼎的国宝。

舒杳看到策划案才意识到，当初她在沉野家随口提的一些个人意见好像真的被采纳了。

被拟人的累丝金带钩是一对情侣的模样。女子温婉大气，佩戴着镶红、蓝宝石的项链，金色的衣裙华丽端庄；男子穿着一身金色长袍，富贵却不庸俗，温文尔雅，气质绝尘。

受舒杳感染，前不久也开始玩这个游戏的赵恬恬为了抽中这张限定SSR（Superior Super Rare，特级超稀有）卡，在网上查了好几个抽卡的技巧，其中就包括拜原型。

这是在游戏玩家中流传的一种特殊的抽卡技巧，据说玩家在抽卡之前去博物馆里见一见原型，可以大大提高抽中的概率。这虽然是无稽之谈，但还是有不少人抱着试一试的想法。可惜这次的原型文物远在国外，为了见到文物而花的飞机票钱甚至可以抽几十次卡，大家只能作罢。

吃早餐的时候，舒杳试着抽了一次卡，果不其然，没抽中。

"喀。"对面的赵恬恬突然开始咳嗽。

舒杳抬头，赶紧递给她一杯牛奶："怎么了？"

赵恬恬喝了几口牛奶，终于缓了过来，一只手拍着胸口，另一只手把自己的手机推到舒杳的面前："你看这个！"

舒杳定睛一看，发现那是一条发在《宝物记》超话里的帖子下面的评论——"抽卡的时候我正好在看江岸的作品，我的天哪，单抽出奇迹！"

配图里，前面是屏幕上显示单次抽出限定卡的手机，后面的背景是江岸的一件作品，名为《好运莲莲》，是用花丝镶嵌技艺制作的莲花吊坠。

这本来是一条平平无奇的评论，却引发了诸多人回复：

"这是在哪儿啊？这就是顾问的 buff（网络用语，指游戏中的增益效果）吗？"

"辅川红美术馆。这周末就闭展了，想看的朋友们尽快去。"

"我信了，抽卡二十次结束战斗。"

"信江岸，没遗憾！"

…………

"可惜我这两天要准备一个很重要的面试，没法去。"赵恬恬突发奇想，"不对啊，我还去啥？你不就在我跟前吗？"

她双手合十，朝舒杏拜了拜，然而又连续抽了十次，依旧没抽中。

舒杏笑着道："这要是有用的话，我不应该一次就抽中了？"

她本来没把这件事放在心上，但在闭展当天又去了一趟美术馆，这才发现相信这个传言的人好像不在少数。

展厅里虽然称不上摩肩接踵，但相比开幕式那天，参观者的数量已经有了明显的增长。尤其是《好运莲莲》的吊坠前，确实有好些人围着，还默契地都拿着手机抽卡。

或许有人会因为参观者对于自己的作品的喜爱与创作初衷不同而觉得被冒犯，但舒杏不这样认为。花丝镶嵌是一门小众的技艺，甚至很多人完全没有听说过，她的创作初衷就是希望这传承数千年的技艺能够被更多人了解，不至于湮灭在时光洪流中，最后被人忘却。所以，无论眼前的参观者为什么而来，都不重要，重要的是他们自此知道了花丝镶嵌，甚至或许会因此喜欢上它。

正如师父所说，手艺不该束之高阁，应该是鲜活、自由的。

舒杏盯着人群好久，脑海中渐渐浮现出了一个念头：拜原型文物抽卡真的有用吗？

万一呢？抽了四十次却还是没抽中的舒杏此刻有些心动。

舒杏想：算了，来都来了，自己去试试吧。

她偷偷地走到了队伍外围，发现站在她身边的参观者是一位姐姐。这位姐姐看起来三四十岁的样子，穿着黑色吊带长裙，栗色的长鬈发海藻似的披散在肩上，墨镜搭配红唇，肆意张扬。

待前面的人渐渐走空，舒杏往后退了半步，示意这位姐姐先来。

姐姐朝舒杏莞尔一笑，拿出手机，不为抽卡，而是点开了相机。只不过她还没来得及按下拍摄键，旁边突然走过来一个男人，霸占了舒杏退让出来的空间，把手机直接贴到了展柜上。

姐姐顿时收敛了笑容，看向男生，提醒："你插队了。"

"大家都围着展品，哪儿有队？"

男人看着不过二十岁出头，讲话嚣张无礼，朝这位姐姐翻了个白眼后，拿着自拍杆旁若无人地拍摄起来。

舒杳这才看明白，他既不是在拍照，也不是在抽卡，而是在拍视频。

舒杳之前看到过太多这种人，立刻就反应过来了，他大概率不是游戏玩家，而是过来蹭热度发视频的自媒体。

姐姐直接把手挡在了男生的镜头前，男生立刻怒上心头："我说小女生玩游戏也就算了，你一个大妈，玩什么游戏啊？"

"你！"姐姐气场强大，舒杳以为她会强势地怼回去，却没想到她憋了足足二十秒，最后说出一句，"没素质。"

姐姐好像不太擅长骂人。

男人见她不擅长吵架，越发嚣张："大妈看起来有四十岁了，赶紧回家抱孙子吧，别在这儿凑热闹了。"

见姐姐欲言又止，舒杳实在忍不住，插了一句："你是活不到四十岁吗？听起来你这么羡慕？"

她嗓音温柔，听起来不像在怼人，更像发自真心地关心他。

周遭突然安静下来，男人回头，怒气冲冲地骂："你是谁啊？装什么正义使者呢？"

"你也觉得我骂你是正义吗？那我多骂几句？"

旁边传来阵阵窃笑，开始有人附和着指责那个男人。

"有病。"男人骂了一句，灰溜溜地挤出了人群。

姐姐向舒杳道谢，舒杳笑着说不客气，然后两个人一个拍照，另一个点开了《宝物记》抽卡。可惜，这个方法对于舒杳来说并不灵验。

舒杳遗憾地收起手机，听到旁边的姐姐惊讶地问："你是木木宝贝？"

舒杳愣了一下，猜测刚才她登录的时候，姐姐凑巧看到了她的ID。她的ID叫"木曰"，在游戏里，会喊她"木木宝贝"的人只有一个。

"你是……'穷……穷得只剩钱'？"

"这也太巧了。"姐姐笑了一声，摘下墨镜，双眸弯弯。

舒杳不由得想起了沉野——自己怎么又突然想到沉野了？

舒杳把思绪拉了回来。

两个人一起走出美术馆，坐电梯到了一楼。姐姐是个很热情的人，说了一路都没停。到了大门口，她遗憾地说："我应该请你吃一顿饭的，但是今天不太行。我赶着去见我漂亮、可爱、优秀、完美的儿媳妇。"

舒杏被她的用词逗笑了，惊讶地问道："你已经有儿媳妇了？你儿子应该年龄很小吧？"

"我儿子都结婚啦。我五十岁了，不像吗？"

"一点儿都看不出来，我真的以为你三十几岁。"

姐姐哈哈大笑："我儿子说来接我，应该快到了。要不这样，你不介意的话，我们加个联系方式，我下次请你吃饭呀！"

和姐姐相处得很愉快，舒杏没有拒绝，点头后从口袋里掏出了手机。但她刚点开微信，身后突然传来了熟悉的低沉嗓音——

"妈。"

舒杏回头一看，CPU差点儿烧起来了，直到沉野走到两个人的面前都没反应过来。

姐姐热情地向沉野介绍她："这是我在《宝物记》里认识的朋友，木木。"

沉野好像不知道姐姐在玩游戏，问："你玩了？"

"怎么了？前段时间我太无聊了嘛。"说完，姐姐又看向舒杏："这是我儿子，沉野。"

对上沉野明显看好戏的眼神，舒杏只能尴尬地笑了笑。

姐姐并没有察觉到异常的氛围，好奇地问："我的宝贝儿媳妇呢？她怎么没有和你一起来？"

舒杏："……"

沉野轻飘飘扫了她一眼，说："来了。"

"嗯？"姐姐环顾四周，发现在商场门口走来走去的女生不少，"她在哪儿呢？你们怎么不一起来？"

沉野说："穿白色休闲衬衫、牛仔裤，长得最漂亮的那个。"

姐姐愣了几秒，猛地回头，和舒杏对上了视线。

"姐……阿……"舒杏的脑子好像突然停止了运转，一下子蹦出了好几个称呼，她磕巴半天才找到正确的那个，"妈。"

因为突如其来的交集，舒杏去沉家拜访这件事被提前了。

一路上，沉野的母亲钱曼青用三分之一的时间指责沉野之前不给她看照片，以至于发生了乌龙事件，三分之一的时间夸奖舒杏，还有三分之一的时间和家里的厨师商量晚上的菜色，说自己要下厨。

沉家的老宅背山面水，四周非常安静，五层高的别墅一看就价格不菲，门口居然还有一个保安亭。舒杏本来觉得沉野的别墅已经很豪华了，但跟老宅一比，就显得小巫见大巫了。

从大门进入，入眼是就餐区，区域内有一个开放的吧台以及供十个人使用的长桌。

钱曼青从鞋柜里拿出两双黑色拖鞋，款式和尺码一模一样。拖鞋上面的商标让舒杏意识到，这一双拖鞋起码值她之前一个月的工资。

沉野皱眉："妈，小了吧？"

"不小啊。"钱曼青自己穿了一双，拉着舒杏试另一双，"杏杏试试，要是小了的话，妈给你买新的。"

沉野沉默了。

合着这两双拖鞋不是情侣款，而是母女款，根本没他的份？

"我的呢？"沉野问。

钱曼青理直气壮甚至理所当然地回答："我没买啊。当然，不止你没有啊，你爸跟你哥都没有。"

说完，她让沉野好生招待舒杏，自己急匆匆地走进了厨房。

沉野无奈，从鞋柜里随意地拿了一双自己的旧拖鞋。

看着沉野无语的表情，舒杏没有笑，反而有些担心地问："你……会不高兴吗？"

沉野怔了一下："为什么这么说？"

舒杏跟着他走到茶几边，看着他从旁边的小型冰箱里拿了一瓶鲜牛奶，插上吸管递给她："我上小学的时候，我爸很喜欢……邻居家的小孩，小孩的爷爷奶奶不让他喝可乐，我爸知道之后，就偷偷地给他买，但是我想喝可乐的时候，他就会说'让你妈给你买去'。那时候我就挺不高兴的，觉得他对外人比对自己的女儿好。"

虽然舒杏现在已经长大了，但设身处地想了想，自己如果是沉野，还是会不高兴的。

沉野抬手，用指关节轻轻地蹭了一下她的鼻梁："如果对方是外人，我会不高兴。但你不是外人，是我老婆。"

舒杏揉了揉鼻子，轻轻地"哦"了一声，低头喝牛奶。

沉野看了一眼时间，说："还早，我带你逛逛？"

"好呀。"舒杏没忘记手里的牛奶，一边喝一边跟他去了室外。

玻璃大门缓缓地打开，入眼是一个硕大的游泳池，旁边有篮球场和羽毛球场。两个中年男人正在打篮球，看到其中一个男人的穿着，舒杏终于明白为什么刚才保安亭里空无一人。

舒杏看得一愣一愣的，忍不住问："你小时候厌学吗？"

"为什么这么问？"

"我觉得我要是小时候住在这样的家里，肯定每天都不愿意出去。"舒杏咬着吸管，很坦诚地表达羡慕之意。

沉野失笑："高三以前厌学。"

"你挺奇怪啊，人家都是高三压力太大才厌学，你反过来。"

"嗯。"沉野一本正经地说，"我好学，就喜欢高三，让我重来一次，我读十年高三。"

舒杏只能佩服地想：你太好学了。

篮球场的旁边是地下室的入口。在舒杏的想象里，地下室可能是车库，一溜五颜六色的豪车停在里面，卖一辆车得到的钱就够她活一辈子。但其实地下室里比她想象的低调很多，除了一个小型电影院，还有健身房。

旁边一个大门紧闭的房间引起了舒杏的注意，因为门上挂着一个木牌，木牌上用刀刻着几个字——"内有凶狠哈士奇，请勿入内"。

"这是……？"舒杏问。

沉野用右手挑了一下那个木牌："我哥的秘密基地，他从来不让别人进。"

"你哥养哈士奇啊？他为什么在地下室里养？"

"不是。"沉野说，"他就是凶狠哈士奇，公认的哈士奇，自封的凶狠。"

舒杏："挺……挺形象的。"

她挠了挠额头，参观完地下室后，又跟着沉野走进电梯，直达三楼。

"二楼是我爸的会客室之类的，比较无聊，三楼都是卧室。"沉野介绍。

舒杏好奇地环顾一圈，发现三楼的环境非常清幽，走廊的壁橱里燃着香薰，四周满是淡淡的松木清香。

沉野带她走进了其中一间卧室，灰色的墙壁软垫和黑色的天花板看起来颇为低调，但光是放床的房间的面积就是舒杏和赵恬恬租的房子的两倍。

桌上摆放着一些摆件，舒杏用手指拨了拨挂件上的琉璃球，琉璃球撞击旁边的细管，发出了悦耳的声音。

桌子的角落还放着一个四四方方的盒子，大红色的，上面一个字都没有。舒杏以为里面是什么贵重的摆件，于是打开盒子看了一眼，然而下一秒就开始为自己这该死的好奇心后悔。盒子里面整整齐齐地放着数十盒安全套，包装盒上全是英文，舒杳要不是认识几个关键的单词，还真没看出来。

她脑子飞速运转，最后选择淡定地把盒子关上："叔叔阿姨还……还挺恩爱的。"

沉野右手撑着桌子，左手的食指关节蹭了蹭鼻尖："这是我们的房间。如果我没猜错的话，这应该是我妈帮我们准备的。"

舒杳尴尬地捏了捏耳垂："这也太多了，就算一周用一个，我们要用到何年何月？"

"你骂得挺脏啊。"

听到这话，舒杳疑惑地看向了他。

沉野轻轻地"啧"了一声，直白的目光落在了她的脸上："你究竟是对男人有误解，还是单单对我有误解？"

舒杳连桌上的牛奶都想不起拿，直接跑了。

沉野笑出了声，帮她拿着牛奶，慢悠悠地跟在她身后，去了楼上。

两个人把几层楼逛完，外头响起了刹车声。沉野说应该是他爸回来了，舒杳瞬间打起精神，带着微笑回到了客厅。

不多时，一个高大的中年男人推门进来了。如果说沉野继承了母亲漂亮的眼睛的话，那嘴唇就完全是照着眼前的男人的唇长的。

很显然，这位就是大名鼎鼎的沉誉。

沉誉西装革履，虽然五十多岁了，但身材保持得很好，走路时身姿笔挺，带着极其强大的气场。看到客厅里有人，他转过头来，一副不苟言笑的样子，没有丝毫表情。

舒杳跟在沉野后面，喊了一声"爸"。沉誉看起来并不太关心，点了点头，随即问沉野："你妈呢？"

沉野微抬下巴，看向厨房，于是沉誉放下手里的公文包，毫不犹豫地进去了。

"哎呀！我做菜呢，你别打扰我，出去！"钱曼青嫌弃地说。

三秒后，沉誉灰溜溜地出来了。

"你妈贴心，怕我吸入太多油烟，对身体不好。"他用手蹭了蹭鼻尖，面无表情地对沉野说，"我去楼上处理点儿工作，吃饭的时候你叫我。"

晚饭是七菜一汤。钱曼青大概事先向沉野了解过舒杳的口味，所以桌上中式菜居多，而且都是她爱吃的。

钱曼青解下围裙递给旁边的保姆，看向舒杏，笑眯眯地说道："杏杏，阿姨的厨艺不太行。今天虽说是阿姨下厨，但只有一道菜是我做的，其他的都是厨师做的，你不要介意啊。"

舒杏赶紧摇头："当然不会，妈，你辛苦了。"

钱曼青捂着心口，发出小猫叫一般的"呜呜"声，一副被哄得很开心的样子，招呼她赶快尝一尝，然后转头跟沉誉说起今天在美术馆里发生的事情。

"你说我怎么就不会骂人呢？不过，杏杏说那个人应该不是玩家，大概率是蹭热度的自媒体。我就说嘛，玩家怎么会这么没素质？"

沉誉不动声色，连眉头都没有皱一下，说出口的话却让人不禁后背发凉："哪个账号？"

舒杏在心里暗想：完了完了，总裁一发话，隔壁老王就要破产了。这可比偶像剧好看多了啊！

钱曼青喝了一口汤，安抚道："没事，杏杏已经帮我怼回去了。而且那个人可能就是个员工，和账号没什么关系。"

沉誉认真地看了舒杏一眼，微微颔首，说道："谢谢。"

舒杏之前一直以为，对于沉誉而言，她的存在似乎并不重要，或者说，沉野到底找了一个什么样的老婆，他并不在意。直到此刻，她才知道其实并不是这样的。

舒杏难得讲话磕巴："不……不用谢，叔……嗯，爸。"

钱曼青见她这样子，笑着拍了拍她的手："你别紧张，你爸就这样，看着凶，其实可护犊子了。"舒杏还来不及回应，钱曼青就又补了一句，"沉炀和沉野小时候被人欺负，都是他爸去讨公道。"

舒杏等着沉野说"别带上我"，却没有等到，于是惊讶地问："你还真被人欺负过啊？"

她还以为只有他欺负别人的份。

沉野不动声色地往她的碗里夹了一块牛腩："那时候我年纪小。"

"对，对。"钱曼青帮沉野解释，"对方是个彪形大汉，小野那时候才上三年级。他以前从来不哭的，我还以为这孩子天生就不爱哭，那是他第一次哭，把他爸心疼得呀……"

"妈。"沉野无奈地打断了钱曼青的话。

钱曼青抿起唇，抬手在嘴巴前做了个拉拉链的动作。

这一顿饭几个人吃了个把小时，桌上的菜没了一大半。钱曼青满意地摸了摸肚子，问舒杏："杏杏觉得哪道菜最好吃？"

"都挺好吃的，"舒杏想了想，指着那道咕咾肉说，"我最喜欢的是这道菜。"

钱曼青脸上的笑容越发灿烂了："这道菜是我做的！咱们果然心有灵犀。"

下一秒，舒杏听到旁边的沉野发出了一声意味不明的轻笑，但他并没有点破。

直到深夜沉野送她回家，到了楼下才随口问她："你怎么知道咕咾肉是我妈做的？因为那道菜最不好吃？"

"没有，我觉得挺好吃的。"舒杏说，"我只是发现，吃饭的时候，你爸爸夹咕咾肉的频率最高，最后被剩下的三块咕咾肉也是你爸解决的。"

"他就不能单纯地喜欢吃咕咾肉？"

"但是旁边同样是酸甜口的糖醋排骨他就一点儿没动。"

沉野笑了笑："你还挺会猜。"

舒杏下车前，沉野问她，今天他们家的人有没有吓到她。舒杏笑着摇了摇头，说："没有，我很喜欢你们家的氛围。"

与物质无关，那是一种人与人之间的磁场。

一家人团团圆圆地坐在饭桌边，没有争执，没有埋怨，那是她曾经可望而不可即的场景。如今，沉野家让她知道，好像世界上真的有这样一个温暖的地方。

夜色沉沉，车内寂静无声，沉野坐在车里，看到八楼漆黑的窗户瞬间有了光亮。

他靠在座椅上，又想起了她刚才的话。

她喜欢他们家的氛围也行，如果能顺带喜欢他就更好了。

师父给的钥匙一直被舒杏放在包里。

八月底，赵恬恬收到了大厂的 offer（录取通知）。纠结许久后，为了省下每个月 2500 块钱的房租，她还是选择去住条件差一点儿的公司宿舍。于是，舒杏决定搬去师父位于黎水的工作室里住。

周日，赵恬恬不舍地拉着她去了商场，采购搬新家需要的东西，算是分别前的一次小聚。

商场里的人摩肩接踵，多得超出了舒杏的想象，而且都聚集在一楼大厅里。舒杏遥遥地看见了一个舞台，上面的电子屏幕还黑着，猜想这大概是什么商业推广活动。

两个人都没在意，径直去了一楼的一家女装店。

赵恬恬拿起一件白衬衫往自己身上比了比，看了一眼价签，又失望地放下了："1200块钱，我的天哪，这么平平无奇的一件衬衫都快赶上半个月的房租了。"

舒杏笑着安慰她："下个月开始你就不用付房租了。"

"话是这么说，但是我不能每天看到你了。你记得多给我发消息啊，我周末有空就去黎水找你玩。"赵恬恬挽住舒杏的手臂，靠在她的肩头撇了撇嘴，又猛地抬起了头，"哎，我突然想起来，你是不是要和沉野异地了？"

两个人走出店门，觉得四周有些喧闹，舒杏就提高了一点儿音量："真夫妻才谈得上异地吧？我们只不过是见面需要半个小时还是一个小时的差别。"

"你们……"赵恬恬无语地说，"不会又好几天没见了吧？"

"上次我和他见面是意外地遇到了他妈妈，然后去他家吃了一顿饭。本来我今天应该去看小饼干的，但不是陪你逛街来了吗？不过，我们确实好几天没见了。"

"我真是服了你们两个人。"

赵恬恬拍了拍额头，突然听到远处传来了一阵欢呼声。

舞台附近人山人海，她踮着脚往人群里看，突然眼神一亮："啊！那是陆晚乔的品牌活动！我看到灯牌了！"

舒杏不明所以："谁啊？"

"我最近追的那部古装电视剧里的女配角啊！她虽然是反派，但电视剧播出之后，她的热度比主角的都高。"赵恬恬一边给舒杏科普，一边拉着她往前钻，"我们去凑凑热闹。"

陆晚乔五官立体，鼻梁高挺，眼窝偏深，是妥妥的浓颜系大美人，修身的红色长裙将她的身材勾勒得凹凸有致。

舒杏看着舞台上的陆晚乔，心想：来都来了。

舒杏拿出手机，本来想拍几张照片，忽然发现手机上有一条赵昧儿发来的消息："杏杏，你之前送我的手镯是在哪里买的呀？我今天戴着它去见朋友，她超级喜欢。"

舒杏低头回复："那个是我自己做的，你的朋友如果有需要的话，可以定制。"

赵昧儿："这个居然是你自己做的？天哪，你也太牛了！你这几天在辅川吗？我请你吃饭，顺便带我朋友一起来，让她跟你说一下她想要的款式。"

舒杏算了一下时间，回复："好呀，但后天我要搬家，只有明天有空。"

和赵昧儿约好了明天下午见面的时间，舒杏退出了微信，拍了几张陆晚乔的照片，还没来得及欣赏，就被赵恬恬扯了扯袖子。

"我们走吧，有点儿无聊。"

舒杏疑惑地看了她一眼："不对啊，以我对你的了解，就算活动无聊，光是这张脸就足以吸引你看完。"

"哪有……"赵恬恬低声嘟囔，眼神飘忽，"我觉得她没有电视里看着好看。"

四周的人都是陆晚乔的粉丝，赵恬恬的话脱口而出的瞬间，舒杏连两个人是怎么死的都想好了。幸好大家的注意力在舞台上，似乎并没有人听到她们的对话。

舒杏还没反应过来，就已经被赵恬恬强势地拉出了人群。她虽然觉得奇怪，但没有在意。

两个人路过一家奶茶店，舒杏想去买一杯奶茶喝，赵恬恬却急匆匆地拉着她往扶梯的方向走。

"奶茶……"

"别喝奶茶了，容易胖，我们去二楼逛。"

舒杏更不解了："你是遇到债主还是抛弃过的前男友了？"

"我……"

赵恬恬还没来得及解释，熟悉的嗓音从不远处传了过来："杏杏？"

舒杏闻声看了过去，看到那个陌生中又有几分熟悉感的身影时，终于明白了赵恬恬反常的原因——周北川。

他怎么会在这儿？

此刻的周北川可以说和曾经的他判若两人，曾经那个略显安静的阴沉男生如今穿着一身西装，看起来成熟又开朗。脸上的疤痕这些年他似乎花了大力气消除，现在只剩下淡淡的一条，舒杏不仔细看的话已经看不出来了。

"杏杏。"周北川跑到她的面前，脸上带着惊喜的笑容，"好久不见，真没想到会在这儿遇到你。你是来逛街的吗？"

舒杏不咸不淡地应了一声："嗯。"

"我现在是陆晚乔的经纪人，前不久才到辅川，之后可能大部分时间在辅川工作。"周北川笑了笑，"你呢？你这几年过得好吗？"

"挺好的。"舒杏没有在这儿跟他闲话家常的兴趣，抬手看了一眼手机上的时间，抱歉地说道，"不好意思，时间有点儿紧张，我们先走了。"

"好。"周北川本想说下次约，视线却被她右手的无名指上的戒指吸引了。

对于他从事的这个行业来说，戒指通常只是一件饰品，没有什么意义，有时候是品牌赞助的，演员觉得戴在哪根手指上适合就会戴在哪根上。所以对于舒杏手上的这枚戒指，他没有多想，毕竟这几年同学们多多少少提过她几次，但没人听说她谈恋爱，更别说结婚了。他觉得，她估计就是想拿这枚戒指挡"桃花"。

只不过，这戒指毫无花样，十分朴素，上面甚至有一些划痕，一看就不是什么值钱的东西。看起来，这几年她过得并不好。

虽然周北川一句话都没说，但他眼睛里那种由嫌弃转为同情的神色让舒杏有一种被骂的感觉，毕竟戒指是她送给沉野的。她想：沉野的朋友会不会也用这样的眼神看他手上的戒指？

舒杏抿了抿唇，心里突然有点儿不舒服。

"杏……"

周北川还没说完话，舒杏就已经拉着赵恬恬上了扶梯。

两个人的身影渐渐远去，周北川却迟迟没有回过神。

他一直都知道舒杏有多好看，那时候，没有男生不羡慕他有这样一个漂亮又体贴的女朋友。这么多年过去，她的脸退去了婴儿肥，整个人更令人挪不开视线了。

报考的时候，他年轻气盛，不理解明明两个人约好了一起考洛北大学，为什么她临时改了志愿，直到填报截止才告诉他。他发了一通火，两个人就不欢而散了。

他去了洛北，没有主动联系她，一方面是因为放不下面子，以为她会主动求和，毕竟她向来温柔；另一方面是因为走进新世界后，新鲜感让他沉溺，游戏、女人和社交让他觉得自己对舒杏的执念也没有那么深。

他没想到，自己不主动，两个人就彻底断了联系。

这几年，他拼了命地往上爬，不是没和其他人交往过，却没有一个人能让他产生当初的悸动和独占欲。

年岁渐长，他本以为这些东西比起名利都变得不再重要，不再能引起他的兴趣了。然而今天他看到舒杏的时候才发觉，自己沉寂已久的心湖好像再度泛起了波澜。

赵恬恬往楼下看，发现已经看不到周北川的身影了。见舒杏的表情还是冷冰冰的，她担心地晃了晃舒杏的手臂，问："你没事吧？"

"啊？"舒杏回神，好像并没有把刚才的事情放在心上，"我没事啊。"

"但你看着还是一副不开心的样子。"

"我没有不开心，只是在想一件事情。"

舒杏凝重的脸色让赵恬恬的心一下子提了起来，她问："什么事？是该不该把今天的事情告诉沉野？我觉得还是不……"

"我在想要不要给沉野买个贵一点儿的戒指。"

赵恬恬："你就在想这个？"

"嗯。"舒杏一脸严肃地说，"毕竟是我向他求的婚，用这样一枚餐厅送的免费戒指，确实太没有诚意了。"

赵恬恬："你拿错剧本了吧？"

舒杏环顾四周，看到不远处有一家奢侈品珠宝店。她算了一下卡里的余额，硬着头皮拉着赵恬恬走了进去。

柜姐一脸笑容地迎了上来，知道她们要买戒指后，立刻把舒杏带到了戒指柜台。里面戒指的款式并不算多，一共就八对，而且都没有标价格。

舒杏扫视一遍，一眼看中了最素的一枚，没什么理由，单纯是个人喜好，以及……它看着最便宜。

柜姐把戒指拿了出来，热情地介绍："小姐真有眼光，这是这个季度的新款，名为'恋人誓约'，采用的是……"

舒杏直接问："多少钱？"

柜姐："18 万元。"

舒杏沉默了。

柜姐："一对是 36 万元。"

舒杏想：我难道不知道 18 的二倍是 36 吗？我想不到的是，这么朴素的一对戒指居然这么贵！

她淡定地看向赵恬恬："你觉得好看吗？"

赵恬恬认真地看了一下："好看是好看，但是我觉得它和你老公的风格不太搭。商场里还有好几家珠宝店，我们再逛逛？"

舒杏默默地在心里流泪，感叹道：赵恬恬真是救我于水火之中的好姐妹。

两个人迅速地走出了店，舒杏抚着心口，如释重负。一旁的赵恬恬笑得前仰后合："那你不买戒指了？"

舒杏犹豫片刻，给自己加油打气似的点了点头："我有个新的想法。"

周二是个沉闷的日子。

早上下了一场雨，但气温丝毫没有降低，整个城市好像被锁在了一间桑拿房里，又湿又热。

"沉哥，你之前不是让我注意一下林瑞阳吗？他前不久辞职了，据说现在整天无所事事，在酒吧里混。"

"行，我知道了。"

沉野挂了电话，回头一看，发现小饼干趴在庭院过道上，吐着舌头哈气，蔫蔫的，没什么精神。

沉野走到它的面前蹲下，点了点它的脑袋："怎么了？想妈妈了？"

小饼干抬起眼皮看了他一眼，委屈地"呜"了一声。

"小黏人精。"

今天难得是个不用去公司的工作日，沉野看了一眼时间——下午两点。以他对舒杏的了解，这个时间她应该在家。

"上周日她没来看你，那我们今天去看她很合理，对吧？"

小饼干蹭了蹭他的手背，看起来很赞同他的观点。

他给舒杏打了一个电话，却罕见地听到了对方已关机的提示音。

受记者这个职业的影响，舒杏从来没有关机的习惯，怎么会突然……？

沉野一把捞起小饼干："走吧，我们去找妈妈。"

驱车不到半个小时就到了，沉野将车停在了舒杏住处楼下的停车场里。他抱着小饼干一路上到八楼，按了门铃许久，却无人回应。

家里没人，手机关机，这个情况她从来没有出现过。

沉野再一次按响门铃，没人应，电话也依旧关机。

他想起之前舒杏和赵恬恬来遛狗的时候，赵恬恬加过他的微信。当时他没在意，但现在估计没有人比赵恬恬更清楚舒杏的去向。

他从好友申请列表里翻到赵恬恬，主动添加了好友，但三分钟过去了，并没有回应。

"咔嗒"一声，对门的阿姨按下门把手，拎着垃圾袋走了出来。看到他，阿姨愣了一下："你找对门的小姑娘啊？"

沉野回头："对，长头发的那个。"

"哦，杏杏是吧？"阿姨疑惑地说，"她今早搬家了呀，你不知道吗？"

"搬家？她搬去哪儿了？"

"这我就不知道了，我今早看到搬家公司的师傅来搬箱子，就顺嘴问了一句，她说搬家了。"

她今早搬家，至于到现在手机还不开机吗？

想起刚才徐昭礼的电话，沉野目光沉了下来，虽然告诉自己发生坏事的概率不大，但心里还是不由自主地产生一些不太好的揣测。

"谢谢。"他快步走进电梯，一边按一楼，一边给赵昧儿打电话。

电话很快被接听了。

沉野问："你是不是有赵恬恬的电话号码？"

"有啊，怎么了？"

"发给我。邻居说舒杏搬家了，但我联系不到她。"

"她不是搬去黎水的工作室了吗？就是她师父本来的工作室，你直接去工作室找她啊。"

电梯"叮"的一声到了一楼，沉野的心也落回了原处。

"你也知道她搬家的事？"

"是啊，怎么了？"

"没事，谢了。"沉野挂了电话。

回到车里，他在地图上搜索"隐园"，屏幕上很快就跳出了目的地的位置。

一个小时不到他就到了，黑色豪车在稍显简陋的停车场上扬起了一阵灰尘。这里没有高楼大厦，放眼望去，麦田已经被收割完，空荡荡的一片，略显荒芜。

沉野推门下车，一旁的大爷大妈赶紧围上来，想收点儿停车费。大爷伸出手，姿态强硬："20块钱。"

这个停车场是公家的，其实并没有停车费一说，但附近有些村民为了赚钱，白天就守在停车场旁边收费。有的游客不知道真相，以为这里是正规的停车场，有的游客则懒得计较这点儿小钱，于是这些村民大多能得逞。

放在平时，沉野也懒得计较了，但此刻完全没有心情惯着这些无理的村民。他无视大爷要钱的要求，正想走，却被大爷拦住了，大爷脸色难看地威胁："不给停车费不准走。"

"汪！"沉野怀里的小饼干突然对着大爷狂吠起来。

大爷被吓了一跳，本能地退开了，沉野就这么步履匆匆地走了。身后的大爷大妈追不上他，又看他带着一条狗，只能板着脸骂骂咧咧。

隐园临水而建，是一座小型的园林式建筑，白墙黑瓦，远离景区最热闹的地方，算是景区里颇为安静的一隅。

大门没关，直通大门的小径旁有一个鲤鱼池，池中倒映着假山树影，波光粼粼。鲤鱼池后的凝光堂空着，门口写着"筹备中"三个字，不知道在筹备什么。

沉野看了一眼，绕过正厅，直奔后面一间名为"听雨轩"的屋子。听雨轩的面积没有凝光堂的大，木门紧闭，沉野透过窗户隐约看见有人坐在桌边埋头工作，那熟悉的轮廓，他一眼就认了出来。

他抬手，食指的关节在门上敲了两下。

"谁啊？"舒杏听到敲门声，颇感意外地停下了手里的笔。

她第一天搬来，难不成是邻居来了？

她起身开门，看到沉野的瞬间愣了一下，但很快，愣怔转为惊喜："你们怎么来了？"

舒杏让开道，等他进来之后，就把门关上了。

沉野环视一圈，发现这是一间古色古香的工作室，虽然称不上豪华，却也算小巧精致。靠近门的隔间是会客室，靠墙放着红木沙发和茶几，掀开旁边的门帘，里面是工作室，侧面的窗户开着，围墙镂空，可以看到贯通黎水镇的黎水河。偶尔有船只经过，传来几声船娘悠扬的歌声。

木桌上放着花丝镶嵌的各种工具，最靠里有一整面墙的红木玻璃柜，柜子里摆放着一些作品，不知道是她的还是她师父的。

她好像正在进行创作，画纸上用铅笔画了草稿，一个弧形，好像是饰品，但还未见雏形，沉野猜不出那具体是什么。

沉野把怀里的小饼干递给她："我今天不去公司，本来想带小饼干去找你，结果你的邻居告诉我，你搬家了。"

"嗯！"舒杏微笑着接过小饼干，把它抱在怀里解释道，"后面就是卧室，我想着既然决定做全职手艺人，住在这儿会方便很多。搬家的事是前几天临时决定的，周末没去你家，我就忘了跟你说。"

舒杏并没觉得这是什么大事，帮他倒了一杯水放在桌上，随即又坐下，右手拿起了铅笔。

小饼干本来趴在她的腿上，突然"噌"的一下跳了下去。回到沉野身边，它趴在他的脚踝处，脑袋靠在他的脚背上，一动不动，好像这样才有安全感。

舒杳以为它在陌生的环境里不太适应，便没有再强行抱它。

"手机怎么关机了？"沉野问。

"我工作的时候不喜欢被打扰，所以习惯了关机。你给我打电话啦？"

舒杳拿过桌角的手机，按下开机键，果不其然，屏幕上跳出了来自沉野的五个未接来电。她抱歉地抓了抓头发："不好意思啊，我把工作室的座机号码发给你，你下次要是有事，可以打这个电话。"

说完，她低头摆弄起了手机。

舒杳发完号码，抬头时看到沉野蹲在书桌前，右手抚摸着小饼干背上柔顺的毛发，眼眸低垂，不知道在想些什么。

舒杳察觉到他兴致不高，想了想，起身拉开架子下的抽屉，从里面掏出了一支柠檬薄荷口味的棒棒糖。她将棒棒糖递到他的面前，柔声问："吃吗？"

沉野愣了一下，接过后一边低头拆包装纸一边问："哪儿来的？"

"我早上去买早餐的时候路过小卖铺，看到收银台上正好有这个口味的棒棒糖，就买了几根，想试试究竟有多好吃。"舒杳苦笑道，"但可能是牌子不一样，这个有点儿酸。"

沉野把棒棒糖塞进了嘴里。

不知道是不是糖果的作用，他看似心情有所好转，眉眼间又透出几分神采。

舒杳蹲下，轻轻地拍了拍小饼干的后背，有点儿担心："它今天看上去没什么精神。"

沉野靠在工作台上，神色慵懒："可能是太久没见'女神'了吧？"

"你怎么这么'恋爱脑'啊？"舒杳戳了戳它的小脑袋。

舒杳的手机屏幕再度亮起，两个人同时看过去，目光落在了那串陌生的电话号码上。舒杳以为是骚扰电话，直接拒接，但对方没有放弃，又打了过来，她没办法，按下了接听键。

"杳杳，我是北川。"

话音刚落，空气仿佛凝滞了。

舒杳一时没有反应过来，还没开口，周北川就急匆匆地说："你怎么把我删了？你最近还在辅川吗？上次见面太仓促，我们什么时候一起吃个饭？"

"我没时间，你不要再打过来了。"舒杳挂断了电话。

她抬头，发现沉野把棒棒糖的小塑料棒随手扔进了垃圾桶，空气里有糖果被咬碎的声音。

她第一次见沉野吃棒棒糖吃得这么没有耐心，于是把桌上的温水往他那边推了推："是不是棒棒糖太酸了？"

"嗯，"沉野喝了一口水，冷声说道，"这个牌子不行。"

第六章
没办法，老婆管得严

舒杳当时并没有意识到沉野的异常情绪是自己引起的，等察觉到的时候，已经是两天后了。

骤雨大厦的顶楼。

"江小姐，麻烦您在会议室里稍等一会儿，周总马上就来。"

由于她以江岸的身份和骤雨科技合作，周景淮的秘书不知道她的本名，所以对于这个称呼，她并没有纠正。她接过秘书递来的咖啡，微笑着应了一声"好"。

会议室的门是透明的，舒杳偶尔可见员工步履匆匆地经过，但并没有看到沉野的身影，也不知道他的办公室是不是在顶楼。

舒杳点开和沉野的聊天界面，心想自己正好来他的公司了，就打算问他要不要一起吃个饭。

邀请的文字她只编辑了一半，会议室的门就突然被推开了。周景淮走在最前面，穿着一身黑色西装，十分矜贵，却也让他看上去多了几分疏离感，紧随其后的是几位工作人员。

舒杳连文字都没来得及删，就立刻收起了手机。

会议进行得很顺利，不到一个小时就结束了。

其他工作人员抱着电脑和笔记本陆续离开，舒杳也准备起身，却见周景淮换坐到她对面的位子上，食指敲了敲桌面，好奇地问："你们这两天吵架了吗？"

"啊？"舒杏又坐了回去，"没有啊，你为什么这么说？"

"我瞎猜的。"周景淮笑了笑，"他这两天不太对劲。"

"比如？"

"比如，他今天没来上班。"

舒杏想了想："这……还好吧？我看他上班的时间本来就不是很固定。"

周景淮："他昨天没有戴戒指。"

舒杏："他可能忘了？我之前也忘过。"

周景淮："我问他要不要吃棒棒糖，他说'小孩的玩意儿谁要吃？'。"

舒杏瞬间意识到了事情的严重性，点头赞同："那确实不正常。"

那天的场景一遍遍地在她的脑海中重复，她开始回忆，他是从什么时候开始看起来不高兴的？

好像从问她搬家的事开始，他就看起来兴致不高，她接了周北川的电话后，他没待多久就走了。

所以，他不高兴是因为她没有对他说搬家的事，还是因为周北川的那个电话？或者两者都有？

舒杏和周景淮道了谢，走出大楼后本来想去找沉野，但想了想，还是先去找了赵恬恬。

正是午饭时间，两个人约在赵恬恬公司楼下的一家餐厅里见面。

舒杏把沉野去工作室那天的事情简要地说了一遍，赵恬恬颇有兴致地听完，叼着一根薯条，八卦地问："所以，沉野就那样走了？"

"嗯。"舒杏拿着吸管，心不在焉地搅动着杯子里的巧克力，"恬恬，是我错了吗？"

"这不是错，只是每个人性格不一样。你还记得我之前跟你说过的话吗？有人想着自己、愿意和自己分享生活里的快乐是很幸福的事情。"赵恬恬叹了一口气，觉得有些以前从来没想提的事现在不得不提了，"说实话，其实大学的时候，有一段时间，我也因为你很多事不跟我说而不开心。"

舒杏满脸惊讶："你怎么从来没和我说过？"

"因为后来我自己想通了啊。"赵恬恬说，"每个人都有自己的性格，有的人买面的时候因为老板多放了一个鸡蛋都巴不得跟别人炫耀一下自己运气好，比如我；而有的人就算被诈骗了 1000 万元，估计也默默地承受，比如你。"

"1000 万元……"舒杏忍不住插了一句，"那我还是不能默默地承受的，起码报个警。"

赵恬恬被她一本正经的样子逗笑了："反正就是这个意思，两个人能成为朋友的前提就是彼此相处舒适，如果总被对方强迫做不喜欢的事情，那这份感情迟早要完，所以我慢慢地习惯了。你现在如果突然变得什么事都跟我说，我可能反而觉得奇怪。"

舒杏咬着吸管，垂眸不语。

赵恬恬说的话让她陷入了深思。在某些方面，她好像真的有点儿迟钝，就比如她居然完全不知道自己曾经在无意中让赵恬恬伤心过。

"恬恬，对不起。"

赵恬恬拍了她一下："说什么对不起？我那时候都没觉得你需要跟我道歉，更别说现在了。"

舒杏其实一直都知道自己习惯了独来独往的日子，所以不太关注其他人的生活和情绪。直白点儿说，她甚至有点儿不太在意其他人的死活。

她并不觉得这种性格是错的，但现在想来，或许会在无意中伤到一些重视她的人的心。

舒杏松开嘴里的吸管，犹豫地问："所以，现在的沉野是不是处于你大学时候的那个状态？"

"可能吧。"赵恬恬安慰她，"没事啦，他比我聪明那么多，肯定也能很快想通的。"

沉野想不通。

遇到前男友这种事，舒杏不跟他说也就算了；搬家的事情，赵恬恬知道，邻居也知道，连跟她联系不多的赵昧儿都知道，她怎么就想不到跟他说一声？

他就这么不重要吗？

沉野晃了晃手里的酒杯，脑子里是舒杏那天坦然又无所谓的话——"黎水到辅川有专线公交车，很方便，所以我周末还是会去看小饼干的，不影响。"

是啊，对于她而言，她去他家的唯一目的就是看小饼干，回老宅的唯一目的是公事公办。他要不是仗着狗和那份合约的面子，估计都难以得到她的一个眼神。她什么都考虑到了，唯独没有考虑他的心情。

就像那时候，她给他这位"学生"辅导了大半年，两个人虽然说不上关系有多好，但他曾自作多情地觉得自己算是她的朋友。然而最终的结果就是，她说自己毕业了，要找工作，没有时间再帮他辅导，于是给他介绍了一个学弟。即便他提出可以减少辅导的频率，她也不为所动，就这么把他扔了。

自那之后，聊天室内的那个头像就再也没有亮起过。

沉野突然觉得喉咙有点儿痒，不知道是不是那天的棒棒糖太酸了。他拿起酒杯，一仰头，杯子里的透明液体少了三分之一。

徐昭礼看得心里一惊。对于沉野来说，大白天喝白酒已经很奇怪了，他居然还喝这么多。

徐昭礼皱了皱眉，收起手机，问："你怎么回事？"

沉野不答反问："周北川回辅川了？"

"好像是。前两天我听人提起过，他现在是什么知名演员的经纪人了，有点儿能耐。"徐昭礼顿了顿，"你怎么知道的？"

"他给舒杳打电话了。"

"他们俩还有联系？"

"我没问。"

"你为啥不问？你现在才是她老公好吧？"

沉野自嘲地勾了勾嘴角："塑料老公也算老公？"

"哟，"徐昭礼一下子看出不对劲了，坐到他身边拍了拍他的肩膀，"怎么？你们闹别扭了？"

沉野沉默片刻，神色有点儿颓丧："你老婆平时会跟你说她自己的事吗？"

"什么叫她自己的事？"

"比如，她接了新工作、今天吃了什么、路上遇到了前男友。"

"会啊。"徐昭礼瞬间智商上线了，"你不会因为舒杳不跟你说这些事，所以在这儿喝闷酒吧？"

沉野没有否认，垂眸看着杯子里澄澈的液体。

"等等……你是因为搬家的事？"

沉野转头看过去，更郁闷了："连你都知道她搬家？"

"我不知道啊，昧儿跟我说的，还说你莫名其妙地问她舒杳搬家的事情。"徐昭礼从桌上的烟盒里抽了一根烟，一边点一边说，"哦，对了，她还让我跟你说，你那天挂电话太急了，她都没来得及解释，搬家的事情不是舒杳主动跟她说的，是她请舒杳吃饭要约时间，舒杳跟她说的。"

沉野蹙起了眉："她什么时候让你跟我说的？"

徐昭礼吸了一口烟，在袅袅的白雾中回忆了一会儿："前天晚上吧？我这不是太忙了嘛，就忘了。这也不是什么大事吧？"

沉野沉默了。

"你还真在意这事啊？你这样就有点儿无理取闹了啊。"徐昭礼有理有据地说道，"舒杳这人什么性格你不清楚？她就不是一个喜欢主动分享的人，但是只要不涉及隐私，你问她，她就会说。每个人都有自己的性格，你不能强求呀！而且你问问自己，你主动问了吗？你没主动问，凭什么要求她主动跟你说啊？"

沉野目光灼灼，看了徐昭礼许久："这话你背了多久？"

"十分钟……"徐昭礼一愣，"呸"了一声，"这是我自己想的好吧？！"

沉野嗤笑："得了吧，你要是说得出这种话，管我叫爹。"

"行！"徐昭礼脱口而出才意识到不对劲，抬腿踹了他一脚，"你欠不欠揍啊？！"

沉野笑着避开了，心里却真的轻松了不少。

不得不说，当局者迷，旁观者清，徐昭礼一语惊醒了梦中人。

沉野拿起手机，还没想好怎么破冰，看到手机屏幕顶部突然跳出一条来自母亲的消息，立刻站了起来。

徐昭礼被吓了一跳："怎么回事？"

"我妈说奶奶回国了，下飞机后直接去我家。"沉野俯身拿起茶几上的车钥匙，快步往外走。

徐昭礼急得在后面喊："你喝白酒还开车？！你不要命啦？！"

"矿泉水。"

话音落下的同时，门"砰"的一声合上了。

徐昭礼俯下身，把鼻子贴近杯口闻了闻，还真没闻到任何酒味。

敢情沉野借酒消愁都是假的？！他的一片同情心白瞎了！

"奶奶回国了。"

收到沉野的消息的时候，舒杳刚和赵恬恬吃完饭，准备去他家聊聊搬家那天的事。

虽然在感知别人的情绪这方面，舒杳显得木讷，但理解力还是有一点儿的，所以这句话在她的脑子里很快被扩充为——奶奶回国了，要来家里。速来，需要演一场戏。

舒杳和沉野说了自己的地点，沉野发现餐厅离得还挺近，就直接到餐厅门口接她了。

紧急事件当前，舒杳完全把生不生气的事情抛之脑后。

沉野目视前方，握着方向盘的左手五指修长，骨节分明，把这个画面截图说是豪车广告也不为过。但舒杳只注意到，他的左手上空空如也。

如果说他昨天没戴戒指是忘了，那连着两天不戴就很难用巧合来解释了。

嗅到他身上罕见地有淡淡的烟味，她抿了抿唇，移开视线，系上了安全带："奶奶怎么突然回国了？"

沉野将车驶入主干道："她回来参加老朋友的七十岁寿筵。"

"那她要住在你家里吗？"

"嗯，"沉野无奈地说，"她说难得回来，想和你多相处相处。"

舒杳很喜欢沉奶奶，自然不排斥和她住在一起，唯一担心的是，自己和她靠得越近，谎言就越有穿帮的可能。

"那奶奶住多久？"

"不确定。"沉野说，"你工作忙吗？这段时间可能需要麻烦你暂时搬过来。"

"好，没事。"

有之前在小岛上的经验，舒杳并没有太紧张。如果奶奶的作息还和以前一样，那么十点之后她再离开他的房间就好了，而且最近一直在忙和骤雨的合作，住他那里也算方便。

两个人一路没什么话。

舒杳本以为沉野会带她去机场一起接奶奶，没想到他先送她回了家。准确来讲，是他把车停在了小区不远处的一家大型超市的门口。

舒杳疑惑地问："要买东西吗？"

沉野解开安全带，冷静地说道："不能让奶奶看出来家里就我一个人住。"

舒杳瞬间就明白过来了，于是两个人急匆匆地进了超市。

拖鞋是有的，碗筷什么的也不用买，舒杳在心里默默地盘算着。

最后两个人直冲家居区域，刷牙杯、牙刷、毛巾……手推车渐渐被堆满了。

不过二十分钟，沉野就推着手推车去柜台结账了。舒杳跟在他身后，盘算着有没有什么遗漏的东西，视线扫过一旁的架子，突然顿住了。

她右手握着手推车的车把，紧了紧，心里波动，但面上并无波澜。犹豫片刻后，她随便拿了一个盒子，扔进了手推车里。

听到动静，沉野回头，目光垂下，落在那个四四方方的蓝色盒子上。

舒杳虽然是第一次买这种东西，但开口时还是很平静的，平静到就像买的是一盒口香糖："上次老宅那些没拿，我就是想着，做戏要做全套。"

沉野没什么表情变化，却俯身把那个盒子拿出来，放回了原处。

舒杳想：他不会以为她在暗示什么吧？

下一秒，沉野淡定自若地换了个型号，随手把盒子丢在一包薯片上："拿个最小号的，你看不起谁呢？"

从超市出来后，两个人兵分两路：沉野去机场接奶奶；舒杳则趁着这点儿时间去家里布置，营造两个人同居的假象。

虽然来过他家好几次了，但舒杳还是第一次进他的卧室。

不知道是有人定期打扫还是他本身就挺爱干净，卧室非常整洁，色调是简单的灰白色，除了一张放着灰色被子的大床、一张电脑桌和一面模型架子以外，没什么多余的东西。阳光透过大大的落地窗洒在灰色的羊毛地毯上，整个卧室看起来明亮又宽敞。

但舒杳没时间欣赏，直接冲进浴室，把袋子里的东西一样样地拿出来，摆在他的物品旁边。

舒杳这才发现，他买的东西好像还是有讲究的。比如他的杯子是黑的，他就帮她买了白的，两个杯子摆在一起，倒是有点儿像情侣款。

架子上挂着一条他的白色毛巾，舒杳把它往旁边移，让出一半的空间，然后把自己买的那条薄荷绿色的毛巾挂了上去。

护肤品也是舒杳在超市里顺手买的，所以都不是什么贵的牌子。她暗暗地想：希望奶奶不会看得那么仔细，要是问起来，自己就说勤俭持家吧。

布置好一切，舒杳退出了浴室。她拿出袋子里最后剩下的那个小盒子，打开床头柜扔了进去，并特意拆开了包装。

站在床边环视一圈，舒杳觉得好像还是忘了什么东西。

衣服！

两个人住在一起，她总不能连一件衣服都没有吧？

就像心有灵犀似的，舒杳正搜索附近的商场，想着能不能临时去买几件充充数，就看到沉野发来一条消息：

"等会儿有人送衣服来。"

舒杳松了一口气。

半个小时后，衣服如约而至。门外的工作人员戴着某奢侈品牌的工牌，提着几件外套礼貌地给她一张纸："沉太太，这是沉先生为您订购的衣服，烦请签收。"

舒杳核对了一下，发现没有遗漏就签了名，但心里觉得奇怪：这些衣服是沉野让人随便拿的吗？怎么都是冬装？大夏天的，奶奶要是看到了，不觉得奇怪才奇怪吧？

但她还是接过了衣服，说道："谢谢。"

工作人员礼貌地说道："需要我们帮忙把衣服放进衣帽间里吗？"

舒杳觉得随便让别人出入沉野的房间不太好，而且就这么几件衣服，实在没必要麻烦人家，于是说："不用，不用，放在沙发上就好了。"

"好的，这是冬装，春、夏、秋装在车里，麻烦您稍等。"

逞强的结果就是，舒杳楼上楼下地跑了快十趟才把衣服搬完。本来衣帽间就像一个围棋盘，不是黑就是白，现在一半都被各种颜色占据了。

舒杳额头渗出了汗，叉着腰喘气，心想：这演出戏的成本也太高了。

想起沉野的卧室里也有一个衣柜，舒杳抱了几件这个季节能穿的衣服回到了卧室。推开衣柜门，她发现里面挂着几件衬衫、卫衣，旁边的休闲裤整整齐齐地叠着，上面还放了一套运动套装，有点儿眼熟。

舒杳定睛一看，这不就是当初两个人在地铁上撞衫的那一套？现在再看这套衣服，舒杳不禁感慨命运的奇妙，本以为这辈子都不会再有交集的人却因为一套衣服牵扯出了无数故事。

她把新衣服一件件地挂进衣柜，随即拉开第一个抽屉放内衣，结果一眼就看到木格里一块块小小的黑色衣料。她眼神飘忽，立马关上，拉开了第二个抽屉。

楼下传来刹车声，舒杳意识到沉野和奶奶回来了。她对着镜子整理了一下头发，确认自己看不出异常才下楼迎接。

奶奶在沉野的搀扶下走进了客厅，悠闲地环顾四周。

参观的人不紧张，舒杳的心却提了起来。桌上的杯子是一套的，茶几上的纸巾盒换成了她喜欢的带铃兰花图案的，她还特意打印了一张她的照片，把相框放在电视柜的角落里。

这些应该没什么问题吧？

奶奶笑眯眯地在沙发上坐下，目光落在茶几上的一包薯片上。

"这薯片……"奶奶把它拿了过来，抬头看向舒杳，"杳杳，我记得你之前跟我说过，你不吃海苔味的，对吧？"

舒杳暗想：糟糕，这是她刚才想让家里更有生活气息，在超市里随便拿的，没看口味。

"我……"

奶奶突然笑开了花，跟孩子似的："那我吃啦？我出院之后还没吃过薯片呢。"

"您吃吧。"舒杏如释重负，笑着帮她打开了包装袋，顺便打开了电视。

他们回来的时候挺晚了，冰箱里的食材也不够，沉野就打了个电话，不久有人送来了晚餐。

舒杏第一次知道，原来他家吃饭这么方便。那他之前干吗还亲自做呢？

沉野把菜盛出来，装进盘子里，舒杏则在一旁准备碗筷。

之前她每次来蹭饭，氛围都很自然。但现在他们俩本就处在莫名其妙的闹别扭的状态里，再加上时刻担心奶奶看出异常，餐桌上格外安静，谁都没有说话。

奶奶左右看了两眼，了然地笑了："怎么，你们闹别扭啦？"

舒杏抬眸看了一眼沉野，不知道怎么回答。

沉野倒是淡定："嗯，我做错事了。"

舒杏愣了愣，心想：他有什么错？明明是自己错了吧？

奶奶瞪了他一眼："你一个大男人，犯什么错了？"

沉野帮奶奶盛了一碗汤："奶奶，我们自己会解决的，您就别担心了。"

"行，我不管，让你妈管。"她戴上一旁的老花镜，右手在手机屏幕上戳起来。

没一会儿，"相亲相爱一家人"群里跳出了一条消息。

[熊猫]："@沉氏动物园园长，你儿子和杏杏闹别扭了，你教育教育他。"

沉氏动物园园长："好的，妈，我一定好好地教育他！"

沉野的手机没响，舒杏的手机却先亮了。

沉氏动物园园长："杏杏，沉野真惹你生气了啊？"

舒杏正犹豫怎么回答，屏幕上的消息就一条接一条地跳了出来。

沉氏动物园园长："所以我上午打游戏找你组队，你拒绝了，是因为这件事？"

沉氏动物园园长："他惹你，你就揍他。我和他不熟的啊，你别迁怒我[大哭]。"

舒杳向钱曼青解释了好一会儿，上午不是她自己拒绝组队的，而是她不在线，系统自动拒绝的。陪钱曼青组队打了半个小时 PK，她才终于让钱曼青相信自己真的没生沉野的气。

"咔嗒"，门把手被按下，沉野推门进来了。

舒杳立刻从椅子上站了起来："奶奶睡啦？"

沉野："嗯。"

舒杳看了一眼时间，现在才九点半，奶奶不可能这么快入睡。

她压低了声音，问："那我等会儿睡哪儿啊？"

"睡这儿。"

"啊？"

沉野说："我这儿就两间卧室。"

舒杳这才想起来，好像还真是这样。她下午四处跑的时候看到二楼虽然有四五间房间，但去掉一间衣帽间、一间书房和一间健身房之后确实没其他房间了。

"那我……"舒杳环顾四周，发现这里连沙发都没有。

沉野走到衣柜前，抱了一床被子铺在地板上。显然，他已经做好了打地铺的准备。

事出有因，也没什么办法了，舒杳很快就接受了。

"那要不然你睡床？我小时候经常打地铺的。"说完，她就往那床被子的方向走。

右手突然被握住，手腕处的热度和力道让她本能地想把手往回抽。很奇怪，明明在小岛上她可以自如地在小小的卧室里和他打游戏、下棋，现在却觉得哪儿哪儿都不对劲。

就因为他们闹了别扭吗？

但她最终并没有抽回手。

沉野将她带到了床边，右手搭在她的肩膀上，轻轻地往下压，她就坐在了床上。

"你睡你的。"说完，他松开手，拿起床尾的睡衣去浴室洗澡了。

沉野出来时，舒杳已经钻进了薄被里。她靠坐在床头，双手都放在被子里，也不玩手机，就跟被被子绑架似的，直勾勾地看着他。

沉野头发湿着，身上穿着黑色睡衣，最上面的两颗扣子没扣，露出了胸口些许白皙的肌肤。他用毛巾擦着头发，那双好看的眼睛被湿发遮挡了些许。

或许是察觉到了她的视线，沉野把毛巾放在书桌一角，主动开口："如果你想说工作室的那件事，那天是我不对，对不起。"

舒杏愣了愣，就在嘴边的那句"对不起"被堵了回来。

"你对不起什么？"

"是我没考虑到每个人性格不同，我们也不是那种凡事都需要向对方交代的关系，以后我不会再这样了。你想和我说的事情我会听，如果你不想说，我也不强求。"

舒杏抿了抿唇，把被子又往上扯了一点儿，双手环抱着双腿，眼睛水灵灵的。

"你没生气吗？"她问。

"之前有点儿，现在没有。"

沉野头发短，天气也暖和，都没用吹风机，擦到半干就走到地铺上坐下了。

舒杏转过头，目光落在他的左手上："但是你都不戴戒指了。"

沉野低头看了一眼手指："那天我在公司里没注意，把咖啡倒在戒指上了。戒指发黑，我就送去清洗了。"

舒杏无语，心道：那然是廉价戒指，怎么沾点儿咖啡就黑了呢？

"哦。"舒杏的右手在被子里摸索着一个盒子，"你这两天也没有联系我。"

沉野沉默片刻，然后回过头，眼里带着舒杏熟悉的笑意："你就当我歇两天。"

舒杏凑过去："歇两天？什么歇两天？"

"没什么。"沉野顺势抬手揉了揉她的发顶，"反正，在我这儿，这事已经过去了，你呢？"

舒杏笑了笑，说："沉野，我送你个礼物，然后我们就翻篇吧，行吗？"

"什么？"

舒杏的右手从被子里抽了出来，把一个小巧的木质首饰盒摆在床沿，首饰盒的正面有一个精致的铜扣。

沉野第一次见这种铜扣，铜扣弹开的时候，尖锐的一角划过他的拇指，留下了一道极细的红痕。但他丝毫没在意，注意力全部被里面那枚银质花丝镶嵌戒指吸引了。

戒指的主体是银色的镂空海洋纹，纹路中间托着一个半圆，上面镶嵌着一颗小小的玛瑙，就像……那天清晨他们俩在海边一起见过的那轮圆日。

沉野觉得喉咙发痒，喉结滚了滚："这是你自己做的？"

"嗯。"把礼物拿出来之后，舒杳好像卸下了心里的大石头，盘腿坐在床上，认认真真地说，"之前那枚戒指有点儿劣质，正好脏了，那就不要了吧。这个好歹是我自己做的，如果你觉得太便宜……"

沉野轻挑眉头，似乎在等她后面的话。

舒杳掷地有声地补充："我就给你多做几枚，别人买一枚，我给你做三百六十五枚，你一天戴一枚，不带重样的。"

沉野轻笑一声："怎么，你还想包养我啊？"

"这可能叫承包。"

什么包养……

沉野把戒指盒推了回去："行，那这枚你先帮我戴上。"

舒杳没有拒绝，甚至都没有意识到，自己刚才的承诺完全没有考虑到两个人可能有离婚的那一天。

戒指的尺寸正好，沉野用拇指压着戒指转了一圈："你怎么想到做这个纹样？"

"我就是在思索纹样的时候，突然想起了那天清晨发生的事。"

那是舒杳人生中第一次看日出，第一次看露天电影，也是第一次和一个人聊了一夜。她不知道那些对沉野有没有意义，但对她来说，即便没有爱情的意味，也是她一辈子都不会忘却的经历。

"所以那天我在工作室里看到的设计图就是你为了做这枚戒指画的？"

"嗯。"

"那你怎么不给自己也做一枚？"

"这三天的时间只够我做一枚戒指。"舒杳说，"过些天回去了，我会再做一枚。"

他今天问题特别多："你怎么突然想起送我戒指了？"

舒杳把那天遇到周北川的事情从头到尾地说了，顺便给他洗脑："我不是图便宜，是觉得自己做的戒指更有纪念意义。"

如果不是她说完还补充了一句"你信？"，沉野就信了。

沉野听她提到周北川，神色又冷了几分："他这几天还在骚扰你吗？"

"没有。"舒杳把首饰盒的盒子盖好，把它放到一旁的床头柜上，"上次是因为我只删了他的微信，忘了删电话号码，现在我把他的电话号码也拉黑了。"

"他要是再骚扰你，你就告诉我。"沉野冷淡的时候像弓起脊背恐吓人的小狗，"前男友是死的，塑料老公再塑料也是活的，知道吗？"

"好。"舒杳躺下，把被子往上拽了拽。

她的心里其实藏着很多秘密，她从来不准备对任何人说，也觉得没必要对任何人说，因为一旦起头，就会收到源源不断的提问，她懒得解释。可是，如果沉野在意的话，舒杳想，自己把秘密告诉他好像不是一件难以接受的事情。

沉野的手往床头柜的方向伸，他大概是准备把灯关掉。舒杳看了他一眼，闷声闷气地开了口："其实，我和周北川没有在一起过。"

在舒杳的印象里，沉野一向我行我素，不是会靠外界的传言下定论的人。听他脱口而出"前男友"几个字，她才想起来，自己曾经好像在他的面前承认过这件事。

那是他们四个人第二次聚会的时候。

当时已经是寒风凛冽的冬天了，关于她和周北川的"恋情"却传得沸沸扬扬。

他们在餐厅里吃饭，周北川正好也进了那家店。看到他们，周北川难得主动打招呼，笑着说了一句"真巧"。

大概是出于同学情谊，赵恬恬便招呼他一起吃，但舒杳很清楚，他的出现大概率不是巧合，她打心眼里不希望他们和他接触。

对当时的她来说，他们就好像她心里最干净的角落，她不希望有任何外来的人侵入。所以，她放下了筷子，决定找个借口和周北川一起离开。

那时的沉野就坐在她的对面，眼眸低垂，好像完全没听到旁人的交谈声，也没什么兴趣听，自顾自地喝着一听罐装可乐。只是在她起身之际，他随口问了一句："你男朋友？"

舒杳攥了攥手，轻轻地"嗯"了一声便走了。

也难怪现在沉野听到她否认自己和周北川的关系时，眼里会闪过一丝显而易见的意外之色："那你当时为什么不否认？"

一旦开了个敞开心扉的头，事情就没有舒杳想象的那么困难了。她平躺着，双眼盯着天花板，娓娓道来："我和周北川从很小的时候开始就是邻居，他脸上的那道疤是因为我和我妈留下的。"

关于那道疤，沉野倒是有印象。

当初篮球校队里的人都对周北川脸上的那道疤感到好奇，问了不少次，但他性子安静阴沉，对人也爱搭不理的，从来不回答。后来大家的态度渐渐从好奇转为鄙夷，有人嫌他丑，也有人觉得他犯过事，总之什么乱七八糟的说法都有。

直到传言说他和舒杏关系很好，这些讨论才少了很多。大家将关注点放到了他和舒杏的关系上，他甚至成了不少男生忌妒的对象。

舒杏说："我没有求证过，但猜测他和我关系好的这个谣言大概率是他自己传出去的。由于经常被看不起，他变得更好面子，男生的羡慕和忌妒大概就是他想要的东西吧。"

"所以，你不否认是为了报恩？"

"不算是。我虽然感谢他，也可以在我接受的范围内为他做一些事情，但不代表我会没有底线地委屈自己满足他。"她声音平稳冷静，好像在讲述一件和自己无关的事情，"一开始我挺生气的，但是后来发现自从有了这个传言，几乎没有男生骚扰我了。外界怎么看我，我无所谓，我的生活变得清净了，这就是我想要的结果，对我来讲反而是一件有利的事情，所以我没否认。"

沉野终于明白当她在母亲面前编造的男友谎言被他戳破的时候，她为什么会有一种超乎寻常的愧疚感。她自己经历过，所以清楚那种不明不白就成了别人的对象的感觉。她以为他会和当初的她一样生气。

沉野突然低声笑了。

"你笑什么？"舒杏不明所以地看过去，正好看到他拇指上细细的红痕，注意力一下子转移了，"哎？你的手指怎么受伤了？是刚才被盒子划的吗？"

"嗯。"

"有没有流血？要不要处理一下？"

"不用，没流血，就算流了……"沉野把右手垫在脑袋下，慢悠悠地说道，"如果我的血可以换回你的眼睛，流再多的血，我也在所不惜。"

这话她怎么这么耳熟？

舒杏回忆了一会儿才想起来，这不就是刚才两个人陪奶奶看的那集《还珠格格》里的台词吗？这是紫薇的眼睛复明之后，尔康说的话。

舒杏飞快地思考：所以他是在恭喜她原来没瞎？

舒杏把头扭了回去，低声嘟囔："你骂人也挺高级。"

沉野极其不给面子，又笑了一声。

卧室里极为安静，只有墙上的钟在"嘀嗒嘀嗒"地走着，床头昏黄的灯光将两个人的身影投在墙壁上。他的被子散发着淡淡的松木香，莫名其妙地令人心神平静，舒杳渐渐地感觉到睡意袭来。

迷迷糊糊中，她又听到沉野问："你为什么突然跟我说这些？"

舒杳的嗓音带着倦意，比平时软了不少："因为万一之后再遇到他，我不希望你误会。"

今晚的沉野格外寻根究底："为什么你不希望我误会？"

舒杳知道自己其实可以扯出合同这个理由，因为合同里规定了，双方需要和异性保持距离，但她内心又很清楚，自己今晚说这些话和合同条款没有任何关系。

她不想对沉野撒谎。

只是要说具体是什么原因，她自己也说不清。她要说自己不想看到沉野不高兴的神情吗？那他肯定又会追问下去，所以她最终决定睡觉。

沉默了十几秒，闭着眼睛的舒杳察觉到眼前的光被遮住了。她本来以为那是沉野的手，直到他低沉中带着笑意的嗓音就在自己咫尺之遥的地方响起："真睡了？"

就算看不到人，光听声音，舒杳也能确认两个人之间离得极近，她的呼吸瞬间放缓了。

戏都演到这儿了，她只能继续装睡。

他没做什么，却也没退开，好像只是趴在床沿上观察她是不是真的睡了。

舒杳被子下的右手不自觉地攥成了拳，就在她感觉快呼吸不过来的时候，"啪"的一声，灯被关掉了，房间彻底陷入了黑暗。

沉野扯被子的声音响起，几秒后，一点儿动静都没有了，舒杳这才暗暗地呼出紧憋的那口气。

沉野一夜未眠，第二天却依旧精神抖擞。

从坐上车开始，奶奶沉凤澜就发现自己的宝贝孙子好像有点儿不对劲："哟，以前我每次让你陪我参加这种宴会，你总是一副半死不活的表情，今天怎么了？你哄好老婆了？"

沉野将双手搭在交叠的大腿上，优哉游哉地转着手上的戒指："嗯，哄好了。"

只不过，好像是她把他哄好了。

"这么快？"沉凤澜拍了拍他的手臂，"还是我孙子厉害，比你爸厉害多了，我记得你爸那时候一吵架就要在客厅里睡三天。"

手机振动了一下，沉野低头解锁，不甚在意地回答："我记得一般是五天。"

"是吗？"沉凤澜想了想，"好像是五天。"

秘书给他发了一条工作上的消息，沉野回复过后，发现屏幕顶部跳出一个新头像——赵恬恬跟报仇似的，这么多天过后，终于通过了他的好友申请。

沉野没礼在先，想起那天舒杏说赵恬恬劝了她不少，便主动向赵恬恬说了一声"谢谢"。

赵恬恬："你们俩和好了没？其他的事情我不了解，但周北川真是我们偶然遇到的。"

沉野："我知道。"

赵恬恬："那就好。我说你也别太在意了，他不就是前男友吗？他和死人没区别，你得把握现在。"

赵恬恬居然不知道他们俩没交往过？如果连赵恬恬都不知道这件事，那就说明他应该是除了舒杏和周北川以外唯一知道真相的人了。

比起这个"唯一"让他感觉到的愉悦，沉野更惊讶的是，舒杏好像真的在逐渐向他敞开心扉，即便现在只敞开一点点，也是一个不错的开始。

想起昨晚她明明紧张到睫毛都在颤抖却还在那儿装睡的样子，沉野轻笑一声。他再次向赵恬恬道了谢，按灭手机屏幕后，又不自觉地转起了戒指。

沉凤澜扫了他一眼，但注意到的是他手指上那道已经结痂的红痕："哎？什么时候划的？"

"昨晚。"沉野悠闲地用拇指的指腹轻轻地擦过那道划痕，"您孙媳妇送我这枚她花了好多天精心制作的戒指的时候，我被戒指盒划的。"

沉凤澜这才定睛看向他手上的戒指，翻了一个白眼。

难怪呢，他搁这儿跟孔雀开屏似的。

车沿着环路驶入了一座中式庭院，庭院里已经停了几辆车，都是七位数往上的座驾，有几辆还是限量款。

沉凤澜搬去小岛上养老已经有四五年了，和国内的大多数老友联系得不频繁，除了这次宴会的主人公、星光娱乐的创始人孙天云。

她们两个人是从小一起长大的闺密，早就约好老了要一起去小岛上养老，只可惜孙天云惦记着家里的产业，迟迟没有找到合适的接班人，所以一直没有退休。

一下车，孙天云就快步上前和沉凤澜拥抱。

她穿着一袭精致的红色绣金旗袍，满头银丝一丝不乱地被一根发簪盘在脑后，精神矍铄，笑起来和蔼大方。

两个人挽着手寒暄，沉野跟在后面，没有打扰。

偏楼的宴会厅里，舒缓的钢琴曲让人身心舒畅。有人拿着红酒杯，驻足在舞台前欣赏台上的钢琴表演；还有人掏出手机想拍照，但被一旁的保安阻止了。

沉凤澜眯着眼睛看向舞台，惊讶地问："这是……那个女演员吧？我最近看了她的剧呢。"

"对，这是我们公司旗下的艺人，陆晚乔。"孙天云哈哈大笑，"没想到你在岛上还追我们国内的剧啊。"

"人家是演员，你们怎么让人家去表演弹钢琴？"

"我也说不合适，但乔乔五岁就开始学钢琴了，是音乐学院出身，刚才看到钢琴，说手痒，想试试，我就随便她了。"

"听起来，你还挺喜欢这个小姑娘？"

"那当然，她可是我们公司的'当家小花旦'，人漂亮，演技好，情商也高，前途无量。"孙天云开玩笑地说道，"远扬要是有需要，可以第一个考虑哟。"

沉凤澜笑了笑："我可没有发言权，现在都是他们年轻人的天下了。"

一曲完毕，舞台底下响起了热烈的掌声。陆晚乔穿着白色礼服，捂着胸口优雅地向台下致谢。刚下台，她就被孙天云拉过来介绍给了沉凤澜。

"这是远扬地产的老沉总。这是老沉总的孙子，沉野，现在是骤雨科技的老板之一。"

陆晚乔满脸惊讶，主动伸出了手："沉总，久仰大名。"

沉凤澜先一步握住了她的手，笑眯眯地说道："陆小姐，久仰大名。"

沉凤澜好像误以为陆晚乔那声"沉总"喊的是她，陆晚乔不好说什么，礼貌地微笑着和她聊了几句，把这个误会带过去了。

门外又有宾客到来，孙天云带着陆晚乔去迎接，在她们身后，沉野偷偷地朝奶奶比了个"赞"的手势。

沉凤澜一把将他的手拍开，脸色变得严肃起来："这小姑娘是不是看上你了？她冲着你来的。"

沉野意味深长地说："她看中的人可不是我。"

沉野素来不喜欢这种应酬，奶奶坐在一旁和别人聊天，他就百无聊赖地给舒杏发消息。

沉野："无聊。"

11："你大概什么时候回来呀？"

沉野："再过一个小时吧。"

11："好，那你再忍忍。"

然后她发来一个摸狗头的表情包，上面的狗就是小饼干，也不知道这个表情包是她什么时候做的。

他又不是狗。

沉野这么想着，但放弃了挣扎："知道了。"

11："对了，冰箱里的果汁我可以喝吗？"

想起冰箱里确实有几瓶橙汁，沉野低头回复："那也是你的家。"

11："嗯，那我直接喝了。"

"北川！"陆晚乔的一声呼喊打断了沉野的思绪。

这个名字让他抬起头来，他看到门口一个西装革履的男人姗姗来迟。

过了七年，周北川的样貌没有太大改变，只不过看着更虚伪了一些。

周北川和陆晚乔笑着聊了一会儿，转过身时，目光在沉野身上停留了片刻，随即从旁边服务生的托盘上拿了一杯红酒，迎面朝沉野走了过来。

"沉野？"周北川单手插着兜，一副老同学的姿态，"好久不见。"

沉野脸上没什么情绪，抬起眼皮扫视他一眼，但懒得开口说一句话。

"你不会还记着当初的那一架吧？"周北川笑了笑，"那次确实是我不对，我年少轻狂，很多话张口就来，现在想来实在太幼稚了。这样，我敬你一杯，陈年旧事，咱就翻篇了，成不？"

沉野勾了勾嘴角，左手从一旁拿了一杯橙汁。

"怎么不喝酒？"周北川问。

沉野往后靠，右手搭在椅背上，懒洋洋地露出一抹笑："没办法，老婆管得严。"

杯子轻碰，沉野喝了一口就放下了，无名指上的银质戒指在冷白色的灯光下显得格外耀眼。

"之前听说你结婚了，我还觉得不太可能，没想到这事竟然是真的。"周北川看了那枚戒指几眼，夸赞道，"这个戒指的设计还挺特别的。"

"当然，我老婆自己做的。"

"没想到嫂子这么有才，不知道嫂子是哪家的千金？"

"你很快就会知道的。"沉野站起身，右手插在西装裤的裤兜里，嘴角微扬，"不过，你既然知道我新婚宴尔，同学一场，不祝贺我一下？"

"当然，祝沉总和沉太太百年好合。"

"借你吉言。"沉野顾长挺拔的身影就这样离开了宴会厅。

周北川回忆着沉野手上的戒指，突然想起上次在商场里遇到舒杏时看见她也戴了戒指，只不过当时没在意。他知道沉野喜欢舒杏，难不成……？

不会。

周北川很快就否定了自己的想法。姑且不说两个人的戒指不是一款的，就算舒杏真的嫁给了沉野，沉野再怎么样也不该戴那么便宜的戒指。

周北川想到舒杏，目光又沉了下来。他掏出手机，再度拨通了舒杏的电话，但系统依旧提醒对方已关机。

这几天，他给她打了不下十个电话，每次听到的都是一样的提醒。他终于确信，舒杏把他拉黑了。

沉野靠在庭院的假山上，暂时逃离了虚伪的社交场合。

夜色深沉，透过玻璃窗，他看到了站在窗口和别人寒暄的周北川，莫名其妙地想起他揍周北川的那天，四周好像也是如此昏暗。

那天沉野走出巷子后，其实并没有立刻离开，而是靠在巷口湿漉漉的墙壁上，听到了周北川刺耳的话语。周北川对舒杏道歉，说很抱歉破坏了她精心预订的生日晚餐，让这顿晚餐变成了一场闹剧，而舒杏温柔地表示没关系。

他当时想：她应该是真的喜欢周北川吧？就像周北川说的那样，他这种点头之交怎么比得过他们从小一起长大的情谊？

可是她既然对周北川并没有好感，为什么当年还精心地帮他庆祝生日？

沉野还没想明白，口袋里的手机突然振动个不停。他低头点开微信，发现置顶的联系人发来了十五条消息，全是各种内容的猫猫狗狗的表情包。

11："你冷落我的时候，是在温暖谁呢 .jpg"

11："外面坏人很多，都随身带着打狗棒，只有我才是真的对你好 .jpg"

…………

最后一个表情包是：

11："没关系，你要是不想理我，就把你好兄弟的微信推给我吧 .jpg"

沉野疑惑极了。

去宴会之前，奶奶问舒杏想不想一起去。大概是看出了她在纠结，奶奶没有强求，只带着沉野出门了。

舒杏一方面感到轻松，另一方面又因为沉野和奶奶都不在家，觉得晚上特别无聊。

她玩了一会儿游戏，看了一会儿文献，才到九点。最后她索性抱着小饼干趴在卧室的书桌上，和一个游戏手办大眼瞪小眼。

晚饭是她在冰箱里拿了点儿面随便解决的，此刻肚子"咕噜"叫了一声，似乎在抗议她的虐待。

舒杏穿上拖鞋，"嗒嗒嗒"地钻进厨房，想看看有什么吃的。

冰箱里食材很多，但都要用火，太麻烦。她一格一格地往下看，发现冷藏室内放着几瓶果汁。

三瓶橙色的果汁看着是橙汁，旁边还有三瓶紫色的，包装上画着大大的桑葚，可惜文字是法文，舒杏完全看不懂。但果汁应该都大差不差吧？

这些东西毕竟不是自己买的，舒杏给沉野发消息，询问自己能不能喝。沉野说——"那也是你的家。"

家对她来说是一个有点儿模糊的概念，所以简单的六个字却莫名其妙地让她心里泛起了波澜。

舒杏知道，沉野一向不喜欢她和他分太清，于是打算下次不问了。

她拿了一瓶桑葚汁和一包之前在超市里买的薯片，回了房间。

桑葚汁甜甜的，味道还不错，但好像有点儿酒精的味道。舒杏没在意，反正又不是没喝过酒，这种酒精饮料的度数应该不会太高。

舒杏很快就把这两样东西解决了，但渐渐地察觉到不对劲了。她浑身发热，脑袋发晕，视野里的东西也开始变得模糊。她拿起瓶子想再看看有没有看得懂的字，却发现那些字都跟飘在空中似的。

她跌跌撞撞地站起来，躺到床上。旁边的手机振动了一下，是赵恬恬给她分享了一条微博。

赵恬恬："你看这个，笑死我了。"

这条微博是一个表情包合集，里面都是可爱的猫猫狗狗表情包。

赵恬恬每次看到这种好玩的微博都会分享给她，她也会捧场地聊几句，但今天是个例外。她打了个嗝，双眸微眯，看不清按键，索性放弃了。

不过，她转头想起了赵恬恬说要分享快乐的事情，以及那天晚上她和沉野分享之后沉野明显好转的心情。

嗯，自己要多和他分享。

她一键下载这些表情包，都转发给了沉野，发完也不管对方有什么反应，扔下手机就睡了过去。

收到表情包的人却无法淡定了——这太不符合她的性格了。

沉野给她发消息，没人回，电话也没人接。奶奶见状，让他赶紧先回家，说等会儿司机再送她回去就可以了。

沉野没有喝酒，一路疾驰到家，发现客厅里一片漆黑，异常安静。

"舒杳？"

沉野喊了一声，没听到回应就赶紧往楼上跑，直到推开门看到躺在床上的人，心才安定下来。

她把小饼干搂在怀里，闭着眼睛，呼吸平稳。旁边的手机倒是没关机，沉野按亮了手机，看到屏幕上显示着几个未接来电。

他叉着腰，有些无奈地低语："你这个不接电话的习惯能不能改一改？"

但很快沉野就发现不对劲了——舒杳的脸好像打了腮红，异常红润。他俯身用手背碰了碰她的额头，刚开始还以为她发烧了，离近了才闻到明显的酒味。

他回头一看，发现书桌上放着之前徐昭礼送他的桑葚酒，瓶子已经空了，一旁他的被子上还有一小块酒渍。

这虽然是果酒，但度数并不算低。所以她说的果汁不是橙汁，而是这个？

沉野被气笑了。

和她共处一室，他害怕出什么意外，连参加宴会也不敢沾一滴酒。她倒好，一个人喝掉一瓶果酒，还挺牛的。

他走到床尾坐下，小心翼翼地将覆盖在她脸上的发丝拢到耳后，轻轻地喊了她一声。她眉头微蹙，但没有睁眼。

沉野想：算了。

扯过薄被盖在她身上以后，沉野脱下了西装外套，走进浴室里洗澡。然而他出来时，卧室里的画面让他愣住了。

舒杳盘腿坐在床上，醉意未消，手里拿着前几天在超市里买的那盒安全套，一抬手，里面的东西"哗啦"掉在了床上。她拿起两个，"啪"地甩在小饼干面前，拉着它的前爪晃来晃去，不知道在干吗。

小饼干抬头看了过来，向来生龙活虎的小家伙眼皮耷拉着，脸上第一次出现疲惫的神色，仿佛在说："爸爸，妈妈的精神状态还正常吗？"

沉野歪着脑袋看了她一会儿，被逗笑了。

他走过去，把小饼干的爪子从她的手里解救出来，小家伙"嗖"的一下跳下床，挤开没合上的门，飞速地溜了。

它以前过分黏人，现在倒是识相。

沉野蹲在床边，颇有兴致地问："干吗呢？"

舒杏绷着小脸，一本正经地说："打牌。"

"哦？"沉野拿过一张"牌"，食指和中指夹着，问她，"这是几？"

舒杏眯着眼睛认认真真地看，伸出两根手指："二。"

"哦。"沉野指尖用力，把东西甩在床上，"一个二。"

舒杏琢磨着手里的四张"牌"，委屈巴巴地说："哪有人一开始就出这么大的牌？我要不起。"

沉野不由得笑出声来，一开始还克制着，看她的表情越发委屈，渐渐地，笑声越来越大，连肩膀都颤抖起来。他伸出手，轻轻地捏了捏她的脸："要不以后我让你多喝点儿酒吧？你怎么还蹦出第二个人格了呢？"

舒杏大概没听懂他在说什么，把床上的东西收拾起来，开始"洗牌""发牌"。她一张，他一张，她再一张，他再一张，最后她发现多了一张"牌"。

舒杏迷茫了。

"分一下吧。"舒杏双手捏住"牌"，似乎想从中间把它扯开。

沉野手疾眼快地按住了她的双手，一副求饶的姿态："小祖宗，你放过我，成不成？"

舒杏直勾勾地看着他，双唇泛着水光。周围的空气仿佛凝滞了，夜深了，窗外的蝉鸣还没停下，搅得人心神不定。

桑葚酒的味道和清新的沐浴液香味混在一起，沉野喉结滚动了一下，强迫自己移开视线："又是喝酒，又是吃薯片，你刷牙了没有？"

舒杏想了想，突然往前凑去，直接把脸凑到了他的面前，咧开嘴，好像在让他检查。

沉野没注意，脑袋转回来时鼻尖擦过她的鼻尖，她红润的双唇就在咫尺之遥。空气里的酒味似乎成了最强烈的催化剂，他的手臂上青筋凸起。幸好外面好像起风了，从落地窗的缝隙里钻进一丝冷风，吹散了酒味，也吹散了他不理智的想法。

沉野暗自咬牙，从她的手里抽出"牌"，把其他几张"牌"扫落到地板上，一把将她从床上横抱起来："你最好清醒的时候也这么大胆。"

舒杳没有回答，此刻倒是乖巧，靠在他的怀里一动不动。

洗手池的大理石冰凉，沉野从一旁扯了一条浴巾垫在上面，将她放到了浴巾上。她坐着，上半身摇摇晃晃，沉野就让她靠在自己的手臂上，放缓了挤牙膏的动作。

他刚把牙膏挤到牙刷上，舒杳扫了一眼，很自觉地又把嘴咧开了。

沉野用食指的指腹点了点她的鼻尖："你是宝宝吗？要我帮你刷？"

舒杳好像生气了，扭过头不理他。

沉野极其有耐心，往旁边挪了挪。他右手撑在她身侧的大理石上，俯身和她平视，左手拿着牙刷，跟逗孩子似的："那么，宝宝，请刷牙。"

舒杳这才满意地张开了嘴。

她小巧整齐的牙齿洁白如玉，沉野拿着牙刷小心翼翼地一颗一颗地刷起来。第一次帮人刷牙，他生怕把她弄疼了，高考都没有这种提心吊胆的感觉。

"不舒服……"舒杳微蹙眉头，好像对他的服务并不满意，"疼……"

"行，行，我轻一点儿。"沉野再次放缓动作，"现在舒服了吗？"

舒杳嘴里满是泡沫，口齿不清地"嗯"了一声。

好不容易给舒杳刷完牙，沉野后背渗出了一层汗。拿洗脸巾简单地帮她擦了擦脸，他又把她抱回床上，但喝醉了的舒杳堪称精力十足，躺下之后还不消停。眼见她翻身，即将从床上掉下去，他一把搂住她的腰，又将她放到了床上。

两个人的体温透过彼此身上薄薄的睡衣传递，沉野用左手按住了她不安分的双手。

大概是他的戒指硌到了她的手，舒杳感觉到疼痛，挣扎起来，恶狠狠地瞪他："你再抓我就咬你了！"

她琥珀色的瞳孔映着他的身影，发怒的表情也没有丝毫震慑力。沉野把手松开，双手撑在她身侧，慵懒地说道："这会儿你又成小狗了？怎么还咬人呢？"

"你才是狗。"舒杳抬起手，像逗弄小饼干一样挠了挠他的下巴，傻乎乎地笑，"我困了，睡吧，小狗。"

沉野喉结滚了滚，眸色渐深："你说什么？"

舒杏好像浑身失去了力气，双手圈着他的脖子，额头抵在他的肩膀上，呢喃："睡吧，我的小狗。"

行吧，他是她的，那么做狗也无所谓。

怀里的人蹭了蹭，换了一个更舒服的姿势，鼻梁和他的脖子没有阻隔地相贴。她平稳地呼吸着，温暖的气息喷洒在他脖子上的动脉处，他的心跳不由自主地加快了。

幸好舒杏闭着眼睛，已经完全没有了意识。沉野无声地叹气，将她的双手轻轻地拉了下去。

给她盖上被子，沉野直起身，已经出了一身汗。他扯了扯领口，转身把被子上的薯片处理了，但是低头一闻，被子上还是一股浓浓的酒精混合番茄味薯片的味道。他索性把被子扔进浴室，等明天送去清洗。

家里一直是他一个人住，本来就没多少被子，现在住了三个人，他这下没被子盖了。

幸好现在是夏天，室内的中央空调保证了适宜的温度。沉野拿了个枕头扔到地上，就这样躺在了薄薄的地毯上。

他终于恢复了平静，但刚才她的举动还在他的脑海里一遍遍地回放着。

她好像难得有这么孩子气的时候，还怪可爱的。

他转头看过去，发现舒杏已经睡得很安稳了。他又抬眸看了一眼时间，十一点半了。

沉野给奶奶发消息，问她怎么还没回家，结果她说半个小时前就回房间了。就刚才那个阵仗，他觉得自己没听到外面的动静也正常，于是放下手机睡了过去。

凌晨，处于浅睡眠状态的沉野隐约听到床上传来了响动。他睁开眼，发现舒杏坐在床沿上，也惊讶地看着他。她说话还磕巴，但起码脑袋已经清醒了："你……你怎么就这样躺地上了？被子呢？"

沉野额前的头发微乱，有一缕抵着眼皮，整个人看起来带着倦意。他一副"我真服了你"的表情，问："你一点儿都不记得了？"

舒杏环顾四周，思维还有点儿混乱，但看到书桌上放着的桑葚酒的瓶子时，脑海中一段段凌乱破碎的记忆快速地闪过。

她记得她本来想把薯片扔到垃圾桶里，起身的时候手一抖，薯片就都掉在了他的被子上，她还不小心碰倒了酒瓶。在床上迷迷糊糊地醒来，她觉得有点儿渴，就翻箱倒柜地找水，水没找到，却看到一副牌，于是突发奇想，打了一会儿牌。

后来……后来她就抱着小饼干睡着了。

小饼干呢？舒杏没看到，倒是看到了散落在地上的那几个安全套……

她闭着眼按了按太阳穴："不记得了，我只记得我以为那是果汁，然后就喝多了。"

沉野翻了个身，手臂贴着地板，拳头撑着太阳穴，一脸看好戏的表情："真不记得了？"

"真不记得了。"舒杏摇了摇头。

她那真诚又迷茫的表情任谁看了都不会怀疑，然而泛红的耳朵透露了一些真实的信息。

知道她面子薄，沉野很配合地没有戳穿，从一旁拿了一瓶矿泉水，拧开瓶盖递给她。

"谢谢。"舒杏猛地喝了几口水，一边把盖子拧上一边问，"家里没有其他被子吗？"

"没了。"沉野平躺着，双手垫在脑袋下，双眸紧闭，嗓音懒懒的。

"但你这样睡地板容易着凉……"

床上窸窸窣窣的，沉野不知道她在干吗，于是把眼睛睁开了一条缝，瞟到她右手撑着床费力往后挪，而后把被子掀开了一角。

"要不，你上来睡吧？"舒杏说。

第七章
沉野……喜欢我？

漆黑的房间内，窗帘没有完全被拉上，从不大不小的缝隙里倾泻进来一道皎洁的月光。舒杳的心里有一支蓄势待发的箭，窗外有跑车经过，疾驰的声音好像它把箭"嗖"的一声带走了。

熟悉的白桃香气萦绕在鼻端，舒杳想：这味道来自他身上，他好像用了我新买的沐浴乳。

她平躺着，右手的食指抠了抠床单："你……睡着了吗？"

可能是他困了，抑或是屋里太安静，沉野的声音听起来比平时更低沉一些，带着几分逗弄的意味："你猜？"

舒杳好奇地问："你为什么也睡不着？"

"我头一回跟女生睡在一张床上，能不紧张吗？"

舒杳刚想说"看不出来你是个这么纯情的人"，就听到沉野慢悠悠地补了一句："万一她趁我睡着时图谋不轨怎么办？"

舒杳很淡定地回答："那你放心吧，她现在处于一种醉酒状态，对男人提不起兴趣。"

沉野侧过身，和她隔着三四十厘米的距离："那我们来玩个游戏吧。"

舒杳："什么游戏？"

被子发出窸窸窣窣的声响，借助月光，舒杳看到他好像举起了手。

"猜拳，输了的人回答真心话。"

"行。"舒杳同样举起了左手。

"剪刀石头布，"沉野说，"你出的是什么？"

舒杳诚实地说："剪刀。"

"我出的是石头，那我赢了。"

舒杳被震撼了。

她想问"你们有钱人缺这点儿电费吗？"，又想起他之前高情商地告诉她，财富是需要积累的，就不打算问了。

但她不服："哪有你这样的？我都看不清你出了什么。"

沉野幼稚地跟她保证："中国人不骗中国人。"

"行，那你问。"舒杳放弃挣扎，放下手，一副任人宰割的样子。

她能感觉到沉野的目光落在她的脸上，他问了一个让她觉得有些意外的问题。

"七年前在巷子口，你是不是被我吓到了？"

气氛好像突然冷了下来，舒杳脸上的笑消失了。

沉野状似不在意地说："你要是不想说……"

"没有。"舒杳打断了他的话。

沉野又平躺回去，一条腿支起来，膝盖将被子高高地拱起。他突然拿起手机，摆弄了几秒后，手机里传出了歌声："你退半步的动作认真的吗？小小的动作伤害还那么大……"

挺好听的一首歌，舒杳此刻听起来却觉得有点儿搞笑。

舒杳知道他在暗示什么，说："我当时退了一步……"

"是两步。"沉野纠正。

"好吧，我当时退了两步，真不是因为被你吓到了，而是因为……想到了一些事情。"

"什么事情？"

舒杳一直觉得，对其他人敞开心扉或者撕开自己儿时的伤疤是一件很难且没有必要的事情，因为她坚信破窗效应。一扇窗破了，不可挽回，反而会导致很多人模仿，去打破旁边完好的窗。她把自己的伤疤展露给别人，被治愈的可能性不大，反而会给别人轻视自己和模仿着伤害自己的机会。

沉野值得她赌吗？

她犹豫片刻，没有细说，给自己留了几分余地："小时候，我见过我爸在下雨天打我妈的样子。"

沉野沉默许久才开口："对不起。"

"你为什么说对不起？你和他又不一样。"舒杳笑了，主动地再次抬起手，"猜拳吧，这次我出布。"

沉野说："我出石头。"

话音刚落，沉野就感觉到手上一阵温热——舒杏的左手摸索着抓住了他伸出来的食指和中指。

她好像抓到了坏小孩的小辫子，语气里带着得意："你明明出的是剪刀。"

沉野抬起另一只手，拳头紧握："我这次是左手出的。"

"那你右手比剪刀干吗？"

沉野很不要脸地说："为我刚才的胜利比个手势。"

舒杏"扑哧"一声笑了，侧过身，脑袋埋在枕头里，笑得停不下来。缓了许久，她才重新开口："那我问了啊，你之前说，你回来是因为有更想得到的东西，那现在如愿以偿了吗？"

"还没有。"沉野说，"但是，我觉得有希望。"

舒杏没有多想："那祝你成功。"

第三轮的时候，舒杏提前问他用哪只手出，确定他用右手后，自己才举手。

舒杏："我出石头。"

沉野："我出剪刀。"

两个人同时开口，沉野轻轻地"啧"了一声，手也伸了过来。他的手很大，五指修长，轻易地就将她的拳头握在了掌心里。

舒杏手背发烫，心跳加速："你……你干吗？"

"我这不是跟你学的吗？"沉野把手松开，似乎完全没有一点儿私心，"还真是石头啊，那行吧，你赢了。"

舒杏刚才胜负欲作祟，没有多想，此刻才觉得自己的做法不妥。但反正他都还回来了，此事就此翻篇。

她认真地思索片刻，问："那你……这段时间有过离婚的想法吗？"

"没有。"沉野反问，"你有过？"

"我也没有。"舒杏回答完才反应过来，"你耍赖。你又没赢。"

沉野低低地笑了两声："行，当我提前问一个问题。"

幼稚的游戏持续了个把小时，舒杏终于熬不住了，在他又一次准备提问的时候沉沉地睡了过去。

窗外已经出现了些微晨光，沉野清楚地看到了她的睡颜。他突然觉得眼前的一切都变得虚幻，好像曾在梦里出现过无数次，他醒来却发现是一场空。

他伸出手，小心翼翼地用食指碰了碰她的脸。她的脸软软的，像那天他们给奶奶买的糯米糍。

他又碰了一下。

舒杏有所察觉，皱着眉抓住了他的手指。

好像有一股热流从他的那根手指蔓延到全身，最后在某个地方炸开了。可他还来不及心猿意马，舒杏突然将他的手指折了过去。

"哑……"

这家伙在梦里还能使用防身术啊？！

八九点钟，沉野因为生物钟醒来的时候，舒杏还在安稳地睡着。

她侧躺着，双腿蜷缩，背微微弓起，不知道为什么，看起来可怜兮兮的。她估计是半夜热了，被子已经被踢掉了，短袖睡衣的衣摆卷起，露出了一截白皙纤细的腰肢。沉野咬着牙抓住被角往上一扯，将那点儿风光遮得严严实实。

他去浴室里洗漱，下楼时，早餐已经送来了。奶奶坐在餐桌边，一边听着电视机里的新闻一边喝粥。

见沉野一个人抱着被子下楼，奶奶随口问："被子怎么了？"

沉野把被子放在沙发上："脏了。"

"被子都脏了？你这……"奶奶朝楼上望了一眼，岔开话题，"杏杏呢？"

沉野揭开砂锅的盖子，拿着碗给自己盛粥："她昨天睡得晚，还没醒。"

奶奶舀了一勺粥送到嘴边，顿了顿，又放下了，一副欲言又止的神情。

沉野抬起眼皮："您想说什么？"

"我知道你单身二十多年，难免躁动，但是别太过分了。"

沉野一脸疑惑。

"小姑娘家家的，看着就瘦弱。昨天晚上我上楼的时候都听到了，她一个劲地喊不舒服喊疼呢。"奶奶摸了摸额头，神色有点儿尴尬，"门你都不关好，我都没眼看，哎哟。"

沉野回想了一下当时的场面，发现对话确实容易让人误解。

他笑了笑，也不解释，只说："您这话说给我听听就行了，可别到她的面前说。"

"废话！小姑娘脸皮都薄，我能去她的面前说吗？"奶奶一掌拍在他的脑袋上，"你听到没有？"

"听到了。"

沉野喝了一口粥，发现粥已经有些凉了，就把砂锅放到厨房的保温箱里热着，回来后又听奶奶神秘兮兮地问："正好杳杳不在，你偷偷地和我说，现在杳杳的肚子里会不会已经有我的小重孙女了？"

"喀。"沉野被粥噎住，喝了几口水才缓过来。

"我那天跟你妈商量小重孙女的小名，我说叫小红豆，你妈说小泡芙好听，你觉得呢？"

什么红豆、泡芙的？沉野想：她的肚子里大概只有桑葚酒和薯片。

沉野放下杯子，双腿敞开，一只手搭在两腿之间，懒洋洋地靠在椅背上，一如既往不着调："等什么时候男人能生孩子了，我立马给您生一个。"

日上三竿，舒杳才悠悠地醒来，另外半边床铺已经没有一点儿温度了，被子被掀开了。

舒杳以为沉野去上班了，没有在意，洗漱后打着哈欠下楼，却在楼梯口听到了交谈声。她停下脚步，听见奶奶站在门口和沉野说话，并没有注意到她，估计是打算外出。

奶奶一边低头换鞋，一边叮嘱沉野："我约了你孙奶奶听昆曲，你不是正好也休息吗？等会儿你跟杳杳出去约个会，别整天待在家里！"

沉野背对着舒杳，靠在一旁的鞋柜上，说话倒是规矩："我知道，等会儿我问问舒杳想去哪儿。"

奶奶瞪了他一眼："你看看你，我这几天算是发现了，你连称呼都没改！什么'舒杳''舒杳'的？喊一声'老婆'要你的命？你怎么就不跟你爸爸学？你爸一天能喊三百声'老婆'，你们俩就不能匀一匀？"

舒杳心里暗道不妙。这可真是百密一疏，他们好像确实都没考虑过称呼的问题。

沉野拖着长音说"行"，竟让舒杳听出了几分哄人的意味。

他把奶奶送出门，一转身，正好和一动不动的舒杳视线相撞。他靠在门上，右手将手机转了半圈："你都听到了？"

"嗯。"舒杳点头。

"那么你想去哪儿呢？"他歪着脑袋，脸上带着漫不经心的笑，语调微微上扬，又吐出两个字，"老婆。"

"老婆，去哪个馆？

"老婆，你的包忘了。

"老婆，这边入场。"

…………

在被这两个字连击多次后，舒杏终于忍不住了，看着眼前懒洋洋地拿门票扇风的男人，忍不住吐槽："现在奶奶又不在，你没必要这样喊我吧？"

"我不练练，等会儿怎么喊得顺口？"沉野将视线落在她的脸上，眉梢微扬，"你喊一声。"

舒杏装不懂："喊什么？"

"你说呢？"

舒杏攥了攥手，感觉自己可以用脚趾抠出一间美术馆。但是，当初她向他保证，说她演技可以，一定会尽力配合。

"老……"她张了张嘴，果然喊不出来。

私下自己都喊不出，更别说在奶奶的面前喊了。舒杏突然觉得他说的话也有道理。

沉野俯身和她平视，跟哄孩子似的："试试？"

舒杏垂着头，声音比蚊子叫还小。

沉野没听清，故意转过头把耳朵凑上去："你说什么？"

"老……公……"舒杏红着耳朵，咬牙切齿地喊道，把"老公"喊出了仇人的气势。

沉野揉了揉她的发顶："还行，今天你就这样喊，熟能生巧，回去别穿帮了。"

"哦。"舒杏抢过他手里的其中一张门票，先过了检票口。

看展并不是舒杏一时兴起的想法。

本来以为沉野今天要上班，奶奶又有约，她就自己订了美术馆的门票。后来沉野决定和她一起出门后，她觉得他可能对这个展不感兴趣，就想着先退票，过几天自己再来，却被他拒绝了，于是帮他也订了一张同时间段的票。

展览名为"她的100个故事"，独特的是，展品并非文物，而是由社会上不同年龄、不同职业、不同生活处境的女性捐赠的物品。这里就好像女性生活现状的一个缩影。

入口处的第一件展品是一张白纸，上面歪歪扭扭地写着几个黑色的字，但随着时光流逝，纸张发黄，字也变得不太清晰了，参观者只能勉强看清"贫穷""女儿""以后"几个词。底部的说明牌上写着："1995 年，养父母捡到我时，襁褓里放着这张纸。快三十年过去，他们的确找到了我，希望我能为我的亲弟弟捐献骨髓。"

第二件是一条被撕裂的裤子，从裤子大小来看，女孩当时不过七八岁。说明牌上只简单地写了一句歌词："为什么不偏不倚，选中我一个？"

…………

这是一个气氛颇为压抑的展览，冷白色的灯光显得无情，暗红色的展布总让人想到鲜血和死亡。正因如此，展览颇为冷清，参观者屈指可数。

当然，其中也有令人感动和觉得温暖的展品，比如一个印有"小黄煎饼"字样的煎饼包装袋。

女孩的母亲是个大字不识的哑巴，在高中门口摆煎饼摊，正处于青春期的女孩觉得丢人，每次放学都故意不从煎饼摊前经过，而是选择绕路离开。但不知道从哪天开始，女孩发现班级里有些同学每天早上都拿着小黄煎饼走进教室，还四处宣传这个煎饼多好吃，夸赞老板娘人好又大方，于是女孩渐渐地开始好奇，母亲做的煎饼是不是真的这么好吃。

终于有一天，放学后她没有绕路，而是隔着马路偷偷地看母亲做了一两个小时煎饼。看着她用肢体语言和同学们"相谈甚欢"，女孩才意识到，看不起母亲的人从来不是别人，而是自己。从此之后，她克服了自卑心理，空闲的时候甚至会和母亲一起摆摊。

若干年过去，她已经成了好几家连锁餐厅的老板。她在一次同学聚会上得知，原来当初同学们早就知道她是煎饼摊老板娘的女儿了，而他们每天在她的面前宣传煎饼摊其实是众人想出来的帮助她克服自卑心理的方法。

舒杏和沉野默不作声地看完了大半的展品，绝大多数的参观者都没说话。展厅越安静，就越发凸显不远处一个男人的聒噪。

面对正对着展品拍照的女朋友，男人双手环抱在胸前，吊儿郎当地抖着腿，满脸不耐烦："有什么好看的啊？走吧。"

他女朋友冷冷地扫了他一眼："你烦不烦啊？你要走自己走啊。"

男人伸手搂住女生的腰，开始讨饶："我一个人走有什么意思？一起走嘛，我们去看电影，电影不比这些恶心的玩意儿好看多了？"

女生从他的怀里挣脱出来："你什么意思？什么恶心？"

面对旁边的人投来的异样眼光，男人恼羞成怒，指着面前的一包卫生巾说："这还不恶心？你管一包卫生巾叫艺术？"

女生被气得满脸通红，指着门口喊："你给我滚！"

"你给脸不要脸。"男人骂了一句，气冲冲地走出了展厅的大门。

女生看着天花板冷静了一下，拿着手机走到旁边的休息椅上坐下，然后开始低头摆弄手机，不知道是不是在和朋友吐槽。

男人走后，展厅里只剩下女生了。舒杏偷偷地看了一眼沉野，发现他好像根本没有注意刚才的争执，正站在最后一件展品前专心致志地看说明牌。

最后一件展品是一个铜质圆环，舒杏看第一眼的时候没认出这是什么东西，直到看到了说明牌上的"节育环"三个大字。

把这种东西放进子宫里，大多数年轻人想想就觉得可怕，但在母亲那一辈人中，这是一种极为常见的避孕措施。大概一年前，舒杏就陪舒美如去医院里取过节育环。

见沉野看得这么认真，舒杏偷偷地问："你在想什么？"

"没什么。"沉野对她笑了笑，问她，"你看完了？"

"嗯。"

展览的出口处写着策展人朴实但真挚的祝福："经历苦难后的她们目前都过着起码让她们自己满意的生活，希望你也是。"舒杏终于明白为什么这个展览名为"她的100个故事"，里面却只有99件展品了，因为第100个故事属于每一位前来参观的女性参观者，独一无二。

舒杏走出展厅的时候，心情很复杂，却并没有觉得压抑，正如她在展览中看到的那句话——直面苦难，不为恐惧，只为克服。她想：或许自己也应该真正地从过去中走出来，直面未来的人生，接纳新的人走进自己的生活。

她深深地呼出一口气，如释重负的同时，突然感觉到体内涌出一股暖流。她想了一下今天的日期，脚步骤停，表情变得尴尬起来。

沉野回头，用眼神问她怎么了，她低声说："我好像……生理期来了。"

沉野："没带卫生巾？"

舒杏点头。

沉野摸了摸她的脑袋："去那边的洗手间里等我。"

说完，他快步走下了楼梯。

不到十分钟，舒杏就在洗手间的隔间里听到保洁阿姨问："谁让男朋友买了卫生巾？"

她立刻敲门回应，阿姨便把袋子从门下方的空隙里塞了过来，半透明的白色袋子里装着一包粉色的卫生巾。

大多数人在成长的过程中多多少少会为了一些东西改变自己，但沉野的自在和坦荡好像一直在他的骨子里。

舒杳还记得，高中的时候，女生们都不好意思明着说月经，还管卫生巾叫"小面包"。大家拿着卫生巾去洗手间的时候，要么把它塞在口袋里，要么用纸巾包起来。那时候舒杳年纪小，也不例外。

高三那年寒假的某一天，她照常去书店对面的餐厅吃饭，途中突然觉得下腹有点儿胀痛。她起身时，那股熟悉的热流告诉她，生理期来了。

她像被戳中脊梁骨一样坐了回去，表情尴尬，不知所措。她掏出手机向赵恬恬求助，赵恬恬却说跟父母探望亲戚去了，在郊区。

除了赵恬恬，舒杳在学校里根本没什么信任的人。就在她犹豫要不要向店员求助的时候，赵恬恬又发来消息，说已经联系到了人，那人五分钟就能到餐厅。

五分钟后，舒杳才知道赵恬恬求助的人是沉野。

当时，他的手里也提着这样一个半透明的白色袋子，别人只要稍微仔细点儿就能看到里面的卫生巾包装袋，可他似乎毫不介意，坦然地走进了餐厅里。

接过他递来的外套和袋子，舒杳把外套往身上一挡就冲进了餐厅的洗手间里。她出来时，腰上还围着他的外套，但神情已经自然了很多。

沉野靠在门边，见她出来，把手机揣进兜里，问她走不走。她后知后觉地想起来，既然自己的裤子上沾了血，那椅子上应该也有。

她让沉野等等，然后折回座位处，看到桌上她刚吃了一半的面还放着，筷子也丝毫未动。她从桌上抽出几张纸巾，低头一看，发现木椅上干干净净的，一旁的垃圾桶里倒是有几张纸巾，隐隐地透出一抹红色来。

那时候舒杳没有多想，以为是服务员收拾的，毕竟沉野这种性格的人，和她又不熟，怎么可能做这种事？但现在想来，舒杳茅塞顿开。

当时桌上的碗筷保持原样，说明服务员根本没有靠近那张桌子，又怎么可能帮她擦椅子呢？

好奇之下，舒杳走出洗手间就急匆匆地轻声问沉野这件事。沉野果然还记得此事，并且没有否认。舒杳问他为什么，他理所当然地反问："我要是受伤流血了，你不帮我擦？"

他看似肆意张扬，实际生来自由、坦荡，而这份坦荡经过岁月的历练不仅没有消失，反而更加外露了。

这一刻，舒杏觉得自己好像一直没有好好地认识沉野。他明明比她记忆里的更强大，也更温柔。

舒杏笑着看了一眼手机上的展览信息，向沉野提议："隔壁展厅还有一个现代艺术展，听说也挺不错的，你要去看看吗？"

沉野自然没有意见。

两个人逛到隔壁展厅，一进门，舒杏就看到了一个硕大的男性裸体雕像，雕像的下半身被几片树叶遮住了关键部位。

她并非能欣赏所有的艺术，对于这种艺术作品，就只能肤浅地数数雕像上有几块腹肌。默数到第五块的时候，她突然听到一旁传来一声冷笑："原来不错在这儿啊。"

舒杏觑了他一眼，故意用话刺激他："你不会是忌妒吧？"

沉野俯身凑到她的耳边，用只有两个人能听到的音量说："怎么会呢？要不今晚让你数数我的腹肌？"

他的嗓音里像有钩子似的，钩住舒杏的心晃了晃。

舒杏怕他真拉着自己去数腹肌，晚上一直黏着奶奶，就没分开过。

电视里播放着《还珠格格》，舒杏把它当成背景音，和赵恬恬聊天。赵恬恬问她有没有看高三班级群。

舒杏没有看群聊的习惯，目前除了沉家的家庭群，其他群聊都是免打扰状态。她点开高三班级群看了一眼，发现群里正在讨论周末同学聚会的事情。

赵恬恬："去吗？去吗？"

同学聚会是近两年才开始搞的，去年舒杏被赵恬恬拉着去过一次，本以为会很尴尬，但其实并没有。舒杏甚至在聚会上意外得知有同学从事珠宝生意，还能让她以优惠的价格买到一些难买的原材料。

她很实际地问了一句："做珠宝生意的那位同学还去吗？"

赵恬恬："姜亚云啊？她去。"

舒杏："那可以。"

舒杏把消息发出去的时候，电视剧正播到五阿哥因为吃醋和箫剑大打出手。奶奶踢了踢沉野的小腿，让他去厨房里热牛奶。舒杏看沉野在摆弄电脑，估计是有工作，于是立刻站了起来："我去吧。"

奶奶还没来得及阻拦，她已经穿着拖鞋"嗒嗒嗒"地跑到了厨房里。

她虽然来过厨房很多次，但沉野从来没让她碰过这些厨具，最多让她在他做菜的时候帮忙打下手，所以她很迷茫。她第一次知道，原来自己连炉灶都不会开。

这炉灶怎么连个开关都没有？这是什么高科技？

舒杳拿着牛奶，一时无从下手。她探头往门口看，一声"沉野"就在嘴边，突然想起什么，临时换了称呼："老……老公……"

第一声她喊得太轻，完全被电视剧的声音掩盖了，于是她扯着嗓子大喊："老公！！！"

面对奶奶揶揄的目光，沉野淡定地移开电脑，起身清了清嗓子："奶奶，看到没？之前我们不喊，是怕您躺到。"

奶奶又踢了他一脚。

沉野转身走进厨房，两个人四目相对，舒杳才察觉到刚才那声喊得有点儿浮夸。她移开视线，指了指锅："我不会开。"

沉野这次倒是没有直接把活包揽下来，而是站在她身后轻声教她："先按这个，然后按这个，选择火力。"

"哦。"

舒杳拿着牛奶，往锅里倒了一杯的量，忽然感觉身体周围的温度比锅里的还高。

他刚洗过澡，身上有淡淡的白桃香味，低头问了一句："会了吗？"

舒杳："我会了，你先出去吧。"

沉野冷笑，不仅没走，还往前逼近半步："过河拆桥是吧？"

舒杳腹部贴着略带凉意的大理石，后背虽然没有和他的胸口贴上，但能感觉到他说话时气息喷洒在她的耳朵上了。她的心猛地跳了一下，她试图反手把他往后推，手却突然触到了什么东西。

冰冰凉凉的触感，这是他身上的睡衣，但凉意过后是温热的感觉。她回头一看，发现自己的左手正霸道地撑着他的腹部，手掌下是硬邦邦的肌肉。

舒杳的第一反应是，哦，原来他还真有腹肌啊。

好像看透了她的想法，沉野也不往后退，轻笑一声："我让你摸，你还真摸啊？早知道我刚才练一练了。"

舒杳手忙脚乱地回过身，完全忘记自己已经倒过牛奶了，又拿起一旁的牛奶盒"咕咚咕咚"地往锅里倒。

三分钟后，两个人端着三杯牛奶走出了厨房，沉野还给小饼干倒了一碗。

奶奶疑惑地看了一眼他们俩手里的牛奶："我让你们热一杯，你们给我热了一锅？"

奶奶睡觉后，舒杳去书房里画了一个小时设计图，而后揉着略微酸涩的眼睛走进了卧室。卧室里面灯光柔和，空无一人。

和沉野同居一室这件事其实并没有舒杳想象的那样令她不习惯，她有时会忘记房间里还有一个人。就比如现在，她极其顺手地推开了浴室门，打算进去洗漱，却发现里面有一个裸男。

睡衣已经被脱下，放在了一旁的架子上，沉野上半身赤裸着，腹肌清晰可见。他皮肤很白，腹部的肌肉线条流畅，恰到好处。沿着那倒三角往下，是松松垮垮的睡裤。

沉野坦然地面对她，轻笑一声："光摸还不够是吧？"

舒杳眨了眨眼，面无表情地扔下一句话："我就是看一看你有没有撒谎。"

说完，她淡定地后退，帮他关上了门。

舒杳有时候嘴比脑子快，此刻才后知后觉地感到尴尬，靠在门上，双手拍了拍脸。这卧室是待不下去了，她索性又跑回书房，决定和设计图再战两个小时。

不到一个小时，设计图就完成了。舒杳撑着脑袋，莫名其妙地又想起了刚才的画面。

以前赵恬恬在短视频网站上刷到腹肌帅哥的视频时会分享给她，她虽然捧场，但其实内心并没有太大的波动，这回怎么还忘不掉了呢？

她双手撑着额头，闭了闭眼，从一旁拿了一张白纸，用画画缓解情绪。

五分钟过去，舒杳对着白纸上的腹肌轮廓，陷入了深深的反省。

"咚咚"，突然响起的敲门声让舒杳浑身一颤，她胡乱地把纸揉成团，见四周没有垃圾桶，就暂时把纸团塞进了睡衣的口袋里。

"进来吧。"

话音刚落，沉野就推开了门，懒散地靠在门框上："你准备在书房里过夜？"

"没有，"舒杳起身，走过去关了书房的灯，"我画设计图呢。"

"哦？"沉野慢悠悠地说，倒是没戳穿她。

舒杳从柜子里拿出自己的衣物去浴室洗了澡，出来时，沉野已经安稳地躺在了床上。

昨天他好歹还客气一下，今天就一副主人样了。不过，他好像本来就是这里的主人。

舒杏掀开被子，从另一边上了床，低声问："被子还没清洗好吗？"

"嗯。"

"要不……我点个超市的外卖？"

"我睡不惯那种被子。"沉野趴在枕头上，闭着眼睛，看上去睡意已经来袭。

舒杏可以理解，虽然没看出来之前那床被子有什么特别之处，但说不定它只是外表低调。

她本来打算把现在床上的被子给他盖，自己用新买的被子，想了想，又觉得挺麻烦。万一奶奶看到了，肯定会觉得奇怪。算了，反正两个人丝毫不越界，睡相都挺好。

第二天，舒杏醒来时，沉野难得还睡着，可能是昨晚休息得不好。他侧躺着，右手规规矩矩地放在枕头上，睡衣的领口下垂，露出了线条流畅的锁骨。

这是舒杏第一次认认真真地看他睡觉时的样子，他看起来没有平日里在外人面前那样冷淡，反而多了几分孩子气。

舒杏轻手轻脚地掀开被子下床，去浴室洗漱了。

她刷牙刷到一半，浴室门就被推开了。沉野头发微乱，睡眼惺忪地走到她旁边，然后熟练地往牙刷上挤牙膏。

这一瞬，舒杏愣住了。

昨天看到他赤裸上半身，舒杏并没有觉得暧昧，比起害羞，更多的感觉是尴尬和无措。现在他们做着再日常不过的事，她反而耳朵发烫。

镜子里的两个人穿着同款睡衣，用着情侣牙刷，一高一矮，做着同样的刷牙动作，就好像已经在一起生活了很久，并且会一直这样相伴着生活下去。

舒杏惊讶地发现，自己居然并不排斥这种感觉。如果能一直这样生活下去，不论自己有没有爱情，好像都是一件挺不错的事情。

撞上镜子里沉野的目光，舒杏垂下了眼眸，突然变得很忙。她先吐掉嘴里的泡沫，漱口后又着急忙慌地绑头发、洗脸，一顿操作猛如虎。

沉野疑惑地看了她一眼："你赶时间？"

"啊，"舒杏拿洗脸巾擦干脸上的水珠，"我约了昧儿的朋友看设计图，要来不及了。"

沉野没再说什么。

舒杳松开头发，回头发现昨晚自己换下的睡衣还在架子上。她随手扯下睡衣，急匆匆地抱着走出了浴室。

回到卧室里，她把衣服丢进脏衣篓，看到睡衣的口袋时突然想起一件事。她重新把睡衣拿出来，掏了掏口袋，可是两个口袋都空空如也。

舒杳慌乱地转身，再次推开了浴室的门。

浴室里还残留着牙膏淡淡的薄荷清香，沉野身后的窗户半开着，一缕阳光倾泻进来。他右手撑在大理石台上，左手拿着一张皱皱巴巴的白纸，眼眸低垂，目光平静地落在上面。

"这种程度……"他捏着白纸翻了个面，眉尾微微一挑，听起来有点儿苦恼，"倒是真的有点儿让我害怕了。"

舒杳本来打算两点出门，因为这个意外，硬生生地把出门时间提前了一个小时。

在咖啡厅里和赵昧儿的朋友确认好手镯的设计图，舒杳坐上了出租车。天空阴沉沉的，绵绵细雨打湿了车窗，她看着窗外，脑海中全是早上的尴尬场面。

他说她对他的腹肌的痴迷程度让他害怕，她是怎么回答的来着？哦，她说腹肌都一个样，她画的其实是八块腹肌的海绵宝宝。

说完，她转身就走，没看见身后的沉野当时是什么反应，想来他应该是不信的。

舒杳被自己无语到笑了起来。

雨丝让景色变得模糊，即便如此，出租车经过街心公园时，她还是一眼就看到了那个熟悉的身影。

沉野和小饼干蹲在公园门口的保安亭边，大概在等雨停。明明她出门的时候，他还提醒她今天可能下雨，要带伞，结果自己遛狗不带伞。

舒杳下了车，穿过又细又密的雨丝，撑开伞快步走了过去。

沉野正在低头看手机，并没有发现她。她突然觉得这个画面有点儿可爱，像两只小狗乖巧地排排站，于是她偷偷地掏出手机，拍了一张照片。

小饼干瞬间抬头看了过来，而后往前跑了两步，牵引绳被牵动，沉野这才抬起了头。

舒杳赶紧收起手机，走到他面前："你怎么不带伞啊？"

"我就出来一会儿，没想到这么巧，下雨了。"沉野很自然地接过她手里的雨伞，把小饼干抱在怀里。

伞下多了一个人和一只狗，瞬间拥挤不少。舒杏能感觉到伞自始至终都在往她的方向倾斜，因为她的衣服没有沾到一点儿雨珠，他的右手臂却湿了一半。

两个人都穿着短袖，肌肤毫无阻隔地贴在一起。不知道是不是他比自己体温高，舒杏总觉得手臂上一阵一阵地发烫。

她偷偷地拉开一些距离，沉野却突然开口："过来点儿，伞小。"

"哦。"舒杏抿了抿唇，又靠了回去。

"今天顺利吗？"

"顺利呀，昧儿的朋友很好说话，设计图几乎没有改动。"

"嗯。"

"对了，我刚才在回来的路上看到一只特别好看的萨摩耶，但是它没有小饼干可爱。"

放在以前，这种事情会被舒杏列为无关紧要的小事，她看过就忘了，根本不会对别人提。她都没有意识到，自己此刻居然在和沉野分享生活。

沉野笑道："你说这话不违心吗？"

"哪里违心？"舒杏摸了摸小饼干的耳朵，"你觉得小饼干不可爱啊？你怎么一点儿'亲爹滤镜'都没有？"

"是你的'亲妈滤镜'太厚。"

两个人有一搭没一搭地聊着，走到家门口的时候，绵绵细雨停了。

夕阳穿破云层洒在水面上，一路波光粼粼。舒杏看着两个人被拉长的影子，莫名其妙地感觉心口也有一摊水，水面轻轻地晃动着。

进门后，舒杏拿了两条毛巾，递给沉野一条，然后蹲下身，用另一条帮小饼干擦身体。

小饼干大概觉得不舒服，四处躲闪。舒杏强硬地把它按住，语气却极为温柔："擦干才不会感冒。"

两只耳朵似乎被捂住了，舒杏愣了一下才反应过来是沉野在用毛巾擦她的头发。她仰头，对上他的目光："你干吗？"

沉野嘴角勾起一抹笑，模仿她刚才的语调说："擦干才不会感冒。"

"小狗才需要帮忙擦，我可以自己来。"舒杏瞥见他的手臂还是湿的，提醒道，"而且你先擦擦自己吧。"

沉野低头顺着她的视线看了一眼，随即很自然地把毛巾递给了她。

舒杳面露疑惑之色，沉野理所当然地说："你刚才说了，小狗才需要帮忙擦。"

他什么时候这么坦然地接受自己是小狗的设定了？

舒杳站起身，接过沉野手里的毛巾，他倒是很自觉地把头低下了，让她可以擦得更轻松。

舒杳双手抓着毛巾盖在他的脑袋上，一开始动作轻轻的，后来想起他从昨晚到今早不知道因为腹肌的事情逗了她多少次，起了报复心，动作变得粗鲁起来。

他没反抗，十几秒后，舒杳收起毛巾，看到他黑发凌乱，跟夯毛了似的。舒杳实在没忍住，右手撑着一旁的沙发，"扑哧"一声笑了出来。

"舒杳。"沉野眯了眯眼睛，一字一顿，"你……完……了。"

"你想干吗？"

"你说我想干吗？"沉野握着她的手臂，将她拉到身边，右手搭在她的腰侧，轻轻地挠了挠。

"啊，你别……"

舒杳没想到他居然幼稚到用挠痒痒这种招数，用尽浑身解数躲避，却还是被他死死地控制在沙发的角落里。

"说你错了。"

"我不！"

他们离得极近，似乎连呼吸都交缠在一起，谁都没有意识到不对劲。突然传来一声咳嗽，两个人同时顿住，默契地侧头看了过去。

不远处，奶奶站在楼梯口瞪沉野，一副恨铁不成钢的表情："我昨天怎么跟你说的？！你跟着你爸，好的不学，净挑坏的学！"

舒杳纳闷：挠人痒痒这毛病……也遗传？

不知道是不是被沉野洗脑了，早上醒来，舒杳发现自己居然搂着他的胳膊，并且很不要脸地把手放在他的腹肌上。

更令她无语的是，她发现自己居然一点儿都不惊讶。她甚至开始思考自己是不是真的对沉野的腹肌如此痴迷，以至于半夜无意中做出了这种事情。

幸好沉野还没醒。

舒杳偷偷地把手抽出来，却发现他的胳膊被自己的额头压出了一个红印。她本来想帮他揉一揉，手伸到一半又急速收回。她想：还是算了，万一自己把他吵醒了，他大概率会说，她现在对他的痴迷已经从腹肌扩展到了肱二头肌。

她安分地平躺好，假装刚才的一切没有发生过。

拿过床头柜上的手机，看到赵恬恬大早上给她发的定位，舒杳才想起来今天是同学聚会的日子。聚会的地点她很熟悉，就是再遇酒吧。

聚会是 AA 制的，加上大家的经济条件不一样，所以去年的聚会地点比较便宜。对于这次聚会的地点，舒杳挺惊讶的，晚上进酒吧的大门前就顺嘴问了一句。赵恬恬转着手里的汽车钥匙，说："地点是大家投票决定的呀。可能这次来的人比较少，每个人都投了再遇，你没投吗？"

舒杳怔了怔："我没有看到投票。"

"没事。"赵恬恬拉着她的手往里走，却没摸到熟悉的东西，低头一看，问，"哎，你今天怎么没戴戒指？"

今天倒不是忘了，舒杳是故意没戴的。

"你还记得去年的事吗？姜亚云因为无名指上戴了一枚戒指，从聚会开始被盘问到结束，大家就差把男方的祖宗十八代问出来了，我可不想让悲剧在我身上重演。"

赵恬恬"扑哧"一笑："也是，要是他们知道和你结婚的人是沉野，你今晚就不用回去了，他们可以八卦到明早。"

两个人越过舞池，径直上了二楼。

这次来的人确实不多，都到齐了也只有八个。除了舒杳和赵恬恬，包间里还有三个男生和三个女生，有她们去年见过的，有面生的，还有不久前才见过的，比如卖保险的钱浩森。

见她们两个人推门而入，班长热情地站起来打招呼："恬恬！杳杳！你们来晚了，可要罚酒啊。"

赵恬恬豪气地从桌上拿了一罐啤酒："行，我代她喝。"

说完，她"咕咚咕咚"地灌下半罐酒，舒杳适时地帮她把啤酒罐拿走了。

"恬恬的酒量还是这么好。"班长朝她比了一个"赞"的手势。

赵恬恬环顾四周："怎么定了个最小的包间啊？"

班长无奈地说道："能订到就不错了，最近刚开学，店里全是放飞自我的大学新生。你别说，现在的小孩子是真有钱啊，以前我们读书的时候哪里舍得来这么贵的地方？"

赵恬恬："你怎么不早说？咱们有人脉呀。"

"什么人脉？"

"那个……"感觉到手臂被人轻轻地掐了一下，赵恬恬立马改口，"前前前前前暧昧对象的老婆也算人脉吧？"

不少同学对徐昭礼和赵恬恬的事情有印象，打趣几句就过去了。

班长招呼她们坐下，舒杏左边就是钱浩森。空间有限，两个人的手臂几乎要碰到了，舒杏不太习惯，往赵恬恬那边挪了挪。

钱浩森没注意到她的举动，热情地帮她们倒水，却发现桌上只有六个杯子："班长，杯子不够了。"

"我去喊服务生。"班长拉开门，"服务生"三个字只说了一半，突然惊喜地叫："沉野？！"

舒杏猛地抬眸，看向了门口。

她出门前倒是对沉野提过晚上有同学聚会，但并没有说聚会地点在哪里，没想到他正好来了。

沉野穿着简单的黑色T恤和灰色休闲裤，走过来和班长握了一下手，视线在包间里扫了一圈。舒杏察觉到，他的目光好像在她身上停顿了一下。

"这么巧啊！"班长把他拉进包间，懊恼地拍了拍脑袋，"哎呀，我都忘了你也是这家酒吧的老板，早知道我预订的时候就联系你，走走后门了。"

在座的没有一个人没听说过沉野这个名字。时隔多年，内向一点儿的同学只敢好奇地打量他，而自来熟的同学——比如钱浩森——已经走过去和他攀谈了。

"沉哥，坐一会儿啊。上次在婚礼上没机会，这次咱们一定要坐下多聊一会儿。"

"行啊，"沉野倒是没拒绝，绕过茶几，在钱浩森的位置坐下了，双腿微微敞开，悠闲地往后一靠，"聊什么？"

可能，他想和你聊保险，舒杏在心里默默地回答。

钱浩森看见自己的位置被占，并没有在意，转而坐到了沉野的左手边。但他还没有来得及开口，话题就被旁边的人抢走了。

"我们刚聊到你们这儿的包间太难订，都被刚上大学的孩子们订完了。"一个女生手里拿着一块西瓜，好奇地问，"哎，你们当初都干啥了呀？我记得我拿到录取通知书之后，好像只激动地冲到楼下买了两串羊肉串。"

"我被奖励了500块钱，立马冲到理发店里烫了个头。"

"你们考得不错的人也太幸福了，我这种什么东西都没收到的人在家里哭了一晚上！"钱浩森说。

有人调侃道："那时候没见你对成绩这么重视啊。"

钱浩森喝了一口啤酒，表情哀怨："被我爸揍了一顿，我屁股很疼的好吧。"

众人哈哈大笑。

钱浩森知道沉野没有在国内读大学，所以越过他问舒杏："杏杏，你拿到录取通知书之后干吗了？"

舒杏想了想："好像没做什么，我就是挺开心的，然后偷喝了一瓶自家小超市里的奶茶。"

"幸好你最后选了辅大，"钱浩森感慨道，"要是真的按照你本来的想法去洛北大学，那就太可惜了。"

沉野慵懒地靠着沙发背，一只手搭在大腿上，另一只手拿着一罐打开的啤酒，食指漫不经心地敲了敲罐子，侧头看向舒杏，又轻又缓地吐出四个字："洛北大学？"

舒杏本来没在意，听到他微微上扬的尾音，才想起来一些事。她张了张嘴，却没有当着众人的面说什么。

其他人附和钱浩森："就是啊，杏杏，我当时听到你说考洛北大学的时候，都想敲你的脑袋了。你为了周北川那个男人去一所完全配不上自己的高考分数的大学，这是什么'恋爱脑'啊？"

"我也是，后来听说你们俩分手了，你还改了志愿，我心里爽快极了！"

这下舒杏彻底解释不清了。

话题转得很快，提到周北川，又有人说："不过你们还真别说，我听说周北川现在混得也不错，好像进演艺圈了。"

"他脸上那么大一道疤，混演艺圈？"

"演艺圈又不是只有演员。我听说他现在是经纪人，带的演员可红了，估计赚了不少。"

"咚！"不轻不重的声响打断了大家的八卦。沉野把手里的啤酒罐放在茶几上，慢条斯理地起身："你们聊，我还有点儿事处理。"

他无名指上的戒指在灯光下反射出一道璀璨的银光，班长第一个注意到："哎，沉野，你有女朋友了啊？你的戒指挺特别啊，这是什么纹样？"

"我结婚了。"沉野低头看了一眼，语气淡淡地开口，"这是海洋纹，戒指是我老婆自己做的。"

沉野没参加过同学聚会，还是不知道天高地厚啊！舒杏在心里默默地心疼他一秒。

果不其然，一阵喧哗后，所有人的目光都聚焦在沉野身上了。

就在这时，舒杏感觉好像有人打量了自己一眼。她望过去，看到了角落里扎着高马尾的姜亚云。姜亚云察觉到她回视，很快移开了视线，拿起桌上的酒杯浅酌了一口。

姜亚云看她干吗？难不成她和沉野的关系已经暴露了？

舒杏还没想明白，就听到班长兴致勃勃地发问："嫂子是谁啊？我们认识吗？"

沉野丝毫没有因为被八卦而觉得困扰，单手插着兜，轻笑一声："认识吧。"

"谁啊？"旁边的人更好奇了，"她是我们高中的吗？"

沉野："嗯。"

"那她和你是同一个班级的吗？"

"不是。"他讲话的时候慢悠悠的，不知道是不是故意的。

大家颇有兴致地讨论起来，舒杏却如坐针毡。

她以前认为他们以后肯定会离婚，知道此事的人越少，他们离婚后麻烦就越少，所以她从没有想过主动宣布自己和沉野的婚姻关系。但现在，平心而论，她好像并不介意让外人知道他们是夫妻。

只不过，宣布关系有很多种方式，她不想在这样的场合里像马戏团的猴子一样被围观、拷问，即便知道同学们并无恶意。

借着身体的遮挡，她偷偷地用食指戳了戳沉野的后腰，提醒他闭嘴，下一秒，手指却突然被包裹住了。

沉野居然仗着包间里灯光昏暗，反手伸到背后抓住了她不安分的食指！

舒杏好像一下子被五指山压住了，整个人一动不动。

沉野见好就收，松开右手，好像什么都没发生过，再度和其他人道别："行了，我真有事，先走了。"

众人纷纷表示遗憾，却没有一个人敢挽留他。舒杏不由得暗自感慨：同样是猴子，命运也不同，有的猴子在马戏团里被迫表演，有的猴子却在山里自由地称大王。

沉野走后，大家对于他到底和谁结婚这件事讨论得更肆无忌惮了。

"我刚才问他老婆是不是和他在同一个班级，他说不是，那说明他们俩肯定是同一届的！"

"你还挺聪明，居然会设套了。"

"沉野的老婆肯定是美女，咱们那届谁漂亮啊？"

钱浩森指了指舒杏："舒杏啊。"

"喀。"

正在喝水的舒杏被他的话惊得呛到，咳嗽了几声，还没想好怎么解围，他的话就已经被反驳了。

"别开玩笑，我们讲真的呢！"一个女生神秘兮兮地说，"我倒是想到一个大美女，她和沉野同一届又不同班，而且门当户对，最近还刚结婚，这不是全都对上了吗？"

"谁啊？"

"封云挽。"

"扑哧"，一声不合时宜的笑打断了大家的推测，除了舒杏，所有人都默契地看向赵恬恬。

赵恬恬憋着笑摆了摆手："没事，没事，我就是突然想起半年前听到的一个笑话，越想越觉得好笑。"

女生没在意，拍了拍桌，一脸笃定："你们就说我说的话有没有道理！"

另一个男生表示赞同："封家和沉家确实门当户对，而且沉野和封云挽的弟弟是朋友，这是兄弟成姐夫啊！"

舒杏默不作声地坐在角落里，双手捧着杯子，右手的拇指轻轻地摩挲了一下杯壁。

沉野的突然出现让同学聚会变得更不缺话题了，大家从沉野聊到了当初学校里的各个风云人物，又从高中生活聊到了现在的工作，舒杏却从头到尾甚少插话。

临近结束，她放下杯子，起身去了洗手间，出来时正好看到姜亚云在镜子前补妆。

舒杏朝姜亚云微笑了一下，然后走到水龙头前洗手。温热的水从五指间流过，"哗啦啦"的声响中，她听到了姜亚云带着同情意味的安慰话语："别难过，你错过了，也没办法。"

舒杏一头雾水地看向姜亚云："你说什么？"

"沉野啊。"姜亚云拍了拍她的肩膀，"我看得出来，你从听到他说结婚开始脸色就不太好，但是谁叫你当时选了周北川呢？"

舒杳越听越迷糊了："不是，我……"

"唉！"姜亚云遗憾地叹了一口气，下一句话却让舒杳愣在了原地，"想当初沉野那么喜欢你，你当时要是选了他，现在他的太太或许就是你了。"

洗手间里并不算安静，舒杳能清楚地听到楼下躁动的音乐声，快节奏的鼓点带着她的心脏猛烈地跳动。

她惊讶地瞪大了眼睛，向来说话轻声细语的她此刻忍不住提高了音量："你说，他……喜欢我？"

"嗯？"姜亚云比她更惊讶，"你不知道？"

舒杳逐渐冷静下来，笑了笑："你可能误会了吧？那时候我们都没什么接触。"

她从一旁抽了一张纸巾擦手，正打算走，又听到姜亚云迟疑地说道："但是，那时候是他自己向我承认的啊。"

手里的纸巾被捏成一团，她猛然转身："他什么时候跟你承认的？"

"高考结束后啊。"

姜亚云从高一入学开始就关注沉野了，但是关注沉野的女生很多，她是毫不起眼的那一个。她有自知之明，所以从来没有说出自己的想法。想到以后大家各奔东西，极有可能再也见不到，她决定勇敢一次，给自己的高中时光画上一个句号。

高考最后一门考试结束，教学楼里歌声、欢呼声、聊天声此起彼伏，试卷碎片洋洋洒洒地从楼上飘下来，如雪花一般。严肃的教导主任难得没有怒吼，叉着腰无奈地放任大家发泄。就是在这样热闹的氛围里，姜亚云在教学楼后看到了独自靠在树上的沉野。

她犹豫着走了过去，离得近了才发现他的嘴里叼着一根棒棒糖。

发觉眼前的夕阳被挡住，沉野抬起眼皮，冷淡地看向了她："有事？"

姜亚云紧张地攥着手，手心里全是汗，磕磕巴巴地问："沉野，你……有女朋友吗？"

"没有。"

姜亚云松了一口气，正想问他能不能考虑自己，就听到他补了一句："但我有喜欢的人了。"

姜亚云愣了很久，因为从来没听说过这件事。和沉野有交集的女生很少，她只看见沉野和五班的赵恬恬、舒杳一起出去过。那时，她的脑子里只有一个名字。

"是……舒杳吗？"姜亚云问。

沉野没什么情绪地"嗯"了一声。

"但是，她……"

"我知道，"沉野耸了耸肩，不甚在意地说，"我这不是排着队吗？"

沉野的坦白和直接反而让姜亚云轻松了许多，她笑着长舒一口气："行，反正我说出来就已经满足了，总比无疾而终好。"

沉野把棒棒糖拿在手里，低头看着它，不知道在想些什么，低声重复了一句："总比无疾而终好。"

"嗯。"姜亚云朝他摆了摆手，"那我先走了，希望你能得偿所愿。"

这句话换来了沉野罕见的笑容，他说："谢谢。"

姜亚云是真的希望他能得偿所愿，所以听说周北川去了洛北而舒杳留在辅川的时候，还庆幸舒杳终于清醒，沉野有机会了。她没想到，几年后，依旧物是人非。

洗手间里一直有人进进出出，舒杳听完姜亚云的话，手里的纸团已经被汗水浸得半湿了，脑子里乱得仿佛有一万个人在发言，每个人讲的都是不同的主题。

姜亚云尴尬地笑了笑："他居然没跟你说吗？早知道我也不提了。"

"没事，"舒杳笑着摇了摇头，"反正事情都过去这么多年了。还是谢谢你告诉我这些。"

"也是。他现在结婚了，你也要加油呀，可不能嫁个比他差的男人。"姜亚云拍了拍她的肩膀，看了一眼手机上的消息，"那我先出去了，他们催我了，估计还等着跟我拼酒呢。"

"嗯。"

眼见姜亚云的身影消失在门口，舒杳把手里的纸团扔进垃圾桶，也转身走出了洗手间。

沉野喜欢她？怎么会呢？之前他们见面的次数明明两只手都数得过来。

舒杳太过震撼，居然忘了问姜亚云原材料的事情。她慢吞吞地走着，经过一间空包间时，手腕突然被人攥住了，听到漫不经心的语调在耳边响起：

"聊聊。"

从沉野意味深长地说出"洛北大学"开始，舒杳就知道他迟早会翻旧账，只是没想到这么快。

楼梯间里，灯光昏暗，舒杳靠在门上盯着地上的影子。本来没什么，但她听姜亚云说了那些事，莫名其妙地有点儿紧张："你……你要说什么？"

"洛北大学……"沉野双手撑在膝盖上，俯身和她平视，嘴角微微勾起，"舒杳，你当初是唯独骗了我，还是唯独没骗我？"

四目相对，舒杳发现沉野的目光是柔和的，和当初的如出一辙。

高考结束的那天，赵恬恬拉着他们一起吃烧烤。烧烤店里人很多，交谈声此起彼伏，舒杳和沉野隔着桌子各自喝手里的饮料，并没有怎么动桌上的烧烤。她不吃是因为本身就不太喜欢吃烧烤，至于沉野为什么不吃，她就不知道了。

好在两个人一起出来玩过几次，勉强可以聊起来。

沉野问她准备报考哪所大学。舒杳对所有人说的都是洛北大学，所以第一反应也是这个答案，可是对上沉野的目光，她突然有些开不了口。

她欲言又止，最终视线落在眼前的烧烤上，鬼使神差地告诉他，自己会报考辅川大学。

楼梯间里，舒杳渐渐地从久远的记忆中抽离出来，看着眼前的沉野，嗓音温和地回答："我没骗你。"

沉野知道舒杳和周北川并没有在一起过，所以清楚同学们所谓的舒杳因为周北川改志愿的说法根本不成立，她从一开始就没想过报考洛北大学。但是沉野并不知道，她那时候居然对除了他以外的所有人撒了谎。

"你为什么要骗他们？"沉野问。

"因为我要让周北川相信我会和他一起去洛北大学，所有人都信以为真，这件事才不会有任何纰漏。"

沉野之前不明白，但现在能理解了。周北川这个人估计用那份恩情挟制过她不知道多少次，她如果一开始就说自己报考了其他学校，周北川必然会软硬兼施、道德绑架，要求她和他上同一所大学。所以，瞒着所有人在最后一刻改志愿是她最好的选择，周北川发现的时候，木已成舟。

沉野抬起手，轻轻地捏了捏她的脸，什么话都没说，却好像什么话都说了。

"你既然打算骗过所有人，那……"沉野用拇指的指腹轻柔地蹭着他捏过的地方，"为什么不把我也骗了？你就不怕我是那个让千里之堤崩溃的蚁穴？"

舒杳也说不清，甚至后悔告诉他真话了，因为这种行为完全超出了她的理智。但后来她又想明白了，他是她遇到过的最自由、坦荡的人。他会

223 ·

在她浑身湿漉漉的时候，不带任何有色眼镜地递给她一件衣服；会在她无措的时候，光明正大地拿着卫生巾走进店里，似乎在告诉她这是极其正常的事情，没什么尴尬的。

甚至，他目光坦荡地看着她的时候，她会觉得欺骗他是一种极其可耻的行为，就像那时，就像此刻。

不一样的是，这一次，舒杳坦然地迎上他的目光，轻柔却坚定地回答："因为我当时觉得你是翱翔的鹰，而不是蚂蚁。"

沉野轻笑一声："怎么，你不说我是小狗了？"

舒杳脱口而出："我什么时候说过你是小……？"

话说到一半，她的脑中突然闪现出一段记忆——她搂着他的脖子，迷迷糊糊地喊着："睡吧，我的小狗。"

舒杳呼吸停滞了几秒，神色却如一汪春水，毫无波澜："你是狗，又是鹰。你是不是有个英文名叫 going？"

谐音的玩笑话不好笑，但沉野看她一本正经地瞎扯，真的觉得很好笑。两个人对视了一眼，都在对方的眼里看到了对这个英文名的嫌弃之意。

舒杳忍不住笑了出来，过了一会儿，用食指抠了抠身后的墙壁，低声道："你问了我好几个问题，那我能不能也问你一个问题？"

沉野理所当然地说："你问啊。"

舒杳想问姜亚云说的事情是不是真的、他是不是真的喜欢自己，但是开口的时候又想：事情都过去这么久了，自己再提起有什么意义呢？这样反而会给两个人正常的相处增加负担。

她很清楚，自己是个极其不擅长维系亲密关系的人，这几年身边还有赵恬恬这样一个好闺密，纯靠赵恬恬人美心善、大方不计较。现在自己和沉野之间的关系好不容易维持得很稳定，她害怕一点儿变动就把这种平衡打破，让两个人处于进退两难的地步。

"这么难问出口？"沉野的目光落在她的脸上。

"是有一点儿。"舒杳顿了顿，小声说，"今晚的消费，我和恬恬的部分能打折吗？"

第八章
你要不要……跟我回家？

奶奶回国的这些天，沉野去公司的频率明显变低了，舒杳都快忘记他是那么大一家游戏公司的老板了。

奶奶回小岛的前一晚，沉野在傍晚时发来消息，说有应酬，让她们不用等他，但是直到九点多都没回来。

舒杳陪奶奶窝在沙发里，和之前的每一天一样热情地追剧。她们看完了《还珠格格》，这次换了一部搞笑的偶像剧，剧情还挺逗，奶奶在一旁时不时地发出"咯咯咯"的笑声。舒杳在大学的时候看过这部剧，第二次看没觉得它多搞笑，但配合着奶奶的笑声，忍不住勾起了嘴角。

这样平淡却快乐的日常生活对于她来说是前所未有的体验。她一直认为亲情可有可无，可现在居然不舍得奶奶离开。

"奶奶，您真的明天就回去了吗？"

"我总不能老和你们小年轻住在一起，你们要做什么事也不方便，不是吗？"奶奶笑眯眯地拍了拍她的手背，"现在交通很方便，下个月你和阿野再来看奶奶。正好炀炀一个人在那儿无聊，你们来了，他也开心。"

舒杳挺怀疑的："您确定他开心？"

奶奶笑了："你别看炀炀比你大，其实就是个孩子。他要是惹你生气，你别在意。"舒杳刚想说不在意，就听到奶奶又说，"你直接揍他，把他打服气了，他就听你的话了。"

舒杳忍不住笑了起来，将视线转向了电视屏幕。剧中的女主人公是一位美妆博主，此刻正面对着镜头，一边化妆一边讲解技巧，这倒是让舒杏想起了一个曾经一闪而过的念头。

"奶奶，我也搞直播，您觉得行不行？"

奶奶甚至什么都没问，毫不犹豫地支持："好呀，咱家杏杏这么漂亮，往那儿一坐，就算什么都不做，肯定也有很多人看！"

"奶奶，我不露脸，就做那种制作手工艺品的直播。"

"制作手工艺品的直播？"奶奶好奇地问，"直播你创作作品的过程？"

"嗯。"舒杏从茶几上拿来自己的手机，下载了一个叫 ×× 直播的 App，展示给奶奶看。

之前还在博文工作的时候，她在选题会上听大家讨论过，×× 直播正在大力推广"匠心"版块，但当时是林瑞阳在大力跟进这个方向，所以她了解得不多。最近她仔细地研究以后才发现，这个版块的受欢迎程度完全超出了她的想象，黏土手工、刺绣、文物修复……各式各样的直播百花齐放。

舒杏刷新首页，看到了一个复原古代美食的直播，主播叫挽挽，热度颇高。她好奇地点了进去，发现主播没有露脸，但在听到声音的那一刻惊讶地睁大了眼睛。

她没有听错的话，这个挽挽应该就是高三时隔壁班的封云挽，也就是同学聚会那天所有人都觉得和沉野很般配的那个女生。

封云挽当时是学校里的风云人物，舒杏在一些活动中和她有过接触，所以对她的声音很熟悉。

舒杏并没有觉得自卑，这么多年从来不认为家境不好或原生家庭不幸是让人自卑的事，也清楚沉家的人都不会嫌贫爱富。她只是很惊讶，一向不爱关注别人的自己这次居然无意中把同学们的对话记得这么清楚。

一旁的奶奶没有注意到她的情绪变化，笑了笑："我老啦，对这些事不太懂，你要不要问问阿野的意见？"

舒杏回过神，脱口而出："那我等他回来问问。"

"干吗要等呀？你直接给他打电话呀。"

"他不是有应酬吗？万一……"发现自己又开始想东想西，舒杏点头，"那我给他打个电话。"

沉野很快就接听了。

电话那头听着挺安静的，舒杏问："你现在方便说话吗？"

"方便，"沉野说，"我在回来的路上了。"

舒杏把自己的想法向他重复了一遍，然后说："我对师父说，我们现在面临的问题有两个，一是外部原因，大众对于花丝镶嵌的了解不够，很多人根本没听过这门手艺；二是内部原因，我们的作品创新程度不够，购买门槛高。所以，我想先从外部原因努力，慢慢地改变。新媒体是一个很好的渠道，除了直播以外，各种视频网站好像也是不错的宣传平台。"

沉野问："有计划了没？"

"还没有，我现在只有一个初步的想法。"舒杏说，"要正儿八经地做，我一个人可能顾不过来，需要找个助手。"

奶奶立刻插话："那你去招聘网站上找呀，顺便看看有没有小帅哥！"

沉野在电话里笑了一声："奶奶，您真是我的亲奶奶。"

舒杏失笑："应该不用，我还不确定直播这事能不能持续地做下去，所以想先招一个实习生。我问问恬恬吧，看看她有没有认识的学弟学妹。"

赵恬恬还真有。

舒杏只跟赵恬恬提了一嘴，她就立刻去朋友圈里找了，最后找到一个辅川大学传媒系大三的学妹，叫黎穗。

黎穗之前做过电商直播助理，虽然直播内容有所不同，但彼此有共通之处。舒杏觉得她可以胜任这项工作，便加了她的微信，和她约定在隐园里见面。

一切尘埃落定，舒杏松了一口气。

今天以前，她从来不敢想象自己这个天马行空的想法可以得到身边所有人的支持，并立刻落地实行。没有人觉得她不务正业，也没有人觉得这事不稳妥。

直播计划正式敲定，时针迈过了十点。舒杏把奶奶送回房间里，自己也躺到了床上。

翻来覆去许久，她依旧毫无睡意，拿出手机看了一眼时间，十一点零二分。她正想刷一会儿微博，楼下突然响起了门铃声。

舒杏以为是沉野回来了，立刻掀开被子下床，甚至没想到他说过不用等他，根本不会按门铃。

门口的显示屏上出现了一个看起来四十岁出头、笑容和善的姐姐，她对着镜头举起了怀里的东西："您好，我是来送被子的。"

看到那条熟悉的被子，舒杏立刻开了门。道谢后，她把被子抱回房间，放进了衣柜里，想了想，又回到客厅里打开了电视。已经准备睡觉的小饼干利索地跳上沙发，趴在了她的大腿上。

舒杏躺在沙发上，随便选了一部偶像剧。怕吵醒奶奶，她把音量调得极小，一边撸狗一边安安静静地看。

第一集一开始就是男、女主人公之间火花碰撞的场面。酒店房间的门被踢上，男主人公拽着女主人公进了房间，一下子将她抵在墙上，双手捧着她的脸强势地吻了下去。女主人公反抗，却无济于事，被男主人公强硬地掐住了腰，往床上倒。

舒杏面无表情地看着，直到门口传来了"嘀嘀"两声。

沉野推门而进，手臂上搭着西装外套，黑色领带被扯歪了，松松垮垮地挂在脖子上。沉野看到她，眼里闪过一丝惊讶："还没睡？"

"电视剧挺好看的。"舒杏说。

沉野转过头，看到被压在床上的女主人公推着男主人公的胸口，眼泪汪汪地说："你明明不爱我，为什么……？"

"谁说我不爱你？"男主人公恶狠狠地盯着她，"你非要我证明，是吗？"

说完，他抓起床头柜上的烟灰缸，"砰"的一声砸在自己的脑袋上。血流如注的男主人公面不改色地说："这样可以说明我爱你了吗？"

画面一转，男主人公在医院里醒来，被医生告知失忆了。

舒杏面不改色地说："我听说熬过前三集就好看了。"

沉野倒是没在意，走到舒杏身边，把外套随手扔到沙发的一角。他坐下的时候，舒杏闻到了他身上明显的酒味。

她坐起身，靠过去嗅了嗅："你喝酒了？"

"嗯，"沉野按了按太阳穴，仰头靠着沙发闭上了眼睛，难得看起来疲惫，"帮周景准挡了几杯。"

舒杏俯身倒了一杯柠檬水递给他："喝点儿柠檬水吧，可以醒酒。"

沉野抬起眼皮，没有伸手接，只是把脑袋凑了过去。

舒杏想：好吧，毕竟上次他照顾了喝醉的自己，自己也不是一个不懂得知恩图报的人。

她往沉野身边挪了挪，将杯子递到了他的嘴边。他就着她的手喝了几口柠檬水，抬眸时眼尾泛红。

舒杏扶着他的手说："要不你早点儿上去休息吧。"

"嗯。"沉野自然地将手臂搭在她的肩膀上，借力站了起来。

明明是她搀着他，可这个姿势怎么看都像他把她搂在怀里。她垂着头，没有说话。

把他扶着坐到床尾后，舒杏关上了门，从衣柜里拿出了他的睡衣。

"你……"舒杳犹豫了一下，问，"能自己洗澡吗？"

沉野将双手反撑在身后，上半身慵懒地往后靠，歪着脑袋笑："我要是不能呢？"

"不能洗就别洗了，"舒杳很实诚，"你睡觉的时候离我远一点儿就好了。"

沉野单手撑着床站了起来，从她的手里抽出睡衣，俯身轻飘飘地说了一句："凶手作案好歹还处理一下现场，你别把我的手压麻就不管了。"

沉野洗完澡就出来了，看起来醉意消散了不少。见他动作利索地掀开被角，舒杳突然想起柜子里还有刚被送来的另一床被子。

她张了张嘴，最后却什么都没说，抿着唇继续摆弄手机。

过了一会儿，舒杳的手机突然开始振动，屏幕上跳出了一串陌生的电话号码。见电话号码的归属地是辅川，舒杳没有多想，按下了接听键。

周北川的声音传了出来："杳杳，别再拉黑我了，我们好好地聊一聊，行吗？"

舒杳怎么也没想到周北川执着到这个地步，居然换了一个电话号码继续骚扰她。她眉头微蹙，正想开口，手里的手机就被人拿走了。

不知道是不是有酒劲的加持，沉野的声音听着有些嚣张："不好意思，我老婆睡了，您是哪位？"

舒杳愣了一下，完全没有因为他干涉自己的私事而觉得冒犯，反而有些想笑。她放松下来，左手压在脑袋下侧躺着，目光带着看好戏的意味。

周北川沉默了好一会儿才继续开口："她结婚了？"

"是。这位先生，大晚上打别人老婆的电话，还说些暧昧不清的话……"沉野冷笑一声，用词倒是挺有礼貌的，"您要不多看一看地图，认清自己的定位？"

舒杳并没有把周北川的事情放在心上，只是黑名单里又多了一个电话号码。

第二天送奶奶上飞机后，舒杳回去收拾了一下，准备搬回黎水。俯身叠衣服时，她突然听到一旁的沉野问："这是什么时候送来的？"

她抬头一看，柜门大开，里面的被子稳稳当当地放着，非常显眼。她愣了一下，淡定自若地摇头："不知道啊，可能是奶奶放进去的吧。"

沉野看起来没有怀疑，舒杳却不由自主地心跳加快，甚至没有叠最后一件T恤，直接把它塞进了行李袋里。她先一步走出卧室，暗暗地松了一口气，心想：撒谎果然是一件费劲的事情。

奶奶不在家，楼下显得异常安静。明明只是在沉野家里住了一小段时间，可临走时，舒杏竟然对这里有了一种令她自己都感到陌生的归属感。

小饼干好像察觉到主人要离开，看到她提着行李袋下楼，摇着尾巴飞奔而来，跳着用两只前爪挽留似的扒拉她的裤子。

舒杏蹲下，摸了摸它的脑袋，安抚道："我过些天再来看你，你要乖乖的哟。"

小饼干"呜"了一声，跟着她跑到大门口，用水汪汪的黑眼睛盯着她。她又停下了脚步，回头时看到沉野不知从哪儿掏出了一个玩具球，朝门里扔去。小饼干好像有了肌肉反应，飞速地转身跑回了客厅，然后大门"砰"的一声被关上了。

虽然这个做法很残忍，但舒杏的理智告诉她，这大概是她和小饼干分别的最有效的方法了。

她本来想打车回去，但沉野说家里有司机，不用她操心，她就接受了这份好意。

车已经停在门口了，沉野帮舒杏把行李袋放在副驾驶座上，她拉开车后座的门，拎着一袋零食上车了。

零食是他们来的那天在超市里买的，舒杏和奶奶没吃完。想着沉野不爱吃零食，零食放这儿也是浪费，舒杏就带上了。

过了一会儿，沉野也坐上了车后座，对前面的司机说："开车吧。"

舒杏在后视镜里看到了司机那双漂亮的桃花眼，觉得有点儿眼熟，探出身子才认出司机是谁："周景淮？"

周景淮从鼻子里发出一声冷笑。

沉野从舒杏大腿上的零食袋里掏出一根棒棒糖，优哉游哉地拆包装："是你自己说要搭车的啊。"

舒杏也拿出一根棒棒糖，用指甲抠包装纸，但抠了两次都没抠开。沉野见状，很自然地拿了过去，拆完包装纸才还给她，动作流畅得好像早已做过好多次。

舒杏把棒棒糖塞进嘴里，注意力却在周景淮身上，连道谢都忘了："你去黎水是有工作吗？"

"没有。"周景淮说，"我好久没休假了，这几天休息，正好听沉野说黎水挺漂亮，就顺道过去玩一玩。"

"哦。"舒杏一直很感恩周景淮提醒过她沉野不高兴了，所以客气地说了一句，"我对那儿还挺熟的，你要是遇到什么问题，可以联系我。"

周景淮透过后视镜扫了一眼沉野冰冷的脸色，轻笑出声："一定。"

等车挤进了车流，舒杏安静地看起了手机。沉野从零食袋里拿出来一袋甜甜圈："吃吗？"

舒杏摇了摇头："我不想吃甜的东西了。"

舒杏和沉野都没有察觉到自己此刻说话的语气跟平时有多大区别，然而周景淮一耳朵就听出来了——他们在这儿调情呢？

他忍不住打断两个人的对话："要不我在路边停一下，给你们俩买一副牌打一打？我看你们俩挺闲的。"

打牌……

舒杏还处在对"打牌"这两个字"过敏"的阶段，听到这话，手一抖，手里的巧克力掉在了车上。

沉野笑出了声，俯身时头发碰到了舒杏光洁的大腿，仿佛羽毛轻轻地拂过，给她带去一阵痒意。

他把巧克力捡起后扔进了袋子里，颇有兴致地看着她泛红的耳朵。

"你还没忘呢？"沉野凑到她的耳边，带着笑意用只有两个人能听到的音量问，"以后是不是我提一次，你的耳朵就红一次？"

舒杏没有反驳，右手在袋子的遮掩下轻轻地摸了摸大腿。这次，自己耳朵红好像并不是因为牌……

一个小时的车程说长也不长，舒杏在上车前吃过午饭，半途就迷迷糊糊地睡过去了。不知道是不是最近压力太大，她断断续续地做了一些奇怪的梦。梦里，为了在奶奶面前不穿帮，她和沉野在客厅里上演了亲密大戏。

两个人窝在沙发的角落里，她将脑袋靠在沉野的肩膀上，被无聊的电视剧催得昏昏欲睡。他却跟发现了新玩具一样，一会儿卷她脸侧的头发，一会儿用手指戳她的脸。

舒杏有些烦躁，想把他推开，但她想起奶奶就在旁边，怒火瞬间熄灭了。她娇俏地捶了捶他的胸口："老公，别闹。"

"你说什么？"

一声突兀的询问仿佛从远处传来，舒杏猛然惊醒，睁开眼的同时看到沉野的脸距离自己只有咫尺之遥。他手指停留在她的脸颊上，目光灼灼地盯着她，眼神意味不明。

舒杏意识到自己说了什么，心跳开始加速。

"啊？什么什么？"她移开视线，抬头看向窗外，装傻到底，"到了，我们下车吧。"

沉野笑了一声，收回了手。

舒杳和沉野十分默契，谁都没有做第一个推开车门的人，初来乍到的周景淮除外。果不其然，他刚下车，一位六七十岁的大爷就迎了上来，收停车费。舒杳无奈地叹了一口气，开始翻口袋找现金。

她之前亲眼见过，有的游客不愿意给停车费，回来就发现车胎被扎了。她毕竟要在黎水长住，因为一点儿停车费得罪当地的居民不是一个聪明的选择。

但她还没找到现金，车外的周景淮已经和大爷攀谈了起来。

车门关着，舒杳听不清两个人在聊什么，但从大爷脸上的笑容判断，大爷好像遇到了知音。不一会儿，大爷拍了拍周景淮的背，钱都没收就转身走了。

舒杳推门下车，好奇地问周景淮："你和他说什么了？"

"没说什么啊。"周景淮推了推鼻梁上的眼镜，笑得风雅，"大爷说我和他儿子长得挺像，让我晚上去他家里吃饭。"

回工作室的路上，舒杳看着前面的身影，偷偷地问沉野："你说，我烧一根古木能让他现原形吗？"

沉野："什么？"

"《搜神记》里面讲，斑狐修炼成人，化为书生，书生'总角风流，洁白如玉，举动容止，顾盼生姿'，我觉得用后三个词形容周总特别贴切。"

"这和古木有什么关系？"

"书生和名士辩论，把名士说得哑口无言。名士恼羞成怒，就用千年古木逼书生现出了原形。"

沉野突然转了个身，挡在她面前，语调听着有点儿阴阳怪气："你已经注意他一路了，要不我把他的微信给你？"

舒杳想起了上次自己醉酒后误发给沉野的表情包，眨了眨眼，平静地说："我本来就有他的微信。"

沉野眯了眯眼："他是狐狸，那我呢？"

舒杳故意刺激他："你现在像小狗多一点儿。"

"嗯，我是小狗。"沉野作势往前凑，"小狗不高兴了，可是要咬人的。"

舒杳想也没想，抬手就捂住了他的嘴。瞬间，两个人都愣住了。他双唇贴着她的掌心，眼神直勾勾的，让舒杏觉得眼熟。

哦，对了，小饼干想吃东西的时候就是这个眼神。

她缩回手，感觉掌心一阵阵地发烫。

"喂！你们俩干吗呢？"周景淮发现两个人迟迟没有跟上来，转过身扯着嗓子问。

两个人之间的微妙气氛突然被打破，沉野暗暗地咬了咬牙。

到了隐园，周景淮没有休息就出去闲逛了。舒杏拿着电热水壶烧了开水，第五次看向墙上的钟。

沉野终于忍不住问："有人要来？"

舒杏点头："我跟你说过啊，恬恬介绍的那个学妹要来，叫黎穗。"

沉野怔了一下才想起来她昨天的确说过这件事，只是这个名字怎么有点儿耳熟？

他还没来得及细想，外头就响起了"嗒嗒嗒"的脚步声，一个娇小的身影卡着点跑了进来。

黎穗穿着一件牛仔吊带裙，里面是一件白色 T 恤，栗色的长发盘成松散的丸子头，看起来活泼又可爱。她微喘着气看了一眼时间，如释重负："还好，还好，没迟到。"

舒杏朝她礼貌地笑了笑："你好，你是黎穗吗？我是舒杏。"

"我知道，恬恬学姐让我喊你杏杏姐。你比我想象的还要好看！"黎穗弯起嘴角，话密得让舒杏找不到空插话，"我之前兼职做过直播助理，对于视频剪辑也很熟练的。"

"真的吗？"舒杏欣喜地说道，"除了直播，我还想剪辑一些手工艺品制作过程的科普 vlog（全称为 video blog 或 video log，意为视频日志）放到视频网站上，你也可以帮忙吗？"

"当然可以！各种社交平台我们都可以发。"黎穗一口应下，这才注意到旁边还有一个人，"哎，这位是……？"

经过几天的培训，舒杏张口就来："这位是我老公。"

"原来是姐夫啊！"黎穗在陌生的男人面前显得拘束不少，恭敬地鞠了一躬，"姐夫好！"

沉野脸上没什么表情，微微颔首，"嗯"了一声。

舒杏替他解释："你别介意啊，他性格比较冷淡。"

"没事，没事。"黎穗笑着摆手，"男人冷淡点儿好。有些男人看着人模狗样，见谁都笑眯眯的，实际上一肚子坏水。"

沉野不知道想到了什么，突然笑了一声。与此同时，门口传来了一句意味深长的调侃："哟，点我呢？"

黎穗整个人都定住了，迟迟没有回头。

周景淮摇着一把不知道从哪个纪念品商店里买来的折扇，悠闲地踱到了黎穗身边，颇有古代风流书生的感觉。他侧着身子，目光聚焦在黎穗紧绷的小脸上，嘴角带着一抹笑："这位……有点儿眼熟啊。"

黎穗沉默片刻，脸上绽放出比刚才更灿烂的笑容："哎呀！哥，好久不见，你怎么在这儿？"

"这话应该是我问你吧？"周景淮收起笑容，严肃得让舒杳觉得陌生。

黎穗双手揪着牛仔裙的吊带，看起来有点儿紧张："我……我实习啊，以后是杳杳姐的直播助理。"

"一个人跑到这个人生地不熟的地方实习？我妈没说什么？"

黎穗张了张嘴，却最终没说话，垂下了脑袋。

周景淮恍然大悟："哦，敢情你一点儿都没跟她提是吧？"

黎穗低声嘟囔："我都多大了，没必要事事都报告吧？"

周景淮冷笑一声，看向一旁巴不得买几袋瓜子围观的两个人："这小孩我先带走了，实习的事情……"

黎穗一下子跳了起来："我很喜欢这份实习！你别想使绊子！"

周景淮按着她的脑袋把她压了下去，跟五指山压着孙猴子似的："你们出一份实习合同，我看过以后觉得没问题再让她跟你签。"

舒杳听得一愣一愣的，一直到两个人吵着出了门才反应过来，问沉野："我想问一个问题。"

沉野坐在太师椅上，右手搭着椅背，双腿敞开，一副悠闲的姿态："他们不是亲兄妹。"

"不是，我是想问，他把车开走了，你等会儿怎么回去？"

沉野这人就是这样的，既来之，则安之，既安之，则不要脸之。所以在得知家里的司机没空来接，舒杳说帮他打车的时候，大少爷扔下一句"我对公共座椅过敏"后就躺在摇椅上睡过去了。

舒杳想着反正他们都一起住好几晚了，再多相处一晚也不是什么大事，就没再说什么。

设计图快完成的时候已经是傍晚了。她坐了太久，腰又酸又硬，跟没擦润滑油的机器似的。她伸了个懒腰，看向不远处摇椅上的沉野。

大少爷睡三个小时了，他名字里的"沉"是沉睡的"沉"吧？

不知道是不是感应到她在内心吐槽，大少爷悠悠地转醒，抬起眼皮看了一眼时间，又把眼睛闭上了，嗓音带着倦意："饿不饿？"

舒杳本来没觉得饿，听他一提，才意识到还真有点儿饿了。设计图还差一点儿，她懒得出去，于是点了外卖。

吃完饭，舒杳正要开始制作手镯，看到桌上的直播设备，突发奇想：正好现在身边有个帮手，不如趁着没和平台敲定合作，平台不会推流的机会，自己先试着播一播，找一找感觉。

舒杳说干就干。

为了关注直播间的情况，她霸占了沉野的手机，而沉野只能无聊地拿起纸和笔，不知道在上面写些什么。

开直播很简单，没一会儿，支架上的手机屏幕里就出现了画面，镜头对准工作台，全程只有舒杳的双手入镜。

舒杳基本上无视镜头，该做什么就做什么，除了中途偶尔看看沉野手机上的弹幕，但……发弹幕的人一看就是熟人。

穷得只剩钱："好漂亮！呜呜呜，宝贝真能干！"

奢香夫人："支持！加油！"

穷得只剩钱："加油加油加油加油！！！"

直播间里有三个人，除了这两个人，还有一个人，舒杳不知道是谁，这个用户的名字是账号注册成功后默认的乱码 hejdh7463。

她临时开播，谁都没通知，很明显这几个人是沉野刚才把直播链接扔到家庭群里后被吸引来的。"穷得只剩钱"是妈妈，"奢香夫人"是奶奶，第三个人可能是沉誉或沉炀吧。

舒杳想：如果不是我霸占了沉野的手机，观众或许还能多一个。

"穷得只剩钱"打赏了 @花丝镶嵌手艺人江岸一艘豪华游艇，爱 TA 爱不停！

"奢香夫人"打赏了 @花丝镶嵌手艺人江岸一艘豪华游艇，爱 TA 爱不停！

…………

一连三个高额的打赏惊得舒杳赶紧给沉野打手势，沉野秒懂，从镜头外拿走自己的手机，往家庭群里发了消息。

不一会儿，打赏提醒消失了。舒杳一看，排行榜第一的用户把 ID 改成了"穷得只剩钱（不让花版）"。

舒杳直播了一个小时左右，下播的时候，总观看人数是 56 个。

舒杳知道，用户就算点进直播间只看十秒就退出也会被记入总人数中，从头看到尾的人肯定没有这么多，也就几个人。她清楚，宣传非遗的道路如果简单，就不会有那么多手艺人无法靠手艺生存，最后无奈地转行了，所以她并没有觉得挫败。

把手机从支架上拿下来，舒杳点进微信，一眼就看到了沉野刚才在家庭群里发的消息。

沉野："平台抽一半打赏，请直接转账给我，代收。"

沉氏动物园园长："好的。"

奢香夫人："好的。"

这人甚至知道她不会收钱，直接开启了代收服务！

舒杳无奈地抬头看向他，发现沉野以为她还没结束直播，依旧低着头在纸上写写画画。她偷偷摸摸地走过去，看到沉野的字笔锋凌厉、字体方正。都说字如其人，她好像从他的字里体会到了这人的自信和坦荡。

> 未来的路就在脚下，
> 不要悲伤不要害怕。
> ············
> 微笑面对危险，
> 梦想成真不会遥远。
> 鼓起勇气坚定向前，
> 奇迹一定会出现。
> ············

舒杳心生感动："你这是在鼓励我吗？诗写得不错。"

沉野抬眸，坦诚相告："这是奥特曼的主题曲。"

"哦。"舒杳把纸还给了他。

果然，没有男人不爱奥特曼。

第一次正式直播的情况比舒杳试播的时候好多了，平台给予新人推荐位作为支持，直播开始没多久，直播间的观看人数就超过了五百。虽然对于其他人不值一提，但对于第一次直播的舒杳来说，这已经是个不错的开头了。

舒杳本来想关闭打赏功能，但黎穗对她说，直播平台根据热度推荐，而热度是综合观看人数、打赏、讨论度等多项数据计算的，打赏是其中非常重要的一环。

舒杳能理解，平台毕竟不是做慈善的。平心而论，她也不是慈善家，在宣传这门技艺的同时，也得保证自己的生活，所以最终还是保留了这个功能。

"这是拉丝板，主要用来把压制好的金属条拉成粗细不同的金丝，在拉的过程中一定要注意均匀用力……"她先把制作花丝镶嵌工艺品的工具简要地介绍一番才正式开始制作。

"《宝物记》玩家前来支持！江岸大大居然是女生？"

"这叫什么啊？都是金子做的？"

"我在搜索之后来科普一下，这叫花丝镶嵌，是"燕京八绝"之首，2008 年被列入第二批国家级非物质文化遗产名录。"

"我的天哪！金子居然可以被拉成这么细的丝吗？太神奇了！"

"期待最后的成品。放在以前，皇帝才能看见这些好东西吧？今日我们尊享帝王的待遇。"

"对不起，我打一下岔，主播手好好看，声音也好听，应该是个美女。"

…………

两个小时的直播很快就过去了，黎穗关掉直播，朝舒杳比了个手势。舒杳长舒一口气，拿过手机，看到直播的总观看人数是 5623。

黎穗一边收拾设备一边说："杳杳姐，你别灰心，这点儿观众对于大主播来说确实算不上什么，但我们是纯新人，又处于冷门赛道，开头已经很不错了！"

"我挺满意的。"舒杳站起身活动腰部，"对了，上次周景淮把你带回去……你没受批评吧？"

"没事。"黎穗吐了吐舌头，"他就是一只纸老虎，我才不怕他。"

舒杳安了心，低头点开了排行榜。

她不允许家里人花钱打赏，此刻排行榜前列换了人，排在第一名的是一个叫 Dennis 的人。她觉得这个人的名字和头像有点儿眼熟，回忆片刻才想起来，他好像是《春风令》的导演。

博文艺术家晚宴结束后，师父送她的第一个礼物就是电视剧《春风令》男、女主人公的头饰的制作工作。她接下工作后，导演就加了她的微信，只不过两个人除了工作之外，并没有什么交流，她没想到他会关注她的直播。

不过比起导演，舒杏更关注的人还是排行榜第二名——那个叫"Y"的用户。

观众想在排行榜上提高名次，除了花钱，还有一种方式，就是点爱心。爱心是免费的，就是有点儿费时间。"Y"苦哈哈地靠这种方式屈居第二。

黎穗把所有设备收拾到设备箱里，搬到一旁，抿了抿干裂的嘴唇，拿过一旁的矿泉水猛灌几口，把头探了过来："杏杏姐，排第二的这个'Y'是姐夫吧？"

"是吧。"

"姐夫也太给力了！他不靠打赏还能排第二，手估计都点得冒火星了。"

"他这是钻空子。"舒杏无奈地说道，"我们的直播是每周周四、周五、周六的下午吗？"

"对呀，太多了的话，我怕你吃不消。"

舒杏倒不怕劳累，就是直播过多势必会减少她的创作时间。她希望直播是锦上添花的尝试，不想本末倒置，而且最重要的是……

舒杏笑："我怕沉野吃不消。"

两个人复盘了一些在直播中遇到的问题，临近结束的时候，手机一振，跳出一条消息，是《春风令》剧组的道具老师询问舒杏头饰的制作进度。

这份工作是师父介绍的，舒杏不想辜负她，所以对于每个细节都力求完美，虽然进度不算快，但也完成一大半了。只是，现在距离双方约定的交付日期还有一个月，剧组怎么催得这么早？

舒杏战战兢兢地问："我目前完成 80% 了，交付日期提前了吗？"

对方比她更战战兢兢："当然不是，当然不是。导演刚才看到您的直播，突然有了一个想法，想让演员去您的工作室里先试一试头饰，拍一个幕后 vlog，电视剧开播的时候，vlog 可以当作福利发布，同时可以宣传这门技艺。"

舒杏松了一口气，毫不犹豫地答应了。

剧组和舒杏约定在周三白天到访，这个时间她正好不用直播。

她一大清早就在工作室里等对方的消息，听到庭院的大门被敲响，以为是剧组的人来了，赶紧起身去开门，结果一看，来的人是沉野。

舒杏瞬间收敛了脸上的商业笑容。

沉野"呵"了一声："你这么不乐意看到我？行，我走。"

"不是。"在他转身之际，舒杏笑着抓住了他的手，把客人要来的事情解释了一下，"你要不要去卧室里躲一躲？"

"我见不得人？"

"怎么会？我就是觉得你太帅了，人家来了之后，肯定把关注点都放在你身上，耽误拍摄。"舒杏一脸真诚。

沉野视线往下一扫，看到她抓着他的手，到现在还没有松开，好像自己都没意识到，无名指上的戒指应该是她这几天新做的，和他手上的是一对。他本来以为那么多天过去了，她早就忘记当初随口保证会再做一枚戒指的事，没想到她还真放在心上了。

沉野神色缓了下来，揉了揉她的发顶："行吧，这理由我勉强接受。"

目送他转身走进卧室，舒杏站在门口等了一会儿，很快就看到一行人浩浩荡荡地来了。

两位演员都戴着墨镜，助理还打着伞，可以说遮得严严实实。四周的商户看到这难得一见的场景，纷纷窃窃私语起来。

直到他们走进庭院，舒杏才认出来，在这部剧中饰演女主人公的演员居然是陆晚乔。陆晚乔只带了一个助理，周北川并没有来。

舒杏把门关上，听到道具老师热情地介绍："江老师好，这是我们的主演——陆晚乔、许家功。"

两个人都穿着现代装，但头部的妆容和发型已经做完了，是按照剧中的造型做的。他们默契地摘下脸上同品牌的墨镜，许家功微笑着主动伸手和舒杏打招呼，相比之下，另一位则显得冷漠很多。

陆晚乔莫名其妙地看了她好几秒，而后面无表情地移开视线，抬手扇了扇风："好热啊，我们不能去室内聊吗？"

"可以，可以。"道具老师询问舒杏："江老师，带个路？"

舒杏点头，带他们走进了工作室。工作室内放着一些她这段时间完成的作品，其中有两个就是给剧组做的道具。

双方的助理都退到了屋外，团队并没有大张旗鼓，只有一位摄影师拿着一个小型摄像机拍摄。舒杏事先和团队约定好不出镜，所以全程只负责解说，由道具老师帮忙为两位演员佩戴。

"剧中的年代为明代，所以我在制作头饰时参考了明代的头面。比如这件镶宝石王母驾鸾金挑心是参考明代文物制作的，插在整个发髻中心的位置。"

道具老师把饰品帮陆晚乔戴上了。

一面对镜头，陆晚乔刚才的冷漠样子就不存在了，微笑着看向镜子，感叹技艺巧夺天工。

"这两件成对的名为掩鬓，是佩戴在两鬓的，形状采用的也是明代常用的云朵。"

…………

"陆小姐目前佩戴的是挑心、分心、顶簪、掩鬓、钗簪和耳坠，一套是比较完整的明代头面。"

舒杏把陆晚乔头上的饰品介绍完，又介绍了给男主准备的饰品，拍摄也进入了尾声。道具老师朝摄影师抬手示意，后者就暂时关上了摄影机。

道具老师微笑着提议："三位老师，咱们休息一下。麻烦两位主演老师等会儿去换一下剧里的服装，我们拍一个结尾。"

话音刚落，门外的两位助理赶紧上前，帮两位演员递水、补妆。

舒杏小跑着回了卧室，发现沉野正坐在书桌前看笔记本电脑，好像在工作。她并没有打扰沉野，拿起热水壶，发现他已经烧好了水，并且把水放凉到适宜入口的温度，于是"咕咚咕咚"地喝了大半杯。

沉野扫了她一眼，切断和团队工作人员的会议，合上了电脑："怎么了？不顺利？"

舒杏摇了摇头："没有啊，我就是讲得口渴。"

沉野起身拿走她手里的杯子，帮她又倒了一杯水。

卧室外隐约传来被刻意压低的交谈声。

"不好吧？万一被人看到……"

"哪里有人？你放心啦，就换个衣服，节约时间。"

"回家再说。"

"我下午就得飞到首都去拍广告，哪儿来的时间？"

这是陆晚乔和许家劼的声音！舒杏的卧室里有洗手间，外面的那个是专门给客人用的。

她停下喝水的动作，侧头听到外面洗手间的门被关上了，而后"咚"的一声，好像什么东西撞到了门上。

舒杏偷偷地往门口挪了几步，下一秒就被拽了回去，耳朵被人用双手捂住了。沉野俯身凑到她的耳边，带着笑意极轻极缓地说了一句："非礼勿听。"

沉野的掌心很温暖，但此刻舒杏的心有点儿凉。她转过身，眉头微蹙，有些不悦："他们不会在这里做那种事吧？"

沉野眉头轻挑："哪种事？"

"就是……"舒杏欲言又止，"一些小说网站不让写的事。"

"他应该没那个胆子。"沉野轻笑一声，松开了她的耳朵，但右手还搭在她的肩膀上，拇指和食指轻轻地捏了捏她柔软的耳垂。

不知道是不是被外面洗手间里的两个人吸引了注意力，舒杏居然没有对这么亲昵的动作感到任何排斥。直到听到道具老师在外头喊自己，舒杏才如梦初醒，赶紧应了一声。

沉野把她送到卧室门口，也不说话，就这样看着她。舒杏踮起脚，拍了拍他的脑袋："大概再有半个小时拍摄就结束了。"

说完，她跟兔子一样转身跑了。

沉野靠着门框，总觉得她这个告别的动作有点儿眼熟。哦，每次小饼干送她出门，她就是这样拍它的脑袋告别的。

"呵。"沉野笑了一声。

她真把他当小狗了。

他摸了摸头顶，别说，还挺舒服。

沉野退回卧室，正想关门，对面洗手间的门突然打开了。许家功和陆晚乔的兴致大概被道具老师的声音打断，两个人一前一后地走了出来，一个不爽，另一个尴尬，看到沉野后同时愣住了。

许家功目光闪躲了一下，尴尬地笑道："沉……沉哥，你怎么会在这儿？"

沉野如果从会客室里出来，许家功还能猜测他是来谈合作的，但他身后显然是卧室。

沉野靠在门框上，优哉游哉地说："我在我老婆的房间里，有问题吗？"

"没问题，当然没问题。"许家功没多问，着急忙慌地说道，"我还有工作，先走了啊，有空咱们一起喝酒。"

说完，他都没顾身后的陆晚乔，急匆匆地先走了。

"沉总，我是陆晚乔，我们之前在晚宴上见过，您应该还有印象吧？"陆晚乔倒是淡定，脸上带着得体的笑，"没想到江老师是沉总的太太，你们真是天造地设的一对。"

沉野脸上没什么表情，但还是客气地说了一句："谢了。"

陆晚乔嘴上套近乎，心里却打起了鼓。虽然主业是演戏，但她一直想成为歌手，最近在努力争取给骤雨科技旗下的一款热门竞技游戏演唱主题曲的机会。按照以前的经验，这首主题曲一经推出，基本就能霸占各大音乐排行榜和短视频网站的前几名。她只要争取到了这个机会，歌唱的实力一定会被无数人认可。

只不过上次沉野在晚宴上一副生人勿近的姿态，她根本没找到机会和他聊天，现在居然还被他看到她和许家劢一起从洗手间里出来。虽说她在恋爱方面没那么多限制，但这多少会拉低沉野对她的印象分。

陆晚乔不知道沉野其实听到了两个人的对话，不慌不忙地解释："沉总别误会，我和许家劢已经分手了。刚才他在洗手间里堵我，想复合，不过我已经拒绝了。"

沉野似乎并不感兴趣，神色淡淡地说了一声："那恭喜陆小姐。"

陆晚乔皱了一下眉，隐约觉得他话里有话："什么意思？"

沉野没再多言，转身关上了卧室的门。

在黎穗的帮助下，舒杏的直播渐入佳境。三次过后，她已经能够一心二用，一边创作，一边回答弹幕中的问题，观看人数也稳定增长。

周六下午的直播是本周的最后一场，结束后，舒杏收拾好桌上的工具，陪黎穗回了房间。

黎穗每周周四上午来，周六傍晚离开。舒杏看她收拾好东西，把她送到了门口。

踏出庭院，黎穗突然转身，从口袋里掏出了一个小礼盒："杏杏姐，送你！"

舒杏接过礼盒，却没明白："这是……？"

"之前签合同的时候我看到你的身份证了，明天是你的生日吧？明天我不在，就预祝你生日快乐吧！"

舒杏没想到黎穗居然这么细心。

舒杏不好拒绝，开玩笑地说道："你还没拿到实习工资就先送我礼物，这有点儿亏本啊。"

"没有啦，礼物很便宜，希望你别嫌弃。"黎穗眨了眨眼，嘴角轻轻地扬了起来。

"当然不会。"舒杏低头看了一眼礼物，又抬起了头，"我可以拆开吗？"

黎穗："当然。"

舒杏拆了礼盒，发现里面是一条细细的手链，上面挂着一个写着"Y"的吊坠，"Y"应该是代表她名字中的"杏"字。

"好漂亮。"舒直接戴上了手链，笑了笑，"要不你别回去了，明天我请你吃饭。"

"啊？"黎穗看起来有点儿惊讶，"生日这么重要的日子，你不和姐夫一起过二人世界？"

舒杳很久没有过生日了，听到黎穗这么说，才发觉生日对很多人而言确实是一个重要的日子。

"也对。"舒杳笑了笑，没有解释。

回到房间里，她洗完澡之后趴在床上回看今天的直播，脑海中突然回响起黎穗的话。她将下巴埋在枕头里，双手捧着手机，鬼使神差地给沉野发了一条消息："你明天准备干吗？"

沉野很快回复："要出差去一趟南城。"

看来沉野并不知道她的生日。也是，毕竟他知晓她生日的唯一途径就是那张结婚证——结婚证上有她的身份证号。

但领证的时候他们并没有感情，结婚证估计早就被他压箱底了吧？

舒杳什么都没多说，回复了一个"好"的表情。

沉野问她："怎么了？"

舒杳想了想："没事，我明天好忙，到你这儿找点儿心理平衡。"

除了生日这个因素，周日对于舒杳来说只是一个平平无奇、没有任何波澜的工作日。

闹钟照旧在八点响起，舒杳摸到手机，发现上面有两条生日祝福，一条来自赵恬恬，另一条来自她的母亲。

自打她和沉野结婚，舒美如好像越来越懒得管她了。以前舒美如每天都要发消息确认她有没有到家，她结婚后，发消息的频率改为三四天一次了，现在舒美如一周才会打一个电话。

最开始，舒杳如释重负，但现在情绪逐渐趋于平淡，反而觉得有点儿不习惯了。

她收下舒美如发的生日红包，主动给舒美如打了个电话，电话那头过了许久才接听。

"妈，"舒杳顿了顿，隐约听到电话里有风声和交谈声，疑惑地问，"你在哪儿呢？"

"我在外头旅游呢，和几个新认识的小姐妹。"舒美如扯着嗓子说，"天巨山的风景还挺好看的，我们刚看完日出。"

舒杳颇感讶异。母亲是个交际圈极小的人，平时连出去吃一顿饭的朋友都没有，更别说跟朋友一起出去旅游了。而且她去旅游这件事本身就很奇怪，舒杳之前建议她出去旅游，她一直都嫌太贵，不愿意去，这回怎么突然想通了？

舒杳有点儿担心："你在哪儿认识的小姐妹啊？"

"沉……陈萍阿姨，就是开餐馆的那个，人还挺好的，最近来买东西的时候就总拉我聊天。她有个小姐妹团，大家经常一起打打牌、出去旅旅游，就把我拉上了。"

陈萍阿姨……舒杳有印象。小时候她路过陈萍阿姨家，阿姨看她长得乖，经常偷偷地给她塞棒棒糖，在邻里中的口碑也很好。

舒杳放了心，鼓励道："你出去旅旅游挺好的。钱够用吗？我再给你打点儿。"

"够用，够用，妈妈小金库里的钱足够了。你要好好地照顾自己，知道吗？"

"知道。"

"老婆……"

电话里突然传来一个男人的声音，而且听起来离舒美如很近，舒杳愣了一下："妈，那是谁啊？你不是说和小姐妹团一起去的吗？怎么会有男人的声音？"

"啊……那个……路过的小夫妻啦。"舒美如急匆匆地说道，"好了，我不说了，她们走得太快，我都快掉队了。"

"妈……"

舒杳还没来得及再说什么，电话已经挂了。她一看通话时间，三分二十八秒。

这应该是她和母亲近几年来时间最短的一次通话了，舒美如没有重复地问她吃了什么、到家没有，没有介绍谁谁谁家的儿子，更没有向她表达想说又不知道怎么说的憋屈。虽然还是觉得母亲刚才的表现有点儿不对劲，但她听得出来，母亲是真的开心。

她推开窗户，抬头望了一眼天空。

外面晴空万里，远处的一朵白云看起来有点儿像小狗，小狗仰着脑袋，尾巴上翘。舒杳心情颇好，把小狗云拍了下来，久违地发了一条朋友圈，文案简简单单，是一个小狗的表情。

她发完朋友圈就去厨房里做早餐了，回来再看朋友圈，发现沉野也发了一条。沉野的朋友圈连文案都没有，只有一张小饼干耷拉着脑袋的表情包，上面写着："原来你在外头认识野狗了，我再也不和你天下第一好了。"

朋友圈底下有几条共同好友的评论。

周景淮："我还以为你在看什么重要的文件，都不敢打扰你，结果你在做表情包？"

徐昭礼："恭喜你终于认清自己了！"

赵恬恬："狗不一定是人，但有的人是真的'狗'。"

"扑哧"，舒杏笑得差点儿把嘴里的牛奶喷出来。

几乎不在朋友圈里点赞的她勉强把牛奶咽下，默默地给这条朋友圈点了个赞。

断断续续地工作了十个小时，转眼就到了晚饭时间，舒杏这才想起来自己连午饭都没吃。

她点了个外卖，不到十分钟，外头庭院的大门就被敲响了。

小镇里骑手很少，外卖至少要一个小时才到，所以舒杏平时懒得点。她放下手里的焊枪，心里疑惑今天外卖怎么送得这么快。

夜色降临，她急匆匆地跑到门口，一开门就愣住了。

沉野那一身西装还没换掉，看起来好像临时从什么重要的会议现场赶回来的一样，手里提着一个蛋糕。他举起手，表情显得有点儿别扭："我在路上捡了个蛋糕，你要吃吗？"

舒杏怔了怔，接过蛋糕，透过透明的盒子看到了蛋糕上的文字："舒杏，生日快乐。"

她笑道："你这蛋糕捡得还挺巧，失主和我同名同姓。"

"嗯，你是大众名。"沉野迈进门槛，顺手将大门的插销插上了。

舒杏心想：我谢谢你。

舒杏把蛋糕放在会客室的茶几上，把蜡烛拆到一半才想起来问："你怎么知道今天是我的生日啊？"

她盘腿坐在地毯上，沉野陪着她也坐在了地毯上，两条被西装裤包裹的大长腿显得有点儿憋屈。他抽了一根蜡烛插上，语气淡淡地说道："结婚证上有。"

果然如此。

"那你之前说今天出差是骗我的？"

"南城离这里近，我赶得回来。"

舒杏特别不喜欢麻烦别人，本来赵恬恬提出要过来给她过生日，但她觉得赵恬恬来回跑太折腾，第二天还要早起上班，就拒绝了。现在她才意识到，生日被人记得或者说有人愿意花时间来陪她完成这份仪式感好像是一件挺令人心暖的事情。

"哦。"舒杏拿打火机把蜡烛点燃，轻轻地应了一声。

"就'哦'？"沉野将手肘抵在膝盖上，右手托着脑袋，歪头看她，"我特意赶回来的，你就没有一点儿感动？"

过二十六岁生日，舒杏就只点了六根蜡烛。打火机的喷火口微微发烫，刺激着她的手指，她低声嘟囔："没有。"

沉野笑了一声，抬手揉了揉她的发顶："小白眼狼。"

耳朵好像在发热，幸好被头发遮住了，不然自己又要被他笑话了，舒杏暗暗地想。

"许个愿吧。"沉野的话打断了她的胡思乱想。

他起身关了灯，会客室立刻陷入黑暗。蛋糕上，几缕火苗跳动着，微弱的光亮后是舒杏沉静的脸庞。

她闭上眼睛，双手合十，许愿许得格外认真。沉野并没有问她许了什么愿望。

舒杏吹灭蜡烛，睁开眼的时候，眼前出现了一个黑色的礼物盒。她惊喜地抬眸，听到他说："打开看看？"

盒子里是一个不知道什么材质的狗狗挂件，十二三厘米高，狗狗仰着头，白色的身体，黄色的耳朵，看起来和小饼干有七八分相似。

"谢谢，这是照着小饼干的样子做的？"舒杏拿起来摸了摸，好奇地问。

"也不算。"

沉野模棱两可地回答完就把蜡烛拔掉了，修长的五指握着刀，小心翼翼地切开蛋糕，姿态像艺术品一般赏心悦目。

舒杏不知道他在哪儿订的蛋糕，连配套的碟都不是一般蛋糕店里那种泡沫或塑料材质的，而是陶瓷的。

瓷碟上装了满满一大块蛋糕，舒杏伸手接过的时候，脸颊突然感觉到一点儿暖意。她被吓了一跳，手一抖，瓷碟上的蛋糕摇摇欲坠，上面的奶油直接掉在了他的裤子上，准确地讲，是正中裤裆。

舒杏摸了摸脸颊上被他触碰的地方，摸到了一点儿奶油，这才意识到刚才碰到她的东西应该是他的手指，而不是……

"你想什么呢？"

"不……不好意思。"舒杳赶紧从包里翻出纸巾想帮他擦，但一看奶油掉落的位置，只好把纸巾丢给他，"你自己擦擦吧。"

"你还真会找地方。"

沉野拿着纸巾把奶油处理了，但黑色西装裤上还残留着异常明显的白色奶油痕迹。他要是走出去，任谁都会多看两眼，或者偷拍一张照片，发一条微博说自己在路上遇到变态了。

"嗯……"舒杳想了想，提议，"你上次穿的睡衣还在，你先去换上吧。你这西装是不是不能水洗啊？我明早出去帮你买一套衣服。"

"行。"

两个人并没有吃多少蛋糕。回到卧室后，舒杳从房间的衣柜里翻出沉野的睡衣，递进了洗手间里。沉野也不客气，顺便洗了个澡，过了大概二十分钟才出来。

黑色的睡衣勾勒着他颀长劲瘦的身材，胸口的两颗扣子没扣上，流畅的锁骨线条若隐若现，身上还带着淡淡的沐浴露香气。他的头发半湿，额头碎发凌乱，却丝毫不显得狼狈，反而多了几分不羁和随性。

之前两个人共处一室很多次，帅哥出浴的场面舒杳也见过很多次，每次都心如止水。但此刻不知道为什么，她没忍住，趁他吹头发的时候偷偷地往他的锁骨处瞟了一眼。

他好像没发现。

靠坐在床头的舒杳假装看手机，视线微微往上移，又瞟了一眼他白皙的胸口。

沉野关掉吹风机，靠在桌上，双手反撑在身后，一条腿屈起，就这样气定神闲地看着她，胸口的衣料因他的动作往两侧扯开了些。

舒杳眨了眨眼："你头发还没干，不吹了吗？"

"等会儿。"沉野嘴角带着一抹笑，漫不经心地说道，"你先看。"

舒杳尴尬起来。

他抬起右手，搭在第三颗扣子上，非常大方又贴心地问："需不需要我再解开几颗？"

"咚咚咚！"敲门声让舒杳找到了一个完美的借口，从这种尴尬又暧昧的氛围里脱身。

"这回应该是外卖到了，我去开门！"舒杳头也不回地跑出了卧室。

"纸老虎。"沉野笑了一声，慢悠悠地跟在她身后。

从好友的祝福到和母亲的电话，再到沉野突然的生日惊喜，舒杏一整天都心情很好，以至于开门的时候脸上都带着笑容。然而就在看清门外那人的脸之后，她脸上的笑顿时消失得无影无踪。

周北川的手里抱着一束花，鲜红的玫瑰围着一个同色的礼物盒。他微笑着，仿佛七年的隔阂不复存在，把手里的花束递了过去："杏杏，生日快乐。"

舒杏并不意外他能找到这里来，或许那天陆晚乔莫名其妙地盯着她的几秒就有答案了。她毫不犹豫地拒绝："我老公会吃醋。"

周北川脸色沉了下来，视线往下一扫，看到了她手上的戒指。

那天给她打电话的时候，周北川喝了点儿酒，刚开始并没有听出电话里的男人是谁。挂断之后，他越回想越觉得那声音像沉野的，但依旧不敢相信。

难怪那天沉野在晚宴上会特意向自己讨一句祝福，周北川想起自己还祝他们百年好合，脸色变得越发难看，觉得舒杏手上的情侣戒指如针一般刺目。

"你和沉野真的结婚了？"

舒杏淡然地点头："是。"

"你们什么时候在一起的？为什么没有一个同学知道？"

舒杏真的很想说一句"关你什么事？"，但是长久以来养成的性格让她连粗话都没法说出口。她右手搭着门板，冷淡地说："与你无关，你没事的话，我关门了。"

"舒杏，你是不是疯了？"周北川一只手按住了门板，气急败坏地说道，"你真的觉得他那样出身的人看得上你？他要是真的看得上你，会连婚礼都不办？"

"关你……"

舒杏这次真的忍不住了，但话还没说完，腰部突然感受到了一股力量。她的腰被人搂着，轻轻地往后一拉，她整个人落进了一个温暖的怀抱里。

"我这样出身的人，"沉野不顾他人死活的一面此刻展现得淋漓尽致，他坦然地直视着周北川，嗓音里满是嘲讽之意，"唯一看不上的就是周先生这样的畜生。"

深夜的小镇里，穿堂风卷过小巷，吹散了夏末的燥热，却吹不散周北川眼里的震惊。眼前的两个人穿着情侣款的睡衣和拖鞋，沉野的头发还未全干，一看就是刚洗过澡，亲密的姿态展现在每一个细节里。他实在没有办法再欺骗自己舒杏和沉野并没有关系了。

周北川愤怒极了，扔下手里的玫瑰花，一把攥住了沉野的睡衣领口，面露狰狞之色："你果然当年就想着要做小三了吧？"

果然？

舒杏愣了一下，反应过来原来当年周北川也意识到了沉野对她的感情，难怪他时不时地在她的面前表现出对于她去参加四人聚会的不悦情绪。

舒杏眉头一皱，试图阻拦，但手刚伸出去就被沉野牵住了。他掌心温热，带着令人安心的力量，把她护到身后，慢条斯理地拉下了周北川的手。

明明知道真相，沉野却没有戳穿，笑了一下，完全是挑衅的姿态，在周北川的怒火上又浇了一桶油："是啊，所以老同学不恭喜我得偿所愿吗？"

深夜，陆晚乔刚卸完妆，正想躺下休息，就听到门口传来了按密码的声音。但此人第一次没有输入正确，听到"嘀"一声后再次尝试。

作为风头正盛的女演员，陆晚乔有被人找到家门口的经历。她皱了皱眉，不耐烦地透过猫眼往外看，却看到了一张熟悉的脸。

她如释重负，直接拉开了门。

门外的周北川浑身酒气，摇摇晃晃地走了进来，径直走到一旁的酒柜前，从里面拿了一瓶高度白酒。陆晚乔关上门，拿起杯子往里扔了几片茶叶："你怎么突然过来了？喝这么多酒干吗？"

周北川坐在沙发上，手肘抵着大腿，双手交叉撑住额头，整个人佝偻着，看起来疲惫不堪。

见他没有回答自己的问题，陆晚乔拿着茶杯走到他身边："喝口茶吧，解解酒。"

周北川接过茶杯，却没有喝茶，把茶直接倒在了垃圾桶里，随后又往杯里倒了半杯白酒。

合作这几年，陆晚乔很了解周北川，他心情好的时候喜欢喝红酒，心情不好才喝白酒。但周北川这人有个毛病，喝醉了就口无遮拦。之前在一次聚餐上，他因为醉酒，口头上得罪了投资方，差点儿让她丢了资源，还是她道歉争取回来的。

想到这些糟心事，陆晚乔紧紧地皱起了眉："心情不好？"

白酒入喉，从喉咙一直烧到胃，周北川却跟感觉不到似的。

就在他再次把杯子举起来的时候，陆晚乔忍无可忍地伸手按住了杯口：

"你疯了？这杯你喝下去，我得打120了吧？"

她强硬地把杯子抢了过去，周北川感觉眼前的物品在摇晃，闭着眼睛摇了摇头，放弃了争夺。他往后一靠，脑袋仰着，盯着天花板，嘴里嘟囔着什么。

陆晚乔凑过去才听清，他在说："她本该是我的……"

"她？"陆晚乔秒懂，"又是你那个几年没联系的'白月光'啊？我不过是提了一句，你还真去了？"

"她本该是我的……"

陆晚乔双臂环抱在胸口，居高临下地俯视他："周北川，我说你到底在这儿装什么？在首都的风月场上厮混的时候，你也挺开心的啊，怎么，你的深情还能想存档就存档，想读档就读档？"

周北川好像根本听不到别人的声音，瘫在沙发上自言自语："如果不是沉野，她本该是我的。"

沉野？

陆晚乔眉头渐渐舒展开，转身到他身边坐下："什么意思？你高中的时候就认识沉野了？"

"砰！"周北川突然怒上心头，拿起茶几上的一个烟灰缸砸了出去。烟灰缸把电视砸出了个坑，掉在地上，碎裂一地。

周北川跟疯了似的一脚踹上茶几："要不是沉野……要不是那天他打断了我的计划，她早就是我的了！"

"计划？"陆晚乔拍了拍他的背，安抚着问，"什么计划？"

周北川一声不吭，伸出手又想拿酒。

陆晚乔手疾眼快地先一步把酒瓶夺了过来，在他的眼前晃了晃："你跟我说说什么计划，我就把酒给你。"

周北川眼神没有聚焦，摇头晃脑地胡言乱语："没有任何人知道，其实我那天……"

陆晚乔怔了怔，右手揣进口袋，一声不吭地任他发泄。

那头，舒杏和沉野默契地没有谈起关于这个人的一丝一毫，躺到床上没多久就关了灯，只留下了床头柜上的一盏小夜灯。

黎水雨水多，夏天的时候，平房的地板很潮湿，根本不能打地铺，所以沉野来这儿都是睡床，舒杏也早已习惯。但今天，她翻来覆去地睡不着。

木板床"吱呀"作响，一旁终于传来了一声低沉的询问："想什么呢？"

舒杏躺平不动了，双眼瞪着漆黑的天花板，轻柔地回答："我在想，周北川……"

话音未落，眼前突然出现了一个人影。沉野的脸一半被右侧的小夜灯照亮，另一半陷入黑暗里，就像舒杏眼里的他，一半自由坦荡，如舒杏大多数时候所见；另一半深沉难懂，如七年前她见他的最后一面。

他目光灼灼，声音中透着几分不悦之意："舒杏，别把塑料老公不当老公。"

舒杏被逗笑了，本来还挺紧张的，这会儿反而松懈下来，没有推开他，只坦然地回视："我只是在好奇一件事情。"

"什么？"

"当年他到底做了什么，惹得你动手？"

听到舒杏提起往事，沉野仿佛身体僵硬了一瞬，躺了回去，过了一会儿才低声说道："我那时候不是给你发消息解释了吗？"

消息？

舒杏察觉到不对，索性坐起来开了灯，盘着腿面对他："什么消息？我没收到啊。"

沉野怔了怔："揍他的那天晚上，我给你发了微信消息。"

舒杏倒吸一口凉气："那天晚上我和他闹了矛盾，他把我的手机砸坏了，维修店的人说修手机的价格还不如买一个，所以我就放弃了。后来我去买了个新手机，登录微信之后，消息没有同步，所以我不知道你给我发了消息。"

沉野突然觉得，自己那段时间的悲伤情绪好像喂给了小饼干。

舒杏急切地追问："所以你发了什么消息？那件事和校篮球队里的矛盾没关系是不是？"

"他是这么跟你说的？"沉野嗤笑一声。

那天好像也和这个夏天一样，天气像个火炉，远处的天空黑沉沉的，风雨欲来，却不解燥热。沉野本来心情不错，因为志愿填报即将截止，他和舒杏填报了同一所大学，直到经过巷子的时候意外地遇到了周北川。

周北川正在和人打电话，看到他以后，向他投来了一个意味不明的眼神。

沉野视若无睹，却在擦身而过之际听到靠在墙上的周北川突然用一种调侃的语气对电话那头的人说："晚上杏杏约我吃饭，吃完……都毕业了，你说我们干吗？旁边就是酒店，她对我百依百顺的，怎么可能不肯？"

周北川平时不是这种猖狂的性格，话也少。沉野很清楚，他这番话或许就是故意说给自己听的，即便如此，这句话还是奏效了。

走出两三米远的沉野突然停下脚步，转过身来，一把攥住周北川的领口，将他抵在了墙上。空中飘起了又细又密的雨丝，周北川的表情从一开始的挑衅渐渐变得狰狞。

沉野的脑子里只有一个想法：赵恬恬说他们四个人会等舒杳过生日的时候再聚一次，但自己揍了周北川，他们应该聚不成了吧？

沉野以为这些事情已经很遥远了，现在提起才发现那天的每一个细节自己都记得清清楚楚。

听他三言两语地解释了事情经过，舒杳说不惊讶是不可能的。

姜亚云说沉野喜欢她，她不敢相信，后来甚至猜想沉野会不会只是拿自己当拒绝姜亚云的挡箭牌。但现在，她有了十足的把握。

舒杳抿了抿唇，直视着他："所以你那时候真的喜欢我？"

沉野转过头来，漆黑的瞳仁里映着她的身影。他沉默了许久，最后轻笑一声，好像卸下了所有的伪装，选择把真心彻底摊开："不然呢？"

"但你当时明明对我不冷不热的。"

"舒杳，"沉野无奈地说道，"那时候我如果热情得和别的男生一样，你会加我的微信吗？"

舒杳无法否认，她确实不会。

小镇的深夜，窗外万籁俱寂，卧室里也安静得只剩下秒针在"嘀嗒嘀嗒"地走，舒杳仿佛能听到自己的心跳声。她抬眸看了一眼时间，已经十一点五十九分了，她的生日即将过去。

就在秒针走到"6"的位置时，沉野突然再次开口了："舒杳，其实那一年，有一句话我没来得及说。"

"什么？"

"十九岁的舒杳，生日快乐。"沉野亲昵地摸了摸她的后脑勺，靠在床头上漫不经心地笑起来，"二十六岁的舒杳，生日要更快乐。"

话音刚落，时间正好到了零点。

舒杳的脑子又开始混乱了，里面好像有一团团炸开的烟花，绚烂恢复平静的时候，她眉眼间浮现出温柔的笑意，看似不经意地说："沉野，我生日过后就是国庆假期了。"

"所以？"

"你要不要……跟我回家？"

在地铁上和高中同学撞衫后

下册

岁岁无恙 著

青岛出版集团 | 青岛出版社

第九章
汪！

　　舒杳的老家在一座名为南江的小县城，由于和辅川离得远，来回的机票不便宜，她又潜意识地逃避和母亲交流，所以大学的时候只有放寒暑假才会回家。工作之后，她基本只在国庆和新年的时候回家。

　　飞机中午落地，舒杳和沉野到家已经傍晚了。

　　小县城里人少，来来往往的，大家互相都眼熟，难得看到两张生面孔，不少人都好奇地多看他们两眼。偶尔有人认出舒杳，热情地问她是不是美如家的女儿，她就应一声"是"。

　　她带着沉野往家的方向走，突然发现这次回来的心境和上次完全不一样，没有担忧和压抑心理，反而有一种拨云见日的轻松感。

　　见沉野一边走一边发消息，舒杳好奇地问了一句："你在干吗？"

　　沉野直接把手机递到了她的面前，舒杳低头一看——

　　沉野："我再给你推荐一个旅游胜地，南江的风景也不错，有山有水，空气好。"

　　周景淮发了一串省略号。

　　沉野："我忘了说，这里是我老婆的老家。"

　　但这条消息的前面有一个红色的叹号以及一句无情的提醒："ZJH 开启了朋友验证，你还不是他（她）的朋友。请先发送朋友验证请求，对方验证通过后，才能聊天。"

　　舒杳被逗笑了："你之前到底做过什么？"

他之前到底做过什么，才能让周景淮未卜先知到这个地步？

沉野笑道："没老婆的人就是小心眼。"

他收起手机，优哉游哉地看起了风景。

以前沉野从来不会在她的面前说"老婆"两个字，但自从开了头就越发肆无忌惮，舒杏跟被温水煮的青蛙一样，越来越习惯这个称呼。

她无奈地笑了笑，想着沉野是第一次来，便一边走一边向他介绍："我们这里虽然是县城，但是这几年发展得很好，所以你要买什么都能买到，空调和热水器也都有。"

他们就回来几天，行李带得少，沉野拖着两个人共用的行李箱，慢悠悠地纠正："你好像对我有点儿误解。"

舒杏："嗯？"

"我爸妈对我向来奉行穷养政策。"

"也是。"

舒杏想：如果他连这些都不能接受的话，当初怎么可能和他们一起出去吃路边1块钱一串的烧烤、10块钱一碗的汤面？

"那里就是我家。"舒杏伸手指了一下。

沉野顺着她的手指看过去，看到了路边的一幢两层的自建楼房，楼上是住所，楼下是小超市，小超市名字就叫"幺幺超市"。现在正是下班时间，旁边工厂里的七八位员工在挑水果，这个小超市看起来生意还不错。

"超市是妈开的？"

听他喊得那么熟练，舒杏怔了一下，但没说什么："嗯，我上高中的时候家里就开了，这是附近唯一的小超市，所以生意还挺好的。"

收银台后的舒美如正探头往外张望，看到他们后笑着挥了挥手，把最后一个顾客的单子结完就拉上了卷帘门。她刚转过身，两个人就已经走到了她的面前。

舒杏和沉野异口同声地喊："妈。"

"哎。"舒美如心花怒放，脱下身上的围裙，"你们一路辛苦了吧？菜我都切好了，炒一下就行，你们去楼上吧。"

舒美如是急性子，话刚说完，不等他们动，自己就先"噔噔噔"地跑到楼上去炒菜了。

楼上就两间卧室，舒杏的那间空间更大一些，靠墙摆着一张单人床，旁边的书桌前就是窗户。即便她大半年没回来，房间里依旧干干净净，没有一丝灰尘。

沉野把行李箱推进房间，舒杳去了厨房帮忙，但很快就被舒美如赶了出来。

厨房里的翻炒声显得气氛极为热闹，舒杳坐在沙发上，瞟到了舒美如落在茶几上的手机。手机的屏幕动不动就亮一下，是微信消息提示，但舒杳离手机有点儿远，看不清发消息的人是谁。

"妈，你的微信有消息。"舒杳看向厨房，提醒道。

舒杳本以为舒美如会无视，没想到她立刻跑了出来，双手在围裙上擦了擦，拿起手机，满脸笑容地低头手写输入。

舒杳试探着问了一句："妈，谁啊？"

"朋友。小孩子别管这么多。"舒美如一边低头写字，一边走回厨房。

这不对劲，太不对劲了。

舒杳扯了扯沉野的袖子，有些担心地问："我妈不会有男朋友了吧？"

"咳。"沉野正在喝水，被她的猜测吓到了，清了清嗓子才问，"你为什么这么想？"

"我生日那天，她跟我说和小姐妹一起在外面旅游，但我明明听到了男人的声音。我妈节省了大半辈子，以前我怎么劝她旅游，她都不肯去，怎么突然就变了？而且她刚才回消息的时候还那么开心。"

沉野笑了："所以你不希望她找男朋友？"

舒杳毫不犹豫地否认了："没有，我反而挺希望她能再找到一个合得来的人。这些年，她几乎没有自我，我希望她的生活能以自己为重心，多为自己考虑考虑。"

"那你担心什么？"

"我怕那个男的不靠谱。"舒杳扫了一眼厨房的门口，低声嘟囔，"我妈开小超市，平时接触到的男人其实不少，但不靠谱的也多，我怕她被骗。"

舒杳说完，自己都觉得好笑。

她突然意识到，现在自己和母亲的位置似乎对调了，以前是母亲为她的婚姻操心，现在她变成了操心的那个人。

沉野揉了揉她的后脑勺："你别想这么多，说不定他们真是朋友呢。"

"嗯。"舒杳点了点头。

除了那条消息，舒美如并没有其他奇怪的表现，所以舒杳暂时没追问母亲关于消息的事情。

吃完晚餐后，舒杳帮沉野把碗筷收拾了，回到房间一看，发现有一个更棘手的问题摆在眼前。

家里的房子是老房子，地板没有那么干净，舒杏不可能让沉野打地铺，但这张单人床怎么睡两个人？母亲房间里的床也是单人床，不然她还能去跟母亲挤一挤。

舒杏不知道沉野有没有意识到这个问题，纠结之后决定当一次鸵鸟，把这个难题扔给他。

趁他去洗澡，舒杏率先上了床，侧躺着，整个人几乎贴到了墙壁上。旁边空出了三分之二的空间，但对于一个男人来说，这点儿空间还是很狭小。

她闭上眼睛，过了不知多久，依稀听到了关门声，继而沉野喊了她一声。她假装没听到，很快，木板床"咯吱"一声，有人躺了上来。

他并不安分。

舒杏听到了被子翻动的动静，随后耳朵感受到些微热气，听到他带着笑意的嗓音传到耳畔："睡着了？"

瞬间，舒杏感觉自己的耳朵微微发痒，心跳仿佛漏了一拍，放在枕头下的手不自觉地蜷了蜷。

灯暗了下去。

小县城里的人都睡得很早，舒杏奔波一天，不知不觉地陷入了深眠。

一觉醒来已经是清早了，舒杏发现自己的姿势竟然和睡前完全一致，规规矩矩，非常安分。旁边已经空了，也不知他是什么时候起床的。

舒杏坐起身，暗自松了一口气。

她掀开被子去浴室里洗漱，正往脸上拍爽肤水的时候，听到外面的客厅里传来了交谈声。

沉野管舒美如要了一床被子。

舒美如此刻才想起来舒杏的房间里只有一张单人床的事情，语气十分抱歉："哎哟！都怪我，你们结婚，我就该想到换一张床的。昨晚你睡得不舒服吧？难怪我凌晨还听到你们谁起床去洗手间。"

沉野没说话。

舒美如又说道："但是沙发睡着也不舒服吧？要不让幺幺睡到我的房里，你睡她的床，我来睡客厅。"

沉野自然不会同意："妈，没事，沙发挺大的。"

"那好吧，真是委屈你了，过些天我就换一张床。"

话音刚落，舒美如的手机响了起来，她接听后应了几声，急匆匆地出门了。

舒杳推开浴室门，看到沉野抱着一床被子放在沙发上。

她从茶几上的零食盒里拿了两根棒棒糖，低头拆开其中的一根，状似不经意地问："你今天晚上要睡沙发吗？"

沉野："嗯。"

"为什么？"舒杳觉得自己不能太小气了，说，"昨晚不是睡得还好吗？"

沉野动作一顿，站起身来走到她的面前，拆了另一根棒棒糖塞进嘴里，牌子和味道都是他常吃的。

"舒杳同学，"他开玩笑似的问，"你对睡得好有什么误解？"

舒杳嘴里含着棒棒糖，右脸颊微鼓，脸上满是疑惑的表情，显得很无辜："你昨晚睡得不好吗？"

"嗯。"沉野混不吝地笑了起来，语出惊人，"我差点儿以为自己要被……"

舒杳赶紧伸手捂住了他的嘴："你小点儿声！"

说完，她才想起来母亲已经出门了。

沉野无声地笑起来，右手握住她的手腕，将她的手拉了下来："妈给隔壁麻将馆送面包去了。"

"哦。"

这里没有外卖员，附近店铺里的人如果忙不过来，就会打电话让母亲把需要的东西送去。舒杳也经常跑腿，所以并没有怀疑，很快又回到了刚才的话题上："你刚……刚才的话是什么意思？！"

沉野耸肩："字面意思。"

舒杳耳朵红了："怎么可能？！我睡相一直挺好的，嗯……最多就是抱抱你的手臂而已，而且我今早醒来的时候，姿势和昨晚的一模一样。"

"是，你'作案'完还懂得'收拾现场'。"沉野点头，给予了她赞扬，"你现在是懂'犯罪'的。"

舒杳还是不信，拽着他身上还没换下的睡衣，将他扯进了房间。"砰！"门被关上了，舒杳往床上一坐，挺直了腰板："不可能，你说说我昨晚是怎么做的。"

"说不清楚，要不……"沉野慢悠悠地踱到她的面前，俯下身来，右手撑在她身侧的床沿上，"我给你演示一下？"

两个人之间离得极近，舒杳甚至觉得，自己稍稍往前三四厘米，两个人的唇就可以来个亲密接触。

暖风吹开了窗帘，不知从哪里飘进来一股烤玉米的香味，甜腻腻的，仿佛把彼此的呼吸粘在了一起。

舒杏右手抠着床沿，一紧张，嘴里还剩一小半的棒棒糖"咔"的一声被咬碎了。白色的小细管掉在她的大腿上，她甚至没再咀嚼，就这么硬生生地把碎糖吞了下去。

"首先，"沉野以一副受害者的姿态坐在她身边，抓着她的手，将她的掌心贴在他的脸侧，缓缓地往下滑动，直至停留在他胸口的位置，"贞洁烈夫"般控诉，"你就这样对我进行了三百六十度没有死角的抚摩。"

掌心在发烫，舒杏不忘为自己挽回尊严，低声反驳："就算这是真的，我抚摩到的地方还不到你身体的二十分之一，哪能叫三百六十度没有死角？"

"还有二十分之十九的地方我不便演示，你可以自己想象。"

舒杏没说话。

"其次，"沉野往床上一躺，右手抚上她的后脑勺，轻轻地让她的脸贴上他的胸口，漫不经心的声音从她的头顶传来，"你的脑袋好像对这个地方情有独钟。最后……"

"停！"舒杏没忍住，打断了他。

她抬起头，额头轻轻地擦过他的下巴，本来想说还是觉得不可能，却在看到他的锁骨处有一条细细的血痕的瞬间，所有的自信都消失了。

舒杏声音有些颤抖："这……是我抓的？"

她伸手摸了摸，伤口已经结痂了，但摸上去能感觉到一点儿若有若无的凸起。

"对……对不起啊。"舒杏垂着头，无地自容。

沉野却突然失笑："舒杏，你怎么这么好骗？"

舒杏愣了一下，反应过来后，恼羞成怒地在他的手臂上咬了一口，但咬住的瞬间就清醒了。

自己在干什么？

听到书桌上的手机振动，舒杏赶紧从床上站起来，理了理微乱的头发，确认呼吸恢复平稳才按下接听键。

电话是舒美如打来的，说娟娟面馆急需一瓶酱油，让她帮忙送过去。

舒杏应下了，刚拿起桌上的钥匙，沉野就说："我陪你去？"

"不用，就两三百米。"舒杏淡定地走到门口，好像想起了什么，回头扫了一眼他手臂上浅浅的牙印，面无表情地留下一句评价，"那个，你的小臂肌肉也练得不错。"

房间重归安静，沉野坐在床边，看着对面的镜子，抬手摸了摸锁骨处的那道痕迹，昨晚的回忆又一股脑地涌了上来。

他觉得自己刚才说的话还是保守了，昨晚她都不是占便宜，简直要在他的身上进行一场游泳比赛。

大腿处仿佛还有肌肤摩擦的触感，床上熟悉的香气也成了催化剂，凌晨靠洗冷水澡强压下去的躁动又在他身体里的某处重新燃起了。

沉野往后倒在床上，闭上眼无奈地轻笑了一声。

她还真是一如既往，该记得的事情一点儿都不记得。

娟娟面馆在超市南边，和阿萍餐馆比邻而居。舒杳去面馆送了酱油，出来时正好遇到阿萍餐馆的老板娘陈萍阿姨在外面喂狗。

陈萍是这一片出了名的热心肠，看到她，热情地打了一声招呼："帮你妈送东西啊？"

"嗯。"舒杳笑了笑，突然想起一件事，顺口问，"陈萍阿姨，你去过天巨山吗？"

"天巨山？没有啊，那儿好玩吗？"

果然……

舒杳不动声色地把这个话题带了过去："我也没去过。我听说你经常去旅游，所以想着问问你呢。"

"那是以前啦，现在这餐馆这么忙，我抽不出空了。"陈萍遗憾地叹了一口气。

舒杳和她闲聊了几句，回家的路上，心情沉重。

果然，什么天巨山，什么陈萍阿姨拉自己一起去的，都是母亲在撒谎。

难不成母亲真的谈恋爱了？

舒杳加快脚步，准备回去和母亲好好地聊一聊。

二楼的门关着，舒杳握住门把手，正准备推开，突然听到里面传来了舒美如的声音——

"你妈说你不吃杧果，那你尝尝葡萄和柚子。"

舒杳陡然停下了动作，脑子里"嗡嗡"作响。

她妈和沉野的妈妈怎么认识？

晚上，趁着沉野在洗澡，舒杳去了舒美如的房间。舒美如又在低头发消息，见她进来，有点儿心虚地收起了手机。

舒杳关上门，开门见山地问："妈，你和沉野的妈妈一起去了天巨山，为什么不告诉我？"

舒美如一向不擅长撒谎，眼里闪过一丝慌乱的神色，磕磕巴巴地说道："啊？不……不是啊。"

"行了，沉野都跟我说过了。"

"啊？他都和你说了？"舒美如如释重负，"那他也不提前跟我说一声。"

很好，果然沉野也知道这件事。

舒杳在心里冷笑一声，嘴上说："其实他没跟我说。"

"你这孩子……"舒美如这才意识到自己被骗了，拉着舒杳到床上坐下，无奈地说道，"你想问什么就问吧，但是别和阿野说啊。"

舒杳直截了当地问："你和沉家是从什么时候开始有接触的？"

舒美如琢磨了半天，说："其实，你们领证的那天下午，沉野就来你舅舅家找过我。"

舒杳心头一震，仿佛一块巨石突然砸进平静的湖里，激起了一片浪花。

"他去找你干吗？"

"他跟我说了你们领证的事情，也向我坦白，你并不是因为喜欢他才和他结婚的。"

舒杳一时说不出话，脑子短暂地空白了。

她一直以为自己瞒得挺好，但原来从故事的起点，母亲就已经知晓了一切。难怪当时她打电话告知母亲自己领证的事情，母亲只是惊讶，完全没有指责她仓促、冲动，现在看来，或许连惊讶的情绪也是母亲装的。

"他……"舒杳顿了顿，感觉嗓子像被棉花堵着，"为什么和你说这些？"

"他说，如果不说，就这样仓促地结婚的话，怕我会骂你，再跟你起冲突，也怕即便以后你们真的在一起，你也会为曾经欺骗我的事情感到不舒服。"

舒杳攥了攥手。她不知道沉野是怎么看出来她在意这种欺骗的，但不可否认，此刻知道母亲一早就知情，她的心里确实有一种如释重负的感觉。

"同时，他说他也希望我能看看他是什么样的人，让我相信，即便你们的婚姻不以爱情开始，他也绝对不会伤害你。"

"所以，他妈妈也是他介绍给你认识的？"

"嗯。"舒美如回想这段时间发生的事，依旧觉得不可思议，"其实一开始吧，我还觉得有点儿紧张，人家是阔太太，怎么能和我们这种乡下人玩到一起？但是和她接触多了，我发现曼青和那些眼睛看着天上的有钱人真不一样，她没架子，来你舅舅家里打麻将，赢的时候开心得就跟个孩子一样。"

"你们还打麻将了？"舒杏的脑子里冒出一个猜测，"所以你这几天一直在和他妈妈发消息？"

"是啊。"舒美如无奈地说，"你看，我就是把你生得太聪明了，你知道一点儿线索，就能把所有事情推测出来。所以我才不敢和你说，一说你肯定就知道阿野找过我的事了。"

"可是你在天巨山旅游那天，我明明听到了男人的声音。那个男的是谁？"

"曼青她老公啊。你不知道，她老公可黏她了。"

看来喊"老婆"这事是真的，就是舒杏把人整错了。

不需要再瞒着女儿，舒美如倒是放松不少。她看了一眼门口，压低声音说："其实要不是阿野，我真的意识不到自己居然给你这么大的压力，让你宁愿找一个人假结婚。"

"他简单的几句话就把你说服了？"舒杏不敢相信。

"那……当然不是。"

其实沉野来向舒美如坦白的那天，舒美如的第一反应是：这是从哪个精神病院里逃出来的神经病？

姑且不说他解释过他跟舒杏不是真情侣，就算两个人是真情侣，自己的女儿向来乖巧，怎么可能先斩后奏地和一个男人结婚？

然而当沉野拿出结婚证，摊开放在她的面前的瞬间，她仿佛被一道雷劈中，整个人僵在了沙发上。

自己的弟弟当场抄起扫把，骂他诱拐小姑娘，还说要报警，沉野都不躲不让。

舒美如最后阻止弟弟，倒不是心疼沉野，而是因为他一开始就自报家门了，听弟弟说，那是个有钱的人家。舒美如向来胆子小，觉得得罪不起，要是弟弟真的打了人，对方的家人追究，自己这个家就完蛋了。

她最终听他解释了前因后果，可依旧无法理解。自己明明只是希望女儿过得安稳，身边有个人照顾，不要和自己一样，到了五十多岁，身体日渐变差，还过得孤苦伶仃的，她有什么错？

她觉得舒杏身在福中不知福，不理解她的出发点都在女儿身上，直到沉野把李成伟被抓的照片摆在她的面前。

那是舒美如第一次开始怀疑自己。

她不敢相信，媒婆口中那个老实、孝顺、可靠的男人居然是个性骚扰惯犯。她一直以为自己的决定都是为女儿好，却不知道自己差一点儿就把女儿推入了深渊。

　　那天过后，她答应沉野暂时接受他和舒杏的婚姻，但也提出了条件，两个人暂时不能同居，不能发生任何亲密关系。一旦她发现沉野违反约定，沉野需要赔偿舒杏五千万元。

　　五千万元本来是她随口说出来吓他的，没想到他不仅没有犹豫，甚至直接在后面又添了一个零。

　　后来的一段时间，沉野隔三岔五地联系她，跟她说一些舒杏工作上的事情。她每次都冷言冷语，不太搭理，他也从不生气。

　　舒美如不理解，沉野好歹是一个有钱人家的孩子，到底是怎么拉下脸的？直到沉野的母亲特意来家里拜访，舒美如想通了。

　　钱曼青对于舒美如来说就像电视里的女明星，可望而不可即。她妆容精致、温婉秀丽，对比之下，自己就像进了大观园的刘姥姥。

　　但钱曼青毫无阔太太的架子，一举一动都无法让人生厌。钱曼青还给她看了在展览上拍下来的江岸的作品，那是舒美如第一次听明白舒杏辞职之后究竟在干些什么，原来这么精致、漂亮的东西是自己的女儿一点儿一点儿亲手做出来的。

　　两个人渐渐从名义上的亲家变成了朋友，钱曼青也就找她找得更频繁了。钱曼青经常分享一些名山大川的视频，渐渐地，从来不曾想过出去旅游的她被勾起了几分兴趣。

　　她跟着钱曼青出去旅游了几次，以游玩的心态走出了这个小县城，才知道原来外面的世界变化那么大——坐地铁几十分钟就能从城市的这头到那头；机器人能取代真人服务员；点菜都不用看菜单，扫码就行了……她这才意识到，自己所谓的"安稳"的生活有多落后。

　　舒美如把事情大致讲了一遍，感慨道："和沉家的人接触多了，我才觉得，好像确实不应该用我在小县城里生活几十年的经验去指导一个大学生的生活。"

　　"妈……"

　　"要是我这些经验这么有用的话，你辛辛苦苦地读十几年书又是为了什么呢？曼青说，你们年轻人应该有属于自己的未来，我现在想想，她说的是对的。"舒美如苦笑一声，语气变得严肃了些，"杏杏，以前呢，妈可能确实管得多了些，不放心这个，不放心那个。以后你就做你想做的事情吧，妈妈支持你。"

舒杳感觉心里好像有一口温泉，暖意汩汩地往外流。

她一直认为自己在现实生活中是一个很能把控情绪的人，但此刻不禁鼻子泛酸，视线渐渐地变得模糊起来。

她用手指抹了一下眼角："妈，我第一次直播的时候只有三个观众，除了沉野的妈妈和奶奶，还有一个英文加数字的账号，那个是不是你？"

"嗯，链接是阿野发给我的。妈妈虽然没舍得打赏，但是你的每次直播都看了哟。"

舒杳数年来第一次抱住了自己的母亲："谢谢妈。"

"谢我干吗？"舒美如摸了摸她的脑袋，"你该谢谢阿野。"

"我才不。"舒杳低声嘟囔，"他骗了我那么久。"

"这怎么能叫骗呢？"温情的氛围荡然无存，舒美如拍了一下她的手臂，"就凭你们那时候的关系，他要是跟你说他跟我坦白了，你不揍他？"

也是，舒杳那时候一直觉得自己和母亲的矛盾积压已久，是两代人的阅历、观念等各方面的差异导致的，根本无法用简单的沟通来解决。所以如果沉野当时和她说了真相，她一定会觉得他在多管闲事，甚至可能当场拉他去离婚。

她沉默地低下了头。

看到舒杳的态度，舒美如便懂了："而且阿野不让我告诉你，也是怕你因为这件事情感到有压力，觉得他做了那么多，你就必须喜欢上他，他说不想'绑架'你。我也不懂，这和'绑架'有什么关系？"

舒杳没忍住，笑了出来："是道德绑架吧？"

"对，对，你们年轻人的这些词我也不懂，反正啊，他为你考虑得太多了。"

"我知道了。"舒杳点头，又想起一个问题，"不对啊，你知道我们不是真结婚，昨晚你还那么放心地让他睡在我的房间里？你就不怕他对你的宝贝女儿做什么？"

舒美如眼角的鱼尾纹皱起来，她拍了拍舒杳的手："你和妈说，你对阿野真的没意思？"

舒杳张了张嘴，却发现自己没有办法理直气壮地否认。

舒美如露出一副"我就知道"的表情："你呀，从小到大在这方面就没开过窍，但是妈看得出来，你对他也有心。"

舒杳眼眸低垂，不知道在想些什么。

聊天的最后，母亲语重心长地跟她说："杳杳，我现在不敢说世界上的大多数男人和你爸爸不一样，但是最起码，阿野和你爸爸不一样。"

是啊，沉野和她爸爸不一样，和世界上的其他男人都不一样。他看着冷淡散漫，却心思缜密，是这个世界上独一无二的存在。

舒杳从母亲的房间里出来，发现客厅里已经熄灯了。沉野躺在沙发上，两条大长腿微微屈起，显得有点儿憋屈。窗帘没拉，月色透过玻璃洒在他安静的睡颜上。

现在才十一点，他睡得这么早？

舒杳偷偷地走过去蹲在他的旁边，目不转睛地看着他的脸。

他睡觉的时候，身上那股不羁和懒散的劲退去大半，额前的短发耷拉着，甚至看着有点儿乖。

虽然只有自己一个人被瞒着，舒杳也觉得不爽，但一想到自己曾经觉得略显突兀的母亲的转变是他和他的家人在背后默默地努力了半年的结果，就觉得那份不爽好像没了大半。

他说不希望她感动，可她又不是真的铁石心肠，怎么能不感动呢？

她不敢细想，他是顶着多大的压力去面对她的母亲、说出那番话，是如何艰难地一步步地改变母亲根深蒂固的想法的？她甚至不懂，自己究竟为什么值得他付出这么多？

舒杳帮他把戳到眼皮的碎发撩开，视线缓缓地往下移，掠过如雕塑般精致的薄唇，最后落到了那道淡淡的红痕上。

舒杳伸出食指，轻轻地摸了摸红痕，下一秒，手腕突然被人攥住了。

眼前的人幽幽地抬起眼皮，一副受害者的无奈模样："他逃，她追，他插翅难飞，是吧？"

舒杳蜷了蜷指尖："你不是睡了吗？"

"谁跟你说我睡了？我闭目养神不行啊？"沉野将手肘撑在沙发上，支起上半身，半开玩笑地说，"你要是这么想摸，跟我说一声就好，我又不是不给你摸。"

舒杳一反常态地眨了眨眼，平静地说："好啊。"

这一回轮到沉野手抖了，松开了她。

舒杳微微一笑："我还挺想摸的，你现在就脱衣服？"

冰冷色调的月光下，舒杳感觉他的目光里好像藏着火，那团火蔓延开来，连带着四周也被烧得滚烫。

两个人好像对峙一般，谁都没有退让。突然，黑暗里传出了一声咳嗽。

舒杏被吓了一跳，转头看到了站在房门口的一脸无奈的舒美如。

　　她想起了刚才自己说的那句"你就不怕他对你的宝贝女儿做什么？"，而现在，母亲的眼神里明明白白地写了一行大字——"我看是你想对人家的宝贝儿子做什么吧？"

　　既然沉野不希望自己知道，舒杏就当什么都不知道。在南江的这几天，她并没有向他提起关于这件事的一丝一毫。

　　假期临近结束的时候，周围的工厂陆陆续续地复工了，小超市里的人流量也大了起来。

　　结完最后一笔账，店里暂时没人了，舒杏坐在竹椅上悠闲地和赵恬恬聊天。

　　赵恬恬估计在刷短视频，看到帅哥又立刻分享给了她："这个帅哥的手指好长！好适合……［花痴］［花痴］［花痴］。"

　　舒杏发了一个问号。

　　配上后面三个"花痴"的表情，她隐约感觉自己的脸被一列火车碾过。

　　舒杏故意回复："这手确实很适合弹钢琴。"

　　赵恬恬发来一个"老人在地铁里眉头紧皱地看手机"的表情包。

　　舒杏轻笑出声，引得舒美如踢了踢她的鞋："有和别人聊天的空，你也去和阿野聊聊天呀，把人家一个人丢在楼上算怎么回事？"

　　舒杏不为所动，双手的拇指在键盘上打字："他开会呢，法语的，我一句话都听不懂。"

　　"国庆还开会啊？"舒美如整理旁边被顾客弄乱的几包干脆面，"啧啧"地感叹，"家里这么有钱还这么努力，他真是不错的小伙子。"

　　舒杏觉得舒美如现在对于沉野完全就是无脑吹捧的模式，就算沉野只是左脚先迈进门，舒美如都能夸他是个能分清左右脚的好孩子，还是个柔柔弱弱的差点儿被她占了便宜的好孩子。

　　门帘被撩开，好像又有人来了。舒杏抬起头，习惯性地对着门口说了一句："欢迎光临。"

　　下一秒，她的笑容淡了下去。走进来的身影可以说在她的意料之外，也能说在情理之中。

　　"北川？"舒美如惊喜地打招呼，"你回来看你的爷爷奶奶啊？"

　　大概今天不是工作时间，周北川穿得比较休闲，白色 T 恤的胸口处是显眼的名牌商标，底下是黑色休闲裤，头发不像之前那般一丝不乱，整个人看上去年轻了不少。

"嗯，我刚回来。"他朝舒美如笑了笑，问，"阿姨，泡面在哪里？"

"泡面？都快到吃饭的时间了，你怎么还吃泡面？"舒美如去角落里拿了两包不同牌子的泡面。

周北川随便选了一包海鲜面，无所谓地说道："爷爷奶奶去参加婚宴了，我不认识那家人，去了也尴尬，就在家里随便吃吃。"

"哎，"舒美如把泡面从他的手里抽了回来，轻声斥道，"那你早点儿和阿姨说呀！你吃什么泡面，晚上来阿姨家吃不就行了？"

"阿姨，这太麻烦了。"

"麻烦什么？这就是一口饭的事。"舒美如看了一眼时间，笑道，"正好，我也得去做饭了，你和杳杳在这儿聊聊吧。"

"妈……"

舒杳的话还没说完，舒美如已经不见了人影。她不能怪母亲对周北川这么好，毕竟现在在母亲的眼里，周北川还是曾经那个为了救她而受伤的小男孩。

舒杳收起手机，正好有一位穿着厂服的男人走了进来。看到两张陌生的面孔，他讶异了一瞬，说："一包红双喜。"

舒杳在身后的架子上找烟，听到周北川问："什么时候回辅川？"

舒杳没有回应，帮男人拿了香烟："13块。"

男人掏钱、结账，一直等他走了，舒杳才侧身看向周北川。

上次在隐园的门口不欢而散后，周北川没有再找过她，所以有些话她没有找到说的机会。

"周北川，关于你上次说的话，我要纠正一个地方。"

周北川愣了一下："什么？"

"我们有没有在一起过，你是最清楚的。"舒杳嗓音轻柔，却掷地有声，"所以就算当时我跟沉野在一起，他也不是小三。倒是你，你明知道我和沉野已经结婚了，却还一次次地骚扰我，是想做小三吗？"

周北川一时说不出话，想辩驳，却无从开口，好半天才说："我只是觉得我们当初都太意气用事了，居然因为一次吵架就……"

舒杳难得打断一个人的话："我当时就和你说过，我没有喜欢你。你把我当成充面子的工具，我一方面感念你的恩情，所以在觉得没对我造成影响的情况下随你去；另一方面也把你当成了减少男生骚扰的工具，我们两个人算是互惠互利，仅此而已。"舒杳表情冷淡，仿佛在说一件与自己无关的事情，"周北川，你骗骗别人可以，别到头来把自己也骗了。"

周北川脸色沉了下来，垂在身侧的右手握成拳又松开："那只是最开始，你后来也没有喜欢过我？"

"不然呢？"舒杳眉头微蹙，"你以前一次次暗示我们假戏真做，在我的印象里，我没有一次不是直接拒绝你的吧？"

周北川没再说话，屋内的空气沉闷得令人窒息。

舒杳把收银台的抽屉锁上，揣着钥匙从另一侧离开，半途又回过了头。她依旧目光沉静，语气却少了平日里的温和，显得又冷又不耐烦："有些事我没说，不代表我不知道。周北川，老死不相往来已经是我给你的最后的体面了。"

周北川最终还是留下来吃了饭，但舒杳的话起了作用，他全程都非常沉默。

有他在场，舒杳和沉野自然也吃得不开心。

不知道是不是察觉到了异常的氛围，吃过饭后，舒美如拉着周北川在客厅里看电视，转头叮嘱舒杳："今天碗筷多了点儿，你去帮帮阿野。"

舒杳点头，拿起桌上仅剩的一个空盘子，跟在沉野身后走进了厨房。

厨房的门被关上，隔绝了一部分外面的动静，随后，水流声"哗哗"地响了起来。

洗手池有两个水槽，但水龙头只有一个，被沉野霸占了。舒杳就在一旁默默地往盘子上挤洗洁精，然后递给他。

"周北川是我妈喊上来的。"

"我知道。"

见他的回应稍显冷淡，也不知道他是不是还在因为这事而不爽，舒杳偷偷地觑了他一眼，看到了一张让人猜不透情绪的侧脸，以及那双在凉水下骨节有些发红的手。

舒杳之前没觉得自己是手控，但这么看着沉野的手，突然想起赵恬恬给她分享的那个视频，他的手好像比视频里的手更修长……

脑子里的画面精彩纷呈，最后缓缓地浮现出那几个猥琐的"花痴"表情，舒杳莫名其妙地感觉有一团火在身体里燃烧，烧红了耳朵。

左手的手背上突然传来一股热度，舒杳回神，抬头看到了他近在咫尺的下巴。

她蒙了，问："怎么了？"

沉野歪头示意："你往这个盘子上挤大半瓶洗洁精了，能不能雨露均沾？"

舒杏一看，还真是这样的："我……我走神了。"

舒杏正想把盘子上的洗洁精往其他的盘子上抹，却被沉野阻止了。他帮她把手冲干净，然后扣着她的腰，跟抱孩子一样把她抱到了旁边，双手撑在她身侧的台子上，俯身看她，眼里带着一丝揶揄："想什么呢？"

舒杏一脸茫然："我没想什么啊。"

"哦？那你怎么脸都红了？"沉野抬起手，食指的指腹轻轻地蹭过她的脸颊。

舒杏顿时感觉本来已经被压下去的那团火又在被他蹭过的地方烧了起来，目光聚焦在他微微勾起的薄唇上，莫名其妙地感觉喉咙痒痒的，扫了一眼门口。

沉野意识到她的目光转移，刚想回头，她就突然用双手捧住了他的脸。她踮起脚，两个人之间的距离一下子拉近了，鼻尖几乎相触。

舒杏压低声音说："周北川在门口。"

沉野故意用鼻尖蹭了蹭她的，语气听起来不太在意："所以呢？"

舒杏的脑子里好像有天使和恶魔在打架，一场恶战后，恶魔胜利，她凑了上去。

双唇相触的瞬间，好像有一股电流在她的身体里流过。不过一秒，理智就回来了，她赶紧退开，往后靠去，但腰没有硌到尖锐的台子边沿，而是被他温热的左手掌心隔开了。

她的脑子里全是弹幕：我在干吗？这算不算性骚扰啊？可是别说，他看着冷淡，嘴唇还挺暖和的…………

沉野的表情没什么变化，但舒杏能感觉到，那深沉的双眸里仿佛藏着沸腾的火山岩浆，只等爆发的那一刻。

她如释重负地说："好了，他走了。"

沉野眼里的热度退了几分，他看了一眼空荡荡的门口，转回头，表情不爽："就因为这个？"

"嗯。"舒杏拍了拍他的肩膀，一副"你听我给你编"的表情，"你别放在心上，这没什么的，我出去陪我妈看一会儿电视，你慢慢洗吧。"

说完，她蹲下身，灵活地从沉野的手臂下钻了出去。

沉野维持着刚才的姿势，舔了舔嘴角，被气笑了。

客厅里并没有周北川的身影。

舒美如看她懊恼地出来，一边剥橘子，一边疑惑地问了一句："怎么了？你怎么洗个碗把脸都洗红了？"

"里面太热了。"舒杳随口胡诌，由于刚才拉了周北川做挡箭牌，心虚地问了一句，"周北川呢？"

"不知道他怎么了，刚才手机一直响，接了两个电话就说公司临时有事，他要赶回辅川，急匆匆地走了。"

他走了？

舒杳长舒一口气，心想：这不是老天爷都在帮我吗？

关于自己刚才找的理由，现在不算死无对证，但也算无凭无据了。舒杳顿时放了心，悠闲地往沙发上一靠，拿起了茶几上的手机。

舒美如喜欢看谍战片，电视里正在上演森林枪战。舒杳没什么兴趣，就点开了微博，打算看看有没有什么新闻，结果刚打开就被热搜第一位那个大大的"沸"字惊到了——"周北川夜宿陆晚乔家"。

舒杳想：难怪周北川急着回去呢，这简直是火烧到了家门口了。

小猴子摄影："上个月月底，猴哥在路上转悠的时候意外地发现了一个熟悉的身影。哎？这不是最近大火的陆晚乔的经纪人周北川吗？他深夜醉醺醺地进入陆晚乔的住所，第二天早上才独自离开，你们相信他们是聊了一晚上的工作吗？"

这条热度最高的微博也是这条新闻的首发，舒杳看到的时候，转发数和评论数已经双双破了十万。

照片里，周北川穿着的西装有点儿眼熟，舒杳放大看了一眼，确定那就是她生日当天周北川穿的那套，而日期也和狗仔说的一致。所以，周北川从隐园离开后去找了陆晚乔？

舒杳觉得这大概率是个假新闻，但在网络上看热闹的群众并不清楚真相，评论区众说纷纭。

陆晚乔发了一条微博，说那天周北川只是心情不好，去她家喝酒，喝醉之后睡在了客厅里，但根本没人相信。而许家功作为这件事中唯一的受害者，全程没有发表任何说明。

舒杳只当这是一个八卦新闻，看完就过去了。

然而令人惊讶的是，几个小时后，舒杳在临睡之前发现，许家功也被拉入这场纷争了，热搜第一位变成了"许家功和美女共游欧洲"。

这回的新闻是另一家媒体拍到的，照片有些模糊，但能看清许家功牵着一位身材窈窕、打扮精致的女生，他们坐在室内的等候椅上，椅子上刻着"R"字形的标志，很有特点。

网友们神通广大，立刻根据这个标志找到他们所在的地点是一家定制情侣戒指的设计师工作室，戒指价格不菲，而且这家工作室非常难预约。

照片里的女生虽然包裹得很严实，完全看不到脸，但依旧可以看出是短头发，而陆晚乔从来没有剪过短发。于是看热闹的网友们都蒙了。

舒杳也不懂了，但本来也没有对真相多好奇。她唯一觉得无语的地方是，《春风令》这个剧组的运气简直是绝了，他们本来是奔着大热的男女演员二度合作的热度拍的，结果完美地中了两枪。如果最后因为这些新闻换角色的话，那之前拍摄的 vlog 都白费了。

舒杳长叹一声，感慨宣传花丝镶嵌的道路总是充满坎坷，然后退出了微博，熟练地切换到朋友圈，准备刷完就睡觉。

然而一刷新，她就看到极少发朋友圈的沉野在五分钟前转发了一条新闻——"一男子在地铁内被强吻，为自己讨公道无果后确诊抑郁"。

底下有几条共同好友的评论——

徐昭礼："这个男子不会就是你吧？"

周景淮："我可以给你推荐一位心理医生，徐医生，他的电话号码是183××××××××，你报我的名字，费用可以打八折。"

赵恬恬："'嫌疑人'是我认识的那位吗？"

出轨丑闻的热度节节攀升，直至半夜，不仅没有任何下降的趋势，反而被扒出来的内容越来越多。

情感丑闻一贯如此，男性似乎只要保持缄默就很容易隐身，最后彻底不被在意。

吊灯发出冷白色的光，黑色的窗帘拉得很紧，没有一丝缝隙，客厅里的气氛沉闷得令人窒息。

陆晚乔站在窗帘前，低头翻阅着手机上的那些辱骂和谣言，太阳穴突突地跳，感觉眼前的一切都在晃动。她用手撑着衣架，摇了摇头，强迫自己清醒，然后看向了坐在沙发上抽烟的许家功："你准备怎么办？"

许家功眉头紧蹙，右手夹着烟，狠狠地吸了一口。白色的烟雾从他的唇齿间被吐出，他不甚在意地说："我就说三个月前我们已经分手，但不想影响电视剧的热度，所以没有官宣吧。这样对谁都好，你应该也不会挨骂了。"

"我不会挨骂？"陆晚乔走到他身边，从他的烟盒里抽出了一支烟，觉得很讽刺，"许家玏，你是不是还觉得自己挺为我考虑的？"

"我这不就是在为你考虑吗？否则你还有什么方法？现在大家骂的人可是你。"

陆晚乔冷笑一声，把烟塞进嘴里，熟练地用打火机点燃："这不就是你想要的吗？"

许家玏转过头看向她："你什么意思？"

"我和周北川的新闻是不是你让人放出去的？"

"你有病吧？"许家玏被气得提高了音量，"你要是这样说，网上还都说我的新闻是你放的，就为了拉我共沉沦呢，我是不是也该怀疑怀疑？"

陆晚乔吸了一口烟，觉得难抽，又把它摁灭在烟灰缸里。

她冷冷地看向许家玏："你近一个月都没有欧洲的行程，你跟我说这张照片是近期的？"

许家玏怔了一下，移开了目光："我们挺久没联系了，我的行程你知道什么？"

"你的行程我不清楚？你上次去欧洲是五月！"陆晚乔说道，"半年前拍的照片被改成近日拍的，这狗仔还挺为你考虑的，是吧？"

许家玏沉默片刻，觉得反正已经撕破脸，索性连借口都懒得找了："是啊，那又怎么样？你现在发微博说这张照片是好几个月前拍的，你看有人信你吗？"

"你……！"

他把烟摁灭在桌上，往后一靠，架起腿，嘲讽道："我就直说吧，是，狗仔不肯压下新闻，所以我买通他改了照片的拍摄时间。那又怎么样？陆晚乔，以现在的情况，咱们俩公布和平分手，最多被骂吃了一些红利，之后事业上的资源并不会受多大影响，你好我也好。"

"凭什么？"陆晚乔红着眼，不肯服输，"你单方面劈腿，却让我和你一起承担骂名？你想得美！"

"单方面？你清醒一点儿吧。你不是已经澄清了吗？你看有效果吗？"许家玏拿着手机，站起身笃定地说道，"文案我已经发到你的手机上了，你好好地想想吧，是要和我犟还是要前途。"

"嘭！"门被猛地关上了。

陆晚乔甚至觉得自己瞬间耳鸣了，脑子里"嗡"的一声后就什么都听不见了。

这是她出道以来第一次面对这么大型的舆论风波。她明明知道自己什么都没做，却无力地发现什么都做不了。

她本来想偷偷地录音、套话，但许家玏很警觉，进门后就进行了一番搜查，确保没有异常才开始谈判，所以现在她的手上没有任何实质性证据。

自己要靠文字澄清吗？自己发过了，但没人相信。

自己要找狗仔吗？狗仔如果这么正义，就不会为了钱颠倒是非。

自己去找许家玏劈腿的女生？问题是她根本没有任何线索。

就在这时，正从机场往回赶的周北川给她发来了消息，说和许家玏的团队商量之后，觉得对方提出的想法确实是目前解决问题的最好方式。

陆晚乔冷笑一声，没有回复，低头看着许家玏发来的文案。

这段文案一看就是公关团队编写的，得体但冰冷，就像他们这段恋情，根本没有任何意义。

理智告诉她，妥协无疑是最好的选择。

她将那段文字复制到微博的输入框里，但在按下发送键前还是不甘心。

对于她来说，最可怕的事从来不是一直待在谷底，而是好不容易爬上山顶后，又被一把推下山崖。

她什么错都没有，凭什么要成为许家玏挽回名声的牺牲品？

陆晚乔把文字删掉，退出了微博，就在思考还有没有被自己遗漏的细节时，她辗转委托去联系那个工作室的朋友给她发来了一张照片，还发了一条消息："对方不想参与这些纷争，不愿意做证，但是我偷拍了那天的顾客登记记录，你或许可以从和许家玏同时出现在工作室里的人入手。不知道这些信息能不能帮到你，祝好。"

陆晚乔看了一眼照片，发现那天的顾客登记记录上没有日期，但是有具体的登记时间点。

"14：24 Kaly Xu"，这是许家玏的登记记录。

在他后面登记的人的登记时间跟许家玏的登记时间只差两分钟，登记的名字是"Ye Chen"。

这个人……是沉野？这会不会只是同音的名字？

就在陆晚乔怀疑的时候，曾经那一句她没放在心上的提醒此刻突然涌入了脑海——"那恭喜陆小姐。"

原来，当她说自己和许家玏已经分手的时候，沉野的那句话是这个意思。

中午，飞机降落在辅川机场。舒杏说约了赵恬恬逛街、吃饭，沉野就把她送到了约定的商场门口，随即马不停蹄地去公司准备开会。

然而他在办公室里没坐一会儿，黄山就敲门进来了，表情严肃，有些急切地汇报："沉总，陆晚乔在会议室里，想见您一面。"

沉野垂眸看着手提电脑上的资料，脸上并没有惊讶的表情："她有事？"

"她没说，只说想和您做个交易。"黄山揣测道，"不知道她是不是因为网上的新闻。"

沉野目光沉了下来，合上手提电脑，走出了办公室。

陆晚乔坐在面对门口的位子上，手里拿着一杯咖啡，神色淡然，倒是让人看不出她已经急到火烧眉毛。

会议室是透明的，外面的人一眼就能看清里面的人在做什么，只是听不到声音。沉野关上了门，在她的对面落座："陆小姐，有话直说吧。"

陆晚乔也不藏着掖着，开门见山地说道："沉总应该能拿到许家功出轨的证据吧？"

沉野不答反问："陆小姐不是说想和我做个交易吗？我对您手里的东西比较感兴趣。"

陆晚乔从口袋里掏出一支录音笔，用指尖推到了沉野的面前。沉野按下播放键，周北川带着醉意的声音传了出来。

"如果不是沉野，她早就是我的了！

"你知道吗？其实那天之前我买了药，准备放在她的饮料里，听说吃了那个药的人醒来之后不会记得任何事情……要不是沉野中途插了一脚，那顿饭我就不会吃不着……

"她就应该是我的，我们从小一起长大，沉野算什么东西？"

录音到这里戛然而止，从头到尾都没有陆晚乔的声音，只有周北川的自言自语。

"虽然是醉话，但以我对周北川的了解，这些话十有八九是真的。关于这件事，我想沉总和太太应该都不知道吧？"

沉野搭在大腿上的右手手背上青筋浮现，但脸上依旧不动声色："周北川是你的经纪人，陆小姐就这么毫不犹豫地把他出卖了？"

陆晚乔的眼神闪躲了一下。

以录音换取沉野的帮助，这件事她昨晚确实犹豫了很久很久。

她默默无闻的时候，周北川就成了她的经纪人。这三年里，两个人不仅是事业上的搭档，也是朋友，他陪她走过了低谷的时光，也和她一起站

到了大众的视野中心

但她是个很现实的人，周北川的能力早已不匹配她现在的地位，所以她其实早就打算向公司提出换一个更好的经纪人了，只是碍于过往的交情，迟迟没有提。

这次的事件算是一个导火索。

沉野什么都不缺，她看得出来，他唯一在意的就是自己的老婆。

她确实把周北川当作朋友，但朋友可以有新的，前途只有一条。在这种生死存亡的时候，她损失一个朋友好像不是什么大不了的事情，更何况录音里周北川的那些话着实令她作呕。所以，她最终还是选择来谈这场交易。

陆晚乔耸了耸肩，面不改色："我从来没说过我是个多仗义的人。"

沉野拿着录音笔站起身，只扔下一句话："会有人联系你的。"

不到一个小时的时间里，网上的舆论就发生了翻天覆地的变化。

首先，有人爆出一张许家玏和一个女生在工作室里的监控照片，监控显示的日期是五月二十日，而不是近几天，这让"不管他们是不是各玩各的，反正陆晚乔劈腿在先"的言论不攻自破。

随后，伪装成剧组人员造谣陆晚乔与周北川的关系的账号发布了道歉声明，表示自己只是看这事的热度高，意图博人眼球，所以捏造了故事。

甚至还有女生实名爆料，说许家玏在出道之前就劈腿成性，凭借角色火了之后还变本加厉。

昨天事件发酵得最快的那个时间段，周北川在赶回来的飞机上，落地的时候，陆晚乔已经被骂惨了。当然，因为公司无作为，周北川也被陆晚乔的粉丝骂了。

第一次遇到这么大的危机，周北川手足无措，所以最终同意了许家玏一方提出的建议，却没想到陆晚乔根本没回复他的消息，甚至还私自改掉了微博密码。

虽然他知道，陆晚乔这回着实吃了哑巴亏，但这也是没办法之下的对策。

电话又一次未被接通，周北川急匆匆地赶到她家，想催促她赶紧发微博，却没想到舆论风向陡然转变，陆晚乔已经从千夫所指的恶人变成了被"渣男"欺骗的可怜人。

周北川点开那个爆料监控照片的账号，发现这是一个新注册的账号，完全没有有用的信息。他看向在一旁悠闲地泡茶的陆晚乔，惊讶地问："这个账号是你找人安排的？"

陆晚乔拿着茶壶往茶杯里倒水，茶叶浮沉，就像她不安定的内心。她一语带过："不是，我找刘姐帮的忙。"

刘姐是周北川的前辈，也是陆晚乔的朋友，所以周北川并没有怀疑。只是自己手下的艺人遭遇舆论风暴，却由其他更有经验的宣传经纪帮忙力挽狂澜，这让周北川的脸色有些难看。

他勉强维持着风度："没事就最好了。这样一来，许家玏估计没法翻身了。你好好休息，品牌方那边我继续对接。"

陆晚乔吹了吹茶杯里的浮叶，抬头后抱歉地说道："北川，对接的事情你交给刘姐吧。"

周北川骤然冷了脸："乔乔，你这是什么意思？"

"今天李总找我回公司开会，说觉得你在处理危机这方面还是经验不够。这次的事件有惊无险，都是刘姐的功劳，而且我现在正处于关键的上升期，所以李总决定替我更换经纪人。"陆晚乔放下茶杯，朝周北川伸出手，"北川，这几年我很感谢你，没有你就没有今天的我，希望以后我们还是朋友。"

周北川的视线往下扫去，而后又落回陆晚乔的脸上："乔乔，你这是准备过河拆桥？"

"这是公司的决定，我也没有办法。"陆晚乔坦然地说，"不然你去问李总。对于你这次的表现，李总还挺生气的。"

周北川在这行资历尚浅，能带到陆晚乔纯属运气好。虽然现在仗着陆晚乔的名气，圈子里的不少人都敬他三分，但在上层领导的面前，他根本没有什么发言权，更何况这次确实是他没有做好。

周北川咬了咬牙，只能把苦涩吞下。

"知道了，我会和刘姐交接。"周北川握住了陆晚乔的手，"我们还是朋友。"

"当然。"陆晚乔温和地笑了一下。

深夜，周北川一个人开车在路上游荡，寒风从开着的车窗里涌进来，肆无忌惮地凌虐他的脸。

辅川对于他来说是一个熟悉又陌生的城市，高中的时候，他在这里待过一年，但时隔几年回来，发现自己对这里的一切几乎没什么记忆。

辅川三中的校门在视野里匆匆地掠过,他这才发现自己也不是完全没有这里的记忆,只不过为数不多的记忆好像都是和舒杏一起创造的。

那时候因为脸上有疤,他不喜欢出现在人多的场合,比如食堂,所以舒杏经常打饭送到他的班里。面对同学的调侃,她不会反驳,双手被外头的寒风冻得通红也不以为意,只温柔地提醒他快点儿吃。

运动会的时候,女生们会成群结队地给心仪的男生送水,他必然是被遗忘的那一个,但舒杏不会忘了他。知道他不喜欢喝常温的水,她会给他准备冰的。

甚至,他的生日也没有人在意,只有舒杏记得,还订了餐厅帮他庆祝,只可惜被沉野破坏了。

这么多美好的回忆历历在目,她却说从来没有喜欢过他。

周北川不愿意相信。

事业和情感的双重打击让他好像处在悬崖的边缘,焦躁又颓丧,急需酒精发泄。

等红灯的间隙,他搜索了附近的酒吧,一些一看就是中低档次的酒吧被他毫不犹豫地排除了。

再遇……这家酒吧周北川倒是听之前认识的公子哥提起过,据说是有钱人聚集的地方。

他按下导航键,掉转了车头。

此刻正是酒吧热闹的时候,缤纷的灯光和躁动的音乐让人短暂地忘却烦恼。周北川坐在吧台边,给自己点了一杯烈酒,然而只喝了一半,手机就开始振动个不停——全部都是刘姐的消息。

暂时沉溺在酒精里的周北川骤然被拉回现实,这些消息提醒他,此刻在事业上,他完全是一个被人摆布的提线木偶,没有任何自主权。最无力的是,他不甘心又能怎么样呢?面对刘姐催促的电话,他只能灰溜溜地找了一条僻静的后巷,用装作不在意的语气和对方商谈具体的交接事项。

交接完,刘姐好声好气地对他说,公司会把他安排给新签约的艺人,凭他的能力,很快就能把艺人带起来。

周北川知道这些不过是客套话,却只能咬着牙道谢。

手机被塞回口袋,他靠在墙壁上,一根接一根地抽起了烟。巷子里没有路灯,为数不多的光源就是头顶的月亮,以及自己手里这根燃了一半的香烟。

呼出的白雾被黑暗吞噬,周北川的眼神变得深沉起来。

"吱——"酒吧的后门被推开了，周北川以为来人是出来丢垃圾的工作人员或跟他一样出来打电话的顾客，所以并没有在意。直到余光扫过去，他发现那人的身形有几分眼熟。

他眯了眯眼，对方的脸在黑暗中渐渐清晰了。

沉野穿着一件黑色的连帽卫衣，下身是黑色休闲裤，毫无波澜的表情让周北川瞬间想起了七年前那个下着雨的傍晚。

他觉得此刻的沉野浑身上下都写满了"危险"二字，本能地往后退了一步："你干吗？"

下一秒，周北川的衬衫领口被沉野一只手攥住了。

"嘭！"周北川被抵在墙壁上，后背的骨头隐隐作痛。沉野的右手指节压在他的喉咙上，像石头一样压得他脸部涨红，几近窒息。

"周北川，"沉野目光凛冽，淡然地宣判，"我那年揍你，实在是揍得太轻了。"

收到徐昭礼说沉野离开的消息，舒杏急匆匆地进了酒吧，直奔包间。

徐昭礼和赵昧儿正在包间里等着，墙上贴着"happy birthday（生日快乐）"字样的气球，金光闪闪。

舒杏关上门，压低声音问："他去哪儿了？"

徐昭礼说："我说我肚子疼，托他去楼下帮我照看着。"

一旁还在往墙壁上贴气球的服务生有些疑惑："哎？但我刚才看到沉哥去后巷了啊。"

"他可能是去打电话了吧？"徐昭礼没有多想，说，"杏杏，你去拖一拖时间。蛋糕快到了，我们抓紧布置一下，你们一定要确保二十分钟后再进来。"

"行。"舒杏跟着服务生去了工作区域。

后厨的门直通后巷，看起来有点儿年头了。舒杏推开门，"嘎吱"的声音轻微且绵长，一阵寒风涌了进来。

她走下台阶，眼睛还没有完全适应黑暗，耳朵就听到了男人若有若无的痛呼声。随即，她借着微弱的月光看到了沉野的背影。

沉野没有注意到身后的动静，蹲在地上，双腿敞开，左胳膊搭在腿上，右手拍了拍地上的人的脸："周北川，你当初要是真给她下了药，也活不到现在。"

周北川费力地撑起上半身，看到不远处的人影时，突然惊喜地叫出了声："杳杳？！"

瞬间，他感觉沉野的身体明显僵住了，仿佛七年前的场景重现。

小时候经常看到父亲家暴，舒杳对打架有心理阴影，所以一直很讨厌动不动就动用武力的男人，以前在学校里看到爱打架的男生都避之不及。

那年沉野走向她时，她忌惮、厌恶的表情周北川也看在眼里，所以此刻瞬间觉得自己抓住了救命稻草。

周北川表情痛苦，又低声喊了一声："杳杳。"

但舒杳无视了他，只看着那个背影，温柔的声音好像在夜风中被吹散了："沉野。"

这一声把沉野从混乱的思绪里喊了回来。

他慢吞吞地站了起来，转过身看向她。月色下，他的目光像没有波澜的湖水，让人看不透情绪。这一次，他没有上前，就这样定定地站在原地，好像在等待她的审判。

舒杳能感觉到他心里的不安，主动地朝他走过去，牵住了他的手。她好像什么都没看到，问："好了吗？我们回去吧。"

她说这话的语气不像看到他打架，而是像看他刚批完一份文件，温温柔柔的。不只沉野意外，周北川也无法理解。

他捂着腹部，失望地对舒杳说："杳杳，你现在已经这么是非不分了吗？他今天打的人是我，明天打的人就可能是你。"

沉野被她握着的左手骤然一僵。

舒杳并没有太多情绪，目光冷了不少，俯视着周北川："下药？被打是你活该，不是吗？"

"他说我下药你就信？他完全就是在造谣！我们从小一起长大，我怎么可能对你做那种事情？"

舒杳坚定地握着沉野的手，对他说："我不信我老公，难道信一个七年不见的同学吗？"

说完，她牵着沉野头，也不回地进了门。沉野跟在她身后，垂眸看着她的后脑勺，一句话也没说。

门被关上之后，那点儿来自室内的光亮彻底没有了。周北川躺在脏兮兮的地上，身上隐隐作痛，可肉体再多的痛都比不上舒杳选择相信沉野这件事给他带来的心灵上的痛。

明明那一次舒杳是选择向他走来的，不过七年，都变了。

月亮像一张弓，隐藏在了云中，四周没有一颗星星。他费力地掏出手机打算报警，但在拨通电话的前一秒停了下来。

他万分确定，当初关于下药的一切只有他一个人知道，购买记录之类的信息都被删除得很干净。事情已经过了这么多年，沉野是怎么知道的？

沉野敢这么说，可能手上真的有证据。如果自己报警，沉野最多因为打人被拘留几天，沉野要是把证据往外发，他的事业和名声可就都完了。

周北川想到这儿，手臂慢慢地失去了力气，手机"啪"的一声掉在脏兮兮的地面上，屏幕瞬间黑了。

舒杳带着沉野进门后才想起徐昭礼交代的话，所以没走几步就在走廊里停下了。

以周北川胆小又好面子的性格，他肯定不会报警，这点她并不担心。

舒杳抽回手，转身面对沉野。察觉到手里空了，沉野低头看了一眼，不情不愿地放下手，揣在口袋里。

他看着她略显冷淡的表情，明白过来，大概刚才她只是在外人的面前给他面子，现在才是正式的审判。

他喉咙发干："你生气了？"

"今天不生气。"舒杳没有细问他刚才的事情，只温和却不失凌厉地指出，"沉野，我不喜欢看人打架，更不喜欢你打架。"

"我知道。"沉野低声解释，"我这几年没有打过架，更不会……"

我更不会和你爸一样。

可他知道她不想听到这个词，于是闭了嘴。

舒杳越来越觉得他和小饼干很像，知道错了就耷拉着脑袋，任骂任打。

她无声地叹了一口气，又把他的手从口袋里扯了出来。明亮的灯光下，他手上关节处的擦伤格外明显，她低头吹了吹，问："疼不疼？"

沉野喉结滚动，回答："有点儿。"

"店里有医药箱吗？"

沉野反手牵住了她，把她带到了旁边的一个员工休息室里。这里虽然干净，但空间狭小，除了一张单人床、一个小柜子和一张小圆桌，没有任何多余的东西。他把舒杳拉到床上坐下，然后从柜子里拿出了医药箱。

舒杳看上去是有处理伤口的经验的。她从柜子里拿出一瓶矿泉水，简单地冲洗了伤口，之后拿着蘸了碘伏的棉签帮他消毒。

安静的空间里，房间外的舞池里躁动的音乐隐约传进了耳朵。沉野这时候才觉得不对劲，问："你怎么突然过来了？"

"我……"舒杏低着头，让人看不到表情，"恬恬临时有事，我一个人也无聊，听说你在酒吧，就想着过来玩一玩。"

"那你怎么不打电话给我？我去接你。"

"离得很近嘛，我就自己过来了。"

幸好伤口不大，消完毒，舒杏帮他贴了一块小小的纱布。

"那你……"沉野顿了顿，问，"真的相信我？"

"嗯。"舒杏把用过的棉签装在废弃的纱布口袋里，看向他，"但是这么多年了，你怎么知道的？"

沉野从口袋里掏出一支录音笔，把陆晚乔来找他的事情对舒杏简略地说了。

舒杏恍然大悟："所以网上那些有利于陆晚乔的言论是你安排人发的？"

沉野："嗯。"

舒杏播放了录音，面不改色地听完了。她关上医药箱，手肘撑在桌上，托着脸扭头看他："你既然有录音，刚才他问我信你还是信他的时候，为什么不直接放出来？"

沉野看到她这副悠闲的姿态，僵硬的身躯逐渐放松下来，恢复了平日漫不经心的语调："陆晚乔如何，我不关心，但这毕竟是交易，我就这样把合作方出卖了，有违一个商人的准则。"

"哦。"舒杏低低地应了一声，低头旋矿泉水的瓶盖。

沉野盯着她的神情，想起她刚才问的问题，突然察觉到了一件事。他模仿她刚才的动作，也撑着脑袋，慢慢地往前凑："你不会是……？"

舒杏好像被踩了尾巴的猫，一下子挺直了脊背："我没有。"

"我都没说你干吗，你激动什么？"说着，他又往前凑了一些，嗓音里带着笑意，每一个字都好像在勾引她。

"我没激动。"

他往前凑，她就往后缩，但空间狭小，她的后背很快就抵到了墙壁上。

"如果你介意的话，"沉野表情严肃，好像不是在开玩笑，"我现在去他的面前放十遍。"

"你不是说这样有违商人的准则吗？"

"老婆都快没了，我还要准则干吗？"

舒杏没忍住，笑了出来，红润的双唇微微扬起。沉野看着看着，想起了上次和她双唇轻碰时的触感，可惜那次没有准备，还没来得及品味就结束了。

他喉结滚了一下，目光渐渐变得深沉起来，好像有一根线在扯着他慢慢地往前凑。舒杏察觉到他的意图，长长的睫毛轻轻地抖动了一下，双手抵上他的胸口的同时，门外突然传来了一声粗犷的喊声："沉哥！"

而后是跑调又做作的歌声："宝贝在干吗？！在吗？睡了吗？！宝贝在干吗？！为啥没回话？！"

"嘭！！！"

"生日快乐！"

虽然由于觉得一切都过于奇怪而做好了一定的心理准备，但当五彩缤纷的彩带在头顶喷出的时候，沉野还是有一瞬间宁愿回去听服务生把歌唱完。

看到放在茶几上的硕大的生日蛋糕，沉野这才想起来，今天的确是自己的生日。

他小时候是过生日的，但钱曼青每次都要大搞特搞，不是把他打扮成骑白马的小王子就是名侦探柯南。沉野觉得这样太浮夸也太麻烦，所以从初中开始就彻底拒绝了这种生日仪式。

他笑着踹了徐昭礼一脚："你是不是以为这样很有创意？"

徐昭礼把脑袋上的彩带扯下来，指了指舒杏："这是你老婆的主意啊，和我没关系。"

沉野一本正经地点头："是挺有创意的。"

舒杏尴尬地说："我没怎么过过生日，想象力就这么点儿。"

"我开玩笑的。"沉野拉着舒杏在沙发上坐下，不理解似的扫了一眼站在门口的那两位，"我和我老婆过生日，你们留在这儿干吗？"

"你以为我们想留在这里啊？"徐昭礼和赵昧儿默契地翻了个白眼，把手里的礼物往沙发上一扔就出去了。

包间里瞬间安静了下来。

自己打架被看到却没被追究，舒杏还帮自己庆祝生日，沉野现在有一种劫后余生的嚣张感，悠闲地往后一靠，右手搭在她背后的沙发上，懒洋洋地说道："没有礼物吗？"

"有。"舒杏拆着手里的蜡烛包装，"你先吹蜡烛许愿吧，结束了我给你。"

沉野从盒里抽出一根蜡烛，插上、点燃、闭眼许愿、吹灭、拔掉，全程不超过十秒："好了。"

舒杳甚至来不及关灯。

但没关系，寿星最大，他高兴就好。

舒杳从包里掏出一个小盒子，沉野打开一看，里面是一对对戒。对戒显然是她亲手做的，但和之前那对的纹样不一样。这一次，男士的戒指上是一只小狗，女士的上面则是一只小兔子。

舒杳很自然地拉起他的手，把之前那个旧的戒指取下，然后把新的给他套上了。

沉野有样学样，也帮她戴上，拇指按着无名指上的戒指转了一圈："你怎么送我戒指？"

"我之前不是和你说过吗？如果那个戒指太便宜的话，我就以量取胜，这是第二组。"

"那为什么戒指上的装饰是小狗？"

舒杳一边把装着旧戒指的盒子往包里塞，一边解释："我有时候对别人的情绪的感知没有那么敏锐，就像之前搬家的时候，你不高兴我也没察觉到。所以我就想，要是有一样东西能让我直观地感受到你开不开心就好了。"

她伸手把小狗的尾巴压了下去，沉野这才发现，原来小狗的尾巴是可以动的。

"以后你要是不高兴了，就把小狗的尾巴压下去，我就知道了。如果小狗的尾巴是扬着的，那我就知道你心情不错。"

沉野跟发现了玩具似的，摆弄那弯曲着的不足一厘米的小尾巴。可惜小尾巴最高只能上扬到两点钟方向，不然以他此刻的愉悦程度，小尾巴应该能翘到天上去。

他突然凑了过去，在昏暗的灯光下，瞳仁显得越发黑："你说你对别人的情绪的感知没有那么敏锐，那现在我的脑子里有四个字，你能感知到吗？"

两个人之间的距离极近，舒杳靠在沙发的一角直视着他，没有退让："能。"

沉野："是什么？"

舒杳："你想亲我。"

"不准确。"沉野轻笑一声，说，"是'我在追你'。"

舒杳的心猛然一跳。

她一直觉得两个人之间的感情像温泉，不带凉意，但也不会过分滚烫，就这样安安稳稳地发展下去未尝不是一件好事。

这还是他第一次如此直白地把希望得到回应这件事摆在明面上，而且他说的是"在"，而不是"想"，仿佛不管她允不允许，他都追定了。

不知道是不是看出了她在犹豫，沉野揉了揉她的发顶，退开后往桌上的瓷碟里放了一块写有"沉野"两个字的蛋糕，递给她，漫不经心地说道："你不用急着给我答案，八十岁以前给我都可以。"

舒杏无语地想：您真有耐心。

但他这么一说，舒杏瞬间就没有了心理压力。

她接过瓷碟吃了几口蛋糕，右手无名指上的戒指折射着光。沉野这才发现，原来她的戒指上的兔子也有一条尾巴，但很短小，所以刚才他并没有看清楚。

沉野随口问了一句："兔子的尾巴也能动？"

舒杏："嗯。"

兔子的尾巴本来是上翘的，他的这句话倒是提醒了舒杏，她抬头看了一眼墙上的钟，随后慢慢地把兔子的尾巴压了下去。

沉野内心疑惑，顿时感觉不妙，伸手按住了她的手背："你干吗？刚才你说了不生气啊。"

"我说的是'今天不生气'。"

沉野顺着她的目光抬眸看向时钟——00：01，今天过了。

别人生气，砸锅摔盆；舒杏生气，默默地分房睡。

上次舒杏住在沉野家里还是奶奶回国的时候，所以她所有的洗漱用品、衣服都在他的房间里。

沉野眼见她开始把东西往客房里搬，右手搭在门框上，把她拦下了："你要睡在客房里？"

"嗯。"

"为什么？"

舒杏理所当然地说："你不是在追我吗？哪有被追求者和追求者睡一张床的道理？"

"怎么不能？"

舒杏一时找不到理由，语不惊人死不休地说出一句："对其他追求者不公平。"

沉野被气笑了，俯身直视着她一本正经的表情，语气带着调侃之意："你还有其他追求者呢？有多少啊？"

舒杳顿了一下："你前面还有十个，你排第十一号。"

"哦？"沉野看起来没有不高兴，反而笑了一下，"那也不算多，你有前面十个人的个人信息吗？"

"你干吗？"

"把他们都干掉，我不就是第一个了？"

舒杳差点儿被他气笑，拍开他的手，抱着两瓶乳液走进了客房里。

小饼干跟着她一趟一趟地跑，从浴室跑到客房里，再从客房跑到浴室里。沉野就靠在卧室的书桌上，单手撑着桌沿，静静地看着她撒气。

最后一趟的时候，小饼干即将跟着她跑出卧室，末了回头看了他一眼，仿佛一个面临父母离婚的孩子在选择了母亲后和父亲遗憾地告别。

"呵。"沉野笑了一声。

狗都知道看他一眼，人不如狗。

他拿起一旁的手机看了一眼时间，已经一点半了。算了，她明天还要早起赶回黎水准备直播，他再怎么样也不忍心耽误她睡觉，有什么事明天再说吧。

他去浴室洗漱完，掀开被子正准备上床，门把手却突然被按了下去。他回头一看，只见舒杳抱着一个枕头气冲冲地回来了。

小饼干紧随其后却没被搭理，显然犯了错误。

"怎么了？"沉野抱起小饼干放在床上。

舒杳把枕头扔在床头，无奈地问："你是不是训练它了？"

"训练什么？"

"它在客房的床上撒尿。"

沉野发出一声笑，俯身揉小饼干的小脑袋，毫不遮掩嘚瑟的心思："我误会你了，原来你是帮你爹去摧毁敌营的啊，不愧是我的好儿子！"

舒杳无语地躺下了。

小饼干耷拉着耳朵，一副知错的样子，用脑袋蹭着她的手臂，时不时地发出几声呜咽。

沉野靠坐在床头，拍了拍它的脑袋："得了吧，这招你爹用过了，没用。"

话音刚落，舒杳右手一捞，把小饼干抱了过去。

在回来的路上，他说伤口疼，她明明一点儿反应都没有，眼睛里只写了两个字——活该。

沉野翻了个身，瞪着她的后脑勺问："为什么它卖惨有用？"

舒杳连眼睛都没睁开："因为它是狗。"

身后突然没了动静，就在舒杳以为沉野无言以对的时候，右耳突然感受到了呼吸的热度。

他的双唇若有若无地擦过她的耳朵，随之而来的是他压低声音的一声："汪！"

第十章
大十天算什么姐姐？

第二天是沉家的司机把舒杳送回黎水的，倒不是因为沉野生气了，而是因为他有个早就定好的早会，没办法推迟。

不过这反而让舒杳松了一口气，因为她觉得周北川一定会来找她。反正最后一层窗户纸已经被捅破了，她也想把这件事彻底解决掉。

果不其然，隐园的匾额刚映入眼帘，舒杳就看到了坐在台阶上的周北川。他垂着头，神色颓丧，却依旧西装挺括。

大概是听到了脚步声，周北川抬头看了过来，脸上还带着瘀青。

这一刻，舒杳感觉回到了那一天。

那时候，她和周北川虽然是邻居，但并不算亲近。他们读同一所初中，放学的时间一样，回家的路也一样，所以周北川总是在遇到她后问她能不能一起走。

有时候舒杳为了躲开他，放学后收拾东西会故意拖延，却发现周北川在门口等她。久而久之，她就放弃了，毕竟当时她对周北川没有什么不好的印象。

一个沉闷的傍晚，两个人走到她家门口，突然听到打骂声从屋里传出来。周北川问她怎么了，她没有回答，只让他先回去，但他并没有走。

他说自己人高马大，不怕。舒杳想：罗建辉一直很喜欢他，说不定有他在，罗建辉真的会收敛一点儿，于是没有再赶他走。

可是她没想到，后来发生了让她每次想起都愧疚又后悔的事情——罗建辉用来威胁母亲的刀在周北川的阻拦下划过他的脸，留下了那道他随时可以来道德绑架她的疤。

疤痕可以修复，但人与人之间的关系一旦破裂，就注定回不到从前了。

舒杏站在周北川的面前，神色淡淡地问："你想说什么？"

周北川眼神落寞，语速却很快，好像生怕她不肯听完："杏杏，我不知道沉野跟你说了什么，我当年确实买了药，但……就是好奇，而且很快就放弃了，并没有用。"

舒杏并没有什么意外的表情："我知道你没用。"

"你……怎么知道的？"

"那天你被沉野揍了一顿，书包里的东西散落一地，是我帮你收拾的，我的确没有发现药。后来我送你回家，在你家的垃圾桶里看到了那个还没有拆封的药瓶。"

"那你能原谅我吗？"周北川问完才意识到不对劲，仓皇地看向舒杏，"你……"

舒杏脸上带着淡淡的笑容："周北川，你真以为药的事情是沉野说了我才知道的吗？"

"你怎么会……？"周北川的脸瞬间白了。

降温了，巷子里，寒风钻入袖管。舒杏把手揣进口袋里，目光也是冷的："其实在高考前我就知道了。有一天我们吃饭的时候，你的手机上跳出了一条消息，是购物网站邀请你对刚购买的药进行点评，我觉得那个药的名字挺奇怪的，就搜了一下。"

"那你当时为什么不问我？"周北川满脸惶恐的表情，试图抓住她的手臂，却被她手疾眼快地躲开了。

"因为我觉得那对我来讲反而是个机会。"

舒杏第一次提起这些事，语气很平静，好像只是在讲述一个听来的故事："你每次想让我做什么的时候，就会一遍遍地暗示我，你的伤疤是因为我和我妈而留下的。我接受你的大多数要求并不是因为对你百依百顺，而是因为带饭、送水之类的事情都是举手之劳，我觉得出于感恩，这些是我应该做的。

"但你要求我放弃高分，跟你去一个完全不匹配我的分数的大学，我不能接受，没有任何事情可以让我放弃自己的前途。我从一开始就确定要报考辅川大学，但知道你一定不会善罢甘休，只有药物的购买记录也无法证明你想做什么，所以主动请你吃饭，其实是想给你一个使用那个药的机会。"

当然，你不会成功，而我只要抓住这个把柄，就可以趁机彻底地摆脱你。"

人心不可控，所以她习惯于尽最大可能把危机控制在自己能预料的范围内，林瑞阳调换稿子的事情是这样，七年前周北川买药的事情也是这样。

听完她的话，周北川感觉脑子发蒙，眼前这张熟悉的脸看起来如此陌生。

仿佛心里的顶梁柱被抽走，周北川的精神世界彻底崩塌了，他怒极反笑："所以，沉野自以为是地为你出头反而破坏了你的计划？"

"那倒也不算，A 计划被打断，我自然有 B 计划。只是我没想到，改志愿这件事就能让你暴怒到几年不和我联系，早知道会这样，我一开始就不用请你吃饭了。"

周北川往后退了几步，靠在门上，讽刺地笑了出来："舒杳，我真是小看你了。"

"彼此彼此吧，我曾经也小看你了。"舒杳顿了顿，"其实六年前在我爷爷的葬礼上，我见到了罗建辉。关于划伤你的事，你猜他跟我说了什么？"

周北川眼珠一颤，磕巴了一下："你……你爸那种人说的话你也信？"

"其实他没跟我说什么，"舒杳弯了弯唇，"但现在你的反应让我证实了一些猜测。"

"杳杳……"

"不过纠结曾经的事情没什么意义，所以这件事的真相对我来说也已经不重要了。"舒杳叹了一口气，下了最后通牒，"当初的不欢而散已经让我达到了目的，再加上你主动中止犯罪，所以我给了你最后的颜面，没有把事情拆穿。现在，只要你从今往后不再出现在我和沉野的生活里，我就不会再翻旧账，但是如果你不罢休，那……"

舒杳微抬眼眸，眼神冷得好像散发着利剑出鞘时的寒光："你不会觉得当年的我蠢到什么证据都不留吧？"

这一瞬，周北川心脏一震，不知道为什么，总感觉在她的身上看到了沉野的影子。

"你是在威胁我？"

"你要是这么觉得也可以。"舒杳说。

周北川垂在身侧的右手紧紧地握成拳头，手背上青筋凸起。他现在才明白舒杳之前说的那句"老死不相往来已经是我给你的最后的体面了"是什么意思。

过往的行差踏错此刻成了抵在他脖子上的一把刀，为了他的名声和未来，摆在他面前的路很明显只有一条。

他咬着牙，最终妥协了："我不会再找你了。"

周北川从小和爷爷奶奶一起长大，受尽异样的眼光。他自卑、怯懦，却也好胜、偏执，黑暗的生活里，舒杏是他唯一的光。

她总是冷冷的，所以他时常想，到底有什么办法可以让她对他好一点儿？

直到那一天，机会来了，他看到她的父亲举着刀对着她们母女俩，那时候的他不过十四岁。

心智还不成熟的周北川天真地想：如果自己因为救舒杏母女俩而受伤，舒杏一定会心怀愧疚，一定会心疼自己。

可惜他运气不好，也没有经验，本来只想让罗建辉在他的手上划一道，却不幸伤了脸。

不过这个结果产生的效果很好，舒杏确实从此对他言听计从，于是他开始慢慢地试探她的底线。他让她帮忙做作业，她从不拒绝；让她帮忙带饭、带水，她也都接受；直至最后在外人的面前谎称他们关系亲密，她也没有否认。

他渐渐地发现，自他模棱两可地向外透露他们的关系，男生们看他的眼神立刻不一样了。他享受这种高高在上的被同性羡慕并忌妒的感觉，那是他前十八年从未有过的体验。

可他也知道，这些只是镜花水月，她依旧离自己很遥远，说不定哪天就会从他的身边消失。

高中毕业后，男生们表达好感的方式更加直接了，他内心的不安逐渐累积，最终演变成了一种急切的渴望——他需要一颗定心丸，让她彻底属于他。

可他没有做过这种事，说不害怕是不可能的。他纠结了许久，迟迟没敢动手。直到舒杏主动请他吃饭，说帮他庆祝生日，他想起她过往的好，觉得她起码对他有点儿好感，才瞬间意识到了自己的错误。

他扔了药，准备在晚餐后正式告白，却没想到路上遇到了沉野。之前篮球队里的男生因为他和舒杏的关系起哄时，沉野的表现他都看在眼里。

男人更了解男人，周北川矛盾的人格里好胜的那一方再度获胜，他想看到天之骄子败在他的脚下，于是故意用话刺激沉野。然而在看到舒杏关心的神色时，他再度意识到了自己的卑劣。

现在想来，他去洛北之后许久没有和舒杳联系，有一部分原因是潜意识里在逃避关于那件事的一切。

他没想到，原来一切都是假的，她的关心和主动都只不过是她在认清他之后为了摆脱他而营造出的假象，到头来，他才是最天真的那个人。

车一路疾驰，等冷静下来，周北川才发现自己又把车开到了陆晚乔家的楼下。

这几年，陆晚乔是他的合作伙伴，同时也是他最亲密的朋友，所以他烦闷的时候，习惯来找她倾诉。就算不再合作，他们也还是朋友。

他想推门下车，却想起了上次被偷拍的事情。

怕再给她带来负面新闻，周北川缩回了手，靠在椅背上，双眼无神地看向前方。

偷拍……

脑子里零碎的记忆涌了上来，他想起上一次来这里是因为被舒杳和沉野的亲密举动刺激到。那天他喝得酩酊大醉，上楼向陆晚乔发了一通牢骚。后来他断片儿了，完全记不得具体说了什么，现在回想起来，突然心一沉。

出轨丑闻爆发的第二天，有粉丝说在路上偶遇了陆晚乔，她看上去心情还不错，还让粉丝不要担心。他当时没在意，现在才发觉，那个地方好像离骤雨大厦不远。

难不成那天晚上……

周北川顾不得此处有没有狗仔偷拍，推门下车，直奔陆晚乔的家，到了才发现房门密码被换掉了。

他不确定这是为了防许家功还是防他，所幸陆晚乔这个人记性不太好，密码就那么几个，他随便试了试，果不其然，在试到第四次的时候打开了门。

陆晚乔回到家时，客厅里一片黑暗。

她打开了灯，直觉告诉她，哪里不太对劲。

她环顾四周，而后猛地抬头看向紧闭的窗帘——她记得自己离开的时候并没有把客厅的窗帘拉上。

她本能地往后退，却在瞥到沙发上的一件西装时停下了脚步。那是周北川的西装。

她微微皱起眉头，一边换拖鞋一边喊："周北川？"

没人应。

陆晚乔走到书房的门口，看到周北川坐在书桌后，双手交握，撑着额头，看起来十分疲惫。他的眼前是她的手提电脑，电脑已经被他打开了，屏幕反射出些微光亮。

"你是怎么进来的？"陆晚乔不爽地问，"你干吗开我的电脑？"

"你这个什么东西都要备份的习惯还是没改啊。"周北川抬起头，面无表情地按下了键盘上的一个按键。

电脑里，他带着醉意的声音传了出来——他播放了那段录音。

陆晚乔慌了不到一秒，很快又恢复了镇定。她既然敢把录音给沉野，就做好了沉野直接拿录音去找周北川对峙的心理准备。周北川到现在才发现，其实已经让她对沉野的处事方式感到意外了。

"这是我录的，怎么了？"

"你把录音给了沉野？"

"是。"陆晚乔双手环抱在胸口，冷笑道，"怎么，你敢做这种恶心事，还怕被人知道啊？"

"我把你当朋友，你就这么轻易出卖我？！"周北川突然暴怒，单手拿起电脑，用尽全力把它砸在了地上。

电脑零件七零八落，红木地板被砸出了凹痕。

她的电脑里有不少重要的资料，想到之后恢复资料有多麻烦，她皱了皱眉。

"周北川，这个圈子里哪有什么真朋友？你也没这么天真吧？当初在新人里挑中我，你不是也觉得我够拼，可以混出头吗？"

周北川无法反驳。

他胸口起伏，还没缓过来，又听到陆晚乔说："周北川，你问问自己，你真的爱她吗？你真爱她的话，在首都的这几年怎么没想过回来找她呢？你不过是得到了想得到的东西，回来一看，发现原来还有曾经没得到的东西。这就是一种执念。而且她本来就不喜欢你，我最多就是帮你放弃了一个本来就不属于你的人。"

"你是不是觉得我还应该谢谢你？"

"一夜之间被行业封杀，得罪了谁，你心里有数吧？"陆晚乔递给他一张名片，"这是我在洛北的朋友，经纪人做不了了，你可以去他的公司做演员培训，这份工作的收入还算稳定。沉野再怎么针对你，也不会有闲心真的将你赶尽杀绝。周北川，你可以和我鱼死网破，但是以咱们俩现在的筹码，你估摸估摸自己有没有胜算。输了，你可就连这点儿安稳的日子都没了。"

果不其然，周北川眼里的恨意慢慢地消失了，取而代之的是犹豫。

她了解周北川，周北川好面子，有时候有些偏执，唯一的弱点就是胆子小。所以她觉得即便事情败露，周北川也不会有胆子跟她硬来。

而这一刻，陆晚乔知道自己赌赢了。

周北川果然没有再来找舒杳。许家劢发表道歉声明后，他和陆晚乔的事在层出不穷的娱乐新闻中慢慢地翻篇了。舒杳再次看到这几个名字还是在微博的热搜里——"陆晚乔更换经纪人"。

这个词条几乎被陆晚乔昨晚春光满面地参加亚特时装周的美照霸占了，而作为事件主人公之一的周北川被蹲守机场的狗仔拍到了。狗仔问他去度假还是工作，他客套地微笑，却难掩疲惫的神色，说自己有了新的职业方向，准备去其他的城市发展，其他的就没透露了。

舒杳不知道周北川这几天究竟遇到了什么事，但这一刻，她感觉自己好像卸掉了一个沉重的心理负担。她确定，周北川离开的不仅是辅川，更是她和沉野的生活。

窗外的天色已经暗了下来，月光好像让庭院笼罩在一层黑白滤镜下。庭院里的灯笼映出黄色的光，却让这份寂寥增添了些许温暖的感觉。

舒杳站在窗边活动腰部，听到身后的黎穗疑惑不解地问："杳杳姐，好奇怪，今天我们怎么涨粉这么快？我隔几秒刷新一下就多了好几个粉丝。"

舒杳已经直播快两个月了，每次直播完，热度都会上涨，只是速度很缓慢，可以多几百个粉丝，这次几秒就多几十个粉丝实在太夸张了。

舒杳回头："难不成有人给我们花钱了？"

还没等她走过去看，黎穗恍然大悟地说道："妈呀，我知道了！"

黎穗把手机递到她的面前，手机屏幕上是热搜的界面，热搜第七位的主人公她正好认识——"赵昧儿的亚特时装周手镯"。

赵昧儿本身就是时尚博主，又是阔太太，在时尚圈的影响力不容小觑。

就在昨晚，她戴着舒杳送的花丝镶嵌手镯去参加了时装周，比起身上高级定制的礼服，设计上独一无二的手镯反而立刻成了记者们关注的重点。

赵昧儿在采访里表示这是朋友赠送的新婚礼物，但并没有明说这个朋友是谁。网友们总是火眼金睛，立刻有人想起之前江岸在红美术馆中展出的几件作品，从风格来看，二者颇为相似，而且赵昧儿在网上给江岸和《宝物记》合作的相关微博点过赞。

于是，"这个手镯是江岸送的"就成了板上钉钉的事情。

大概是因为发现网友居然把江岸扒了出来，赵昧儿给舒杏发了一条道歉的消息，说不知道会不会对她造成影响。她自然不会在意，反而很感谢赵昧儿无心插柳柳成荫，把这门技艺带到了大众能看见的位置。

不过，舒杏还是低估了热点的力量。关于花丝镶嵌的科普视频和文章突然如雨后春笋般在自媒体账号上出现了，她负责制作部分饰品的电视剧《春风令》趁着这个热度宣布了新的男、女主演及开机消息，而她的直播也迎来了一波前所未有的热度，观看人数一下子翻了好几倍。

直播结束后，黎穗一边收拾设备一边感慨："要是我们每次直播都有这么多人看就好了。"

"不会的，现在的网友追逐热点很快，抛弃热点同样很快，说不定下周我们的直播间里又没有人了。"舒杏伸了伸懒腰，笑道，"不过暂时有人关注总比一直无人问津要好。"

她的想法一直很现实。热爱不能养家糊口的时候，一定会慢慢地被磨灭的。花丝镶嵌的传承不能只靠情怀，只有大家能靠热爱生存下去，甚至很好地生活下去的时候，才会有源源不断的传承者加入其中。

如果她的热度能起到一些让花丝镶嵌传承下去的作用，那么，她现在只希望让它物尽其用。

手机振动了一下，舒杏低头一看，沉野发来了一个十秒的视频。

视频里，小饼干呆愣愣地面对着镜头，沉野的声音从一旁传来："你跟妈妈说，爸爸以后不打架了，请妈妈原谅。"

小饼干："汪！"

"嗯，"沉野摸了摸它的脑袋，"转达得不错。"

舒杏没忍住，笑了出来。

这几天，沉野临时出了一趟急差。即便不在辅川，他也用各种方式道了无数次歉。

最开始他发文字消息，舒杏没回；打视频电话，她也不接。但他没有丝毫不耐烦，每次都表现得跟第一次道歉似的，她平时真没看出来这人这么有耐心。

舒杏本来就没有多生气，在他一次次的攻势下，那点儿气早就烟消云散了。

她嘴角轻扬，靠在窗台边回复："它说的明明不是这句话。"

沉野："那它说的是什么？"

舒杏："它说，妈妈早就不生气了，爸爸是笨蛋！"

为了表示自己真的不生气了，舒杏特意抽出一天时间回辅川看小饼干，没想到刚到辅川市区就听闻一个噩耗——赵恬恬又失恋了，于是迅速转道去了赵恬恬所在的餐厅。

赵恬恬正坐在角落里大快朵颐，不像失恋，倒好像是来吃霸王餐的。

舒杏落座，开门见山地问："怎么回事啊？"

"没事。"赵恬恬不甚在意地摆了摆手，"这次是和平分手。"

"是什么原因啊？"听到赵恬恬微笑着吐出两个字，舒杏愣了足足十秒钟才反应过来，"啊……你们已经……？"

"没有啊，"赵恬恬叉起一块牛排塞进嘴里，"我不小心看到他抽屉里的检查报告才知道的。啧，这个小弟弟看着人高马大的，一点儿不出来……"

这……舒杏真的是无法安慰了，默默地把桌上的牛排往赵恬恬的方向推了推。

赵恬恬觑了她一眼，笑了："你尴尬啥啊？你才是已婚妇女呀！"

舒杏脱口而出："我们又没有……"

"啊？你们还——"赵恬恬满脸惊讶，把声音拖得老长，"没有啊？"

舒杏点头："我的问题。"

"啊？"赵恬恬咬着叉子，面露担忧的神色，"你不行啊？"

舒杏感觉喉咙好像被塞住了，吞吞吐吐地说："不是，是……我感觉我对确认关系还有点儿害怕。"

赵恬恬："你害怕什么？"

如果是以前，她会将一些真心话埋在肚子里，不让人知道，但现在觉得，有人愿意倾听也不是坏事。

舒杏放下筷子，斟酌许久才缓缓地说："我一直觉得，不管是亲情、友情还是爱情，都不是我的生命中必须有的东西。我爸妈离婚的时候，所有的亲戚都觉得我很可怜，每次见到我就安慰我，让我别难过，但我其实没有觉得难过。后来我懒得去认识新朋友，如果那时候不是你主动拉着我一起玩，我应该一直都是一个人。"

"因为觉得自己不需要这些，所以我很少给予别人这些情感。我以前认为真挚的爱情不会发生在我的身上，但现在担心的是自己给不了他同等的爱。"舒杏自嘲地扯了扯嘴角，"我其实挺害怕他哪天会发觉我们俩付出的感情严重不对等，感到失望。"

舒杳想：上次两个人因为搬家的事闹别扭，虽然很快就和好了，但那其实是两个人性格矛盾的缩影，或者说是她性格劣势的缩影。

听完她的话，赵恬恬深深地叹了一口气："杳杳，你的担心没有任何错，但你太循规蹈矩了，唯一冲动的事应该就是和沉野结婚吧？"

"嗯……"舒杳想了想，"大概还有辞职。"

"你看，辞职这种事情放别人身上是再正常不过的一件事，但对你来说已经要用冲动来形容了。"赵恬恬拍了拍胸口，"你想想我，我这辈子做了多少冲动的事情，现在不是还活得好好的吗？我们总不能因为害怕被鱼刺扎到喉咙就一辈子不吃鱼吧？"

此刻，舒杳听劝的那一面又占了上风："我觉得你说得有道理。"

两个人吃了近一个小时，临走前，舒杳收到了来自沉野的消息，他问她晚上要不要一起去看电影。

舒杳偷偷地觑了一眼赵恬恬，有些不确定地回复："我不一定有空呀。"

她想的是，自己和赵恬恬有约在先，没有自己去和沉野看电影就把赵恬恬抛下的道理，但沉野似乎误解了她的意思。

沉野："怎么，排在我前面的十个追求者里有谁约了你？"

舒杳这才想起自己之前信口胡诌的话，指尖在手机屏幕的上方顿了顿，索性顺着他的话演戏："五号和六号。"

沉野："哦。"

见他态度很冷淡，舒杳还以为他生气了，正想着要不要挽回一下的时候，他发来一张图片：他的右手圈着小饼干的脖子，将它搂在怀里，一副绑架的姿态。

沉野："让我插个队，不然撕票了。"

舒杳心里吐槽他幼稚，忍不住笑出声来。

赵恬恬凑过去看了一眼她的手机屏幕，疑惑地问："你晚上有事啊？"

舒杳理所当然地说："你不是刚分手吗？你不需要我陪你吗？"

"这……"赵恬恬本来乐呵呵的，突然眼珠子一转，换了表情，瘪着嘴，略显做作地吸了吸鼻子，"这么一说，我还真是有点儿难过呢。要不然这样吧，你看看选哪一场电影，我买一张坐在角落里的票，你们看你们的，我看我的，我借电影转移一下注意力。"

舒杳怎么可能看不出来赵恬恬在装？但赵恬恬此时还不忘八卦，就说明真的没什么事。

她翻阅影片列表，最后被一张电影海报上的狗狗吸引，于是选了一部重映的海外剧情片。然而到了电影院舒杏才发现，沉野买的是情侣贵宾厅。

这部电影是老片，且版本很多，大家都看过，所以整个影厅里不足十个人。前四排除了他们俩，只有斜对面的一对小情侣。

赵恬恬为了躲开沉野，特意去了洗手间，等影厅的灯暗下来才偷偷摸摸地猫着腰往后走。舒杏真的很想提醒她，她不是逃票进来的，没必要鬼鬼祟祟到这种程度。

随着音乐响起，电影缓缓地拉开帷幕，舒杏分散的注意力也渐渐地聚焦了。

电影的主人公在每天上下班的火车站捡到了一条流浪狗，把它带回了家。小狗每天送他上班，又在车站等他下班，渐渐地成了当地的"团宠"。可就在一人一狗相处得其乐融融的时候，主人公意外地去世了。随着时光流逝，所有人都慢慢地从悲伤中走出来，接受了事实，只有小狗不懂。小狗只知道主人还没有回来，就在车站一直等，一直等……

影厅里断断续续地传来几声抽泣，斜前方的女生已经把脑袋靠在男友的胸口上了，男生搂着她，左手轻轻地拍着她的手臂安抚她。

舒杏平静地看着银幕，感动，但不敢动，因为旁边那个男人的目光实在太炽热了。

可能是发现她没有反应，沉野低下头，突然钩了钩她的手指，像极了小饼干撒娇时用爪子扒拉她的衣服的样子。

舒杏抽回手，抓了一颗爆米花塞进嘴里，面无表情地问："你也想哭啊？"

沉野凑到她的耳朵边，声音低沉地又一次道歉："对不起。"

舒杏反应过来他还想着她生气的事，无奈地笑道："我不是说了吗？我早就不生气了。"

"真的？"沉野抓起她的右手，借着微弱的光看了一眼——很好，戒指上兔子的尾巴是翘着的。

舒杏把声音放轻，斟酌着说："我只是觉得，解决问题不一定要靠打架，你伤了自己，不疼吗？"

"所以你不是讨厌我打架，而是担心我打架受伤？"

舒杏愣了一下，发现在此之前自己都没有意识到这一点。原来，她好像不是一直和以前一样情感淡薄的，起码现在好像懂得了什么叫牵挂。

舒杏支吾着"嗯"了一声。

沉野这人一放松就得寸进尺，往后一靠，又把手伸了过来，捏了捏她的无名指指尖："我知道了，下次一定不动手。"

"你现在就在动手。"舒杏被气笑了，却没有把手抽回去，"哪有你这样一边占便宜一边追人的？"

"那怎么办呢？我追人就是这样的。"沉野不以为耻，反以为荣，反手扣住了她的右手，动作流畅地将她的手指分开，将自己的五指嵌入其中。

彼此戒指上的小狗和兔子吻在了一起，他另一只手撑着脑袋看过来，目光带笑，落在她的脸上，懒洋洋地说道："不然你报警吧。"

和舒杏不一样，坐在角落里的赵恬恬本来是来看八卦的，却不知不觉被电影吸引了，哭得梨花带雨。一旁有人递来一包纸巾，她才注意到身边的男生。

男生看起来年纪不大，上半身穿着黑色 T 恤，头发偏短，五官俊朗，长得干干净净的，有点儿眼熟。赵恬恬回忆了片刻才想起来，自己在外面买爆米花的时候好像不小心撞到了他，没想到这么巧，他们坐到了一起。

她接过纸巾，道了一声"谢谢"。

男生有些不解："你看个电影，怎么比失恋的人哭得还惨？"

赵恬恬擦干了眼泪，把纸巾攥在手里："这电影比失恋还让人伤心。"

"你这话太绝对了吧？"

"因为我刚失恋。"

果然真诚是必杀技，男生不说话了。

不知道是不是为了缓解她的情绪，男生转移了话题："我能问你一个问题吗？"

"什么？"

"你为啥一个人买情侣厅的票？而且这么多空座，你为啥特意坐最后一排的角落里？"

"我……"

她要是说本来不是来看电影的，而是来看八卦的，会不会显得太猥琐？

赵恬恬想了想，理直气壮地说："我听说这电影挺让人感动的，又刚失恋，就想坐个偏僻的地方好好地哭一场。你不也是吗？"

"我不是啊。"男生挠了挠头，不好意思地说道，"我买票的时候发现人家都成双成对的，只有最后一排的角落有人买了一个单独的位子，我就想来看看这个人是不是哪里不太正常。"

赵恬恬无语地想：这个小弟弟挺帅的，奈何长了嘴。

她失去了兴致，同时止住了眼泪。

影厅里的灯亮起，赵恬恬在座位上俯身，眼见前排的两个人一前一后地往门口走去，手居然是牵着的！

这当然值得她拍照纪念啊，又不是每天都有这种大八卦。

赵恬恬立刻掏出手机，还没来得及拍，就发现手机上有一条来自前男友的母亲的消息。

小林妈妈："恬恬啊，林林真的很喜欢你，分手的事你要不再考虑考虑？男人最重要的还是性格和赚钱能力，其他的都是次要的呀。"

小林妈妈："要不你看看啥时候有空，来家里吃一顿饭，聊一聊？阿姨还给你准备了礼物。"

文字消息的下面是一张金手镯的照片，对方用钱收买赵恬恬的心思太明显了。

赵恬恬往后一靠，拒绝的话都打出来了，视线扫过那个镯子，突然觉得有点儿不太对劲——这个镯子怎么这么眼熟？这不是舒杏送给赵昧儿的那个镯子吗？

她试探地问了一句："阿姨，这镯子挺好看的，您在哪儿买的呀？"

小林妈妈："阿姨找最近很火的那个江岸定制的，镯子也不是很贵，20万就搞定了。只要你能再接受林林，阿姨花再多钱都乐意。"

赵恬恬："你一个镯子卖20万？我怎么不知道你这么会赚钱？"

舒杏一路上没看手机，到家才看到赵恬恬发来的手镯照片和聊天记录。

照片中的手镯乍一看确实和她送给赵昧儿的那个很像，但专业人士仔细看就能发现，这个手镯有明显的机器模仿制造的痕迹，对于花瓣的细节也明显处理得很粗糙，甚至连金的成色都很奇怪。

舒杏把睡裙放在架子上，低头回复："别说20万，它连200块钱都不值。"

赵恬恬恍然大悟："也就是说，你的作品被仿制了？"

舒杏："应该是。"

这在各个圈子里都不是什么稀罕事，舒杏并不惊讶。

赵恬恬："也难怪，这个镯子最近这么火，肯定有不少商家想着蹭热度呢。你准备怎么办？"

舒杏："我也不知道，想想吧。"

水流"哗哗"而下，浴室里热气腾腾。舒杏洗澡的时候，思绪彻底被假手镯霸占了。

想到大批量地售卖假手镯的最大渠道还是购物网站，她急匆匆地拿毛巾把身上擦干，在手机里输入了"赵昧儿同款"几个字。她立刻发现一家名叫"如玉珠宝旗舰店"的店铺在出售山寨手镯，图片上的机制花丝镶嵌手镯完全就是按照她送给赵昧儿的那个手镯制造的。

虽然假手镯制作粗糙，毫无美感，但对于外行人来说，乍一看并不会觉得它们二者有多大差别。

得益于网络热度，加上机器生产便宜，产量高，这个仿制手镯在短短几天内总销量已经达到了一万件，评论也有四千多条。除了少部分吐槽不够精致、细节粗糙的差评以外，大多数评论是"这个价格还有啥要求？""物美价廉，非常好！"。

目前来讲，隐园工作室的纯手工花丝镶嵌可以说达到了国内首屈一指的水平。之前了解这项技艺的人少，最近随着热度攀升，各路牛鬼蛇神都出来了，如果不被控制，之后必然越来越猖獗。

舒杳眉头紧皱，一边看着手机，一边伸手去拿旁边架子上的睡裙，完全没注意地上有一条毛巾。她左脚踩到了毛巾的一角，右脚一绊，整个人往前倒去。

"啊！"

她本能地叫出声，情急之下，右手撑住浴缸的边沿，手机掉落在地上，发出了"砰"的一声。

下一秒，浴室的门就被敲响了。

"怎么了？"沉野语气焦急，一副马上要推门进来的架势。

舒杳膝盖着地，最疼的地方却是右脚踝，应该是扭到了。她低头看了一眼自己光着的身体，理智上线，立刻阻止："你别进来，我没穿衣服。"

沉野又问："你摔到哪儿了？"

"脚好像崴了一下。"

话音刚落，"啪"的一声，浴室的灯被他从外面关掉了，四周突然陷入了一片黑暗。沉野推门进来，舒杳注意到连卧室里也是黑的。

浴室里的窗帘拉着，月光从窗帘缝隙间投进来一丝，极其微弱。沉野适应了黑暗，隐约看到一个轮廓。他对浴室的布局很熟悉，很快就蹲在了她的面前。

即便知道他看不清，就像此刻自己也看不清他的脸一样，舒杳还是本能地捂住了胸口。

沉野的双手从她的身下穿过，很轻松地将她抱了起来。

两个人虽然平时偶尔会有一些肢体接触，比如他牵过她的手，搂过她的腰，但这次，毫无衣料阻隔的触碰让她心脏加速跳动。

她能察觉到，他已经很有绅士风度了，双手握拳，没有用掌心直接触碰她，但他的手臂和她的后背、腘窝紧贴。那两个地方好像有两团火，让她整个人不自觉地发烫。

沉野走得很快，从浴室到床只有短短十几步路，但于舒杳而言，漫长得好像过了十几天。

被他放到床上，用被子盖住，舒杳终于从火里解脱了。她靠坐在床头，整个人缩成一团，把被子拉到最上面，只露出一个脑袋："好了。"

沉野这才把灯打开，看到了她通红的脸。

以前她最多耳朵红，这回倒是稀奇。如果不是知道她受伤了，沉野多少要调侃她几句，但现在，他的脸上只有担心的神色。

"哪只脚崴了？"

舒杳犹犹豫豫地把右脚从被子里伸了出去，沉野低头一看，她的右脚有些肿。

他去楼下拿了冰袋，回来后坐在床沿上，把冰袋贴了上去。舒杳被冻得本能地缩了一下，却被他伸手按住了脚背。

冰火两重天也不过是这个感觉。

沉野表情严肃地问："还有其他地方磕到了吗？"

"没了。"舒杳慢慢地适应了，嗫嚅，"那个……你去帮我把睡裙拿过来吧。"

沉野听话地走进浴室，过了一会儿，不仅拿了一件睡裙出来，还在睡裙上放了一件淡粉色的内衣。

舒杳跟嗓子里卡了个核桃一样，艰难地开口："我就要睡裙，那个内衣是穿过的。"

"哦。"沉野随手把内衣扔到一旁，把睡裙递给她，"那你还要新的内衣吗？"

"不用，我睡觉不穿内衣。"

察觉到这话听起来有点儿奇怪，舒杳用科普的姿态补了一句："我的意思是，女生睡觉的时候大多数是不穿内衣的，穿着对身体不太好。"

"嗯。"沉野俯身摸了摸冰袋，"你先穿，我等会儿进来。"

"好。"

看着他走出房间，舒杳整个人松懈下来。她把被子拉下去，把睡裙往头上套，套到一半突然想起来一件事。

不对啊，他不是看不到吗？他怎么知道她没穿内衣？

沉野还是打电话让沉家的私人医生来了一趟，舒杳虽然脚踝没有大碍，但近几天必然没法一个人下地了。

从他收拾好冰袋、帮她盖好被子到他自己掀开被子上床，舒杳一直没和他说话，缩在旁边，被子盖到脸上，跟蚕蛹似的，用身体演绎了"自闭"两个字。沉野靠在床头，有些好笑地戳了戳她的后背："你在气什么？"

"蚕蛹"里传出闷闷的三个字："我没气。"

"还没气？"沉野一把将被子扯下，点了点她的额头，"这上面明晃晃地写着六个大字——你别和我说话。"

"我不是气，就是有点儿尴尬。"舒杳抿了抿唇，眼眸低垂，不敢看他，"你刚才……是不是看到了？"

"看到什么？"

"就……"舒杳的声音越来越轻，"没看到的话，你怎么知道我没穿内衣？"

"你想听真话还是假话？"

"当然是真话。"舒杳扒着被子，眼睛亮亮的。

沉野清了清嗓子，坦诚地说："看不清，但我也不是瞎了。"

舒杳右腿不能用力，但还是顽强地用左腿隔着被子踹他一下。

"哎……"沉野伸手按住了她的小腿，"你这条腿也不想要了？"

舒杳扒着被子再次盖过头顶，一声不吭。

她不习惯和人赤裸相对，大学的时候做了好多天心理建设才勉强接受公用的浴室，更何况对方是一个男人？虽然这个男人从严格意义上来说是她的老公。

被被子闷得有点儿窒息，舒杳又把它扯下，看着近在咫尺的脸，幽幽地说："其实你现在在做梦，你信吗？"

"信，明天我去搜索一下《周公解梦》，看看梦到蚕蛹代表什么。"

舒杳无语地白了他一眼。

沉野失笑，手撑在她身侧，一本正经地提议："其实还有一个方法。"

看着舒杳疑惑的表情，沉野抓起她的手放在自己睡衣的下摆边，嗓音慢悠悠的，仿佛在勾引她："我脱了，让你看回来。"

舒杳眨了眨眼，攥着他的衣摆，跃跃欲试，然后轻轻地抬起左手，一截劲瘦的腰露了出来。她凝神定气，又把他的衣服往上扯了一点儿，腹肌若隐若现，沉野却突然退开了。

"哦，不行。"他把睡衣的下摆整理好，若有所思，"我们有名无分的，这样不太好。"

舒杳愣住了，嘴比脑子先动了："其他十个无名无分的男人都给我看。"

"哦？"沉野睨了她一眼，语气淡淡地给予评价，"那群不守男德的男人凭什么排我前面？"

关于山寨手镯的事情，舒杳和沉野商量了一下，最终还是决定维权。

律师团队是沉野联系的，效率很高，不过一个晚上就针对这种侵犯商标权的行为拟定了律师函，并准备正式起诉。

回到黎水后，舒杳用隐园工作室的微博将律师函发布了。

虽然官博只有 2473 个粉丝，但这段时间镯子自带热度，不到半天，这条微博就被转发出圈了。大多数评论表示理解和支持，但也有一些不太友好的声音夹杂其中。

"我就爱买物美价廉的东西，怎么了？ 2 万块钱的东西和 200 块钱的东西看起来差不多，我不买 200 块钱的不是傻吗？"

"工作室有点儿热度就飘了，说镯子是手工的，谁知道是不是？东西卖那么贵，工作室赚死了。"

"不好意思，我穷，就爱买山寨的东西。"

…………

每个人有各自的三观，对待同一件事自然会有不同的看法，所以舒杳并没有将这些言论放在心上。而且作为工作室的主理人，她不管站出来说什么，在大众的眼里都已经有预设的立场，没什么说服力。

赵昧儿倒是发了一个真假手镯的测评视频，从外形到材质说了个遍，让那一小部分支持山寨手镯的人暂时闭了嘴。

不知道是发现了舆论的转变还是律师函起了震慑作用，这家旗舰店很快将山寨手镯下架了，舒杳暂时松了一口气。

她刚把手机收起来，卧室的门就被推开了。小饼干跟在沉野身后摇着尾巴跑了过来，前爪扒着床沿，好像要往上跳，却被沉野一下子按了下去。

"我帮你把饭拿进来吃？"

"别了吧，吃得卧室里都是味道。"舒杳掀开被子，"脚踝好多了，我应该可以自己走。"

然而右腿还没着地，舒杳就被沉野一把打横抱了起来。她轻呼一声，害怕掉下去，本能地用双手圈住了他的脖子："你干吗？"

沉野低头看她，嘚瑟地说："伺候伺候你。"

"我不用你伺候。"

沉野有理有据地说："我不表现得殷勤点儿，怎么赢过那群随便给你看上半身的男人？"

舒杳不说话了。

她刚被抱到餐桌边坐下，小饼干就非常熟练地蹦到了她的大腿上。她一只手按住它的背，另一只手拿起筷子，才想起来问他："你不用上班吗？"

"我请了三天假。"

他做这种忙得要死的工作，居然能一下子请三天假？

舒杳："理由？"

沉野："老婆崴了脚。"

舒杳难以置信："你就用这个理由请假，周景淮都同意？"

"他上一次的请假理由是他那个妹妹养的小仓鼠死了，他要负责办理后事，花三天给它风光大葬。"沉野冷冷地讽刺，"相比之下，我觉得我还算真诚。"

舒杳无语，心想：你们俩真是"奇葩"。

但舒杳终于明白他为什么把小饼干带来了，因为他明显就是要在这儿连住好几天。

外头响起了黎穗独有的"嗒嗒嗒"的跑步声，舒杳提前帮她倒了一杯水，放在桌角上。她似乎也养成了这个习惯，拿起杯子就"咕咚咕咚"地灌下几口水。舒杳看她这副怕迟到的急切样子，忍不住笑道："又堵车了？"

"这次不是，"黎穗不好意思地放下杯子，"是我不小心被食欲阻挡了脚步。杳杳姐，你看到了吗？巷子的拐角新开了一家早餐店，据说豆浆很好喝，糯米糍超级好吃！我刚才看时间够，想去买点儿，结果都到中午了，队伍还排得老长，最后我还是放弃了。"

"这么夸张？"舒杳探头朝窗外看。

她平时懒得出门，因为脚伤出不了门之后，对外界的探索欲反而达到了高峰。可惜有围墙阻隔，她什么也看不到，便只能作罢。

下午，舒杳照常直播，沉野也照常抱着小饼干在摇椅上睡觉。

中途，小饼干幽幽地醒来了，抬头看了一眼还闭着眼睛的沉野，觉得无聊，"噌"的一下从他的大腿上跳了下来。

舒杳沉浸在创作中，并没有发觉，直到感觉到脚踝被蹭了蹭。她停下手上的动作，低头看到了小饼干，然后有点儿无奈地给黎穗使眼色。

黎穗绕到她身边，想把小饼干带走。但狗狗面对第一次见面的人时防备心很重，黎穗还没近身，它就灵活地钻到了另一侧。

舒杳指了指不远处的沉野，黎穗秒懂，赶紧过去拍了拍他的手臂。

沉野睁开眼睛，带着起床气，神色略显冷淡。不知道是不是察觉到了主人心情不爽，小饼干"噌"的一下跳上舒杳的大腿，寻求庇护。镜头里突然出现一颗狗脑袋，舒杳的动作被打断，弹幕飘过一连串问号。

小饼干漆黑的眼珠子好奇地转来转去，萌倒了直播间里的一大批人。沉野却毫不留情，一把抓住它的后颈，把它提溜走了。他的左手在镜头边缘一闪而过，但无名指上的戒指并没有躲过观众的火眼金睛。

"小狗好可爱，呜呜呜！江老师居然也是'铲屎官'！"

"刚才那只手是谁的？那一看就是男人的手！江老师有男朋友了？"

"只有我注意到刚才那只手上的戒指吗？戒指上好像有一只小狗，也太可爱了吧！那是江老师自己做的吗？"

"啊啊啊，老师请开链接！我好想买！！！"

"戒指一看就是江老师自己做的，真的不能卖吗？这要是卖，销量肯定很好！"

"我也这样认为，商城里的那些戒指太华丽了，我反倒欣赏不了，真的爱这种戒指。"

…………

舒杳抬头看了一眼弹幕，难得心情好，回答了一些和创作无关的事情。

"小狗比较调皮，抱歉。"舒杳笑了笑，"戒指确实是我自己做的。"

余光察觉到有一道目光停留在自己身上，舒杳抬头，看到沉野把小饼干禁锢在怀里，斜倚在门框上，气定神闲地看着她。她低头轻轻地补了一句："不过这个不会卖，是我送给我老公的礼物。"

沉野眉梢轻扬，心满意足地拍了拍狗屁股。

小饼干不悦地呜咽了一声，但很快就被沉野捂住嘴巴抱出了工作室。

弹幕快速地滚动起来，有人惊讶她居然已经结婚了，有人好奇她老公的身份，也有人喊"再来一碗狗粮"。舒杏看过就算了，但弹幕倒是提醒了她最近就在考虑的一个问题。

目前商城里售卖的作品成本高，制作时间长，甚至不太契合现代年轻人的审美，工作室推出一些便宜但精致的手工花丝镶嵌作品，也不失为一种推陈出新的方式。而且如果大家都消费得起，自然没有人再去购买山寨产品。

舒杏有想法，但缺少经验，所以趁着腿脚不便，晚上早早地就上床了，准备看点儿资料学习学习。

小饼干由于在直播的时候捣乱，被沉野"发配"到沙发上睡了，此刻安安静静地蜷缩在毯子里，显得有点儿委屈。舒杏翻了个身，不看它，以防自己心软。

想着短视频网站上有不少手工爱好者发布自己的创作 vlog，她难得打开了某音，没想到第一个自动推荐视频就是一波"狗粮"攻击，视频的标题是：有一个爱喊姐姐的男朋友是一种怎样的体验？

舒杏对这种恋爱 vlog 一向没什么兴趣，看都没看就把它划走了。下一个视频是黏土手工制作，舒杏看了大概十几秒，脑子里突然闪过一个念头，又把视频划了回去。

"有一个爱喊姐姐的男朋友是一种怎样的体验？"视频里的女生神秘兮兮地对着镜头说，"当然是……太爽啦！此刻我终于明白为什么男生都喜欢听女生喊哥哥，没有人能抵挡得住小奶狗的一声姐姐！"

浴室的门把手被按下，沉野带着一身清新的沐浴露香味掀开了被子。

舒杏退出 App，眼珠子转了转："沉野，你的生日在十月，对吧？"

沉野靠在床头，觑了她一眼："你失忆了？"

她不是前不久还给他庆祝了吗？

"我就是确认一下。"舒杏点开了《宝物记》，一边玩，一边故作不经意地提起，"算起来，我还比你大十天呀。"

沉野笑道："所以呢？"

"所以严格来说……"舒杏一本正经，看起来不带任何私心，只是在陈述一个事实，"你可以喊我一声姐姐。"

沉野默不作声，把手机扔在床头柜上，面对着舒杏的方向睡下了。

舒杏本来就是开个玩笑，如果沉野真的喊了，这件事可能也就过去了，但他这种抗拒的反应倒是真的激发了舒杏的兴致。她推了推他的胸口："你别装睡，喊一声听听。"

"困了。"沉野低声警告，"睡觉。"

"你喊一声，我就睡。"

沉野双眸紧闭，语气很不服："大十天算什么姐姐？"

"大一天也是大！"

大概是被她闹得没脾气了，沉野无奈地睁开眼睛，与她四目相对。他嘴角轻勾，挑衅似的问了一句："你真的这么想听？"

舒杳点头。

"但是这种称呼……"沉野往前凑了一点儿，声音放轻，却更显得缱绻，"我只在床上喊。"

舒杳一时没反应过来，脱口而出："现在就在床上。"

沉野好像笃定她会屈，又优哉游哉地把眼睛闭上了："我说的不是地点，而是一个时间段。"

窗帘没有被拉上，月光毫无遮掩地洒了进来，舒杳在恍惚中看到身上黑色的人影起起伏伏，自己仿佛在火上被烘烤，呼吸困难。

细细的肩带被他咬住，质地柔软光滑的睡衣很快就成了缠绕在她腰间的一条黑绸，沉野一用力便将它彻底扯落。

他微抬眼眸，漆黑的瞳仁比黑绸更深不可测。他的唇线稍显锐利，吻落下来的时候却很温柔，如轻风细雨，滋润着她的双唇，但很快，他强势的一面就展露无遗了，舌尖撬开她的唇齿，如疾风过境，没有给她丝毫犹豫的机会。

空气里响起暧昧的声音，被子也被他的手臂拱起来了。舒杳将脑袋埋在他的肩头，不敢往下看，右手轻轻地抓着他脑后的发丝，好像漂在海上的人抓到了一块浮木。

夜色下，舒杳的视线里闪过一抹晶莹的亮色，他的身躯缓缓地压低。她感觉耳畔痒痒的，随即男人揶揄的声音传来："姐姐。"

仿佛突然从山间坠落，舒杳猛地睁开眼睛，呼吸略显急促，身体醒了，但脑子似乎还没有从刚才的梦里缓过来。

一段段精彩的画面在脑子里回放，舒杳耳朵发烫，无法理解自己怎么会做这种梦。她明明一直都对这方面的事情没什么兴趣，可是刚才在梦里为什么这么投入？肯定是因为沉野睡前乱说话！肯定是！

舒杳懊恼地抓了抓头发，侧头看去，发现窗帘紧闭，角落里小夜灯的微光下，他睡颜安稳，额头前的碎发略显凌乱。两个人之间几乎没有距离，他的左手压着被子，以搂抱的姿势圈在她的腰上。

这个人说了一通乱七八糟的话，给她留下了"后遗症"，自己倒睡得这么安稳。

舒杏恼羞成怒地瞪了他一眼，一抬头，发现小饼干不知道什么时候醒了，正趴在沙发上目不转睛地看着她。她骤然有一种做坏事被当场抓住的心虚感觉，即便目击者只是一只狗。

她把被子往上一扯，极轻的"呜呜"声被吞没在被子里。

舒杏思来想去，认为自己做这种梦的原因除了他睡前说的那些话以外还有一个，那就是现在两个人睡觉的时候靠得太近了，和抱在一起没有太大的区别，于是她决定让小饼干睡在中间。

第二天晚上，沉野刚走出浴室就看到小饼干趴在舒杏身边，身体把床分成了两部分。

沉野掀开被角："它也睡这儿？"

舒杏一脸理所当然的表情："昨天它是因为犯错才被'发配'到沙发上的，今天我原谅它了。"她眼神里带着坏笑之意，开玩笑地说，"你别越界啊，越界的话，它会咬你。"

"呵。"沉野故意把手伸了过去。

小饼干恪守职责，叼着他的袖子，把他的手叼了回去。他再伸，它再叼，双方进行了一场锲而不舍的鏖战，最后以沉野指着它的鼻子骂"不孝子"告终。

过了一会儿，他突发奇想："你试试。"

舒杏秒懂他的意思，把手伸过去，抓住了他的睡衣。小饼干直直地盯着她的手，侧躺着把脑袋埋进身体里，团成了一个球，眼不见为净。

沉野无语，舒杏在旁边乐不可支，本以为这样自己总该安全了，结果到了半夜，迷迷糊糊中又看到他的脸近在咫尺。

她心一震，把手摸了上去，有些懊恼："怎么又来了？"

沉野握住了她的手腕："什么又来了？"

这一次，他的声音及手腕和掌心传来的触感都比上次的更真实。舒杏渐渐凝神，身体跟被突然点了穴似的，一动不能动。几秒后，她的右手在被子底下悄悄地拧了一下大腿，疼痛让她意识到，这并不是梦。

自己的掌心还贴在他的脸上，舒杏镇定地把手收回，低声说："你又吵醒我了。"

"但你刚才的语气……"沉野似乎认真地回味了一番，得出一个结论，"听起来还挺高兴的。"

自己挺高兴吗？怎么可能？！

她视线飘忽，转移话题道："小饼干要被你压成压缩饼干了。"

沉野脑袋微微往后一歪，发现小饼干蜷缩在床尾，正呼呼大睡。

她反客为主地控诉："你说好不越界的。"

"嗯，所以我把界拆了。"沉野坦然地帮她扯了扯被子，"我不抱着你，你就踢被子，还敢划界？"

所以他昨晚抱着她也是因为这个？她的确有踢被子的习惯，但自从奶奶回国，她被迫和他同床之后就很少踢被子了，每次早上醒来，被子都盖得好好的。她觉得这可能是因为有人睡在旁边，自己潜意识里有压力，所以睡相变得好了不少，难不成之前那些天都是他帮她盖的被子？

他脱口而出的话让她当场愣住了，她活了二十六年，从未想过有一天有人半夜醒来只是担心她因为踢被子而着凉。

舒杳抿了抿唇："我想去洗手间。"

沉野很自然地下床绕到她那边，将她从床上抱了下来。

舒杳这次连拒绝都省了，双手圈住他的脖子，视野里是他带着些微睡意的双眸。她犹豫着开口："沉野，跟我结婚，你会不会觉得很累？"

沉野皱眉看向她："你要是敢说离婚，我现在就把你丢下去。"

舒杳拍了下他的肩膀："我没那个意思，就是觉得你太辛苦了。"

"辛苦什么？"

"辅川、黎水两头跑，现在你又特意请假照顾我，甚至还……半夜帮我盖被子。"

"这些小事我做半辈子还没上一天班累。"

上班确实挺累的。

她继续嘟囔："但这些事我好像都没有特意为你做过。"

"啧。"沉野抽出一条浴巾垫在洗手池上，把她放在上面，右手撑在她身侧，俯身和她平视，脸上带着一点儿无奈的笑，"你能不能有点儿被追的自觉？"

舒杳不解："什么？"

"我追你，所以为你付出，这是我心甘情愿的。你又没追我，为什么要给我回报？而且……"沉野抬起手，戒指在灯光下折射出银光，"你这不是为我做过更特别的事吗？"

他漆黑的眼眸里有舒杏的身影，这一刻，她突然想起了那天和赵恬恬聊天的内容。恬恬说，人怎么可以因为害怕被鱼刺卡喉咙就一辈子不吃鱼呢？这样多浪费美味！

是啊，何况眼前这条"鱼"确实美味，自己在梦里都能感觉到美味。

一股前所未有的冲动涌上心头，她想：反正我这辈子所有冲动的事都和他有关。自己结婚，选中了他；辞职，一半是因为得到了他的鼓励……那么现在，也不差这一件了。

翌日，两个人醒得都晚，到饭厅时，黎穗已经在吃早饭了。舒杏坐下，视线扫过桌上的皮蛋瘦肉粥，拿起勺子，又有些蔫蔫地放下了。

"不合胃口？"沉野问。

舒杏点头："我想吃昨天穗穗说的那个豆浆和糯米糍，感觉很好吃。"

黎穗惊讶地看向她，沉野倒是淡定，抬头看了一眼时间，说："这个点不一定有，我去看看。"

"嗯。"舒杏朝他笑了笑。

眼见他的身影消失在庭院的拐角处，舒杏松了一口气，听到黎穗羡慕地说："姐夫也太好了，我要是面对着整桌的早餐说想吃别的东西，那只'狗'肯定让我去吃土。"

"穗穗，"好不容易把二十四小时都待在自己身边的人支开，舒杏没有闲聊的心思，抓紧时间问，"你知不知道辅川有什么比较浪漫、适合……约会的地方？"

"约会？懂了！你想和姐夫过二人世界是吧？"

"嗯。"

黎穗说："游乐园啊！"

"游乐园？"舒杏想了想，"会不会有点儿幼稚？"

"怎么会？游乐园是拉近情侣关系的一大胜地啊！你想想，玩过山车那种惊险刺激的游戏，可以害怕地抓住对方的手，玩鬼屋可以钻进对方的怀里。而且辅川游乐园在周末举办烟花大会，情侣坐在摩天轮上看绚烂的夜景，别提多浪漫了！我还听说过一个关于摩天轮的传说——每对坐摩天轮的情侣都会分手，但如果在最高点亲吻，就能一直走下去。"

舒杏听完，疑惑地问："你不是没谈过恋爱吗？"

黎穗脱口而出："我虽然没经验，但我笔下的每对男、女主人公都要去一趟游乐园升华感情！"

舒杏忘了，黎穗还是个小说作者，所以才会在根本不缺钱的情况下找那么多兼职，纯粹是为了收集素材。

她愿意相信一个言情小说作者对浪漫的想象。

舒杏掏出手机，刚准备预约游乐园的门票，门外突然响起了脚步声。她瞬间按灭手机屏幕，挺直了脊背，用筷子夹起一根油条，慢吞吞地吃起来。

平时只要黎穗在，早餐时间都很热闹，但今天安静得异常。沉野把手里的纸袋子放在桌上，看向舒杏："太晚了，只剩下糯米糍了，你想喝豆浆的话，我明早再去看看。"

"嗯。"舒杏放下油条，夹了一块糯米糍，装作不经意的样子问，"你怎么这么快就回来了？穗穗不是说排队要排很久吗？"

"我没排。"

舒杏疑惑："那你怎么买到的？"

"我站在旁边，等买到的人经过。"

"然后呢？"

沉野坦然地说："花十倍的钱，买下他手里的。"

舒杏渐渐习惯了一醒来就看到沉野的日子，甚至忘了他请假是有期限的。

身边空空如也，舒杏喊了几声他的名字，没有得到回应，抓了抓稍显凌乱的头发，才想起三天假期过去了。

床头没有便利贴，手机上也没有消息，他怎么离开也不和自己说一声？

舒杏的脚踝已经好了，她完全不用人搀扶，自己进了浴室，但刷牙的时候总莫名其妙地觉得心情有点儿低落。

今天不用直播，所以黎穗也回家了，饭厅里空荡荡的，和前两天相比显得很冷清，可是明明这些都是舒杏之前的日常生活。她自己都有些意外，从什么时候开始习惯了沉野的存在，甚至开始不适应一个人生活了呢？

她摇了摇头，拆开桌上的面包包装袋，一边吃面包，一边看这几天搜集的资料，强迫自己把注意力集中到工作上。

首饰设计对她来说是一个全新的领域，干巴巴的文字很难被吸收，舒杏看了一会儿，觉得还不如找一个人直接咨询。她点开微信，发出了一条消息，得到对方肯定的回复后，按灭手机屏幕，继续啃冷冰冰的面包。

门外突然响起脚步声，舒杏惊讶地抬头，看见沉野提着一个纸袋子回来了。他把袋子里的豆浆和糯米糍拿出来放在桌上，顺手插上吸管："今天你怎么起得这么早？"

"你没回去？"舒杏愣住了，"三天假期不是过去了吗？"

沉野无奈地抬头："今天是周日。"

"啊。"舒杏才想起来。

自从做了全职手艺人，她就只记得今天是几号，几乎没有周末这个概念了。

她拿起豆浆喝了一口，发现它确实浓香醇厚，口感润滑。

"你起了一个大早，就是为了去买这些啊？"

"你不是想喝吗？"

"嗯。"舒杏咬着吸管，过了一会儿才犹豫着开口，"我刚才以为你回去了……所以中午约了一个朋友来。"

沉野秒懂："男的？"

舒杏点头。

"我猜是那种……"沉野看着她的神色，"会喊姐姐的男的？"

舒杏再次点头。

沉野脸上的笑消失了，朝她伸手："把豆浆还我。"

舒杏侧身避开："你幼稚。"

"还不还？"

"我都喝完了。"舒杏故意喝了一大口才把杯子递出去，杯子里只剩下一点儿了。

沉野低头看了一眼，双唇含住了刚才被她咬住的吸管，把最后那点儿豆浆喝了。他的动作太过自然，但舒杏不禁愣住了，嘴里的豆浆"咕咚"一声被咽了下去。

沉野垂眼看着她抠粉粉的指甲，靠在餐桌边气定神闲地笑："舒杏，你现在怎么这么容易耳朵红？"

沉野见过几位来隐园找舒杏的客人，这些人大多年纪四十岁往上。他本来不了解，后来才知道，全国从事花丝镶嵌的手艺人一共只有数十位，由于花丝镶嵌技艺复杂、学习周期过长、待遇无法保证，愿意传承这门技艺的年轻人越来越少，所以从业人员老龄化严重，舒杏大概算是这些人里面极其特殊的一位。

但今天来的这位客人也挺特殊的。

男生穿着一件白色卫衣，头发染成了亚麻色，皮肤白皙，长相清秀，看起来不过二十岁出头，一进门就热情地朝舒杳喊了一声："姐姐，好久不见。"

舒杳觑了一眼旁边的沉野，沉野单手插兜，发出一声极轻的笑，但舒杳听出了其中的潜台词：姐什么姐？

她朝男生笑了笑，先对沉野介绍："这是徐明卿，他爷爷是一位很厉害的花丝镶嵌手艺人，他现在是独立首饰设计师。"

舒杳转头又对徐明卿说："这是我老公，沉野。"

"姐夫好。"徐明卿笑道。

沉野不咸不淡地应了一声。

此时正是午饭时间，舒杳带他们去了黎水的一家菜色比较地道的餐厅——定远楼。定远楼虽然面积不大，但胜在菜的味道不错，而且包间清静。

徐明卿喝了一口水，好奇地问："最近商城的销售情况怎么样呀？"

舒杳叹了一口气，说道："比之前好多了，但我们商城里的作品本来就少，好也好不到哪里去。"

"正常。"徐明卿说，"现在商城里的作品，除了姐姐的，其他都是老一辈手艺人的仿文物作品，数量少、价格贵、保养难，审美还不契合现在年轻人的眼光。"

"对，这就是我约你来想聊的事情。律师函那条微博的评论让我反思，师父也跟我说过，买卖是最好的保护，使用是最好的传承。我们不必清高，还是需要走入大众。"

"哎，我上次还和我爷爷因为这事吵了一架。"徐明卿撇了撇嘴，有点儿无奈地夹了一块糖醋排骨。

"吵架？为什么？"舒杳拿起水杯才发现杯里没水了，正在桌上找水壶呢，沉野就默默地拿来水壶，帮她添上了水。舒杳朝他笑了笑，帮他夹了一块排骨："你尝尝，这个很好吃。"

沉野拿起筷子，听到徐明卿回答："我对我爷爷说，他现在做的这些作品华美、精致，甚至可以说是奢华，但是很难吸引年轻人的目光。我建议他适当推陈出新，做出改变，结果他和我大吵了一架，说我偷懒，破坏了花丝镶嵌本来的味道。"

"其实我觉得老爷子应该不难被说服，只要我给他看到让他满意的作品就行了。"

舒杏从口袋里掏出一个绒盒，里面是一对水滴形的累丝耳坠。

徐明卿拿起来看了两眼，好奇地问："这也是仿文物做的吗？"

"嗯，但是我做出了一些改变。"舒杏点开手机相册，其中一张照片就是收藏在博物馆里的耳坠原物。

沉野默不作声地瞟了一眼，没看出二者之间有什么差别。徐明卿却立刻指了出来："耳坠的边框部分，你用铸造工艺取代了原本的花丝镶嵌工艺？"

"对。"舒杏收起手机，指着耳坠的边框说，"对于购买者来说，除了保养困难，传统的纯花丝镶嵌的饰品容易变形，这也是让他们望而却步的一个原因。耳坠的边框采用铸造工艺，中间再填入花丝，这样可以很好地改善易变形的问题。"

"这样的作品比起复杂的手镯、项链不会很贵，造型符合年轻人审美的同时，售价也可以控制在他们能接受的范围内。"徐明卿抬手朝她比了个赞，"姐姐，你真有想法。"

"麻烦你带回去给老爷子看看。"舒杏把绒盒盖上，推到徐明卿的面前，认真地说，"另外，这些作品如果销路好的话，也能改善老手艺人的生活条件，过些天我正好要去辅川参加非遗座谈会，会在座谈会上重点讲这个事情。但是关于首饰设计，我还有些不太了解的地方，所以希望你能帮我补充一些。"

"可以啊，乐意之至。"

…………

两个人讨论得不亦乐乎，只有沉野一个人坐在旁边一言不发地喝着水，像个局外人。

都说人在做擅长的事情时是会发光的，这一点他在很久之前看到舒杏采访时就感受过，然而那时的她和现在完全不能比，现在她才是在做真正热爱的事情。

隔行如隔山，沉野发现自己虽然听得懂，此刻却完全没有办法融入进去。他靠在椅背上，低垂着脑袋摆弄左手无名指上的小狗戒指，小狗的尾巴默默地垂了下去。

徐明卿和舒杏一前一后地走进了工作室，沉野知道他们要讨论座谈会发言稿的事情，便没有进去打扰，留在了隔壁的会客室里。

舒杳帮徐明卿倒了一杯水，抱歉地笑了笑，说道："你能等我一会儿吗？五分钟就行。"

"当然可以，姐姐，你有事吗？"

舒杳压低声音，吐出两个字："哄人。"她又补充了一句，"你叫我杳杳姐吧，他们都这么叫。"

徐明卿愣了一下，戴上蓝牙耳机，然后笑着朝她比了个"可以"的手势。

舒杳撩开帘子，发现沉野正坐在沙发上，低着头一本正经地翻着一本书——《花丝镶嵌基础》。他看起来很投入，连她靠近都没有察觉到，直到她过去扯了扯他的袖子。

沉野抬眸："怎么了？"

"你不高兴了。"她的目光落在他的戒指上。

明明上午的时候小狗还扬着尾巴，他吃完饭回来，小狗的尾巴就耷拉下来了。至于原因，舒杳虽然不确定，但多多少少猜出了一些。

"所以呢？"沉野挑着眉轻笑，"你是过来哄我的吗？"

舒杳温柔地问："你想让我哄你吗？"

沉野握着书脊的左手一紧，他合上书，走到她面前半蹲下来，双手撑在大腿上和她平视。两个人之间的距离很近，舒杳清楚地看到了他黑色的瞳孔里自己的身影。

"那哄哄我……"他勾着唇，又轻又缓地喊了一个之前怎么也不愿意喊的称呼，"姐姐。"

徐明卿的那声姐姐没让舒杳的情绪产生任何波动，沉野的这声却跟羽毛扫过她的心口似的，一阵阵地让她发痒。她眼睛一亮，眉眼弯弯地摸了摸他的脑袋，和摸小饼干的手法如出一辙。

"他喊我姐姐是因为有两个亲姐姐，所以喊习惯了。至于其他的，术业有专攻，你电脑上的那些代码、平时开会时跟下属提及的各种专业词语、跟合作方说的法语，对于我来说也是天书，你完全没必要在意。"说完，她收回手，目光澄澈地盯着他。

"就这样？"沉野笑了，"你哄人的方式是不是太官方了点儿？"

"我又没有哄过人。"舒杳低声嘟囔。

她心说：娇生惯养的小公主都没你挑剔。

舒杳认真地想了想，最后抬起头，柔声问："座谈会在下周日上午，那天下午你有空吗？"

"怎么？"

舒杳是不能吃亏的，提了一个要求："你再喊一声。"然后她才跟准备毕业答辩似的，目光坚定、斗志昂扬地说，"我就再练练，到时候认真地哄哄你。"

沉野不止下午有空，从上午开始就无所事事地待在再遇里。

经营再遇以来，徐昭礼见过不少奇怪的人，比如喝醉了把走廊当自家的浴室还脱得精光的人、在舞池里跳广播体操的人、喝完酒不付钱却说来之前算命的说老天爷请客的人。但这些人和在包间里认认真真地看书的沉野相比，都是小巫见大巫。

徐昭礼点了一根烟，跷着二郎腿在旁边看好戏："怎么，舒杳终于嫌弃你没文化了？"

沉野默默地把手里的《花丝镶嵌基础》翻过一页，语气很欠揍："不好意思，姐姐爱死我了。"

徐昭礼被他这话激出一身鸡皮疙瘩，搓了搓手臂："你恶不恶心？"

沉野不怒反笑，脑海中浮现出那天自己喊她姐姐的场面。她好像很喜欢这个称呼，也不知道是什么恶趣味，但……自己叫一声又不损失什么，她开心就好。

"哎，"徐昭礼随口问，"你今天怎么这么闲？不用去黎水了？"

沉野右手肘抵着沙发扶手，目光落在书上，撑着脑袋悠悠地说道："她上午有座谈会。"

"座谈会？"徐昭礼的脑海中浮现出一批中年人排排坐的场景，"什么座谈会？"

"辅川非遗协会组织的关于非遗发展和传承创新的座谈会。"

"学霸的思想境界果然不是我们这种没文化的凡人能企及的。"

"就你是凡人，别把我扯上。"沉野连眼神都没给徐昭礼一个，又把书翻过一页，"现在几点？"

徐昭礼嫌弃地翻了个白眼："十一点半！你问八百次了！能劳烦您抬抬您那双尊贵的大眼睛，看一眼墙上的钟吗？"

沉野还真抬头看了，十一点三十分二十八秒。

啧，时间怎么过得这么慢？

"叮"的一声，手机上突然跳出舒杳的消息："座谈会快结束啦，不过门口在修路，没法停车，我直接去地下停车场等你吧。我看地图上写你从

A 口进来比较顺路。"

沉野回复完消息，立刻把书合上，拿着车钥匙起身了。

从再遇到举办座谈会的展览馆大概是二十分钟车程。车行了大半路程，手机又响了，沉野扫了一眼，发现电话是舒杳打来的。他按了一下蓝牙耳机接听电话，耳机里，舒杳的声音温柔如水，开头就是一声"老公"。

沉野眉梢微扬，正疑惑着她这是怎么了，她却不等他回应，用自然流畅的语气说了一段莫名其妙的话："你们的车停在 A3 区吗？我现在下来了。你接了几个朋友啊？车里还坐得下吗？"

中午时分，座谈会散场，协会在展览馆一楼外的餐厅里提供了午餐，几乎所有与会人员都跟着工作人员出去了，舒杳除外。

她确认了一下手机上显示的游乐园预约信息，脚步轻快地走到了大门口，看到外面如火如荼的工程才想起来，附近好几百米都在修路，不方便停车。

身旁一个路过的男人停下脚步，笑着问："江老师是等人来接吗？"

舒杳虽然不认识他，但对方穿着协会的工作服，而且自己刚才好像确实在座谈会上见他帮与会人员倒了水，便礼貌地回以微笑："对。"

"能停车的地方要走很远。"他伸手指了一下大门外的电梯，"不过这部电梯可以直达地下停车场，您可以去停车场里等。"

"好，谢谢。"

这确实是最省力的方法，舒杳看了一下手机地图，给沉野发了一条让他从 A 口进停车场的消息。

舒杳估计他开过来起码要二十分钟，于是在展厅里逛了一会儿才坐电梯下楼。和她一起走进电梯的还有两个年轻男人和一位阿姨，他们看起来像母子。舒杳以为他们是参观者，所以并没有在意。

这个停车场舒杳是第一次来，空荡得令她有些意外。现在虽然是白天，但停车场内一片昏暗。她纳闷：展览馆里有那么多参观者，今天还有座谈会，怎么想也不应该只有这几辆车啊？难不成还有另一个停车场？

已经和沉野约定了位置，舒杳便没再回头，一边看手机一边往 A 口的方向走。奇怪的是，身后三个人的行进方向似乎和她的完全一致，并且脚步声有越来越快的趋势。

舒杳攥紧了手机，隐隐觉得不对劲。她虽然不确定他们的目的，但他们好像是冲着她来的。

想起网上的一些新闻，舒杏心一震：难道他们是……人贩子？

她不动声色地观察四周，发现居然连一个摄像头都没有，看来他们踩过点。

别说她脚踝刚好，就算是平时，她在学校的八百米体测中都无法及格，现在穿着高跟鞋，怎么可能跑得过三个人？所以她立刻故作自然地给沉野打了电话。

听到身后的几道脚步声默契地停顿了一下，舒杏知道自己的话暂时起了一点儿震慑作用。

她担心沉野不能理解她的意思，继续往前走，拉开了和他们之间的距离。她本来想压低声音向他解释，他却先回答了她刚才的问题："对，你带朋友了吗？带了的话，可能不够坐。"

他居然听懂了，舒杏明白过来，他在试探她是不是被人跟踪了。

"恬恬还带了两个闺密，那我让她们直接打车去吧。"舒杏故作不经意地提醒，"对了，你朋友里是不是有个会修手机的？我的手机好像坏了，老开不了免提。"

这话让沉野明白了跟踪的人听不到他的回答，他低声安抚她："别怕，我五分钟后就到。"

"嗯。"怕对方起疑，舒杏挂断电话，打开录音，然后把手机放回了包里。

只要再拖延一点儿时间就好，舒杏在心里告诉自己。

但老天似乎并没有帮她，A3区就在前方，一辆车都没有。她身后的人显然发现被骗了，脚步声瞬间加快了。

另一部电梯就在前方，并且就停留在负一层，舒杏转变方向，朝那儿跑去，只要赶在他们之前关上电梯门就安全了。

可她最终还是晚了一步，手还没触碰到上行键，两个男人就挡在了她面前，一个是黄毛，另一个是寸头、贼眉鼠眼、凶神恶煞。她本能地往后退了一步，转身看到了刚才电梯里那个妆容精致、满身名牌的中年女人。

"你们想干吗？"她冷静地问。

"我们还真的差点儿被你糊弄过去。"女人上前抓住她的头发，泄愤似的咒骂着，"想干吗？我就是看不得你这副装模作样的样子，断人财路，不得好死，你知道吧？今天给你点儿教训，我看你敢不敢真告！"

舒杏瞬间明白过来，这人应该是如玉珠宝旗舰店的老板。

双拳难敌六手，现在她要做的是拖延时间，反抗、激怒他们对她来说并不是最好的选择。万一他们带了刀之类的器具，她挣扎只会让自己陷入危险的境地，所以一声不吭地承受着头皮上的刺痛。

电梯不知道什么时候已经上去了，此刻又在缓缓地下行。

二层、一层、负一层……"叮"的一声，舒杳心里燃起了希望。电梯门打开，一个中年男人走了出来，看到这场面，一下子愣住了。

中年女人见状，突然改了说辞，大吼道："让你勾引我老公！让你勾引我老公！"

舒杳终于明白这些人为什么如此肆无忌惮了。他们提前踩过点，知道这个地下停车场里车少人少、没有监控，如果遇到人，就装成原配带人捉奸，这样，大多数路人要么懒得掺和别人的家务事，要么不插手，装成正义的一方。

即便希望渺茫，舒杳还是抱着希望大吼了一声："我不认识他们！"

中年男人看了他们一会儿，果不其然，眼里露出一丝鄙夷的神色，随即目不斜视地从他们身边经过，回到了自己的车里。车疾驰而去，舒杳的心凉了一半。

女人继续用左手扯她的头发，扬起右手，正想往她的脸上招呼，不远处射来的一缕强光让他们同时眯起了眼睛。

一辆黑色豪车以极快的速度从 A 口驶了进来，舒杳的心顿时安定下来。

有了刚才的经验，中年女人完全不在意旁边骤然停下的车辆，继续咒骂着："让你勾引我老公！"

但这次他们没有如愿。沉野推门而下，一言不发地抓住了女人的头发，往后扯去。

舒杳瞄到女人穿着平底单鞋，脚背裸露在外，突然庆幸自己今天穿了高跟鞋。细细的鞋跟踩上对方的脚背，她用力地踹了踹。

"啊——"在双重攻击下，女人痛呼一声，整个人往后倒去，双手本能地松开，却还在大声恐吓，"这女的是小三！她勾引我老公！你识相点儿就别掺和！否则我们连你一起打！"

沉野置之不理，趁势拉开了车门，舒杳还没反应过来就被他推到了驾驶座上。

"别怕，我报警了。"

话音刚落，沉野身后的黄毛啐了一口唾沫，冲了过来。他关上车门，转身抓住黄毛扬起的手，反扣在黄毛身后，与此同时将车门"嗒"的一声锁上了。

舒杏想拍车门，又怕自己分散他的注意力，双手轻颤着从包里翻出手机，对准窗外打开了摄影模式。

黄毛疼得露出了狰狞的表情，寸头男见状，试图从旁边偷袭，舒杏大喊了一声："右边！"

玻璃并不完全隔音，更何况是在安静的地下停车场里。沉野听到她的话，往右边飞踹一脚，直直地踹在了寸头男的啤酒肚上。他很明显地用了全力，寸头男捂着肚子倒地，五官紧紧地皱在了一起。

沉野顺势把那个黄毛也甩了过去，就像在扔垃圾。

中年女人见形势不妙，转身想跑，却被沉野一把抓住了长发。他面无表情地说了一句什么，舒杏听不清，只看到女人龇牙咧嘴地用双手抓着他的手背，高声喊疼。

沉野充耳不闻，反而加重了几分力。

舒杏将视线移到入口处，想看看警察有没有到，却察觉到余光里闪过一道寒光。等她看回来的时候已经来不及提醒沉野了，女人不知道从哪里掏出一把水果刀，不管不顾地往后捅去。

即便沉野已经手疾眼快地闪开，刀依旧从他宽松的冲锋衣口袋处往里扎了进去。刀被拔出来的时候，刀尖处沾着一点儿红色。

舒杏感觉心脏快跳出来了，左手一遍遍地试图打开车门，但无济于事。

女人的手腕被沉野往下一折，刀掉落在地上，她被甩开的同时，A口驶入一辆警车，倒在地上的三个人和沉野很快被控制住了。

豪车的车门这才被打开，舒杏赶紧下车扶住沉野，一言不发，指尖轻颤着撩开了他的衣服。幸好天气冷了，他里面还穿着一件T恤，有两层衣服保护，外套宽松，再加上对方扎得并不准，刀尖只划过他的腰，留下了一道细细的血痕。

舒杏重重地松了一口气，用他的衣服将伤口压住，脸色依旧苍白如纸。

"谁报的警？"一位警察问。

沉野抬了抬右手："我。"

舒杏抬头向警察解释："警察大哥，他们围堵我，企图报复，我老公只是正当防卫。"

沉野抬手把她搂进怀里，小心翼翼地帮她梳理凌乱的头发，低沉的嗓音带着安抚人心的力量："放心吧。"

沉野处理完腰部的伤口，一行人去公安局做了笔录。沉野的父亲听说了这件事，立刻派来了律师，舒杏也提交了录音和视频作为证据。

最后，警察问舒杏还有没有什么遗漏。她抓着沉野的手，想了想，说："除了录音和视频，还有一位证人，他是一个中年男人，车牌号是川A·××××"

警察点头，低头记录下来。

信息量太大了，舒杏的脑子有点儿混乱。一旁的沉野倒是冷静，分析道："他们应该起码还有一个同伙。"

警察抬头，说："停车场内没有监控，展览馆里的监控录像我们都看了，他们确实只有三个人。"

对上沉野的目光，舒杏明白过来："对，他们是冲着江岸来的，但是外界很少有人知道我就是江岸。座谈会结束后，有一个穿着协会工作服的人指引我去地下停车场，我怀疑就是他给他们传递了信息。"

警察听完，表示会立刻着手调查。

两个人走出警察局时已经是晚上了，初冬的寒风吹得人不自觉地瑟瑟发抖。事情发生的时候，舒杏只想着怎么解决，此刻尘埃落定，后怕的感觉才涌上来。

肩上落下一阵暖意，舒杏抬头，发现沉野把外套披在了她身上。舒杏想扯下去："我不冷，你穿。"

沉野有力的手掌压着她的肩头，阻止了她的推让。寒风中，他的瞳仁漆黑如墨，莫名其妙地让人心安，也让人心生委屈。舒杏鼻尖泛酸，下一秒，突然被圈进了一个温暖的怀抱里。

沉野俯身，将脑袋埋在她的肩头，一言不发。

舒杏感觉有人在微微颤抖，但分不清是他还是自己。她的手本来垂在身侧，此刻慢慢地搭上了他的腰，想收紧，又害怕碰到他的伤口，于是慢慢地松了力气。

"你的伤口疼不疼？"舒杏问。

沉野这才把脑袋抬起来，右手轻轻地揉捏她的脖颈："这还没有我以前打架的十分之一严重。"

他竟然还有心思开玩笑！舒杏瞪了他一眼。

沉野轻笑一声，又把她搂进了怀里。他下巴抵着她的发顶，再开口时，语气中多了几分讨饶之意："正当防卫不算打架，对吧？"

舒杏被沉野的担忧逗笑了。

回去的路上，车内舒缓的音乐慢慢地让舒杳的思绪平静下来，她的心情也好了不少，唯一的遗憾是本来准备的游乐园之行落空了。她不仅没感受到浪漫，更损失了好几百块钱。

舒杳心生惆怅，连换鞋都忘了，直直地往房间里走，突然被沉野牵住了手。他蹲下身，单膝跪地，把她脚上的高跟鞋轻轻地脱下了。

她本就不是经常穿高跟鞋的人，偶尔穿一次还如此奔波，此刻脚后跟被磨得很厉害，红了一片。但回来的一路上她一声都没吭，走路姿势也没有任何异常。

"你怎么不早说？"沉野眉头紧皱，帮她换上了拖鞋。

"没事，红了一点儿而已，等会儿就消了。"她伸手把他拉起来，"你别蹲着了，小心你的伤。"

两个人回到房间，舒杳从柜子里翻出两个人的睡衣，转身说道："你的伤口刚包扎好，不能碰水，今天就别洗澡了吧。"

沉野开玩笑地说道："不洗的话，我是不是睡觉的时候又得离你远一点儿？"

"你用毛巾擦一擦身体。"

沉野露出一副很难办的样子："会牵扯伤口。"

舒杳抿了抿唇，有些犹豫，但最终还是坚定地说了出来："那我帮你。"

她的语气一本正经，完全不像说玩笑话。

沉野的喉结轻轻地滚动了一下，他嗤笑出声："你别光用嘴说，临阵又退缩。"

"我不会的。"说着，舒杳抓住沉野的手腕，把他拉进了浴室里。

她双手抓住他的T恤下摆往上一扯，大片白皙的肌肤就映入了眼帘。她拿过一条毛巾，在温水中打湿又拧干，然后小心翼翼地擦过他的胸口、手臂。

放在平时，舒杳或许还能有点儿旖旎的想法，但此刻满心满眼都是他的伤，表现得和柳下惠似的，完全不为所动。

沉野低垂着眼眸看她熟练的动作："你还给别人擦过？"

"啊？"舒杳绕到他的背后，一边擦拭他的背一边说，"我给小饼干洗完澡也是这样擦的。"

擦完他的上半身，舒杳将目光落在他的休闲裤边沿。

沉野目光灼灼，没有催促，也没有拒绝，就这样看着舒杳犹豫的样子。她安慰自己：这有什么？全当自己在照顾一个病人。

于是她伸出手，搭上了他的裤腰。

沉野突然把毛巾从她的手里夺了过去，低头擦拭明明已经擦拭过的小腹："你先出去吧，我自己来。"

"哦。"舒杳抬头，跟发现新大陆似的，眼睛瞬间亮了，"沉野。"

"怎么？"

"你的耳朵红了。"

第十一章
壹壹，我喜欢你

这一夜，舒杏又做梦了，但这次的梦不太美好。

废弃的地下停车场里布满灰尘和蜘蛛网，空气中都是不知道来自哪里的烂木头味，令人作呕。舒杏被反绑着双手，叫天天不应，叫地地不灵，站在黑暗里。入口处，有一个男人逆着光，面容狰狞地朝她走来，她费力地想看清他的面容，发现他好像是那个黄毛，又像一个更苍老的人。她想呼喊，却发现自己被堵住了嘴巴，根本出不了声，越挣扎绳子越紧。

她的头发被人一把抓住，头皮传来了一阵刺痛。男人骂了一句脏话，抓着她的脑袋往墙壁上砸去。眼前一阵阵发黑，她失去了力气，像濒死的动物，发出阵阵呜咽……

不知怎么的，舒杏眼前的恐怖画面突然消失了，黑暗退去，温暖的阳光洒在四周，她身上的束缚突然全部被解开，整个人好像浸泡在温泉之中，全身的痛楚都慢慢地随着暖意被消解了。有人在她的耳边轻声喊她："壹壹。"

好熟悉的声音……

舒杏从梦境中缓缓地苏醒，一睁眼，对上了沉野担心的眼神。两个人之间的距离极近，她完全被他搂在怀里。

脑袋还是混沌的，但舒杏隐约知道他为什么突然抱她。

沉野从一旁的床头柜上抽了一张纸巾，帮她擦去了额头上的冷汗。她微微发抖，连额前的发丝都是湿的。

"做噩梦了？"

"嗯。"她点了点头，都没有客气一下，就这样靠在他的怀里，安静地接受他的"伺候"，突然想起来一件事，"你刚才喊我什么？壹壹？"

"我……"沉野顿了顿，理所当然地说，"别人喊你杳杳，妈喊你幺幺，我也得有个专属称呼，这个怎么样？"

"嗯。"舒杳抿了抿唇，然后说，"挺好听的。"

这名字估计是根据她的手机密码来的吧？她想。

沉野手里的纸巾沿着她的脸部轮廓一路往下，轻轻地擦过下巴，流连在湿漉漉的脖颈处。她的理智渐渐苏醒，纸巾擦过肌肤带来的痒意一路蔓延到四肢百骸，她突然感觉身体好像慢慢地烧了起来。

她稍稍往后挪，拉开了和他的距离，半靠在床头。已经被擦干的鬓角流出一滴汗，顺着她的脸颊滑到下巴，滴落在锁骨上，顺着胸口的线条一路钻进了轻薄的睡衣里。

沉野的嗓音带着刚醒的倦意，显得越发低沉："你紧张？"

舒杳泰然自若："没有啊。"

沉野的手没动，贴着她颈部的动脉："但是，你的心跳很快。"

"我……"舒杳低声嘟囔，"我是因为做噩梦才心跳快。"

"哦。"沉野的右手继续往下，擦完锁骨上的汗，停留在睡衣的领口处。

他的手贴在最上面的一颗扣子上，仿佛下一秒就会扔了纸巾，把它解开，但他并没有这么做。他把半湿的纸巾攥在手里，轻声问她："但是我没有做噩梦，为什么心跳也这么快？"

舒杳猛地抬头，对上了他那双藏着火一般的眼睛，昏暗的灯光下，那双眼睛显得深沉莫测。

如果一年前有人告诉她，她会有这么多喜欢的朋友和一个这样爱的人，她一定会在心里默默地甩给对方一个白眼。但是此刻，她发现人与人之间的际遇或许就是这么奇妙，即便当下还没有，说不定哪天缘分就会来到。

过去的二十六年里，她一直认为一切考验运气的事情都和自己没有太大的关系，成绩和工作都是她努力得到的。但是她现在想想，事实好像不完全如此，起码遇到沉野算是她人生中从未预料的头彩。

对于有些事情，水到渠成好像就在瞬间，无须多言，却彼此明了。

舒杳心跳如擂鼓，不敢直视沉野。她想：自己终于彻底感受到了赵恬恬说的所谓心动的感觉，在这个劫后余生、稍显寒冷的凌晨。

舒杳的右手在被子里攥了攥，几秒后，她伸出手，拽住了他的睡衣领口，微微往下一扯，两个人的双唇就紧紧地贴在了一起。

这次沉野连惊讶的感觉都没有了。

等她退开，他用指尖卷起她的一缕头发，轻轻地捻了捻，眼神里却没有笑意："上次亲我是你演给周北川看的，那这次算什么？吊桥效应？"

人在惊慌恐惧的时候会心跳加速，如果这时候遇到另一个人，就可能把这种感觉误认为是对对方的心动。但是，舒杳很清楚地知道自己不是这样的，因为自己面对他时的心动不是现在才有的。

她目光温柔如水，看着他缓缓地说道："其实上次，就算没有周北川……"

沉野摸她发尾的动作停了下来。

"当时，我只是想亲你而已。"舒杳莫名其妙地鼻尖泛酸，开口时罕见地委屈起来，"而且我本来想着天下午带你去游乐园跟你告白，要不是……"

她还没说完话，腰就被一只有力的手圈住了，沉野一只手臂撑在她身侧，另一只手抚上她的脸，灼热的目光落在她的脸上。他勾了勾唇："那你占我两次便宜了。"

舒杳心虚却诚实："嗯……"

下一秒，她的呼吸就被侵占了。沉野不容拒绝地吻了下来，贴着她的唇笑道："那我怎么也得占回来一次吧？"

一开始，彼此都亲得不太熟练，唇齿仿佛在打架，他的动作也稍显急切，牙齿硌得舒杳有点儿疼。但渐渐地，他就无师自通般找到了门道，改为温柔地蹭她的双唇。

现实和梦境反了过来，却同样令人血脉偾张，舒杳浑身的血液仿佛都涌上了脑袋，耳朵红透了。窗外偶尔有几声虫鸣，却放大了唇齿间的暧昧声响。

舒杳紧张地攥着他胸口的衣服，牙齿被沉野的舌尖轻轻地顶开时，浑身都僵住了。她两次亲他都是蜻蜓点水而已，现在这样太过分了吧？！

她往后缩了缩，两个人的舌尖刚触碰一秒就因为她的动作分开了。沉野停顿了一下，最终没有坚持，在她的唇瓣上啄了几下后结束了这场亲昵。

舒杳感觉双唇麻麻的，抿了抿唇，然后低声抱怨："你这不是占回来。"

沉野"嗯？"了一声，尾音上扬，透着几分嗫嚅的同时，也带着难言的欲望。

"你这一次抵我一百次。"

"哦。"沉野懂了，"你是嫌自己吃亏了是吧？"

舒杳："多少有点儿。"

"那这样，"沉野再次低头，双唇与她的嘴唇仅剩不到两厘米的距离，笑着诱惑她，"你可以亲我一百次，和戒指一样，以量取胜。"

舒杳认输了。

她突然想起他身上还带着伤，于是赶紧推开他，起身撩开他的睡衣："我看看你的伤口，你刚才是不是……？"

"没事。"沉野按住她的手背，突然跳转话题，"我以前说过，我习惯倒贴。"

舒杳："啊？"

他虽然这样说过，但也不必每次都说得这么自豪。

"所以，你哪里需要告白？你招一招手，"昏暗的灯光下，沉野最后的吻温柔地落在她的眉心，语气依旧漫不经心，听起来不太着调，"我不就屁颠屁颠地自己过来了？"

后半夜，舒杳被沉野抱在怀里，睡得格外香甜。

她一觉醒来已经临近中午，这对于最近作息规律的她来说实在罕见。她赶紧冲到浴室里洗漱，刷牙的时候，沉野走了进来。他很自然地站到她身后，双手圈着她的腰，也不说话，就把脑袋靠在她的肩膀上，跟粘上了一样。

这一刻，舒杳不得不承认赵恬恬真的看人很准，看着冷淡的男人确实可能更黏人。她终于找到了小饼干那么黏人的理由。

昨晚虽然谁都没明说"我们在一起吧"之类的话，但对于关系的转变，彼此都心知肚明。

舒杳突然觉得自己陷入了一个误区，其实有时候并不需要刻意地制造浪漫，浪漫的事情明明一直都在发生。

她蹭了蹭他的脑袋，随口问了一句："那个人被抓住了吗？"

"抓住了，他就是给你指路的工作人员，被他们用钱买通，偷拍了你的照片给他们。"

"那就好。"

"据他们交代，他们本来想直接来隐园堵你，但不知道你的长相，怕找错人，再加上发现隐园里有监控，所以没动手。"沉野沉默片刻，认真地说，"你有没有考虑过换个工作地点？隐园的地址在地图上就能查到，太不安全了。"

"我也在想这个问题。"

虽然隐园门口有监控，也有不少商铺，但现在工作室的热度渐渐地高了起来，经常有游客在门口拍照，之前居然还有无人机在庭院上空飞。她再住在隐园里确实不太安全，而且……

"其实我已经筹备在隐园里规划展览馆了，以后展览馆要是对公众开放，游客人来人往，我住着就更不方便了。"舒杳一边刷牙一边口齿不清地说，"但是新地址我还要找一找。"

"交给我？"沉野用右手摩挲了一下她的腰侧，"包你满意。"

舒杳也不客气，点头说"好"。

舒杳漱完口，双唇湿漉漉的，还来不及拿洗脸巾擦一下，就听到沉野问："你用的是什么味道的牙膏？"

她把牙刷放回杯子里："你自己也用这个牙膏，不知道吗？"

"我闻着不太一样。"沉野右手搭在她的下巴处，将她的脸转了过来，从她身后吻她。

舒杳在心里吐槽这人诡计多端，实际上已经被亲得有点儿晕乎乎的了。面对着镜子，她可以用余光清楚地看到他投入的神情，以及两个人的唇齿如何亲密地交缠在一起。这次比昨晚那次熟练，她慢慢地放松下来，闭上眼睛迎合他。

两个人舌尖轻触，舒杳再次本能地退缩了，但这次沉野并没有中止，右手有些强势地抚在她的脸侧，再度深入，直到她感觉自己都快呼吸不过来了，他才缓缓地退开。

沉野舔了舔嘴角，靠在一旁的大理石上，一副餍足后的慵懒模样："嗯，味道是一样的。"

舒杳瞪了他一眼，无奈地说："以后我直播的时候，你不准进屋。"

"我有分寸。"沉野说，"难不成我会冲进直播间里亲你？"

舒杳撇了撇嘴："以你现在的状态，难说。"

"你可以拒绝我。"

舒杳低下头，往手上挤了一点儿洗面奶："我拒绝不了。"

她要能拒绝、想拒绝，刚才就拒绝了。

沉野把她转过来，她掌心里还有一团洗面奶，抬着手不敢动。

沉野右手撑在她身后的大理石上，俯下身，神色无奈："你有时候能不能别这么实诚？"

"什么？"

沉野的视线微微往下一扫，舒杳顺着看过去，又迅速地移开了目光，耳朵红了："你怎么这么容易就……"

沉野倒是坦然："谁让你总勾引我？"

"淫者见淫……"

沉野笑着倒在她的肩膀上："壹壹，你怎么这么可爱？"

不过一个晚上，他好像已经彻底喊惯了这个昵称，而舒杏也意外自己居然习惯得这么快，甚至觉得这个昵称很熟悉。过去的这些年里，她听到的最多的评价就是"温柔又冷漠"，大概只有在他的眼里，自己才是可爱的。

她用空着的一只手拍了拍他："你松开，我要洗脸啊。"

正好手机振动起来，沉野终于听话地退开，低头看手机上的消息。

水声"哗哗"，舒杏洗完脸，拿洗脸巾擦干了脸上的水。她刚把洗脸巾放下，就听到沉野说："晚上徐昭礼有事，我得去一趟酒吧，估计回来得晚。"他轻轻地捏了捏她的耳垂，"你会不会想我？"

"不会，"舒杏嘴硬，"有小饼干陪我。"

沉野也不失望，右手转而搭在她的脖颈上，指腹轻轻地摩挲着。

"嘴这么硬，"沉野嘴角勾着一抹坏笑，又俯身在她的唇上亲了一下，"亲起来倒是挺软的。"

沉野没几天就帮她找了一个无可挑剔的地址，效率堪称火箭的速度。新工作室在艺术园区中，环境清幽，交通便利，安保周全，除了租金比较贵，完全挑不出毛病，重点是就在从家到骤雨大厦的必经之路上，男人的私心一览无余。

工作室已经被装修过，也配备了基本的家具，舒杏只要简单地收拾一下，把自己的东西搬进去就可以了。

舒杏犹豫了不到一个小时，最终觉得自己目前的收入可以负担起房租，于是很快就签订了合同。

经理走后，舒杏环顾一圈，突然感慨良多。隐园毕竟是师父的工作室，而这里好像才是她梦想的开端。

"这里可以放工作桌，然后把沙发搬到靠墙的位置……"舒杏靠在沉野的肩膀上规划工作室的家具摆放方式。

手里的手机突然振动，舒杏低头一看，发现是钱曼青发来的视频电话邀请。她按下接听键，手机屏幕上骤然出现了两张笑脸，钱曼青和奶奶默契地挥了挥手。

"曼青正好来看我，说你今天去看工作室，我就想给你打个视频电话。"

奶奶笑眯眯地问，"你们看得怎么样啊？还满意吗？"

舒杏站起身，拿着手机转了一圈，给她们看身后的背景："我挺满意的，已经定下了。"

"那就好，那就好。安全最重要，钱都是身外之物，暂时不够的话，让阿野出，反正他的钱都是你的！"

舒杏笑道："奶奶，钱够的。"

"阿野在你身边吗？"一旁的钱曼青插了一句话，"他的伤怎么样了？没事了吧？"

舒杏坐下，让沉野的脸也出现在镜头里。

沉野还没说话，手机里就悠悠地传来一道声音："妈，都一周了，屁大点儿伤还能不好？您说您瞎操心个什么劲？"

这是沉炀的声音。

钱曼青翻了一个白眼："也不知道是谁，知道弟弟受伤的那天一整晚没睡觉，在那儿又是打电话又是查资料的。"

"我那是在查电竞比赛的资讯。"

舒杏憋着笑，和钱曼青交换了一个眼神，故意开口："他不是很好，昨天医生说伤口沾了水，有点儿感染，今天还要去一趟医院。"

话音刚落，手机屏幕的角落里突然蹿进来半个人影，钱曼青嫌弃地瞪了沉炀一眼："你干吗？"

沉炀满脸无语："他是傻子吗？那么点儿伤都能感染？"

听到舒杏和钱曼青默契地笑了出来，沉炀这才意识到自己被骗了，凑过来指着镜头说了一句"近墨者黑"，随即"嗖"的一下从手机屏幕里消失了。

不过，舒杏惊讶的不是沉炀口是心非的表现，而是……他也瘦太多了吧？距离她上次见他不过半年，他这一瘦，外表和沉野的相似度顿时提高不少。

和钱曼青又闲聊了一会儿，舒杏挂断电话，看向一旁优哉游哉地看风景的沉野："我能问一个问题吗？"

沉野扫视她一眼："靠健康的作息、简单的运动以及营养师。"

舒杏想：很好，两个人相处的这段时间，思路越来越一致了。

舒杏一直都不是会对一个地方产生留恋心理的人，不管是南江、辅川还是黎水，对于她来说，都好像只是一个住过的地方。所以即便在黎水住了这么久，离开时，她也没有什么失落的情绪。

由于要筹备展览馆的事情，她偶尔还要回隐园住，所以只简单地带了一个行李箱。

从隐园到停车场，她必然会经过付之一炬的黎水古桥。修复工程上个月已经开始了，此刻正热火朝天地进行着。虽然她不知道修复后的古桥能有多少以前的味道，但这总算是一件好事。

舒杏站着看了一会儿，突然想起古桥失火的那天晚上，有一件事情有点儿奇怪。

她的手被沉野牵着放在他的口袋里，两个人十指紧扣，她用食指点了点他的手背："那天晚上我下车之后，你去了哪儿？为什么比我还晚到昧儿家？"

沉野轻笑一声："你不是已经有答案了？"

舒杏虽然已经猜到，但还是难以置信："你坐在车里，看了我一两个小时吗？"

"嗯。"

当时四周一片漆黑，舒杏完全没有注意到他的车居然没有开走。

她好奇地问："那你当时在想什么？"

沉野低头看向她，身后的夕阳为大地镀上了一层金色，而面前的男人站在金色的光里，表情却有些黯然："我在想……如果有一天，你工作结束，我能光明正大地陪你回家就好了，而不用像那天一样，像一个偷窥者。"

这话听起来委屈极了。

舒杏隐约品出一丝他矫揉造作的意味，不冷不热地睨了他一眼："你说话的方式简单点儿。"

沉野将车钥匙在右手的食指上转了一圈，让它稳稳地落在掌心里。额前的碎发被微风轻轻地吹动，他嘴角轻扬，意气风发如十七八岁的少年："以后你下班，我去接你。"

沉野还真是说到做到。入驻新工作室的第一天，舒杏一下楼就看到他的车停在了楼下。

入冬，天黑得早，路边早早地亮起了路灯。四周偶尔有一两个人经过，看到靠在车门上的顾长身影，都忍不住回头看一眼，沉野却旁若无人，目光落在手机上，不知道在看什么。

舒杳脚步轻快地跑过去，他闻声抬头，帮她开了车门。

车门隔绝了室外的寒冷空气，舒杳将双手插在外套的口袋里，看着他微微发红的手："你在车里等不就行了？你的手都被冻红了。"

"嗯。"沉野把手机放在旁边的扶手盒上，理所当然地将手伸了过去，"你帮我暖暖。"

舒杳无奈地握住他的双手，轻轻地揉搓："这样可以吗？"

"太慢了。"沉野不太满意，撑着副驾驶座的边缘，半个身子探了过来。

舒杳本能地往后一缩，缩进了车门和座椅之间构成的三角区域内。沉野的右手抚上她的后脑勺，为她隔开了坚硬冰冷的车窗，随即毫不犹豫地吻了下去。

虽然园区里人少，天又黑，但这并不代表外面不会有经过的人仔细看。舒杳脸颊发烫，轻轻地拍了拍沉野的肩膀，他却不慌不忙，双唇慢慢地摩挲着她的唇，好像在品味一颗糖果，先浅尝外面的酸甜外壳，再一口咬碎，舌尖慢慢地舔舐，不给她任何反抗的余地。

结束的时候，舒杳的脸红透了，后背出了些汗。沉野把她鬓角的头发别至耳后，指尖摸到一点儿湿润的汗水，笑了笑："现在暖了。"

舒杳决定和他冷战五分钟。

四分多钟的时候，沉野的手机响了一声，舒杳定睛一看，发现那是徐昭礼发来的消息。

沉野骨节分明的双手握着方向盘，熟练地拐弯，姿态沉着冷静，和刚才的样子判若两人。他眉头一皱："你帮我看一眼他又在发什么废话。"

舒杳在心里撤回了一条"沉着冷静"的评价，拿起手机问："你的手机密码是多少？"

"110926。"

这是她的昵称加生日。

舒杳心里涌起一阵难言的悸动，解锁手机，查看消息："他说晚上有事，酒吧就拜托你了。"舒杳好奇地问，"他最近怎么老有事？"

沉野说："他老婆怀孕了。"

"啊。"舒杳点头表示理解，"那你晚上又会很晚回来吗？"

沉野："应该会。"

舒杳犹豫片刻："不然我陪你一起去吧？"

"你不是不喜欢那种嘈杂的地方吗？"沉野轻声安抚，"我尽量早点儿回来。"

"不是，我上次发现，自己确实会想你。"舒杳语气平淡得宛如说今早吃了三明治，不像在说暧昧的话，只是在陈述一个事实。

沉野突然刹车，右手手臂本能地挡在她的面前，避免她因惯性往前冲。他无奈地转过头，笑道："下次你别在大马路上说这种话，危险。"

舒杳"哦"了一声，发现他很快就掉头去再遇了。

他们到酒吧的时候，时间还早，酒吧里的人不算多。舒杳坐在专用包间里，安安静静地窝在沙发一角和赵恬恬聊天，沉野躺在她的大腿上翻着一本书。这段时间以来，他的阅读书目已经从《花丝镶嵌基础》变成了《花丝镶嵌进阶学习手册》。

不知过了多久，楼下的音乐声越发震耳朵，专用包间的门突然被人推开，撞在墙壁上，发出了不轻不重的声响。两个人同时抬头看过去，发现一个看起来和沉野差不多年纪的男人带着醉意，笑眯眯地拿着酒杯走了过来，身形微微晃动。

"沉哥！好久不见，我在门外看里面的人像你！"他站在茶几对面，把酒杯朝沉野伸了过去。

沉野坐起身来，拿起桌上的杯子和男人的酒杯轻轻地碰了一下，淡然地喝了一大口，心里却想着迟早有一天要把门上的玻璃卸掉。

男人看他杯子里的透明液体骤然少了大半，抬手比了一个"赞"的手势："沉哥果然好酒量！"

舒杳在内心吐槽：如果矿泉水也算酒的话，我也可以千杯不倒。

男人好像这才注意到她，微微眯起眼睛打量了她一会儿，磕磕巴巴地说道："这就是嫂子吧？你跟上次我在寻……寻餐厅里见到的时候一样漂亮……嗯？你怎么漂亮得不太一样了？"他满脸醉意，乐呵呵地问，"嫂……嫂子最近走温柔淑女风了是吧？"

舒杳眨了眨眼，看向沉野，平静地问："你还有其他老婆啊？"

沉野也没明白。

如此一来，即便酒劲上头，男人也意识到自己说错话了。他转身正想溜，就被沉野一把揪住了衣服后领。

"怎么回事？"

"啊？"男人一脸蒙，求饶似的说，"我……我不知道啊。我听我前女友说的，你老婆不是封大小姐吗？"

沉野纳闷：自己和封云挽什么时候有这种传言了？封云挽的老公景延知道以后不会想杀了他吗？

沉野眉头紧锁："你前女友是谁？"

"陈珧。"

沉野没听过这个名字，但舒杳懂了，起身拍了拍沉野的手臂："我知道这是怎么回事了，你让他走吧。"

"谢谢嫂子，谢谢嫂子。"男人见势不妙，尴尬地笑了笑，立马端着酒杯逃走了。

"你知道？"

"陈珧是我高三时的同班同学，上次同学聚会的时候也在。"舒杳无语地笑了，"这还不都是你自己惹的？你非要在聚会上说什么不同班级。你走了之后，他们就猜你老婆是封小姐，估计大家一传十、十传百，就传出这种谣言了。"

沉野沉默片刻，从口袋里掏出了手机。

舒杳扫了一眼他的手机屏幕："你干吗？"

沉野："发朋友圈。"

舒杳猜到了他的意图，但不知道他具体会发什么，于是偷偷地把自己的手机拿了出来。

她刷新过后，手机屏幕上跳出了他刚发的朋友圈，配图是翻开的结婚证，也不知道他什么时候拍的，文案简单又直接——"谁再给我安错老婆试试。"

深夜，舒杳侧躺在床上，再次点开了微信，屏幕下方果不其然又出现了提醒的小红点。

自打刚才她被沉野用眼神强迫在他那条朋友圈下留了个爱心以示支持之后，但凡两个人的共同好友点赞或留言，她这儿都会收到提醒。偏偏她在这方面又有点儿强迫症，看到之后必须把小红点点掉。

舒杳点进去看了一眼，发现有不少人的评论。

徐昭礼："我已经把这条朋友圈印成传单了，准备在酒吧里分发！"

钱曼青："妈呀！我儿媳妇可太美了！旁边那个人是个男的。"

舒美如："长长久久。"

周景淮："我明天不太想看到你，请假一天。"

而最新评论是一个她完全不知道是谁的好友发出的。

大河向东流："恭喜啊！"

这位是……？

333

舒杏点开这人的头像，发现他的朋友圈仅展示最近三天的内容，里面一点儿信息都没有。

他应该是自打加了好友就没聊过的老同学或者行业内的点头之交吧？舒杏一向不在意这些人，想不起来就放弃了。

她转头开始思考自己是不是也该表示表示，但结婚证沉野发过了，她再发就没什么意思了。

手机相册里关于沉野的照片不多，舒杏翻了一会儿，一眼就看到了之前他和小饼干在保安亭下避雨的照片。她毫不犹豫地把它发到了朋友圈里，配文只有两个小狗的表情。

她发完没多久就有人点赞、评论了，不过还是那几个人。

舒美如："长长久久。"

钱曼青："妈呀！小饼干好可爱！旁边那个人是个男的。"

徐昭礼："恭喜你终于看透了他的本质！"

赵恬恬："最不可能在朋友圈里撒'狗粮'的人也沦陷了！"

舒杏被评论逗笑，连沉野掀开被角躺上床来都没发觉。他很自然地把她搂进怀里，视线在扫过她的手机屏幕时停顿了一下，随即利索地把她的手机抽出来放在一旁，俯身亲了亲她的唇："你偷拍我？"

"不行吗？"舒杏挪了挪身子，在他的怀里换了个舒服的姿势，故意逗他，"两只小狗排排蹲，多稀奇啊。"

沉野的吻从她的嘴角慢慢地往下移，经过下巴、脖子，最后落在她的锁骨处，一小块软肉被他用牙齿轻轻地磨了一下。

舒杏还以为他要咬她，本能地往后缩，却被他按住了后背。他的头埋在她的脖子处，细碎的头发贴着她的耳朵，痒痒的。她不知道他在干吗，只隐约感觉到吮吸的力度。等他退开，她低头一看，锁骨下多了一个淡淡的红印。

她笑着推他："你干吗？"

沉野抬起头，双眸漆黑如墨，带着得逞的笑意："小狗占领地。"

翌日，舒杏难得穿了高领衣服。赵恬恬捧着乔迁礼做客，进门的瞬间就露出了秒懂的表情："昨晚……挺激烈啊。"

舒杏转移话题："你送的是什么东西啊？"

赵恬恬拆开外面的包装盒，舒杏低头一看，里面是一个招财……狗，金色的小狗蹲坐着，前爪举起，一晃一晃的，胸口写了一个"财"字。

她笑道："别人都送招财猫，你送狗？"

赵恬恬理所当然地说："我觉得你比较喜欢狗啊。"

"我暂时不喜欢。"

她现在处于对"狗"字有 PTSD（创伤后应激障碍）的阶段。

赵恬恬没理会她口是心非的话，环顾了一圈。这间整洁的工作室虽小，倒是五脏俱全。

"今天是周末，沉野不陪你啊？"赵恬恬问。

舒杳抱着招财狗，小心翼翼地把它放到架子上："他去门口的超市买饮料了，这不是有客人来嘛。"

"我还能有这个待遇呢？劳烦大少爷给我跑腿。"赵恬恬看到沙发就往上面躺，表情惬意，"不枉费我当初早早地买了你们俩的股。"

舒杳听到这话才想起来，在地铁上和沉野重逢之后，在她还没有喜欢上沉野的那段时间里，赵恬恬好像确实会有意无意地在她面前提起沉野。

"他不会当初就买通了你吧？"

考虑到沉野那深沉的心思，这事还真不好说。

"那倒没有。"赵恬恬转头看向她，"但他那点儿小心思太明显了，就你这种不开窍的人看不出来。"

舒杳帮她倒了一杯水，一副请教的姿态："你是怎么看出来的？"

赵恬恬坐了起来，手指点了点茶几："你觉得一个人在地铁上和几年不见的高中同学撞衫，几天后在网络上找代遛狗的人，正好又遛到那位老同学的狗，发生这种事情的概率有多少？"

舒杳无言以对。

"就这么说吧，"赵恬恬喝了一口水，老神在在地说，"秦始皇复活说要招我去捏兵马俑的概率都比这高。"

舒杳面露惊讶之色："那你怎么不早对我说？"

"我这不只是猜测嘛，没有真凭实据。我要是说了，你估计跑得比谁都快。后来在徐昭礼的婚礼上，我向昧儿打听过沉野的人品、事业和家庭，反正没的挑。我寻思你接触接触异性也不是什么坏事，没承想你居然直接搞闪婚。"

舒杳"扑哧"一声笑了出来，过了一会儿才想起正事："对了，其实还有个客人来，不过他有工作，估计顺路来送个礼物就走了。你要是觉得尴尬……不对，你应该不会觉得尴尬。"

"为什么？"赵恬恬瘪了瘪嘴，委屈巴巴地说道，"你不知道工作之后的我有多'社恐'，尤其是看到男人，都巴不得绕道走。"

"因为他是一个长得很帅的小弟弟。"

赵恬恬"噌"的一下挺直了脊背，眼含期待："我可以。"

门铃适时地响起，舒杏笑着去开门，却发现沉野是和徐明卿一起上来的。她从沉野的手里接过袋子，听到他解释："我们刚好在楼下遇到了。"

"杏杏姐，乔迁快乐！"徐明卿说。

舒杏接过徐明卿手里的招财猫，笑着道了一声"谢谢"。

招财的玩意儿也太多了，看来她这工作室不发财都难。

她带着两个人进门，一眼就看到赵恬恬脊背僵直，双腿合拢，以一个特别温婉的姿势坐在沙发上，微笑着看了过来。

舒杏正想介绍，赵恬恬瞬间笑容僵住，脱口而出："'奈嘴哥'？！"

徐明卿愣了愣，同样惊讶地回了一句："'侣角姐'？"

沉野垂眸看向舒杏，看戏似的："他们在说哪国语言？"

舒杏也理解不了啊！

她好奇地插了一句话："'奶嘴哥'和'驴叫姐'是什么？"

赵恬恬："奈何长了一张嘴的哥。"

徐明卿："在情侣厅里坐在角落里的姐。"

沉野左手悠闲地搭着舒杏的肩膀，把她圈在怀里，又问："他们的精神状态什么时候变成这样的？"

舒杏在心里吐槽：你是会说话的。

她本来想让气氛热络起来，现在又觉得没必要了。眼前的两个人已经再续前缘，唠了起来，哪里还有"社恐"的样子？

舒杏忍俊不禁，仰头看着沉野的侧脸："这是恬恬独创的起名法，她也给你起过。"

"哦？"沉野垂眸轻笑了一声。

这一整天，舒杏的脑子都乱糟糟的。

她才接受接吻这件事，在几天的时间里就一下子跨越到那个层次，确实有点儿难为她。她想来想去，觉得是自己只知道那件事的基本流程，但对更多的内容缺乏了解，所以产生了一些恐惧心理。

他肯定也没经验，两个菜鸟摸着石头过河的前提是好歹要有石头，她掌握一点儿理论也好。所以，晚上她抱着被子靠在床头，偷偷摸摸地打开了提问网站。

她瞟了一眼浴室门，听到水声还在响，于是安心地输入了一些关键词。

很快，网友们的相关回答就跳了出来。

"第一次不是最难的，最难的是你如何拥有更好的体验，所以不能太过急切，以免加剧紧张感。根据我和我男朋友的经验，正式开始前一定要多做准备……"

"千万不要相信小说里写的！重中之重，一定要做好安全措施，保护自己！！！"

…………

毕竟是成年人了，舒杳多少有些心理准备，所以看这些文字并没有觉得尴尬，直到浴室的门把手被"咔嗒"一声按下。她突然有一种在课堂上走神时被老师点名的感觉，被吓得差点儿把手机扔了。

沉野用毛巾擦着头发，好像并没有发现她的异样。她偷偷地松了一口气，把屏幕切换到微博，看无聊的八卦缓解自己躁动的心情。

沉野拿着吹风机走到床头坐下，插上插头后把吹风机递给她："你帮我吹？"

舒杳没有拒绝，盘腿坐在他身后，开始摆弄他湿漉漉的头发。

她正走神，脑袋里还是刚才的那些文字，突然听到他闲聊似的问了一句："你看懂了吗？"

舒杳脱口而出："似懂非懂。"

话音刚落，舒杳整个人都僵住了，手里的吹风机不知何时被沉野接了过去。他关掉吹风机的开关，随意地把它扔在了角落里，俯身将她压在床上。

他头发半干，额头前的碎发湿漉漉地贴着眼皮，看起来好像被雨淋湿的小狗。他表面看着可怜巴巴的，但舒杳看到了他眼神里无尽的侵略感。

舒杳佯装淡定，一脸无辜："怎么了？我在看电视剧，正常人确实难以看懂剧情不合理的电视剧。"

"剧情不合理……"沉野轻笑一声，食指的指腹轻轻地蹭过她的左脸，"那你怎么还看得脸红了呢？"

"我是被气的，剧里面的男人出轨了三个女生，还打老婆。"

"壹壹。"

"干吗？"

"你知不知道？你胡扯的时候看着特别理直气壮。"

舒杳听到这话，像被放了气的气球，气势瞬间弱了不少："好吧，我就是想学习一下经验。"说完，她还不忘客气地问一句，"你要看吗？"

沉野："我为什么要看？"

舒杏欲言又止："我感觉你也不太会。"

男人好像真的禁不住刺激，双唇落了下来，直奔主题。他刚洗过澡，身上冰冰凉凉的，双唇却滚烫。

舒杏有一种喘不上气的感觉，拍了拍沉野的肩膀。他这才恋恋不舍地松开她，双唇沿着她流畅的颈部线条缓缓地往下移，停留在她的锁骨处。

她渐渐放松下来，感受到他温热的手掌从自己的睡衣下摆钻了进来。

沉野知道她性格慢热，在此之前都非常克制，双手最多在她的腰侧流连，从来没有往上摸过。她一度很佩服他，这都能忍住的男人，做什么事情不能成功？但今天他好像终于忍不住了，他右手揉捏的力度让她感受到一种陌生的刺激感，不受控制地溢出一声嘤咛。

沉野笑了，贴着她的耳朵，用气声极轻地说了两个字。舒杏的耳朵便更红了，身上白皙的肌肤都泛着一层粉色，好像春日里绽放的桃花。

睡衣的扣子早就开了，舒杏视线往下移，只能看到他未干的黑发把自己的锁骨处也弄得一片潮湿。

过了不知多久，他终于抬起头来，像浅尝了佳肴后姿态慵懒的狼，爪子轻轻地往下探。舒杏还是没忍住，瑟缩了一下。

"慢慢来。"他的唇在昨晚留下的红色印记上流连，他哑声说。

舒杏知道他的意思，但心理上的不习惯不是她一下子就能解决的。

他的手指灵活地钻进自己的裤腰后，舒杏还是怂了，翻了个身，红着脸把自己卷进了被子里，只露出一个头发微乱的脑袋，双唇红艳艳的，眼神迷茫，跟受了欺负似的。

"下……下次一定。"舒杏说完，觉得自己的话欠缺说服力，又补了一句，"明天我要早起回黎水，和设计师沟通展览馆的设计，不想脑子里只剩下这些画面。"

沉野对她的反应并不意外，连带着被子一起把她抱住，脑袋埋在她的肩膀上，呼吸稍显急促："嗯，我缓一缓。"

舒杏隔着被子都能感觉到他的状态，于是扯了扯他的睡衣袖子："你……要不我先帮你？"

沉野笑了一下，揶揄道："那你明天脑海里的画面会更精彩。"

舒杏想了一下，觉得他的话很有道理。

负责展览馆设计的设计师是师父的朋友的儿子，也是一家知名设计师事务所的创始人，听说是看在师父的面子上才大材小用地接下了这份工作。

舒杏在隐园门口等了一会儿，就看到不远处有个高大的身影缓缓地走来。

这个人提着一个公文包，看上去三十岁出头，五官俊朗，薄唇剑眉，一身黑色西装精致挺括，鼻梁上架着一副银边眼镜，斯文又稳重。

舒杏颔首，笑脸相迎："您好，请问您是严老师吗？"

"嗯。"

严子珩称不上冷淡，但也不热情，低低地应了一声之后再无他话。

两个人一前一后地走进庭院，舒杏打开凝光堂的大门，介绍道："我和师父目前打算把凝光堂改造成展览馆，主要用于科普技艺、展示复制作品，还希望加一些互动装置。"

"互动装置？"

"就是 VR 互动、AI 咨询等装置，参观者可以在屏幕上观看作品的诞生过程，也可以提出问题，跟 AI 互动。"

严子珩环顾四周，淡淡地笑着说道："我听我爸说，你们的成本十分有限，但这些构想也不像成本有限的样子。"

"这个……"舒杏坦然地说，"我拉了一点儿免费的赞助。"

严子珩顿了一下，把公文包放在一旁的桌上："你找沉野帮的忙？"

舒杏惊讶地问："严老师认识我老公？"

闲聊让严子珩放松了不少，他难得说了一句玩笑话："如果加了微信好友就算认识的话，那我应该算认识他。"

想来他应该看到了沉野发的结婚证朋友圈。

舒杏没有否认："我确实找他帮了点儿忙。"

严子珩没再多言，解开西装的扣子，拿起卷尺要测量场地面积。舒杏便没有再打扰，安安静静地靠在一旁的柱子上等着。

不知不觉半个小时过去，庭院里又响起了敲门声。舒杏愣了一下，心里纳闷：这个时间谁会来？

"严老师，您先忙，我出去看看。"舒杏小跑着出了门。

木门被拉开，眼前的中年男人体形微胖，两鬓斑白，穿着一件崭新的黑色夹克外套，脖子上的大金链子在太阳下反射着金光。

他笑容和蔼，眼尾的皱纹很深，说话也不生分："你怎么这么久才来开门？我还以为你不在家呢。"

舒杏的目光突然冷了下来，右手不自觉地攥成了拳头，指甲戳着掌心，微弱的疼痛感让她回神。她张了张嘴，一时不知道该如何称呼眼前的男人。

舒杳最终还是没有喊出一声"爸"。罗建辉倒是不以为意，摩擦着干燥的双手，笑呵呵地说道："几年没见，你都这么大了。"

几年……

舒杳想：那是整整六年。

那一年新年，县城里鞭炮齐鸣，只有一户人家在办葬礼。也是在爷爷去世的那天，二十岁的舒杳看到了在外打工、匆匆赶回家的罗建辉。他带回了几年前娶的老婆和一个看起来六七岁的男孩，讽刺的是，那时距离她的父母离婚不过六年多。

舒杳之前以为，一直不同意离婚的父亲终于点头是因为划伤周北川这件事让他有所忌惮，直到那天她才意识到，他同意离婚的真正原因是他在外面的女人生了个儿子，生了个他一直苦苦期盼的儿子。他觉得自己有后了，所以不需要这个家了。

六年的时间让她从一个不知如何和父母沟通的少女变成了大人。

她没什么表情地问："你怎么知道我住在这儿？"

"我问了你舅舅。"

舒杳并不意外。知道她的住址的亲戚不多，除了母亲，只有舅舅之前给她寄过东西。

在他们的眼里，血缘关系胜过一切。不论人品如何，罗建辉毕竟是她爸，只要问一句，假装关心她一下，亲戚们就没有瞒着他的道理。

"有事吗？"舒杳又问。

"没事，爸正好来辅川出差，听说你现在搬到这里了，就来看看你。我们虽然这么久没见，但你好歹是我女儿不是？"罗建辉笑了笑，抬头看了一眼庭院的匾额，"你这小院子看着不错啊，值不少钱吧？"

"这不是我的。"舒杳没有让他进来的意思，问，"你还有事吗？"

"也没啥事，就是我之前听说你结婚了。我毕竟是你爸，女儿的婚姻大事总不能一点儿不顾吧？所以我就想趁着出差的机会，和女婿一起吃一顿饭，要是女婿有空的话。爸在外闯荡这么多年，总有点儿看人的本事，可以帮你把一把关。"

罗建辉俨然一副慈父的样子，态度好得令舒杳意外。

六年能让一个人改变这么大吗？舒杳没这么天真。相比于真的关心她，舒杳觉得他听说她嫁得不错，来攀关系的概率更大。

还好前段时间自己搬去了工作室里，并且还没有告诉任何亲戚，舒杳暗自庆幸。

"他没空，你有这个时间，不如去关心关心自己的儿子。"

见舒杳伸出手想关门，罗建辉用力地按住了门板："杳杳，以前是我做了错事，这么多年，我反省了很多，现在承包了一些工程，过得还不错。我是真的想弥补弥补你。"

他的声音很大，引得不远处旗袍店里的老板娘投来了疑惑的目光。

舒杳的力气没有罗建辉的大，她眼看着木板门就要被他推开，视线里突然出现了一只有力的手掌。手掌按在门上，"砰"的一声将门关上了。

舒杳右手微微发颤，手疾眼快地将门闩插上了。她转过身，脸色微微发白，朝严子珩道了一声"谢谢"。

严子珩眉头轻蹙，温和地问："这位是……？"

"我不认识。"舒杳把手插进口袋里，一句话带过，"喝多了的人吧。"

所幸罗建辉没多少耐心，舒杳结束工作送严子珩出门的时候，门外已经没人了。

舒杳不是话多的人，严子珩更不是。两个人沿着小径往停车场走，各自沉默，气氛显得有些尴尬。

舒杳刚想找个话题问严子珩什么时候能完成设计图，严子珩居然主动开口了，问需不需要送她一程。舒杳说有司机来接她，他便没再说什么。

她挥手朝他道了别，坐进车里之后，又想起了罗建辉的事情。

她的心情多少有点儿受影响，回去的路上，她闭着眼睛靠在椅背上，一言不发。

等车驶进市区，司机问舒杳去哪儿。她看了一眼时间，估摸着沉野还在上班，就先回了家。

舒杳到门口用食指解开了指纹锁，"嘀"的一声，大门开启，她低头换鞋："小饼干？"

小饼干不知道躲到哪儿去了，居然没有像往常一样冲出来迎接她。

舒杳探头张望，看到客厅的地板上放着一台手提电脑，屏幕黑漆漆的，显示着一些她看不懂的代码。

沉野已经回家了？他干吗把电脑放在地板上？

舒杳喊了沉野一声，没有得到回应，小饼干却突然从收纳间里跑了出来。

它今天被打扮得格外正式，穿着一身小西装，白色衬衫的领口处还系了一个精致的小领结，嘴里叼着一个小盒子。它奔到舒杳面前，把小盒子放在地上，用嘴拱着小盒子往她这儿推。

舒杏惊喜不已，又觉得有点儿好笑："这是什么呀？"

她大概能猜到这是沉野给她的惊喜，但当打开盒子，发现里面是一枚精致的粉钻戒指的时候，还是愣住了。

六角星形的粉钻晶莹剔透，温润细腻，宛如一朵春日盛开的桃花，盒子内部印着一个精致的字母"R"。

许家功被拍到劈腿也是在这个工作室里，舒杏内心惊讶：所以五月的时候沉野就已经定制了这枚戒指？

舒杏蹲下，拍了拍狗头："你爸呢？"

小饼干晃了晃脑袋，一转身，爪子按在了电脑键盘的回车键上。屏幕上的代码消失，背景变成了一张两个人高中时的合照。

还是那张被赵恬恬拉着拍的四人合照，只不过赵恬恬裁去了左右两边的徐昭礼和沉野，而沉野裁去了左边的徐昭礼和赵恬恬。

屏幕上，一条条粉色的弹幕缓缓地往上升：

"你叫舒杏？

"篮球赛，你希望他赢吗？

"你好，我叫沉野，是徐昭礼的朋友。"

舒杏双手环抱着膝盖蹲在地上，看着屏幕上的文字，一头雾水：这是什么？

搭配着后面的合照，这些话好像在模拟对话似的。

她耐心地看了下去。

"天黑了，我送你回去？

"朋友送了我两张展览的门票，你感兴趣吗？

"高考加油。"

…………

看到这里，舒杏瞳仁轻颤，心好像被一只大手揪住了。她好像明白这些看似莫名其妙的弹幕究竟是什么意思了——这些都是高中的他想对她说却没有说出口的话。

下雨初遇那天，她的胸口戴着校牌，他应该看到了，所以想问她："你叫舒杏？"

八班和五班打篮球赛那天，他表现出了罕见的胜负欲，心里其实十分介意她是不是希望周北川赢。

她被赵恬恬第一次拉出去玩的那天，散场时已经是深夜了。他原本想送她回去的，可惜徐昭礼抢先一步问了，她婉言拒绝，他就很难再开口了。

至于展览的门票，那是什么时候的事？她居然一点儿都不知道。

舒杳右手紧紧地攥着，心脏加速跳动，看新的弹幕缓缓地上升。

"我也报了辅川大学。

"舒杳，你'男朋友'是个垃圾。

"你会分手吗？你分手的话，我先排个队。"

他还特意给"男朋友"三个字打上引号，似乎就连在回忆中都要说明周北川并不是她真正的男朋友。

舒杳忍俊不禁，但笑容很快又淡了。

"抱歉，我吓到你了。

"我要出国了。

"壹壹……"

七年前，他对她说的那句"想报警就报吧"冷淡又决绝，原来他真正担心的是自己会吓到她。

舒杳鼻子泛酸，视线渐渐变得模糊。她眨了眨眼睛，强压下泪水，想看那个省略号后面是什么内容，但奇怪的是，这句话后面就没有新的弹幕出现了，就像话说了一半，没有结束。

舒杳以为电脑卡了，刚准备伸手按键盘，就听到身后传来一道熟悉的声音："我喜欢你。"

舒杳猛地回头，看到沉野穿着一身挺括的黑色西装迎面走来，正式又庄重。

与他搭配一致的小饼干亦步亦趋地跟在他身边，跟伴郎似的。

眼眶里的一滴泪从眼角滑落，舒杳哽咽了一下，声音带着哭腔，表情却是笑着的："你训练了它多久啊？它都会玩电脑了。"

沉野抬起手，小心翼翼地帮她把脸上的泪珠擦了，语气一如既往的不正经："我没训练几天。我们小饼干聪明，明天就能去考大学了。"

舒杳被他的话彻底逗笑，双眸带着泪光，闪闪发亮。

"你刚才说什么？"舒杳明知故问。

沉野从她的手里拿过那个小盒子，取出戒指后，牵着她的手单膝跪地。

"壹壹，我喜欢你。"沉野抬起头，语气罕见的认真，"我给你看这些，不是希望你因为我过去的喜欢而背负压力，只是想让你知道，我确实喜欢了你很久很久。"

"你怎么突然……？"

沉野的眼里带着笑意，他看起来有点儿无奈："婚是你先求的，第一次的吻是你主动的，连戒指也是你先送的。我想来想去，大概只有这件事能让我抢个先了。"

舒杏破涕为笑，低头看着他手里的钻戒，问了一个很破坏气氛的问题："这枚戒指贵吗？"

她的无名指上已经戴了戒指，沉野就把这枚戒指戴在了她的中指上。

"不贵。"他轻轻地捏了捏她的指尖，"我回来的路上在两元店里买的。"

他这胡扯的模样和当初说捡了个蛋糕时的样子如出一辙，舒杏信他才怪了。

她看着两个人相牵的手，发现罗建辉突然造访所带来的那些坏情绪此刻烟消云散了。

舒杏把他拉了起来，主动地缩进了他的怀里。

"怎么了？"沉野问。

舒杏闭着眼睛感受他身上淡淡的柠檬薄荷味，知道他刚才准备的时候又吃糖了。

"沉野。"

"嗯？"

舒杏收紧圈着他的腰的双手："我也很喜欢你，很喜欢，很喜欢。"

第十二章
可惜我家的狗没有手机

舒杳问了隐园旁边商铺的老板，那天之后，罗建辉并没有再去隐园找过她。他家在几百千米外，他或许已经离开辅川，舒杳便没再把这件事放在心上。

周五的夜晚，再遇格外热闹，包间里也是。

赵昧儿还没显怀，跷着二郎腿惬意地喝橙汁。徐昭礼倒是一直在一旁操心，一会儿怕吵到她，一会儿怕有烟味。

周景淮路过这里，本来只想跟大家打个招呼而已，也被徐昭礼拉着坐下了。他扫了一眼在一旁优哉游哉地喝着矿泉水的沉野，幽幽地开口："某人不是连请了三个半天的假，说要训练自家的狗去考大学吗？怎么，它考完了？"

舒杳真是被沉野雷到了，他怎么什么理由都想得出来？

沉野搭着舒杳的肩膀，扯了扯嘴角："高中状元。"

还是女生的直觉更敏锐，赵昧儿用手肘拱了拱舒杳的手臂："沉野给你准备惊喜了？"

舒杳点了点头。

赵昧儿瞬间来了兴趣："什么惊喜？"

"就……他让小狗给我叼了一枚戒指。"

其他的事情，舒杳并没有多说。

"那你怎么没戴啊？"赵昧儿神秘兮兮地问，"戒指太大了？"

舒杳点头，特别实诚地说："我有一种出门背了一套房的感觉。"

周景淮轻笑一声："不止一套吧？"

舒杳手一颤，还没怎么动过的可乐被洒出些许。

沉野拉开抽屉，从里面拿了一包新的纸巾。他刚帮舒杳把手背上的可乐擦掉，一旁的赵昧儿突然惊喜地出声："呀！"

徐昭礼立刻从沙发上弹了起来："怎么了？怎么了？肚子疼？"

赵昧儿无语地把他拉回去，俯身从打开的抽屉里拿出了一盒叠叠乐："居然扔这儿了！我就说怎么在家找不着。"

舒杳看了一眼："这是上次我们玩的那个吗？"

"对呀。"赵昧儿把叠叠乐拿了出来，抽掉盒子，颇有兴致地垒好，向众人发出邀请："大家来都来了，要不来一局紧张刺激的真心话大冒险叠叠乐？"

不知道众人是因为太闲还是给全场唯一的孕妇一个面子，没人拒绝，游戏就从赵昧儿开始了。

舒杳的运气比上次好一些，但并没有好多少。她平安地躲过两轮后，第三轮就抽中了真心话。

"上一次接吻的地点。"

舒杳回忆起来，上一次……好像是刚才……她去洗手间的时候。

和顾客使用的洗手间不一样，舒杳去的专用洗手间里没有隔间。她洗完手，刚拉开门就看到沉野靠在门外的墙壁上等着。她过去牵他的手，刚牵上就被他带进了洗手间里，"咔嗒"一声，门落了锁。

舒杳被他压在门板上不急不缓地亲起来，也不明白他的冲动怎么随时随地就涌上来。中途，门外的保洁阿姨敲门，沉野只趁换气的间隙回了一句"有人"，然后又没有止境似的亲了起来。

本来这事没什么，就是洗手间这个地点实在令人浮想联翩。舒杳张了张嘴，已经做好了被调侃的准备，后脑勺突然被人按住了。

沉野凑过来，当着所有人的面亲了一下她的唇，理所当然地替她回答了这个问题："刚刚。"

"诡计多端！"

徐昭礼不服，但下一秒就住了嘴，因为也抽到了带字的木牌。

"你经历过最无语的事情是什么？"

"呵，"徐昭礼毫不犹豫地指向沉野，"问问这厮。"

沉野垂眸剥着一个核桃，漫不经心地说道："跟我有什么关系？"

"跟你还没关系？"徐昭礼一下子跳了起来，"我人生最无语的事情就是大半年前，这厮大半夜给我连发了十条语音，我说我要去拉屎，他让我憋着先听完。我还以为是什么大事，硬憋着听完了，结果他就是炫耀要结婚了。"

舒杏怔住了："哪天？"

平时徐昭礼和沉野低头不见抬头见，两个人的聊天记录不多。徐昭礼掏出手机，很快就翻到了："五月十二日晚上十一点。"

一旁的周景淮歪着脑袋想了想，突然放下手里的杯子，也摸出了手机。

两个人对了一下同一时间、内容一模一样的聊天记录，周景淮无语地看向沉野："你当时到底群发了多少人？"

沉野悠然自得地把剥好的核桃仁放进舒杏的掌心，然后抽了一张纸巾擦了擦手："没多少。"他往后一靠，双腿微微敞开，右手搭在舒杏身后的沙发背上，语气听起来颇为遗憾，"可惜我家的狗没有手机。"

徐昭礼把手里的一颗车厘子砸了过来："你做个人吧。"

沉野顺手接住车厘子，指尖把玩着上面的梗，转了转，笑道："做人有什么好的？包间里唯一做人的那个人现在不是还单身嘛。"

沉野欠揍的话立刻又引发了新一轮讨伐。

舒杏一直没有说话，在回忆。

他们是五月十三日领的证，五月十二日不就是她向他求婚那一晚？十一点那会儿，他应该是在阳台上犹豫。敢情他当时并不是在犹豫，而是在群发消息？

舒杏想起他当时隐藏在黑夜里的背影，觉得搞笑又疑惑。

重逢之后，他第二次喜欢上她的时间点好像比她认为的更早。

游戏不知不觉地轮到了周景淮那儿。

"随机大冒险。"周景淮看向最熟悉规则的赵昧儿，"这是什么？"

"就是其他人随便提大冒险的要求。"

"行，"周景淮把木牌往盒子里一扔，"你们提吧。"

见其他人都没什么想法，赵昧儿说："要不还是老玩法，你给你微信里最近联系的异性发一句话。"

周景淮点开微信，目光顿了顿，抬头问："什么话？"

赵昧儿眼珠子转了转："你和那个男人到底是什么关系？"

舒杏轻声笑了出来，心道：这也太损了。

周景淮低头发完消息，以为还需要给大家看结果，于是很坦然地把手机扔在了茶几上。

舒杏刚看清对方那个熟悉的头像，回复就跳了出来：

"哪个男人？

"社团的那个？那是我朋友啊。

"还是我在网上认识的那个？那个人确实在追我，但是我觉得他不太靠谱。

"啊……你说的不会是那天请我吃饭的那个吧？那个人我确实在考虑。"

包间里陷入死寂，周景淮的表情也骤然冷了下去。

在舒杏的记忆里，他一直如山间清泉一般，做事不急不缓。但此刻，清泉仿佛冻结了，让人离得很远都能感觉到刺骨的寒意。

他拿起手机，起身离开前只神色淡淡地扔下一句话："你们继续。"

门被关上后，赵眜儿有些担心地问舒杏："我不会坏事了吧？"

"不会。"舒杏笑着安慰她，"你可能不仅没有坏事，还可以促成好事。"

周景淮走后，四个人又玩了几轮便散了。

沉野去了洗手间，回来的时候看到舒杏正窝在沙发的角落里等他。她双颊泛红，闭着眼睛靠在沙发上，和上次喝了桑葚酒的模样如出一辙。

沉野无奈地轻笑一声，拨开了她脸上的发丝。她慢慢地睁开了眼睛，灯光下，瞳仁似琥珀般晶莹水润。

"你玩大冒险喝了一点儿也能醉？"

舒杏嘴角微微扬起，带着醉酒的憨态，而后像孩子一般向他张开双手，抱了上去。

沉野右手扶住她的后脑勺，轻轻地揉了揉，无奈地说道："就你这酒量……"

舒杏没有说话，脑袋埋在他的脖颈处，搂着他脖子的双手紧了紧。

抱了一会儿，沉野把她的双手从自己的脖子上拉了下来，转身说："上来。"

舒杏很自觉地缠了上去，树袋熊似的趴在了他的背上。

从二楼到门口，他们遇到不少跟沉野打招呼的人，有服务生，也有酒吧的客人，有好奇地围观的，也有八卦地打趣的。沉野不觉得烦，甚至兴致格外好，逢人问就回答一句："我老婆喝多了。"

冬夜晚风刺骨，钻进袖子里，冻得舒杏身子一抖。沉野扭过头看她，耳朵正好擦过她的嘴唇，一阵温热、柔软的触感传了过来。

沉野喉结滚动了一下，努力克制自己不心猿意马，身后这家伙却仗着酒劲，凑到他的耳边自言自语似的嘟囔："你的耳朵好软。"

沉野轻轻地"呵"了一声："我其他的地方挺硬的。"

"嗯。"舒杏没有丝毫羞涩，反而赞同地点头，"你的脊柱好像有点儿硬，你要好好注意身体了。"

沉野被逗笑了："你少说几句。"

"为什么？"舒杏不服气，"我再说的话，你会把我丢在马路上吗？"

"不是。"沉野把她塞到副驾驶座上，扣好安全带，一只手扶着车门，另一只手撑在她腿侧的座椅上，咬牙切齿地说，"你再说，我就把你丢在床上。"

"哦，"舒杏笑起来，满意地点头，"那就好。"

沉野服了。

他绕到另一侧上车，关上了车门。

停车场上漆黑一片，偶尔有车从旁边的过道经过，刺目的车前灯让舒杏不舒服地皱起了眉头。沉野伸手挡在她的眼前，看到车内昏黄的灯光下，她双唇红润，眼睛水汪汪地盯着他。

对于外人，舒杏就像一杯温水，不会让人在触碰到的瞬间就冻得缩回手，也不会因为别人靠近而升温，始终这样态度淡淡的，以自己的温度生活着。只有这种时候，沉野才觉得她格外依赖他。

沉野的手移到她的后脑勺上，隔开了她和冰冷的车座。他凑过去，轻轻地吻了吻她的嘴角："你醉了之后，对谁都这样吗？"

舒杏愣住了，他话语里的卑微之意让她不忍心再装下去。但是她如果现在说自己没醉……会不会太尴尬了？

舒杏犹豫片刻，在他即将抽身离开之际，左手搂住他的脖子，又靠了过去。她告诉自己，反正自己醉了，做什么都是合理的。

之前的几次深吻都是沉野掌握主动权，但这次，她有一种翻身的感觉。只是第一次主导，还是不够熟练。

她明明不是故意的，却似在欲擒故纵。沉野搂住她的腰，直接将她抱到了自己的大腿上。

舒杏跨坐着，后背贴在方向盘上。沉野温热的掌心贴着她的后腰，带着笑意的低沉声音在车厢内被无限放大："我教你。"

…………

虽然停车场里车不多，但偶尔也会有车经过。舒杏一边担心，一边又无法克制地被他诱惑着陷进这一场亲密的吻中。

"嘟——"外头突然传来鸣笛的声音。舒杏被吓了一跳，双手抵着他的胸口，往后仰着逃离他的双唇："有人……"

沉野的双眸带着欲望，他十分坦然，甚至没想隐藏，昏黄的灯光让他看起来像一头没有尽兴的狼。他回头一看，发现远处有车停在过道中间，挡住了后面的车。

前车很快开走了，一场还没开始的矛盾就此化解，但是刚才的事没法再继续下去了。

舒杏暗自松了一口气，挪动了一下，想从他的腿上下去，却感觉大腿被硌到了。

她实在太清楚这是什么东西了，身体立刻僵住了，但内心又有点儿好奇。她偷偷地往下瞟了一眼，而后做贼心虚地移开了视线。

沉野嗤笑一声："你不是胆子挺大的吗？怎么还偷偷地看呢？"

"谁看了？"她不服地反驳，说完才反应过来——完了，被鸣笛声一吓，她完全把自己正在装醉的事忘在脑后了。

果不其然，沉野发现了，右手轻轻地捏着她的耳垂，恍然大悟似的："你没醉是吧？"

她本来不想装的，但是他喊醒她的时候，眼神温柔到了极致。她当时脑子一热，就被美色诱惑了。她想：自己如果醉了，那做什么都可以吧？比如抱他、亲他，都可以吧？

事实也是如此，要不是这该死的鸣笛。

舒杏一贯的原则是，只要自己够淡定，谁都不能说她在胡扯。所以她理直气壮地说："我没装，就是被吓醒了。"

"哦？"沉野声音里透着愉悦之意，尾音微微上扬，身体却一动未动。

舒杏没忍住，推了推他："你放我下去。"

"你下去了，我怎么办？"沉野的视线再度往下扫。

舒杏耳朵发烫，不受控制地磕巴了一下："我怎……怎么知道？我也没怎么样，你怎么就……？"

沉野不要脸地抬手往后指了一下："你的酒都能被吓醒，我就不能被吓成这样？"

沉野说到做到，回家后把舒杏丢到了床上。柔软的床垫弹了几下，她还没反应过来，沉野就动作迅速地脱了身上的黑色冲锋衣，只剩下里面的一件黑色T恤。他顺手脱了T恤，俯身继续那个在车里被打断的吻。

吻落在她的脖子上，他突然开口："你还记得我们在海滩上看日出那天，你问我为什么睡不着吗？"

舒杳脑袋蒙蒙的，点了点头。

"回房间之后，我做了一个梦，梦里的场景和现在的一模一样。"他右手把她的毛衣下摆往上卷，双唇轻吻着她的耳垂，"我像这样慢慢地脱掉你的毛衣，然后是里面的……"

舒杳因他的话面红耳赤，伸手捂住了他的嘴："你……少说话。"

沉野轻笑一声，右手熟练地往下探，指尖用力，指甲和她牛仔裤上的纽扣相碰，发出了微小的声响。

一种陌生的酥麻感让舒杳感觉整个人好像漂浮在海面上，她伸手抓住床单才不会溺死在这浪潮里。

沉野的左手手指灵活地钻入她的掌心，强迫她松开床单。她的右手渐渐放松下来，与他十指紧扣，被他压在身侧。暧昧的声音响起，她把头埋在他的肩膀上，一阵阵地颤抖。

沉野贴在她的耳边，嗓音喑哑到了极致："可以吗？"

舒杳的脸比喝了酒还红，末了，她微微点了一下头。

沉野右手拉开抽屉，往里摸了摸，突然顿住了。舒杳蒙蒙地抬起头，问："怎么了？"

沉野："安全套呢？"

舒杳突然想起来，许久之前自己无意中打开过抽屉，看到了那几个被随意地扔在里面的安全套。她一看到就想起来之前"打牌"的事，尴尬至极，心想反正自己也用不到……

"我扔了。"舒杳心虚地把脑袋埋到他的肩膀上，低声问，"要不……你下单让人送过来？"

不知道这么晚了，东西被送过来要多久。

沉野身体僵硬，拿过手机还没来得及看一眼，手机就响了，屏幕上显示的联系人是周景淮。他冷静了一会儿才撑起上半身，面无表情地按下接听键，甚至没有开口问一句"怎么了？"。

电话那头的周景淮倒是喋喋不休，沉野听了许久才偶尔应一声。舒杳不知道对方说了什么，只听到沉野最后问对方有没有事。

见他挂断电话之后脸色有些凝重，舒杳担心地问："怎么了？"

沉野无奈地叹了一口气，身体里的躁动因为这个电话散去大半。他扔下手机，翻了个身，把舒杏搂在了怀里："明早我要临时出一趟差。"

"出差？去哪儿啊？"

"南城，参加游戏产业峰会。周景准得了急性肠胃炎，去不了了。"

舒杏眼里闪过一丝惊讶："啊？他吃坏东西了吗？"

"嗯。"

"那他还有精力说这么多话？这个峰会很重要吗？"

舒杏不禁想：这是一种什么样的毅力？难怪骤雨科技短短几年就发展到了现在这个规模。

"那倒不是。"沉野慵懒地抚摸着她的发丝，"他说得急性肠胃炎是因为吃了今晚的'狗粮'，所以在电话里骂了我五分钟。"

第二天舒杏醒来的时候，沉野已经出发去南城了。他给她留下了早餐，以及床头柜上那张让她把牛奶热一下再喝的便利贴。

舒杏吃完早餐就去了工作室。临近中午，黎穗气喘吁吁地跑了进来："不好意思啊，杏杏姐，我没迟到吧？"

"没有。"舒杏给她递了一张纸巾，"下午才开始直播，你迟一点儿也没事，不用这么急。"

黎穗擦着额头上的汗："我今早还是以往的点醒的，结果，嗯……我家的狗生病了，我带它去看兽医，就晚了点儿。"

狗……

舒杏看破不戳破："这样啊，那你需要请假吗？我可以给你批假。"

"不用，不用，他就是肠胃弱，谁让他总喝酒……"

舒杏"扑哧"笑了一声："你家狗还喝酒啊？"

黎穗摸了摸耳垂，不说话了，低下头一会儿摸摸手机架，一会儿想起来要关窗，看着异常忙碌。

下午，直播照常开始，也顺利地结束了。

舒杏站起身活动了一下筋骨，身后的黎穗津津有味地关注着微博上观众的反馈，欣喜地跟她说这次直播居然上热搜了。

虽然最近几次直播热度都不错，但上热搜还是第一次，舒杏觉得有点儿奇怪。

舒杏拿起手机，正想看看怎么回事，黎穗就急匆匆地跑到了她身边："杏杏姐！你看这个！"

舒杏定睛一看，瞳仁微微颤抖了一下。手机屏幕上显示，一个名为

"想拍啥拍啥"的账号在"江岸直播"这个热搜词条里发了一条微博。

"前段时间我本想拍一拍水乡庭院，却没想到拍到了一位美女。结果今天我刷到了江岸的直播，两个人好像对上了。"

第一张配图是舒杏的侧身照，是从窗外往屋里拍的，当时她正在专心地直播，完全没有注意到。第二张配图则是她今天的直播截图。从桌上的工具等摆设能很明显地看出来，这两张图中的人是同一个。

"这人什么时候拍的啊？我完全没注意到外面有人啊。"

"看我的穿着，照片应该是上个月拍的。"舒杏放大照片看了看，"看起来不像人拍摄的，大概是无人机拍的，就是我们看到的那次吧。"

这段时间，网上对于江岸的讨论度有所下降，但依旧不低。这条微博一经发布就引起了不少人的评论和转发。

"最早大家听说这个名字的时候，都说这个人是男的，结果直播证明是女生。这已经够让人惊讶了，她居然还是个美女！"

"天哪，这侧颜……说她是演员也不为过吧？我要和美女贴贴！"

"江岸连微博都没有，就是不希望暴露个人信息吧？博主放这种照片经过江岸同意了吗？"

"博主侵犯隐私了吧？劝你删除。"

"我好奇这里是哪儿，看起来像江南的园林。江岸居然是住在园林中的大小姐吗？"

…………

评论里说什么的都有，黎穗担心地问："杏杏姐，我已经私信这个博主劝他删除了，但是他没理我。"

"评论区里这么多人劝他，他要删早删了。他刚发这条微博的时候才几十个粉丝，现在粉丝快上千了，他要的就是流量。"

"那我们怎么办？"

舒杏无声地叹气，默默地点开了微博投诉。

可惜投诉并没有什么用，没一会儿，这条微博就被转发了上万次。更奇怪的是，那条说她是住在园林中的大小姐的评论被顶到了最上面。

舒杏往杯子里倒水的时候，拿着手机又点开微博看了一下，脑袋突然"嗡"的一声，直到热水溢出水杯才回过神。她抽了几张纸巾擦干净桌上的水渍，视线却迟迟没有从那条回复上移开。

用户18273848："什么大小姐啊？大家都知道她的那些事情。"

八卦永远是最吸睛的，这条回复吸引了无数路人。

用户 18273848 选了一个询问的人回复："具体的事情我不清楚，当时我女朋友在她的隔壁宿舍，听说经常看到她去网上的聊天室里陪男人聊天。她真名叫舒杳，辅川大学的。"

院校和姓名都对得上，他这话的可信度也大大地提升了。

正所谓"墙倒众人推"，一个在众人的眼里能力突出、超凡脱俗的艺术圈新人，在蒙上"私生活混乱"这层滤镜后就变得令人嗤之以鼻了。甚至还有人信誓旦旦地说，照片曝光这件事就是她在自我炒作，为的就是利用颜值提高知名度。

这场风波像一个开关，舒杳本以为自己早就忘了过去的那些事，现在发现那些人说的每一句话自己依旧记得那么清晰。

大四那年，她在网上找到了给人补习历史文物知识的兼职。怕打扰舍友休息，她便把补习时间安排在其他三个人都有课的时间段。

有一天补习中途，宿舍门突然被人推开了。舒杳就坐在门边的位子上，被吓了一跳，回头看到了隔壁宿舍的一个女生。这个女生是舍友的朋友，但她并不认识。

女生将目光落在她的电脑屏幕上，又很快看向她："不好意思啊，亭亭说她忘记带手机了，让我顺道帮她带过去。"

舒杳点头，示意女生可以进来拿。

女生拿了她舍友的手机，很快就走了。

舒杳没把这件事放在心上，可是过了些日子，系里开始出现她在聊天室里陪男人聊天赚钱的谣言，甚至她的舍友都难以置信地来问她谣言是不是真的。

舒杳本来觉得自己问心无愧就好，不需要向任何人解释，但渐渐地发现，有时候沉默在别人的眼里就是默认。所以她做了两件事，第一件事是让自己的舍友和隔壁宿舍的女生旁听了一节课，第二件事则是把这份兼职交给了同系的学弟。至此，谣言才慢慢地平息。

舒杳没想到，三年后旧事又被重提。

不过这次她完全没有当初那种憋闷和慌乱的感觉，反而有一种轻舟已过万重山的淡然。

她点开微信，发出了几条消息。

那头，窗外明媚的阳光洒了进来，沉野坐在休息室的沙发上看手机，双眸里像掺着冰碴，没有丝毫暖意。

"只有我觉得被偷拍这件事很扯吗？江岸又不是什么知名的艺术家，这个人怎么就这么巧地拍到她了呢？我感觉是这个人自我炒作，找人故意拍的，利用颜值拉高名气罢了。"

"我怎么觉得直播里的手和照片里的手看起来有点儿不一样呢？江岸直播不会是摆拍的吧？直播里的人真的是她吗？"

"我也怀疑。我问了相关人士，直播里的那个镯子，没有十几年经验的人做不了，她这么年轻的一个小姑娘真的做得出来？"

"果然，不食人间烟火的仙女是人设，江岸靠男人赚钱才能生活。"

…………

微博上，关于舒杳的负面评论已经有了阴谋论的趋势，沉野的注意力却还在最初的那条回复上。

他一直以为她那时候真的是因为毕业忙碌，所以辞了兼职的工作，把他扔给了她的学弟，从未想过她其实有难言之隐。他突然觉得自己曾经那自以为是的喜欢是一个笑话，除了给她带去谣言和伤害，还带去了什么呢？

她被他喜欢上，还真是倒了八辈子霉。

沉野身旁的黄山翻着手机问："沉总，微博上的那些负面评论需要处理吗？"

"不用。"沉野看了一眼时间，声音不大却掷地有声，"把采访删掉的最后一个问题加上。"

众所周知，骤雨科技的两大主心骨一个主外，另一个主内，凡是采访、应酬等事宜都是周景淮出面。大半年前，大众对于沉野甚至只知其存在，不知其姓名。直到几个月前，沉野开始走到幕前。圈内哗然，原来骤雨科技背后的隐藏大佬其实就是沉家的二公子。

这次是对沉野的第一次直播采访，记者展现出了百分之百的专业素养，直播间里严肃得仿佛会议现场。直到采访到最后一个问题，直播间里的氛围才算轻松一些。

"您之前提到，创业是和朋友一时兴起的想法，在创业的过程中也遇到了很多困难，那么是什么支撑您度过了那段困难的时期呢？"

沉野沉思片刻，看向镜头："我想那应该感谢我的太太。"

记者："我确实听说沉总新婚宴尔，您能和我们聊聊您的太太吗？我想她一定是一位特别出色的女性吧。"

"我太太最近大家应该有所耳闻，毕竟现在还挂在热搜上。她叫舒杳，也有人叫她江岸。"

直播间里哗然。

"啊？沉野的太太就是江岸？这两个人完全搭不上边啊！他们怎么认识的啊？"

"他们不会是赵昧儿介绍的吧？我听说她老公和沉野是好兄弟。"

"难怪江岸是《宝物记》前一阶段的新活动的顾问，肥水不流外人田是吧？"

"江岸这是炒作上瘾了吧？她不仅自己炒作，还拉上老公一起。"

"记者既然提了，不如顺带问问沉总对于老婆大学时陪聊的事情怎么看吧。"

…………

记者自然看到了弹幕里的无礼言论，正想把话题引开，沉野突然嗤笑一声："我怎么看？我对有些人的智商刮目相看。"

舒杏正在吃晚饭，听到沉野在直播间里说出这句话，一时没忍住，笑了出来。

黎穗就坐在她旁边，伸手比了个"赞"的手势："姐夫真是长了一张好嘴！杏杏姐，你和姐夫上大学的时候就在一起了啊？"

"没有，我们那时候没有联系。"

"嗯？那他怎么说克服创业的艰辛得感谢你？"

舒杏也没想通，下一秒，记者就把话题带了回来："没想到沉总的太太居然就是江老师。两位是大学同学吗？"

"不是。"沉野姿态放松了些，靠在沙发的椅背上，双腿微微敞开，左手转动着右手无名指上的小狗戒指，娓娓道来，"那时候我虽然只负责技术，但因为缺乏相关历史知识，很难共情游戏里的设定和剧情，所以在网上找了一个老师。当时有一个挺流行的结伴自习软件，每周三天，她会在自习室里帮我补课。"

弹幕又开始议论起来。

"所以和江岸在聊天室里聊天的男人其实是她现在的老公？"

"他们是真补课还是……？啧啧。"

"有些人不要想得太龌龊了，那个聊天室最初就是用来自习、补课和玩聚会游戏的，后来用的人多了，鱼龙混杂，才慢慢地变了味道。"

"我记得。我那时候和男朋友异地，经常用这个软件一起自习，共享课件。"

"所以他们那时候就在一起了吗？他们的爱情是从校园到婚纱啊。"

"这个小狗戒指之前在江岸的直播里出现过！他还真是江岸的老公啊！好浪漫！"

…………

舒杳握着筷子，完全愣住了。她知道他说这话是在为她解释，但是那个学生不是周景淮吗？

她突然想起什么，跑到架子前，从一堆设计草图里翻到了许久前沉野写的奥特曼的主题曲的歌词。

当初她没有仔细看，只觉得沉野的字挺好看的，而且这张纸有纪念意义，所以她没有把这张纸扔掉。现在看来，沉野的字和当初"HDP"交的作业上的字有八九分相似。

舒杳捶了捶脑袋，懊恼起来：明明这么明显，自己之前怎么完全没有往那方面想呢？居然他说什么，自己就信什么。

与此同时，直播间里的提问环节即将结束。记者最后问沉野，他的回答是不是在帮太太澄清网上的非议。

沉野收敛了笑容，再度开口时，神色温和却不失郑重："我一直相信自证是一件没意义的事情，因为大多数人只相信自己愿意相信的。我说这么多，比起澄清谣言，更想向我太太道个歉。"

记者满脸不解："道歉？"

"我曾经把她帮我补习的时光视作支撑我创业的动力，却没想到这份利我的暗恋带给她的只有莫须有的谣言和诋毁。早知如此，我情愿让我的喜欢彻底埋在高考毕业后的那个雨夜里。"

记者还在发表总结陈词，舒杳却已经听不进去了，满脑子只有一个想法：沉野喜欢她，不只是高中喜欢过她，也不只是重逢之后再度喜欢上她，而是一直喜欢她。他一直喜欢着她，喜欢了很多年。

沉野的采访刚结束，网上关于江岸的舆论就立刻有了反转。

"有些人别靠着'听说'大放厥词了，我就是舒杳隔壁宿舍的女生之一，当初我们可是坐在宿舍里听了补习全程的！可惜当时不知道对面的人是谁，呜呜呜……"

"那位用户 18273848 应该是我的前男友。我早就和你解释过，当年的事情是我们误会了，你现在掐头去尾地把事情的前半段翻出来当真相哗众取宠是什么意思？"

"我是那个学弟，当初因为莫须有的谣言，学姐把补习的兼职让给了我，但我只给对方补了一节课就被解雇了。不过对方给了我大额补偿，所以我不仅没生气，反而很开心白赚一笔钱，哈哈哈。我本来以为是和对方磁场不合，多年后终于知道了真相……"

这几位默契地发出了当年的学生证，证明自己所言非虚，使澄清言论的可信度大大地提高了。

舒杏刚才就是给这几位发了消息，庆幸的是，即便几年没有联系，他们在知道这件事后都无一例外地选择站出来。

在他们的帮助下，最开始发布谣言的微博下只剩下谴责的评论，逼得用户 18273848 最终注销了账号。

整件事情中最让舒杏觉得好笑的是有一个名为"情侣观察（重生版）"的账号居然在微博和短视频网站同时放出了一段采访，就是当初舒杏和沉野领证时接受的采访。

这段采访后期粗糙，连字幕都有错别字，一看就是为了蹭热度被临时赶制出来的。

此刻再看这段不到五分钟的视频，舒杏突然有一种不知今夕是何夕的凌乱感。更让她凌乱的是，当初他们说好的马赛克打是打了，但居然打在了她和沉野的衣服上，两个人的脸完完整整地露了出来。画面旁边还附上了一行小字："应被采访人要求，画面已打马赛克。"

舒杏在心里吐槽：这也太耍赖了吧？

不过好在她和沉野现在的关系和刚开始不一样了，所以她并没有在意。

她点开视频又看了一遍，这才惊讶地意识到，沉野当初那些看似随口胡诌的回答其实有八九分是真的。

比如记者问沉野："那这几年你们完全没有联系吗？"

沉野半开玩笑似的说："网络一线牵。"

舒杏以为他的意思是两个人加了好友，他可以看到她的朋友圈，但其实他指的或许就是补习这件事。

再比如记者问："如果回到高中，你最想做什么呢？"

沉野格外认真地说："告白吧，就算被拒绝也无所谓。"

舒杏心里又甜又涩，有一种说不出的悸动。

网上道歉和好评的声音已经完全盖过了质疑，舒杏目不转睛地盯着手机屏幕，迟迟没有反应过来，直到手机开始振动。

沉野打来电话，舒杏指尖微颤，按下了接听键，开口时声音有点儿虚："喂？"

电话那头的人好像笑了一声："你还是感受到压力了？"

"有点儿。"舒杳没有撒谎，攥着手机艰难地开口，"其实我之前就和恬恬说过，有点儿担心自己回应不了你的喜欢，现在更担心了。"

"舒杳，你知道我今天穿的西装多少钱吗？"

舒杳愣了愣，不知道他怎么突然开始提穿着。

"不知道啊，"她瞎猜，"3 万元？"

"50 万元。"

好吧，她还是对富人的世界了解得太浅薄了。

"那你知道我里面的衬衫多少钱吗？"

舒杳往贵了猜："也 50 万元吧。"

"200 元。"

舒杳忍俊不禁："你到底想说什么呀？"

"我就是想跟你说，"沉野半开玩笑似的说，"我这个人吧，越往里越不值钱，尤其是心里那点儿连说出口都不敢的喜欢，可以说一文不值。"

舒杳在某些事情上确实后知后觉，就比如沉野把自己的喜欢贬得一文不值，她深夜才反应过来——所以，他觉得她大学时期那些短暂地流传过一阵的谣言都是他造成的？

舒杳难以置信地从床上坐了起来，低下头，用此生最快的打字速度给沉野发消息：

"你知道那一年我为什么会在网上找兼职吗？

"因为当时有一个花丝镶嵌培训班，师资力量雄厚，我特别想去，但根本无力承担每期 1 万元的学费。我妈本来就不同意，更不会给我钱，是你的学费让我如愿地报了名，并成了李教授的徒弟。所以可以说，你当初的喜欢让我成为现在的我。

"所以……"

舒杳咬着唇，打字的速度慢了下来。

空荡荡的房间里，她好像可以听到自己的心跳声，毅然决然地发出了最后一句话："你的喜欢并不是一文不值的。"

对于舒杳的长篇大论，沉野没有什么大的反应，只回复了一句话："你还没睡？"

舒杳："嗯。"

沉野："如果现在看到我，你还会有压力吗？"

舒杏愣了一下，反应过来后立刻掀开被子，趿拉着拖鞋，下楼开了门。门外，沉野靠在廊柱上，目光沉沉地看着她。

舒杏微微喘着气："你都回来了，怎么不进门啊？"

沉野漫不经心地笑了起来："说实话，我有点儿不知道怎么面对你。"

舒杏知道为什么，牵着他的手，带他进了屋，然而刚进客厅就被他紧紧地抱在了怀里。他的吻猝不及防地落了下来，她的躁动和不安好像都在唇齿之间化开了。

舒杏能感受到他内心的波动，踮起脚回应他的索取，但时间久了，双腿微微发起抖来。

沉野圈住她的腰，将她抱到了门口的鞋柜上，亲她的间隙低低地说了一声："对不起。"

舒杏的心底涌起阵阵酸涩。

她用余光扫视身旁的架子，发现上面放着几根他常吃的棒棒糖，于是随手拿了两根，拍了拍沉野的后背，他才恋恋不舍地松开她。

她掌心向上，托着糖一本正经地说："这是失忆棒棒糖，我们吃了，就会忘记今天发生的事情。这样，我不会为你多年的喜欢感到有压力，你也不必为曾经的事情感到愧疚，行吗？"

舒杏说这话时像极了马路上忽悠人算命的大师。

沉野轻笑一声，片刻后接过棒棒糖，拆开包装塞进了嘴里，很配合地问："今天发生了什么事啊？"

沉野被赶去洗澡了，舒杏靠坐在床头刷着微信，手机屏幕上突然跳出了赵恬恬的视频电话邀请。

舒杏很清楚她想聊什么，瞟了一眼浴室，估摸着沉野没那么快出来，就按下了接听键。

电话那头的赵恬恬激动地问："怎么样？怎么样？你们俩现在怎么样啊？"

舒杏故意装傻："什么怎么样？"

"不是吧？他都在直播里告白了！"赵恬恬愤愤地说道，"我刚才还犹豫了一下，担心影响你们俩深情地剖白，干柴烈火，结果什么事都没发生？你之前的担心不会还没消除吧？"

"不是。"舒杏用右手理了理额前凌乱的发丝，声音低低的，"我失忆了。"

赵恬恬满脸费解："什么？"

"我刚才吃了失忆棒棒糖，吃完就把今天的事情都忘了。"

"沉野那张嘴没对此发表什么尖锐的评价吗？"

"他也吃了，也不记得了。"

赵恬恬沉默许久才说："你们俩还真是幼稚到一起去了。"

舒杳自己也觉得好笑，倒在床上乐不可支。

赵恬恬愣愣地盯着她脸上的笑容，发自真心地感慨："我现在好像总裁文里的管家。"

舒杳："什么意思？"

"我现在特别想说，"赵恬恬端正坐姿，模仿着管家的语气，满脸欣慰，"还是第一次见大小姐笑得这么开心。"

舒杳被逗笑了。

"不对啊，"赵恬恬把耳朵贴近手机，"我怎么听到你那儿有洗澡的声音呢？"

舒杳没想到她的耳朵这么灵。

"哦，我明白了！干柴烈火！深情地剖白！我先闪了！拜拜！"赵恬恬贼笑着挂断了视频电话。

舒杳甚至来不及说一声"拜拜"。

浴室里水声"哗哗"，浴室外，舒杳满脑子都是赵恬恬说的"干柴烈火！深情地剖白！"。

剖白……他们算是剖白过了吧？干柴烈火……舒杳突然觉得有点儿口干舌燥，拿过床头柜上的水杯，两三口就把大半杯水干了。

她看着紧闭的浴室门，心里的冲动往外冒，开始怀疑这水里有酒精。

他急匆匆地赶回来，应该想不到要买……她点开购物软件，下了单。

放下手机，舒杳往被子里一钻，眼睛直勾勾地盯着浴室门。

水声好不容易停下了，门被打开，沉野赤裸着上半身走了出来，视线从她的脸上扫过。他顿了一下，随即特别自然地说："我去买点儿东西。"

舒杳讷讷地说："我买了。"

沉野放下手里刚拿起的毛衣，掀开被子盖在她身上，低头亲吻她："还要多久到？"

在他轻柔的亲吻下，舒杳渐渐呼吸急促，点开软件看了一眼："二十分钟。"

"行。"沉野动作未停，搂着她的腰把她往床沿带。

舒杳有点儿蒙："你干吗？"

"时间还早，"沉野亲了一下她的唇，双唇慢慢地往下挪，"换一种方式。"

…………

迷迷糊糊中，舒杏最后感受到的是沉野灼热的怀抱、猛烈的心跳，以及贴在她的耳朵边一遍又一遍温柔而执着的"我爱你"。

冬日清晨的阳光丝毫不暖和，起码和沉野灼热的目光相比实在没什么温度。舒杏迷迷糊糊地睁开眼睛，看到他左手撑着脑袋侧躺着，目光直直地盯着她，无名指上小狗戒指的尾巴翘到了最高点。

舒杏想从被子里伸出手，但刚露出几根手指就因为温度差缩了回去。她懒洋洋地闭上眼睛，说："我现在不能看你。"

"怎么了？"

"我怕我忍不住。"

沉野低下头，语气不太正经："那再来一次？"

舒杏咬牙切齿地推开他的脑袋："我怕我忍不住打你。"

沉野往下挪了挪，伸手抱住她，近到与她鼻尖贴鼻尖："你这么累吗？"

"嗯，你怎么精神这么好？"舒杏打了个哈欠，忍不住自言自语，"也是，小饼干啃包子，开心的是小饼干，惨的当然是包子。"

沉野被她哀怨的语气逗笑了："成，今天我伺候你，随你使唤行不行？"

舒杏一激灵，脑子里的画面又变得精彩起来。

他到底是从哪里学来的那些东西啊？！

脸上的温度骤然升高，舒杏知道自己的脸肯定又红了，羞恼地把被子往上一扯，遮住了脸。

沉野连着被子将她抱住，意外地表现得特别认真："壹壹，夫妻之间任何亲密的行为都是正常的，你不需要为此感觉羞耻。"

"我没有觉得羞耻，"舒杏的声音闷在被子里，"我就是……忘不掉……脑子里的画面好精彩。"

沉野轻笑一声："嗯，习惯就好了。"

舒杏沉默了许久才把被子往下扯一点儿，露出一双水汪汪的眼睛："我想去洗漱。"

沉野秒懂："你想让我抱你去？"

"你自己刚才说的，要伺候我。"

"行。"沉野把尾音拖得长长的，笑容里都是宠溺的意味。

他掀开被子下床，一把将她打横抱了起来，走进浴室后习惯性地抽了一条浴巾垫在冰凉的大理石上，然后才把她放上去。他往牙刷上挤牙膏，然后把牙刷递给她："我帮你刷？"

这画面和舒杳喝醉的时候如出一辙，她倒没想使唤他到如此地步，于是接过牙刷慢吞吞地刷起来。

沉野把她凌乱的头发拢到耳后，发现她素面朝天的模样丝毫不显得憔悴，反而多了几分脆弱感。

舒杳向来独立、坚强，好像只有这种时候，沉野才能感觉到她心里原来也有易碎的一角。他的目光又不自觉地黯了下来。

舒杳立刻就明白了他在想什么，咬着牙刷，眉头微微蹙起："昨天我们都说好了，你说话不算话的话……"舒杳使出了威胁术，"下次我不和你这样了。"

这威胁简单粗暴，却无比有用。沉野往前迈了一步，圈住她的腰，态度强硬："不和我这样，那你想和谁这样？"

"和明白该对谣言负责的人是传谣者而不是当事人的人。"说完，她转身吐掉泡沫，拿起杯子漱了漱口。

"行，我真不想了。"沉野用右手轻轻地捏着她的耳垂，再次沉声发出邀请，"那可以再做一次吗？"

舒杳还来不及拒绝，沉野的吻已经轻轻地落了下来，舒杳才察觉到他居然连牙都刷了。所以，他到底是多早起的床？

她胡思乱想时，睡衣的扣子已经被解开了一半。她将双手反撑在背后，掌心感受着大理石的冰凉触感，身体却是火热的。

舒杳垂下头，轻轻地踹了他一脚。

"第一次没有经验，我下次注意。"沉野神色严肃，好像在认真地检讨。

他吻了吻她的额头，等她洗完脸就把她抱回了床上。

重回温暖的被窝，舒杳伸了个懒腰，拿过床头柜上的手机，这才发现上面有一条母亲发来的消息。

"幺幺，过几天我去你舅舅家，你看带什么礼物比较好？送了这么多年，我实在想不出新鲜的玩意儿了。"

因为两家离得远，舒美如每年年底都会到自己的弟弟家里住几天。这是她从舒杳很小的时候开始就有的习惯，持续十多年了。所以收到舒美如的这条消息，舒杳并不惊讶。

然而天气并不给面子，之后的几天，辅川的气温降至新低，每天早上，地上都会结一层薄薄的霜。空气里带着草木枯朽的味道，路上的人无不拢着外套迎接扑面的寒风。

舒美如就是在这种糟糕的天气里又一次来到了辅川，第一次造访舒杳的工作室。

舒杳开门的时候满脸惊讶："妈？你不是说明天到吗？"

"我本来要买火车票，但阿野说坐火车时间太长，劝我坐飞机。"舒美如笑了笑，"所以我就买了今天的飞机票，直接过来了。"

"我劝你那么多次，你也没听，他一说你就听了。"

"阿野毕竟不是亲儿子，我不好回绝嘛。"

舒杳把舒美如的行李袋放在沙发上，关上门，给她倒了一杯热水："那你怎么不提前和我说一声？我去接你。"

"我不用你接。"舒美如捧着水杯环顾整间工作室，"这大半年被曼青拉着出去旅游了好多次，我现在坐飞机和高铁都熟得很。"

舒杳想：确实，这大半年来，不仅自己有所改变，母亲也出乎意料地改变了。

以前舒美如的世界以舒杳为中心，她没有自己的生活，做什么事情都是为了女儿。这已经成为一种近乎偏执的习惯，她累了自己，也束缚了别人。而现在，她从那个习以为常的世界里走了出来，找寻到属于自己的生活乐趣，整个人也洒脱不少。

舒杳很欣慰，也由衷地感谢沉家。

至于这次母亲为什么没直接去舅舅家，而是先来工作室，舒杳很清楚，她大概知道了网上的那些事情。

舒杳温和地说道："妈，网上的事情已经解决了，你不用担心我。"

"我知道，我这次来其实还想和你说一件事。"舒美如搓了搓手，眉头紧皱，"你爸是不是来找过你了？"

"嗯。"

舒美如严肃地叮嘱舒杳："他要是找你要钱，你千万别给。我听说他现在在躲债。"

"躲债？他没承包工程？"

"什么承包工程？他自己赌博、喝酒，欠了好多债。老婆跑了，儿子也不是什么好东西，刚上初中就偷东西、欺负同学，听说现在在那什么专门学校。"舒美如叹了一口气，"你舅舅也是，听他说想去看看你，以为他挂念女儿，什么都不问就把地址告诉了他。"

"我不会给他钱的。"舒杳笑了笑，"那你在这儿待几天？"

"也就待三四天吧。之前我为了照顾你舅舅家的二宝，把超市关了好一阵，旁边厂里的工人都不方便，我回去被那些工人抱怨了好几天。"

"行，这几天正好我没什么事，可以陪你逛一逛。"

舒美如犹豫了好一会儿才开口："我想……我要不去黎水看看？"

舒杳愣了一下，很快明白过来她这话是什么意思。她想看的或许并不是黎水，而是隐园，或者说是那个自己住了大半年、承载了自己的梦想的地方。

可惜年底沉野在公司里忙得焦头烂额，两个人的空闲时间基本凑不到一起。舒杳不希望他分神，就自己带着舒美如去了黎水，准备在那儿玩两天。

她们去了当地的特产店。舒美如想着吃的东西携带起来麻烦，最终买了五条刺绣手帕和两个木雕摆件。

两个人拎着袋子走出店铺，正往隐园走，舒杳的手机响了，是负责展览馆墙面装修的包工队队长打来了电话。

舒杳以为是装修出现了什么问题，赶紧按下了接听键。电话那头，大哥乐呵呵地说道："舒老板，你爸来了，让我打个电话和你说一声呢。"

舒杳停住脚步，心一沉："你别让他进门，我们马上回去。"

"啊？"大哥尴尬地说道，"他已经进来了啊，跟我们聊着呢。"

舒杳暗叹不妙，本来想自己回去，但舒美如已经听到了对话，坚持要和她一起回去。她也没有办法，只好同意了。

古镇不大，没几分钟，舒杳和舒美如就回到了隐园。包工队队长站在门口，有些不好意思地挠了挠头："舒老板，对不起啊，我是不是做错事了？"

"没事。"

是她没有提前和工人们说，他们才会把罗建辉当成老板的爸爸，以礼相待。

罗建辉还是上次的打扮，大金链子配皮夹克，跷着腿靠在沙发上，手里捧着一杯热茶，颇为惬意。见两个人进来，他也不意外，笑了笑，说道："美如，你也在啊？还真是巧了。"

舒美如冷着脸问："你来干吗？"

"看你这话说的，你可以来看女儿，我不可以？"

"罗建辉，"舒美如顿时来了气，"这么多年来，你什么时候看过她？现在你欠了债，倒是想起女儿了？"

罗建辉没想到欠债的事情已经被舒美如知道了，脸上的笑僵了一瞬，很快又恢复了淡定的样子。他冷笑一声，说："既然你们都知道了，我就不瞒着了。我好歹养了她十几年，她作为女儿，现在多少该尽一点儿赡养的义务吧？"

舒美如听到这话，被气笑了："那十几年你什么时候养过她？现在你倒是想起让孩子养你了？"

舒杏直截了当地说道："你不用来找我，我不会给你钱。"

"行，你不给我钱……我看你这里的东西也不错。"说着，罗建辉就撩开帘子朝旁边的工作室里走去。

之前的作品已经被搬走，现在工作室的柜子里放着的只是师父和舒杏的一些作品的复制品，是准备之后放在展览馆里展出的。

舒杏懒得和他啰唆，直接从口袋里掏出手机："行啊，你拿吧，我马上报警，看看你入室抢劫要被判多久。"

罗建辉一听这话，气不打一处来，走过去一把抓住了舒杏的头发，恶狠狠地说道："我好好跟你说话，你不听，还想把我送进去？你真是我的好女儿。"

一阵刺痛从头皮传来，舒杏一声不吭，正想抬腿往他身上踢，头顶却传来了"砰"的一声。

罗建辉突然松开了她。她头发微乱，抬头一看，发现舒美如把手里装着木雕的塑料袋子当作武器，用尽全力往罗建辉身上砸。

"你放开她！放开她！"

木雕结实，砸在骨头上威力不小。罗建辉面目狰狞地捂着肩膀，丧失了大半战斗力，舒美如却还没有停下。

在舒杏的印象里，母亲向来脾气温和，说得好听点儿是老好人，说得不好听就是忍气吞声。就是因为这样，在他们结婚的十几年里，舒美如数次遭受暴力，却每一次都选择了原谅。可是现在，舒杏只是被抓了一下头发，舒美如就跟疯了一样，怒气全部爆发出来。

罗建辉显然也没想到曾经唯唯诺诺的妻子现在居然跟变了一个人一样，一时找不到反抗的空隙，只能捂着脑袋躲闪。

大概是听到了吵闹声，前面凝光堂里的工人们都聚集过来，看到眼前的场景，一个个都愣住了，不知道该进还是退。

舒美如终于打够了，喘着气停了下来。罗建辉捂着肩膀靠在桌上，一只手指着她们，恶狠狠地说道："舒美如，几年不见，你倒是变化不小啊！"说完，他转头对舒杏说："行，你在网上有名是吧？我把你们都发到网上去，让他们看看你是怎么对待自己的亲生父亲的！"

舒美如挡在舒杏身前，一字一顿地说："是我打的你，这事和幺幺没关系，你要干什么就冲我来。"

"冲你？行啊……"

"你敢吗？"舒杏冰冷到完全听不出情绪的问询打断了罗建辉的话。

他转头看向舒杏："我有什么不敢的？"

舒杏扯了扯嘴角："你可以把一切都发到网上去，闹上热搜更好。到时候我把你的照片一发，你的那些债主就都知道你在这儿了吧？"

罗建辉瞬间变了脸色。

包工队队长走到舒杏身边，严肃地问："老板，要不要帮你报警？"

看他们人多势众，罗建辉刚才的蛮横态度突然消失殆尽，他抬手示意了一下，和气地说道："别，家务事报啥警啊！"

包工队队长人高马大的，严肃起来震慑力十足："那你还不赶紧滚？这么对女儿，世界上哪有你这种爸？！"

罗建辉张了张嘴，最终没有出声，捂着肩膀灰溜溜地跑了。

他转变态度的速度超乎舒杏的预料。照理来说，舒美如打了他，他应该拿报警威胁她们，敲诈一笔钱才对啊。

舒杏看着他佝偻的背影，隐约察觉到一丝怪异。

舒杏打算带舒美如在黎水玩两天，所以晚上就睡在了隐园里。

深夜，舒美如好不容易入睡了。舒杏偷偷地掀开被子，走出了卧室。

工作室的灯被打开，冷白色的灯光下，舒杏看着手机，犹豫该不该把今天的事情告诉沉野。

"咚咚"，门外突然传来了敲门声。舒杏愣了一下，以为罗建辉去而复返，直到手机上跳出一条沉野的消息：

"睡了吗？"

舒杏飞奔去开门，惊喜地问："你怎么来了？"

沉野走进来，插上了门闩。

两个人回到会客室，门一关上，舒杏就被沉野搂进了怀里。他低头吻了吻她的发顶："你没事吧？"

舒杳恍然大悟："我妈给你打电话了？"

"嗯。"

"没事。"舒杳搂紧他的腰，他的外套冰冰凉凉的，却莫名其妙地给人一种安全感。

她突然想起一件事。前些天沉野的采访在网上的动静挺大的，罗建辉既然知道她在网上有热度，就不可能不知道沉野，也一定不会放过这个薅一笔钱的机会。

她双手捧着沉野的脸，认真地注视着他的眼睛："我爸有没有找过你？"

沉野原本没想过这件事，因为两个人的生活中从来不曾有她父亲这一角色出现，但现在想来，最近好像确实有一些异常的事情发生。

"可能有。"沉野说，"前些天秘书说有一个中年男人在楼下找我，说是我的岳父。但自从采访之后就时不时地有奇怪的人来找我，一会儿是我孩子的妈，一会儿是我同父异母的妹妹，所以保安没在意，直接把那个男人赶走了。"

舒杳精准地抓住了一个关键词："你孩子的妈？"

沉野丝毫不慌，抬起她的下巴，拇指的指腹轻轻地蹭了蹭她的嘴角："怎么，你对这个身份有兴趣？"

舒杳输了。

她重新把脑袋埋进他的怀里，安静了一会儿后，温和地开口："沉野，你答应我一件事。"

"什么？"

"现在罗建辉还找办法找到你，如果有一天找到了你，管你要钱，你绝对不能给。"

"他要钱？"

"他之前来找过我，说来辅川出差。"舒杳抿了抿唇，然后说，"但我妈说，他大概率是来躲债的，这次估计是去找你，但没找到，才又想起了我。"舒杳把话说得很绝，"如果你给他钱，我们就离……啊！"

话没说完，她的唇瓣就被人轻轻地咬了一下。

沉野不爽："离什么？"

"离……"舒杳噎了一下，"离吵架不远了。"

沉野被她的胡扯逗笑，亲了亲她的嘴角："知道了。但是，我也有一件事。"

"什么？"

"如果他再来找你，你一定要告诉我。"

"嗯。"

舒杏不安的心慢慢地被他温柔的吻安抚，她踮起脚，双手圈住了他的脖子。沉野搂着她的腰顺势转过身，将她压在了门上。

木门发出"吱呀"一声，舒杏的腰被硌到，她发出一声闷哼。沉野的右手从她的睡衣下摆钻进去，温热的掌心轻轻地揉她被撞到的位置。

舒杏听到他低沉的声音在耳畔响起：

"我订了一间民宿，你要跟我一起去吗？"

窗帘紧闭的卧室里伸手不见五指，舒杏跟小偷似的，从衣柜里摸出一套自己平时穿的衣服和他之前留下的睡衣，然后又猫着腰退了出去。

她第一次和沉野出来住民宿，不知道为什么，有一种做贼心虚的感觉。

舒杏先窝进被子里，等沉野洗完澡出来，已经是凌晨了。

她本来还有点儿犹豫，但很快就发现沉野好像并没有别的意思。他只是把她搂在怀里，轻轻地拍了拍她的背："睡吧。"

舒杏疑惑起来。

"这里隔音很差。"沉野说。

舒杏恍然大悟。

刚经历过罗建辉闹事，舒杏确实没有太多别的心思。她靠着他的胸口，就这样安安静静地和他拥抱了好一会儿。

隔壁大概没有住人，异常安静。屋外不知道什么时候开始下起了雨，雨点淅淅沥沥地砸在窗上。

舒杏听着雨声，思绪飘得很远。她想起什么，突然轻声说："你之前问我，我当年在巷子口看到你时是不是被你吓到了，被吓到的原因我没有和你详细说。"

沉野扭过头看向她，目光温柔，似乎在说：你不想说可以不说。

如果罗建辉不出现，这些记忆本应该烂在她的脑子里，永远不会被其他人知晓。但他出现了，舒杏必须提前让沉野知道真相，这样，沉野以后面对他的时候才不会心软。

"罗建辉那时候家暴，一个一米六几的男人在外面唯唯诺诺，回到家抓着老婆的脑袋往门上撞。那种欺凌弱小的爽感好像让他挽回了做男人的全部尊严。"

舒杏以为这些事情很难启齿，但开了口才发现也没有那么困难。

昏黄的床头小灯下，舒杏的左手搭在沉野的胸口上，摆弄他的睡衣扣子："我小时候最害怕的就是雨天，因为罗建辉那时候在工地工作，一旦下雨，工地就不好开工，他只能待在家里喝酒。他一喝醉就喜欢对我妈动手，酒醒后又是一副什么事都不记得的样子，轻易地让事情翻篇。"

舒杏永远记得那一天。

那天是闷热的雨天，空气有些潮湿，酒后的罗建辉拽着舒美如的头发，把她扯到了门外。大雨拍打在两个人身上，他却毫不在意。

舒杏那时候太小，什么都不懂，哭着冲过去想把他扯开，但力量有限，最终被他推倒在地。

天空黑沉沉的，邻居在自家的屋檐下围观，劝了罗建辉几句，却没有人敢出来制止。毕竟在他们的眼里，这只是家务事，外人不便掺和。

"当时他那个狠戾的眼神一直刻在我的脑海里，所以那时候看到你和周北川打架……"舒杏犹豫片刻，说，"我又想起了那个画面……"

沉野抚了抚她的后背，问："后来呢？"

"后来，我捡到的小狗从角落里冲出来，对着罗建辉狂吠，甚至撕咬，罗建辉才放手。"舒杏哽咽了一下，"我觉得他一定是对小狗怀恨在心，就把小狗暂时送到了我同学家里。结果有一天我在上课的时候，小狗从同学家里跑出来，回到我家找我，被他看到，用棍子打死了。"

沉野恍然大悟，这才知道为什么她对其貌不扬的小土狗有那么深的情感。

沉野翻了个身，将她压在身下，把头埋在她的脖子处，低声说："抱歉。"

舒杏以为他在为当年让她想起了不好的回忆而道歉，摸了摸他的脑袋："那只是我的本能反应，后来我明白了，你和他完全不一样。只是当时我觉得我们俩不熟，我好像没有特意跟你解释的必要。"

"我不只是在为当年的事情道歉。"

"那是为什么？"

沉野抬起头，双眸幽幽，像忠诚的小狗一样目不转睛地看着她："抱歉，如果早知道是这样，我当时就应该什么都不管，把你抢过来。"

舒杏被逗笑了："那你当时在别人的眼里可就是不要脸的'男小三'了。"

"嗯。"沉野轻轻地咬了咬她的耳垂，嗓音带着钩子似的，"那姐姐跟我来这里，你老公不会介意吧？"

姐姐这个称呼再度满足了舒杏的恶趣味。

"应该不会吧。"她笑着配合。

两个人伴着雨声温存了一会儿。不同于以往的是，这份亲昵里没有欲望，只有令人心神平静的安抚。

等重新被他搂进怀里，舒杏莫名其妙地释然了，好像积压在心里很多年的恶心东西终于在同样的下雨天里被她挖出来彻底丢弃了。

安谧的氛围让人昏昏欲睡，然而舒杏突然想起了一件事，睁开眼睛，琥珀色的瞳仁转了转，嘴角轻扬："沉野，我妈好不容易来一趟，要不两家人一起吃个饭吧？"

沉野愣了两秒，突然看向她："你是什么时候知道的？"

舒杏准备好的话突然没了用武之地，她只好问："你怎么听出来我知道了？"

沉野幽幽地说："不知道的话，讲这句话的时候你不会笑。"

他太了解她了。

"好吧。"舒杏坦白，"国庆回家的时候，我发现我妈和你妈妈明明是第一次见面，我妈却很亲密地喊'曼青'，我就问了她。"

沉野扣着她的腰，轻轻地吻她的下巴，姿态有些强硬，却是讨饶的语气："我不是故意瞒你的，怕你觉得我多管闲事。"

"我知道。"舒杏轻轻地抚摩着他的脊背。

她刚知道这事的时候都没有生气，更何况现在？但她真的好奇，是谁给了他勇气，让他觉得他可以说服固执的舒美如？

"你当时不怕我妈打你吗？你在我舅舅家里说，他家可还有好几个人呢。"

"我确实怕。"沉野轻笑一声，"你舅舅当时拿着扫把，说我诱拐小姑娘。"

"他真打你了啊？"

"没有，你妈妈拦着了。"

"就算这样，那场面我想想就害怕。"舒杏不禁感慨，"你怎么敢去的？"

"因为你的话。"

"我？"舒杏不解，"我的什么话？"

沉野关了床头的小灯，抱着她窝进被子里，嗓音越发低沉："你说你妈妈是这个世界上最爱你的人。我觉得我能说服她，不是因为相信自己，而是因为我相信一个真心爱女儿的母亲。"

舒杏来沉野家吃过好几顿饭了，但舒美如还是第一次来。

三个人刚进门就看到刚回国不久的沉炀正半躺在沙发上，把小饼干举得高高的。他不冷不热地扫来一眼，没看到跟在沉野身后的舒美如，目光落在沉野和舒杏牵着的手上，又没什么表情地移开了。

沉炀瘦了之后真的和沉野长得挺像的，完美地继承了父母的优点。舒杏暗暗地想：难怪都说胖子是潜力股。

小饼干看到他们，脑袋一歪，一下子从沉炀身上蹦了下来，尾巴跟螺旋桨似的飞速摇晃，朝他们狂奔而来。

沉炀一脸愤懑："小白眼狼，也不看这几天是谁端水端饭地照顾你。"

舒杏蹲下把小饼干抱起来，额头抵着它的小脑袋蹭了蹭。

估计来之前，沉野已经和钱曼青解释过舒杏早就知道了一切，所以钱曼青没有装作和舒美如第一次见面的样子，招呼他们坐下后便和舒美如挽着手热情地攀谈起来，往厨房走去。

舒杏拉着沉野坐到侧面的沙发上，挤着坐在一起。怀里的小饼干从沙发上跳了下去，在地毯上四处蹦跶，蹭舒杏脚上的拖鞋。

沉野也踢了踢沉炀的鞋："这次你准备待多久？"

沉炀低着头打游戏，懒洋洋地说道："怎么？你这么不希望我回来？"

舒杏忍不住替沉野翻译："他的意思是希望你待久一点儿，好久不见了，他挺想你的。"

沉炀都忍不住被逗笑了。手机里响起游戏结束的提示音，他把手机转了半圈，揣回兜里："我才不喜欢出国，没吃没喝的，你看我这大半年瘦了多少。"

沉野严肃地说："你知道那个营养师是妈一个月花多少钱请来的吗？"

"那有什么用？营养餐都不是人吃的，我要吃炸鸡、火锅！"沉炀态度坚决，跟个孩子似的。

沉野低头摆弄手机，连头都没抬一下就拒绝了："不可能。"

两个人仿佛身份对调了，哥哥不像哥哥，弟弟不像弟弟。舒杏憋着笑扫了一眼沉野的手机屏幕，看见他给营养师发去一条消息："以他现在的身体状况，他能偶尔吃炸鸡和火锅吗？"

家里难得人多，这一顿饭，众人吃得其乐融融。

之前怕穿帮，所以即便回老宅吃饭，沉野和舒杏也没有留宿过。现在两个人确定了关系，沉野肆无忌惮，吃完饭后和舒杏在地下室的私人影院里看了一会儿电影，之后就把她拉进了自己的房间里。

这是舒杏第一次进沉野在老宅里的卧室。

她本来觉得他家已经很豪华了，看见他的房间才发现是小巫见大巫，单单是他房间里的浴室就和她之前合租时的两室一厅差不多大了。

沉野在洗澡，舒杏趴在床沿，拿着红色的玩具球逗小饼干，一会儿扔到门口，一会儿扔到床头。小饼干精力十足，玩得不亦乐乎。

"啪！"玩具球轻轻地撞上衣柜门，掉落在地上。小饼干立刻蹿了过去，把玩具球往柜门上顶，柜门因为它的动作露出了一条细细的缝。

小饼干发现了好玩的新地方，放弃玩具球，脑袋顶着那条缝往里钻。

"哎。"舒杏从床上爬了起来，连拖鞋都来不及穿，跑过去把半个身子已经钻进衣柜里的小饼干抱了出来。她轻轻地拍了一下它的小屁股，低声斥责："顽皮。"

小饼干窝在她的怀里，不动了，双眸微微垂着，一副可怜样。

舒杏抬手想把柜门推上，抬眼的瞬间瞥到了一个熟悉的东西。她愣了愣，又把衣柜门推开了，一张高中时期的双人合照映入眼帘——就是沉野告白时用来做电脑背景的那张。

她想：难怪小饼干第一次去她和赵恬恬合租的家暂住时，看到电视柜上那张合照会那么激动；难怪她和赵恬恬第一次去帮忙遛狗，在小区的门口第一次看到小饼干的时候，它不仅不排斥她，反而对她有一种熟悉感。原来这张照片不只被存在了电脑里，他还打印了出来。那他为什么把照片藏在衣柜里？怕被她看到？

舒杏瞥见这张照片的后面还有一个比较小的相框，把前面的相框移开后看到了一张童年照。

照片上的人看上去不超过十岁，胖胖的。她下意识地以为这是沉炀，但照片放在沉野的房间里，那上面的男孩应该是小时候的沉野。

原来他也有当小胖墩的时候啊。

舒杏弯了弯唇，把相框拿了出来。明亮的灯光下，他儿时的样子变得更为清晰，好像……还有点儿眼熟。

舒杏还没认真地回忆就听到身后有动静，赶紧合上了衣柜门。下一秒，沉野就走了出来，看到她光着脚站在木地板上，一把将她打横抱了起来："不冷？"

"不"字就在嘴边，舒杏却顿了顿，说："冷。"

沉野眉头轻挑，把她放在了床上。小饼干蹦跶到她身边，黑眼珠一动不动，看着交叠在一起的两个人。

沉野视若无睹，撩开她脸侧的发丝，轻笑了一声："那我帮你热一热？"

舒杏的心猛地跳了一下，她声音极轻，磕磕巴巴地说："你爸妈……就在隔壁……"

"你想什么呢？"沉野退后一点儿，手握住了她的双脚。

他刚洗过澡，身上的温度本来就比平时高，热意从她的脚底一路蔓延到四肢百骸。

沉野盯着她的脚背，笑了起来："小姑娘皮肤挺白，想法倒挺不干净的。"

舒杏本来还有点儿羞赧，听到他这话，只剩下不服气了："你不想？"

感受到她脚底的温度渐渐升高，沉野把她的双腿塞回被子里，凑过去吻她，动作流畅自如。

舒杏被他抵在床头，退无可退，空气中旖旎的声响在寂静的环境中被无限地放大。沉野亲了一会儿，停下来，额头抵着她的额头笑："你觉得呢？"

"我不想说。"舒杏说，"我说你想，你就会付诸行动；说你不想，你就会为了印证我的话是错的而付诸行动。"

"你挺了解我的。"沉野托着她的大腿将她往下拽，她还没出声就又被他夺去了呼吸。

和刚才的试探不一样，这次他直奔主题。

他刚刷完牙，嘴里是淡淡的薄荷清香。舒杏脑子发蒙，抵在他胸口处的手很快就失去了力气，轻柔地搭在他的肩膀上。

沉野的唇从她的嘴角慢慢地往下滑，她喘着气说："我刚才不小心看到你的柜子里有一张照片。"

沉野没有丝毫停顿，一边亲一边问："你说的是哪一张？"

"小胖墩的那张，"舒杏闭着眼睛，身体微微颤抖，"我觉得……好眼熟。"

沉野突然停下动作，嘴唇还贴着她的肩膀。

舒杏好奇地问："你小时候是不是演过戏？我觉得好像在哪部老电影里看到过——啊！"

她轻呼出声，不明白他干吗突然咬她一口。他没演过就没演过呗。

沉野低着头，让人看不清神色，轻轻地"呵"了一声："这事都被你发现了。我当年确实差点儿就当演员了。"

　　"那你为什么后来没当？"

　　"后来我遇到一个姑娘，发现比起赚钱，我更想谈恋爱。"

　　他这是什么"恋爱脑"啊？

　　舒杳心里泛起了一点儿酸泡泡，欲言又止："那姑娘现在怎么样了？"

　　沉野轻笑一声，看上去已经放下了往事："她结婚了。"

　　"哦。"舒杳放心了，拍了拍他的脑袋，"没关系，你也结婚了。"

第十三章
心里的玫瑰开了花

翌日，舒美如登上了回家的飞机。沉野把舒杳送回老宅，急匆匆地去了公司。

舒杳刚进客厅就看到沉炀以和昨天一模一样的姿势躺在沙发上，但这次，他连游戏都不打了，瞪着眼睛看着天花板，不知道在想些什么。

舒杳走到茶几旁，给自己倒了一杯水，听到他的嘴里念念有词："一，二，三……十二，十三……"

舒杳顺着他的视线抬头看了一眼，天花板上白花花的，什么都没有。

这一瞬，她想到了一个细思极恐的故事。

故事讲的是小明每天都围在一口水井旁边，一边绕圈一边念叨："一，二，三……十二，十三……一，二，三……十二，十三……"有一天，小白实在忍不住好奇心，走过去问小明在数什么，结果小明一把将他推进了井里，然后继续绕着水井念念有词："十四……十四……"

舒杳感觉周遭的温度都降低了，可还是按捺不住好奇心，问了出来："你在数什么？"

沉炀冷冷地扫视她一眼："我已经十三天没有出门了。"

最近沉炀去医院检查，身体指标好像又不好了，所以父母对他的出行加以管控。

不知道是不是被沉野感染了，舒杳脱口而出："他们也是为你好。"

沉炀嗤笑了一声，却没有反驳。

舒杳犹豫片刻，从包里掏出一样东西，放在掌心上递了过去："送你。"

沉炀扭过头一看，发现这是一个银质的飞机模型钥匙扣，顶部的装饰很精致，看上去好像是手工做的。他想起来钱曼青天天在群里说舒杳好像会做什么花丝镶嵌，特别厉害。

他坐了起来，双手揣在衣服的口袋里，但没接过东西："这是银的？你自己做的？你给我干吗？"

"嗯。"舒杳用一个字回答了两个问题，然后说，"这不只是给你的，我给爸妈也做了，就是新年小礼物。"

"你给我爸妈做的是什么？"

"给妈的是一个小香球，给爸的是手刻的印章。"

"那你给我的为什么是飞机模型？"

"我后来看了一下那本《傅少 99 日追妻》，里面并没有配角喜欢飞机模型，男主出于忌妒将其砸毁的描述。所以，我猜你说自己喜欢飞机模型这件事应该是真的。"

沉炀用食指的关节蹭了蹭鼻尖："就算我喜欢，那也是小时候的事了，你怎么知道我现在还喜不喜欢？"

舒杳其实不确定，只是想起沉野说沉炀像少年睡了一觉就成了青年，所以觉得他的兴趣爱好或许没有太大改变。

"你不喜欢吗？那我下次做个别的吧。"舒杳假意要把手收回。

沉炀手疾眼快，把小小的飞机模型抢了过去，歪着脑袋观察了一会儿，把钥匙扣塞进了口袋里："还行。谢了。"

舒杳笑了笑，然后坐在侧面的沙发上，低头在手机上查看工作室近期的运营情况。

客厅里安静了好一会儿，突然，她听到沉炀犹豫地开口："你……这些东西，是从小就开始学的？"

舒杳愣了一下，没想到沉炀会主动和她说话，不知道他是不是被刚才的钥匙扣收买了。

舒杳想了想，说："不是啊。我上小学的时候，学校旁边有一个文具店，文具店老板的爸爸是个老手艺人，我每天放学经过文具店都会看到他在店里进行创作，看着看着就产生了兴趣。后来我上大学才开始正儿八经地接触这门技艺，还报了培训班，但没想过要把它当成事业。"

"从大学到现在不过七年，你就能学成这样？"沉炀很惊讶，"大家不是都说这种手工艺要从小学才能学有所成吗？"

"从小学起的话，基础更扎实些，但是半路出家也不一定就落于人后啊。"

沉炀欲言又止，最后双手插兜站了起来，语气生硬地说："你跟我过来一下。"说完，他又看向楼上，喊管家："刘叔！你也过来一下！"

"来啦！"刘叔兴冲冲地跑了下来。

舒杳疑惑不解，但还是跟在他身后去了地下室。地下室里除了电影院，还有一间大门紧闭、木牌上写着"内有凶狠哈士奇，请勿入内"的屋子。沉野说过，这是沉炀的秘密空间。

沉炀把门打开，舒杳往里看了一眼，不由得惊讶地睁大了眼睛——这不是杂物间，而是一间像模像样的木雕工作室。

工作室正中间是工作台，上面放着一些还没收拾好的半成品。三面墙壁都有大的博物架，上面陈列着一些作品，有的看起来比较粗糙，好像是比较早期的作品，但靠里面的一些作品已经完全称得上精致了。

不过，这些作品的特别之处在于它们都不是传统并常见的木雕作品，更像木雕玩具，不仅有飞机、坦克，还有一些动漫角色，比如蜡笔小新和哆啦A梦。

沉炀并没有关门，舒杳便跟着他走进屋里，回头却发现刘叔没有进来，只是站在门口。她突然明白过来，沉炀喊刘叔一起来并不是也想给刘叔看，只是觉得他们俩在一个密闭空间里独处不太合适。

他其实考虑得比谁都周到。

舒杳环顾一圈，难以置信地问："这些都是你自己做的吗？"

"我瞎做的。"沉炀挠了挠头，耳朵居然红了，"沉野应该和你说过吧？我这些年都闲在家里，实在无聊，就捣鼓一些小玩意儿。不过这些都是我自学后雕的，拿不出手。"

"为什么拿不出手？我觉得很有新意！"舒杳好奇地问，"你为什么会做动漫角色的木雕？"

"那些佛像和动物的木雕多无聊，而且随便在购物网站上搜一下就能买到，我要做就做一些买不到的。"

沉炀的理念和她的不谋而合，他们都试图用一种更新的方式去讲述老故事。只不过，她是有心插花，而沉炀更像无心插柳。

舒杳看着架子上的一个路飞木雕，说："你真的很厉害！你没有把它们发到网上吗？我觉得会有很多人喜欢。"

"真的？"沉炀犹豫片刻，说，"那我之后发到网上试试。"

他从架子上拿下一个蜡笔小新木雕，递到她面前："这个给你。"

舒杏伸手接过："你为什么送我这个？"

"你的微信头像不是蜡笔小新吗？你应该喜欢这个吧？你就当它是回礼，还有……"沉炀的声音低了下去，他尴尬地清了清嗓子才继续说，"之前的事情，抱歉。"

"之前？"

"就是在岛上的事情。"沉炀说，"以前我确实对你有点儿意见，因为觉得你和我弟之间的感情严重不平等。他太喜欢你了，喜欢到可以付出一切，但你很明显并不喜欢他，或者说没有那么喜欢他。所以我不同意你们在一起，觉得他会很累。但是这段时间以来，我看到了他的改变……反正是我错了，以后我不会再反对你们。"沉炀无声地叹了一口气，"但我还是希望你能尽量对他好一点儿，因为以前……"

"以前什么？"

"没什么。"沉炀笑了笑，"以前他经常被我欺负。虽然过去很多年了，但我还是觉得有点儿对不起他，希望以后他能开开心心的吧。"

"我很喜欢他，"舒杏眼神坚定地说，"所以会对他很好的。"

"但你也别对他太好了。"沉炀眉头一皱，嫌弃地说，"他每天跟个开屏的老孔雀一样跟我嘚瑟，也挺烦的。"

舒杏无语地想：你还能不能好好地煽情了？！

沉炀好像把舒杏的话听进去了，一下午都没有无所事事地发呆或打游戏，而是坐在沙发上抱着电脑鼓捣，手机也被他直接关机扔在了旁边。

傍晚时分，他把一个视频分享到了家庭群里。

这是一个他的作品的简单集锦，有几张动漫角色木雕作品的照片，也有一些记录他制作过程的视频素材，两者结合得很好，视频制作得非常专业。

钱曼青："妈呀！你这是把视频发到网上了吗？是谁把你说服了？"

沉炀："您的小儿媳妇。"

钱曼青："不愧是杏杏！视频才发十分钟，点赞就有十个了呀！我就说一定会有人喜欢的！我儿子真棒！"

奶奶："我孙子真棒！"

沉野："我老婆真棒！"

舒杏"扑哧"一声笑了出来。

她默默地给沉炀的视频点了个赞，转头看向茶几对面的人："你忙活一下午就是在做这个视频吗？你也太厉害了，我学了那么久也做不成这样。"

"啊？"沉炀看起来有点儿迷茫，"不是啊。这种视频，我随便花点儿钱不就有人做了吗？"

舒杏这次真的想和这些有钱人拼了。

"那你一下午对着电脑在干吗？"

"等人把视频发出来啊。"沉炀理所当然地说，"你别说，我还挺紧张的。"

沉奶奶把这个视频转发到了朋友圈里，配文十分霸道："都给我点赞，否则全部拉黑！"

下面有一条沉炀刚发的评论："奶奶，这个威胁理由没有手术好用。"

舒杏盯着"手术"两个字，愣了一下，抬头看向沉炀："你刚才给奶奶评论的'没有手术好用'是什么意思啊？"

"沉野没和你说过吗？"沉炀操作着电脑，没有抬头看她，"奶奶之前有一段时间半月板损伤了，医生建议她做微创手术，奶奶仗着做手术，动不动就威胁我们。比如我十一点不睡觉，她就说我再不睡的话，她就不做手术；我不肯吃营养餐，她就说我不吃的话，她就不做手术了。"

舒杏突然感觉哪里不对劲。

沉炀没听到她回答，把头抬了起来，替奶奶解释了一句："不过奶奶就是嘴上说说啦，手术不做，疼的人是她自己，最后她还不是乖乖地做了？"

舒杏终于知道哪里不对劲了——和奶奶接触多了之后她就曾疑惑过，奶奶根本不会正儿八经地逼迫晚辈结婚，现在听沉炀这么一说，所有的事情就合理了。

难怪奶奶每次提起催沉野结婚的事情都说自己只稍微催了催。舒杏一直以为老人家和年轻人对于"催婚"这一概念的理解不一样，但现在看来，奶奶的确只是稍微催了一下，就像催沉炀睡觉、吃营养餐一样，如果沉野不把那些话当回事，奶奶催一下，事情就过去了。

所以，沉野当时根本没有那么急迫地需要结婚。

舒杏眯了眯眼睛，心道：很好，这个男人还真是诡计多端。

沉野到家的时候已经是深夜了。

万籁俱寂，他推开卧室门，发现舒杏正坐在书桌前认认真真地看资料，似乎没有发觉他回来了。

沉野脱下外套，右手撑着桌子，俯身在她的脸上吻了一下。

舒杳回过神，笑盈盈地说："你回来了啊。"

"嗯。"

沉野往下扫了一眼，才发现她今晚在浴袍里面穿了一件他从来没见过的睡衣，颜色是低调的黑色，款式却是吊带的，衬得她肌肤如雪，领口的蕾丝设计更是让她的身体曲线若隐若现。

沉野的喉结滚了滚，他问："你买新睡衣了？"

"天气不好，昨晚洗的睡衣还没干，我又没有带新的，就和妈要了一件她没穿过的。"舒杳低头看了一眼，表情无辜，"这件是不是有点儿透？"

沉野没有回答是或不是，姿态慵懒地往后一靠，笑容里带了几分不正经的意味："这样我怎么看得出来？"

他本来只想逗一逗她，想看她把浴袍裹紧、耳朵泛红的样子，但出乎他意料的是，今天的舒杳好像有点儿不一样。

她站起身，与他隔着不足半米的距离，慢条斯理地脱掉了外面的白色浴袍。卧室是恒温的，她倒不至于冷，在黑色吊带睡衣的衬托下，肌肤白得仿佛顶级白玉，泛着温润的光泽。

她抿了抿唇，低声问："这样看呢？"

沉野右手搭在她的腰后往前轻轻地一带，两个人的身躯就隔着彼此不算厚实的衣料紧紧地相贴了，她身上淡淡的樱花香气也飘入了他的鼻腔。

他低下头，从她的嘴角一路吻到锁骨，动作一开始还是轻柔的，但在视觉和嗅觉的双重刺激下渐渐地变得大胆起来。一侧的吊带被轻轻地勾落到她的手臂上，他的右手从她的大腿处慢慢地往上抚，睡衣的下摆被卷起，搭在他的手腕上，遮住了她一半的风光。

舒杳的肌肤慢慢地浮上了一层粉色，右手被沉野抓住，带到了他衬衫的第二颗扣子处。他的声音明显喑哑起来，他几乎在用气音祈求她："解开。"

舒杳听话地解开了那一颗扣子，随后顺着往下解，直到衬衫彻底散开。她将掌心贴在他的胸口处，感受到了他加速的心跳。

衬衫落地之后，沉野右手往下一捞，将她整个人抱了起来。她用双腿缠住他的腰，害怕跌落，双手紧紧地圈住了他的脖子。

沉野的右手慢慢地往下抚，随后，喉结滚了滚。

突然，他愣住了，片刻才回过神，嗓音带着浓重的欲望："你的生理期到了？"

"啊，"舒杳一副现在才想来的样子，慢悠悠地说道，"我忘了，下午刚来。"

舒杏把吊带往上一扯，像一条摆脱渔人捕捞的灵活的游鱼，翻身到一旁，用被子将自己紧紧地裹住了。她抱歉地笑了笑："你去洗个澡吧。"

沉野看着她脸上看似无辜的笑容，眯了眯眼睛。他没有下床，隔着薄薄的被子又将她抱进了怀里，脑袋埋在她的脖子处，看起来有些委屈："你故意的是吧？"

其实舒杏本来就没有生气，只是得知了真相后有些意外，所以故意逗一逗沉野。现在达到了目的，她便不瞒着了："我今天听你哥说了，奶奶之前威胁你，说你不结婚她就不做手术，其实就是开玩笑的对吧？"

"差不多。"沉野抬起头，眼里情欲未消，眼神更显得深沉，"你跟我哥什么时候这么熟了？"

"也没有。"舒杏把今天发生的事情简单地复述了一遍，"我觉得可能是我的经历给了你哥信心，不过我真没想到他还会木雕。"

沉野低头不语。

"你……"舒杏愣了愣，突然开始反思自己是不是逗他逗过头了，"你生气了啊？我知道奶奶催婚的真相都没生气，你不会因为我逗一逗你就生气了吧？"

沉野低笑一声，抬起头，炙热的双唇在她发烫的耳垂上流连，右手依旧不安分："你都没生气，我有什么好生气的？"

舒杏顿时感觉不妙，赶紧按住他的手背，提醒："我的生理期真的来了，你再不停手，等会儿难受的人是你。"

"是吗？"沉野低低地应了一声，反手握住她的手腕。

不知道过了多久，床头柜上的手机突然振动了一下。舒杏的第一反应是母亲应该到家不久，不知道是不是母亲忘了什么东西才发消息过来，于是想用另一只手去拿手机，不承想被他按住了手背。他把头埋在她的脖子处，压抑着声音："马上。"

直到振动声第二次响起，舒杏才有机会拿起手机。

她被沉野带进了浴室里。温热的水流从指间流过，冲刷着掌心，她没敢看，点开手机转移注意力。

钱浩森："一年又将到头，人生匆匆，你还没有为退休后的生活做好打算吗？"

钱浩森："安心保险最新推出'夕阳红理财计划'，让您的老年安枕无忧，欢迎咨询。"

沉野站在她身后，察觉到她身体僵硬，微微垂眸，一眼就看到了屏幕上的消息，眯了眯眼："你还加了他的微信？"

"之前在徐昭礼的婚礼上，他给我塞了名片，后来我想给我妈买点儿保险，就加上咨询了一下。"

沉野沉默了片刻，然后问："所以他那天在给你推销保险？"

"啊……差不多吧。"

水声停了，沉野抽了一张洗脸巾帮她把手擦干，从身后圈住她的腰，下巴抵在她的头顶上。

钱浩森的话倒是让他想起一件事，他说："过两天就是跨年夜了。"

舒杳抬眸，和镜子里的他目光相对："所以呢？"

沉野低头吻了一下她的发顶："你之前不是说想去游乐园吗？"

舒杳想去游乐园其实还有一个原因。高三毕业的那个暑假，赵恬恬就提出，等舒杳过生日的时候，大家可以一起去游乐园玩。但是舒杳没想到，没等到她过生日，一切就变了。

沉野出了国，赵恬恬和徐昭礼分开了，最初的约定被所有人抛至脑后。

对于舒杳而言，那的确是一个遗憾。因为那是她人生中第一个有人想为她庆祝的生日，也是她第一次尝试敞开心扉，去接纳别人进入自己的生活，只是最终他们到了门口就返回了。

跨年的这天，辅川下了一场小雪，气温也迎来新低。舒杳出门前特意多穿了一件毛衣，但在寒风中依旧瑟瑟发抖。不过寒冷并没有阻挡大家对于跨年的热情，辅川游乐园里人声鼎沸。

这十多年里，游乐园经过好几次改造，已经没有了以前的模样，但舒杳莫名其妙地对它还有熟悉感。

"我很小的时候好像来过这里。"舒杳想了想，说，"不过也有可能我当时去的是别的游乐园，游乐园长得都差不多。"

"你来的是这个。"沉野接过小摊摊主递来的棉花糖，转头递给舒杳。

舒杳接过棉花糖，疑惑地问道："你怎么知道？"

沉野说："我听妈说的。"

"哦。"

舒杳低头咬了一口棉花糖，绵密又甜丝丝的口感令她心情愉悦不少。沉野低头看了一眼，俯身在她咬过的地方也咬了一口。

舒杳看他吃了棉花糖，有点儿意外："我还以为你只吃柠檬薄荷味的棒棒糖。"

"谁说的？"

"因为我没看你吃过别的糖。"舒杏笑起来，"不过你最近吃棒棒糖吃得越来越少了。"

"嗯。"沉野没否认。

"你最近心情不好吗？"舒杏有些担心，但看到他眉眼间的笑意，又觉得他不像心情不好。

沉野眉头轻挑："谁说我心情好才吃棒棒糖？"

"我听徐昭礼说的。"

沉野嗤笑一声："他知道什么？"

舒杏好奇起来："那你为什么老吃那个？"

"我小时候吃过一次，觉得挺好吃的，后来就习惯了。"

"那你最近怎么不吃了？"

"因为……"沉野俯身在她的唇上吻了一下，带着甜丝丝的棉花糖味道，"这儿比糖甜。"

舒杏默默地移开视线，攥紧了手里的木签。幸好今天游乐园里小情侣随处可见，这种亲密的场景并没有人在意。

两个人牵着手沿大道走了一会儿，沉野问："你想玩什么？"

舒杏环顾四周，随即毫不犹豫地伸手指向不远处的宣传海报。

沉野顺着她指的方向看去，发现海报上赫然印着四个大字——"雨夜惊魂"。海报整体也设计得颇为阴森，一扇破裂的玻璃窗后，"鬼"面目狰狞地注视着排队的人群。

沉野捏了捏她的手："你不是不喜欢下雨天吗？"

舒杏咬了一口手里的棉花糖，浅浅地笑道："没有啊，我现在反而喜欢下雨天了。"

对于以前的舒杏而言，下雨天让她想到的是刺鼻的酒味、面目狰狞的男人以及小狗满身是血的尸体。但对于现在的舒杏来说，下雨天让她最先想到的是迎面而来的篮球、保安亭下躲雨的沉野和小狗、彻底交心的夜晚和安抚的吻。

于是，两个人过去排队了。

鬼屋一次允许八个人进，里面设计得的确令人不寒而栗。一进去就是一间许久没人居住的山间小屋，红色的光影下，床铺上血肉模糊的人隐约可见。空气里飘散着淡淡的血腥味，角落里被丢弃的娃娃不断地唱着诡异的歌，窗外的电闪雷鸣更是令人后背发凉。

排在沉野和舒杳前面的是一对小情侣，女生靠在男生的怀里，有些担心地问："这里会不会很恐怖啊？我害怕。"

男生温柔地把女生搂在怀里，低头吻了吻她的发顶，安慰道："别怕，我不是在这儿吗？"

舒杳眨了眨眼睛，偷偷地觑了一眼旁边的男人，随即被牵住的右手悄悄地用了点儿力。

沉野敏锐地察觉到她的反应，低头问："你害怕？"

舒杳垂眸，和那个诡异的娃娃四目相对，面不改色却低低地应了一声："有点儿。"

太阳打西边出来了。

沉野拽了她一下，将她搂进了怀里，空气里微弱的血腥味被他身上淡淡的薄荷味掩盖了。

黑暗又漫长的走廊被设计在监狱的情境中，两侧的栏杆外，"鬼"张牙舞爪地想破坏栏杆往外闯，"乒乒乓乓"的敲击声不绝于耳。他们需要穿过这条走廊，到一所破败的学校里寻找线索。

沉野低头问她："还怕吗？"

低沉的嗓音在耳边响起的那一刻，舒杳的心脏一跳。这是一种和平日里她与他亲昵时完全不同的感觉。

她攥着他的衣摆，语气又弱了几分："怕。"

"还怕啊？"沉野用身上的黑色冲锋衣将她包裹住，从背后搂住她的腰，"这样呢？"

舒杳能感觉到自己的脸在发烫，但表面依旧淡定："好一点儿了。"

两个人缓慢地经过走廊，沉野撩开一间屋子的门帘，突然，一只穿着白衣的"鬼"从旁边的衣柜后跳出来，举着双手张牙舞爪。舒杳面无表情地和"鬼"对视了两秒，随即转头把脑袋埋进沉野的胸口，害怕地轻喊一声："啊。"

沉野的胸口轻轻地震动起来，看上去他不仅没被吓到，反而笑得很欢。

舒杳知道今天自己有点儿发挥失常，毕竟这是即兴表演，她准备得不够充分。但都开头了，她只能硬着头皮演到底。

好不容易走出鬼屋，舒杳重重地松了一口气，心想：下次再也不来了，"鬼"可不可怕她不知道，自己刚才的举动好像还挺可怕的。

两个人转头又去排了过山车。有鬼屋的经历在前，舒杳盯着他的右手犹豫了一下，决定还是不装了，然而下一秒，她的左手就被沉野牵住了，十指紧扣。

舒杳疑惑地看向他，听到他理直气壮地吐出两个字："我怕。"

他们俩一个人怕"鬼"，另一个人怕高，挺配的。

从过山车上下来，舒杳有点儿头晕，沉野便带着她在过山车出口处的长椅上坐下了。凌乱的长发被他的手指轻柔地理顺，拢到耳后，她环顾四周，开始寻找下一个好玩的项目。

不远处，一个穿着玩偶服的工作人员拿着拍立得帮路人拍照，这大概是游乐园针对跨年提供的小福利。舒杳看了一会儿，听到沉野问："你想拍吗？"

舒杳回过神，摇头："没有，我就是觉得挺好玩的。"

沉野说："但我想拍。"

"你不是不喜欢拍照吗？"舒杳讶异地问。

"平时我不喜欢，今天特殊。"

看他这么执着，舒杳便舍命陪君子，朝工作人员挥了挥手，对方就热情地走到了他们面前。

工作人员蹲下身，右手挥舞着，示意他们亲密一些，舒杳便往沉野那边靠了靠。

"壹壹。"沉野突然喊了她一声。

舒杳在棉花糖摊前被他占过便宜，此刻目视前方，整个人一动不动："我知道你想亲我，我不会回头的。"

她的耳边传来一声轻笑，随后脸颊上传来一点儿暖意——沉野退而求其次，亲在了她的脸上。

听到旁边的人发出一阵起哄声，舒杳耳朵红了，决定和沉野冷战五分钟。

沉野接过工作人员递来的拍立得照片，用右手拿着甩了甩，照片上逐渐出现了两个人的身影。

舒杳偷偷地瞄了一眼，心想：算了，自己还是不跟他冷战了，照片拍得还……挺好的。

见沉野把它放进钱包里，舒杳突然有点儿羡慕，早知道刚才多拍一张了。

游乐园里人太多，所有的项目都要排队，而且要排半个小时以上。两个人没玩几个项目，夜色就悄悄地降临了。

舒杳对于游乐项目的选择完全是按照黎穗之前说的来的，什么项目容易促进情侣感情升温，她就选什么项目。所以晚饭过后，两个人自然而然地去排了摩天轮。

这大概是晚上最热门的项目，队伍一眼望不到头。

舒杳一向讨厌麻烦，距离太远、派送时间过长的外卖都懒得点，更何况排这么长的队伍。

她一度想跟沉野说别排了，但脑海中突然出现了黎穗说的那个传说。她想：这一年来，她都不知道做了多少以前不会做的事情，信一次这种莫名其妙的传说又有什么关系呢？

这个冲动让他们俩在寒风中被吹了快一个小时，她倒是还好，被沉野护在外套里，几乎感受不到什么寒意，可是沉野……

"你回去不会感冒吧？"舒杳担心的声音被闷在他的外套里。

沉野嗤笑一声："我的字典里没有'感冒'两个字。"

舒杳还想说什么，工作人员就提醒他们可以上去了。她松了一口气，拉着沉野快步上了摩天轮。

摩天轮缓缓地转动起来，底下的人群在视线里变得越来越渺小。舒杳拿着手机，对着远处的璀璨灯光拍了几张照片。

等摩天轮转了四分之一，舒杳拽了拽沉野的手，一本正经地问："你有没有听过一个传说？"

沉野："什么？"

"每对坐摩天轮的情侣都会以分手告终。"

"舒杳。"他严肃地喊了她的全名，抓着她的手加重了几分力。

"你听我说完嘛。但是这对情侣如果在转到最高点的时候亲吻，就能一直走下去。"舒杳笑了，"你信吗？"

沉野："不信。"

舒杳点头表示赞同："我也不信。我觉得这是游乐园的营销手段。"

广场上人潮汹涌，不知从何时开始，远处放起了烟花。夜空绚烂，宛如一幅油画，流光溢彩。

他们很快就要转到摩天轮的顶端了，舒杳偷偷地觑了沉野一眼，他也垂眸看了过来。两个人四目相对，沉野笑了起来："你想亲我啊？"

舒杳移开视线："没有。"

沉野的右手抚上她的后脑勺，把她的脑袋转了过来。他还没有什么动作，口袋里的手机突然振动起来。

是钱曼青打来了电话。

如果是别人打来电话，沉野一定会拒接。但钱曼青很少给他打电话，一旦打电话，一定有急事。

舱内太过安静，两个人之间的距离也太近了，沉野手机的听筒几乎就在舒杳的头顶，所以沉野按下接听键之后，她听到了电话里钱曼青带着哭腔的焦急声音：

"阿野，快来人民医院！"

舒杳从小就很讨厌医院。以前母亲每次受伤都是她陪着就诊，她还记得有一次一位女医生看出母亲身上的伤痕不对劲，便关上门一脸严肃地问母亲是不是被老公打了。她想开口，却被母亲捂住了嘴。

母亲摇了摇头，说不是，是自己不小心撞到的。

大概是见多了这种情况，也可能是看母亲的态度太坚决，女医生最终没有再说什么。

但对于舒杳而言，不管是浓烈的消毒水味还是母亲处理伤口时痛苦的表情都深深地刻在她的脑子里。

而现在，ICU外，钱曼青靠在沉誉的肩膀上，脸上的泪痕让舒杳更觉得这个地方灯光刺眼，令人窒息。

沉野喘着气问父亲："爸，发生什么事了？"

"都怪我。"管家刘叔在一旁懊恼地捶了捶脑袋，"今天跨年，大少爷约了朋友，说什么都要出去。要是我再坚定一点儿，不让他出门就好了。"

"老刘，这不怪你，他要出门，没人能拦得住。"沉誉叹了一口气，向来喜怒不形于色的男人此刻依旧镇定，"没事，他已经基本脱离危险了，在ICU里观察。"

沉野和舒杳默契地松了一口气。

沉野留在ICU外等候，沉誉接了个电话，叮嘱他好好地照顾母亲之后就急匆匆地走了。

舒杳本想陪沉野留下，但一想到自己留下可能反而分散他的注意力，再加上钱曼青现在状态不好，必然需要人陪同，于是便跟钱曼青一起回了家。

凌晨时分，天空中薄雾笼罩，像蒙着一层纱。

路上没几辆车，空荡荡的，就像舒杳的心。

车上，她拍了拍钱曼青的手背，安慰她："妈，没事了。"

"嗯。"钱曼青勉强对舒杳笑了笑，很快又哽咽了一声，"我就是想不通，好端端的，炀炀怎么会去后巷呢？那儿黑漆漆的，什么都没有。"

"后巷？"舒杳问，"什么后巷？"

"服务生说他去后巷里扔垃圾，一出门就看到炀炀躺在地上，很难受的样子。幸好有客人刚好是医生，所以炀炀抢救得比较及时。"

"后巷里有监控吗？"

"服务生说那里很少有人去，所以没有监控。"钱曼青擦了擦眼角的泪，"但是他说炀炀身边丢着一条金链子。炀炀从来不戴这些东西，我不知道这会不会和这件事有关。"

金链子……

舒杳的喉咙好像被一团棉花堵住了，她声音干涩地问："什么样的金链子？"

钱曼青说："就是一条挺粗的金链子，应该是男人的。"

舒杳的脸上顿时没了血色。她想起来了，罗建辉来找她的那两次，脖子上都戴着一条大金链子。

可是沉炀这大半年都不在国内，罗建辉不可能认识他，怎么会找上他？

脑海中闪过沉炀那张平时嘻嘻哈哈的脸，舒杳脊背发凉，一个猜测涌入大脑，她的掌心不由得渗出了冷汗。

在她的人生中，除了母亲，沉家这些人是对她最好的人。可是如果沉炀真的是罗建辉伤害的，他们……还能接受她吗？

舒杳突然想，今晚在游乐园里，她和沉野没能在摩天轮的最高点亲吻，是不是就是预示？

回到家，舒杳身体很疲累，脑子却毫无睡意。见钱曼青呼吸平稳，看起来睡着了，舒杳便悄悄地退出房间，回到了她和沉野的卧室。

她坐在床尾低头摆弄手机，越看眉头皱得越紧。

不知何时，楼下传来了刹车声，沉誉回来了。舒杳预感到什么，起身走出了卧室。

沉誉上楼后先去卧室里看了一眼，发现钱曼青睡了，便一个人走进了书房。

舒杳攥紧手跟了过去。不管事情的结果如何，她起码应该向沉家的人坦白。她如果对沉野说，沉野肯定不会怪她，甚至会帮她说服父母。但她不想这样，不希望他们在不想破坏和儿子的关系的前提下接纳她。

沉誉好像猜到她会来，给她留了门。她敲了敲门，推门进入，看到沉誉坐在书桌后，双手交握，撑着额头，看上去非常疲惫。

书房的门敞开着，舒杏在沉誉面前坐下了。

她虽然和沉野结婚有一段时间了，但是和沉野父亲的接触屈指可数，甚至连对话都没有几句。

面对这样不苟言笑、气场强大的长辈，舒杏难免紧张。她鼓足勇气，刚想开口，就看见沉誉按了按眉心，抬起头问："那个人是罗建辉，对吧？"

舒杏惊讶了一瞬："您是怎么知道的？"

"我虽然不插手他们的婚事，但作为父亲，不可能不对他们的结婚对象进行必要的调查。"沉誉说得极为坦然，"我看了那条金项链的照片，款式不太像年轻人戴的。再加上前两天我收到了消息，说外头有人打着沉家亲家的名号借钱。只是我还没深入地调查就发生了这样的事情。"

舒杏一时说不出话来。

因为自己没有，所以她更清楚一个幸福、完满的家庭有多难得，也更不能接受沉野及沉家由于自己受到一丝一毫的伤害。他们如果不介入，那沉炀这件事或许只是一个开始。她被牵连就算了，她怕的是罗建辉会仗着和沉家的关系违法犯罪，让沉家受到社会大众的审判。

沉誉叹了一口气，说道："你觉得他为什么会找上沉炀？"

"我怀疑他想找的人其实是沉野，只是偶然遇到了沉炀。"舒杏冷静地分析，"两个人长得像，他又只在网上见过沉野的脸，所以误把沉炀当成了沉野。"

"原来如此。"

"这件事归根结底还是我引起的。"舒杏脑海中浮现出一个现实的猜测，"您如果对我有什么要求，可以直说。"

"你觉得我应该对你有什么要求？让你和沉野离婚？"

"就目前的情况来讲，一切伤害都是我父亲带来的，您提出这样的要求也是合理的。"舒杏低垂着眼眸，语气诚恳，"但……我不能答应。"

"不，"沉誉低沉的声音有力地砸在舒杏的心上，"舒杏，血缘不是界定家人的标准，从你成为我儿子的妻子的那天开始，你就已经是我们家的一分子了。所以并不是你父亲伤害了我的家人，而是罗建辉这个人伤害了我们的家人，你明白吗？"

舒杳的心痛了一下。

在此之前，沉誉对她的态度都不冷不热，她一直以为他可能并不是很满意她这个儿媳妇。可是现在，他明明白白地告诉她，这件事和她无关，她也是受害者。

舒杳攥着拳头，差点儿压抑不住情绪，轻轻地哽咽一声："您……就是想和我说这些？"

"还有一件事。"沉誉往后靠，姿态放松下来，却反而令人觉得不寒而栗，"他伤害了我的儿子，我不可能放过他，但之后要是对你妈说，你妈一定会担心把他送入监狱让你难做。所以我想先问问你，你要不要为他求情？"

舒杳沉默片刻，按亮手机，然后用食指抵着推到沉誉的面前："我想，应该不用您动手了。"

罗建辉是在隐园里被抓的。

庭院里寒风瑟瑟，他被警察反扣着双手按在地上，面容狰狞地挣扎着，就像旁边树上的枯叶，明明已经走到生命的尽头，却依旧扒紧树梢，不愿意掉落。

舒杳站在不远处面无表情地看着这一切，像一个围观的路人。

之前那条金链子被戴在罗建辉的脖子上，舒杳离得远，看不清楚，也没太在意，直到昨晚在钱曼青的手机上放大观察细节，她才发现奇怪之处。

母亲说罗建辉欠了很多债，是来辅川躲债的，但舒杳一眼便能看出那条金链子成色不错，甚至上面还刻着独一无二的编号，应该出自高端品牌，没有五六万块买不下来。回到房间后，她搜索了一下，发现它居然是一个国际大牌在三个月前推出的最新款，并且还没有在国内售卖。

上次罗建辉在隐园闹事，包工队队长一提报警，他立马怂了。舒杳当时以为罗建辉忌惮他们人多势众，这会儿转念一想才想到，他会不会只是害怕面对警察？

除了躲债，他来辅川的更大原因会不会……是潜逃？

于是她搜索了近三个月寻西关于偷窃、抢劫的新闻，果不其然，在一条嫌疑人潜逃的入室抢劫并伤人的新闻里看到了一段对于丢失的金项链的描述，丢失的金项链和罗建辉戴的那条很像。

新闻描述，嫌疑人作案时全程蒙面，楼道里的监控又被提前损毁了，所以警方并没有掌握明确的线索，只有一张在看不到人脸的模糊的小区门口监控视频的截图。

舒杏毕竟和罗建辉在一起生活了十多年，一眼就从体形上认定截图里的人就是他。

金链子上的编号可以用于追溯买主，罗建辉估计发现了，所以不敢卖，就自己戴着金链子装阔，想以此和沉家攀上关系，却没想到最终也是这一点害他暴露了。

"我真是生了个好女儿！你……"罗建辉瞪着眼睛，对舒杏大声咒骂。

但后面的污言秽语舒杏并没有听见，因为有人捂住了她的耳朵。

沉野神色冷漠又凝重，掌心却是温热的。她笑着朝他摇了摇头，示意自己没关系。

一切很快恢复平静，便衣警察把罗建辉带走后，庭院里只剩下沉野和舒杏两个人。舒杏看着紧闭的大门，问："他应该出不来了吧？"

"入室抢劫并伤人，够他坐十几年的牢了。"

舒杏转身搂住了沉野的腰，脑袋埋在他的胸口上，一言不发。

沉野轻抚她的后背："你怎么把他引过来的？"

"我管舅舅要了他的电话号码，跟他说让他藏得好一点儿。他要是被抓了，沉家的人就知道害沉炀心脏病发作的人是我爸，你肯定会和我离婚，我就做不成阔太太了。他以为抓住了我的把柄，所以反过来跟我要钱，说拿不到钱就跟我鱼死网破，我就约他来隐园细说。"

对于罗建辉这种嗜钱如命的人来说，他大概无法相信舒杏会放弃阔太太的生活，选择背叛他，更无法相信沉家的人即便到此刻依旧和舒杏站在同一战线上。

沉野听完，许久没有说话。

他昨晚在 ICU 外坐了一宿。

沉炀之前也发过病，所以一开始，沉野并没有往人为的方向想。今早，舒杏给他发了一条消息，没有明说什么，只问他能不能陪她回一趟隐园，然后很平静地告诉他，她报了警。

沉野还挺惊讶的，按照她一贯的做事风格，她会等罗建辉被抓之后再让他来接她，跟他坦白前因后果。

沉野低头吻了吻她的发顶："这次你怎么提前和我说了？"

"你说的，他要是找我，我一定要告诉你。"舒杏踮起脚，吻了吻他的唇，脸上带着浅浅的笑容，"沉野，你说的话，我记在心上了。"

"嗯。"沉野和她额头相抵，勾着唇笑了笑。

舒杏看着他温柔的眉眼，犹豫地问："你会不会觉得我狠心？"

"狠心什么？"

"他毕竟……"

沉野打断了她的话："我爸不是找你聊过了吗？壹壹，你不仅要把我说的话记在心上，我爸的话也得记在心上。"

舒杳便不再问了。

血缘不是界定家人的标准，所以她只不过是举报了一个犯罪的人。

仅此而已。

明明是寒冬，中午的太阳却异常温暖。

温存的氛围最后被沉野的手机铃声打断了，这次打来电话的人依旧是钱曼青，只不过这次钱曼青带来的是好消息——沉炀被转移到了普通病房里。

所有人都为沉炀的转危为安感到欣喜不已，但作为这件事的主人公，沉炀反而非常淡定。舒杳觉得，生死对于他来说根本不是一件重要的事情，这几天的惊险经历在他的嘴里不过只是"换个地方睡了一觉"。

即便心态稳得不行，身体终究还是吃了一通苦头，沉炀靠坐在床头，脸上没什么血色。

舒杳牵着沉野的手站在病床边，张了张嘴："对……"

"停！"沉炀抬手比了个"暂停"的手势，表情无奈，"我有煽情恐惧症，你别给我整那一套啊。"

舒杳瞬间就把嘴边的那句"对不起"咽了下去。

沉炀冷冷地扫视她一眼，虚弱地说："这事跟你有什么关系？你不会还信奉什么父债女偿吧？"

"没有，"舒杳说，"但如果不是因为我，罗建辉就不会找上你。"

"这种事哪，谁都不想的。"沉炀慢悠悠地说道，"更何况我也不是第一次经历差点儿抢救不过来的情况了，这有什么呀？我福大命大，老天不会收我的。"

舒杳的心情的确因沉炀的话轻松了几分。

她还想说些什么，沉炀就催促道："你要是有空，能不能帮我去问问午饭来没来？心脏病没有带走我，我别被饿死了。"

还好钱曼青不在，不然听到这话又得打他的嘴巴。

"我去看看。"舒杳松开沉野的手，小跑着出了病房。

病房里一下子安静下来，沉炀刚松了一口气，就看见沉野拖了一把椅子过来，慢条斯理地坐下了。

沉炀突然生出一股不祥的预感，心想：完了，自己要被审判了。

果不其然，沉野往后一靠，冷冷地问："那天晚上到底发生了什么？"

沉炀暗暗地想：早知道自己刚才不让舒杳离开了，她在的话，起码还能帮个腔。

沉炀目光闪躲，拿起旁边的遥控器胡乱地调电视机的频道："没什么，就是罗建辉知道我是沉家人，管我要钱，我跟他吵了几句。"

"他是冲你来的还是冲我来的？"

"当然是我。你比我有钱吗？"

"哥，你说实话，"沉野又问，"他是不是把你误认成了我？"

"怎么……？"

"说实话。"沉野表情冷得不像平时的他，连声音都压得很低。

沉炀渐渐没了底气，懊恼地抓了抓头发："好吧，是。"

"那你为什么不跟他解释？"

"他一开始还挺有礼貌的，说居然这么巧，遇到了女婿，然后非拉着我进后巷一起抽烟。我知道他心思不纯，但想看看他到底要干吗，就跟着他进去了。没承想他说来说去就是要钱，嘴里还满是污言秽语，我就一时没忍住脾气。"

"你为什么想看他要干吗？这是我的事，你告诉我就行，为什么要自己去面对？"

"我……"

"哥，"沉野目光沉沉地看着他，"你是不是还在在意小时候的事情，觉得愧对于我？"

沉炀心虚地移开了视线："我没有。"

"我说过，你从来没有亏欠过我什么。以后要是再有这种事，你别想着挡在我面前了，我自己会好好地处理。"

沉炀还是第一次听到沉野这么严肃地叮嘱自己，整个人慢慢地缩了下去，语气显得不耐烦："知道了，我这不是没事嘛。你哪里是我弟？乍一听跟我爸似的。"

门口传来敲门声，沉野以为是舒杳回来了，回头一看，发现管家刘叔小心翼翼地推门而进。

"二少爷，医院门口来了一群人，说要找大少爷。"

沉野眉头微蹙："谁？"

管家嘴角一抽："她们说是大少爷的前女友……们。"

沉场的前女友们的到来让病房里根本没有两个人的容身之地，再加上沉野因为这事两天没合眼，钱曼青便催他们赶紧回家休息。

司机被沉誉喊走了，舒杳担心沉野疲劳驾驶，决定自己开车。只不过她只敢以龟速开车，好不容易才安稳地到家。

舒杳把车开进车库里，一回头，发现沉野不知什么时候在副驾驶座上睡着了。她犹豫了一会儿，最终还是没忍心喊醒他。她把座椅轻轻地放倒，帮他解开身上的安全带，然后坐在驾驶座上安安静静地盯着他。

沉野不知道自己睡了多久，醒来的时候，车外面已经一片漆黑了。车内昏黄的灯光下，舒杳坐在驾驶座上，安静地低头看手机。

他按了按太阳穴，坐起身来，嗓音带着倦意："你怎么不喊醒我？"

舒杳这才回过神，笑了笑："我看你睡得挺沉的。"

沉野低头一看，发现她在看一个美食 App，手机屏幕上面显示的是玉米牛肉粥的做法。

沉野问："你明天想喝粥？"

"不是，"舒杳说，"今天张姨做了菜粥，你哥嫌清淡，问我有没有玉米牛肉粥，我就想着明早做一锅试试。这个应该不会很难吧？"

沉野圈住她的腰，把她抱到自己的大腿上，额头抵着她的肩膀，嗓音沉沉地说："让张姨做不就可以了？"

"我知道，但是……"舒杳抿了抿唇，"你哥因为我才遭受了无妄之灾，我留在医院里照顾他不太方便，但是饭还是应该帮忙做的吧？"

"嗯。"沉野低低地应了一声。

惊心动魄的危机过去，舒杳才意识到，这个再普通不过的拥抱才是最难能可贵的东西。她按灭手机屏幕，双手圈住了他的脖子。

两个人就这么安静地抱了好一会儿，后来也不知道是谁主动，反正舒杳反应过来的时候，发现自己身上的外套已经掉落在脚边了。

两个人的确好几天没亲热过了，此刻的亲吻多少带了点儿劫后余生的意味。

车库里一片漆黑，但门没有关上，舒杳往外望甚至可以看到庭院外偶尔经过的路人。她不由得瑟缩起来："有人……"

沉野连头都没回，降下车窗，拿起车里的一个纸巾盒往墙上的某处扔了过去，"啪"的一声，开关被砸中，车库门缓缓地降下，四周成了一个密闭的空间。车内昏黄的灯光下，舒杳看清了他眼睛里直白又坦荡的欲念。

唇齿之间的声响在安静的环境里被无限地放大，听得人心跳加速，欲念汹汹。

不过舒杏还记得一件事。

"你快两天没睡了。"

"我不困。"沉野气势汹汹地说。

舒杏拢起自己的衣领，把手往下探："今天只能这样。"

"嗯？"沉野好像被给一颗糖又被扇了一巴掌的小孩，语气有些不满。

"你今天必须早点儿睡，"舒杏凑到他的耳边，轻声安抚，"明天随便你。"

一夜好眠，第二天，沉野在生物钟的影响下早早地醒了，却没想到有人醒得比他更早。

厨房里满是淡淡的米香，沉野看着舒杏忙碌的身影，走上前，从她的背后圈住了她的腰。

他闭着眼睛靠上舒杏的肩膀，嗓音喑哑："你怎么起得这么早？"

"给你哥煮粥啊。"舒杏用勺子搅动着砂锅里的粥，柔声说道，"司机会来接我。你这两天太累了，在家里好好休息吧。"

沉野这才想起昨天她在车里说的事，听话地轻轻地"嗯"了一声，但圈着她的腰的手紧了紧："那你今天要待在医院里吗？"

"嗯，怎么了？"

不知道是不是沉野太困了，此刻有点儿黏人："病房里人很多，你早点儿回来也没事。"

"我知道，但是万一需要我帮忙，我可以帮一把。"

沉野没再说话。

舒杏隐约觉得他今天的情绪有点儿低落，不过他戒指上的小狗的尾巴倒是微微上翘。她歪着头，在他的脸上轻轻地吻了一下："你乖。"

"哦。"沉野应了一声。

如果是平时，沉野绝对不会满足于这个吻，大概率会得寸进尺地说一句"就这样？"。但今天他不仅没有这样说，反而松开了她，从一旁的橱柜里拿出了碗筷。

舒杏还没来得及细想，锅里的粥就冒起密密的气泡，将锅盖往上顶。她被吓了一跳，正准备伸手，沉野却先一步把锅盖掀开了。

舒杏自己尝了一口粥，觉得味道还不错，于是帮他盛了一碗，然后把剩下的装进了保温盒里。

门外响起刹车声，司机到了，舒杏便急匆匆地收拾好东西出门了。

等坐到车里，舒杏才再度察觉到不对劲——沉野刚才送她出门的时候没有亲她。

难道他是因为昨晚自己没有答应他的要求吗？她不也是为他的身体考虑嘛。

本来决定在病房里待一整天的舒杏抿了抿唇，改变了主意，心想：等送完粥，自己如果没事，就回去和他开诚布公地聊一聊吧。

舒杏到达医院之后直奔顶楼，沉炀还在睡觉，钱曼青在客厅里帮他收拾衣物。见舒杏进来，钱曼青笑了笑，放轻声音问："你怎么过来了？"

舒杏把手里的保温盒放在桌上："沉炀昨天说想喝玉米牛肉粥，我就煮了点儿。妈，您吃了吗？"

"没有呢。阿野呢？"

"他在家里休息呢。"舒杏把保温盒打开，往碗里盛了半碗粥。

"那你……"钱曼青欲言又止，有些纠结，"杏杏，这几天你也挺累的，多和阿野一起在家里休息休息，不用经常过来。"

舒杏愣了一下，听得出钱曼青这话好像就是委婉地暗示这里不需要她。

"妈，"舒杏心一沉，攥紧了手里的勺子，"您是不是听爸说了罗建辉的事，所以……？"

"你说什么呢？当然不是。"钱曼青打断了她，拉着她的手坐到沙发上，安抚地拍了拍她的手背，"事情的前因后果我都听你爸说了，你有这样的父亲已经很不容易了，我们怎么会怪你呢？"

"那为什么……？"

钱曼青沉默许久，叹了一口气，说道："妈只是担心你经常来看炀炀，阿野会不开心。你也知道他的个性，他就算不开心也不会明说。"

舒杏有点儿明白，又不是完全明白："您是怕他吃醋吗？"

"不是吃醋。"钱曼青犹豫片刻，拉着她站了起来，"你跟我回一趟家吧。"

医院距离老宅不过二十分钟的车程，一到家，钱曼青就拉着舒杏直奔书房。

她走到最靠里的柜子前，拉开抽屉，从里面取出了一本黑色的笔记本。纸张已经泛黄，很显然，这个笔记本有些年头了。

舒杏好奇地问："这是什么？"

"阿野小学的周记本。"

"周记本？那我们看会不会……？"舒杳从钱曼青的手里接过笔记本，却没翻开。

钱曼青摇了摇头："这是他上小学三年级的时候老师布置的作业，每周一篇，每个月老师统一收上去批改，下个月再发下去。他的班主任最开始没发觉到异常，期末的时候才把我叫去，跟我说阿野的心理状态可能有点儿问题。"

钱曼青刚开始情绪还很平稳，说到这里竟然不由自主地哽咽了一下。

"我坐在办公室里看完了他一个学期写的二十二篇周记，才知道原来他这么在意……"

舒杳指尖微颤着打开笔记本，上面的字虽幼稚，用词却很精练。

> 这周一开学，我就三年级了。爸爸和妈妈说哥哥身体不好，要带他去医院，所以让司机送我来学校，可是司机不太认识路，开了很久很久。路上，我想：如果我也身体不太好，那爸爸妈妈是不是就会送我来学校了？
>
> …………
>
> 今天爸爸又给哥哥买了一个飞机模型。哥哥很高兴，跟我说如果我再砸掉他的飞机模型，他就不会再帮我隐瞒了，会去告诉爸爸妈妈，让他们打我。我才不怕，我讨厌那些飞机。
>
> …………
>
> 今天妈妈买了杧果，给我和哥哥分了，一人一半。但哥哥吃完之后还想吃，妈妈就问我能不能把没吃完的让给哥哥，下次再给我买新的，我答应了。
>
> 反正我不喜欢吃杧果，下次也不吃了。
>
> …………

舒杳的视线渐渐变得模糊，"啪嗒"一声，一滴眼泪掉落在泛黄的纸张上，慢慢地洇开了。

舒杳此刻才恍然大悟。原来沉野不吃杧果不是单纯地不喜欢，而是因为偏心就体现在一个小小的杧果里；原来沉炀当初说的那些话不全是假的，起码他喜欢飞机模型是真的，沉野曾经砸过他的飞机模型也是真的；原来那些关于沉家父母偏心的传言并不全是被捏造的……

钱曼青给她递了一张纸巾："那时候阿野虽然年纪小，但总是表现得很成熟，不哭不闹的。我和他爸就真的以为他不在意，把心思都放在了身体不好的炀炀身上。直到看到这本周记本，我才意识到是我们忽视他了。"

舒杏用纸巾擦干眼泪，问："那后来呢？"

"后来，我和他爸决心改变，想和阿野好好地聊一次，告诉他我们真的很爱他。"钱曼青想起了什么，露出了费解的表情，"但是很奇怪，我们还没找他聊，有一天他从游乐园回来，突然大哭一场，跟他爸告状，说有个男人欺负他。

"除了婴儿时期，阿野从懂事起基本没哭过，所以那次他爸又气又心疼，立刻拉着他回游乐园里找人，直到那个男人道歉为止。"

钱曼青把笔记本往后翻了几页，点了点其中的一篇："喏，就是这天。"

舒杏低下头认认真真地看了一遍。

> 今天老师带我们去游乐园，其他小朋友都有妈妈做的饭和点心，只有我没有，因为妈妈要照顾哥哥，太忙了。但是 11 给我分了她带的棒棒糖，棒棒糖很好吃。她还跟我说，爸爸妈妈其实很爱我，只是我不说，他们不知道。她还让我回去哭一哭，说这样我就能看出爸妈爱不爱我了。我相信她。

之后的每一篇周记都和这个"11"有关。

> 11 说她不是这里的人，下个月就要回家了，但会再来的。我不知道她什么时候会再来。
> …………
> 快放假了，我又去游乐园了，但是没有看到 11。老师说，她上次也是来玩的，肯定不会再来了。她大概忘记我了。
> …………
> 11 说话不算话，我不和她做朋友了。
> …………

"自从那天开始，我们意识到了自己的不足，阿野似乎也更愿意跟我们沟通了。"钱曼青苦笑了一下，说，"之前我和你妈妈相处，她夸我是完美的妈妈，不像她。但我很清楚地知道自己不是，只是意识到自己的错误的时间比她更早一些。"

"妈，"舒杳紧紧地握着手里的笔记本，"您为什么和我说这些？"

"事情过去了这么多年，阿野或许更成熟了，但你是他现在最重要的人。我希望我们不要在无意中因为炀炀又让他想起以前被忽视的时光。"

舒杳百感交集，目光落在那笔触稚嫩的"11"上，猛然想起他说三年级的时候遇到了一个小姑娘，而对方现在已经结婚了。巧的是，他也喊她壹壹。

她还不至于愚蠢到觉得自己成了狗血替身文里的主人公。她直愣愣地盯着"游乐园"三个字，脑海里闪过一些模糊的片段。

"这个'11'……"

"我们也不知道她是谁。我们曾经也想找到这个小姑娘，但阿野的班主任说，她应该只是阿野去游乐园玩时遇到的游客，什么信息都没有留下，要找到她根本就是大海捞针。那时候的监控技术没有现在这么发达，所以最后我们没能找到。"

钱曼青以为舒杳介意，赶紧解释，"那不过是小孩时期的友情，当不得真的！"

"妈，"舒杳抬起头，眼睛里满是泪水，脸上露出了难以置信的神色，"这个'11'好像是我。"

那段回忆对于舒杳来讲已经很模糊了，因为对于她来说就是极为普通的一天，并不值得她铭记。她想来想去，或许有个人比她记得更清楚。

舒杳攥着笔记本，指尖轻颤着给母亲打去一个电话。

舒美如果然对于她的童年时光了如指掌，一听她问游乐园的事情，立刻说："对呀，你上三年级的时候，我带你去你舅舅家，他和你舅妈不是带你去游乐园了吗？"

舒杳急切地问："那天发生了什么？"

"这我不知道呀。当时门票贵，我没舍得去，是他们俩带你去的。我就记得你回来之后乐呵呵地跟我说舅妈从过山车上下来后吐了，还说……明年再去的时候要多带点儿棒棒糖，跟人约好了。"

听完母亲的话，舒杳醍醐灌顶，脑海中的模糊画面终于清晰了一些。

她如果没记错的话，那应该也是一个冬天，恰逢舅妈的生日，舅舅和舅妈带她去了游乐园，结果俩大人比她玩得还兴奋。由于年纪太小，她不能坐过山车，所以他们去玩的时候，她就坐在出口处等他们。

她好奇地抬头看着过山车呼啸而过，也就是在那时候遇到了一个闷闷不乐的小男孩。

小男孩……

舒杳突然想起来，她之前去舅舅家拜年的时候看到二宝趴在床上翻相册，其中就有当初他们在游乐园里拍摄的照片。她虽然不知道有没有拍到那个小男孩，但觉得看到照片或许记忆会更清晰一些。

她去了一趟舅舅家。

舅妈不知道她为什么突然想看照片，但还是帮她找了出来。

十几年前的照片都已经泛黄了，也不太清晰。舒杳一张张地翻过，发现前面的几张是她和舅舅、舅妈的合影以及他们的双人照，后面有几张她的单人照。

第一张照片，她坐在旋转木马上，笑得很开心；第二张照片，她手里拿着两根棒棒糖，面对着镜头，一脸懵懂；第三张照片，她坐在过山车的出口处，把一根棒棒糖分给了旁边的小男孩。

虽然照片不清晰，但小男孩的模样舒杳还能看清楚，他就是那张照片上的小胖墩。

舒杳感觉浑身的血液都好像逆流到了脑袋里，心跳得飞快。这一刻，她终于明白为什么连她自己都不确定是否去过辅川游乐园，沉野却那么肯定她去过；为什么跨年那天在游乐园里，沉野会一反常态地拉着她合照——因为那个地方是他们曾经拍过合影的地方；为什么沉野喜欢吃棒棒糖，而且只吃一种口味的……

舒杳把这张照片抽了出来，和舅妈道别后马不停蹄地回了家。

回到家后，她发现客厅里一片安静。

奇怪，难道沉野又去公司了？

舒杳环顾四周，瞬间发现了不对劲——小饼干不在，而且茶几上多了两盒药。她拿起药盒看了一下，一盒是退烧药，另一盒是消炎药，被各吃了一颗。

她突然意识到了什么，转身就往楼上跑，推开卧室门后，果然看到沉野安安静静地躺在床上。他双眸紧闭，看上去好像睡着了。小饼干趴在他身边，任由他的左手搭在它的背上，一动不动。

听到响动，小饼干警觉地抬起头，看到舒杳的瞬间，眼里有了光。

她放轻脚步，走到床边蹲下，用手背摸了摸他的额头。他的额头不算太烫，但她可以感觉出来，烧还没有完全退。

现在距离她离开不过两个小时，他却已经连药都买好了。显然，他应该在今天早上起床的时候就已经意识到身体不对劲了。难怪她让他在家休息的时候，他那么难得地答应了。即便如此，听她说要去医院照顾沉炀，他还是什么都没说。

他明明也是病人……

"笨蛋。"舒杳轻声斥责了一句。

见他的额头上出了一层汗，舒杳去浴室里打水，然后拿着毛巾小心翼翼地帮他擦身子降温。

沉野吃了药，睡得很沉，直到下午才悠悠地转醒，醒来后发现自己的睡衣纽扣被解开了两颗，身上清清爽爽的，一点儿都没有出汗之后的黏腻感。

舒杳盘腿坐在地毯上，右手牵着他的手，就这么趴在床沿上，也睡着了。

沉野小心翼翼地把手抽回，却还是吵醒了她。

舒杳猛地直起身，眼里的睡意很快就退去："你醒了啊？"

她赶紧拿过床头柜上的体温计帮他量了一下——37 摄氏度，还好，他退烧了。她松了一口气。

沉野的头一阵阵地抽痛，他按了按太阳穴，问："你不是去医院了吗？怎么回来了？"

"我……医院里照顾沉炀的人还挺多的，我觉得在那儿也没什么必要。"她轻声细语地说道，"你发烧怎么不和我说啊？家里都没个人。"

"我就是发烧而已，吃点儿药就好了，没事。"

"沉野，"舒杳拉着他的手，低头摆弄他无名指上的戒指，上面小狗的尾巴依旧微微上翘，"我送你这个戒指就是为了感应你的情绪，你不能撒谎。"

沉野立刻就明白过来："我没撒谎，也没有因为你去医院而不开心。"

舒杳目光平静地看着他，语气温和，不像在诉说委屈，倒像在和他开诚布公地探讨学术问题，"但是今天在厨房里，我亲你，你没有回应；我出门，你也没有亲我。"

沉野没想到她居然在意这个，轻笑一声，无奈地说道："那是因为我感觉自己不太舒服，想着可能是感冒了，怕传染给你。"

舒杳又问："那你真的没有不高兴？"

沉野把她脸侧的头发别至她的耳后，轻笑道："我都二十六岁了，难不成还跟六七岁时一样，分不清事情的轻重缓急？我没提发烧的事情不是不高兴，就是单纯地觉得这是小事，没必要让你两头操心。"

轻重缓急……所以他觉得，现在在她的心里，照顾沉炀比照顾他重要吗？

舒杏温柔地解释："我想去医院是因为这件事毕竟和我有关，不管不顾的话，我良心上过意不去。但这不代表我此刻觉得你哥哥比你重要。"她抬起头，目光真诚地看着他，"在我心里，你一直都是最重要的。如果知道你发烧，我今天早上会留在家里。"

沉野不动声色，按压着太阳穴的右手却慢慢地停了下来："他们是不是跟你说了什么？"

"嗯，"舒杏没有隐瞒，"今天妈跟我说了一些你们小时候的事情，还给我看了你的周记。"

"周记？三年级的那本？"

"嗯。"

沉野感觉头更疼了。

舒杏看着他的神色，身子往前一扑，搂住了他的腰，仰头时，琥珀色的瞳仁亮闪闪的："你在不好意思吗？"

"要是你非主流时期在 QQ 空间里写的"说说"被翻出来，你好意思吗？"

"我没有那个时期。"

舒杏慢慢地往上挪，唇距离他的唇只有咫尺之遥，他却突然把头扭开了。

舒杏愣了一下，随即听到他无奈地说："就你这小身板……你也想发烧？"

"我忘了。"舒杏还是识相的，虽然放弃了亲吻，却并没有退开。她罕见地黏人，跟猫似的窝在他的胸口，低声说："沉野，那个'11'是我。"

她用的是陈述句，而非疑问句。

沉野喉结滚动了一下："你想起来了？"

"没有完全想起来，但是我去舅舅家里拿了这个。"舒杏从口袋里掏出照片，塞进他的手里。

沉野低头看了一眼。

他本来就记得很清楚，那天的记忆此刻如潮水一般汹涌而来，一切仿佛就发生在昨天。

舒杳盯着照片里的两个小孩，说："那天究竟发生了什么？你跟我说说吧。"

"故事很长，你确定要听？"

"要。"

第一次见到舒杳那天，沉野刚被一个高大的男人诬陷撞了他。男人横眉竖眼地指着他，痛斥他的班主任："你管不好孩子就不要把他带到这种人多的地方！"

班主任是个刚大学毕业的小姑娘，面对这种场面，手足无措。她蹲在沉野面前，摸了摸他的脑袋，柔声问："你和老师说，是你不小心撞了叔叔吗？"

沉野面无表情，眼神坚定地回答："我没有。"

班主任向男人解释："孩子说他没有撞你。"

"他说什么就是什么？你问问别人，是不是他撞了我？"男人叉着腰，气势汹汹。

"这……"班主任看向旁边围观的路人，礼貌地询问，"请问刚才有人看到吗？"

路人纷纷摇头，只有一个男人小声说："我确实看到这小孩撞了人。"

"你看！"男人摸着大腿说，"小孩子没轻没重的！我这大腿还疼着呢！你就说怎么办吧！"

当时的游乐园里虽然有监控，但并没有覆盖全园，拍没拍到当时的画面不说，申请调取监控视频更是极为麻烦的事。班主任需要管一个班级的学生，根本无暇再费心力去深究这件事到底谁对谁错。她弯腰替沉野道了歉，一遍又一遍，还自己赔了男人20块钱，男人这才心满意足地离开。

沉野看着男人离开的背影，还是那句话："我没有撞他。"

班主任温柔地笑了笑："我知道你没有撞他，但是我们没有办法跟这种人硬争。事情已经过去了，老师知道你没错，你也别放在心上，好吗？"

沉野点了点头，但还是不明白，自己没有撞那个男人，老师为什么要道歉，还给那个男人钱？

因为这件事，沉野闷闷不乐。别的小朋友都去坐游船了，他却坐在过山车出口处的休息椅上低头不语。

他想了想，从书包里掏出手机，给妈妈打了个电话。但他没有提刚才被诬陷的事情，只说想回家。

钱曼青听了，很是惊讶："今天学校不是有活动，组织你们去游乐园吗？你怎么突然想回家了？"

沉野闷声说道："我就是想回家。"

"阿野，妈妈还在医院里陪哥哥，现在实在抽不出空，你别闹脾气好吗？你乖乖地听老师的话，等会儿就可以回来了。"

沉野低头看着鞋子，"嗯"了一声，没再多说，挂了电话。

哥哥身体不好，所以永远是最重要的。

更小的时候，沉野无法理解为什么。他还记得六岁生日那天，哥哥突然发烧，爸妈急着送哥哥去医院，就放了他鸽子。他很不开心，在他们回来之前把房间里哥哥的飞机模型都砸了。后来哥哥回来了，生气地质问他，却在爸妈询问的时候替他圆谎，说自己不想要了。爸妈以为哥哥因为经常生病而心情不好，没有深究，只叫保姆清理了。保姆清理的时候，沉野就站在旁边，面无表情地看着哥哥伤心地擦眼泪，但哥哥始终没有责骂他一声。

久而久之，沉野心里的不甘和生气渐渐地演变成了一种难以言喻的情绪。他开始慢慢地理解父母，也不再讨厌哥哥，却依旧会为此感到难过。

"你不开心吗？"

就在他垂着脑袋发呆的时候，一道甜甜的嗓音从他的头顶传入耳朵。他抬头，看到了一个穿着白色羽绒服的女孩，看起来和他差不多大。

她浅浅地笑着，朝他递出一根棒棒糖："我舅妈给我买的，我有两根，你要吃吗？"

沉野从来不吃这种东西。因为哥哥不能吃，所以家里从来不买，怕他在旁边吃会让哥哥馋。

他犹豫了一下，接过棒棒糖，声音很轻地说了一声"谢谢"。

棒棒糖是柠檬薄荷口味的。他拆了包装纸，把棒棒糖塞进口中，糖果融化的瞬间，冰冰凉凉、酸酸甜甜的口感刺激着味蕾。

女孩在他身边坐下，吃着一根草莓味的棒棒糖，琥珀色的眼睛滴溜溜地转，问他："好吃吗？"

"还行。"

"看来你那个不太好吃。"女孩暗自庆幸，"幸好我没给你草莓味的。"

沉野在内心吐槽：你也没有必要这么实诚。

女孩抬头看着不远处呼啸而过的过山车，轻呼出声。沉野扫了她一眼，问："你叫什么？"

"幺幺。"女孩说，"妈妈一直叫我幺幺。"

"幺幺？"沉野经常听家里人报电话号码的时候，把"1"说成"幺"，所以他脱口而出，"'123'的那个'1'？"

"嗯……"女孩也不是很确定，"应该是吧？"

"那我叫你幺幺还是'11'？"

"'11'吧，幺幺是我妈妈喊的。"女孩反问，"你呢？你叫什么？"

"沉野。"

"加减乘除的乘，也是的也？"

"沉默的沉，野……"沉野顿了顿，说，"野狗的野。"

"好可爱的名字。"舒杳攥着棒棒糖，感叹了一句。

"可爱？"沉野想，她对可爱有什么误解吗？

"狗狗很可爱，没人养的狗狗也很可爱，所以你的名字也很可爱。"

这逻辑很强悍。

沉野低头，脚尖蹭了蹭地面，崭新的鞋子前端蹭上了些许灰尘。他反驳道："我不可爱，我哥哥比较可爱。"

"为什么？"

"因为我爸妈比较喜欢他。"

"你怎么知道你爸妈不喜欢你？你问过吗？"女孩满脸疑惑。

"没有。"

"我妈妈说，大多数爸爸妈妈很喜欢自己的孩子，只是有的爸爸妈妈会说，有的爸爸妈妈不会说。"女孩转了转眼珠子，帮他出主意，"要不你回家哭一哭吧。每次我在妈妈面前哭，她就心疼了，我想吃什么，她就给我买什么。"

这是什么烂主意……

沉野下午还在吐槽，傍晚回去之后，当父亲严厉地质问他下午为什么闹脾气，他却真的史无前例地号啕大哭起来。

沉誉被吓了一跳。钱曼青更是立刻从楼下冲了上来，一边抱着他安抚，一边斥责自己的丈夫："你打他了？"

沉誉满脸无辜："我没有啊。"

"你没打他，他怎么会哭啊？阿野从来不哭的。"钱曼青抚摩着沉野的后背，满脸心疼，"不哭了，不哭了，阿野跟妈妈说说，到底怎么了？"

沉野眨了眨眼，豆大的眼泪掉了下来，心里却有些意外。因为爸爸妈妈此刻担心的神情，他以前只在他们面对哥哥的时候看到过。

他把下午在游乐园里被诬陷的事情说了，父亲听完，大为震怒，拉着他开车去了游乐园，花了几个小时的时间调监控、查信息、找人。之后那个男人退回了20块钱，还一个劲地鞠躬道歉，乞求沉誉原谅他。

沉誉把沉野推到面前，掷地有声地说："跟我儿子道歉。"

那一刻，沉野的眼里不是男人瑟缩的身影，而是父亲严肃的神色。

他觉得女孩说得对，爸爸妈妈是喜欢他的，只是比起需要照顾的哥哥，他们对他的喜欢表现得没有那么明显。

沉野后来又去了三次游乐园，每次都只在那个椅子上坐着，什么都不玩，直直地看着四周经过的人群。

他买了很多棒棒糖，想分她一半，想和她说一声"谢谢"，可是每一次她都没有出现。

他的周记本里出现了不少次她的名字，可是学期末的时候，班主任跟他说，他的周记本不小心被弄丢了，然后给了他一个新的本子。其实他知道，班主任把他的周记本给了他的母亲，因为他不小心在母亲的包里看到了。

很显然，钱曼青把本子翻了很多遍，翻得连页角都开始上翘了。

他假装不知道，就算钱曼青装作不经意地提起那个小女孩，他也没问她是怎么知道的，只是第一次向母亲提出了请求——他希望妈妈能帮他找到她。

钱曼青确实托了不少人，但最后都无功而返。

后来，沉野上初中了，当初的事情没有人再提起，包括他自己。

直到高三开学后不久，在那场突如其来的秋雨里，他再次看到了她。

他本来只是看不惯那个猥琐的男生，所以帮了女生一把，但走过去拿篮球的时候，女生的容颜让他愣了一会儿——她和那个小女孩太像了。

与此同时，他看到了她胸口的校牌上的名字：舒杳。

杳杳……幺幺……"11"……

沉野瞬间就确定了，她一定是当初的小女孩。

要说一见钟情，沉野觉得不准确，因为没人会因为小时候的一段回忆突然喜欢上一个多年未见的人，但他的确越来越注意她。

她经常考班级第一，却从来不愿意和其他班里考第一的同学一样，在周一的升旗仪式上讲话。

她会在吃面时嫌弃地把葱挑出来，于是他便习惯在点单时叮嘱老板，其中一碗不要放葱。

她遇到写不出的难题时，眉头会轻轻地皱起来，用钢笔的笔头轻轻地敲打太阳穴，一副苦大仇深的样子。

…………

沉野也说不清自己是从什么时候喜欢上她的，好像每一次注意都会慢慢地积累对她的感情，最终量变成了质变。

可惜天不遂人愿。

出国之后，沉野一度想放下舒杏，不愿意甚至害怕看到她跟周北川的消息，所以刻意地没有关注她。

沉野本就性子冷淡，连班级群都没加。而徐昭礼因为和赵恬恬不欢而散，一气之下删了赵恬恬和舒杏的微信，在国外的沉野就彻底失去了知晓舒杏的近况的途径。

后来，隔壁寝室住进来一个从辅大来的交换生，同在异国他乡，他们偶尔会聊一聊。沉野有一次随口问起舒杏，没想到对方居然真的知道，说她现在是辅川大学很有名的校花，还说她入学后单身至今。

沉野才知道，原来她和周北川早就分开了。也就是在那时候，他和周景淮一拍即合，有了创办公司的想法。

他在招聘网站上偶然看到了舒杏的简历，知道她在找兼职，于是特意设置了一个职位，邀请她投递。

果不其然，几天后，舒杏的简历就投到了他这儿。

沉野怕暴露身份，以"社恐"的理由拒绝了开语音。一直都是她用语音讲课，而他安安静静地听，如果有疑问就用文字提问。

那段时间，每周三次的补习时间成了他最期待的时光。

最开始，他们只补课，后来渐渐地会聊一些生活和工作上的事情。他知道她在为成为职业的花丝镶嵌传承人而努力，她也知道他公司旗下的第一款游戏正在紧锣密鼓地筹备。

他们相隔半个地球，为自己的梦想努力的同时，也都在支持和鼓励着对方的梦想。

沉野一度以为两个人是朋友，就在打算坦白身份的时候，她决绝地辞了职。他提出两个人可以加个微信，继续做朋友，她却说没有必要。

沉野很清楚，是自己的话让她察觉到自己心思不纯，所以她才拒绝得如此干脆。

那一天，他拉着周景淮喝了一晚上的酒。

都说事不过三，从九岁到十八岁，再到二十二岁，沉野想：或许他们真的没什么缘分。

那时候，他和周景淮的事业刚起步，各种事情让他们忙得焦头烂额。这反而转移了他的注意力，让他慢慢地忘了感情这回事。

他是真的觉得自己忘了，甚至慢慢地习惯了一个人的生活。

人不可以不吃饭，但没有爱情也能活。

直到那一天，他被徐昭礼拉去参加一场晚宴，中途，周景淮突然发来一条消息："我好像看到你房间里那张照片上的女生了。"

沉野握着手机的右手猛然攥紧，他本想装作不在意，却看见周景淮又发来消息："她好像在相亲。"

"相亲"两个字让沉野瞬间从角落里站了起来，那一刻他才意识到，他是不可能忘记她的。他即便单身到八十岁，听到舒杏单身的消息，估计也得拄着拐杖从床上下来求个婚。

他管周景淮要了定位，但喝了酒，没法开车，于是踢了踢旁边只顾着应酬的徐昭礼："你的司机在吗？"

"不在啊，我让他先回去了，怎么了？"

沉野蹙着眉看了一眼地图，现在是晚高峰，这里是市中心，打车过去不知道要多久，地铁倒是非常方便，出门就是地铁口。

徐昭礼看他放大地图，聚焦到了地铁站，明白了他的意图："你要坐地铁？你穿成这样去挤地铁？你是不是想上热搜？"

沉野低头看了一眼身上价格不菲的西装和手表，随口问："你有没有带其他衣服？"

"我的车里倒是有一套运动装，我打算晚宴结束去健身来着。"徐昭礼说。

于是那套运动装不到十分钟就被沉野穿在了身上。

他坐地铁到了舒杏附近的那站，急匆匆地跑下车厢，正想上扶梯，突然看到不远处有个穿着和自己同款运动装的身影。

和高中时期相比，她除了脸上少了一点儿婴儿肥以外，几乎没有什么改变。

沉野停下脚步，看到她心不在焉地上了地铁，有些烦躁。

他站在原地，迟迟没有回神，直到关门的提示音响起才快步跟了上去……

"所以……"舒杏惊讶地看着沉野，"在地铁上撞衫那件事根本不是凑巧？！"

"我遇到你是努力，和你撞衫是运气。"沉野有些欠揍地笑了笑，"所以说，成功等于99%的努力加上1%的运气。"

听完沉野说的过往，舒杳心里满是酸涩。她吸了吸鼻子，好奇地问："所以你吃棒棒糖不是因为心情好，而是为了提醒我吗？"

"我第一次在你面前吃的时候或许有点儿这种心理吧，后来就真是习惯了。"

"但是……"舒杳没想明白，"徐昭礼为什么会误会？"

"他把因果关系搞反了。"沉野笑了起来，"我不是因为心情好才吃棒棒糖，而是因为每次吃的时候你都在我身边，所以我的心情都不错。"

舒杳忍不住也笑了。

过了一会儿，她又问："那你喊我壹壹，也是为了提醒我吗？"

"没有。壹壹，小时候的事情对现在的我来说已经不重要了，就算你一直想不起来也无所谓。那天晚上我睡觉的时候叫你壹壹只是因为梦到你了，梦到小时候的你在号啕大哭。"沉野顿了顿，说，"我迷迷糊糊地醒来，看到你在身边，就喊了这个称呼。"

舒杳想：难怪那天晚上她问他为什么叫她壹壹的时候，他罕见地表现得有些慌张。

舒杳无语地拍了一下他的手臂，低声嘟囔："你那时候直接问我会少一块肉吗？"

"如果回到那时候，我会直接问。以前……"沉野自嘲似的扯了扯嘴角，"我年轻气盛，觉得要是问了，你还不记得，我多丢脸。"

舒杳沉默许久，右手揉捏他的无名指，末了，抬起头，目光诚恳地看着他："沉野，我如果说现在想亲你，你让吗？"

"不让。"沉野轻笑一声，"我现在是'贞洁烈男'，你先忍着吧。"

舒杳一忍就是一周，沉野的感冒终于完全好了，沉炀也正式出院了。

沉炀大难不死，沉家从上到下都洋溢着喜庆的氛围。大门口摆了几个花篮，旁边还竖着一块牌子，上面写着：欢迎沉炀健康归来！往后余生，平安顺遂！

刘叔在地上点了个火盆，拉着沉炀跨过去。保姆张姨立刻拿着鸡毛掸子上前，轻轻地拍沉炀的手臂和后背，笑眯眯地念叨"平平安安，灾祸远离"。整个流程流畅又自然，丝毫不拖泥带水。沉炀完全没有反抗，跟个木雕一样，任凭他们摆弄。

舒杳好奇地扯了扯沉野的袖子，压低声音问：“他们之前培训过吗？”

“就我哥那身体，你觉得这是他们第一次搞这种仪式？”

舒杳懂了，原来他们是熟能生巧。难怪门口的牌子上的字都有点儿褪色了。

三个人穿过庭院，走到紧闭的大门前。沉炀和沉野十分默契地抬起手捂耳朵，只不过沉炀捂的是自己的，沉野捂的是舒杳的。

舒杳不明所以，直到门被打开，里面突然传来了两声礼炮声。这场面很难不让舒杳回想起自己组织的那场土味生日会。

奶奶不知道什么时候回国了，和钱曼青一人拿着一个彩带礼炮，笑眯眯地问道：“惊不惊喜？”

“天哪！超惊喜的！”沉炀配合地惊呼，熟练地摘下脑袋上的彩带，脸上带着夸张的笑容。

舒杳又扯了扯沉野的袖子：“你爸准备了什么欢迎仪式吗？你跟我说说，让我有点儿心理准备。”

“没有。”沉野说，“这种时候，我爸都有会要开。”

沉家的庆祝仪式非常复杂，大家吃完饭后，还要听奶奶高歌三曲。

庆祝仪式结束的时候已经是深夜了，沉野去浴室洗澡，舒杳就躺在床上百无聊赖地从微博刷到了朋友圈。一个名为“高三五班”的群聊被顶到了最上面，但舒杳设置了群消息免打扰，并不清楚群里的人都说了什么。不过反正无聊，她就点进去看了一眼。

“你们都去校庆吗？啊啊啊，本‘社恐’想想就害怕了。”

“自己玩自己的啊，又不一定要社交。那么多不同年级的学长、学姐、学弟和学妹，谁认识谁啊？”

“有道理，我准备带我的老公和孩子一起去，到时候穿亲子装，拍点儿照片留念。”

“我听说有的班级还组织了表演，可惜我们班平时不太聚，组织不起来。”

…………

校庆？

舒杳的冷情不仅表现在对生活的地方没什么归属感，还表现在对母校也没什么留恋和怀念的感情。对于她来讲，那只是一个曾经待过的地方。

她一开始没有在意，直到看到有人发了一条消息。

"我听说沉家给学校捐了1亿元，按照往年的传统，沉家应该要上台领感谢信吧？不知道今年是不是沉野去。"

虽说钱是沉家捐的，但沉家除了沉野，并没有人是从辅川三中毕业的。所以这笔钱具体是谁捐的，显而易见。

这条消息下面，好几个人向舒杳求答案。

舒杳模棱两可地回复："我等会儿问问。"

之后倒也没人揪着这个话题聊，大家感慨完人与人的差距，又开始讨论学校哪里拍照好看了。

舒杳突然想起来自己和沉野拍的那几张照片，立即掀开被子下床，从她的包里、柜子里还有他的钱包里各取出一张照片。她在胳膊下垫了一个枕头，趴在床上，双腿悠闲地翘着，目光落在摆放得整整齐齐的照片上。

九岁，他们坐在过山车出口处的长椅上一起吃棒棒糖。

十八岁，他们在包间里并肩而立。

二十六岁，他们回到了起点。他闭着眼睛，吻温柔地落在她的脸颊上。

十七年听起来是一段漫长的时光，可是好像就这么匆匆地过去了。

浴室门"咔嗒"一声被打开了，一阵热气散了出来。沉野穿着睡衣掀开被子，看到她面前的照片，目光一顿。

他学着她的姿势趴下，轻笑道："看什么呢？"

舒杳叹了一口气，说道："我就是觉得有点儿遗憾，十七年，我们只留下了三张照片。"

"那又怎么样？"沉野左手搂上她的肩膀，"之后不是还有七十年吗？你要是不嫌弃，我们一天拍一百张。"

"我嫌弃。"舒杳笑着躲开他的手，想起刚才看到的消息，随口问了一句，"对了，我刚才看群里的消息，大家说你给三中捐了1亿元。"

"是。"沉野解释了一句，"那是我们结婚之前的事情了。"

舒杳忍不住笑了起来："我又不介意。那是你的钱，你怎么花都可以。"

"那不行，现在是夫妻共同财产。"

"那今年校庆，你要回学校领感谢信吗？"

"嗯，我要照顾校长的面子，不好回绝。"沉野慵懒地将左手搭在她的肩上，卷她的一缕头发玩，"我们一起去？"

舒杳把目光移回到照片上，慢悠悠地说道："也行。"

她在毕业之后就没回去过，现在想起来，那里其实有不少让她遗憾的地方，她和沉野的关系算一项。

沉野不依不饶地用手捧住她的脸，将她的脑袋转了过来，双唇印在她的嘴角，笑道："有真人在面前，你看什么照片啊？"

"因为照片里的人不会耍流氓。"

"我亲一下就叫耍流氓？"沉野右手一扫，把那三张照片扫到了地毯上，左手搂着她的腰翻过身，右手往她的衣服里探去，"这才叫耍流氓。"

舒杏渐渐被他弄得失去了理智，却还记得一件事："我还没洗澡。"

"等会儿再洗。"

"不行。"舒杏今晚没想拒绝，但在这方面有点儿包袱，毅然决然地推开了他，"我先去洗澡。"

舒杏翻身下床，刚走到浴室门口就听到身后突然传来一声"啧"。她回头，看到沉野的手里拿着她喝了一半的热牛奶，胸口的衣料沾着几滴奶渍，好像是他刚才喝的时候不小心从杯口滴落的。

沉野低着头，嫌弃地拎了一下领口，随后把杯子放回床头柜上，牵着她的手走进了浴室，理所当然地说："脏了，我再洗一遍。"

校庆当天，舒杏在吃早餐的时候刷到了钱浩森的朋友圈。他对着大厦外的玻璃墙拍了一张和女朋友穿着情侣装的照片，配文是："出发去校庆！今天不卖保险，卖'狗粮'。"

舒杏觉得还挺好玩的，轻轻地笑了一声，给他点了一个赞。

听到她的笑声，沉野探过头来看了一眼她的手机屏幕，随即意味深长地抬眸："你在暗示我是吧？"

舒杏一头雾水："什么？"

沉野理所当然地说："行，我们也穿情侣装去。"

直到被他拉进衣帽间里，舒杏才反应过来："不是，我们哪有情侣装啊？"

"怎么没有？"沉野微抬下巴，示意她看对面。

舒杏看过去，发现一长一短两套灰色运动套装挂在衣架上，就是当初他们在地铁里撞衫的那套。

舒杏笑着问："你没还给徐昭礼啊？"

"他有几百套运动装，还缺这一套？"沉野走过去，把衣服拿了下来。

舒杏伸手接过，突然想起一件事。她环顾四周，如梦初醒，然后问："沉野，你没有那么多黑色卫衣。"

沉野："什么？"

"领证那天，我问你怎么没换衣服，你说你有十件一样的黑色卫衣。但是你看看，整个衣帽间里一共就三件黑色卫衣，还是不一样的。"

沉野靠在衣柜上无奈地笑起来："因为那天晚上我太兴奋了，根本没有回家，坐在车里在你家楼下待了一晚上。这个答案你满意不？"

"满意。"舒杏眉眼弯弯，笑得像一只得逞的小狐狸。

或许是这件事让她心情大好，她没有拒绝他穿情侣装的要求。她右手搭在睡衣的扣子上，却见沉野丝毫不回避，直勾勾地盯着她。她把他那套衣服往他的怀里塞，把他推出了衣帽间："你也去换！"

就这样，两个人穿着运动装，又各自在外面搭配了一件保暖的休闲外套，出发去了学校。

辅川三中热闹得仿佛集市，不同年纪的校友成群结队，在门口的签到墙上签上了自己的名字。

两个人签完名，牵着手走进了校园。

时隔八年，这里没有太大改变。除了篮球场被翻新，不远处建了一个新的体育馆以外，其他的设施还是以前的样子。

过往的一幕幕在舒杏的脑海中慢慢地浮现。她一直以为那时候自己和沉野的交集不多，现在想来，在四个人聚会之前，自己也经常看见他。

她看过他穿着篮球服在篮球场上肆意奔跑的模样，即便满身汗水，他的衣服依旧干干净净、清清爽爽；看过他悠闲地躺在树荫下的长椅上晒太阳，面对突如其来的搭讪，瞎扯着"把微信给你，我用什么？"；还看过她和周北川偶尔在路上遇到他时，他冷淡地扫过来的眼神和随即转身离开的背影……

舒杏百感交集，以前觉得遗憾，现在却觉得曾经的遗憾或许是促成现在的圆满的一部分原因。

见不少人往学校的大礼堂走，舒杏想起之前群里的人说今天有往届学长和学姐自发组织的表演。她看了一眼时间，估摸着快到送感谢信的环节了，就赶紧拉着沉野走进了大礼堂。

大礼堂里暖气开得很足，两个人坐下就把身上的外套脱了。

不多时，工作人员来邀请沉野去后台准备。

主持人在舞台上发表了一番煽情的感慨，无非是沉野出国多年却不忘母校栽培云云。舒杏被观众带着鼓了三次掌，沉野终于出场了。

他就穿着那一套灰色的运动装，站在西装革履的主持人及校长中间，显得格格不入。

主持人把麦克风递给他，介绍道："本次校友沉野先生捐赠给母校的1亿元将重点用于校园非遗文化建设，包括但不限于非遗科普、展览馆建设，以及对梦想从事相关行业的贫困生进行相关补助。"

舒杏惊讶地睁大了眼睛，目光和台上的沉野的目光撞上了。

他捐款很正常，但她完全没想到他将捐款用在了非遗文化建设上。

他是……因为她吗？

主持人心有灵犀地问："我想台下的观众们应该都很好奇，您对非遗科普的重视是由于您太太正在从事相关行业吗？"

沉野看起来心情不错，开玩笑道："我知道这种时候应该说还为了历史、为了传承、为了祖国的未来，但很遗憾，我的确没有这种崇高的目标。"

台下发出阵阵笑声。

"我的目标只有一个。"沉野看向舒杏，掷地有声地说，"舒杏女士是一位非常出色的花丝镶嵌传承人，科普和推广非遗一直是她在做的事情。作为她的丈夫，我帮不上太大的忙，只希望能在力所能及的范围内助她一臂之力。"

台下默契地响起了雷鸣般的掌声。

前面两个小姑娘不知道舒杏就坐在她们后面，挽着手激动地窃窃私语。

"这么帅的男人还这么痴情，呜呜呜，我怎么就遇不到啊？！"

"你有没有发现，他没有附和主持人的说法说'我的太太'，而是直接说'舒杏女士'，后面还说'作为她的丈夫'。"

"这怎么了？"

"我也说不清，就感觉他的老婆是主角，他自己是她的附庸。你能感受到这个差异吗？"

"真的是这样！"

…………

舒杏听到了她们的讨论，并不觉得意外，因为沉野向来如此。他在把她视为自己的妻子之前，永远更倾向于把她视为一个独立的个体。

领感谢信仪式结束，沉野想下台，却被校长拉住了。沉野和舒杏对上眼神，舒杏朝他点了点头，示意自己知道了，随后看到他和校长并肩去了后台。

表演继续，是一批三四十岁的学长组织的情景剧——《我的好兄弟》。他们在台上上演兄弟多年后重逢的场景，舞台下爆发出一阵阵笑声。

　　舒杏嘴角轻扬，余光往旁边的入口处瞟，想看看沉野有没有回来，但没看到沉野，看到了一个意料之外的身影——刘阳。

　　说是意料之外，其实这也在情理之中。刘阳和他们是同一届的学生，来校庆看表演实在太正常了。

　　他扫视四周，一眼就看到了舒杏旁边靠近过道的空座，随即毫不犹豫地过来了。他走近了才看清她，压低声音，难掩惊喜之色："舒杏，你也来了啊？这个位子有人吗？"

　　舒杏本来想说有人，但回头一看，发现大礼堂里满满当当的，实在没什么空座，而且沉野回来后，他们就该走了。于是她温和地说道："你坐吧，没事。"

　　"谢谢啊。"刘阳转身坐下，熟络地吐槽起在路上遇到的事情，"本来我早早就出门了，没想到路上遇到了车祸，堵车了，害得我都没看上我们班组织的节目。"

　　舒杏想起刚才他们班表演的小品，淡淡地笑起来："你们班的节目还挺有意思的。"

　　"你别说，他们还想拉沉野一起表演呢，但是他不在群里，也没人敢去问，哈哈哈……"刘阳这才想起来，问道，"哦，对了，你是和沉野一起来的吗？"

　　"对。"

　　"那沉野呢？"

　　"他刚领完感谢信，被校长带下台了，还没回来，估计在聊事情。"

　　"哦。"刘阳挠了挠后脑勺，"我上次看到沉野的采访了，真是羡慕死人了！你们在一起这么多年，居然还能这么恩爱。"

　　舒杏本来都快忘了刘阳的误会，现在听他提起"这么多年"，疑惑再度涌了上来。

　　"刘阳，你之前在地铁上提到高三时的事，你为什么会那样觉得？"

　　"不是吗？"刘阳说，"那时候我看到他给你准备礼物了啊。我都没见他给徐昭礼准备过礼物，只特意给你准备了。"

　　"礼物？什么礼物？"

　　"礼物具体是什么，我也不知道。我经过他的座位时，不小心撞到了他的桌子，桌子里的东西就掉了出来。我捡起来的时候看到那是一个黑色盒子，上面放了一张贺卡，贺卡上面写着你的名字。"

黑色盒子？

舒杳的脑子里突然闪过一个画面，她略显急切地问："是一个黑色绒盒吗？就是……一个长、宽都不到十厘米的小盒子？"

"对，盒子挺小的。"刘阳说，"虽然那时候都在传你和周北川的谣言，但我看你们平时也不亲密，你和沉野他们几个人倒是有时候同进同出。再加上看到沉野的礼物，那贺卡上还有爱心，我就以为周北川只是挡箭牌。"

舒杳的心突然开始加速跳动，不知道是不是室内的暖气太足了，她觉得浑身发热。

原来，那年在巷子里被他捡起来的、已经沾满污水的黑色盒子是他给她准备的生日礼物。

"他……贺卡上写了什么，你还记得吗？"

"好像没写什么，只有'To 舒杳'这几个字。"

舒杳愣怔起来，许久后才回神，朝刘阳道了一声："谢谢。"

"谢什么呀？"刘阳觉得她的反应有点儿奇怪，但没有细想，感慨道，"反正你们俩现在幸福就好。"

舒杳主动说道："要不我们加个微信吧？之后我和沉野办婚礼的话，一定请你来。"

刘阳顿了两秒："有没有一种可能，我们已经加过好友了？"

舒杳尴尬地笑了笑："啊，你叫什么啊？我可能没有备注。"

刘阳："大河向东流。"

这名字怎么这么熟悉？

舒杳猛然想起来，他就是之前沉野发朋友圈时回复"恭喜"的那个人。早知道这样，她之前就私信他，把事情问清楚了！

舒杳心里懊恼了一会儿，但很快又觉得无所谓。她安慰自己，反正现在搞清楚也不算晚。

不知何时，节目结束了。主持人对观众说休息十分钟，台下的观众便纷纷起身，寒暄的寒暄，去洗手间的去洗手间。

余光看到一道灰色的身影从门口走来，舒杳抬头，朝沉野挥了挥手。沉野走到她面前，微笑着向刘阳点了点头："好久不见。"

刘阳的视线在两个人之间游移了一番，欲言又止，最后还是忍不住好奇地问了一句："你们有钱人一辈子只买一套情侣装吗？"

十分钟后，节目继续，刘阳留下欣赏，舒杏和沉野提前离开了。

两个人牵着手走在曾经走过无数次的校园小径上，沉野貌似不经意地问："你们刚才聊什么了？"

舒杏眯了眯眼，阳光落在她的眼睛里，亮闪闪的。她没有回答，而是说："沉野，你跟我去一个地方吧。"

沉野没问去哪儿，跟着她出了校门，一直往南走。不到三分钟，一条稍显破败的小巷映入眼帘。

这里就是七年前他们最后一次见面的小巷。

即便是中午，小巷里依旧昏暗。舒杏把他拉了进去，站在曾经站过的地方仰头看向他，目光澄澈："那时候你想送我的生日礼物是什么？"

沉野怔了一下，然后轻笑道："这就是刘阳跟你说的话？"

舒杏："嗯。"

"其实我已经送了。"

"送了？"舒杏疑惑，"你什么时候送的？"

沉野用食指拨了一下被她挂在包上的小狗挂件。

舒杏低头一看，惊讶地抬眸："这是你那时候就找人定制好的？"

"嗯。"

舒杏恍然大悟，难怪那时候她问他这是不是以小饼干为原型定制的，他说"也不算"，因为这个挂件的原型或许是她曾经收留却被罗建辉打死的那只小狗。

她当时只是在大家聊天的时候随口提到了那只小狗，没想到他居然一直记在心里。

穿堂风吹过，她外套敞开，却丝毫感觉不到寒冷。

"沉野，谢谢你。"

"我也有煽情恐惧症。"

沉野把她搂进怀里，用外套紧紧地裹住。她额头抵着他的胸口，闷闷地笑出声来。

那一年盛夏，闷热无比，但雨下在她身上，寒意刺骨。

这一年寒冬，北风凛冽，她被他护着，却感觉仿若春天。

她突然想起曾经在聂鲁达的诗集里看到过的一句话——"在我这贫瘠的土地上，你是最后的玫瑰。"她当时没觉得浪漫，因为坚信自己的人生里如果有玫瑰，只可能由她自己种出来。于是她整日沉浸在自己贫瘠的花园里，试图种出最艳丽的那一朵。

门口无数人来来往往，劝她放弃。她拒绝了，他们也就没再停留。

直到有一天，有人一次又一次地来找她，终于敲开了她的门。他捧着一袋玫瑰种子和自己最赤诚的真心，跟她说："嘿，要一起吗？"

舒杏心里的玫瑰开了花。

—正文完—

番外一
婚后日常

周末闲来无事，舒杏又煮了一锅玉米牛肉粥。沉野起床的时候，她已经在布置餐桌了。

他走到她身后，双手圈住她的腰，习惯性地把下巴搁在她的肩膀上，说话时带着睡意和淡淡的薄荷香："我不是说我做就好嘛，你怎么又起来了？"

舒杏笑着往碗里盛了大半碗粥："我在家的时候，我妈从来不让我做家务，也没让我烧过菜。工作之后，我几乎每天点外卖，现在好不容易有一道拿手好菜，想练练手。"

沉野捏了捏她因为拿碗而微微发烫的指尖："会做一道就够了。"

舒杏笑着推了推他："你吃吧，粥都快凉了。"

沉野摸了一下碗沿，轻轻地"啧"了一声："粥太烫了，凉个五分钟。"

"哪有啊？"

舒杏正想伸手摸，腰却被人用双手牢牢地掐住了，还没反应过来就被沉野抱着坐在了餐桌上。

舒杏退无可退，心中了然。

之前他说什么不小心把牛奶洒在身上了，要再洗一遍澡，结果拉着她在浴室里折腾了快两个小时。以至于那天晚上舒杏在睡梦里，掌心都是浴室瓷砖上那湿漉漉的冰凉触感。现在他又说粥太烫了，要凉五分钟，明明是想亲五分钟。

她无奈地低声嘟囔："明明可以直接说想亲，你还辛苦地找个借口。"

"我可以直接说吗？"沉野得寸进尺地凑到她的耳边，目的昭然若揭，"那我还想……"

舒杏怎么会不懂？但好不容易休息一天，她实在不想在床上度过，于是决定这次怎么也不惯着他了。

她把他往后推，利索地跳下餐桌，假装没听懂："那行，晚饭你做。"

沉野悻悻地坐下，拿起勺子，随口问了一句："你晚上有事吗？"

舒杏脸红了，又羞又恼："你的脑子里能不能想点儿别的事？"

沉野听了她的话，愣了一下，随即笑出声来："我是想带你去个地方。到底是谁的脑子里想不到别的事？"

舒杏喝了一口牛奶掩饰心虚："去哪儿？"

"等会儿你就知道了。"

舒杏以为他要带她约会，但是当车在夜色中一路往北开去，她才渐渐发觉这条路有点儿眼熟。她看着外面的路牌回忆片刻，终于想起来了，这不就是跨年那天去游乐园的路？

舒杏惊讶地看向沉野："我们要去游乐园吗？"

沉野："嗯。"

"我们不是跨年才……？"舒杏愣了愣，忽然明白了他的意图。

他要去游乐园，大概是因为那天那个被打断的吻。

她抿了抿唇，然后有些犹豫地和他商量："要不我们别去了吧，那就是一个传说，肯定不准的。"

前面恰好是红灯，沉野将车缓缓地停下，侧身看向她，对她的想法了然于心："你在害怕？"

"我……"舒杏无声地叹了一口气，"我不是个迷信的人，但是事不过三，我感觉游乐园跟我犯冲。"

"事不过三？"

"第一次，高三毕业的时候，恬恬说等我过生日的时候去，然后你就搂了周北川，出国了；第二次，我本来想在游乐园向你告白，结果遇到了山寨店铺的老板围堵；第三次，我们好不容易去了，你哥就……"

沉野笑着摸了摸她的后脑勺，拿起手机点开微信，两秒后，手机里突然传出了奶奶走调的歌声："我害怕鬼，但鬼未伤我分毫；我不害怕人，但人把我伤得遍体鳞伤……"

舒杏无奈地问："你偷偷录音这件事，奶奶知道吗？"

沉野地把手机收了回去："你不说她就不知道。"

她知道他想说什么。他想说，之前的这些糟心事和游乐园无关，即便她没有决定去游乐园，该发生的事还是会发生。

舒杏妥协了，但还是凝神静气，在心里把"唯物主义"四个字默念了三遍。

或许是过了跨年的高峰期，又或许是今天实在太冷，这一晚，排摩天轮的队伍短了很多，两个人没一会儿就坐上了。

本来他们应该坐在摩天轮上欣赏一下夜景，顺道接个吻，现在却仿佛变成了专门为接吻而来。这种感觉很奇怪，就像学生时代突然来了一门考试一样，让舒杏脊背挺直，如临大敌。

"我们要不要把手机关机？"她严肃地问。

沉野被她逗笑了，没有回答，右手轻柔地抚上她的后脑勺，吻直截了当地落了下来。而此刻，摩天轮才转了不到四分之一圈。

他闭上眼睛，一开始是温柔的，双唇不紧不慢地仔细研磨，好像在品尝奶糖的那层糖衣。但渐渐地，他不满足了，吻得越发强势。

舒杏本能地往后靠，被抵在了角落里。她虽然身后有依靠，心却仿佛和摩天轮一样，悬在半空中。

暧昧的声响在安静的氛围里被放大，舒杏的右手不自觉地搂上了他的脖子，那点儿担忧在这个吻中被渐渐地安抚下去了。

不知为何，摩天轮突然轻轻地震了一下。舒杏被吓了一跳，偷偷地把眼睛睁开了一条缝。四面的玻璃被夜色和他们接吻的身影填充，她清楚地看到了他眉目间的温柔之色。

外面没有流光溢彩的烟花，但舒杏觉得眼前有烟花在绽放。

他轻轻地咬了一下她的嘴唇，好像在惩罚她走神。于是她再次闭上眼睛，心脏仿佛缓缓地落到了一堆柔软的羽毛里。

辅川游乐园的摩天轮转一圈需要十三分十四秒，这也是它受众多小情侣欢迎的一个原因。而沉野足足亲了十分钟。

舒杏一度担心两个人会沉浸到连摩天轮停下都察觉不到，然后被工作人员敲窗户提醒。幸好沉野还是有分寸的，在摩天轮停下前结束了亲吻。

舒杏今天只简单地化了底妆，涂了点儿润唇膏。但此刻，她的双唇红艳水润得仿佛涂了最艳丽的色号，连口红都省了。

舒杏抿了抿唇，无语地瞪他："传言说的是在两个人转到最高点的时候接吻。"

门被打开，沉野轻轻地"啧"了一声，牵着她的手起身，没有辩驳，反而一本正经地问："你过新年的时候去寺庙里烧过香吗？"

在南江，不少人家过新年时会去寺庙里烧香。舒美如也不例外，舒杏小的时候被带着去过几次。

"烧过啊。"舒杏一头雾水地回答，然后问，"这和烧香有什么关系？"

"大家只要去了寺庙就能烧到香，那为什么还争先恐后地在凌晨夜排，就为了抢头香？"

舒杏想了想，说："体现诚心吧。"

"所以……"沉野转过头，理直气壮地问，"大家都在最高点的时候亲，我们不亲得久一点儿，怎么体现诚心？"

舒杏隐隐地觉得这个逻辑哪里不对，但又说不出来。最后，她放弃思考了。

"沉野，"舒杏眨了眨眼，貌似随意地问，"你喜欢吃煎饼吗？"

"没吃过。"沉野摸了摸她的手背，发现她的手冰凉，于是塞进了自己的外套口袋里，"怎么了？"

"你不能吃，因为……"舒杏微微扬起嘴角，语气里全是坏劲，好像小狐狸在挑衅，"小狗吃煎饼——会胡扯。"

沉野一时没分清这究竟是歇后语还是冷笑话，舒杏却好像已经预料到接下来的"惩罚"，偷偷地把手从他的口袋里抽出来，挑完事就跑远了。

沉野右手撑着腰，看着她在寒风中飞扬的长发，无奈地舔了舔嘴角，上面仿佛还有她的润唇膏的香味。

他不紧不慢地跟着她，突然看见不远处的餐厅里，一个男生推门而出。舒杏只注意身后的动静，没注意看前面，差点儿撞上那个男生。

她及时地停下来，说了一声："不好意思。"

男生看起来年纪不大，一头棕色的短发，穿着潮牌卫衣，在这个寒冬里，腿上的牛仔裤居然还是破洞的。寒风"呼呼"地往里钻，舒杏看得裹紧了外套。

男生笑着说："是我不好意思才对，没吓到你吧？"

舒杏感受到男生眼里丝毫不加掩饰的欣赏之意，摇了摇头，转身离开了。没想到男生突然三步并作两步，绕到她面前，诚恳地说："虽然有点儿冒昧，但不说的话，我感觉等会儿离开之后会后悔——我们能加个微信吗？我觉得你的眼睛特别好看。"

舒杏不禁怀疑这些男人是不是被统一培训出来的，这样的话术她这几年里没听过一百遍也有五十遍了。

她正想开口，肩膀却突然感觉到了一股压力。沉野右手搭着她的肩，把她完全圈在怀里，脸上带着笑容，眉眼却是冷淡的："她老公也挺好看的，你也看看？"

舒杏以为沉野并不会在意她被搭讪，毕竟很早之前她在酒吧里被醉汉搭讪的时候，他解过一次围，而且之后没有提过这件事。所以回家的路上，她丝毫没有意识到不对劲，还兴致勃勃地在购物网站上替小饼干挑选狗粮和玩具。

就在准备付款的时候，她突然听到身旁的沉野问："你没漏买？"

舒杏数了数购物车里的东西："没漏啊，我都买了。"

沉野把车开进庭院里，目视前方，幽幽地说道："你再买点儿醋，它不爱吃煎饼，但爱吃醋。"

舒杏愣了一下，随即"扑哧"一声笑了出来，笑得脸都红了，才扭头看向故作冷淡模样的男人。

"那就是一个我不认识的搭讪的男人，也值得你吃醋啊？"

沉野熟练地操控方向盘，将车稳稳地停在车库里。舒杏正要解开安全带，他却先一步靠了过来，右手按住了她的手背，目光灼灼地看着她，嗓音带着危险的笑意："听起来，你被搭讪过不少次啊。"

舒杏轻轻地"啊"了一声，好像真的在回忆："确实不少，没有五十次也有三十……"

舒杏话没说完，嘴巴就被他的双唇堵上了。她往后缩了一下，脑袋差点儿撞上车身，幸好被他的手掌护住了。

"干吗？"她的抱怨声被吞没在唇齿之间。

沉野顿了顿，贴着她的唇说："三十次……那我们亲三十分钟。"

或许他觉得这个姿势不太舒服，伴随着"嗒"的一声，安全带从舒杏的胸前弹开了。她还没反应过来，已经被他抱过去，跨坐在了他的大腿上。

舒杏抬眸看了一眼他身后，沉野就知道她在顾忌什么了，熟练地降下车窗，再次把纸巾盒朝不远处的开关扔过去。

车库的门缓缓地降下，舒杏双手圈着他的脖子，忍不住笑起来："刚才在游乐园里，我们应该玩那个套圈的。"

"嗯？"沉野的右手从她的开衫下摆钻了进去，轻轻地摩挲她柔嫩的腰。

双唇带着火一般的热度，烧得舒杏雪白的皮肤微微泛红，好像樱花落在白雪上。

　　她的声音轻轻地颤抖了一下，说的话题天马行空："以你这个砸开关的精准度，你玩套圈一定很厉害。"

　　沉野的笑声闷闷的，落在她的脖子处："我玩其他的不厉害？"

　　舒杏的心跳随着他的逗弄而加速，她嘴比脑子快："我又没有参照物。"

　　突如其来的揉捏让舒杏浑身一抖，轻呼出声。沉野的吻一路往下，牙齿咬住她胸口的扣子，轻易地将它解开了。他的外套早已被他扔到一旁，她往后靠在方向盘上，被他的左手垫着，没有被硌到。

　　她看着车顶，胸口起伏，感觉眼前好像有白光闪过。

　　眼见沉野的右手往下探，舒杏赶紧按住了他的手腕，脸颊红如胭脂："别在这儿……"

　　"为什么？"

　　舒杏低声提醒："我不想以后坐这辆车，脑子里都是另外的'车'。"

　　沉野怔了一下，被她一本正经的用词逗笑了。

　　他也不难为她，像抱孩子一样让她的双腿紧紧地缠在自己的腰侧，把她抱下了车。

　　他们从车库的另一个门出去，可以不经过庭院直接到达客厅。门被沉野一脚踢上，他一只手托着她的大腿，另一只手搂着她的腰，边走边吻。

　　这个姿势反而让舒杏成了掌握接吻主动权的一方。她故意挺起脊背，远离他的双唇，看到他仰头时不满足的神情，又憋着笑逗他："你叫一声姐姐，我就亲你。"

　　"我就不叫。"沉野加快脚步走进卧室里。

　　她身上的针织开衫掉落在地，柔软的床垫被压下又弹起。沉野脱下上半身的T恤盖在她身上，好像要报复她刚才的逗弄，亲得又急又重。直到她感觉喘不过气来，他才缓缓地退开，微喘着气，旧事重提："那些搭讪的人里，你印象深刻的有几个？"

　　他为什么突然问这个？

　　舒杏看着他带着笑意的眉眼，一种不祥的预感涌上心头。她知道，这种时候，他听不得任何数字。

　　"一个，"她伸出食指，严肃地保证，"就一个。"

　　"哦？"沉野的右手抚上她的后背，指尖轻动，"哪一个？"

　　皮肤被他的头发刺得微痒，舒杏将右手温柔地搭在他的脑后，笑道：

425 ·

"现在像小狗一样啃来啃去的这个。"

舒杏被他轻轻地咬了一下，不受控制地发出一声闷哼。

室内很温暖，再加上他肆意作乱，她不仅没有感觉到任何凉意，反而身上溢出了一层汗，整个人像漂浮在水中似的，找不到一个支撑点。

白色的墙壁上，两个人的身影交缠，如一部正在放映的默片。舒杏闭上眼睛，放任自己沉浸其中，不知今夕是何夕……

舒杏痛心疾首地问道："你的道德底线呢？"

"那是什么东西？"沉野脸上带着嚣张的笑容，俯身凑到她的耳边，"我从来没听过那个玩意儿。"

虽然嘴上强势，但沉野向来很尊重她，无条件地尊重她的感受。感觉到她真的累了的时候，他就算自己忍着去洗冷水澡也不会再过度强求。

即便如此，舒杏依旧忍不住反思：两个人虽然年纪轻轻，但还是不能如此没有节制吧？

于是几天后，舒杏在吃早饭时突然放下筷子，从口袋里掏出一个小木盒，郑重地朝他推了过去。

沉野一看就知道，这大概是她给他做的第三枚戒指。

要做一百枚戒指本就是开玩笑的话，沉野一直以为到小狗戒指就结束了，没想到她居然记在了心里。

他眉头轻挑，打开木盒一看，有点儿疑惑："莲花上面放个梨？"

舒杏指着那个"梨"说："这是佛！"

沉野点头，但还是没明白："什么意思？"

"意思就是……"舒杏严肃地说，"我觉得，有些事情还是不能过度，过犹不及。你如果克制不住，可以看看这枚戒指，想一想佛家提倡的清心寡欲，再不行就跟妈学习，抄一抄佛经。"

"行。"沉野沉默两秒，把盒子盖上，低头喝了一口粥，"这枚戒指我留到八十岁再戴。"

"沉野。"

沉野最终还是把这枚戒指戴上了。

当晚他正好去了酒吧，徐昭礼看到他手上的戒指，欲言又止了一个晚上，最终还是忍不住凑到他身边好奇地发问："你这戒指……莲花上面放个梨是什么意思？"

沉野想：他们不愧是一起长大的兄弟，一样没文化。

"意思是……"他悠闲地靠坐在沙发的角落里，左手的拇指轻轻地转动手上的戒指，"远梨（离）白莲花。"

徐昭礼疑惑。

沉野笑了起来："我老婆担心我被骗。"

徐昭礼翻了个白眼。

沉野："没办法，她太爱我。"

舒杏给沉野做的第四枚戒指的主体是一个繁体的"发"，极小的字被嵌在密密的如意纹中，不显得俗气，格外精致，正合大年夜这种喜庆的氛围。

沉野将她拉过来，让她侧坐在他的大腿上，左手卷着她背上的一缕头发玩："这又是什么意思？"

"就是字面意思啊。"舒杏低头剥橘子，"明天就是新年了，祝你发大财，这叫新年暴富戒。"

沉野转着手上的"清心寡欲戒"，轻笑一声："我还以为你是要劝我新年少发情。"

舒杏再次被他的理解能力震撼了。

舒杏的指甲不小心嵌进橘子里，橙色的汁水顺着她的手背往下流。沉野把橘子拿走，抽了一张纸巾帮她擦手，看到了她食指指腹上的伤口。

他眉头一皱："怎么弄的？"

"没事。"舒杏握了握拳，把手指藏进掌心里，"我工作的时候偶尔受伤是难免的。"

沉野猜到了一点儿："我没有真的让你做一百枚戒指。"

"我知道。"舒杏笑了笑，阳光从落地窗洒了进来，衬得她的双眸格外闪亮，"但是你不觉得这样挺有纪念意义的吗？不同的时间段有不同的故事，最后这些故事浓缩在一枚枚小小的戒指里，等我们老了再回看，应该会很有乐趣。"

性格使然，舒杏甚少直白地表达感情，她在他告白后说的那句"我也喜欢你"大概已经是极限了。所以听她这么自然地畅想以后的事，沉野仿佛突然被什么东西戳中了心，吻了吻她的嘴角，嗓音轻缓地说："谢谢老婆。"

身后传来一声轻轻的"啧"，舒杏回头一看，发现沉炀嫌弃地用手挡住了眼睛。

"我说你们俩秀恩爱能不能回房里秀？"

舒杏想从沉野的腿上下来，却被他牢牢地圈住了腰。他跟黏人的小狗似的把脑袋靠在她的肩膀上，朝对面的沉炀投去一个无所谓的眼神："你又不是没女朋友，忌妒什么？"

沉炀以前的确有不少女朋友，但舒杳听沉野说过，沉炀和她们之间的相处方式其实和朋友没什么区别。他身体不好是一部分原因，主要的原因是他在感情上根本没有开窍。因此，沉炀住院的时候，他的前女友们还能结伴来看望他，甚至在病房里相谈甚欢，就差组在一起打一桌麻将了。他们之间或许就是一方给予金钱，另一方给予陪伴的关系。

不过，自打沉炀久居小岛养身体、因为和女朋友距离太远被甩之后，舒杳就没再听说过他恋爱，更别说他回国之后了。

前段时间，在舒杳的鼓励下，他试着把自己的木雕作品发在网上，没想到真的得到了不少年轻人的支持。不过两个月的时间，他在视频网站上的账号的关注数就突破了十万。

这件事就像沉炀平淡的生活里的一抹亮色，让他找到了一些人生的价值。于是他沉浸其中，无法自拔，一天能在工作室里待十几个小时。就这样，他还有空谈恋爱？

舒杳压低声音，偷偷地问沉野："什么时候的事啊？"

"你问他。"沉野嗤笑一声，"他一大把年纪了，还搞网恋。"

沉炀往沙发上一躺，有些心虚地拿着遥控器疯狂地调台："那不是网恋好吗？就是一个挺聊得来的朋友。我现在忙得要死，哪有时间搞这些情情爱爱的？"

舒杳赞同："其实我觉得你哥比你有'事业脑'。"

"那我是什么脑？"

舒杳点了点他的太阳穴："你是'恋爱脑'。"

"不，"沉野笑道，"我是'舒杳脑'。"

舒杳被他逗笑了，视线扫过茶几，发现他的手机屏幕亮了——是周景准打来了电话。

她拍了拍沉野的手臂提醒他，他接起电话应了两声，她隐约听见周景准让他找一份文件。

她终于从他的大腿上解放了。

沉野揉了揉她的脑袋，身影消失在了电梯口。她收回眼神，从旁边的抱枕下翻出了自己的手机。

沉野一走，客厅里显得格外安静，她百无聊赖地点开了微博。热搜榜上没什么特别吸人眼球的娱乐话题，热搜第一是"年度紫微星季凝"。她没听过季凝这个名字，好奇地点了进去。

季凝是在春节档一部大热的悬疑电影中饰演女主人公的演员，这也是她出道后的第一部作品。

海报上的季凝一头栗色的鬈发，红唇耀眼，穿着修身的黑色短裙，懒洋洋地靠在书桌上，对着办公椅上的男人笑得妩媚。她光是颜值就足以令人觉得赏心悦目了，但微博上的好评是由于她在电影中展现的高超演技。不少人认为，她会成为同类型女演员陆晚乔的劲敌。

舒杳默默地把这部电影加入观影清单，退出后刷新了一下。不过两三分钟的时间，热搜第一居然换了，此刻的热搜词明显更炸裂——"六位女生合制幻灯片揭露'渣男'"。

舒杳本来只是抱着看热闹的心态点进去，但在看到"渣男"的名字时，不由得惊讶地睁大了眼睛。

这个"渣男"居然是林瑞阳！

自从离职后，舒杳就再也没有听过这个名字，此刻看到，居然有一种自己不认识他的恍惚感。

幻灯片制作得非常精细，里面有六个人各自的时间线，也有各种聊天记录的截图。

虽然幻灯片里没有林瑞阳的照片，但聊天记录透露了一些信息，比如他说要去某个展览做报道，吹嘘和某位商界大咖是校友……这些零碎的线索很快就被网友们拼凑起来，谴责像洪水一般向林瑞阳涌去。

舒杳的朋友圈里，曾经的同事也不指名道姓地谴责。对于林瑞阳而言，这无疑是一场毁灭性的社会性死亡。

但每个人都要为自己做的事情负责，他本就活该。

舒杳面无表情地退出朋友圈，看见一个许久没见的头像蹦到了屏幕的最顶端。

周悦给她转了 1 万块钱，说抱歉这么久才还，还谢谢她的帮助，除此之外，并没有说其他的话。

舒杳一开始只是怀疑周悦参与了这个幻灯片的制作，因为一些聊天记录截图里的话很像周悦的说话风格。但周悦在这个凑巧的时间点还她钱，她觉得答案已经昭然若揭了。

两个人太久没有说过话，舒杳收完钱，发现好像不管自己说什么都会尴尬，于是最后只回复了一个表情。

周悦没再回复。

大半年过去，周悦的改变从简短的文字里就可见一斑。以前不管别人发什么，即便只是一个表情包，她也一定会再回复一下，争着做结束话题的人。或许林瑞阳的事情让她变了不少，舒杏只希望这种改变未来可以被称为成长。

舒杏无声地叹了一口气，刚把自己从这种不太契合大年夜氛围的情绪里抽离，就听到茶几对面的沉炀嗓音低沉地问："你在干吗？"

舒杏回头，发现他在和手机那头的人语音聊天，不似平日里嘻嘻哈哈的模样，不管是表情还是语气都格外正经。

"我刚回国，在收拾东西呢。烦死了，我跟我爸吵了一架，我爸把我的卡停了。"

机械音出来的那一瞬，舒杏才意识到这两个人……居然连语音都用变音软件处理过。他们如果在谈恋爱，那可真是都长了八百个心眼。

"你的钱够用吗？不够的话我给你转。"沉炀问。

"就你那点儿广告收入……得了吧，你自己留着买木头吧。"

舒杏笑了笑，没打扰他们，也不好意思再偷听，从茶几上拿了一副蓝牙耳机戴上了。轻缓的歌声在耳朵里响起，沉炀刚才阔气的话语让舒杏莫名其妙地想到了微信里那 1 万块钱余额。

她现在收入还算稳定，1 万块钱对她来说并不算巨款。她抬头看向楼梯口，突发奇想，趁着沉野还没回来，把 1 万块钱转给了他，留言非常霸道："钱你拿着，让姐姐抱你睡一晚。"

舒杏睡相不好，之前偶尔抱着他睡，早上醒来后身上一定没被子。因此她感冒过后，沉野就不允许她抱着他睡了，每次都把她抱得严严实实的，丝毫不给她"胡作非为"的机会。

但她偶尔也想翻身做一次主。

那头的人不要脸地回复了好几句话——

"谢谢姐姐，九点开始？

"八点也行。

"七点勉强也有空。

"要不你现在上来？"

这一晚，舒杏陪钱曼青看剧、聊天，磨蹭到很晚才回房。

沉野进卧室后就走到衣柜前帮她拿换洗的睡衣，全程没有提起那 1 万块钱的事情，一切如常。

舒杳想：难不成他忘了？他忘了正好。

舒杳开心地接过睡衣，转身走进浴室，没想到沉野跟着走了进来。"咔嗒"一声，浴室门落了锁。

舒杳脑袋里的危险预警"嗡嗡"作响，她警觉地转过身，问："你干吗？"

"你既然花了钱……"沉野慢条斯理地解衬衫扣子，眼睛里是毫不掩饰的戏谑之色，"不享受一下服务吗？"

来了，他还是来了。

舒杳看着他宽衣解带，脸红了，心跳不由自主地加快。但他步步逼近后，她反而慢慢地冷静了下来。她淡定地把睡衣放在旁边的架子上，一副等候伺候的姿态，磕巴了一下："那……那你努力点儿，不然我不给你五星好评。"

"成。"沉野笑着把她横抱了起来。

舒杳轻呼一声，本能地圈住了他的脖子。

圆形浴缸里热气腾腾，味道淡雅的香氛是钱曼青送给她用来怡神安眠的，但此刻她觉得香氛发挥不了任何作用。她悠闲地躺在这一汪温水里，有一下没一下地吻沉野，宛如觅食的鱼。

水花溅了起来，落在舒杳屈起的膝盖上，带来若有若无的痒意。她没沾到水的皮肤也湿漉漉的，分不清那究竟是水还是汗。

舒杳紧闭双眸，面若桃花，右手轻轻地抓着沉野脑后的头发，好像在浪花翻涌的海面上抓住了让她心安的锚。他动作未停，俯身凑到她的耳边，带着笑意的嗓音有些暗哑。

她这才意识到，自己曾经做过类似的梦，此刻的一切似曾相识。只不过梦终究不能和现实相比，身体的战栗在温水的刺激下被放大了百倍，他们鼻尖相抵，沉野轻轻地蹭了蹭，两个人的呼吸就交缠在一起了。

沉野在这方面素来是个很坦诚的人，似乎从来不觉得这事是难以启齿的，但凡注意到她皱一下眉，就会问她的感受。渐渐地，她也被他带得大胆了一些，会表达自己的感受，只不过很简短。

这一次也一样，她低低地"嗯"了一声。

浴缸里的水珠一个劲地往外蹦，地上的瓷砖湿了一片，却无人在意。

沉野把她抱了起来，让她坐在他身上。她有些不适应，开口时嗓音很哑，听起来格外哀怨："你拿了钱，还要我出力啊？"

沉野轻笑一声，右手搭在她的腰侧，触感温润，仿佛顶级白玉："你不是想翻身做主吗？"沉野目光灼灼，烫着她的每一寸肌肤，语调却漫不经心，"随你玩儿，姐姐。"

一声"姐姐"让舒杏彻底沦陷了。她最后的想法是：这1万块钱好像还挺值的。

窗帘的缝隙里透出一缕五彩缤纷的光，楼下传来了欢呼声，好像是钱曼青的声音。沉野正在收拾一片狼藉的浴室，舒杏虽然没什么力气，但太好奇了，还是打起精神走到阳台往下看了一眼。

窗外寒风瑟瑟，庭院里亮着温暖的灯。钱曼青裹着羽绒外套缩在一旁，目光温柔地落在不远处的沉誉身上。沉誉蹲着用打火机将烟花点燃，退后的同时很自然地把钱曼青搂进了怀里。烟花绽放的一刹那，两个人同时抬起了头。

他们并没有注意到阳台上的舒杏，不知道在交谈些什么。过了一会儿，烟花落尽，沉誉低下头，温柔地吻了吻钱曼青的嘴角。

舒杏笑了笑，有些不好意思地移开了视线，突然想起大四那年在南江过的大年夜。

对于小县城里的人来说，烟花是在大年夜必不可少的庆祝方式，但不是每户人家都舍得买。所以有人放的时候，不少人会走出门"蹭"烟花看，那是最热闹的时候。

但舒杏是个例外。

当时沉野在国外，不过春节，所以舒杏迁就他的时间，在网络自习室里给他补课。

不巧的是，她上课前刚在饭桌上和舒美如不欢而散。吵架的导火索是舒美如觉得她快毕业了，希望她找一份安稳的工作，而她则希望把花丝镶嵌作为职业。

争论一如既往地以舒杏的沉默告终，所以她上课的时候情绪始终不太高，窗外绚烂的烟花没吸引她一丝一毫的注意力。

那头的沉野听到了她这边的杂音，打字问："你那儿在放烟花？"

舒杏"嗯"了一声，用语音回答："新年快到了。"

沉野又打了一行字："你的声音听起来不太高兴。"

舒杏不习惯也不喜欢跟人分享自己的私事，平时会自我消化，但在这个喜庆的日子里，她内心的烦闷几乎让她喘不过气。别说消化，她连压都压不下去。

网络那头的人对于她来说就是陌生人，这反而给了她安全感，反正补习结束之后就谁也不记得谁了。

冲动之下，舒杏脱口而出："我跟我妈吵架了。"

这是两个人第一次聊到补习以外的事情。

沉野发来了一条消息："怎么了？"

舒杏犹豫片刻，把吃年夜饭时的事情简要地提了几句，最后无奈地叹了一口气，说道："我不是不可以强硬地和她对抗，不顾她的心情，走自己想走的路。但是我做不到，所以……觉得很无力。我好像习惯了做一个循规蹈矩的好孩子，没法一下子变坏。"

那头的人迟迟没有回复。

舒杏自嘲地笑了一声，以为他也想不到解决的办法。下一秒，她看见聊天板上出现了两个字：舒杏。

他一直都称呼她"舒老师"，这是第一次直接喊她的名字。

舒杏知道对方应该和自己年龄差不多，但看到这两个字，还是愣了一下。

"怎么了？"她问。

HDP："你不想做循规蹈矩的好孩子，也不想做忤逆母亲的坏孩子，那……阳奉阴违怎么样？"

他的话瞬间点醒了舒杏。她既然无法解决问题，那么可以先选择一个折中的方式。

于是，她毕业后没有回南江，而是留在辅川，找了一份令舒美如还算满意的工作。由于她离家远，舒美如自然不知道她其实并没有放弃花丝镶嵌。

肩膀上突然落下的暖意打断了舒杏的思绪，她回过头，看到仅穿着一身单薄睡衣的沉野。

"大半夜出来吹冷风？"

舒杏做了一个"嘘"的手势，指了指庭院，低头一看，才发现沉誉和钱曼青不知何时已经进屋了。她浅笑着说："我刚才看到爸妈在楼下放烟花。"

沉野并不惊讶："我妈喜欢，每年都放。"

舒杏又看了一眼他的穿着，把厚实的羽绒外套从自己身上取下，给他穿上，然后很自觉地钻了进去。她轻柔的声音被闷在外套里："我希望等我们到了爸妈的年纪还能这么浪漫。"

"放个烟花就叫浪漫？"沉野用外套将她紧紧地裹住，不服气地说："你要是想看，我天天给你放。"

"这种事情就是要偶尔做才浪漫。"舒杏双手圈着他的腰，笑了起来，"我好像还没跟你说新年快乐。"

"说过了。"

"没有吧？"说完，她开始双颊发烫，把头埋进他的怀里。

她想起来了，刚才的确说过。

那时候她感觉体内好像有一个充满气的气球，但沉野跟故意逗她一样，问她有没有什么话想跟他说。她视线朦胧，隐约看到了墙上的时钟，脱口而出："新年快乐。"

沉野却并不满意："谁新年快乐？"

"沉……"舒杏闷哼一声，转而喊，"老公。"

沉野依旧不满意，在吻她的间隙轻声诱哄："再换一个。"

舒杏呼吸急促地对上他期待的目光，瞬间明白过来了。她圈住他的脖子，脸红得好像涂了胭脂，极轻地喊了一声："哥哥。"

沉野这才满意。

想到这儿，舒杏又羞又恼地隔着睡衣咬了一口他的肉，在心里吐槽：这人收了她的钱，还一点儿亏都吃不得。

沉野不喊疼，反而很享受似的揉了揉她的脑袋。

过了一会儿，舒杏才想起刚才自己想说什么，问道："对了，你有什么新年愿望吗？"

沉野说："有两个。"

舒杏仰头问："哪两个？"

"第一个，你跟我说一句新年快乐。"沉野说，"这个已经达成了。"

"那第二个呢？"

"第二个……"沉野低头吻了吻她的发顶，语气听着强势，却隐隐缺乏安全感，"以后每年新年，你都得第一个跟我说新年快乐。"

番外二
如果她收下那件外套

一场秋雨来得猝不及防。校门口的保安亭下，舒杳双手环抱在胸前，白色的内衣轮廓在半湿的校服衬衫里若隐若现，视线停留在眼前这个陌生男生的脸上。

不可否认，这是她十八年里见过的长得最好看的男生。他鼻梁高挺，下颌线条分明，额前碎发微湿，衬得他双眸越发黑。他身上的白色校服衬衫没有规矩地扎在裤子里，下摆松松垮垮地散着，连学校规定学生必须佩戴的校牌也没戴，浑身上下散发着冷淡不羁的气场。

这样的男生不管在哪里都是人群的焦点。

舒杳最不喜欢靠近焦点，可偏偏，他刚帮了她。

五分钟前，一同躲雨的猥琐男生数次偷偷地瞟向她的胸口，她趁他不备，用美工刀划开了他的裤子。红色的内裤暴露在外，男生骂了一句脏话，正欲反击，迎面而来的篮球就砸中了他的脑袋。他痛呼一声，怒瞪过去，看到来人时，浑身的气势竟荡然无存。

猥琐男生仓皇逃离之前的喃喃自语让舒杳知道了眼前这个男生的名字——chén yě。

她刚从南江转来辅川没几天，同班同学都不认识几个，更别说其他班的学生了，所以根本不知道他的名字具体是哪两个字。

她也没什么兴趣知道。

眼前的男生倒是扫了一眼她的校牌，主动开口："你叫舒杳？"

"嗯。"舒杏点头，从包里掏出纸巾，把湿漉漉的篮球擦干净后还给他，"谢谢。"

沉野接过篮球，却没有离开，合上伞放在一旁，将手里的校服外套递了过去。

他的校服很新，看上去没穿过几次，但她还是毫不犹豫地拒绝了："不用了，我把你的衣服弄湿就不好了。"

沉野没什么反应，回头看了一眼外面淅淅沥沥的雨，伸出右手，外套的袖管瞬间就沾上了几滴雨水。他收回手，泰然自若地说道："已经湿了。"

舒杏确实没想到他会这么做。

她还在发愣，沉野就把外套反披到了她身上，漫不经心地说道："你再磨蹭，该赶不上末班车了。"

舒杏正疑惑他怎么知道自己坐公交车，低头才发现自己的手机屏幕还亮着，停留在实时查询公交路线的界面上。屏幕上清楚地显示，末班车还有一站就要到达校门口了。

她不习惯穿别人的衣服，但转念一想，这好像确实是最合适的方法。不然自己浑身湿漉漉地上车，不成为车上的焦点才怪。

"那……谢谢，我明天还你衣服。"舒杏拿过保安室窗台上的书包，急匆匆地跑了。

成功地坐上公交车，舒杏习惯性地选了一个靠窗的位子。

她脱下身上反披着的校服外套，重新穿好，拉上了拉链。外套瞬间驱散了半湿的衬衫带来的凉意，上面清爽的薄荷香气也让身后大爷身上散发的浓重的烟草味淡了不少。

公交车缓缓地启动，舒杏透过布满雨水的玻璃窗，看到了在路边撑伞独行的高挑身影。

他的脸被伞遮住了，所以舒杏看得肆无忌惮。没承想，对方突然把伞往后移，心有灵犀地转头看了过来。

透过雨幕，两个人目光相撞。

他的身影很快就被公交车甩在了后面，舒杏无事发生般淡定地收回视线，缩在袖子里的右手却尴尬地攥了攥。

第二天，舒杏带着洗干净的校服外套走进了班级。她刚把袋子放在桌上，赵恬恬的右手就习惯性地伸了进去。

"哎？这里面装的不是早餐啊？"赵恬恬摸了摸，又探头去看，"你不是穿校服了吗？怎么又带一件外套？"

舒杳摊开习题册，翻到还没做的那一页，从笔筒里抽出一支黑色水笔，低头写起来："别人的。"

赵恬恬本就爱八卦，一听这话，瞬间凑了过来："谁的？谁的？你转来没几天，除了我，在学校里还有认识的人？"

赵恬恬这话倒是让舒杳意识到一个问题——她只知道对方名字的发音，但不清楚具体怎么写，更别提他的年级和班级了，要怎么还衣服？

她犹豫片刻，看向赵恬恬，问："恬恬，你知不知道，我们学校有个叫……'chén yě'的男生？他长得挺高、挺帅的。"

"沉野？"赵恬恬愣了一下，"这衣服是沉野的？"

听起来，赵恬恬认识他。

舒杳放下心来："他是几班的啊？"

"我们楼上，八班。我喝点儿牛奶压压惊。"赵恬恬拿过一旁的牛奶，猛喝了几口，缓过来才说，"你和沉野是怎么认识的？"

舒杳把昨天在校门口发生的事情简要地说了一遍。

赵恬恬咬着吸管，喃喃自语："你确定他是八班的那个沉野吗？可是除他之外，我们学校里好像也没有叫这个名字的帅哥了啊……"

舒杳随口问："八班的那个沉野怎么了？"

"你刚转来，不知道。他这人……我怎么描述呢？"赵恬恬想了想，说，"挺特立独行、我行我素的。比如说，你如果在大马路上看到所有人都抬头往天上看，你是不是也会抬头看一眼，好奇他们在看什么？"

舒杳点头："会吧。"

"沉野就是不会抬头的异类，对于外界的动静，根本就懒得理会。"赵恬恬难以置信地问，"他居然出手帮你？"

舒杳低头在 C 选项上画了一个钩："你刚才说的例子是八卦，但昨天他的行为算见义勇为，我觉得二者不能相提并论。"

"也有道理。"赵恬恬好奇起来，"那你准备下课去他们班里还他衣服？"

舒杳点头。

"你不担心啊？"

"我担心什么？"

"你可是最近颇受学校男生关注的美女转学生，沉野又是我们学校关注度最高的'校草'。你当着大家的面去还衣服，明天你们俩的谣言估计就要传遍学校了。"

舒杳的右手停了下来，她觉得有道理："那你觉得我怎么做合适？"

赵恬恬给她出了一个主意，让她先去找沉野的同桌徐昭礼，再让徐昭礼偷偷地把沉野喊出来。徐昭礼这个人在学校里人脉广，谁去找他都没人会在意。

不过舒杏还是失策了。

坐在八班门口的同学把徐昭礼喊了出来，她一问才得知沉野今天请假了，而且请了一周。

徐昭礼虽然不认识她，但很热情："要不这样吧，你给我一个地址，我让他放学后直接去找你拿。"

舒杏犹豫了片刻，本来想让徐昭礼帮她把衣服塞在沉野的课桌里，但转念一想，这样不仅显得没有道谢的诚意，她还得一直欠一份人情。她不如让沉野去奶茶店里，请他喝点儿什么，从此两不相欠。

于是她点了点头："我晚上在茉莉奶茶店里兼职，就是长阳路的那家。他如果方便的话，就过去拿吧；如果不方便，我去找他也可以。"

"他方便，就是走几步路的事，这有什么不方便的？"徐昭礼掏出手机，"我这就跟他说。"

没一会儿，徐昭礼得到了沉野肯定的答复，抬头："他说晚上去店里找你拿。"

"好。"舒杏道了谢，提着袋子转身下楼了。

今晚奶茶店的生意很一般，老板见舒杏一个人忙得过来，就把包里的家门钥匙递给她，说她侄女等会儿过来拿，然后先离开了。

老板的侄女是舒杏在南江读书时的学姐，也是高中手工社团的团长，去年考上了辅川的大学。奶茶店的兼职就是她牵的线。

舒杏把钥匙放进抽屉里，闲着没事，拿起旁边的抹布收拾收银台。她刚擦完，门口的风铃就响了起来，有人推门进来了。

舒杏抬头，看到了一个和自己差不多年纪的男生，他大概是周边学校的学生。她微笑着道了一声"欢迎光临"，问他想喝什么。

男生站在收银台前，低头看向饮品单："一杯茉莉奶绿。"

"好。"舒杏下完单，示意男生扫码付款。

男生一边操作一边殷勤地问她："你在上班时间能喝奶茶吗？我请你喝一杯。"

"不用，店里规定，店员不能喝客人请的奶茶。"舒杏客套地笑了笑。

"你……"男生眉头轻蹙，似乎这才意识到，"你一点儿都不记得我？"

他这个熟络的语气让舒杏愣住了："我们……见过？"

"我已经连着一个礼拜来买奶茶了！"男生不愿意相信，"你明明每天都对我笑，竟然一点儿都不记得我？"

舒杏依旧嘴角微扬："笑也是店里的规定。"

她转过身制作饮品，男生却并没有放弃，转到更靠近她的那一侧，双手搭在桌上，自来熟地搭讪："你现在既然知道我是为你来的，那要不要考虑一下我？"

舒杏连头都没回："不考虑。"

"为什么？你别跟我说'你只想好好学习'这种俗套的理由啊，我不信。"

想起等会儿学姐要来，舒杏按下按键，温热的茶水"哗啦啦"地流下来，平淡无波的回答夹杂在这道声音中："我有喜欢的人了。"

"怎么可能？"男生皱起眉头，明显不信，"你才转学过来没多久，怎么可能这么快就有喜欢的人？而且没人说过啊。"

"一见钟情，我刚喜欢上。"舒杏把奶茶封好口，熟练地问，"您是现在喝还是带走？"

男生不答反问："谁啊？他是我们学校的人吗？"

"这是您的奶茶，请拿好。"舒杏的耐心消失殆尽，她拿了一个纸袋帮他把奶茶和吸管装好，往前推去，"他等会儿会来，你赶紧走吧，我不希望他误会，影响我在他心里的形象。"

见她没有回答自己刚才的问题，男生以为她默认了，惊讶地出声："他还真是我们学校的人啊？是谁？"

话音刚落，风铃声再度响起。舒杏以为学姐来了，刚松一口气就看到了一张冷淡的脸。

她完全忘了，晚上还约了沉野还衣服。

舒杏还没开口，一旁的男生倒是先惊讶起来："沉哥？"

沉野不咸不淡地扫了他一眼，没什么表情，也没点单，而是直接走到角落的座位上坐下了。他从口袋里掏出手机摆弄，动作熟练得宛如回家。这显然不是一个普通顾客会有的举动。

男生的视线在两个人之间游移一番，最后落在了舒杏的脸上，表情从一开始的难以置信转变为尴尬："抱歉，我没想到你一见钟情的人是沉哥。放心，我以后不会再打扰你了。"

舒杏："不……"

男生说完，拎着奶茶急匆匆地走了，丝毫没给舒杏解释的机会。

角落里的沉野撑着脑袋，投来一个幽幽的眼神，看好戏似的问："一见钟情？这事你昨天怎么没说呢？"

关于一见钟情的事情，舒杏花了五分钟解释前因后果，终于让沉野相信这就是一个乌龙。

"我说马上会来的人是别人，没想到你先进来了。"

"别人？"

"老板的侄女，也是我的学姐。"看到沉野的眼睛里一闪而过的惊讶神色，舒杏耐心地解释，"学姐打扮得比较中性，经常被人误会是男生。我高一参加社团团建的时候，遇到校外的男生搭讪，她也帮我解过围。"

那时候学姐跟舒杏说，要是遇到什么难缠的男生，随便报她的名字。刚才想到她正好要来，舒杏才会脱口而出。

沉野点了点头，没多说什么。

舒杏沉默了片刻，想起刚才那个男生对他的称呼，问："你……是不是认识刚才的男生？"

沉野："算认识吧。"

"那你跟他解释一下吧，我怕他把今天的事往外传。"

沉野右手撑着下巴，视线投向不远处墙上的饮品单："行。"

舒杏松了一口气，把装着他的衣服的袋子递到他面前，又顺着他的视线看过去："你想喝什么？我请你，就当谢谢你那天的帮助。"

沉野还真没客气，嗓音轻缓地说："桃之……夭夭。"

舒杏没有多想："这是新品。你要几分甜？"

"都行。"

"那我就按我之前喝的甜度做了。"舒杏回到工作区，开始背对着他切桃子。

她做兼职还没超过半个月，但对于饮品的制作已经得心应手了，很快就将一杯桃之夭夭放在了他面前。

沉野优哉游哉地喝起来，似乎并没有离开的打算。舒杏看了一眼时间，快到九点了。

"呜……"一声极轻的呜咽在安静的店里显得格外清晰。舒杏推开门，往外看了一眼，果不其然，一只浑身脏兮兮的小狗缩在门口的角落里，眼皮无神地耷拉着，看到她之后，尾巴小幅度地摇了摇。

她从抽屉里取出狗粮，往门口的小碗里适量倒了一些。小狗闻到味道，轻轻地摇晃着尾巴往前凑，看起来比刚才精神多了。

它吃得很香，舒杏喂得也很有耐心。她怕它渴，又拿起一旁的一个空碗，走到旁边的洗手池冲洗后，给它接了半碗温水。

沉野一边喝饮料一边观察她熟练的动作，末了，放下杯子，走过来蹲在她身边："它每天都来？"

"嗯。"舒杏把水碗往前推了推。

出于防备心理，小狗本能地往后退了一步，直到抬头看到她，才又上前舔碗里的水。

舒杏双手环抱着膝盖，缓缓地说道："它好像养成习惯了。我在的时候就是我喂；我不在的时候，老板会喂。"

"那你怎么不直接养它？"

舒杏顿了顿，摇头："我住在我舅妈家里，她很怕狗。在店里养的话，老板怕它吓到顾客。而且养狗要考虑成本，它要是生病的话……医药费很贵。"

沉野将目光落在小狗皮包骨的身体上，透过打结的毛发隐约看到了一道疤痕："但是它这样在外流浪活不久。"

"我知道。"

前段时间，小狗的脑袋上带着伤，是舒杏帮它处理的，看起来，它好像被砖头砸了。这样的伤在流浪狗身上并不罕见。

舒杏无声地叹了一口气，说道："所以我在想要不要把它送到流浪狗救助站去。"

沉野看了小狗一会儿，突然说："要不我来养它？"

舒杏转头看向他，语气温柔却又严肃："养狗不是儿戏，你如果不确定能不能照顾好它，还是不要贸然养。"

沉野没了刚才的懒散劲，昏黄的路灯下，眼眸漆黑如墨，认真又笃定地说："我养了它就会对它负责。"

那天晚上，她和沉野带着狗去了宠物医院。给狗狗洗了澡，做了全面的检查，确认它没有大碍后，沉野就准备把它带回家了。

说来也算有缘分，流浪狗一般对人有很重的防备心，但这只小狗和沉野一晚上就熟悉了，临走的时候被沉野抱在怀里，一点儿都不排斥。

舒杏还是有点儿不放心："你养过狗吗？"

"你这么不放心我啊？"沉野从口袋里掏出手机，"我们加个好友，我每天给你发照片反馈它的情况，这样总行了吧？"

舒杏毕竟是把小狗交给他的中间人，觉得自己有必要监督他，于是犹豫片刻后还是跟他加上了好友。

看到手机屏幕上跳出一个蜡笔小新侧脸的头像，沉野收起手机，右手摸着小狗背上柔顺的毛发："你给它起个名字吧。"

"现在你才是它的主人。"

"你先发现它的。"

"那……"舒杏淡淡地笑起来，垂眸挠了挠它的下巴，"叫小饼干吧。"

"小饼干？"

"嗯，因为它第一次来的时候，店里没有狗粮，我就给它喂了几块饼干。"

"行。"沉野抓着小饼干的前爪晃了晃："小饼干，和……舒同学说再见。"

小饼干本来睡得挺香，因为他的举动，无奈地把眼睛睁开了一条缝，带着点儿起床气似的，不太乐意。

舒杏被他的动作逗笑了。在和沉野接触了一晚上之后，她发觉他在她心里的印象有了很大的改变，他并不像赵恬恬描述的那样我行我素到难以相处，反而时不时地透露出一些幼稚的少年气，就像现在这样。

深夜，沉野给她发来了第一张照片。小狗蜷缩在崭新的狗窝里，虽然依旧瘦骨嶙峋，但睡得很安稳。

第二天，他带小狗打了疫苗，办了狗证。小狗的状态明显变好了，进食也顺利了很多。

第三天，小狗熟悉了环境，开始在屋子里四处蹦跶，也有了专属的玩具。

…………

第七天，照片的背景是草坪。小狗看着胖了一些，毛发也越发顺滑，前爪扒在他的膝盖上，一副期待的样子。

舒杏渐渐地放下心来，看来他真的说到做到，把小狗照顾得很好。

她放大照片，感觉照片中远处的凉亭有点儿眼熟，定睛一看才发现，这不是她家旁边公园里的那个凉亭吗？

舒杏："你在中央公园里？"

沉野："嗯，遛狗。"

难不成他家也在这附近？

照片里，小饼干期待的眼神就像钩子一样勾得她心痒，她有一种去看它的冲动。但她转念一想，那天小狗身体欠佳，陪它检查、领药等事情让她忙得焦头烂额，根本没时间思考跟他独处尴不尴尬。现在想起来，和一个认识不过几天的异性一起遛狗挺让人紧张的。

就在舒杏准备放弃的时候，他又发来一条消息："你要来看看它吗？"

如果说小饼干的眼神是钩子，那他的这句话无异于把钩子往舒杏的嘴里塞。她纠结许久，还是上钩了，抓起外套急匆匆地出了门。

傍晚是中央公园最热闹的时候，夕阳西下，草坪上宛如洒了金粉，空气里洋溢着小摊上飘过来的棉花糖香气。

不远处，小情侣靠着大树接吻，带娃的阿婆看见了，急得立马捂住了自家孙女的眼睛，念叨着世风日下，路边遛狗的夫妻则正在为等会儿回去谁做饭而争执不休。就是在这样的喧闹中，舒杏看到了树荫里的沉野。

他穿着一件黑色卫衣，一条腿屈起，另一条腿伸直，嘴里叼着一根棒棒糖，靠在足有两个人宽的树干上，右手将一个玩具球颠来颠去。小饼干的视线随着那个球移动，脑袋一会儿仰起，一会儿低下，它似乎在寻找机会。

舒杏慢慢地靠近，看到沉野把玩具球往外一抛，拍了拍狗屁股："傻狗，追！"

他幼不幼稚？

小饼干叼着球转身，看到舒杏后朝她狂奔过来，沉野的视线也随之投了过来。

舒杏蹲下身挠了挠它的脑袋。这段时间以来，小狗真的更有活力了，双目炯炯有神，不复当初可怜兮兮的模样。

她抱着它走到沉野身边，盘腿坐下后，视线里出现了一只骨节分明的手。他掌心里放着一根草莓味的棒棒糖，问她："吃吗？"

"谢谢。"舒杏拆开包装纸，糖入口的瞬间，熟悉的味道让她想起了很多事情，"你也喜欢吃这个牌子的棒棒糖啊？这个牌子很老，现在不容易买到了。"

"嗯，我小时候吃过这个牌子的糖，觉得还不错。"

他说话的时候，淡淡的柠檬薄荷味飘了过来。舒杏不动声色地嗅了嗅，确认他吃的是自己最不喜欢的口味。

"你不觉得酸吗？柠檬薄荷，我小时候一看这四个字就觉得这个味道不好吃。"舒杏笑了起来，"但那时候一包里有四根棒棒糖，口味是固定的，所以我每次都把这个口味的棒棒糖送给其他小朋友。"

沉野右手把玩着玩具球,时不时地逗一逗小饼干:"我知道。"

舒杳惊讶:"你怎么知道?"

沉野看向她,勾着唇笑:"你觉不觉得我很像那个小朋友?"他靠回去,又幽幽地补了一句,"哦,不,我只是那些小朋友的其中之一,你是个人间撒糖机。"

舒杳心里纳闷:自己认识他?

舒杳直勾勾地盯着他线条分明的侧脸,一遍遍地回想他的名字,一张带着婴儿肥的脸蛋突然在脑海中浮现。

舒杳想起来了,她九岁那年,母亲带她去舅舅家,舅舅和舅妈就带她去了游乐园。在那里,她遇到了一个小男孩,还把柠檬薄荷味的棒棒糖分享给了他。男孩说,他叫沉野,沉默的沉,野狗的野。

难怪那天在校门口他会给她递衣服,原来早就认出她了。

舒杳愣了许久,用"你听我编"的表情认真地纠正他的话:"其实我刚才是开玩笑的。我小时候特别喜欢这个口味,遇到合得来的小朋友才会给他,至今只给出过一根。"

沉野以"你骗骗别人就得了,别把自己也骗了"的眼神看着她:"合得来?那你为什么放我鸽子?"

当年舒杳跟他说好了第二年的这天还会去游乐园,还会给他带糖,但他第二年在那儿等了一天都没等到她的身影。

"那年我家发生了一些事情,所以我妈没带我来辅川。后来再来的时候……"舒杳缩了缩脖子,低声嘟囔,"我才知道游乐园的门票那么贵。我不舍得再让舅舅花那么多钱让我去一个已经去过的地方,而且过了那么久,我以为你早就忘了。"

沉野咬碎了最后的一点儿糖渣,嗓音低沉却坚定地说:"我没忘。"

舒杳看着他的表情:"你生气了啊?"

"现在不生气了。"

沉野转过头,貌似随意地问:"那我现在还是跟你合得来的小朋友吗?"

这个问题,舒杳觉得自己回答不了。在她的人生里,与她合得来的人可以说一个也没有。她太习惯独来独往的生活,敞开心扉让另一个人入侵自己的生活对她来说很困难。所以周末收到赵恬恬的生日派对邀约时,她是犹豫的。

可赵恬恬是她转学到三中后第一个对她释放善意和热情的人，还是邀请她共度生日这个特别的日子，舒杏最终心软，答应了。

晚上七点，她准时赶到了约好的餐厅的包间，一推开包间的门，就听到了此起彼伏的交谈声。

包间里灯光明亮，舒杏看清了大家的脸——除了两三个同班同学，其他的人她完全不认识。

舒杏把路上临时在商场里买的礼物递给赵恬恬，微笑着说了一声："生日快乐。"

"谢谢！"赵恬恬热情地给了她一个拥抱，刚拉着她走到沙发边，门口就又有朋友进来了。赵恬恬回头看了一眼，抱歉地对她说："杏杏，你先坐一会儿，我等会儿过来找你。"

"好。"舒杏笑了笑，找到个角落的位置，安静地坐下了。

茶几上面凌乱地放着各种饮料和零食，舒杏的目光落在其中的一罐冰可乐上，她刚想伸手，一旁的男生就先一步把它拿走了。

男生拉开了易拉罐的拉环，猛灌一口可乐，起身喊道："到底什么时候开饭啊？我都饿了！"

舒杏往后靠去，遗憾地想：算了，自己也没有那么想喝可乐。

一个男生拿着橙汁走过来，扯着嗓子问她喝不喝，舒杏摆了摆手，婉拒了。但男生没有离开，转身在她身边坐下了，殷勤地替她拿了几颗巧克力："你尝尝这个。"

舒杏不知道这个男生是不是故意的，他说话的时候一个劲地往她的方向靠。每当他的脑袋凑过来，舒杏就本能地往后缩，不自觉地和他拉开距离。

注意到了舒杏的反应，男生没有再献殷勤，很快就跟另一边的女生聊了起来。

舒杏暗暗地松了一口气，低头看起了手机，却感觉时间过得格外慢，比跑八百米的那几分钟还慢。

她正盘算着吃完饭就找借口离开，微信上突然跳出一张照片。照片里是小饼干的背影，小饼干的右前爪死死地按在玻璃门外的一把大锁上。

沉野："猜一样物品。"

舒杏秒懂，憋着笑发过去四个字："压缩饼干。"

压锁饼干……压缩饼干……他想出这个谐音的玩笑已经够令舒杏无语

了，更让她无语的是，她发现自己居然不用思考，一秒就能理解他的意思。

舒杳不由得失笑。奇怪的是，她发现自己刚才的局促和无聊似乎都渐渐消散了，立大功的居然只是一张照片。

耳畔嘈杂的交谈声难以入耳，她索性安心地窝在角落里，有一搭没一搭地和他聊了起来，不只聊小饼干。每次她觉得话题差不多结束的时候，他总能完美地把对话转到另一个话题上。

中途，舒杳看了一眼时间，才发现不知不觉中又过去了半个小时。这半个小时和刚才她呆坐在角落等待的半个小时相比，可以说天差地别。

舒杳突然想起了沉野那天的问题。

视线扫过周围躁动的人群，她想：现在自己或许可以回答这个问题了。

不管九岁还是十八岁，他还是那个跟她很合得来的小朋友。

除了发照片汇报小饼干的日常，沉野偶尔会在周六的早上带着狗狗来奶茶店里找她，趁着没开店陪她个把小时。

老板考虑到她是高三生，开店前的准备工作都不需要她做，她就在这个把小时里做作业。沉野来了之后，她对面就多了一个人。

舒杳从来没有和一个异性走得这么近，一开始挺不习惯的，但第一次被小饼干收买还没好意思拒绝后，自然就有了第二次、第三次。

舒杳渐渐觉得无所谓了，甚至还会在做完一张试卷后跟他对答案。

沉野在数学上比她厉害，但总成绩不如她。因为他偏科比较严重，语文拖了后腿。

"如何理解文末说'读到了自己灵魂的色泽也正在由灰变红'？"

舒杳看了一眼沉野的答案，无奈极了。他的回答简洁明了："灵魂中毒。"

她发自内心地问："你们语文老师真的没打过你吗？"

沉野收起钢笔，活动活动手腕："我考试的时候不会写得这么敷衍。"

那他还算有分寸。

舒杳随口问了一句："那要是考到这一题，你会怎么答？"

沉野低头看了一眼题目，靠在椅背上懒洋洋地说道："灵魂本来是健康的灰色，后来慢慢地呈现出红色，这说明灵魂呈现中毒症状，建议就医。"

舒杳无语地低头继续做自己的作业，看到卷子上的问题——"如何理解'天空布满乌云，就像雪白的肌肤上突然出现斑斑黑印，令人心生恐惧'？"，脑袋里瞬间蹦出四个字：皮肤中毒。

啊!

舒杏合上语文试卷,换了一张数学的,觉得在某些方面还是不能跟他太合得来。

做完最后三道大题,舒杏看了一眼手机上的时间,九点五十分,距离开门还有十分钟。她收拾好自己的试卷和文具,一只手摸小饼干背上的毛,另一只手习惯性地点进了微信,想看有没有什么消息,发现屏幕下方有一个好友申请。

一个动漫头像的陌生人想加她为好友,申请理由写的是:"我们在恬恬的生日派对上见过,交个朋友?"

舒杏皱起眉头,非常无奈。

自打她被班主任拉进班级群后,她的微信号就彻底暴露了。这段时间,陌生的好友申请越来越多。

沉野抬眸看了她一眼:"怎么了?"

舒杏觉得他可能有经验,便向他求助:"经常有陌生的女生加你的微信吗?"

"不会,"沉野休息够了,又拿起钢笔继续写试卷,"没有多少人知道我的微信。"

"怎么可能?你加了班级群,大家不就都知道了吗?"

沉野理所当然地说:"所以我没加。"

她怎么知道还可以不加?!

舒杏无视了这条好友申请,收起手机,拿过椅背上的围裙戴上:"我要开始招呼客人了,你要是嫌吵的话,就先回去吧。"

小饼干被迫从她的腿上下来,又一下跳上了沉野的大腿,以一个惬意的姿势继续睡觉。

沉野没动,低头继续和语文试卷做斗争:"我把这张卷子做完。"

舒杏便没再说什么。

他虽然答得不行,但起码态度是端正的。

早上客人不多,再加上老板也在,舒杏只负责收银,压力不大。她招待了三四位顾客后,门铃再次响起,一个穿着私立高中校服、扎着双马尾辫的女生推门而入。

舒杏的那句"欢迎光临"刚说了一半,就被女生的惊呼打断了:"沉野,你果然在这儿!"

看起来她是特意来找人的,不是消费的。

舒杏没有打扰他们，转身继续做自己的工作。

女生径直走到沉野面前，在他对面坐下，好声好气地说："你知道我为什么来找你吗？"

沉野慢条斯理地喝了一口饮料，三十七摄氏度的嘴吐出了三个冰冷的字："你是谁？"

"我是邈邈的闺密。"

沉野又问："邈邈又是谁？"

女生显然被他问得愣住了，顿了一下才回答："一个正在铁了心给你准备派对的女生。"

嗅到八卦的味道，舒杏竖起耳朵听了一会儿。

女生用请求的语气说："你能不能给个面子去参加一下？我怕她受打击。"

"不能。"

"为什么？"

"因为……"沉野拖长尾音，显得漫不经心，"我有喜欢的人了。我不希望她误会，影响我在她心里的形象。"

舒杏纳闷：这话怎么这么耳熟？

她愣了一下，想起来这就是之前她拒绝那个男生时说的话。所以他其实把她和那个男生的交谈都听进去了？！

舒杏暗暗地在心里吐槽他没新意，拒绝人也不知道自己想个理由。小饼干不知道什么时候钻进了工作区，用小脑袋蹭她的裤管。

身后的女生恍然大悟："难怪你最近老往这家奶茶店里跑。"

舒杏猛然回头，和起身离开的女生对视了一秒。她倒是没有感觉到敌意，但觉得事情的发展超出了预料，好像看热闹看到了自己身上。

风铃声渐歇，室内恢复了安静。舒杏隔着柜台对上沉野的目光，温和地提醒："她好像也误会了。"

沉野喝了一口饮料，歪着脑袋，看起来很不解："什么叫'也误会了'？"

"就是她和那天那个误会我的男生一样，误会你了啊。"

"哪里一样？"沉野目光灼灼，坦荡地落在她的脸上，语气听着随意，却带着不容反驳的笃定意味，"这次不是误会。"

舒杏以前对于这类问题的解决方式是直接拒绝，如果对方被拒绝后还不罢休，那她会尽可能地断绝一切和对方的接触。但对于沉野，她不知所措，这段时间的接触让她无法把他当成陌生人对待。所以之后的几天，她开始有意无意地躲开他，希望他能从中意识到她委婉的拒绝之意。

但有一个时间段她是无论如何都躲不开他的，那就是周五的体育课——五班和八班的体育课在同一节，只是由不同的老师上。

休息时间，舒杏坐在体育馆的楼梯上喝水发呆，赵恬恬兴冲冲地跑了过来："杏杏，你坐在这儿干吗呀？去看他们打篮球啊！"

舒杏摇了摇头，不太感兴趣："篮球有什么好看的？"

"篮球不好看，但是打篮球的人好看啊！"赵恬恬拉着她起身，往上蹿了几步，趴在平台的栏杆上，右手指着不远处的篮球场，"你看那儿。今天奇怪了，沉野居然也在打篮球。"

舒杏的视力向来很好，再加上沉野在一众男生里确实突出，她一眼就看到了他。篮球在他的手里好像可以被轻易地操控，他单手运球，转身轻而易举地过了一个人，之后微微下蹲，起跳，篮球就从他的手中脱离，在空中画出一道完美的抛物线，精准地入筐了。

"嘭"的一声，篮球落地，他打出了一个无可挑剔的三分球。

围观人群激动的欢呼声传入耳朵，舒杏收回视线，落在手里的矿泉水上。她说不清是不是有如释重负的感觉，意识到自己好像想多了，他的心情似乎并没有因她的躲避而受到什么影响。

也对，沉野这样的男生，喜欢一个人是坦荡的，放弃一个人应该也是。

"你真不去啊？"赵恬恬又问。

舒杏推了推她："我不去了，你去吧。"

"好吧，那我走了啊。"赵恬恬朝舒杏摆了摆手，飞奔下了楼梯。

但赵恬恬也没能看到多少精彩的画面，没一会儿，一声尖锐的哨音就打断了在场所有人的热情。两个班的体育老师挥着手示意大家集合，大家都像被太阳晒蔫的小白菜，没什么精神，耷拉着脑袋聚集在操场上，花了好几分钟才集合完毕。

舒杏站在第四排最靠近八班的那一列，斜后方就是沉野。她隐约听到徐昭礼和他窃窃私语："完了，我有一种不祥的预感，很久没有像这样两个班一起集合了。"

沉野没有理徐昭礼，但这话让舒杏的心提了起来。

她转学过来没多久，实在不了解这所学校的体育老师的套路，偏偏体育还是她最不擅长的科目。

体育老师咳嗽一声，缓缓地开口："是这样的，下周呢，学校就要举办运动会了。今年比较特殊，高三的同学也可以参加。"

高三的学生本来就没有什么娱乐项目，学校里的歌会、迎新晚会都没有高三学生的份，所以难得有一个活动可以让大家名正言顺地不上课，大多数人是开心的。但这种开心的心情随着体育老师说出的下一句话消失殆尽。

"但是我看了大家上几节课的八百米成绩，班里就没有几个体能好的同学！这样你们怎么'上战场'？怎么为班级争荣誉？所以你们今天的任务就是围着学校跑一圈！张老师带队，一个人都别想中途开溜！"

大家默契地发出一阵哀号。

有人举手提问："老师，绝对不会参加运动会的人可以不训练吗？"

舒杏赞同地点了一下头，但下一秒，希望就破灭了。

"就是跑一圈的事，看看你们一个个的。高考不用体力？身体不好，你们还考什么？！你们都给我努力点儿啊，最后回来的那个人要接受惩罚！"

说罢，体育老师猛地吹了一声哨，示意大家看向已经蓄势待发的张老师。张老师热了热身，一边往前跑，一边高举右手挥舞，示意大部队跟上。八九十个人就这么拖拖拉拉地出发了。

一开始大家都在热身状态，人挤人式地跑，甚至还有人嬉笑打闹。渐渐地，大家就拉开了距离，队伍的头部和尾部之间差了五六十米。

舒杏就是吊车尾的那个。

自从上了初中，她每次考试都名列前茅，唯独体育课的八百米没有及格过，长跑向来是她的弱项。

喉咙一阵阵地发苦，舒杏将右手撑在腰侧，慢吞吞地跟在大部队后面，额头上的汗顺着鬓角滑到了下巴上。她伸手擦掉汗，回头发现身后还有一个人——沉野。

但和体力差的她不一样，沉野看上去更像本身就不想参加这场比拼。他懒洋洋地跟在她后面，手里拿着一瓶矿泉水，和她拉开差距才快跑几步。

这对于舒杏来说简直是更大的嘲讽。

在"逼自己一把跟上去"和"索性放任自己"之间犹豫了一会儿，舒杏突然想起体育老师说最后一个到达终点的人要接受惩罚。尽管老师没说惩罚是什么，但在八九十个人面前做什么对于舒杏来说都无异于凌迟，于是她打算咬牙拼一把。

这时，身后的沉野突然也加快了脚步，而后转身挡在了舒杏面前。她一时没停下来，脑袋差点儿撞到他的胸口。

她被吓了一跳，反应过来后，微喘着气往后退了两步："你干吗？"

"我们聊聊。"沉野右手插在兜里，姿态有些强势，"你准备躲我到什么时候？"

"我没有躲你。"

"你没有吗？"沉野不紧不慢地一条条细数她的"罪行"，"我给你发照片，你要么不回，要么就回我一个表情；周六上午你请假不去奶茶店；刚才你们班所有女生都来看打篮球，就你一个人不知道跑哪儿去了……"

"你打篮球还关注那么多？"

"废话，我打给你看的。"

舒杏懂了，这大概就是孔雀开屏式打篮球。她一时没想好说什么。

沉野再度开口，语气严肃了几分："你真的这么讨厌我？"

舒杏被他问住了。

她讨厌他吗？

问自己这个问题的瞬间，她的心里就有了答案——她不讨厌他。

不了解沉野的人或许会因为他表面冷淡而忌惮他、讨厌他，但是舒杏和他接触后，发现自己很难讨厌他。他照顾小狗的时候细心又有耐心，相处时永远不会让她觉得越界，做什么事情都很坦荡。

舒杏感觉嗓子噎住了，许久才说："我没有讨厌你，就是……沉野，我们现在的主要任务是学习。"

她这话说得她跟老师似的。

沉野笑了："我又没说我想和你在一起。"

舒杏惊讶地抬头："那你……？"

"你不是讨厌被骚扰吗？最近还有人骚扰你吗？"

被这么一问，舒杏才想起来，这一个礼拜，自己的微信还真的清净了不少，没有陌生人申请加她好友。

她恍然大悟："你的意思是，他们都顾忌你，所以不敢骚扰我了？"

沉野不置可否。

舒杏心里瞬间涌起希望："所以你那天说喜欢我是假的吗？"

"啊，"沉野笑起来，"那倒是真的。"

她眼神里的期待之色又消失了。

沉野伸出一根手指戳了戳她脸颊上的肉："你耷拉着脑袋干吗？我又没要求你接受我。我不会做让你讨厌的事，现在这样总比你被乱七八糟的人骚扰好吧？"

舒杏知道自己应该拒绝，但是心里纳闷：她为什么会觉得他说的话有点儿道理？

脸上被他戳过的地方一阵阵发烫，舒杏几次欲言又止，最后一句话都没说就溜了。

她跑出了史无前例的速度，但是和沉野交谈耽搁了时间，所以还是倒数第二个到达的。沉野则慢悠悠地跑在她后面。

体育老师一看最后一名居然是沉野，惊讶得下巴差点儿掉下来："你怎么回事？身体不舒服？"

"啊，"沉野微喘着气，听起来有些虚弱，"我刚退烧，没力气。"

"那你不早说？！"体育老师贴心地说道，"本来最后一名应该被罚做一百个俯卧撑，你生病就算了。"

舒杏没意识到，自己居然暗暗地替他松了一口气。

沉野却淡然地接受惩罚："我选择做俯卧撑。"

"别啊，我都改好惩罚方式了！"体育老师笑眯眯地说道："我决定就派沉野同学替八班征战运动会的一千二百米项目，让我们替他鼓掌加油！"

沉野无语了。

现场的气氛瞬间被点燃，以徐昭礼为首的不少男生在旁边乐得东倒西歪，还一边笑一边鼓掌："沉哥，冲啊！"

舒杏配合大家，也拍了拍手，却换来了他的凝视。于是她默默地把手缩了回去，心里却不服：又不是只有我在看好戏。

舒杏虽然没有参加运动会，但被班主任安排了一项工作——坐在主席台上念各个班级投来的加油稿。

念稿子的难度不是很高，而且她做了广播员就一定不会被体育委员催着参加项目了。她这么想着，答应了下来。

"你们奔跑的英姿会被跑道铭记，你们夺冠的身影会被领奖台铭记，你们挥洒的汗水会被所有人铭记。高二六班的运动员们，你们是最棒的。"

舒杏用平淡的语气念完一份稿件，把纸放到了角落里。

一旁的班主任额头上系着写了"加油"的红丝带，脖子上挂着小喇叭，激动地鼓舞她："杏杏，你的语气得再激昂一点儿，你要把大家的士气鼓舞起来啊！"

舒杏有点儿迷茫："我觉得我已经……很激昂了。"

话音刚落，隔壁的男广播员扯着嗓子用几乎响彻云霄的声音大喊："高三五班的高飞同学！！！高飞，高飞，展翅高飞！！！你是最棒的！！！冲呀！！！我们在终点线等你！！！"

舒杏清了清嗓子，随手拿起一篇加油稿，这次提高了一点儿音量："高三六班的吴褚凡同学，一千二百米的跑道是你的战场，我们等你凯旋！"

一千二百米项目要开始了？舒杏转头看向了不远处的起点。

沉野站在第一道跑道上，悠闲地喝着水，和旁边一个个拼命热身的运动员形成了鲜明的对比。

舒杏拿过一旁所有的加油稿，一张张地翻看起来，发现里面没有一张是写给沉野的。

按他在学校里的人气，不应该这样啊……

发令枪响打断了舒杏的思绪，跑道上的男生同时起跑。刚开始，大家的速度都不快，沉野慢悠悠地跑在倒数第二的位置。

舒杏一边念手里的加油稿，一边注意着跑道上的动静。眼看着沉野慢慢地从倒数第二变成了倒数第一，她忍不住攥了攥右手，在心里吐槽：这人也太没有胜负欲了吧？

旁边的男广播员去了洗手间，她攥着手里的加油稿没有开口，主席台上陷入了安静。

班主任催她："杏杏，继续念呀。"

舒杏回神，低头看了一眼手里的纸，犹豫许久，然后轻声对着麦克风说一句："高三八班的沉野同学，加油。"

简单到极致的"加油"两个字被跑道边的呐喊声掩盖，好像没有任何人注意到她的私心，她却莫名其妙地有些心虚。她低头又看了一眼手里皱巴巴的加油稿，继续念："高一三班的运动员们……"

"哇！"

台下欢呼声的音量飙到新高，舒杏抬头看去，发现刚才还慢悠悠地跑在最后的沉野突然发力，一下子从最后一名蹿到了第三名。

他距离终点还有最后半圈……还有两百米……他身上的白色 T 恤贴在身上，勾勒出腰部线条。他经过主席台时，居然还抽空朝舒杏的方向看了一眼。

两个人的目光直直地撞上了。少年意气风发，额前的碎发被风吹动，阳光洒在他身上，好像天然的金线，让他成为全场的焦点。他身后的人群仿佛被虚化了，舒杏看到他眼里自信的笑意，也看到他动了动唇。

虽然没有听到声音，但舒杳看懂了他的口型。

他说："等着。"

他要她等他夺冠的那个瞬间。

第三、第二、第一……沉野全力奔跑至终点线时，台下的欢呼声让舒杳不由得捂住了耳朵。

"沉野，沉野，数你最野！！！"

徐昭礼拿着小喇叭兴冲冲地跑到沉野身边，却结结实实地挨了一脚。沉野接过他递来的毛巾，擦了擦额头上的汗，笑骂："你丢不丢人？"

"要不是你不允许我们投加油稿，我用得着费尽心思准备这个吗？"徐昭礼嘚瑟地关掉小喇叭，"你别口是心非啊，我看你明明喜欢得很。我用小喇叭一喊，你跟装了马达似的，'噌'的一下就蹿到前面去了。"

沉野从旁边的箱子里拿了一瓶矿泉水，拧开："这和你有什么关系？"

"怎么没关系？不是我给了你力量？"

沉野抬眸看向远处主席台上站得笔直的模糊身影，又睨了一眼徐昭礼，漫不经心地说道："国家的繁荣和强大给了我力量。"

运动会结束，舒杳的嗓子也哑了。她咳嗽几声，又灌下几口矿泉水，才想起来班主任好像买了润喉糖。

她走下主席台，径直跑到五班的大本营中，在桌上的白色塑料袋里翻找起来，身后突然有人拍了一下她的肩膀。她回头，看到了脖子上挂着奖牌的沉野，他的手里还拿着一只毛绒小狗，这应该是运动会的纪念奖品。

毛绒小狗被塞进她的怀里，她捧住："给我干吗？"

"我不要这玩意儿。"沉野理所当然地说。

"我也不要。"

沉野拎着毛绒小狗的耳朵说："那我扔了。"

"哎。"舒杳双手攥住它的腿，觉得扔掉有点儿浪费。

沉野意识到她妥协了，笑着收回手，把奖牌取下，套在了她的脖子上。她还来不及说什么，远处的徐昭礼就喊了沉野一声。沉野揉了揉她的脑袋，转身朝徐昭礼跑去了。

他来也匆匆，去也匆匆，看似再自然不过的举动却像一颗石子，把舒杳的心湖搅乱了。舒杳看着手里的毛绒小狗和脖子上的奖牌，突然想起了自己小时候养的一只小狗。

那只小狗没事就喜欢去外面乱跑，每次回来都会给她叼点儿东西，有时候是路上捡到的花，有时候是隔壁人家在外面晒的香肠。它觉得她喜欢，所以把自己觉得她喜欢的东西都带回来给她。

虽然她这么想不是很恰当，但沉野此刻给她的感觉就是这样的。

舒杏抓着小狗的左手加重了几分力。

"汪汪！"

毛绒小狗突然叫出声，吓了她一跳。她愣怔片刻，按了一下毛绒小狗的肚子。

"汪汪！"

舒杏这才反应过来，这声音不是狗叫声，好像是……沉野的声音。

她把毛绒小狗举到耳朵边，又听了几遍，终于确定这就是沉野录进去的声音。

他幼不幼稚？

舒杏自己都没有意识到，此刻她的嘴角正微微上翘。一旁的赵恬恬仿佛发现了新大陆，凑过来跟她八卦。

舒杏回过神，轻轻地"嗯"了一声，肯定地说："我们不会在一起。"

"啊？为什么？"赵恬恬惊讶，"他这样的男生你都看不上啊？"

舒杏抿了抿唇，然后改口："我们现在不会在一起。"

运动会的热闹余韵随着期中考的来临很快就消失殆尽。考试结果出来以后，几家欢喜几家愁，教室里乱成了一锅粥。

"昊哥牛啊！全校第一！请客请客！"

沉野趴在桌上补觉，被这一声呐喊吵醒了。他眉头轻蹙，直起上半身靠在墙壁上，踢了踢徐昭礼的椅子。

徐昭礼正认认真真地在草稿纸上列这次考倒数第一的理由，以防回家被拷问的时候答不出来。感觉椅子震了震，他抬头问："怎么了？"

沉野问："刘昊考了第一？"

"是啊，你没听到李兴阳的大嗓门吗？路过的蚂蚁都得听他吹一句自己的同桌考了年级第一，他跟自己考了第一似的。"

沉野转了转手里的钢笔，又停下了，问："那舒杏呢？"

"舒杏？"徐昭礼回忆片刻才想起这个名字，"啊，你说五班的那位啊？"徐昭礼朝他挑了挑眉，放下笔站起身，"你等着！"

为了保护学生的隐私，三中不公开学生的考试成绩，学生只能进教务处系统输入学号和密码查看，但班主任有每个班的学生的成绩及排名表。

徐昭礼没一会儿就回来了，但脸色有些凝重。他拉开椅子坐下，叹了一口气，说道："舒杳考了第八名。"

第八名？

沉野的脸色冷了不少。他清楚地记得，在一个多月前高三的第一次月考中，舒杳还是第一名。就是因为她刚转来就考了第一，才会在学校里名声大噪。

"你确定没看错？"

"我都不用看，她正在办公室里接受教育呢。我刚跑到办公室门口，就听到老王严肃地说——"徐昭礼清了清嗓子，伸出一根指头指向沉野，模仿老王的腔调说，"'舒杳啊，第八名对别人来说已经不错了，但对于你来说，你觉得……'"

徐昭礼还没说完，就听到椅子在瓷砖地板上滑动，发出了刺耳的声响。教室的后门"嘭"的一声撞在墙上又被弹开，面前哪儿还有沉野的身影？

一楼的办公室大门紧闭，但侧面的窗户已经足够让沉野看清里面的情况了。

舒杳站在办公桌旁，脑袋低垂，默不作声。班主任老王喝了一口茶，长叹一声后继续开口："你最近是不是遇到什么困难了？你如果有困难，可以和老师说。"

舒杳没什么表情地摇了摇头："老师，我没遇到什么困难。"

老王的语气听着和蔼可亲，却难掩强势之意："但是老师听说你最近和八班的沉野走得挺近。"

舒杳温和地解释："我们就是朋友。"

"你们真的只是朋友？"老王的话里充满了不相信的意味，他放下杯子，"舒杳，你可能不了解沉野的家境。他那样的孩子，就算高考考砸了，他家里也可以给他铺好无数条路，供他挑选。但是你不一样，对于你还有班级里的大多数学生来说，高考是你们最好的出路。"

舒杳点头："我明白。"

"老师不知道你这次成绩退步是不是和沉野有关，但是希望毕业前你可以和他断绝接触，否则只能和你的家长聊聊了。"

"好，"舒杳毫不犹豫地回答，"我不会再和他接触了。"

沉野的右手垂在身侧，握成拳又松开了。他往后退了一步，靠在窗边的墙壁上，脑海中是舒杳刚才苍白的侧脸，班主任满意的答复传到了他的耳畔："那就行了。你复习去吧，下次月考加油。"

"好，谢谢老师。"舒杏规规矩矩地鞠了个躬，离开了办公室。

她沿着走廊走上楼梯，并没有看到另一侧窗外的沉野，但沉野清楚地看到了她依旧挺拔的背影。

他于她而言只是一个朋友，如果真的给她造成了困扰，造成她成绩退步，那么她要切断和他的联系，他完全可以接受，但不接受听了这样的对话后就自动从她的生活里消失。无论如何，他还是要和她见一面，问个明白。

他本想直接去五班找她，但想到不太方便，就放弃了。反正明天是周六，他到奶茶店里见到她再说吧。

沉野没想到的是，第二天早上，奶茶店里只有老板一个人。

看到他牵着狗进门，老板惊讶了一下："杏杏没和你说她辞职了吗？"

"辞职？"沉野眉头轻蹙，"什么时候？"

"就是昨天晚上，她发消息和我说的。"

周六在奶茶店里见面的上午是两个人每周唯一的独处机会。沉野心一沉，从口袋里掏出手机，给她发了一条消息："辞职了？"

然而这条消息仿佛石沉大海，一直到晚上都没被回复。

安静的房间里，唯有机械键盘发出快节奏的声响。徐昭礼和李兴阳手臂贴着手臂，坐在角落里的沙发上嗑瓜子，目光默契地停留在那个戴着耳机的背影上。

"沉哥这是怎么了？平时我没见他这么喜欢打游戏啊。"李兴阳好奇地问。

徐昭礼指了指桌上碎裂的核桃壳："你看，这壳碎吗？"

"碎啊，怎么了？"

徐昭礼轻轻地"啧"了一声，摇了摇头："没有我哥的心碎。"

李兴阳压低声音，问："你喊我过来干吗？"

"一个人待在这儿，我不害怕？"

"你们俩是不是以为我聋了？"一声低沉但让人听不出情绪的提醒打断了两个人的窃窃私语，沉野没有回头，按键盘的左手也没有丝毫停顿。

"沉哥……"徐昭礼正想安慰几句，电脑桌上，沉野的手机突然亮了一下。

沉野扫了一眼，左手突然停下了，一把拽下耳机，扔在桌上，往外跑的同时扔下一句："你们帮我打一局。"

楼下的小饼干正安心地趴在自己的小窝里准备睡觉，没想到突然被一把抱了起来。它迷迷糊糊地睁开眼睛，发现抱它的是自己的主人，于是又安心地把眼睛闭上，往沉野的怀里拱了拱。

沉野打了车，左手安抚地拍了拍小饼干的背，右手握着手机，目光落在那条陌生号码发来的消息上。

155×××× 3482："我能去看看小饼干吗？舒杏。"

沉野："你在哪儿？"

对方发来一个地址，是一家便利店。

沉野不知道这个电话号码是谁的，但小饼干是两个人之间的秘密，所以他并不怀疑这条消息的真实性。

车一路疾驰到便利店。夜色沉沉，便利店里亮着冷白色的光，沉野还没下车就透过玻璃看到了舒杏的身影。她孤零零地坐着，手里拿着一瓶牛奶却一口都没喝，目光没有焦点地落在窗外，小巧的脸看上去有些苍白。

沉野推门下车，小饼干被他的动静吵醒，睁眼看到了舒杏，躁动地狂摇尾巴。沉野拍了拍它的脑袋，示意它安静，随后走进便利店，拉开椅子在她身边坐下了。

"这里有……"舒杏以为店里来了顾客，转头看到沉野的时候，眼里顿时有了光。她把小饼干接了过来，额头抵着它的小脑袋蹭了蹭。

小饼干似乎感觉到她心情不好，脑袋在她的胸口蹭来蹭去，就是一个黏人精。

"手机是谁的？"沉野问。

舒杏指了指不远处的收银员："那位阿姨的。"

"你的手机呢？"

"我……"舒杏顿了顿，无声地叹气，"我妈收到了我的期中考成绩单，觉得是我玩手机玩多了才成绩下滑，所以让我舅舅把我的手机收了。"

沉野恍然大悟：难怪他给她发消息，她没有回。

"所以……"沉野喉结滚动了一下，压低声音，"你没想和我断绝联系？"

"断绝联系？"舒杏抚摸着小饼干后背的右手停了下来，她面露疑惑之色，"我为什么要和你断绝联系？"

意识到自己一晚上的烦闷心情纯属自找的，沉野尴尬地轻咳了一声，移开视线，注视窗外："我昨天不小心听到了你和你们班班主任的对话。"

舒杏脸上露出惊讶的神色，但很快恢复了淡定的样子，坦诚地说道："我就是敷衍他一下，没当真。我这次考得差和你没关系。"

在所有人的印象里，舒杏完全是一个传统意义上的好学生，成绩好、性格温顺、把老师的话奉为圭臬，沉野直到此刻才确认她并不是这样的人。她将一身反骨隐藏得极好，并不代表她的叛逆不存在。联想到她辞职的事情，沉野心里有了答案。

"所以你觉得你考得差是因为兼职？"

"嗯。"舒杏的右手握紧已经凉透的牛奶瓶，"我之前一直认为，自己只要效率高就可以把耗时一天的复习压缩到半天，但实际上很难。"

小饼干从她的怀里把脑袋探出来，下巴蹭沉野的手臂。他一边挠它的下巴一边问："你为什么要赚钱？"

两个人从来没有聊过彼此的家庭情况，但沉野从她平时的吃穿用度来看，她的生活虽然称不上奢侈，但也并不拮据。

舒杏犹豫片刻，从旁边的书包里掏出了一份宣传单。

这是一张花丝镶嵌培训班的宣传单，师资非常强大，每年举办一次，一期的学费是 18000 元。

"我妈不会在物质上亏待我，但是不支持我报这个培训班。我的压岁钱都在她那里，她给我的生活费都经过精打细算，我每个月剩不下多少。我如果想在明年考上大学后报名，这一年就要努力攒下学费。"舒杏抬眸，认真地问，"你会不会觉得我异想天开？这个梦想看着大，其实未来我都不一定能养活自己。"

沉野轻笑一声："梦想如果没有这种不确定性，那该叫计划，叫什么梦想呢？"

舒杏的心脏猛地跳了一下，想说的话卡在嘴边，心里的复杂情绪喷涌而出。

这两天，老师劝导她，母亲教育她，舅舅和舅妈还帮腔，所有人都告诉她，做人要现实一点儿，她的家境注定她没有那么多的试错成本。只有沉野告诉他，梦想本就是具有不确定性的，而她要做的就是努力把这种不确定变成确定。

见她没说话，沉野用左手的食指敲了敲她手里的牛奶瓶："牛奶凉了，你不喝了？"

舒杏的情绪压抑了两天。

班主任让她和他断绝联系的时候，她没觉得委屈；母亲让舅舅没收她的手机的时候，她没有觉得委屈；一个人孤零零地坐在这儿，费力地拧瓶盖却怎么也拧不开的时候，她还是没有觉得委屈。可听到他这么简单的一句询问，舒杏突然觉得委屈了。

她鼻尖泛酸，轻轻地把牛奶瓶往他那边推："我拧不开。"

沉野起身去了收银台，让收银员帮忙把牛奶热一下，之后轻而易举地拧开了瓶盖，把温热的牛奶递给她。

舒杏喝了一口牛奶，暖意从口腔一直蔓延到胃里，烦闷的情绪瞬间被驱散不少。

她专心又安静地喝着，听到沉野又问："你辞了奶茶店的工作，要怎么攒钱？"

舒杏摇了摇头："我还没想好。"

"我有一个想法。"

舒杏嘴角还沾着一点儿牛奶，转头看了过去。沉野从旁边抽了一张纸巾，用食指抵着，蹭了蹭她的嘴角，动作自然又流畅，好像已经做过无数次。

舒杏莫名其妙地感觉嘴角痒痒的，抿了抿唇。

他说："我的语文家教前不久辞职了，我还没找到新的。你如果愿意做的话，我可以按照行业的平均工资给你报酬，你也能顺便复习。"

舒杏犹豫了许久，轻声说："我不太愿意。"

沉野："你怕被别人知道？"

"不是，"舒杏坦诚地说，"鉴于你能写出'灵魂中毒'这种答案，我觉得补习的难度太大了。"

舒杏本来真的不想答应。她想起视频网站上那些辅导孩子做作业却被气得暴跳如雷的父母，觉得自己要是认真地给他补习，他还能写出"灵魂中毒"这种答案，那她怕是年纪轻轻就要血压升高了。

沉野手里捏着那团刚刚擦过她的嘴角的纸巾，表示理解："好吧，就是可怜小饼干这个礼拜都没看到你，整个人……整只狗都蔫蔫的。"

舒杏看了他一眼。

他叹了一口气，说道："不过这也没什么，它过几个礼拜就习惯了。它本来就是一只流浪狗，应该习惯孤独。"

舒杏的内心开始摇摆。

她能在赚钱的同时复习、陪小饼干玩、帮他提升语文成绩，于她而言，这大概是目前最好的选择。他其他科的成绩那么好，被语文成绩拖后腿挺可惜的。

想到这儿，舒杏心软了。

"那好吧。"她温和地说，"那我们在哪里补习？"

沉野想了想，然后提议："我们找个咖啡厅吧。"

舒杏摇头："我怕遇到同学。"

"那你觉得在哪儿合适？"

舒杏犹豫片刻，问："你家……周六有人吗？"

"没人。"沉野清了清嗓子，"但是你确定要去我家？"

"嗯。"舒杏淡然地把最后一点儿牛奶喝完，以正人君子的姿态说，"我不会对你图谋不轨的。"

"万一我会呢？"

舒杏悠悠地抬起眼："那我就在你喝的水里下毒，让你不止灵魂中毒。"

沉野被她一本正经的语气逗笑了。这个他当初瞎写的答案她能记到八十岁，到时候她能再翻出来笑他一次。

"行，我不敢。"他看了一眼墙上的钟，揉了揉她蓬松的发顶，"时间不早了，你回去吧。"

舒杏跟着他站起来，把怀里的小饼干放在地上，一只手攥着牵引绳，另一只手拍了拍发顶，疑惑不解地问："你为什么总喜欢摸我的头？"

沉野的理由很简单："因为好摸。"

舒杏撇了撇嘴，没再多言。

初秋的深夜略带凉意，两个人沿着马路慢悠悠地往前走。牵引绳被舒杏攥在手里，小饼干紧紧地跟在两个人身后，分外乖巧。昏黄的路灯下，一高一矮两道影子被拉得很长。

他们有一搭没一搭地聊天，时间过得很快。

舒杏抬手指了指不远处的小区大门："我到了。"

沉野停下脚步，没再往前送，在她挥手道别的时候又问了一句："你现在还不开心吗？"

舒杏的右手停在半空，之后垂在身侧，攥了攥外套的下摆。

刚才那一段时间好像是舒杏偷来的，现在她回到了现实，考试失利的烦恼再次袭上心头。但奇怪的是，她现在觉得心中一片明朗。

她转了转琥珀色的眼珠，无声地叹了一口气，说道："还有一点儿。"

沉野问："一点儿？"

"嗯。"舒杏目光温和，眼里带着期待的神色，"如果你也让我摸头的话，这点儿不开心的心情应该就没了。"

沉野笑了一声："你在这儿等着我呢。"

舒杏只是开玩笑，他如果不让摸，她也不会强求。没想到，沉野说完这话，突然往后退了半步，双手撑着膝盖，把腰弯了下来。

"摸吧，"他低下头慵懒地说，"随你摸。"

舒杏右手抚上他的头顶，轻轻地揉了揉，掌心被他坚硬的发丝蹭得有点儿痒。她握了握拳，收回手，揣进了轻薄外套的口袋里："好了。"

"这样就够了？"沉野抬起头，嘴角带着调侃的笑，"你没有什么感想？"

"就……挺硬的。"舒杏脱口而出之后才意识到这话多让人误会，于是故作镇定地补了一句，"你的头发挺硬的。"

"哦。"沉野煞有介事地点头，又往前凑了凑，漆黑的瞳仁在路灯下像漩涡一般使人沦陷，"你要不再摸摸其他地方？"

舒杏的心晃晃悠悠的，她上了钩，伸出一根手指戳了戳他的脸，微凉的指腹感受到了他脸颊的热度。

沉野压低声音，掩饰不住笑意："这里呢？"

舒杏说："挺厚的。"

趁他还没反应过来，舒杏一溜烟地跑了，中途还不忘回头看他一眼。

他站在原地，食指指腹蹭了蹭刚才被她戳过的地方，然后举起右手，闭着一只眼睛朝她做了个开枪的手势。但她对他的威胁不以为意，轻轻地吐了吐舌头，以示挑衅。

舒杏回到家时，舅舅和舅妈还没回来。客厅里一片漆黑，唯有月光透过落地窗洒在客厅的地板上，一片静谧。

舒杏的掌心仿佛还在发烫，她低头看了一眼，脚步轻快地回了房间。

洗完澡，舒杏掀开被子靠坐在床头，习惯性地把床头那只毛绒小狗抱进了怀里。

"汪汪。"

在运动会上听到这个声音的时候，她只觉得好玩，现在心里却有一种奇怪的悸动，好像一根紧绷的线被轻轻地弹了一下，泛起阵阵余波。

"汪汪，汪汪，汪汪……"

她身子往下滑，侧躺着和毛绒小狗大眼瞪小眼，右手一遍又一遍地按毛绒小狗的肚子，直到门外突然传来舅舅和舅妈的交谈声。

"哪里来的狗叫声啊？"

"隔壁老张家的狗吧？大半夜它还不消停。"

一周后的周六，舒杳第一次造访沉野家。

舒杳到了才知道，原来沉野为了上学方便，并没有和家人住在一起，而是在距离学校不远的小区里租了房子。这个房子是一梯一户的，私密性很强。

听到门铃响，沉野很快就开门了，但没有给舒杳让道，而是直接迈出了门槛。他转身在指纹锁上按了几下："你把指纹录进去。"

"啊？"舒杳愣住了，"这不太好吧？你不怕我趁你家没人，把你家搬空？"

沉野伸手抓住她的手腕，一边把她的食指往指纹识别区按，一边无所谓地回答："我在家的时候你也能搬，""嘀"的一声，指纹录入成功，他抬眸笑道，"连我一起搬走。"

她那天的感受没错，他的脸皮确实挺厚的。

舒杳没理他，走进门，发现鞋柜前有一双崭新的米色女士拖鞋。

"这是给我的吗？"

"不是。"沉野说，"徐昭礼就喜欢穿女式拖鞋，这是他的特殊爱好。"

舒杳才不信沉野的话。

舒杳把拖鞋换上，环顾了一圈。两室一厅的房子装修得非常简洁，灰白色调的客厅里，除了沙发、茶几以及一个硕大的电视以外，可以说空空荡荡。

舒杳把书包放在沙发上，看到茶几上有一盒类似扑克牌的东西，黄色的卡通包装盒和满是冷淡气息的客厅格格不入。她拿起来仔细看才发现那不是扑克牌，而是一款连词成句的桌游。

看出她好奇，沉野蹲在茶几边一边整理试卷一边解释："上次徐昭礼他们来我家玩时在便利店里买的，玩完就扔这儿了。"

"这个怎么玩啊？"舒杳好奇地问。

沉野抬头看了一眼时间，把牌拆开："我带你玩一局。"

见他坐在茶几另一侧的地毯上，舒杳也慢慢地从沙发上挪了下去，坐在了地毯上。

沉野熟练地洗牌，简单地解释："起始每个人有八张牌，打出一张再摸一张，打出的牌上的词语连不成完整的句子就算输。"

舒杏点头，抓起他发来的八张牌，表情比考试时还认真。

看到自己这八张牌上的词是"橘子""参加""键盘""真好""喜欢""好想""丑""吗"，她在内心吐槽：这都是啥词？

沉野说："你随便出一张。"

舒杏想了想，挑了一张"喜欢"。这样不管沉野出什么，她下一轮都能在后面接个"吗"字。

沉野抬眸看了她一眼，食指抵着一张牌推到了茶几中间，把写着"我"的牌放在了她的牌后面。

舒杏怔了一下，摸了一张牌，发现上面写着"不"。她改了计划，把"不"加在了句子前面。沉野跟她心有灵犀似的，在后面先加了一个"吗"字。

"不喜欢我吗？"

两个人视线相撞，舒杏攥着牌，心口小鹿乱撞，表面却依旧不动声色，默默地在"我"字后面塞了一张牌。

"不喜欢我丑吗？"

暧昧的氛围荡然无存，沉野也往中间塞了一张牌。

"不喜欢我兄弟丑吗？"

舒杏没忍住，笑了出来，继续出牌。

"不喜欢我兄弟丑吗？真好。"

"不喜欢我兄弟丑吗？真好，我也。"

舒杏看着手里的没一张能用的牌，无奈地认输了。要不是手机被收了，她一定要拍一张照片发给徐昭礼，让他看看沉野为了赢一个游戏，不讲情面地插了兄弟多少刀。

"我学会了，"舒杏不服输地开始洗牌，"我们再玩一轮。"

沉野撑着下巴，懒洋洋地等着。

第二轮是舒杏先出牌。

舒杏："大学。"

沉野："一个大学。"

舒杏："考一个大学。"

沉野将目光落在眼前的牌上，许久都没出。舒杏惊讶地问："你现在就没牌可出了？"

听到这话，沉野这才悠悠地把牌推到茶几中间。

"考一个大学，行吗？"

"考一个大学"在舒杏的心里是"考上一个大学"的意思，但多了后面这两个字就有了"考同一个大学"的意思。她抿着唇思索良久，最后加了两个字。

"考一个大学，我们行吗？"

沉野骨节分明的右手食指把"我们"和"行吗"分开，往里插了一张牌。舒杏低头一看，耳朵红了。

"考一个大学，我们恋爱行吗？"

她一时说不出话，不知道一个幼稚的游戏怎么能被他玩成这样。

"跳舞""关掉""橘子"……舒杏的视线在八张牌之间移来移去，发现只有一个"好"字可以插入其中。

"考一个好大学，我们恋爱行吗？"嗯，这句话很通顺。

她用右手的两指捏着牌，往"一个"和"大学"中间插去，但在即将把牌放到茶几上的时候对上了他炽热又坦诚的目光。她的心脏突然"扑通扑通"地猛烈跳动起来，指尖发麻，她犹豫两秒后，右手鬼使神差地变了方向，"好"字被放到了句末。

"考一个大学，我们恋爱行吗？好。"

沉野把手里的牌往茶几上一扔，双手反撑在身后，漫不经心地笑起来："我输了。"

两个人虽然私下补习，但在学校里默契地保持着"谁也不认识谁"的状态，有时候在路上偶然遇到，也是一副没看到彼此的样子。

中午，徐昭礼匆匆忙忙地冲进了教室里，把椅子往后拖。椅子发出了刺耳的声响，被打断思路的沉野从语文试题里抬起头，冷冷地瞥了他一眼。

徐昭礼欲言又止："沉哥，你有没有听说……？"

沉野收回眼神，继续和一道阅读理解题奋战："说。"

徐昭礼勇敢地继续说："居然有人说你被五班的舒杏拒绝了，你拉不下面子，现在跟她老死不相往来。"

沉野顿了顿，抬头看向他："你传过这种谣言吗？"

徐昭礼义愤填膺地挺直了腰板："我是那么无聊的人吗？我怎么会去传这种无聊的谣言？！"

"很好，"沉野点头，在句末画上一个句号，漫不经心地说道，"你现在去传一下。"

徐昭礼疑惑极了，愣了许久才反应过来："这谣言是你自己传的？"

沉野不置可否，看来是默认了。

"不是，你图啥啊？"徐昭礼满脑子问号。

沉野丝毫不觉得丢脸，反而挺自豪地回答："我能和别人一样吗？"

徐昭礼佩服极了："你牛。"

托徐昭礼这个"大嘴巴"的福，这个本来没几个人知道的谣言不到三天就传遍了整个学校。

舒杏这边倒是依旧清净。用赵恬恬的话来说，之前那些男生不敢骚扰她是顾忌沉野，现在他们依旧不敢骚扰她则是因为她连沉野都看不上，哪儿还看得上他们？

班主任老王似乎也对此事有所耳闻，还在她交作业的时候试探地问了一句："你最近遇到了什么生活上的困难吗？你可以及时地和老师沟通。"

舒杏双手背在身后，姿态乖巧："没什么困难。"

"那就好，老师知道你是个听话的孩子。"老王喝了一口茶，吐出一片茶叶，满脸欣慰，"你这次月考的成绩比起上次的有进步，你好好复习，准备期末考，老师相信你。"

"谢……"

舒杏还没说完，办公室的门口突然传来了敲门声。她听到一声"老师"，身后八班的班主任应了一声"进"。

穿着校服的高大身影推门而入，沉野有一瞬和舒杏目光相撞，但随后主动地移开了视线，跟不认识她似的径直朝这儿走来。两个办公桌并排摆放，过道就那么点儿空间。沉野往她身后一站，四周瞬间变得拥挤起来。

舒杏已经可以走了，转身之际听到身后的刘老师问沉野："我之前听你妈妈说，你有出国的计划？"

舒杏瞬间停下了脚步。

老王见她没动，抬头看了她一眼，似乎在用眼神询问：你还有什么事吗？

舒杏脑子飞速地运转，低声问："王老师，昨天发的试卷上，最后一道大题的解题思路我不明白，您能给我讲一遍吗？"

"最后一道？"老王立刻从桌上的一大堆试卷里翻找起来。

与此同时，她身后传来了沉野的回答："没有，我没准备出国。"

舒杏顿时安了心。

老王找到试卷，翻到最后一页，拿过一旁的黑框眼镜戴上，认认真真地看了一会儿，然后用笔尖敲了敲桌面，说："你看啊，这道题的题目是这样的……"

这道题目舒杏虽然做对了，但解题花了不少时间，所以在发现老王讲的解题思路确实比自己的简单之后，认真地听了起来，没再注意身后的动静，直到她背在身后的双手突然被人用指尖点了点。

舒杏整个人跟被点了穴一样，一动不动。身后的沉野倒是淡定，一边往她的掌心里塞东西，一边回答老师的问题："我会留在国内读大学。"

舒杏想用右手抓住那个东西，却因为看不见，不小心把他的食指一起抓进了掌心。他从室外进来，指尖带着凉意，舒杏心一震，立刻松开了手，听到他轻笑了一声。

舒杏看不到他的神情，却能想象出来，他藏不住笑意的眉眼间肯定带着几分得逞的坏劲。

刘老师不明所以，对沉野说："你笑什么？我认真地跟你说事呢。你要是准备留在国内参加高考，那语文成绩真的不能再这样了。这次你虽然有进步，但进步得还不够。"

沉野沉声说道："我知道，已经找家教额外补习了。"

"你真的愿意好好学？你妈妈可跟我说，家教来了又辞，走了好几个。"

"这个不会。"沉野悠悠地说道，"这个我很满意。"

"那就好。你真是偏科偏得让我愁死了……"

…………

舒杏身后的对话还在继续，老王的解答却结束了。他又喝了一口茶，长呼出一口热气："明白了吗？"

舒杏点头："明白了。"

"嗯，那你回教室准备上课吧。"

"好，谢谢老师。"舒杏微微俯身鞠了个躬，右手揣进校服外套的口袋里，快步走出了办公室。

沉野塞给她的东西有棱有角，硌得她掌心有点儿痒。她走到楼梯口才拿出来看，发现是一张叠得四四方方的字条。

手机被没收后，舒杏想过向沉野借一个，因为沉野看着就像家里有好几个旧手机的人。但她后来发现，习惯了没有手机的日子，生活真的清净了不少，自己也更能投入学习的状态中，所以没有对他开口，于是他开始用这种原始的方式传递信息。

她靠在栏杆上，低头认真地把字条拆开，看到上面只写了一句话——

"明早我要回一趟家，你先到的话就进屋。"

"嘀嘀"两声，指纹锁解锁了。舒杏推门而入，屋内果然很安静，看来沉野还没有回来。

小饼干本来缩在狗窝里，听到有动静，立刻探出了小脑袋。它看到舒杏后，尾巴瞬间摇成螺旋桨，朝她飞奔过来，叼着她的裤管往门口扯。

舒杏知道，估计沉野早上急着出门，没带它出去溜达，所以现在它那颗想出去玩的心躁动无比。

她抬头看了一眼时间，拿过沙发上的牵引绳，蹲下身往它的脑袋上套："行吧，反正你爸还没回来。"

隆冬时节，早晨的阳光没什么温度，凉风"嗖嗖"地往人的袖管里钻。舒杏牵着它在小区里溜达了半圈就退缩了："小饼干，我们回去吧，好冷。"

小饼干倒是活力满满，玩得不亦乐乎。

又一阵狂风刮过，掀起一些尘土。舒杏眯了眯眼睛，终于忍无可忍地拉了拉牵引绳，准备回家。然而就在她转身的刹那，身后传来了一声："舒杏？"

这声音她觉得好耳熟。

舒杏在原地愣住了，许久才做好心理建设，微笑着转过身，看向已经来到她面前的王老师："王老师好。"

王老师穿着一件黑色羽绒服，左手拎着一盒酒，右手提着两袋水果，看着是来走亲戚或拜访朋友的。

王老师去过舒杏的舅舅家里做家访，自然知道她舅舅家的地址。他低头看了一眼绕着她的腿乱转的狗，和蔼地笑道："我记得你舅舅家不在这儿啊。"

"嗯，"舒杏淡定地点头，"我的另一个阿姨家在这儿。"

"原来如此。"王老师看起来并没有怀疑。

舒杏暗暗地松了一口气，和他闲聊了几句，之后牵着小饼干往和他的行进方向相反的另一幢楼走去。然而她没走出几步，小饼干突然躁动地跑了两步，碍于被牵引绳限制，又"汪汪"地叫了两声。

舒杏和还没走远的王老师顺着它叫的方向看去，舒杏瞬间脑袋"嗡嗡"作响。

沉野一边打电话一边走，听到小饼干的叫声，转头看了过来。三个人目光对上，表情各异，空气仿佛被寒冷的天气冻住了，只有小饼干激动地朝沉野狂摇尾巴。

王老师脸色铁青，语气冷得比冰碴还刺骨："让你们家长后天到我的办公室里来。"

小饼干委屈巴巴地看着坐在沙发上不说话的两个人，似乎不明白自己犯了什么错。沉野无视了它，帮舒杳把桌上的牛奶插上吸管，她略显苍白的脸让他的脑海中浮现出刚才的画面。

面对王老师的质问，他理所当然地解释，说他知道舒杳缺钱，所以让人雇她遛狗，但她并不知道狗的主人是他，他们也没有直接联系过。

王老师满脸都写着"怀疑"两个字，质问他："帮助她有很多种方式。你一个人住，还让一个小姑娘在你家进出，这事要是传出去，对她的名声有多大的影响，你考虑过吗？

沉野没有否认，低下头认错，说自己考虑不周。没想到身旁的舒杳突然插了一句嘴："我们是朋友。"

这下沉野所做的一切解释都化为泡沫了。

王老师怒不可遏地离去的背影仿佛还在眼前，沉野把牛奶递给她，貌似随意地问："你刚才为什么要坦白？"

舒杳接过牛奶喝了两口，咬着吸管，默不作声。

她也说不清刚才为什么会冲动地打断他的道歉，明明他的话对于两个人来说是最有利的。王老师如果相信他的话，最多骂他几句，或许还能收回叫家长的决定。

舒杳总觉得沉野不该是这样的。她认识的沉野意气风发，对于不是他犯的错，绝对不会低头。他不该为了保护她，憋屈地折断傲骨，把莫须有的罪名揽下来。

白色的吸管被她咬出一道痕迹，她放下牛奶，极为平静地说："我觉得我们没有错。"

沉野眉头轻挑，又问："所以呢？"

"所以……"舒杳侧过身看向他，目光澄澈又坚定，"我们没必要偷偷摸摸的，没必要在学校里装陌生人，你更没必要为了保护我揽下不该揽的罪名。"

沉野沉默许久，末了，低头看向黏在他腿边的小饼干，心软地挠了挠它的脖子，话却是对舒杳说的："生平第一次被喊家长，你不紧张？"

舒杳攥了攥拳头："我有什么好紧张的？"

舒杳好紧张，尤其是坐在寂静到落针可闻的办公室里，这种紧张感仿佛放大了百倍。

来之前，舒杳已经跟舅舅舒明坦白了被喊家长的原因。因此舒明并没有多问，只笑呵呵地给王老师递了一支烟。

王老师抬手拒绝了，神色还算平静："舒杳舅舅，我想舒杳已经和您说了这件事，您是怎么想的？"

舒明高中毕业二十几年了，一听到老师发问，还是如临大敌地挺直了腰板。他把双手放在大腿上，规规矩矩地回答："我已经严肃地批评过她了！"

"那就……"

王老师的话还没说完就被舒明打断了。

"她缺钱可以跟大人说，我们家虽然不富裕，但这点儿钱还是拿得出来的。高三这么重要，她怎么可以为了钱而浪费时间呢？王老师，您说是吧？"

王老师尴尬地咧了一下嘴："这话也对，但是目前另一个问题显然更严重。"

"另一个问题？"舒明疑惑不解，"还有什么问题？"

"就是舒杳和男生交往过密的问题。"

"啊，这个我也听说了。"舒明憨憨地笑起来，挠了挠后脑勺，"但是我觉得他们是小孩子嘛，谁没有点儿青春的……那个叫什么？什么动？"

舒杳扯了扯他的袖子提醒："悸动。"

"哦，对！悸动！"舒明点头赞同，"王老师，不瞒您说，我跟我老婆也是高中同学，那时候啊……"

王老师摘下眼镜按了按眉心，抬手喊停："舒杳舅舅，这样吧，我们等男生的家长到了再一起说吧。您看怎么样？"

"也行。"舒明低头整理了一下外套的下摆，看向舒杳问："我今天穿得还过得去吧？你也不早点儿跟我说，我好去买一套西装。"

舒杳和王老师都无语了。

没一会儿，办公室的门就被敲响了。王老师赶紧起身开门，看向外头打了一声招呼："沉太太。"

舒杳抬头看去，映入眼帘的是一位穿着白色风衣、妆容精致的姐姐。

她看上去不过三十岁出头，要不是王老师的称呼透露了她的身份，舒杳真的很难相信她是沉野的母亲。

钱曼青进门之后，看了舒杳一眼，眉眼弯弯地对她挥了挥手。舒杳愣了一下，两秒后才扬起嘴角，微微点头回应她。

钱曼青又看向舒杳旁边的男人，主动伸手说道："您好，您就是舒杳的舅舅吧？我是沉野的母亲，钱曼青。"

"您好，我叫舒明。"舒明起身跟她握手。

"不好意思啊，我儿子从小任性，不太懂分寸，给你们添麻烦了啊。"

"不麻烦，他们都是孩子嘛。我们杳杳刚转学到这儿就能认识新朋友，我还挺替她开心的。"

"那就好，那就好。"钱曼青捂着嘴巴轻笑几声，又问，"你们晚上有空吗？要不大家一起吃一顿饭，顺便认识一下？"

这下不光舒杳蒙了，王老师也蒙了。

"那个，沉太太，"王老师开口打断了两个人的寒暄，"今天我请你们来主要是想说一下……"

"王老师，"钱曼青转头看向他，语气温柔却难掩强大的气场，"我知道您是一位特别尽职尽责的老师，向来以学生的成绩为重，既然如此，您应该看过两个孩子最近一次月考的成绩吧？小姑娘考了年级第三；我们家儿子平时的语文成绩就没上过及格线，这次居然一下子提高了二三十分。他跟我说，这都是舒杳帮忙补习的功劳。"

"这倒是……"王老师说，"但这只是短期的结果，负面影响还没表现出来。"

"要不然这样，他们要是没有受影响，在期末考中还能保持这样的成绩，那我们这些上了年纪的大人就不要过多干涉小朋友们正常的友谊了。王老师，您觉得这样可行吗？"

王老师一时不知道如何回答，转头看向舒明："舒杳舅舅，您觉得呢？"

"啊，"舒明这才回过神，笑眯眯地说道，"我没意见。哪家饭店都行，我什么都吃。"

钱曼青的话无异于在王老师的面前给他们下了保证书。接下来的一个月，舒杳学得格外认真，生怕自己考不进前三名，完不成钱曼青在王老师面前的承诺。

幸好，结果是令人欣慰的：舒杏重新考到了年级第一名，沉野更是一跃进入年级前二十名。

舒杏重重地松了一口气，放下手机，看向了一旁撑着脑袋闭目养神的沉野。这段时间她努力了，沉野有过之而无不及，他眼睛下淡淡的青色就是最好的证明。

舒杏轻轻地喊了他一声："沉野？"

对方没有回应。

他真睡着了？

她慢慢地把身子往下挪，蹲在地毯上仰头看他。冷白色的灯光下，他长长的睫毛投下两片阴影，跟小扇子似的。她眨了眨眼，一时没忍住，抬手轻轻地碰了碰。

他的睫毛不像发丝那么硬，让她的指尖有些痒。

她将手指慢慢地往下移，在他的鼻尖上点了点，然后落到了他的脸上。她好像发现了一个好玩的玩具，这里戳一戳，那里按一按。

沉野闭着眼睛幽幽地问了一句："你找什么呢？"

舒杏的右手悬在半空中，她收回手后一本正经地说："找开关。"

沉野缓缓地睁开眼睛，和她四目相对，轻笑一声："什么开关？"

"你刚刚在休眠状态。你看，我不小心按到了开关，你就启动了。"

沉野没有笑她幼稚，反而煞有介事地接了下去："其实我是声控的。"

原来刚才他听到舒杏喊他的名字了。

"你的启动音是'沉野'啊？"舒杏坐回沙发上，侧着身子笑，"那关闭音呢？"

沉野："你猜猜。"

"晚安？"

沉野摇头。

"拜拜？"

沉野再次摇头。

舒杏思索良久，看着他漆黑的瞳孔，不甚确定地缓慢吐出两个字："舒杏？"

沉野嘴角勾起一抹笑，闭上眼睛倒在了她的肩膀上，发丝擦过她脖子处的皮肤，又痒又刺。

舒杏推了推他："你别占便宜。"

沉野不仅没退开，反而额头抵着她的肩膀轻轻地蹭了蹭："我休眠了，听不见。"

寒潮来袭的那天，舒杳回了南江过寒假。

幸好她在期末考中考了第一名，成功地从舅舅那儿拿回了手机，所以即便和沉野隔着好几百千米的距离，两个人的联系也没有受到太多影响。

大年夜那天，舒美如觉得两个人在家里吃太冷清，于是一如既往地带舒杳回了外公外婆家。

外公外婆知道她们要来，一早就开始准备年夜饭。本来气氛还算热闹，但真到了吃饭的时候，反而冷了下来。

外婆旧事重提："美如啊，你现在年纪也不大，可以考虑再找一个，不然一个人带着孩子过，太辛苦。"

窗外，不知道谁家已经开始放烟花了。烟花"砰砰"作响，整片夜空都是缤纷绚烂的色彩，屋内却因为这话陷入了令人窒息的安静。

舒美如不冷不热地说："我现在过得挺好的。"

外公扯了扯外婆的袖子："这个时候你就别说这些话了。"

"这有什么不能说的？当初她离婚，我就不同意，你不知道那时候村子里的人都是怎么议论我们的。之前我遇到建辉他妈，他妈说建辉这些年也单身呢，要我说，两个人可以考虑考虑复婚，就当为了孩子。"

舒美如放下筷子，说："我去一趟厕所。"

等她离开，外婆又把谈话目标对准了舒杳："杳杳啊，你要不劝劝你妈？"

舒杳夹了一根排骨，没什么表情地说："不要。"

"你这孩子……"外婆皱起眉头，怕舒美如听见，便压低了声音，"你也要多为你妈妈考虑考虑，她一个人带着你多辛苦啊，一家人团圆最重要。"

这些年来，舒杳听外婆和一些年长的亲戚说过无数次类似的话了。在他们的眼里，舒美如为什么离婚并不重要，和对方合不合得来也不重要，重要的是家庭不能破碎，不能让人家看笑话。

他们总说为了孩子，可实际上并没有人问过舒杳是怎么想的，更没有人在乎她是怎么想的。

寒风从窗户的缝隙里钻了进来，冻得舒杳哆嗦了一下。外面的烟花不知道什么时候停歇了，取而代之的是交谈声和吵闹声，令人烦躁。

舒杳看着眼前几乎没怎么动的年夜饭，食欲全无。舒美如也没有吃多少。

晚饭后，两个人早早地回了家，默契地都没有提起饭桌上那个令人不愉快的话题。

夜色深沉，舒杏拿着手机坐在窗边的书桌前给沉野发了一条消息，问他有没有把昨天她布置的作业做完。发出消息，她才意识到，今天是大年夜，他肯定在家里和家人一起吃年夜饭，她这个时候还提作业的事，实在是太没有人情味了。

舒杏赶紧撤回消息，两个人的对话框里出现了一个突兀的撤回消息提醒。

如果是之前，沉野肯定会回一个问号，问她撤回了什么。但今天，他并没有回复。

他果然很忙。

舒杏无声地叹了一口气，听到楼下有孩子在嬉笑打闹。

"我要堆个小鸭子。"

"堆小熊吧。"

"鸭子更可爱！"

…………

舒杏推开窗户往外看，才发现外头居然下雪了。雪没下多久，地上就已经白花花一片了。

雪花纷纷扬扬地飘落下来，被风吹到她的手背上，一丝凉意透过皮肤钻进了她的体内。她没什么诗情画意的心思，也不觉得雪花值得纪念，关上窗户，将窗帘拉上了。

她拿起床尾的睡衣，正准备去浴室洗澡，窗户上突然传来了"咚"的一声。她以为那俩孩子不小心把什么东西扔到了窗上，没有在意，几秒后，竟然又传来一声响。

她本就心情不爽，此刻忍无可忍，推开窗户低头看去："你们……"

话还没说完，舒杏就睁大了眼睛，浑身的血液好像沸腾起来，让她瞬间寒意全无。

沉野穿着一件单薄的黑色卫衣站在寒风中，右手的掌心托着一只用雪捏成的小狗。他仰头看着她，星光落在他的眼中。

大概是怕吵到她的母亲，他没有喊她，只用口型说了四个字："新年快乐。"

舒美如还没睡，舒杳不敢把沉野带进家里，只能扯着他的袖子将他拉到了屋檐下的一个角落里避风。

雪花好似不再带着凉意了，舒杳裹紧了身上的羽绒服，低头看着掌心那只寒碜的小狗："你怎么会来？"

沉野背对着风，把她挡得严严实实，语气听起来很随意："我听天气预报说，南江今天下初雪。"

舒杳抬眸："所以呢？"

"辅川不怎么下雪，所以我来看看。"

舒杳"扑哧"一声笑了出来，没有拆穿他，蹲下身开始摆弄起地上的雪来。沉野便不声不响地蹲在她身边，看到她的双手被冻红了，就从口袋里掏出一双手套，握着她的手腕，将她的手拉了过去。

"你怎么连手套都有？"

"我出门前，我妈塞到我的口袋里的。"

"你妈妈知道你要来这儿？"

"嗯。"

舒杳任由他帮她戴上手套，发自内心地感慨了一句："你妈妈真开明。"

沉野抬眸打量她一眼："大年夜你过得不开心？"

"我刚才有点儿不开心，"戴上手套，双手暖和多了，舒杳继续低头捏雪人，"但是现在挺开心的。"

一大一小两个雪球被叠在一起，雪人初见雏形。她问沉野："你猜这是什么？"

沉野低头看了一眼："萝卜。"

舒杳低下头，声音闷闷的："是你。"

"哦，"沉野懒洋洋地说道，"我有时候长得确实像萝卜。"

她用枯草做了个帽子，戴在"萝卜"的头上，转头一看，沉野也照着她的雪人捏了一个。他慢慢地把雪人推过来，两个敦实的身体挨在一起。

不知过了多久，远处又响起了烟花的声音。舒杳看了一眼手机，零点到了。

路上停着的车亮了灯，好像在提醒他们。沉野看了一眼，说："我要走了。我答应了我妈，明早之前会赶回去，跟她一起去看奶奶。"

舒杳惊讶地睁大了眼睛。他这么急匆匆地赶来，居然又要急匆匆地回去？

"你就是来和我说一声新年快乐？"

"倒也不是，"沉野低头看着并排而立的俩雪人，食指点了点其中一个的脑袋，"也是来跟你一起捏俩'萝卜'的。"

舒杏起身拍了拍大腿上的雪，把他送到了路边。他转过身，隔着她羽绒服的帽子揉了揉她的脑袋："开学见。"

"开学见……"舒杏喃喃自语。

他的身影在漫天大雪中渐渐变得模糊。

雪花飘在脸上，带来阵阵凉意。舒杏低头看了一眼手上的手套，觉得心里仿佛有一股暖流汩汩地涌出。她完全没在意母亲是否会听到，扯着嗓子喊了他一声："沉野。"

沉野停下脚步，回过头，额前的碎发在风中轻轻地飘动。昏黄的路灯下，他的目光似乎融化了一地的雪。

舒杏跑到他的面前，摘下了手套，嗓音微微颤抖："你没拿手套……"

沉野伸手接过手套，塞到口袋里："你还有别的话想说吗？"

一个人低头，另一个人仰头，目光对上，舒杏总感觉有一根线把她往他那儿扯。

极轻的两个字差点儿被烟花声盖过，但沉野还是听清楚了。

她说："舒杏。"

沉野怔了一下，反应过来后笑着闭上眼睛，俯身把脑袋靠在她的肩膀上——他又休眠了。

这一刻，舒杏被他的体温包裹，感觉四周温暖如春。她蜷了蜷右手手指，抬手捏住了他的衣角："新年快乐。"

寒假转瞬即逝。步入高三下学期，所有高三学子都把二十四个小时当成四十八个小时用。

怕影响彼此的状态，舒杏和沉野除了每周的补习，联系得并不多。

大家本以为会很漫长的一百多天随着三次模拟考试的开始和结束，转眼之间变成了几天。

高考前一晚，舒杏反而有一种大局已定的平静感。她收拾好桌上的试卷，才过九点。

她去洗了个澡，准备早早入睡，就在这时，房门被敲响了。她打开门，看到门外的舅舅乐呵呵地提着两件大红色T恤："杏杏，明天穿这个！"

其实T恤不算土，就是红得格外刺眼。

"舅舅，不用了吧。"她接过T恤看了一眼，委婉地说，"学校要求每个人都穿校服。"

"这两天下雨，温度低，你把它穿在校服外套里面，谁看得到？"舒明说，"你舅妈还特意定做了旗袍，明天就去校门口给你讨个好彩头。"

舒杳不想辜负舅舅和舅妈的好意，便答应了："好。"她低头又看了一眼，问，"但为什么是两件？"

舒明理所当然地说："另外一件是给那个小伙子的。我听他妈妈说，他们家什么东西都没准备。反正一件是买，两件也是买，我就多买了一件。"

舒杳想象了一下沉野穿着这件大红色 T 恤的样子，觉得有点儿搞笑。她眼珠骨碌碌一转："行，我明早给他。"

关上门后，舒杳把两件 T 恤铺在床上，拍了一张照片发给沉野。

舒杳："舅舅说，我们明天要在校服外套里面穿这件 T 恤。"

沉野："行。"

舒杳纳闷：他怎么答应得这么爽快？

她看好戏似的说："你不怕被笑话？"

沉野："挺好看的。"

舒杳想：可能男生的审美是一致的。

第一天，两个人的 T 恤是红的，寓意开门红。

第二天，两个人的 T 恤是绿的，寓意一路畅通。

第三天，两个人的 T 恤是灰的，寓意未来辉煌。

高考就在五颜六色的 T 恤的陪伴下落下了帷幕。教室里闹腾得仿佛菜市场，有人激动地扯着试卷乱扔，也有人一声不吭地坐在座位上落泪。舒杳全程都很平静，整理课桌里所剩不多的复习资料。

班主任交代了一些让大家之后回校填报志愿之类的事，然后就通知解散了。大家完全没有像电视剧里演的那样恋恋不舍，不到十秒钟就跑出门了。

舒杳把书包里的手机拿出来，开了机，发现上面有一条沉野在五分钟前发来的消息——"我在天台。"

她纳闷：他怎么突然上天台了？不会是考得不好吧？

舒杳抓起书包赶紧往外跑，气喘吁吁地到达天台后，发现铁门紧闭着。她刚把右手搭上铁门的门把手，就听到门后传来了一道熟悉的女声："沉野，你……有女朋友吗？"

舒杳停下了脚步。如果她没有听错的话，这个声音属于她的同班同学姜亚云。

这一年里，她和姜亚云有过几次接触，却完全没有察觉到姜亚云的心思。她垂下眼，一时不知道该走还是该开门。

与此同时，沉野平静的回答传入她的耳朵："没有，但我有喜欢的人了。"

姜亚云沉默片刻，又问："是……舒杳吗？"

沉野"嗯"了一声。

"行，反正我说出来就已经满足了，总比无疾而终好。"姜亚云的声音让人听不出失落之意，反而有一种如释重负的轻松感。

"谢谢。"

"难怪你们俩这几天一直穿同一个颜色的 T 恤。"

舒杳在内心吐槽姜亚云的思路太跳跃了，却没想到沉野不仅没有否认，反而又"嗯"了一声。

舒杳恍然大悟。难怪他答应得这么干脆，原来在这儿等着呢！

预感到姜亚云要离开，舒杳赶紧躲到了门后。铁门被缓缓地推开，姜亚云的脚步声沿着楼梯一路往下，渐渐地消失了。她这才从门后出来，没想到一下就对上了沉野的目光。

他靠在楼梯栏杆上，气定神闲地看着她："你干吗躲在这儿？"

舒杳抿了抿唇，然后说："我怕她尴尬。"

"你都听到了？"沉野问。

舒杳点头。

"那……"

看到他上前一步，舒杳本能地往后退，却发现身后就是墙壁。

他俯下身，双手撑着膝盖，昏暗的角落里，他的眼睛好像是唯一的光亮来源。两个人离得极近，舒杳的脸颊甚至能感觉到他呼出的气息。

他笑起来，语气却很认真："舒杳同学有男朋友吗？"

舒杳抬眸对上他灼热的视线，之后的好几秒，谁都没有说话。

她的心脏猛烈地跳动起来，眉眼间带着笑意，冲动驱使她回答他刚才的问题："有了。"

…………

虽然高考结束了，但还有不少同学没回家，校园里格外热闹，学校门口聚集着无数家长和媒体的记者。

两个人刚走出校门，就感觉到不少人朝他们看了过来。舒杳没有在意，晃着他的手臂，跟他商量要去哪里吃饭。

直到走到十字路口，感觉到一阵风钻进衣服里，舒杳才发现校服外套的拉链没有拉上。他也是。

　　难怪他们刚才走出校门的时候，她看到有人在对着他们拍照。

　　舒杳尴尬地问："我们明天会不会上新闻？"

　　沉野笑道："什么新闻？"

　　舒杳："震撼！高考考生默契地穿灰衣，居然是为了……"

　　沉野低头看了一眼她的灰色T恤，意味深长地说："不一定是这个标题。"

番外三
季凝和沉炀

"好！"

随着导演一声喊，季凝在这个剧组里的工作宣告结束。

"恭喜季老师杀青！"

四周传来热闹的欢呼和掌声，季凝接过助理递来的羽绒服，紧紧地裹在身上，随后才收下工作人员的花，微笑着和他们道别。

隆冬时节，深夜的室外天寒地冻，呼吸之间，白雾袅袅。季凝小跑着上了保姆车，打开了醒目地印着哆啦A梦的保温杯。

她把保温杯的杯口移到下巴处，袅袅的热气后是一张艳丽到具有攻击性的脸蛋，只可惜略显冷淡的目光与可爱的哆啦A梦有些不搭。

季凝百无聊赖地缩在厚实的羽绒服里，右手在手机屏幕上滑动。

微博上都是一些无聊的娱乐八卦，不是怀疑谁跟谁恋爱的猜测就是影视剧营销。她在圈内已经接收到了足够多的八卦消息，实在没兴趣再看一遍二手又不靠谱的，倒是一条格格不入的热搜瞬间引起了她的兴趣——"艺术家用木头雕出哆啦A梦等动漫人物"。她点进去，看到了热门微博对木雕作品的汇总。

"作为视频网站上异军突起的木雕艺术家，水曲柳的木雕受到不少年轻人的喜爱。从海贼王到哆啦A梦，从黑猫警长到葫芦娃，你最喜欢他的哪一件作品？"

配图是十八张作品的照片。

季凝不是一个爱看动漫的人，所以配图里的很多人物都不认识，但那个哆啦A梦木雕挂饰一下子就戳中了她的心。

木雕挂饰长不过五厘米，精致小巧，以纯木雕刻，没有上色，反而透着纯真的美感。

一旁的助理宁宁看到她把图片放大，了然地打趣道："凝姐，您这个看到有关哆啦A梦的东西就想搜集的爱好到底是什么时候养成的啊？"

季凝笑了笑，一句话带过："我小时候喜欢，慢慢地就成了习惯。"她把手机递到宁宁面前，"这个艺术家的作品能买到吗？"

宁宁低头看了一眼："巧了，这个艺术家我还真知道。他在年轻人里挺火的，我哥就是他的忠实粉丝，但是他的作品都不卖。"

"不卖？为什么？"

"可能是他比较清高。我哥说，他的公众号上有微信，大家可以直接加他的微信，如果跟他聊得来，他会免费送。"

季凝皱起眉："这么奇怪……他不会打什么恶心的算盘吧？"

季凝遇到过这种奇怪的人。那时候她去面试一个角色，选角导演看着面善又友好，在饭局上说跟她特别合得来，想邀请她去茶馆里细聊一下角色。初出茅庐的她什么都不懂，在旁边人的撺掇下去了，结果到了包间里才意识到选角导演意图不轨。

幸好她不傻，在用烟灰缸砸破他的脑袋之前录了音，才没有吃亏。

宁宁摆了摆手，说："这个艺术家不是那样的人啦，我哥就收到过木雕。他儿子满月那天，他发了一条朋友圈，这个艺术家给他留言，说送给他儿子一个木雕奥特曼当满月礼物。我哥那天特别开心。"

季凝还是有些怀疑。

宁宁："我哥说对方特别单纯，像大学生。他可能是真心想交朋友。"

季凝犹豫了一下，搜到了对方的公众号，然后用打游戏的专属小号加了好友。不一会儿，好友申请被通过，屏幕上跳出了一个哈士奇的头像。

"你好，我想花10万块钱买你的哆啦A梦木雕挂饰。"

不行，这样好像有点儿看不起人。

"你好，我是大学生，那个哆啦A梦挂饰你能送我吗？"

不行，这样太不要脸了。

季凝删删改改好几遍，最终委婉地问："水老师，我特别喜欢那个哆啦A梦木雕挂饰，你考虑之后开购买链接吗？"

过了几分钟，水曲柳礼貌地回复："抱歉，所有作品均不考虑售卖。"

季凝不解："为什么呀？"

水曲柳："因为我没有版权。"

这个回答好真诚，她竟无法反驳。

季凝犹豫了一下，没好意思开口让他送。反正两个人都加上好友了，她不急于一时。

杀青后，季凝难得有一段短暂的空闲时间。她没怎么出门，每天就窝在家里吃饭、睡觉、玩手机。

季凝惬意地平躺在客厅的沙发上，冬日的阳光透过落地窗洒在她身上，温暖却不灼热。电视里正在播放一部她随手点开的偶像剧，她没在意剧情，只把它当背景音。

她用手指往下滑刷新微博，手机屏幕上便跳出了《宝物记》的官方微博刚发布的新活动宣传短片。她这才想起来，前段时间一直忙于工作，已经好几天没玩游戏了。

她更新了游戏之后，照旧用微信小号登录，兴致勃勃地做起了日常任务。

日常任务里有一项需要她和游戏好友配合完成，但好友列表里仅有的三个朋友居然一个都不在线。她犹豫了一下，打算去添加几个新好友完成任务，突然看到旁边有一个微信好友在线的提醒。

水曲柳？他居然也玩这个游戏？这不是巧了嘛！

还有什么比游戏更能拉近彼此的关系？

季凝毫不犹豫地发送了好友申请，水曲柳很快就通过了，用文字问她："你开语音吗？"

玩家在 PK 的时候没法打字，所以季凝和朋友一起玩的时候都是开语音。但是水曲柳不认识她，她好歹是个有热度的女演员，要是被对方认出声音怎么办？

她才想起可以在游戏的语音系统里设置变音，发了个"好"，然后调低电视机音量，选择了"沧桑大叔音"。对方则默契地选择了"霸气御姐音"。

家里没有别人在，季凝懒得戴耳机，就直接外放声音了。

她以为这种一门心思钻研木雕的艺术家玩游戏不怎么样，没想到这人比自己厉害得多，就是装备太差，看上去全靠花时间升级，一点儿钱都不舍得花。

在两个人堪称完美的配合下，PK 战很快打完了。

对方突然问了一句："你孩子哭了？"

季凝愣了一下，才发现是电视剧里的小孩不小心摔了杯子，正在"哇哇"大哭。

"不……"

解释的话刚到嘴边，季凝的脑海中突然闪过助理的话。难不成这人特别喜欢小孩？

季凝立刻拿起遥控器按下了暂停键，生怕被他听到其他角色的声音。

人在社会上，身份是自己给的。骗人虽然不太道德，但那可是哆啦A梦啊！

"嗯。"季凝发挥出百分之百的演技，语调无奈又带着几分心疼之意，"我女儿特别喜欢的那个哆啦A梦储蓄罐碎了。没事，我让保姆把她带回房间里了，她哭一段时间就好了。"

水曲柳大概是相信了，问："所以你那天问我哆啦A梦挂饰的事情，是想把它送给你女儿？"

"对。"季凝想了想，破罐破摔地说，"她那天看到你做的哆啦A梦木雕，说想要这个当生日礼物。我跟他爸离婚早，我想尽可能地弥补她，可惜……"

语音那头的人沉默片刻，大方地说："你等会儿给我发一个地址吧，我把木雕寄给你。"

季凝有点儿惊讶，这么简单就得到了哆啦A梦木雕挂饰？

她突然有一种欺骗了老实人的负罪感："那个……老师，无功不受禄，我还是出钱吧。"

"你不用客气。希望你女儿天天开心。"

打完游戏，两个人熟络了不少。季凝忍不住问："你这样不卖只送，靠什么养活自己啊？"

对方叹了一口气，说道："还好，我吃住都在学校里，花不了多少钱。"

"你还是学生？"

"嗯，快大学毕业了。"

季凝心里更愧疚了，自己居然欺骗了一个清贫但努力的大学生。她今晚睡到半夜都得坐起来骂自己一句："我可真不是人啊！"

为了减轻这份愧疚感，收到哆啦A梦木雕挂饰那天，季凝给水曲柳发了一条消息——"我有个朋友是做木材生意的，以后你有需要可以随时联系他，他会给你最低的价格。"

这回水曲柳没有拒绝，简单地发了一个"好"，又问："晚上你还打游戏吗？"

这几天季凝都和他一起完成任务，所以毫不犹豫地答应了。

她把手机放下，右手拿小刀划开快递箱，发现发货地址上写着"辅川大学"。

他居然是辅川大学的高才生！

空心构造的木雕挂饰十分小巧，重量也很轻。季凝把它小心翼翼地拿出来，挑了一根细链子，把它挂在手机上。

手机屏幕倏地亮起来，宁宁发消息提醒她不要忘了晚上的饭局。

她最讨厌饭局，但这次饭局的组织者是她下一部电影的导演，她没办法不给面子。

但她刚答应水曲柳晚上和他一起打游戏……

季凝选了个折中的办法，又给水曲柳发了一条消息："我晚上有个饭局，可能会晚点儿到家。我们晚上十点打游戏可以吗？"

水曲柳："可以，正好我晚上也有事。"

收到答复后，季凝拿着手机去卧室化妆了，化完妆，司机也到楼下了。

季凝开门上车，习惯性地靠在椅背上闭目养神。一旁的宁宁看着手机，柔声提醒："凝姐，我听说今晚还有重要的人物来，你到时候注意一下表情啊。"

季凝幽幽地问："我的表情怎么了？"

"我给你回忆回忆啊。"宁宁掰着手指一条一条地列举，"上次剧组直播，你冷脸的时候，正好男演员在讲话，你就被骂和男演员不和。"

季凝嗤笑一声："我跟他确实不和。他一直在说废话，跟没看过剧本一样，我不翻白眼已经很好了。"

"上上次咱们和导演聚餐，他讲话，你冷脸，幸亏咱们没接那部剧。"

"那是因为他说的话很不尊重女演员，我没当场扇他一巴掌已经算给他面子了。"

宁宁长吁短叹："这次来的人是电影最大的投资方。我等会儿不在，不能时刻提醒你，你就算跟人家合不来，也别冷脸啊。"

"我知道啦。"季凝睁开眼睛，笑着瞪了她一眼，"操心鬼。"

"我这不是白操心啊，听说这个男人正好是你最讨厌的那一类。"

季凝问："哪一类？"

"花心大萝卜，他的前女友可以从这儿排到故宫。"宁宁在手机里输入关键词，很快，一整页的花边新闻就跳出来了。她把手机递到季凝面前："你应该听说过他吧？他是沉炀的大少爷，家里是搞地产的，不知道怎么投资到影视行业来了。"

"沉炀？"

"对。不过我听说他这一年浪子回头了，身边完全没有女人。"

季凝不屑地轻哼一声："烂黄瓜放进冰箱里就不烂了？"

其实季凝对沉炀早有耳闻——她在私立高中里念书的时候，沉炀是她的学长。三年里，他由于身体原因，在学校里待的时间不超过一个学期，但家世和容貌突出，即便不在学校，学校里依旧处处是他的传说。

不过在季凝的印象里，她和他的接触只有一次。

高中毕业典礼那天，她嫌校长的发言太过冗长，便向老师申请去洗手间，实际上去旁边的运动器材储藏室里玩手机了。

她已经不记得自己当时在看什么了，只记得笑的时候，背靠的架子后面突然传来了一道声音——"你需要耳机吗？我有。"

季凝被吓了一跳，回头才发现沉炀躺在软垫上。

阳光洒在他的脸上，勾勒出他线条流畅的脸部轮廓，也衬得他的肌肤越发苍白。他的姿态很悠闲，一条腿伸直，另一条腿屈起，手臂垫在脑袋下，连眼睛都懒得睁开。

季凝脱口而出："你怎么能逃毕业典礼呢？"

沉炀悠悠地睁开眼睛，眼里写着几个大字——"你问问你自己吧。"

好吧，老大不说老二。

季凝没理他，把手机静音，自顾自地继续看。

过了一会儿，沉炀的声音又传过来了："好看吗？"

"好看啊。"季凝撑着下巴客套了一句，"你要一起看吗？"

她本以为沉炀这样的富家公子哥对电视剧没什么兴趣，没想到他还真的走到她身边坐下了。他递给她一副有线耳机："戴上吧，别被老师听到了。"

季凝神色淡淡地看了他一眼，接过耳机插上了，把其中一只戴在了左耳上："谢了。"

电视剧的声音传入她的耳中，对于她的道谢，沉炀有没有说什么，她并没有听见。

距离毕业典礼结束还有半个小时，她和沉炀这两个素不相识的人连自我介绍都没做，在储藏室里肩膀靠着肩膀，戴着同一副耳机，一起看完了一集电视剧……

八年后，对着窗外的风景放空大脑的季凝完整地回忆起这件事，才想起来他们当时看的电视剧是《武林外传》，李大嘴学武功那集。

一晃八年过去，再次看到沉炀，季凝一时不知道该想起储藏室里那个看起来脸色略显苍白的少年还是众人口中那个前女友无数的有钱浪子，又或许两种印象都不太准确。

包间里，沉炀坐在主位上，西装革履，表情淡然，看上去成熟稳重，既不虚弱，也不浪荡。

季凝刚进门，刘导就热情地拉着她对沉炀说："这是我们在这部电影中饰演女主人公的演员季凝，沉总应该有所耳闻吧？"

季凝礼貌地微笑，伸出手："沉总，初次见面，请多关照。"

沉炀不冷不热地看了她一眼，嘴角微微勾起，握住了她的手，意味深长地说："初次见面吗？"

季凝的心一颤。

难不成他还记得？不应该啊。

下一秒，他若有所思地补了一句："我倒是见过季小姐很多次，在电视上。"

不知道为什么，季凝暗暗地松了一口气。

季凝和沉炀之间只隔着刘导，好处是她看不见他，坏处是她可以清楚地听见他和刘导的聊天内容。她专心吃饭的时候，偶尔还会被刘导拉着加入聊天，附和几句。

酒过三巡，餐桌上的话题渐渐从电影本身转移到了其他地方，一会儿是影视行业寒冬，一会儿是投资前景。

见刘导拿着酒杯走了对面，季凝用余光偷偷地看了一眼沉炀，发现他正在低头看手机。

季凝偷偷地摸出手机看了一眼时间，已经九点五十分了，可他们看起来丝毫没有结束的意思。她在饭局上玩游戏太不礼貌，提前走也不礼貌，就在纠结的时候，身旁的人先一步站起了身。

有人问沉炀："沉总有事？"

"去一趟洗手间。"沉炀说完，头也不回地离开了包间。

对啊，她怎么没想到呢？

季凝立刻起身，和刘导说了一声，也借着去洗手间的机会走出了包间。她没有往走廊尽头的洗手间走，而是钻进了位于楼梯口的休息室里，锁上门后惬意地靠在了沙发上。

没有了嘈杂的声音和酒精的味道，四周显得清静多了。季凝一边掏手机一边喃喃自语："烦人，他们哪儿来的那么多话？"

屏风后突然传出一声带着笑意的附和："就是。"

季凝被吓得差点儿把手里的手机扔了，恢复镇定后，起身绕到了屏风后面。看清优哉游哉地躺在沙发上的人时，她睁大了眼睛，脱口而出："怎么又是你啊？！"

"又？"沉炀微抬眼眸，准确地抓到了关键词，恍然大悟般说道，"原来你没忘啊，那刚才怎么装作不认识我呢？"

季凝理直气壮地说道："两个人见过一面就算认识，那我认识的人可能比邻国的总人数还多。"

马上就十点了，她懒得和沉炀费话，说："你玩你的，我玩我的，咱们俩谁也别打扰谁。"

沉炀不甚在意地点了点头。

季凝回到另一侧的沙发上坐下，点开游戏，看到水曲柳也在线。他大概已经在等她了，她给对方发了一条文字消息："不好意思啊，旁边有人，今天不能开语音了。"

水曲柳："没事。"

一场 PK 不过十分钟，季凝戴上耳机安静地打完，顺便把其他日常任务做了。

退出游戏，她觉得差不多该回去了，起身的时候，看到沉炀也从屏风后走了出来。

两个人各自沉默，一前一后地回到包间里。刘导看了他们一眼，不敢问沉炀，就把矛头对准了季凝："你怎么去洗手间去了那么久？"

"我……"

季凝第一反应想到的理由是：我便秘。

不承想沉炀先她一步，替她做了解释："季小姐在休息室里补了一会儿妆。"

她怎么没想到这个理由？这个说法确实比她想的文雅，但是他干吗替她解释？刘导误会怎么办？

幸好刘导酒劲上头，不太清醒，并没有多问。

饭局结束后，众人纷纷离去。季凝拢着身上的风衣，一边给司机发消息，一边瑟瑟发抖地走到门口等车。

司机很快回复："一分钟内绝对到！"

季凝不太相信。

前几天她出门的时候问司机还有多久到，司机也是这么说的，后来就在一分钟里遇到了过马路需要搀扶的老太太、迷了路需要被送去警察局的小女孩以及需要借他的车追逃犯的警察。

不过季凝是个心态还算好的人，没多说什么，只苦中作乐，站在可以避风的廊柱后刷了一会儿朋友圈。

冷风吹起她的衣摆，一辆熟悉的黑色座驾出现在了她的余光里，和公司给她配的那辆车挺像。车缓缓地停在她的面前，亮着车灯，虽然没有鸣笛，但车窗降了下来，显然是在等她。

季凝惊喜地拉开后座的车门，直接坐了进去，一边系安全带一边夸司机："王哥，你除了不靠谱的时候不靠谱，其他时候还真挺靠谱的。"

驾驶座悠悠地传来一声客气的回答："谢谢，但我不姓王。"

季凝意识到坐错车的时候，车已经启动了。

"你启动干吗？"她扒着副驾驶座的座椅靠背，看到了沉炀没什么表情的侧脸，"放我下去啊。"

"咱们是校友，你去哪儿？我送你。"

"谢谢，我有……"

季凝的手机上跳出一条司机发来的消息："老板，不好意思，车抛锚了，我在等拖车。"

沉炀透过后视镜看了她一眼："有什么？"

季凝在"挺直腰板站在路边吹着冷风打车"和"为了一点儿空调折腰"之间毫不犹豫地选择了后者，礼貌地微笑："有一点儿感谢你。"

沉炀笑了一声："所以你去哪儿？"

季凝："雅苑。"

沉炀没再问，熟练地将车拐进了中央大道。

季凝觉得很奇怪，他这个大少爷自己开车就算了，有这么乐善好施，专门送一个八年没见的校友回家？想起他这几年的花边新闻，季凝皱起了眉头。

忍了许久，在快到达目的地的时候，她终于忍不住问："沉炀，我们也算校友，我能问个直白的问题吗？"

沉炀："问呗。"

"你不会是想追我吧？"

沉炀目视前方，回答得也直白："没有。"

"那你为什么主动送我？你别说因为你善良啊，我不会信的。"

"你听过公子哥体验生活，开法拉利当滴滴司机的故事吗？"

季凝嘴角抽了一下："什么？"

到了目的地，沉炀把车停在小区门口，从口袋里掏出手机，转身说道："看在校友的情谊上，我按起步价给你算，15块钱。你要现金支付还是扫码？"

季凝被震撼了十几秒才反应过来，微眯着眼睛，咬牙切齿地说："扫码。"

她在饭局上和水曲柳聊过天，所以微信登录的是小号。她懒得切换了，直接扫他亮出的二维码付款。

沉炀的目光落在她手机上的哆啦A梦木雕挂饰上，他说："你这个哆啦A梦的挂饰挺可爱啊，你在哪里买的？"

季凝心不在焉地回答："朋友送的。"

说完，她头也不回地下了车，高跟鞋"嗒嗒嗒"的声音渐渐远去了。

沉炀低头看了一眼，入账信息里的微信头像和Ning的头像一模一样。

那个人居然真的是她。

自从大家知道他会赠送木雕作品，他见过各式各样的索要理由，比如朋友在死之前想再看一眼奥特曼，比如过七十岁大寿的妈妈唯爱樱桃小丸子。对于一看就心怀不轨的人，沉炀直接无视了；但对于聊得来的人，他不在意对方的理由是什么，比如Ning。

虽然只在游戏里和她接触了一次，但他已经把她列为合得来的人，所以即便知道她说谎也不觉得被冒犯，甚至有来有回地跟她玩起了角色扮演游戏。但他从来没想过，Ning居然是他认识的人。

刘导带着她向他走来时，他一眼就看到了季凝的手机链上的哆啦A梦挂饰。他从来不做重复的作品，所以敢肯定这就是他送给Ning的那一个，不过他并不确定Ning就是季凝，因为Ning也许在收到哆啦A梦挂饰后又转送给了别人。

此刻，沉炀确信，Ning就是季凝。

她是离婚以后独自带女儿的单亲妈妈？呵，这好像确实是她能编出来的理由。

之后的几天，季凝依旧会每天和水曲柳一起打半小时游戏，但更多的时候在为电影《一级机密》的进组工作做准备。

进组的前一晚，季凝想到开机仪式上免不了有记者凑近她的脸拍，赶紧拿起面膜开始做皮肤管理。她惬意地躺在床上，百无聊赖地刷起了朋友圈。

水曲柳在半小时前发了一条朋友圈，文案很简单，只有三个字——"新作品"，图片里是长鼻子的匹诺曹木雕。

为了和他套近乎，季凝把他之前发的每条朋友圈都点赞了。但就在拇指即将触碰到手机屏幕时，她顿住了。

匹诺曹……

想起自己在他面前的人设，季凝莫名其妙地心虚起来。

正好，微信上跳出一条新消息，经纪人芬姐发来了由编剧修改后的新版剧本。季凝的注意力瞬间被转移了，她坐起身，靠着床头认认真真地看了一会儿，越看越生气。

修改后的剧本和初版大相径庭，最大的差异在于原本给女主人公设置的高光剧情现在都转移到了男主人公身上。比如，初版剧本里，女主人公靠自己的人脉找到了反派盗取机密的关键信息，但在新剧本里，女主人公面对困难一筹莫展，向男主人公求助，男主人公大杀四方，最终让反派受到了惩罚。

这不仅仅是部分剧情变动的问题，还导致女主人公人设崩塌、前后剧情矛盾，整个故事虎头蛇尾。

季凝一把扯下脸上的面膜，手指"噼里啪啦"地在屏幕上敲击："编剧为什么突然改剧本？"

芬姐："没办法，之前饰演男主人公的李延楷还没你人气高，谁能想到上个月人家爆红了呢？粉丝都在闹，说编剧不改剧本的话，他们就不看。投资方要赚钱，当然会考虑这些问题。"

这是沉炀的决定吗？难不成在那天的饭局上，她真得罪他了？

想到这部电影有好几个投资方，季凝又问了一句："哪个投资方？"

芬姐："橘子视频。你也知道，徐总和李延楷关系不一般。"

季凝的目光冷了下来。

季凝："那我不演了。"

芬姐："你想不演就不演啊？合约都签了，你知道违约金有多少吗？你刚混出头，赚的钱够赔吗？还是说你想回去求助你爸妈？"

爸妈是季凝的死穴。父亲本来就不同意她当演员，所以她努力地想拼出一条路，让父亲知道她没有选错，怎么可能在这个时候回去求助呢？

芬姐从她的沉默里看出了妥协的意思，最后发来一条消息："你好好休息吧，明天就进组了，不要想太多。拍什么都是拍，你把钱赚到就行了。"

季凝脸上的面膜液已经干了，整张脸干巴巴的，扯出个笑都困难。她下床去浴室里洗了一把脸，清醒了些，但情感上还是不能接受这样的剧本变动。

她如果愿意拍这种烂片，也不会出道三年，拍出来的影视剧作品一只手都数得过来。

虽然心里憋闷，但季凝向来不会亏待自己，还是细致地擦了脸，抹上水乳和精华，做完充分的皮肤保养才蔫蔫地回到床上。

手机亮着，她扫了一眼，水曲柳居然发来了消息。

图片里是一个新的哆啦A梦木雕摆件，哆啦A梦高高地举起双手，嘴巴大张，似乎在喊"加油"。

季凝轻轻地笑了一声，看到他问："小姑娘喜欢这个不？"

季凝愣了一下才反应过来，这个"小姑娘"指的应该是她那个不知道在哪儿的女儿。

她翻了个身，趴在枕头上闷闷不乐地打字："应该喜欢吧。"

水曲柳："怎么了，你不高兴？"

季凝不知道他是怎么察觉到的，但这位因网络结缘的弟弟对她的情绪有很强的感知力，这让她有些惊讶。

季凝犹豫片刻，回答他："我女儿在学校里被人欺负了。"

水曲柳："你没有去学校里讨公道？"

Ning："对方家大业大，不是我一个人能抗衡的。大家都劝我算了。"

水曲柳回复了一句："但你不准备算了。"

季凝指尖顿了顿，很肯定地回答："嗯。"

摆在季凝面前的有两条路，一条是说服其他投资方，另一条是说服徐总徐茜，她选择了后者。

她和徐茜有过几次交集。在她看来，徐茜并不是一个是非不分的人，只是出身很好，毕业之后直接进入家里的公司当高层，没吃过什么苦头，所以想事情过于天真，还有点儿"恋爱脑"。

趁着上午有空，她去了一趟徐茜的办公室，耐心地和她聊了两个多小时，从"好的故事才是电影成功的关键"讲到"'恋爱脑'是没有前途的"。

看到徐茜的眼里出现犹豫之色的那一刻，季凝知道，她有了一半的胜算。

下午开机的时候，季凝从芬姐的口中得到消息，剧组会按照初版剧本进行拍摄。

休息室内，季凝正对着镜子补妆，芬姐神秘兮兮地凑到她的耳朵边问："你知不知道是谁逆转了局势？"

季凝咬着吸管喝了一口奶茶，优哉游哉地说道："当然是坐在你面前的我。"

"呸，"芬姐白了她一眼，以为她在开玩笑，笃定地说，"是领域传媒的沉总。"

"沉炀？"

"对。我听说昨晚新剧本也被送到了他的手里，他看完只给出一句评价。"

季凝松开吸管，平日里冷淡的眼睛里满是疑惑："什么？"

"狗屁不通，我差点儿看瞎。"

季凝"扑哧"一声笑了出来，心想：这好像确实是沉炀能说出来的话。

芬姐靠着化妆台，双手环抱在胸前："编剧跟我说，他们中午紧急开会了，沉总没说几句，徐总就妥协了，这还挺让她惊讶的。她以为按照徐总那强势的性格，两个人得唇枪舌剑一番。"

季凝张了张嘴，只字未提自己去找徐茜的事情。一是目的已经达成，过程就不重要了；二是经纪人如果知道她做这种事，又要数落她一通，说她不顾后果，她多一事不如少一事。

她开心地拿起手机给水曲柳发了一条消息："讨公道成功！"

水曲柳秒回："恭喜。这个哆啦A梦摆件我给你寄过去了。"

季凝眼睛一亮，又收获一个哆啦A梦木雕的快乐涌上了心头。

他又发来一个视频。季凝点开，发现视频画面定格在桌上的哆啦A梦摆件上，不一会儿，手机里传出了哆啦A梦的声音——"那既然是 Ning 说的话，我怎么会怀疑呢？"

他把"大雄"改成了"Ning"。

季凝又听了一遍，发现他居然模仿得有模有样，乍一听跟原版似的。她忍不住笑出声，憋闷的情绪烟消云散。

　　芬姐疑惑地盯着她，心中生出一个不祥的揣测，问："凝凝，你不会……谈恋爱了吧？"

　　"啊？"季凝回过神，"没有啊，我跟谁谈？"

　　芬姐拍了拍胸口，如释重负："那就好。吓死我了，你现在势头正好，可不宜谈恋爱啊。"

　　季凝朝水曲柳道了谢，又点进朋友圈，发现他在五分钟前发了一条朋友圈，习惯性地点了赞才放大图片。

　　他之前发的朋友圈都是作品图，但今天的有些不一样。照片是从第三视角拍摄的，是他正在创作时的样子，不过只拍到了手。

　　他皮肤很白，十指修长，指甲剪得干干净净。因为手在用力，手背上的青筋微微凸起，流畅的肌肉线条恰到好处，宛如艺术品。

　　季凝看了一会儿才把图片关掉，心脏仿佛被什么东西撞了一下，猛地跳了一下。

　　在知道这个弟弟长什么样子前，她好像先对他的手起了贪念。

　　季凝第一次在网上搜索了"水曲柳"这个名字，但得到的信息寥寥无几。别说照片，她就连他的年龄、籍贯都没搜到，网上的资料还没她知道的多呢。至于他是不是单身，就更无人知晓了。

　　季凝开始琢磨起他的朋友圈来。他的朋友圈里都是作品，没发过任何与私人生活相关的事情。他的头像是狗，看着不像情侣头像。

　　但这毕竟是她的猜测，晚上两个人打游戏的时候，她故作不经意的样子问了一句："你和我一起打游戏，你女朋友不介意吧？"

　　那头的人似乎笑了一声："我没有女朋友。"

　　"哦。"季凝没再言语，手指继续在屏幕上操纵。

　　那头的人倒是又问了一句："你这么晚还打游戏，你女儿没意见吗？"

　　季凝磕巴了一下："她……她睡了。"

　　但凡深入地聊这个话题就有穿帮的危险，季凝赶紧转移话题："对了，我一直好奇，你为什么会对木雕感兴趣啊？我之前看纪录片里说，从事这个行业的好像大多是上年纪的人。"

　　水曲柳沉默了一会儿，说："也没什么特别的理由。我身体不太好，在家里闲着的时候总想找点儿事情干，打发时间。正好那时候庭院里堆了一些装修用剩下的木材，我就突发奇想，试了一下。"

季凝惊讶地停下动作："你是自学的啊？"

"嗯，我也在网上问了一些老师。"

季凝刚想问他为什么不在线下学习，又想起他刚才说自己身体不好，说道："那你现在身体怎么样啊？"

"就那样吧，过一天算一天。"

水曲柳的话让季凝想起了一个人，她垂下了眼："你的情况跟我的一个学长还挺像的。"

"学长？"

季凝无声地叹了一口气，说道："他高中的时候只上了一个学期的学，然后就回家休养了，这几年好像也在家里闲着。但是我前些天看到他精神抖擞的，听说这些年他还交了无数个女朋友，他那样的烂……"季凝顿了顿，改了用词，抱着鼓励水曲柳的目的笃定地说，"烂身体都能恢复健康，你一定会长命百岁的。"

"那我真是借你吉言了。"

不知为何，季凝从水曲柳选的"沧桑大叔音"中听出了几分咬牙切齿的意味。

怎么了？自己说得挺好的啊。

"吃饭就吃饭，你老盯着手机干吗？"钱曼青板着脸，一巴掌拍在了沉炀的手臂上。

"妈，我有事呢，处理完再吃。"沉炀低着头自顾自地发微信消息，脸上是轻松自得的神色。

钱曼青眯了眯眼，察觉到了不对劲。

之前沉炀就算谈恋爱也不会经常和对方发消息，都是对方找过来他才回几句。但现在，人家还没回复，他就一个劲地盯着手机屏幕了。

钱曼青出其不意地探过头去瞄了一眼，但沉炀躲闪得很快，她只看到对方的头像好像是哆啦A梦。

"女生吧？"钱曼青了然地朝他眨了眨眼，一副八卦的样子，"你交女朋友了？"

"不是，"沉炀无奈地解释，"她是我的朋友。"

"我之前没见过你对哪个朋友这么在意。"钱曼青撇了撇嘴，显然不信他的话。

钱曼青的话倒是让沉炀第一次认真地思考起来：他和季凝现在算是什么关系？

前两天，季凝突然深夜给他发消息，说睡不着。他开玩笑地说给她讲童话故事，没想到她破天荒地问："你能直接语音通话讲吗？"

沉炀很清楚，这是她的试探。

语音通话接通的瞬间，她没有说话，沉炀也没有故意改变自己的声音。

他其实有心坦白，如果她听出了他的声音，他就顺势捅破这层窗户纸，毕竟一直用假身份相处也不是长久之计。

沉炀问她想听什么；她声音闷闷的，不知是怕被他听出来还是困倦："你的本音……"

沉炀的心瞬间提了起来，下一秒，他听到她笑了一声，说："还挺好听的。"

沉炀真是服了她这木鱼似的耳朵。

他从自己的书架上拿了一本希腊神话，随便翻到一页，轻声读了半个小时。直到电话那头传来平稳的呼吸声，他才道了一声"晚安"，挂断了语音通话。

说自己和她是普通朋友，沉炀都心虚。就算在之前那一段段的恋爱期间，他都没有为谁做过这种事。

他不知道这是不是所谓的喜欢，但这是他第一次觉得恋爱不是一种打发时间的消遣，而是一件需要认真地经营的事情。

发觉沉炀在走神，钱曼青心里有了大致的判断。她以前从来没催促过沉炀的婚事，因为在她的心里，沉炀虽然年长，但在心理上还是个不太成熟的小孩，贸然结婚是对自己不负责任，也是对人家姑娘不负责任。

但自打沉炀把木雕当作事业，不再整天无所事事后，他的成长速度完全超出了钱曼青的预料。这种成长不仅仅是他在事业上的发展，更多的是心态和性格上的成熟。

钱曼青忍不住唠叨："挺好的，你也是时候认认真真地谈个女朋友了，我还有一个新年红包没给出去呢。这个头像很可爱，人应该也可爱。"

可爱？季凝耷着毛骂人的时候确实挺可爱。

沉炀轻笑一声，吊儿郎当地说："那一个红包可不够。"

"什么意思？"

"人家有女儿了，您这个准奶奶不得再准备一个红包？"

钱曼青愣了一会儿才反应过来，双手扒着桌沿，凑过去偷偷地问："是她离婚了还是你当第三者啊？"

沉炀看了一眼对面的沉野，笑得有点儿欠揍："你以为谁都跟某人一样？"

沉野安静地吃着饭，突然被扯进话题里，头也没抬："你搞你的网恋吧，少点我。"

"网恋？你网恋啊？"钱曼青一下子来了兴趣，连饭都懒得吃了，扯着沉炀的袖子急切地说道，"你跟妈说说，对方是什么样的女孩子啊？你放心，我很开明的。女生离婚带娃又不是什么羞耻的事情，你把她带回来，让我见一见。"

钱曼青这副把提亲提上日程的样子倒是让沉炀后悔刚才口无遮拦了。

"妈，我开玩笑的，她真的没孩子。"

钱曼青拍了他一下，退回去拿起筷子："我还以为我能突然多一个孙女呢。"

"听到没？"沉炀用食指在桌上轻轻地敲了敲，话是对沉野说的，"这才是点你呢。"

沉野抬头，对上了钱曼青期待的目光。

钱曼青知道催生讨人厌，所以在此之前从来不提这件事，不想给他们压力。今天舒杏不在家，她才试探着问沉野："说真的，你和杏杏打算要小孩吗？"

沉野夹了一块排骨放进碗里，坦诚地回答："她如果跟我说想要，我们就要；她不说，我们就不要。"

"那你的想法呢？"

沉野好像早就思考过这件事情，回答时没有丝毫犹豫，听起来也不太在意："不要。"

"为什么？你不喜欢小孩？"

沉野沉默片刻，认真地问："妈，你生孩子的时候吃苦头了吗？"

"废话，谁生孩子能不吃点儿苦头？"

"但她前二十七年吃的苦已经够多了。"

钱曼青想起了罗建辉的事情，也理解儿子的想法，陷入了沉默。她无声地叹了一口气，转身看向沉炀："没办法，我只能指望你了。"

"妈，你这就不公平了。"沉炀义愤填膺，"他老婆吃不得苦，我老婆就该吃苦了？"

"我不是这个意思。"钱曼青一时也解释不清，索性破罐破摔，"算了，下次再有人给你介绍对象，我得加一条要求——有娃的优先。"

沉炀本以为钱曼青在开玩笑，没想到几天后她还真的拉着他参加了一场饭局，和父亲的合作对象一家吃饭。

这个饭局很久以前就定好了，那时候，钱曼青还不知道他有个网恋对象。她跟他说，他要是没有别的意思，那吃完饭就算了。但对方的意图很明显，对方从入座开始就一直撺掇女儿和他多聊一聊。

以前不是没有发生过这样的事情，但沉炀一般不介意。于他而言，他不过是多认识一个人，两个人合得来就做朋友，合不来的话，吃完饭就散。

但这晚，他觉得饭局异常无聊。

季凝迟迟没回他消息，他一次次地看手机，不知道她是不是还没收工。

长辈的交谈声传入耳朵，沉炀低下头，忍不住给领域传媒名义上的老板发了一条消息："你下周是不是要去剧组？"

梁寅舟："是啊。项目进入中期了，我去看看情况。"

沉炀："我去吧。"

梁寅舟："你还记得你投资的时候跟我怎么说的吗？'我给钱，有事别找我。'"

梁寅舟："你最近怎么了？我托你去一趟饭局之后，你的事业心大涨啊！"

沉炀："你的废话怎么这么多？"

梁寅舟："好好好，你想去最好了，我这段时间正好忙得很呢。"

和梁寅舟说定，沉炀按灭了手机屏幕，莫名其妙地觉得爽快。他也说不清为什么突然想见她，可能就是想被她当面骂一骂。

沉炀到影视城的时候，现场正好在拍摄男主人公的单人戏。季凝安静地坐在休息区里看剧本，没看几行字就听宁宁说沉炀来了，为了欢迎他，制片人组织了拍摄后的聚餐。

季凝向来不喜欢聚餐，因而对沉炀突然探班这件事充满了怨念。

"他怎么突然来了？"季凝皱起眉头，拿过一旁的保温杯喝了一口水。

"不知道。"宁宁环顾四周，确定四下无人才凑到她跟前压低声音说，"我之前看新闻上说，沉总和咱们这部戏的女演员徐安琪交往过，不知道他是不是来探班的。"

季凝点了点头，对这个八卦没什么兴趣。

远处传来一阵哄闹声，季凝看过去，发现制片人带着沉炀朝这边走来，后面的工作人员推着一车奶茶、咖啡之类的饮品。

　　宁宁立马问季凝："凝姐，你要喝什么？我帮你拿。"

　　"奶茶吧，谢谢。"

　　"好嘞。"

　　宁宁小跑过去，季凝则低头继续看剧本。不多时，她突然察觉到有人在她身边的椅子上坐了下来，还以为是宁宁回来了，没想到映入眼帘的是一双限量版的男士运动鞋。

　　她抬头一看，脱口而出："安琪在B组拍。"

　　"安琪？"沉炀随手把咖啡放在一旁的小桌上，面露疑惑之色，"什么安琪？"

　　季凝发觉宁宁的猜测好像并不正确，一句话带过了："没什么。你怎么来了？"

　　"我怕我的钱打水漂，先来听个响。"沉炀往后一靠，看了看万里无云的蓝天，惬意地闭上了眼睛。

　　季凝左右看了两眼，发现附近确实没有空座位了，就没有多说什么。

　　宁宁拿着两杯奶茶走过来，看到沉炀，愣了一下才反应过来："沉总？正好，我拿了两杯奶茶，您喝吗？"

　　"不用，"沉炀拿起小桌上的咖啡示意，"我刚才拿了咖啡。"

　　"好。"宁宁把其中一杯奶茶递给了季凝。

　　季凝接过奶茶，往上插吸管的时候心不在焉，脑子里全是沉炀拿起咖啡的画面。他那只右手……她以前没注意，现在觉得它好看得有点儿眼熟。

　　她咬住吸管，又偷偷地往他那儿瞟了一眼。他的手和水曲柳的手真的有点儿像。

　　她摇了摇头安慰自己：好看的手千篇一律，或许这只是巧合。沉炀怎么可能会是水曲柳啊，这两个人的思想境界简直差十万八千里。

　　沉炀过来的消息传到了B组，徐安琪匆匆地赶来了。看到沉炀，她热情地想给他一个拥抱，但被他用握手取代了。

　　徐安琪转而拍了拍他的肩膀，满脸笑容："你怎么来了啊？也不跟我说一声。"

　　被迫听八卦的季凝忍不住想：他们不是分手了吗？沉炀看上去是个不错的前任，居然能如此没有隔阂地和前女友相处。

她没有听人聊天的爱好，于是低头打开手机，看到了被置顶的和水曲柳的对话框。

现在两个人的聊天内容早已不局限于游戏了，季凝在拍摄时遇到什么有趣的事都会和他分享，他也会问她对于他的作品的看法。

"在干吗？"

季凝刚打完这三个字便听到徐安琪喃喃自语："这儿怎么连一把椅子都没有？"

季凝把剧本合上，拿着手机和奶茶站起身："你坐这儿吧。"

"谢……"

徐安琪的话还没说完，沉炀突然伸手抓住了季凝的手腕："你去哪儿？"

季凝愣住了。她和沉炀只在八年前有过一面之缘，八年后也只有起步价15块钱的交情，对于她来说，他此刻的举动显然是冒犯的。

她本能地把手抽了回来，但看在校友情谊上，还是保持着基本的礼貌："应该轮到我拍摄了，我过去看看。"

她转身就走，同时低头把手机上的消息发了出去。

然而几乎在同一时间，她听到身后传来了"叮"的一声消息提示音。

她立刻停下脚步，回头看到沉炀放在桌上的手机亮了起来。他扫了一眼手机，随即朝她看了过来。两个人四目相对，她脑海中的那个揣测此刻又涌了上来。

季凝眯了眯眼睛，胡乱地发出一个个重复的表情包。

"叮""叮""叮"……

她每发出一个表情包，沉炀的手机就响一声。

天底下没有这么巧合的事情，所以……沉炀真的就是水曲柳！

有了这个前提，重逢后沉炀莫名其妙的熟络态度和他刚才突然握住她的手腕的行为都有了合理的解释。很显然，从他在车上看到那个哆啦A梦挂饰开始，他就确认手机对面的人是她了。

他明明知道真相，却假装一无所知这么久，还偶尔有意无意地提起她的"女儿"。

回忆起自己费尽心思圆谎的样子，季凝想一想就觉得尴尬。

按下静音键就是一秒钟的事情，他明明可以在她察觉之前就有所行动，但此刻反而格外坦然地看着她，任由手机在旁边响个不停。

这一连串的声响引起了徐安琪的注意，徐安琪打趣道："你的新女朋友？你们多少天没见了啊？她想死你了吧？"

"她倒不是想死我，"沉炀的话是对徐安琪说的，但目光落在季凝身上，他自嘲地扯了扯嘴角，"现在可能挺想让我死的。"

由于季凝忙着拍摄，沉炀一直没有找到机会跟她敞开心扉聊一次。

晚上聚餐结束，大家纷纷散去。季凝去了一趟洗手间，出来就看到沉炀靠在洗手池对面的墙壁上，直勾勾地看着她。

季凝好像什么事都没发生过，礼貌中带着点儿疏离："你还不走？"

沉炀直截了当地说："聊聊。"

"聊什么？"

沉炀握住她的手腕，将她带进一旁的空包间里。"咔嗒"一声，门落了锁。

季凝走到沙发边，悠闲自得地坐下了："你聊吧。"

沉炀走过去，却没有在她身边坐下，而是蹲在她面前，仰起头，目光恳切："你生气了。"

他用的是陈述句，完全没有给她回答的机会。

冷白色的灯光洒在他的脸上，衬得他的皮肤越发白皙，漆黑的双眸让季凝莫名其妙地想起了水曲柳的哈士奇微信头像。

"我没生气。"季凝理直气壮地说，"要说骗人的话，是我先起的头，就算生气，也应该是你生气。"

"但你不理我了。"

沉炀这话说得很委屈。

此刻近距离地听，季凝才意识到，这个声音和那天晚上水曲柳给她讲故事的声音差不多，她当时居然没有听出来。

季凝的右手揣在外套的口袋里，轻轻地攥了一下。包间里的中央空调很温暖，但此刻好像有一股凉意从她的脚底蔓延到四肢百骸，她感觉自己刚萌芽的好感因为真实身份的暴露被扼杀在了摇篮里。

"沉炀，"季凝的目光冷了下来，"我之前问过你，你是不是想追我，你说不是。那你现在在干吗？"

沉炀难得严肃地回答："在认真地追你。"

"哈……"季凝莞尔一笑，"沉总追过的女生没有一千个也有五百个了吧？你回回都认真？"

"她们不是……"

沉炀还没说完，季凝先一步站了起来。她如释重负般吐出一口气，伸出手心平气和地说："沉炀，之前的一切，你就当是……演了一部戏吧，现在杀青了，可以出戏了。"

沉炀低头看着她的手，却没有如她所愿地握住："你没有一点儿喜欢我吗？"

季凝坦诚地说："我是有一点儿喜欢水曲柳。"

"他就是我。"

"不，你们俩完全不一样。"她认真地说，"我喜欢的是网上那个成熟、努力、有追求的大学生。至于你，我们还是校友吧，就只是校友。"

"不可能。"他掷地有声地说。

季凝皱眉："什么意思？"

沉炀嘴角勾起一抹笑，欠揍地说："意思就是我们之间的关系要么是我没追到你，我们做陌生人；要么是我追到你，你做我的老婆。"

"神经病！"

季凝当着沉炀的面没骂出来，回到酒店的房间之后实在忍不住了。

她把一个抱枕重重地摔到床上，依旧没法接受沉炀就是水曲柳的事实。

她想象中的水曲柳是清贫的大学生，而实际上的水曲柳是有钱又浪荡的花花公子，这简直就是两个极端。

"啊啊啊！"季凝抓了抓头发，从冰箱里拿了一个甜筒。

之前为了保持身材，她多次忍住没吃，今晚却忍不住了。冰凉的感觉从口腔一直蔓延到胃部，似乎浇灭了她的部分怒火。

她吃到一半，门铃响了起来。她走到门口，不耐烦地透过猫眼看了一眼，来的人不是沉炀，而是徐安琪。

她和徐安琪在进组之前完全不认识，这段时间虽然有接触，但不算熟络。所以对于徐安琪来找她这件事，季凝有些不解。

她把门打开，神色淡淡地问："怎么了？"

徐安琪笑了笑："我能进去吗？想和你说点儿话。"

季凝预感到了什么，但还是侧身让徐安琪进来了，随后反手将门关上，咬了一口甜筒："你如果是来给沉炀当说客的，那没有必要说了。"

"我确实是他的说客。"徐安琪拖了一把椅子过来，反着坐上去，双手搭在椅背上，"沉炀真的不是传闻中那样的人，那些女生其实不是他的女朋友。"

季凝一时没反应过来。甜筒融化，黏糊糊的液体淌到了她的手背上。

季凝从桌上抽了一张纸巾，一边擦一边问："什么意思？"

"沉炀的心脏不好，那些公子哥爱玩的篮球、赛车、极限运动什么的，他都玩不了。女人？"徐安琪笑了一下，偷偷地说，"其实我以前一直觉得他可能不行。"

"喀。"季凝差点儿被口水呛住。

"我们俩所谓的恋爱其实是我追他，说想和他在一起，他听完，耸了耸肩，说随便，我就默认我们俩在一起了，但是之后我们的相处模式和做朋友的时候没有任何区别。"徐安琪被气笑了，"有一回我想牵他的手，他竟然躲开了。我当时伤心了好几天，以为他不喜欢我，没想到他对她们都是这样的。那时我才明白，他不是不喜欢我，是没喜欢过人。"

"她们？"

"啊，你不知道吧？我们有一个群。"徐安琪掏出手机给她看，"跨年的时候，沉炀出事了，那时候有人建了群，大家约着一起去探望他一下，后来这个群就没解散。"

群里面有七个人，无数条新消息。季凝扫了一眼，群里正热火朝天地讨论着化妆技巧。

她觉得自己对于谈恋爱的定义还是太狭隘了。

"他真的不是滥情的人，只是由于身体问题，把每天当作最后一天过，所以对什么事都无所谓。被狗仔队捏造花边新闻，他懒得解释；别人想跟他谈恋爱，他也随意。"

季凝把甜筒的包装纸捏成一团，扔进了垃圾桶："你跟我说这么多，是希望我接受他？"

"那倒不是。"徐安琪双手环抱着椅背，下巴搭在手臂上，"凭良心说，同为女生，我不能要求你必须接受一个动不动就住院，还不确定行不行的男人，只是希望你不要误会他的为人。因为在我最黑暗的那段时光里，是他给了我坚持下去的底气，我真的很感谢他的……"

季凝还挺感动的。

"那一大笔分手费。"

季凝撤回了一次短暂的感动。

季凝并不怀疑徐安琪的澄清，也相信了沉炀不是滥情的人，但依旧觉得自己并不适合和沉炀在一起。

她对感情的要求很高，其中包括不接受男朋友有任何异性好友，因为她觉得男女之间没有什么纯友谊。就像她父亲，在外彩旗飘飘，每一个女人最开始都是他的合作伙伴、工作搭档。

沉炀显然不符合这个要求。

但他真的很有行动力，说要追她，就真的三天两头地往影视城跑。他还算有分寸，不会打扰她工作，最多在她空闲的时候像喂猫一样给她投喂零食。

季凝印象最深的是，有一天，他给她带了她特别想吃的黑松露巧克力蛋糕。

那家餐厅的黑松露巧克力蛋糕需要提前很久预订，并且价格不菲，她不知道沉炀是怎么买到的。而且她只是之前和水曲柳聊天的时候提过一次，没想到他居然记住了。

季凝知道吃人嘴软的道理，既然不准备接受他，自然不能接受他的礼物。所以她一边心里淌血，一边把蛋糕给了工作人员，自己一口没吃。

沉炀站在旁边默默地看着她的举动，一句话都没说，脸上也没有失望的神色，似乎早就有心理准备。

季凝本以为这事就这么过去了，没想到那天晚上回到酒店里，一打开冰箱就发现里面居然还有一个完整的黑松露巧克力蛋糕，盒子上的便利贴上写着一句话——"你偷偷地吃，明天跟我说扔了就行。"

季凝被气笑了，他可真是个大聪明。

她拍了一天的戏，脑子不清醒，躺在床上一直想着那个蛋糕，居然越想越觉得他说得有道理。于是，她最终没有抵挡住美食的诱惑，大半夜爬起来狠狠地吃了两块。

第二天一早，门铃响起的时候，季凝心虚地看了一眼冰箱，然后才去开门。但门外的人不是沉炀，而是一个完全出乎她意料的人——她的父亲，季宏。

"爸。"季凝不冷不热地喊了一声，"你怎么来了？"

季凝正准备出发去片场，很随意地穿了一套白色运动装。在季宏看来，这身衣服很寒碜。

他扫了她一眼，走进房间后，没有回答她的问题，反而直截了当地问："我听说沉家的那个大少爷在追你？"

沉炀这样花边新闻满身的公子哥本来就是狗仔队关注的焦点，所以有人知道这件事也很正常，但她没想到这件事居然会传到向来不关注娱乐新闻的季宏的耳朵里。

她耸了耸肩："算是吧。"

季宏严肃地从口袋里掏出烟盒，还没打开，季凝就冷声提醒："我的房间里不能抽烟。"

平时季宏就算不强硬地把烟点上，也会去外面抽完烟再进来，但今天非常配合，季凝说不让抽，他真的把烟盒收了起来。

事出反常必有妖。季凝在床尾坐下，刚想开口，就听到他问："那你是怎么想的？"

"我没怎么想。"季凝毫不犹豫地说，"我们俩不合适。"

"你们都没相处过，怎么知道不合适呢？爸觉得沉炀挺好的，你跟他试试挺好。"

季凝皱起秀气的眉毛，第一反应是沉炀私下联系了她的家人。但她想了想，又觉得不太可能，沉炀挺有分寸的，不会傻到明知道她不喜欢还越过她和她家人接触。

那么只剩下一个可能了。

"爸，你是想借我攀上沉家吧？"

"这怎么能叫'攀'呢？"季宏靠坐在沙发上，右手的食指敲了敲沙发扶手，不管是姿态还是用词都很强势，"爸也是为你好。错过沉炀，你到哪儿再去找条件那么好的男人？"

"条件好？他的花边新闻那么多，这叫条件好？"

"男人难免在外面逢场作戏，这算什么大事吗？"

"也是，"季凝笑了一声，"在这一点上，你确实有共鸣。"

"季凝！我在跟你好好说话！"季宏大声呵斥。

两个人向来说不到一起，季凝也被他的态度激出怒火，挺直腰扳回了一局："我也在好好说话。我就是不可能和他在一起！"

"他要家世有家世，要样貌有样貌，到底哪里让你看不上？"

季凝气极了，脱口而出："就他那个病秧子，你让我嫁过去当寡妇？"

她说完，季宏沉默了。她的右手紧紧地攥起来，指关节泛白，指尖一阵阵地发麻。

她说得很不对。她不想咒沉炀，明明说过他一定会长命百岁的。就算两个人没有缘分，她依旧希望他能长命百岁。

她在心里"呸"了好几声，连季宏站起身都没注意到。

"就你这性子，有人要你就不错了，你还挑三拣四。我看你最后挑到个什么样的！"季宏伸出一根食指，指着她的脑袋骂。

这种话季凝听得太多了，根本无法让她的情绪产生波动。她站起身，无所谓地说："您慢走。"

季宏仿佛一拳打在了棉花上，气冲冲地拉开了房门，刚走出去，"砰"的一声，不知道什么东西被他一脚踢开，撞上了墙壁。

他的身影很快就消失在门口。季凝的脑子"嗡嗡"作响，过了一会儿她才反应过来，门口怎么会有东西？

她猛地跑到门口，看到走廊里有一个黑色绒盒，盒子里的哆啦 A 梦木雕被摔了出来，俯趴在地上。

一股凉意蹿上心头，季凝紧紧地握着门把手，双腿好像灌了铅，动弹不得。

过了许久，她才慢吞吞地走过去，把东西捡了起来。哆啦 A 梦嘴角压下，委屈巴巴的，脑袋上沾着灰尘，显得分外可怜。

之后的几天，沉炀没有再来影视城。季凝这才确定，他一定听到了她和季宏说的话。

那话确实够伤人，这下她可以彻底摆脱他了吧？

她明明应该觉得轻松，可是为什么心里不是滋味呢？

季凝想来想去，觉得应该是方法不对。在她的想象中，她和沉炀应该好聚好散，她就算拒绝他，也该有更委婉的理由，而不是像这样指着人家最不想提起的痛点戳。

自己应该道歉吗？季凝的思绪一团乱，剧本上的每个字她都认识，但此刻完全无法进到她的脑子里。

所谓一觉解千愁，她把剧本往旁边一扔，准备趁着难得的休息天补个觉，门口突然传来了门被打开的声音。

除了她，只有助理宁宁有房卡，所以她连眼睛都没睁开，问了一句："怎么了？"

"凝姐……"宁宁欲言又止。

季凝睁开眼睛看了她一眼："有事就说啊。"

"我刚才听徐安琪的助理说了一件关于沉总的事，你要不要听？"

季凝的心"咯噔"一下，随后她又无所谓地把眼睛闭上了："如果是他又谈恋爱这种事，你就不用跟我说了。"

"不是。"宁宁跑到床边蹲下了，罕见地严肃起来，"我听说……他进医院了。"

"什么？"季凝一下子坐了起来，喉咙发紧，过了许久才问，"严重吗？"

"我也不清楚，但是刚才看到徐安琪两眼通红，急匆匆地上了车。她助理说她去医院看沉炀总。"

季凝紧紧地攥住了被子。

从徐安琪的表现来看，沉炀这次住院不像是小事。想起之前在父亲面前说的话，季凝觉得更愧疚了。

她从床头柜上拿过手机，给水曲柳发了一条消息："你没事吧？"

对话框里的消息不少，但都是水曲柳单方面献殷勤，两个人的对话停留在她和父亲吵架那天。

这是彼此知晓真实身份后，季凝第一次给他发消息，但经常秒回的人五分钟还没有回复。

季凝指尖轻颤，几秒后在心里做了决定。

她一边换衣服，一边交代宁宁："你帮我问一下徐安琪的助理，沉炀在哪家医院。"

"好。"

宁宁低头摆弄手机，很快就把地址发给了季凝。

影视城就在辅川的郊区，距离医院只有一个多小时的车程。车驶入医院的地下停车场，随后，季凝戴着鸭舌帽和口罩急匆匆地走进了电梯，一路到达顶楼。

顶楼的病房里，病床上空无一人，徐安琪和助理还坐在客厅的沙发上。确实如宁宁所说，徐安琪双眼通红，手里捏着一团纸巾，一副刚哭过的样子。

看到季凝，徐安琪愣了一下，问："你怎么来了？"

季凝不答反问："沉炀呢？"

"他……"徐安琪哽咽了一声，"他刚走。"

季凝感觉头顶落下一道雷，突然腿软，右手扶着旁边的椅背才勉强站稳。她眼眶发酸，视线渐渐变得模糊，泪水完全不由她控制，顺着脸颊滑落。

她看不清徐安琪的表情，却能从声音里感受到徐安琪的疑惑。

"他去外面吃饭而已，你哭什么？"

大悲大喜的转换让季凝反应不过来，她抹掉眼角的泪水，无奈地反问：

"他没……他活得好好的，你哭什么？"

"我失去了一个朋友，不该哭吗？"徐安琪再度哽咽，"他居然说以后跟我们都不联系了，甚至把所有的联系方式删了。我想不明白，才过来问他。"

季凝情绪复杂地想：沉炀这样做，是因为自己的话吗？

徐安琪看了她一眼，如释重负地说："现在看到你，我明白了。我也不喜欢我的男朋友有异性朋友，而且是名义上的前女友。祝你们幸福。"

"谢……"季凝脱口而出，说到一半又停下了。

不是，自己又没和沉炀在一起，谢什么呢？

季凝恼羞成怒，没等沉炀回来就走了。

按下电梯的下行键，季凝拿出手机看宁宁发来的消息，直到听到"叮"的一声，才抬头看向缓缓开启的电梯门。没承想，她正巧和坐电梯上来的沉炀对上了目光。

沉炀眉头一皱，盯着她泛红的眼睛："你哭了？"

"没有。"季凝走进电梯，冷声问，"你不出去？"

沉炀不答反问："你来看我的？"

季凝顿了一下，然后说："不是，我来看我大舅爷，他也住在这儿。"

"你大舅爷住几号病房？"

季凝想起他住八号病房，于是随口说了一个离他远一点儿的病房："二号。"

"二号……"沉炀若有所思地点了点头，"我记得二号病房里住的是一个二十多岁的小伙子。你大舅爷还挺年轻。"

季凝忘了，沉炀这种社交牛人，就算在这儿住一天也能和各个病房里的人混熟。

她没管他，默不作声地按下了负一楼的电梯键。

电梯开始下行，沉炀按着她的肩头，有些强硬地让她的身子转过去，右手拉下了她脸上的口罩。他俯下身，目光落在她的脸上："你为什么来看我？"

"我……"季凝欲言又止，最后决定和他心平气和地聊一次，"我们到车里再说吧。"

地下停车场里昏暗无比，略显阴森，车内昏黄的灯光却带着暖意，季凝的心莫名其妙地安定了下来。她坐在驾驶座上，右手的拇指无意识地摩挲着手机屏幕："你那天……听到我跟我爸聊天了？"

沉炀没有否认，低低地"嗯"了一声。

季凝长长地舒了一口气，转过身看向他："沉炀，我没有咒你的意思。我当时被我爸刺激到了，所以才……"

"我知道。"

"就算我觉得我们不合适，还是希望你长命百岁。"

沉炀将脑袋靠在椅背上，悠闲自得地笑起来，还是说："我知道。"

"那你……"

"这次只是常规检查。"沉炀嗓音低沉，目光分外认真，"我认真地想过了，以我的身体情况，我非要让你跟我在一起确实太自私。所以我们先做朋友吧，什么时候我确定自己能陪你很久，再追你，行吗？"

朋友？

男女之间没有纯友谊。

但季凝点了头。

自打那天起，沉炀就没再提过追她的事情。他退一步，季凝也退了一步，两个人好像真的回到了普通朋友的相处模式，和之前一样，时不时地在微信上插科打诨地聊几句，只不过季凝骂他的话从以前的"你烦死了"改成了"你怎么这么烦？活该你长命百岁"。

于是沉炀对被她骂这件事的喜爱程度又上升了一个等级。

又一次拍摄到半夜，季凝在车里睡意蒙眬地靠在椅背上，余光看到宁宁的表情愤怒又憋屈，便抬眸问了一句："怎么了？"

宁宁欲言又止，最后还是忍不住怒火："李延楷的粉丝也太过分了！"

季凝知道宁宁说的是什么。

自打剧组确定按照初版剧本拍摄以来，她就成了众矢之的。但她素来不会被外界的言论影响心情，所以并没有放在心上，甚至还心情颇好地拍了拍宁宁的肩膀："别气了，杀青后我让你带薪休假。"

"谢谢凝姐。"宁宁这才又露出明媚的笑容，"不过我还真有点儿舍不得，这里的烤牛蛙太好吃了，不知道下次要什么时候才能吃到了。"

她不提烤牛蛙还好，这一提，季凝的肚子就"咕噜"叫了一声。趁着经纪人不在，季凝偷偷地说："等会儿到了酒店，你去买一点儿吧，我也挺想吃的。"

宁宁自然没有拒绝的理由，于是车刚停到酒店门口，她就先一步下了车，朝着不远处的美食街飞奔而去。

季凝把旁边的鸭舌帽往脑袋上一戴,一边低头看手机,一边走进了酒店的大厅。走到电梯口时,手机上跳出来一条沉炀发来的消息:"我到酒店了,我们一起吃个夜宵?"

季凝的第一反应是:早知道自己就不让宁宁去买烤牛蛙了。

这个念头跳出来时,季凝才意识到,自己好像很期待他的到来。

"好啊。"

她发完消息,肩膀就被人拍了一下。以为是沉炀拍她,她笑着转过身,却看到了一双充满怒气的眼睛。

来人戴着黑色口罩和黑色鸭舌帽,让人看不清长相,但身高比她矮一些,从眉眼看,似乎是女生。

季凝愣了一下,只见这个人右手拿着一个玻璃杯往前泼,透明的液体从杯子里飞溅而出。季凝本能地往后退,与此同时,一个高大的身影突然从旁边蹿出来,挡在了她面前。

沉炀面朝着她,双手将她搂进怀里,用自己的身体把她牢牢地护住了。

温暖的体温让浑身僵硬的季凝很快反应过来,她大声喊:"保安!"

见门口的保安立刻跑进来,这个人才开始慌乱,有些找不着方向,一头冲向了电梯。但电梯迟迟不来,她很快就被两个保安控制住了。

她的帽子和口罩被强行摘下,季凝这才看清她的脸,这是一个看起来年龄很小的姑娘。她垂着脑袋挣扎,脸红得好像要烧起来,不知道是因为生气还是恐慌。

季凝无心再管别人,急切地把沉炀的身子转了过来,双手颤抖着拎起他身上的 T 恤,查看他的脊背。

还好,玻璃杯里的液体是水,不是什么具有腐蚀性的液体。

她松了一口气,听到他问:"你没事吧?"

季凝不仅没感动,反而踹了他一脚:"你充什么英雄?万一她泼的是硫酸呢?"

沉炀欠揍地笑了笑:"我伤了背总比你伤了脸好吧?"

季凝低头盯着他湿了一块的 T 恤,心里不是滋味。

沉炀又问:"你认识那个人吗?"

季凝摇头:"但我大概能猜出来。"

酒店的大堂经理此时也跑了过来,一边报警一边询问两个人的情况。不一会儿,警察赶来了。小姑娘这才意识到事情的严重性,在旁边瑟瑟发抖,哭哭啼啼地说自己一时冲动,想给季凝一点儿教训,现在知道错了。

因为她没有对他人造成实质性的伤害，而且年龄小，警察教育了她一顿。见她赔礼道歉的态度还算诚恳，季凝就没再追究。

两个人回到房间时，已经过了零点。

沉炀的衣服还湿着，季凝指了指，问："你要不要换一件衣服？"

"我没带。"

"我这儿有。"

季凝拉开衣柜，从里面取出一件黑色 T 恤，从尺寸来看，明显是男生的衣服。她递过去，沉炀却没接，眼里带着委屈的神色。

"你这儿为什么有男人的衣服？"

季凝愣了一下，解释道："我的一个朋友是做服装的，给我寄了几件衣服，男装女装都有。我用不上男装，就扔到衣柜里了。"

她不知道自己有什么解释的必要，但沉炀好像就是有这种能力，让她一次次地心软。

沉炀的表情瞬间由阴转晴，他接过衣服，得寸进尺地说道："我借你的浴室洗个澡。"

"你为什么还要洗澡？"

"谁知道那杯水是什么水？万一是洗脚水呢？"

季凝摆了摆手："随便你。"

沉炀转身走进浴室，没过多久又出来了，上半身是黑色 T 恤，下半身还穿着自己的休闲裤。

他拿着吹风机吹起了头发，季凝打算去浴室帮他把衣服洗了，但从他身边路过时，被他抓住了手臂。吹风机的声响骤然停下，他从她的手里把衣服抽了出来，扔到了身后的桌上。

"不用你洗。"

"顺手的事。"

季凝的右手绕过他身侧去抓那件衣服，没想到因为这个动作，两个人之间的距离瞬间缩短了——她的脸几乎贴上了他的胸口，而他低头时，下巴正好蹭过她的发顶。

心跳仿佛漏了一拍，季凝正打算收回僵硬的手臂，沉炀却顺势握住了她的手腕。他俯下身，手慢慢地收紧，额头抵在她的肩膀上，嗓音带着劫后余生的庆幸："吓死我了。"

事出突然，季凝把所有心思都放在他有没有受伤这件事上，对于他的拥抱并没有什么感觉。但此刻不一样，他身上淡淡的小苍兰味道的沐浴露香气袭来，季凝觉得浑身都快烧起来了。

她压抑住内心的波动，冷声说道："你能不能别整天死不死的？"

"哦，"沉炀还挺听话，立刻改了用词，"我好怕啊。"

对于那一晚的悸动，季凝只把它看作吊桥效应。她准确地意识到自己对沉炀的感情无法再被定义为"朋友"是在不久之后，电影杀青的前一晚。

按照剧本，第二天她有一场和男主人公的吻戏，吻是蜻蜓点水的那种。

季凝之前没有拍过吻戏，倒不是不愿意拍，而是之前拍摄的几部电影都是剧情片、悬疑片，不涉及感情戏，所以她没有拍吻戏的机会。但此刻她看着剧本上的提示，第一反应是不知道沉炀会不会介意。

她如果真的只把他当作朋友，怎么会在乎他介不介意呢？

季凝正愣神的时候，门铃响了。沉炀在门口提着一个蛋糕问她："吃吗？"

季凝让开路，等他进来才一边关门一边埋怨："你老是给我带吃的东西，我最近胖了整整两斤，又要减肥了。"

沉炀把蛋糕放在茶几上，回头看了她一眼："我就没见过比你还瘦的女生，你减什么肥？"

"你就扯吧。"

季凝丝毫不信他的话，但这并不妨碍她开心地拆蛋糕盒。

沉炀坐在她身边，骨节分明的手拿着刀将蛋糕慢慢地切开。季凝低下头，目光落在他修长的五指上，突然想起自己最开始好像就是被这双漂亮的手吸引的。

"你看什么呢？"沉炀打断了她的思绪。

季凝咬着叉子，目光飘忽，低声说："你的手很好看。"

沉炀低头看了一眼自己的手，轻笑道："我其他地方不好看？"

季凝抬起头，和他目光相撞，心想：不是的，他的眼睛也很好看，双眼皮偏深，眼尾细长，漆黑的瞳仁让人不自觉地陷入其中。那双薄唇更好看。

季凝不禁觉得有点儿遗憾，自己都没尝过和喜欢的人接吻的滋味，就要因为工作先和一个在工作之余根本没什么接触的男人亲吻。

如果……自己和沉炀接吻呢？

这个想法涌上脑海的瞬间，季凝自己都被吓到了。更吓人的是，她发现自己并不排斥。

接过他手里的蛋糕，季凝犹豫着吃了一口。淡淡的奶油香味充满她的口腔，甜甜的口感并没有转移她的注意力，反而让她内心的冲动越来越强烈。

她向来是个随性的人，一旦清楚了自己的心思，就不会后悔。

季凝放下蛋糕的动作引起了沉炀的注意，他温柔地问："不好吃？"

季凝摇头，抬眸看向他："我明天要拍吻戏。"

沉炀喉结滚动了一下，移开视线，往自己手里的碟上放了一块蛋糕："你不用和我说，这是你的工作，也是你的自由。"

这人明明心里在意得很，却故作一副大度的样子。

季凝接着说："我还没和人接过吻，不会拍。"

沉炀右手一抖，手里的叉子掉落在蛋糕上了。他索性把蛋糕放下，往后一靠，懒洋洋地问："所以呢？"

"所以……"季凝抓着他的领带将他往前扯，唇贴上去时固执地说，"你先帮我试试戏。"

她没吃过猪肉，但见过猪跑。她在各种电影里看过不少吻戏，但将理论运用于实际的时候才发现事情不是这么简单的，特别是在对方毫无反应的情况下，她看起来像一个流氓。

受挫的季凝心里全是脏话，摩挲他的双唇的动作慢了下来。她双手抵着他的胸口，正想退开，一双有力的大手就抚上了她的后脑勺，又将她的脑袋按了回去。

这一回，沉炀反客为主。

季凝偷偷地将眼睛睁开一条缝，看到他长长的睫毛近在咫尺，他闭着眼睛，吻得非常投入。房间里寂静无比，以至于她可以听到猛烈的心跳声，不知是谁的。她渐渐被唇齿间奶油味的缠绵吸引了注意力，无法再顾及其他事了。

吻了快一分钟，季凝双颊通红，有些喘不上气。发觉他的唇远离了一些，她以为到这儿就结束了，又听到他微喘着气问："明天的戏你需要吻到什么程度？"

季凝垂下眼眸，梗着脖子说："法式热吻。"

"哦。"沉炀又吻了下来，舌尖撬开了她的唇齿。

季凝慢慢地身子发软，不自觉地往后倒在了沙发上。他的右手垫在她的脑袋下，左手搭着她的腰，拇指隔着轻薄的衣料轻轻地摩挲她腰侧的肌肤。她感到体内传来一阵阵战栗感，右手把他的领带攥出了一道道褶子。

不知过了多久，沉炀终于停了下来。他俯视着她，眼尾泛红，嗓音暗哑无比："这样够吗？"

季凝摇了摇头："我还没学会。"

沉炀笑了一声，再次吻了下去。

她好像忘了，作为投资方，剧本的每一页他都看过。

第二天，沉炀果然没有出现在拍摄现场。季凝也是到了拍摄现场才知道，这段吻戏被饰演男主人公的李延楷的团队要求删除了，理由是遭到了粉丝的强烈抗议。

这倒是正合她的心意。

结束一整天忙碌的拍摄，季凝捧着杀青的花束回到了酒店。

想着明天就能离开影视城，她开门的时候心情很轻松，脚步轻快地哼起了小曲。刚换好拖鞋，她就看到了面容严肃的男人。

她嘱咐过宁宁，让宁宁先给沉炀开门，所以看到他坐在沙发上并不惊讶。

她像昨晚的一切都没有发生过似的，淡定地把花放在书桌上，像朋友一般问他："晚上你想吃什么？我请你。"

她眉眼间的愉悦神色肉眼可见，沉炀抬眸打量她，语气有点儿酸："拍个吻戏，你这么开心？"

"嗯。"季凝眉梢轻扬，带着坏心思故意刺激他，"李延楷的吻技还不错。"

这句话好像在讽刺他昨晚的吻技不行。

沉炀右手握成拳，突然起身走到了她面前。她察觉到不对劲，往后退了一步，小腿抵着床沿，双手撑在他的胸口："你干吗？"

沉炀强硬地搂上她的腰，俯身吻了下来："多练练，我可以比他好。"

季凝被他不服气的样子逗笑了，没有拒绝，右手搭上他的脖子，食指轻轻地摩挲他的发尾。

昨晚她还可以用深夜不清醒安慰自己，但此刻，夕阳透过落地窗毫无遮掩地洒落在地毯上，室内明亮得让她觉得甚至可以数清他有多少根睫毛。她发现，自己还是想吻他，还是想被他吻。悸动过了一个晚上丝毫没有减弱，她反而食髓知味。

季凝扯着他的领口往后倒，床垫因两个人的重量陷下又弹起。

这个吻令彼此更加混乱，却也令彼此更加清醒。季凝清醒地意识到自己喜欢上了眼前的这个人，沉炀也是如此。

察觉到她的态度有所转变，他有了试探的底气，微喘着气，把脑袋埋在她的脖子处，不甘心地说："季凝，我不和朋友这样接吻。"

"嗯。"季凝望着天花板轻笑道，"我也只和男朋友这样接吻。"

沉炀的身躯僵硬了一瞬，下一秒，他把她抱得更紧了："你确定吗？万一我……"

季凝偏过头，用唇堵住了他接下来的话。她贴着他的双唇，坚定地说："沉炀，你会长命百岁的。"

沉炀沉默片刻，把脑袋埋了回去，贪恋地闻她身上淡淡的香气："以前我过生日的时候，我爸妈、弟弟、奶奶，每个人都会替我许愿，希望我长命百岁，但我从来没有许过这个愿望。对于我来说，生活没有太多乐趣，活到三十岁、五十岁或者一百岁是差不多的。现在，我依旧不求自己长命百岁，但希望……"沉炀的吻轻轻地落在她的耳垂上，"我能陪你到生命的最后一秒。"

"你不是做过检查了吗？医生说你的情况很稳定，你只要保持良好的生活习惯，定期体检，没什么问题的。"季凝不想继续这么沉重的话题，双手搭在他的肩膀上，强迫他翻了个身。

她的长发被她拢在一侧，发尾蹭过他的手臂，给他带来一阵阵痒意。

季凝笑着吻他的唇："我觉得你这张嘴还是不说话的时候比较可爱。"

沉炀便真的听话地闭了嘴。

初夏的天气本就闷热，缠绵间，季凝后背溢出一层汗，快速的心跳迟迟没有平复。她突然想起一件事，直起身，拉开和他的距离，呼吸急促地问："这样会不会对你的心脏不好？"

"不会。"沉炀翻了个身，再次把她压在了身下。

季凝刚才没注意，此刻用大腿轻轻地蹭了蹭，才察觉到不太对劲。

"你……"她磕磕巴巴地问，"原……原来你可以啊。"

沉炀疑惑极了。

意识到说错话的季凝正想退开，就被沉炀攥着手臂一把扯了回去。他眯了眯眼睛，问她："什么叫'原来'？我什么时候说过我不行？"

"不是你说的，是我误会了……"季凝讨好地笑了笑，"错觉。"

"你以为我不行还愿意和我在一起？"沉炀轻轻地弹了一下她的脑门，"季凝，你是傻子吗？"

"那种事情又不是人生的必需品。"季凝拍了拍他的肩膀，安慰他，"我在那方面没什么欲望，所以如果那件事对你的身体不好，你千万不要勉强自己。就算我们谈柏拉图式恋爱，我也可以接受。"

沉炀被她气笑了，又怕在交往的第一天就做那种事会让她不习惯，于是恶狠狠地吻了吻她的唇："你给我等着。"

季凝一等就是一个月。

她衣衫不整地躺在床上，黑色的长发宛如海藻般铺在纯白色的床单上，胸口起伏，双颊通红。

曾经被她一眼相中的手无师自通般肆意地作乱，她彻底失去了说话的力气，只剩下意味不明的呜咽声。

季凝额头上的发丝被汗水打湿，贴在脸上，双手搂着他的脖子，恼羞成怒似的在他的肩膀上咬了一口。她言简意赅地骂："浑蛋！不要脸！"

"骂得真好听，再来两句。"沉炀不以为耻，反以为荣。

她闭上眼睛缩在他的怀里，迷迷糊糊之际，隐约听到他在喊她。她"嗯？"了一声，察觉到一个温柔的吻落在了她的眉心。

那一瞬，她想，她好像就喜欢不要脸的浑蛋。

出版番外
七　年

才到初夏，天就亮得格外早。

窗帘缝隙间的金色阳光照进房间，疾驰的跑车声传来，舒杳迷迷糊糊地睁开眼睛，看了一眼手机上的时间，发现才早上七点半。

身旁的男人还在安稳地睡着，右手牢牢地圈住她的腰，姿势极具占有欲。她翻了个身，睡眼惺忪地看着他纤长的睫毛，然后是高挺的鼻梁和薄唇。

无论看多少次，她都不禁惊叹，人的五官怎么能长得恰到好处到这种地步？

她嘴角轻扬，指尖点了点他的鼻尖，翻身准备下床。脚还没沾地，她就被人用双手搂了回去。

后背感受到一股灼热的温度，舒杳忍不住笑起来："你松开，今天的早饭我来做吧。"

"再睡会儿，"沉野的嗓音带着睡意，听起来越发低沉，"你昨天三点才睡。"

他居然还敢说！

舒杳轻轻地掐了他一把："你今天不用上班吗？"

沉野沉默了一下，语气有些委屈："你是不是忘了今天是什么日子？"

"什么……"话说到一半，舒杳才想起来，今天好像是她和沉野领证三周年的日子。她飞速地改口："我当然记得！"

沉野笑了一声，不知信没信她的话。

"那我今天也不去工作室了，我们庆祝一下怎么样？"舒杳翻了个身，带着哄他的意思，笑盈盈地问，"你想怎么庆祝？"

"就在这儿庆祝。"

舒杳怒了："除了这个！"

沉野便不逗她了，和她额头相抵，缓缓地说道："看你。"

舒杳想了一会儿，提议道："我发现了一家据说很好吃的西餐厅，要不我们去试试？晚上我们还可以一起看个电影。"

其实她想不出什么特别的庆祝方式。对于她这种不喜欢热闹的人来说，平淡的日常才是最舒服的庆祝方式。

"行。"沉野毫不犹豫地应下了。

在家里温存了一天，傍晚时分，两个人驱车赶往餐厅。

餐厅位于大厦的顶楼，沉野订的是位置最好的包间，人站在落地窗前可以俯瞰整个城市的夜景。

饭还没开始吃，舒杳已经对着宁静的夜色出了神。沉野习惯性地把下巴抵在她的肩膀上，轻轻地圈住她的腰，像一只黏人的小狗，低声问："你想什么呢？"

"我没想什么，就是觉得这种什么都不用想的时刻很幸福。"舒杳弯了弯唇，转过头用双唇轻轻地蹭他的脸颊，好像主动地献了一个吻。她抿了抿唇，移开视线，假装什么事都没有发生："你呢？"

沉野抬起右手抚上她的脸颊，略显强势地把她的脑袋又转了过来，以背后抱的姿势俯身吻住她的双唇。

舒杳警觉地瞥了一眼门口，沉野注意到了，右手轻轻地蹭了蹭她的腰，安抚道："放心，不会有人进来。"

他说的话一向不会有假。

舒杳渐渐放下心来，双唇被他熟练地顶开，整个人不知道什么时候被他转了过来，后背抵在落地窗上，仰着头感受错乱的心跳。

暧昧的声响被舒缓的钢琴曲覆盖，沉野渐渐加大力度，突然感觉面前的人用手拍了拍他的肩膀。

沉野以为她没换过气来，松开了她。她突然捂住嘴，解释道："沉野，我没有讨厌你亲我，但是……不知道为什么，我现在有点儿想吐。"

说完，她还真侧身到一旁干呕了起来。昏黄的灯光下，她的脸色白得吓人。

沉野赶紧扶住她："我们去医院。"

"啊？不……不用吧，这可能就是肠胃问题……"舒杳回头看了一眼桌上的菜，觉得有些可惜，"我们还没吃饭呢。"

"壹壹，"沉野收敛了脸上的笑容，"你的上次生理期是一个半月以前。"

对于这些日常的琐事，沉野向来记得比她清楚，于是她把到嘴边的话咽了回去。

电梯一路下行，舒杳的心"怦怦"跳，右手被他紧紧地握着，掌心不自觉地溢出汗水。

其实他们在结婚一年多的时候就讨论过孩子的事。沉野说他不想要孩子，原因很简单，他怕给她的身体造成伤害。

舒杳以前没想过这件事，因为觉得以自己的性格可能做不了一个称职的母亲。但婚后的日子里，偶尔看到可爱的小孩子，她也会忍不住地想自己和沉野的孩子会长成什么样子。

在沉野的感染下，她觉得自己好像渐渐地学会了向身边的人释放爱意。

"沉野，"舒杳拽了拽他的袖子，呼出一口气，"我们如果有孩子的话，可以留下吗？"

沉野帮她系好安全带，吻了吻她的嘴角："你不用征询我的意见，这是你的自由。"

"但你不是不想要孩子吗？"

"我不想要的前提是孩子还没有来，但孩子如果来了，"沉野把车开出停车场，看着眼前的红绿灯，嗓音低沉又郑重，"你又想要的话，我会努力地做个好父亲。"

情况如沉野预料的那样，她真的怀孕了。

八个多月后，舒杳顺利地生下了一个女儿。大家给她取名为舒意，源自沉野的母亲很喜欢的一句话——"去留无意，漫随天外云卷云舒。"

小舒意完美地继承了父母的颜值、智商以及巧嘴，不到一岁就能清晰地喊"爸爸妈妈"了，两岁时能背诵几句奶奶教的古诗词，三岁时几乎可以和父母无障碍地交流。

深夜，小舒意搂着沉野的脖子，被抱着偷偷摸摸地溜出门，稚嫩的嗓音满是疑惑之意："爸爸，我们要去干吗呀？"

这三年，沉野被磨得情绪越发稳定。面对这种问题，他压低声音耐心地解释："给你妈妈准备礼物。"

"今天不是妈妈的生日。"

"谁规定一定要过生日才能收礼物？"沉野理所当然地说道，"今天是我跟你妈结婚两千五百九十一天的纪念日。"

"哦。"小舒意懵懂地点头，"那我们这么鬼鬼祟祟的，是因为要去别人家给妈妈偷礼物吗？"

沉野无奈地问："你从哪里学来'鬼鬼祟祟'这个词的？"

"奶奶教我的。"

沉野不禁觉得好笑，一边放轻脚步下楼梯一边问："奶奶还教你什么了？"

小舒意眨巴着杏核似的大眼睛，想了一会儿说："鹊巢鸠占。"

"这个词教得好。"沉野点头，说道，"你有没有发现，最近每天晚上都在上演'鹊巢鸠占'的故事？"

"嗯，"小舒意绷着脸点头，"我和妈妈睡觉的时候，爸爸老来抢我的位置，这就叫鹊巢鸠占。"

沉野被气笑了。

但眼下他没工夫教训她，单手抱着怀里的小屁孩绕到花园里，把她放在草坪上，开始捣鼓自己准备的东西。

彼时的舒杏正在书房里画设计图。她答应要给他做一百枚戒指，但是人的灵感会枯竭，做到第七年第四十六枚，她已经不知道还能做什么了。

虽然沉野告诉她已经够了，不是真的让她做一百枚，但她觉得自己既然承诺了，就不能食言。

就在愁得差点儿把头发薅下来的时候，她突然听到外面传来了小舒意惊喜的呼喊声："妈妈，下雪啦！"

大夏天的，哪儿来的雪？

舒杏放下手里的笔，起身拉开窗帘，走到了阳台上。待看清窗外的景色，她不由得惊讶地睁大了眼睛。

雪花洋洋洒洒地落在花园里，白茫茫的一片，在昏黄的路灯下似乎闪着金色的光芒。沉野穿着一身灰色的家居服，盘腿坐在那片干净的白色里，嘴角轻轻地扬起，小舒意则窝在他的大腿上，激动地挥舞着双手。

不知道沉野和女儿说了什么，两个人默契地仰头抬手，指尖抵在头顶朝她比了一大一小两个爱心。

舒杏趴在栏杆上，忍不住笑出声来。

她想起昨天晚上闲着无聊，拉着沉野看了一场电影，看的是很经典的《情书》。看到电影里唯美的雪景，她随口感慨了一句："好想看雪啊，可惜还没到冬天。"

　　沉野当时没说什么，却牢牢地把她的话记在了心里，并把它变成了现实。

　　一边是燥热的天气，另一边是雪花。楼上是她，楼下是她爱的人。

　　舒杏眼眶发热，转身就往楼下跑，几乎拿出了高中时跑八百米的速度。她微喘着气在两个人面前蹲下，抓起一把雪撒在了沉野的脑袋上，然后笑得前仰后合。

　　沉野晃了晃脑袋，像洗完澡抖去身上的水珠的小狗。他低头看了一眼怀里的小舒意，轻笑一声："爸爸再教你一个成语好不好？"

　　小舒意好学地点头："好。"

　　"这个词叫……"沉野用左手捂住了她的眼睛，"非礼勿视。"

　　说完，他右手抚上舒杏的后脑勺，上半身凑过去，吻住了她的双唇。

　　七年的时光足以改变太多事，但万幸的是，不管是在炎炎的烈日下还是在漫天的雪花里，他们依旧热烈地爱着彼此，一如往昔。

—全文完—